JN270202

上方咄の会本集成

影印篇

宮尾與男 編

和泉書院

はじめに

本集成の影印篇には、上方咄の会本の版本作品二十五冊（二十五作品）を収めた。つづく翻刻篇（翻刻・書誌解題・索引［笑話話題一覧・作者一覧］）、影印篇Ⅱ（写本・版本［補］・翻刻・書誌解題・索引［笑話話題一覧・作者一覧］）、研究篇（『上方咄の会本の研究』）によって、上方咄の会本の総合研究をするものである。

ここに上方咄の会本の版本作品をすべて影印版で提示するのは、いままで影印版による作品紹介がないからである。版本作品の原本が、はじめて本書で紹介されることになる。

○

近世笑話本史において上方笑話本の歴史は、初期の『きのふはけふの物語』『醒睡笑』にはじまり、元禄期の『露がはなし』『軽口御前男』、元文期の『軽口新歳袋』などの軽口本作品を多く出版してきた。ところが、時代とともに半紙本体裁の軽口本は、しだいに出版点数も少なくなり、作品の笑話内容も乏しくなって、軽口本時代の終焉期を迎えることになる。新しい笑話を生む土壌すら失いかけた安永時代に、突如、上方咄の会本が出版されることになり、ふたたび上方笑話本の世界が活気をとりもどすこととなった。まさに上方咄の会本は上方笑話本の歴史にとって、画期的な作品群であった。

この上方咄の会本は、安永期に大阪で開催された「安永咄の会」の初席目から七席目までを九冊で出版したのがはじまりである。その後、天明、寛政、享和、文化、文政、天保期まで、咄の会は断続的に開催されている。

それを咄の会に参加した人たちの個人笑話本の出版や、咄の会の形式を踏襲しながら、笑話の楽しみ方を変えた「画咄の会」の咄の会本の出版などで知ることができる。また大阪だけではなく、京都でも百川堂灌河を中心とした「京都咄の会」が行われ、咄の会本一冊の出版をみる。

咄の会では募集した笑話を、各席の撰者が選び、それを咄の会の会場で発表した。各席を開催するごとに応募数も増え、撰ばれるための笑話創作が盛んとなっていった。各席の入集する参加者のなかから同人組織もつくられ、その同人たちは、安永咄の会本につづく咄の会本を継承していくことになる。

○

咄の会本には大きな特徴がみられる。それは笑話の話題の下に、笑話作者名が明記されていることである。いままで笑話伝承には作者の存在は皆無であった。笑話本が出版されると、作者または編者の存在が明示されるようになったが、それでもほとんどの作品の作者は明らかでなく、いままでどおりの笑話伝承の方法で、おもしろい笑話を継承してきた。上方咄の会本には大梁、馬宥、筆彦、魯道、慶山、可候らが、その後の咄の会や咄の会本の中心人物となって、個人笑話本、同人笑話本に作者名を残している。その他の数多くの同人たちの名も明らかだが、その人物像はまったく不詳である。それでも、この咄の会本に入集した五百数十名の同人たちは、安永期以降の笑話作者であり、近世笑話本史のなかにおいて、作者名を明らかにした作者の登場となった。このような例は、すでに元禄期に江戸で出版された咄の会本にもみることができる。江戸の咄の会は、鹿野武左衛門を中心にした限られた人数で、しかも内輪的な開催であった。つまり同人による咄の会であった。ここでもこの同人による個人笑話本がいくつか誕生している。

咄の会は、笑話の創作を楽しむ、入集された笑話の発表を聞く、その笑話を聞いて楽しむなどと、笑話を好む仲間たちの交流の場となった。笑話の創作は古い笑話を改変しては、新しい時代の笑話に創作し直したり、まったく新らしい笑話の創作も多かった。咄の会本の笑話には、笑話としての構造をもったものや、上方舌耕芸（上方落語）の原作をみるなどと、けっして素人作者の創作笑話とあなどることはできない。こうした咄の会本の入集作、入選作の笑話は、読まれる笑話としての評価と、話される笑話としての評価といった両面から、考えていくことが、今後の課題となってこよう。

咄の会の開催は、新しい笑話を創作することの流行がもたらした、一時的なものとみられてきたが、本書によって、そうではないことが明らかになろう。いったい咄の会に参加した人々は、どのようにして、笑話の創作方法を身につけたのだろうか。すでに出版されている笑話本を元にしたのだろうか、それとも笑話の創作は誰にでもできるものだったのだろうか。咄の会での笑話は、話されることを前提としていたから、創作する人々にとっての創作とは、話される笑話であったとみられる。しかし、それらが出版されることを目的としていたから、どこまで話される笑話と読まれる笑話とを区別して創作していたのかは、舌耕者（咄家、落語家）の笑話本作品とかのかかわりを考える上でも、大事なことになってこよう。

入集作、入選作の笑話には、それぞれの時代のもとめた笑話傾向がみられ、しかもその後の笑話本に、多くの影響を与えてきたといっても過言ではない。

○

本書の出版には、宮尾しげを記念會代表の宮尾幸子氏に、作品のすべての閲覧と使用許可を得ました。また武藤禎夫氏には御所蔵の原本との照合から、善本となる頁を確認しながら、作品の使用許可を得ました。ともに心から感謝申しあげます。笑話本の多くは、保存状態が悪く、善本に遭遇する喜びは格別なものとなる。昭和初期からの宮尾しげを氏、戦後からの武藤禎夫氏の蒐集と研究なくして、笑話本の研究は発展しなかっただけに、その研究を受け継ぐ者としては、残していくことの意識と、笑話本の全貌を明らかにする未翻刻作品の紹介、笑話本年表の作成などを、一日でも早くまとめていくことが、使命だとおもっている。

本書は、日本学術振興会の平成十三年度科学研究費補助金（研究成果公開促進費）の交付を受けました。和泉書院の廣橋研三氏にはお世話になりました。感謝申しあげます。

平成十四年一月

宮尾與男

目次

はじめに
凡例
1 『年忘噺角力』 安永五年 …… 三
2 『立春噺大集』竹巻 安永五年 …… 二七
3 『立春噺大集』蘭巻 安永五年 …… 四九
4 『夕涼新話集』 安永五年 …… 七〇
5 『順会咄献立』 安永六年 …… 一〇八
6 『知恵競咄揃』 安永六年 …… 一三〇
7 『新撰噺番組』 安永六年 …… 一五一
8 『時勢話大全』 安永六年 …… 一九〇
9 『時勢噺綱目』 安永六年 …… 二一〇
10 『春帖噺』 天明二年 …… 二三〇
11 『歳旦咄』 天明三年 …… 二四五
12 『新板会咄 御秡川』 寛政元年 …… 二六三
13 『軽口筆彦咄』 寛政七年 …… 二八六

14 『雅興春の行衛』 寛政八年……三一六
15 『臍が茶』 寛政九年……三四九
16 『新噺　庚申講』 寛政九年……三九二
17 『新製欣々雅話』 寛政十一年……四三一
18 『慶山新製　曲雑話』 寛政十二年……四六二
19 『新撰勧進話』 享和二年……四九二
20 『玉尽一九噺』 文化五年……五二二
21 『画はなし当時梅』 文化七年……五五七
22 『三都の画噺』 文化八年……五七四
23 『画咄百の笑』 初編 文化八年……五九二
24 『画咄百の笑』 二編 文化八年……六〇八
25 『会席噺袋』 文化九年……六二四
26 『はなし大全』 文政八年……六四六
27 『滑稽噺図会』 前編 天保三年……六五八
28 『滑稽噺図会』 後編 天保三年……六七二

凡　例

一　本集成に収めた作品の底本は、夕霧軒文庫（©宮尾しげを記念會）所蔵本を中心とし、底本の破損、汚れ、悪戯書きなどのある丁数、欠本の巻数などについては、そのほとんどを武藤禎夫氏所蔵本で補った。

一　各作品の書誌については、翻刻篇の書誌解題に述べるので省略した。

一　本文図版は、凸版製版とした。そのために紙漉きによる塵芥の付着、保存状態の汚れ、刷り状態（濃い、薄い）、彫り状態、初刷り、後刷りなどの版本特有の現状を、多く残したところがある。

一　各作品ごとに改頁とし、底本の表紙・見返し・序文・凡例・口絵・跋文・奥付・広告のすべてを収めた。

一　表紙は題簽のあるもの、絵柄のついたものを掲載し、題簽のないもの、書き題簽のものなどは省略し、それらを「表紙　なし」とした。また表紙裏の見返し、裏表紙裏の見返しの白は省略し、「見返し　白」とした。なお、裏表紙のすべては省略した。

一　作品は、各丁数の表裏を、表（オ）・裏（ウ）の記号で「一オ・一ウ」と記したのを、各丁数の下部に記した。本文の丁数調整のあるところは「七ノ十オ・七ノ十ウ」、最終丁数が見返しに糊付けされたところは「見返し十五オ」などとした。

一　蔵書印については、本文にある印はなるべく残し、匡郭外の蔵書印、遊印、不明印・本文にある遊印、不明印などは省略した。蔵書印の詳細は翻刻篇の書誌解題に述べる。

上方咄の会本集成

影印篇

1

『年忘噺角力』

安永五年

巻一　二オ

巻一　見返し一ウ

序

吾妻路百物がたりハよの譏く
在郷乃茶話み噺を賤しミ之
京の目利茶ばなしハ食なる所
似たり爰に浪華の噺流
家噺ハ軽口のはなしにせむを好
歪なる所一舞我あるをは
好む人おほかれハ日夜所

巻一　二ウ

言聞おしき端がくめ席に
寄る宗師も難日集を
ひらき紀咲なる新大江茂
去る儀にいつれなる年をあけ
おりおんさん（ヨウイヤナ）
おもしろがる輩しせ諸人来
面白ろ国を集まり
おやくしの徒よいあくく

巻一　三オ

を出なれて寒に針綴しく
神の名明なひく中よの山を開
きよにかまく双方を見合
はるとしかしく去る今日勝負
せし序
浪華
對山

支考不十審巻頭より汲方にあく
但し合点いまそ望をまつ所
對山考△合印
下物考〇合印

巻一　三ウ

年忘噺角力巻一
〇画工の挨拶　瀬川
去ル方に表具師をかゝへる画工ありしが
ある日一人来りてあんないをこふ　画工立出見れば
四十あまりの法師（しんぼう）也　何の御用とたつ
ねますれば　お頼み申しに何でござりますイヤ
私ハきつねと猿（さる）とかいてくだされ
申し上げたしいおそれながらお頼み申ます
されハ是ハこの冬ある十二支の七ッ目まで利

巻一　四オ

拙老(せつろう)ハ寅のとし女房ハ子のとしでござる迚二幅
はいにいたして常掛(じやうがけ)にいたしておくはめにて
とあれバ　禹王　あの子は子さるへござりませぬか迄
申のとしの掛物があらバ鵺(ぬえ)一疋で済ませるがなア

△外ぐるし　可子

小ぞめの女房ハしづめの女房を門口へ呼さそふ
ておきくさんあちの芝居(しばい)で見物しておさ二ッ目
見物にお出んか　おきく　アア先へお出そしなさら
そうるぞへと出るで路ありして　又くらんの

巻一　四ウ

門口からおきくさんよふお出なんしたのといへハなや
ござんなあちの人ハどふじや夫と別れなさったの迚
今切れてじやあつさいへでつてめしたて

○辻堂守を　菅水

俄(にはかあめ)雨に辻堂へ立寄て旅人(たびひと)目立つ不見合
ちぢら去来さん元コレハ去来どのへハイざいの一ッ家
から恋の道のよしでよびまいりましたへフムおれも
大和の物好(あい)がさめがけじやそれハ私も残り
がけなさバおとも申仕そうな種と珍(ちん)なあろものぞ

巻一　五ノ十オ

ござりませぬハ又後家でござりますそうか先さ
アまアよし　かうとく　扮おて　いちさ女房ござりまそう
あるてござりませうがそろく世辞で扮ぞ男気
な実体(じつてい)な人がいるバとやまきる迚へおまへの
子ての法返文なも　ソレハ耳よりとたぐいなきこ
はき迚へなるうち夜中てそろそれる　八去来　やされ
まし私ハ気な男のを添ひとし申しさモウ　お別れ
やまきとアイヤ今のあろものハいくのでへどや
アイヤ　気ながってハおまえなし　ありよく迚へりほ

巻一　五ノ十ウ

巻一　十一オ

(判読困難)

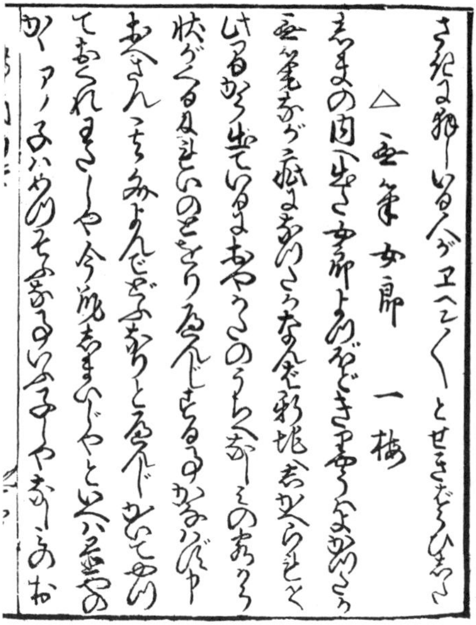

巻一　十四オ

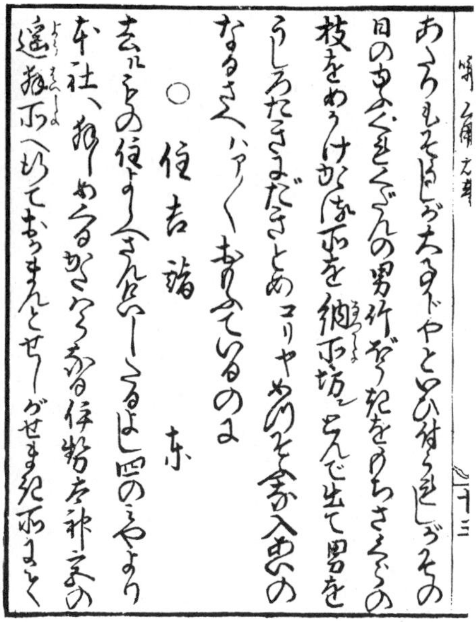

巻一　十三ウ

見返し　白

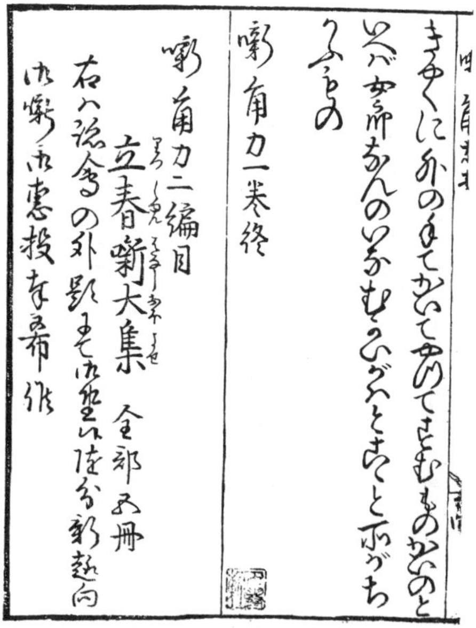
噺角力一巻終
噺角力二編目
立春噺大集　全部五冊

巻一　十四ウ

見返し　白

年忘噺角力巻二
△四文錢
　　　大梁

㒵まけ居生玉をおがみもふけて出るうちを呼ひユリヤ先やきをちきれがさげてそけい中は四文ぜにとほどのぜうが入てあるつひ錢まきろをつけには父のおやよめかたよりきまぜんと番あをとていり付もをて参れしがないくきま先そろと菜屋の受中とめサアゝと俵疋を三文志まて丁呢あろ〳〵菜のぜよ四文ぜよ一文と

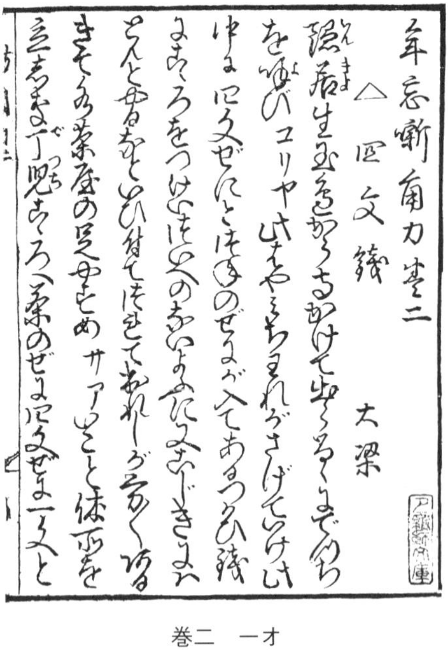

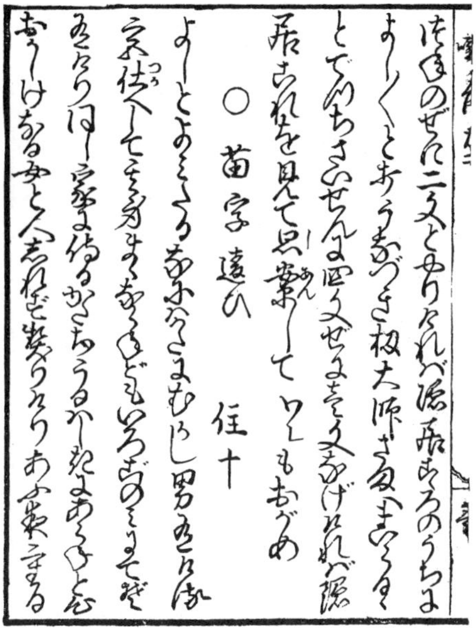

巻二　一ウ

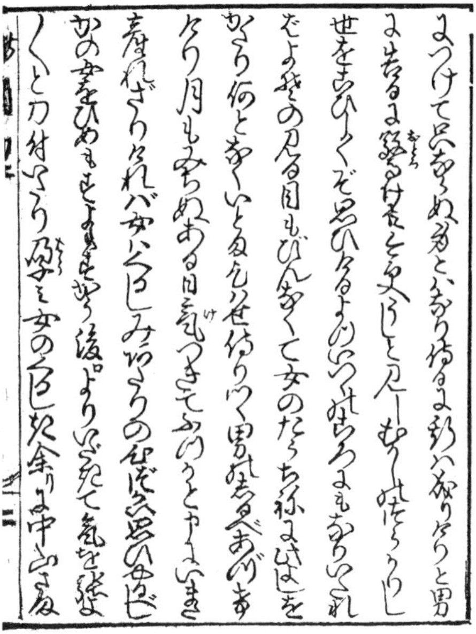

巻二　二オ

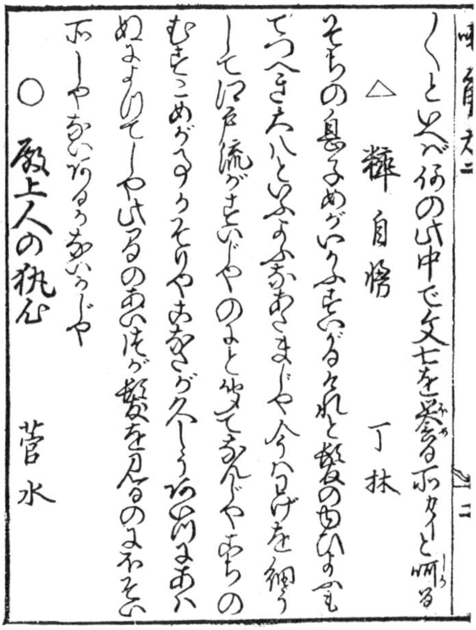

巻二　二ウ

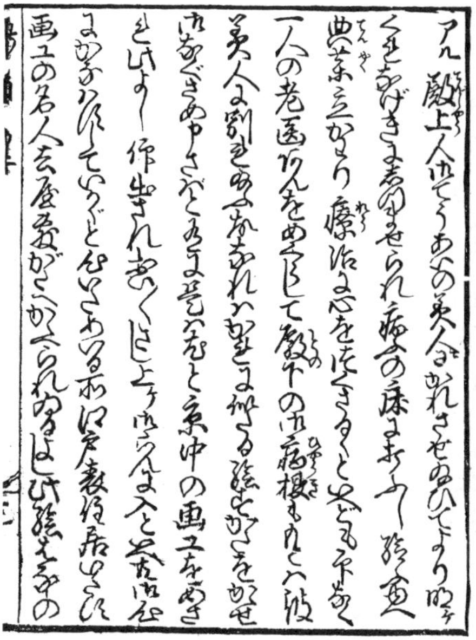

巻二　三オ

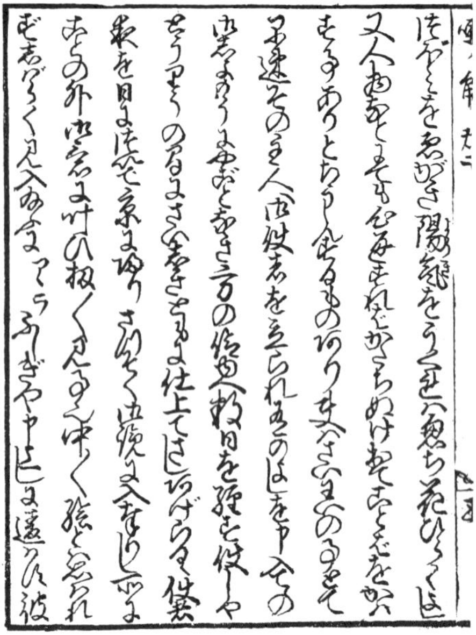

巻二　三ウ

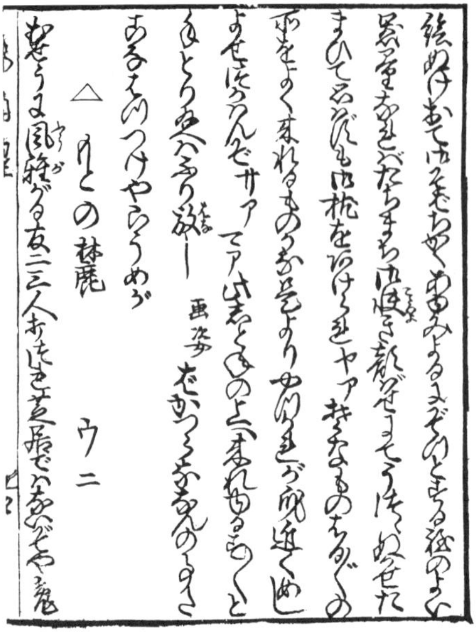

巻二　四ノ十オ

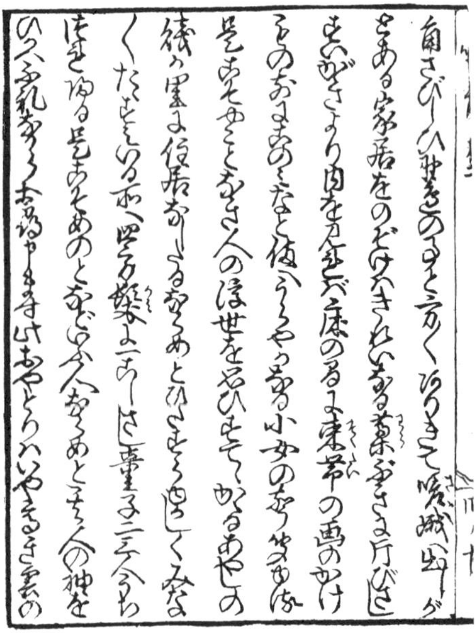

巻二　四ノ十ウ

巻二　十一オ

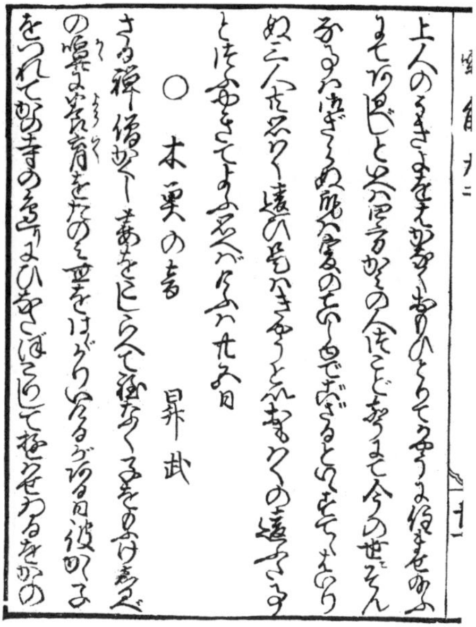

巻二　十一ウ

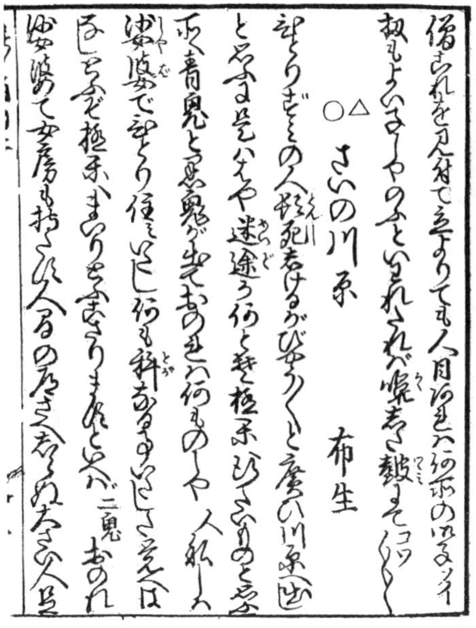

巻二　十二オ

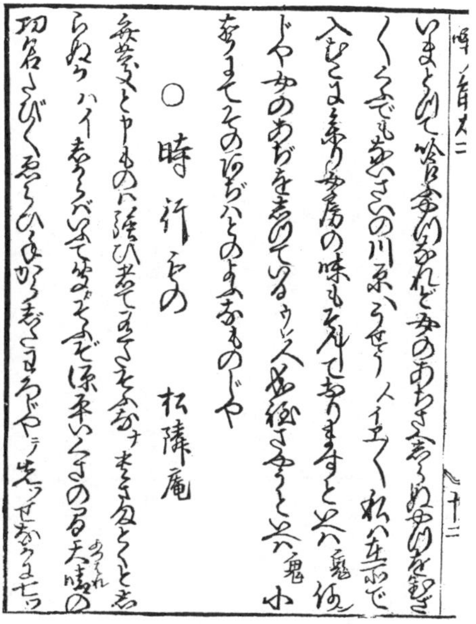

巻二　十二ウ

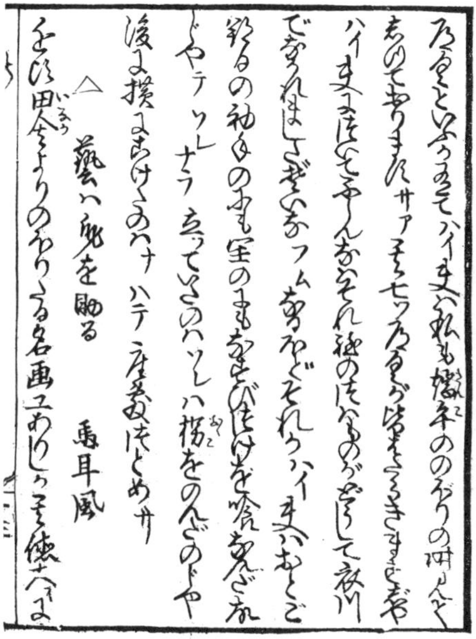

巻二　十三オ

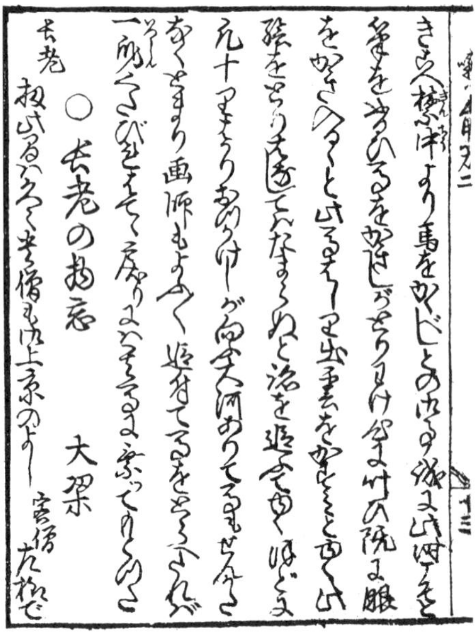

巻二　十三ウ

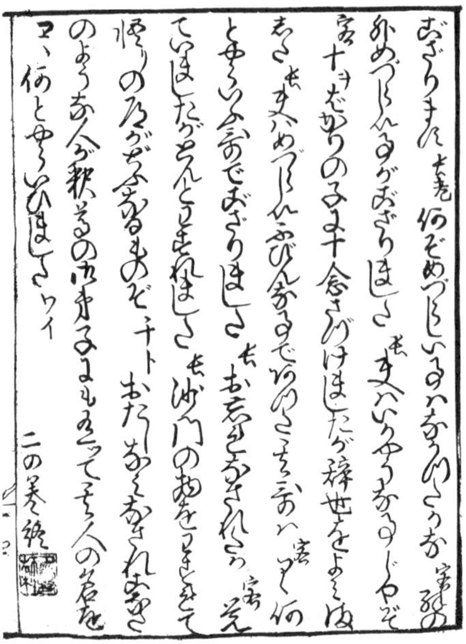

巻二　見返し十四オ

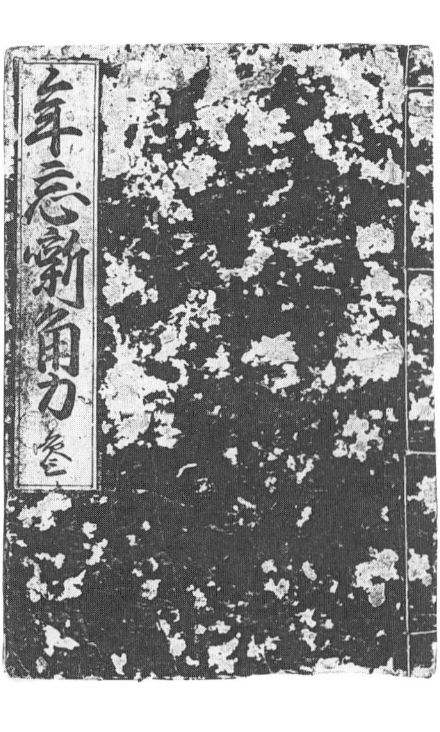

見返し　白

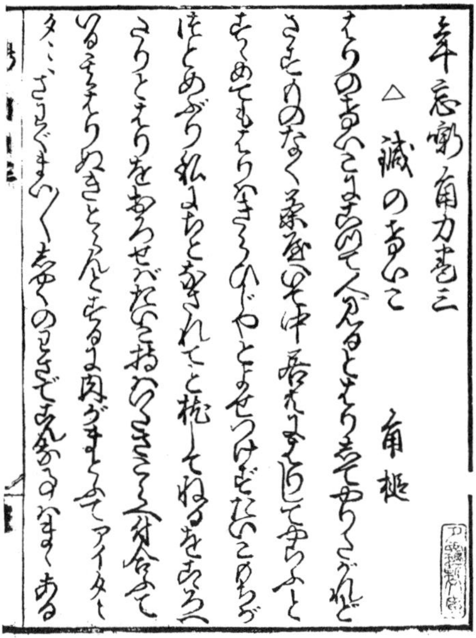

巻三　一オ

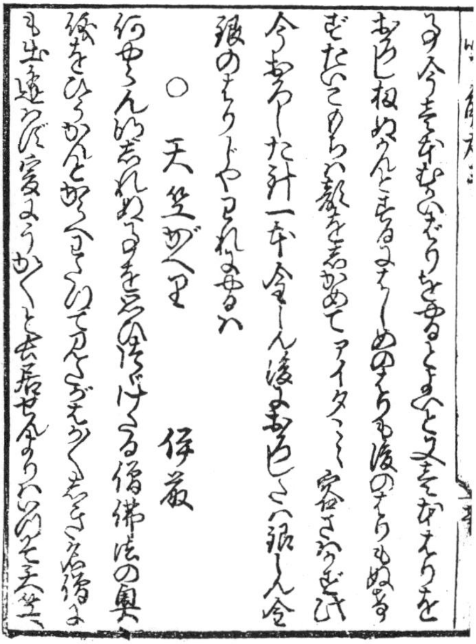

巻三　一ウ

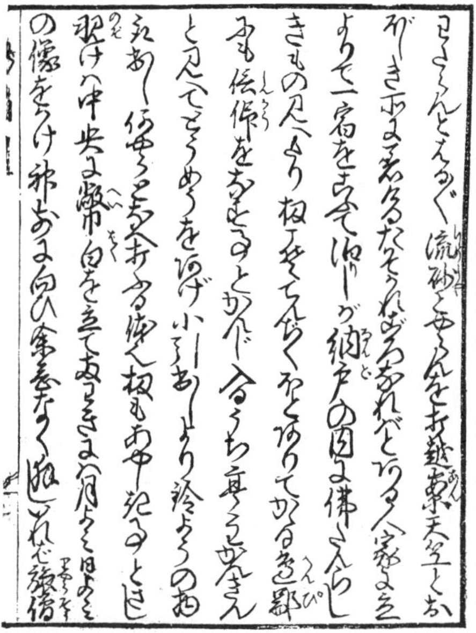

巻三　二オ

さし當る佛法に何とて神道をまじゆるぞと問へば
イヤ〳〵佛法と申せばとて往古のまゝにて今は是非に
及ばぬ事も有ましたなく坊主あれば医者も儒者(じゆしや)もの
まそとは神道さかんにて兎角とにかく先祖の霊(れい)を
まつることかへる内も真の道教をさとるさへの
鬼の家主と定め娘の教も桜木の佐保姫の遺風(ゐふう)ありて
長者どんは忘れ申さぬ事なんと云ばイヤ〳〵長者どんと云
る衆かけておろそかにいふ者かなく先祖のよしやなく口んだり
何とて腥物(なまぐさ)をそなへぬかやと云ばなむまでも家へども

ゆるく当世しるべしと云ばなんば当世(たうせい)は神ならぬさへじやよ

△くじら　　清

くじらといふ物は如何やうなもの也夫はとしじや先
身一分みすぞしてびんもうちう外にもあるが是はならぬ
ものなるかなやなるぬ錆(さび)がふつりやおまへの用が細いから

○鮓の息　　自楽

當家の店さきへおおきさが来て鮓飯のおあがりなされ
ござりませといふのめしとさ女のあつしてまずく鮓の
味噌もおさめのませ見しいふも今じややそまとしやれといふ

さいて桜もおそいは鮓めしじやと云ば店のものがいつもでうち
かナアく

△　皆の衆さま　　自楽

日ごろから気にして毎日まいる職人来る浪人が女房と密夫(まおとこ)
まちかひなくていろ〳〵とする文しとやる職人から
さむらひをおさへるれば浪人かしもつるひをびかく
上に何をかるまんまも方の女房と密夫迄存するに疎遠(そゑん)
なし我今かく浪人の身でなれど近江源氏の末葉(まつよう)余
まかへてなひまんでけ家中がある故一命を投あてたと

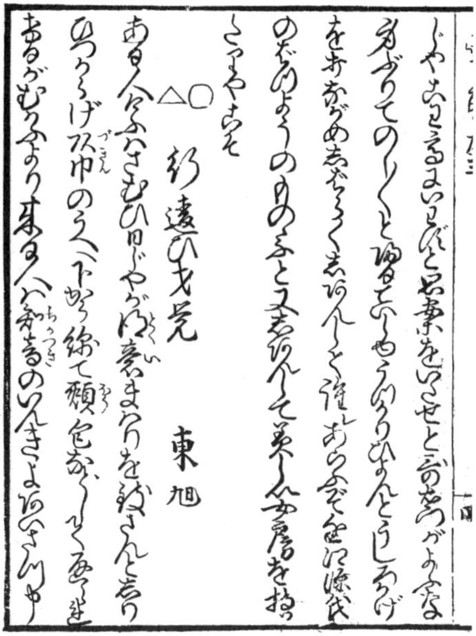

巻三　四ウ

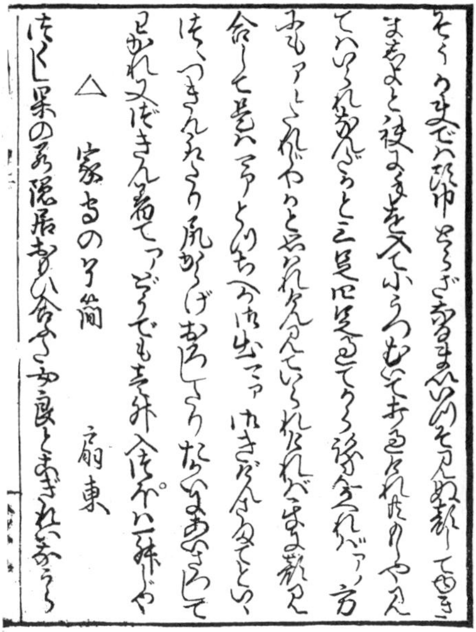

巻三　五ノ十一オ

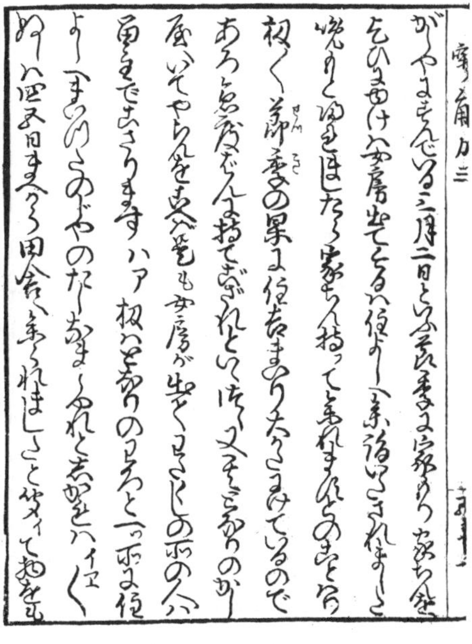

巻三　五ノ十一ウ

巻三　十二オ

いらん門へおく家さはのうちでそしら[illegible]がるまへぞ

○ 郭(サト)のなれ人丸　淀

掛物絶(あんど)めゐてよおさめさあつやくとて[illegible]出る以名は[illegible]

おされとむりよおせへしあげをば客ハあひ仕候ある所

とおるよ此所の定りハ金一両でおざりますれ[illegible]ハ持合

が足らぬ是でおるかおらバとて紙入より二朱銀一ツ出し

てつ[illegible]せバと衆ハ淋しなれバいや申うとも被[illegible]まぜうあれ

衆方ハ私おくら足してあけたてア　と衆が仕まひさいよれ

てとりあまでハ気のどくともやらちより孫百文出して

巻三　十二ウ

是でお勝じや[illegible]と又ハお旅さまりちくよ闇よ入で

衆ぬて又是バふきてあす　云孫よのべが[illegible]して[illegible]されあ

て[illegible]衆がさ[illegible]れとてもおかくよそのくと寝のありりで

よく見ればよひよ掛のし[illegible]そしてぞ[illegible]て支ハ

何申すよ[illegible]のやナア　ぎく　百弐朱よ

△ 傳の畜生　浪華

おいどうぞさよゐる六地蔵も上方よゐる地蔵へハ[illegible]

くらゐりをのおとしとど[illegible]角めつ[illegible]

まてさいさよちか[illegible]薬所[illegible]死人を[illegible]

巻三　十三オ

地蔵くち是を吟[illegible]てうなまきめぐ所へ大イの[illegible]が

出(テ)まゐて[illegible]ぬ仏の[illegible]としてコされ[illegible]食物をうれ[illegible]

いらあるうとのし[illegible]地蔵さちゐ[illegible]げよ飢よおすん

でおく此あり[illegible]り出してくあれとゐれバ狼ノクワツとかう

み畜生めそし[illegible]やおれを[illegible]りヨレ

○ 孔商賣　石磨

[illegible]おさくて[illegible]コレハく[illegible]さ[illegible]アく

てア是ハ[illegible]マきのかどれ[illegible]イヤきのかハ[illegible]の[illegible]

[illegible]ぐら見よ[illegible]して[illegible]もよの[illegible]まゐるが[illegible]

巻三　十三ウ

私も気を付て[illegible]ソウ[illegible]してやアノ[illegible]お

まん[illegible]よ[illegible]りもまゐりまんさ[illegible]でおざる主のかときをを

子孫を[illegible]大石の魂迄へかおん[illegible]おざりますてや

イヤ　アノかときおと四十七人[illegible]な[illegible]まし[illegible]らイナ

イヤく[illegible]でおざらぬ[illegible]衣[illegible]のもありぞでよ[illegible]

[illegible]七[illegible]ハ小濱よ[illegible]お[illegible]の[illegible]大[illegible]

[illegible]ハ[illegible]で[illegible]風師[illegible]死[illegible]八上[illegible]

[illegible]余も大方[illegible]でいられ[illegible]でおざる

[illegible]良の[illegible]のありふ[illegible]でおさりまぬな[illegible]

巻三　十四オ

見返し　白

遠ひまぜねあれハ行るあるく町ゆひ連さをつかよろづもの
でおぎるやら又生身のぬくを前何等うざらていれはけ
ソレハまえて刻名付のどさ後まで困乱がぞひうちさへ
立派また義なぞてそ歓まて地行さそんがたあるるる孫をみる
ぢる印るも判もな頭なが納上さされはもと嫉なぞて見
もなみのがざなりゆおばいろうさぎゝみの偶人介紙きは
足はでさつイナまよらとえ多く老むぐされはさへてお
きま支情まさりやへげ居る戻ゆまじかナナサアでれる
ヲんへのホドやテ
嘯角力先生作

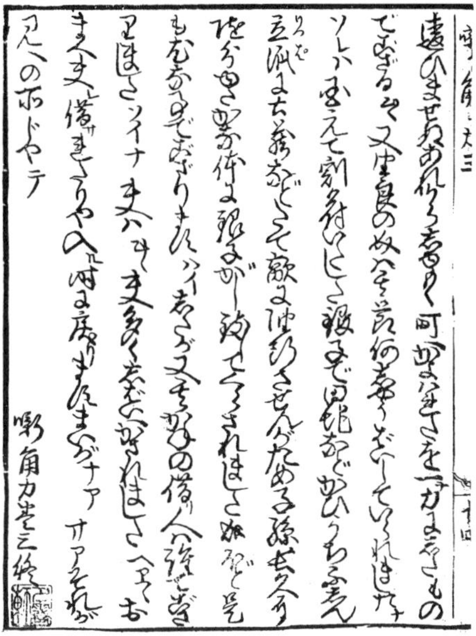

巻三　十四ウ

年忘噺角力　巻四

○泥亀湯　大西

天下名石をあつめあるひハ盆石(ぼんせき)なぞをあまたにほいて石
好の人〳〵いろ〳〵と珍らしき石をとあつめを云なく殊く
ある中にあまたさ此一品珍物(ちんぶつ)とみれにまさるものなきと
うやうやしく〳〵ゑるとあるふ〳〵さ茶でみよう小キ箱一ツ取出し
見し大きさにみかく打よりて押いたさて上かさを見
是ハ古今くら表をあめてとうのそうまなかかるとも世に
ある坂の閑無ハうし とあるをいぶかしく蓋(ふた)をとり見

巻四　一オ

見返し　白

是バ亭主ミんの割まかり

△笑ひ顔　一馬

門徒(もんと)寺の借家(しゃ)があいてありしがさつそくと近所の俳色
屋が狐もやはし込でかりかけしが店請まよ入のさうなや
まだつく〳〵よせんとお入のさうなやまかりやをかせバ私を店
衣屋大工まで〳〵にもおちるそうなものをのよハ借さバよいアノ
さうなやまか家をおゆしなさるのだ思されか等とらぬむ
是バ住持ハテ数ちの家を私やあろもなぐまし
てハあんまりべらぼうでござらぬ

巻四　一ウ

○大佛の移ひ　シムホ

何と去年から此大坂にも大仏を一躰いかがにうまくさ
いともじやナ移で丸ながライまく生ハよかろふどの位
にまするのじや まそでもあるバ京の大仏の信(むね)ハつりや
大工の出入じやあの本柱まで高さ羽も直ちかりがあるそを
ガハ何ぶり尚ハテ町〳〵ハまだ帳持てまいるイヤ
〳〵までハ〳〵の寄進をでかけますハ此にはあやくおん
のイト〳〵の咲く仕方があるつりや又ぞうきるハテ述で
淺をよせて仕らるハあの弥蔵じやが暮らしほいて信が有ぞ

巻四　二オ

△さもない　三山

ある大名に家老職のかん右衛門とて居なんだ山上ハ御殿を
なぐさめ百姓のかうさくのていをお目にかけんとまゝまとたちのよ
あしがるにて百姓に農作のわざをとらせられけれバ殿のおく
むさうき役なるを殿さまにはよくくはらんなされ奴やう
たゞゆりおとしが家老をさしそくやされふたりのよ出て
ちかめて百姓のていさうくをするにあさきんろうをあそばす
じやこれ見よまくの奉りハ此先桃を曲るとよくく百姓
がめんきうたるにてもをもきみくのたねを二人して蒔ていさ

巻四　二ウ

○診文のむかし噺　角樋

そもそも浦島太郎といふ大男瀬多の浜の辺りに
釣をたれていたりしが診文のてひめにあふてあるより所かへま
見てよりふかく病ひに今はせてまぶしきを読まず文を悟り
て術をきめくらし家むをとはなしさりされども又まく読文な
きめうらあきらかにしてみなもらかぞ延齢の人とぞめ
まて日本にける釣の業にて出しかるが日本とハ抱くべつかめ
てはあるいしのるよくかさびついて鮒をほけて上を
狩るひなよふくさせば椀とれるをよくくひのまきざさまをむ

巻四　三オ

かりのをあるおるうろくぞ離をあくべかりけれバどうらもま
見をおもしろがりて釣りのくよかりの朝まで釣りのみせざり
ければ今まち出げさんとまかせばしく今川状を引くは見て呉
見てもおもひよくべ大の科人ハ此ちよ近きびし出くらせらとする
よ浦しま文へおやぢも反らんまりの為よく庭の大公望へ
釣をすりて今文王をほりよ出したためもなりせる事らるさ
てとてさのゝ科よハ△たまけもののめが人ハさぬが居きるワイ

△艸履の風味　のふ女

小庭あるで去んめりけそびのおゐ仲居たいこおよよまにハ

巻四　三ウ

よゐもあま中居がいかよハむしやたせのあそがやましさおあ
のたきものくうくを取りてあるとあるが付ひよハ身よ紛
ぐあと芸者でよハたいこ二挺太鼓でひきさるもしぞう
とんだりよそのよくなうまへるいつてるうたさよそのや
かられのドやとぶくちよおまあまれ外のれあじよあるうちなじを
の君が見へてあハ屏風たいこハえあり座敷へさそかけて
まちて帰の部もものもでん付らくぜんの中居をきに
くとたいこのくりめぬざきすてろざしくぜんのたきもの移る
ためりざふ女く人きがきる由へ身をかくしてうかくハくりぬきま

巻四　四オ

おしのたきものははめているハいろいろとのぎあるむさん先生を
きさうとうかゞぶらちやめぐらとなめてかうむさ教をうん
れだよひようちあんざたいこの二作でござりまさ

○ 私說の信心　　如雲

さる私說る方さの所へ出されてちとおがみなされござるうん
おん丸とア私のせんぞうでござる也へ秋山了とんおんさまを信
じひさしきふぢざるおがみさへる士の申さる説鏡寺とかては
ねびんなことでさいちびん信心のものうがおしくてのうひぐ
きかうりよへ私おさまの子ありゝ何時ありとも信ら外い

巻四　四ウ

巻四　五ノ十一オ

るたまいてる説をよんもんくとはぶつていまもれど信心のおとし
よくうぬねせぬがきれいハ毎朝より内の幾を信心さんて立花

△ おまはりの医　　人徳

ちん天のの大坂持合のさかんなるを田舎大じん新町
で外又揚ケおんでも安泉をしてくりさじと揚屋もそなたへ
四五十揚り同屋の手代せんぞうおでおまよして
いん金れどいつも越山おもぞおめしている所へ張合の越
白壽主よりよやし衰て乗さいしよべとせりよせ見れ
だ外合せの越かり十本いて一つまたをくてむかし茶ゆう

巻四　五ノ十一ウ

く座がおんてち由かりよ旅へおよりとうくの方をみ
たまべらか故事てござりまさ

△ 居持の一本　　野田鮮英

梅幸が忠臣ぐら見まいそ幕の見ま陸奥のよさ
ナント　まのうすまあるさのもくしゃる大かゝ七十でござる
ヘハテめつそうな七十であの若うみさそろう彼れのうた
ぶりて六十ぐらひ　イヤ丈でいろしのさん男が合点と
六十と七十とのせり合のうちニチヨイくくとすくが
ていて花咲のかやかりよ十四

巻四　十二オ

○ 玉間の鐘　常磐

云〻の夜中村十蔵命日な役者づけ出ぢより低く延
強く云〻出ぬと限てやり居たら云〻ぞばっりおぢ〳〵と
云〻出ぬ跟てやり居たらるゝのぶばっりおぢ〳〵と
とよすほうく歩より起り佐渡の中山六段をせん
そりゃほうく歩より起り佐渡の中山六段をせん
とザイヤサなどおもひきんで伝心する付入口するとぶ〳〵と笑
らよめ新らでも云〻とかる伝心する付入口するとぶ〳〵と笑
そひをぬ々ちかしとぞをた々さけとかるうふ
云〻ぞうたんしとろ〳〵新なせぎしてあむうふ
あとむのぐのりとあぞ〳〵のとぐやあきけ
また門さ
△ 花生で咲　百寿
あや出来てサア和日をとぢとめて雨てしまうグ盃

△ 花生で咲　百寿
お宿さうきれ月よりお月ぶれ
ましたひるぎ〻入京あのぞり
ましたひるぎ〻入京あのぞり
台ふなりなゝどなれはしとけやあり
手人虎のむくんの芝席ぎばしい

見返し　白

噺角力巻四終

枝葉密切よりほてなるおの蛇〻の仕うち出て
うげ枝九段目であり傷をめぐちあろ死
ぞうをとず仕うちと云〻とこをあろ死
らくされ多き出来されまイヤ々かゝよ枝またら
ます〻〻さそれなるあろとあくるされませ家幕
であざりまんのま

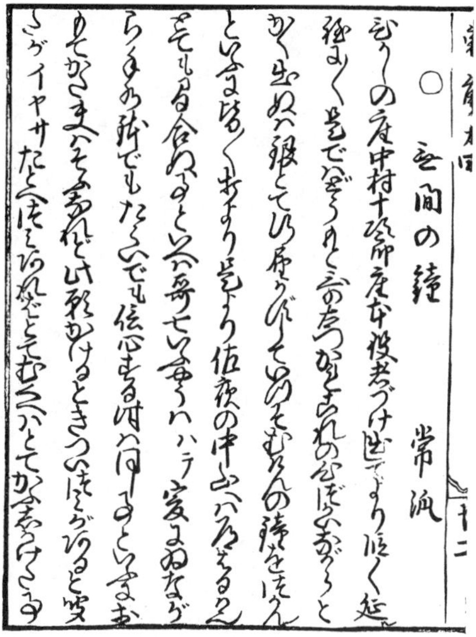

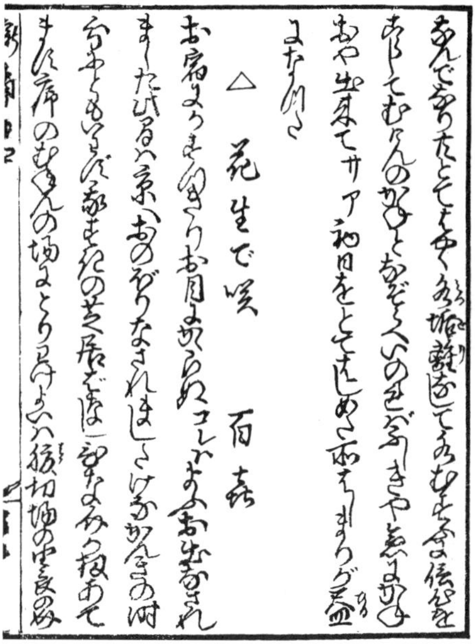

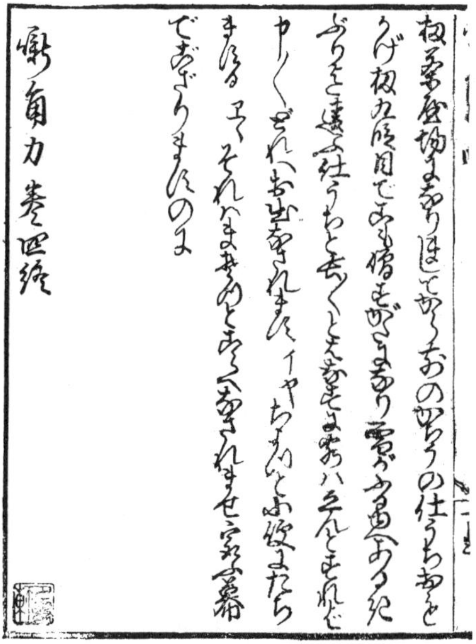

軽口噺角力　巻之五

○ 皐子耳洗　　左上

いくつ成ても子をもち親あるゝとて実体なもの
子入りや娘へのも出されてもち畄ぬせいを
出てかちで出るあらがと参もらぜい出て御へるの
はくま友達とあ済又今残もせ一く差ひをちで極
正月とよゐゐの斗むきよ夫よ後立一く此り
内所ま此〇のあけとての祝文の具かさ襄へ此くい
ゑがらう父へを丁あて川ぎさたりて耳をてゐろ金を五逍の

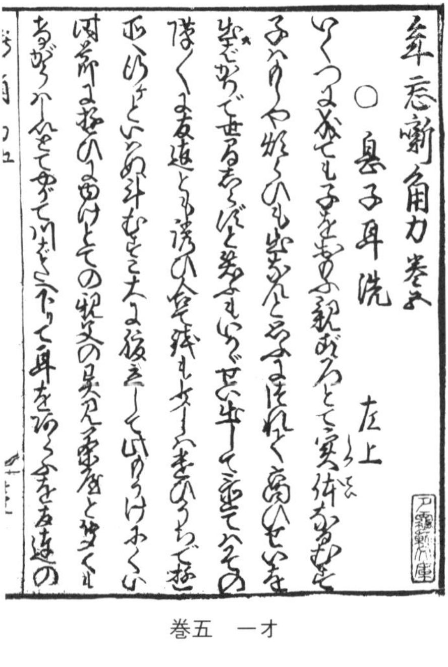

うち隣のむすこが力ん付て又会席がはじまるぞイヤあち
のおやぢが病をいやで茶屋へ出かけといふぬ斗余りよ耳
が残る迄おそふのじやと笑て彼方あちの息子めをもい
ごんぼりてちやんさびて出て此下へ出って又汲てゐるを
コレ〜なんで何よまるぞ　コレ　かせんどくあちのおやぢよ
のまさるのじや

△　当世じや　　馬耳風

桶からも出るしめぬ裡の浄るりぞさのの旦那殿へ
の若の所へ行く毎夜浄るりの自まん女房のをのへはい

巻五　一ウ

せうよぞうやこせおもしろおもされてたさりませよのりがきてそよ
く夜がいりてきつそふく先へ立って二階へあがれば女房はぜ
ひおへ二かいへあがると上座にすへて本とう旦那が
彼きうじめてとじぐるへのめはしじ女房の若もあきれていれぞ
あつくとかさり仕出へナニトかぢいつくぬうりたいかど出さ
うハイかぢいるでありますとキツト　いさおしより一段
かつりてきう拍子と声も生るよかるはじもの〜白もかつ
とて笑へさよかおていまでこそらうとね入りしが大きに上ヶ
〜〜といふのり地よびりくりしろへあけてとこかくステン

巻五　二オ

ドウ　女房も旦那も忙しておりいでさまおとじなはなくれ
ぞあつくと息を吹かけくりかへし耳よりせ夫婦
気がはやうくと云へばハイおもしろふるでござりません

〇　当自慢　　大西

武ルホよ運の佐守出歌舞伎とかんざんおり内へ入てチトお
れやくにしごれるも一服あつくへ及よしと云へば金がおるしおで
あちへ隠しさかいと表向も致し　あさますぞうカイ　おき様
さあうあらば後からく仕立下されしとなのくあさい追り
日まぎて宗匠もやおまってものへべきとやすまや麁相お方

巻五　二ウ

秘すが匿と文もいはでおつくへおきたりをて手迷ひの方へ行
るの跡をいらんとせしよもくや出来てござりませんとて丸
め〜渡せし迄へふしんながられ共ひらき見れば納豆
の下よ中夏の助が出るみ力んでいる体ヽにア　七ッ目じやナ

△　地獄の識　　鬼角

巾着切りおし一人ごう飛きかすめて牢へ入られ十八年
なるひが男よ牢より目をぬけ出れ付帯がぬけ
ゐるきものをさきざきへまおひさるおさんとむよつてうり御の
そのたへ此ごろものの手先へきよはてたきぞうひといふもの

巻五　三オ

みく穴より出る時ろうそくをひてかよひ付てきて言宅
指へよあたりたるおらんけ方がえかくひて命をたすけつ給
こ根どよ後悪ひを女めて誅の人よあれやしと急度
よやさるを給てハイまいかくふさりまひ拝したらちよ
とかへりてまつり給せう

○　宅帳　　常瓶

何にと檀会済おろさ夜給さう何をイヤイ　アノナ京の大仏
よかへ帳あるげふめづらしんすでハあへカイ何をコレもご払さ
るすなものじや　マア何所(どこ)で給てきさ　イヤモめりぷく拝ふ

巻五　三ウ

ひらいて拝くみたてれが出さいふフウそれおくまこと
かいなハテナ　おれハ京の大仏の秋如ハおとこじやとお
もてゐさんナ

△　行基の鶏　　佳十

昔ぼうハ老ゑよやたふと拝んださ子供衆もたんとあつのよ
さる殺生さきをおやめなされコナさしへ見るかげもな
ゐなさ者なれどもあるもをかけてゐるものが見るへ見るか
さぬむかしもせめゆうきさが大さな鶏をあがめてゐる
を行基(ぎやうき)さるがいろ〳〵と教化(けうけ)なされてかさお申けさ

巻五　四オ

そこ界が昆陽(こや)の池ハおそめおかれなりやそこへ生かつ
こそれで今よその池のうきへかごさ籠ゆけて並くなどのの
とてア一向給てハテ其れハよまに有るものじやナ

○　長生の薬　　雲圀

老人(らうじん)おちよりいろ〳〵出合中よ老する人のかゐるへ称イ
しかさかくせめゆうをあさがるうせつゆうへせぬものであそ
称れ別て高なとハ一ト入のむごさと鶏飛のせりふあく出
さよふおつ兵んがてこを其中の一人が白(しろ)やくくそうでおさ
らぬゑるでも兵でもおろせバそこおへ命がけ方の足よ

巻五　四ウ

巻五　五ノ十一オ

巻五 五ノ十一ウ

△ いんろう
　　　　　　京仙

あるひまつりの下戸のおやじさま一つ二つとのみつゞけてさいつきりあんにやうちよりねあんやうるまいよといひて茶椀をもちてむつつりとこらえるむかふむいて物をいふそれどうぢやといへばあゝつらいあんばいだそれがかへつて酒でござるとそもまたひといきにぐつとのんでそれきれさあおくれそれおくれのむほどの両ぺん飲せましたてがあるまい又一つだそのゑんしやれさんじ人がとそこを又一ツだとこえて山のかげから白瀑の湖まふるはうそく

巻五 十二オ

△ 愛の献立
　　　　　　瀬川

ゑにあるたれ甲しべおれどちからちぢとなるべしべ茶碗ちちとも意とるそれどうぢやと面めて生まされどいる愛のあしき男らしとらち去年残欲なしえんぼうの男いひやある月友づちの方来ておれさいでしこ萬士のめめをとしやるさまのヽ新それがせ愛を気ひがなくせとからまをるちゝさんもあ愛だろう一つやぞもあいさえも気れたがあてそれより愛することをこのみこにむつたりくほどおるそれムとまふつけ欺ろめろれかむえそびゑりのあまきり

巻五 十二ウ

安永五申年正月二日新板

　　　　　　　　　　　　跋

法乳の人乃懐より孫をいだくも
古寺乃新里して盲村芝居そ
幕春もや蒲ふ皓高ぶるソと

　　　　　　　　　　五美鉄

巻五 十三オ

輯足散九三百余の笑話
角力いくそみとかてもことれれや
ことる龍耳社撹若需る遠
くもこがはしを筆の中をふくめ
うしきまよと十八破すゝや企筆社貴
價まや比隣せんやと眉鶴えを云
立さ阪とす

　　　　　　　下村

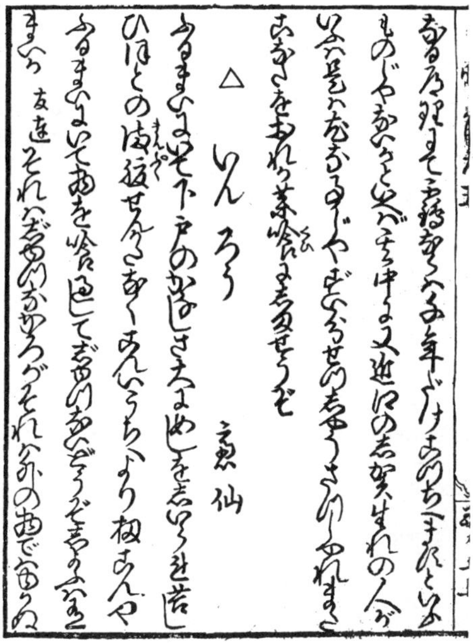

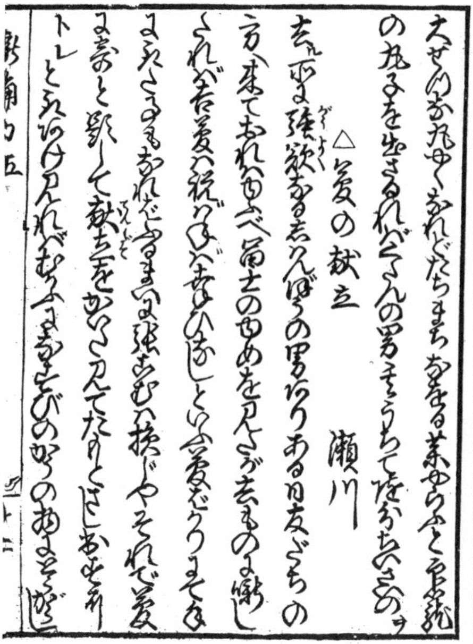

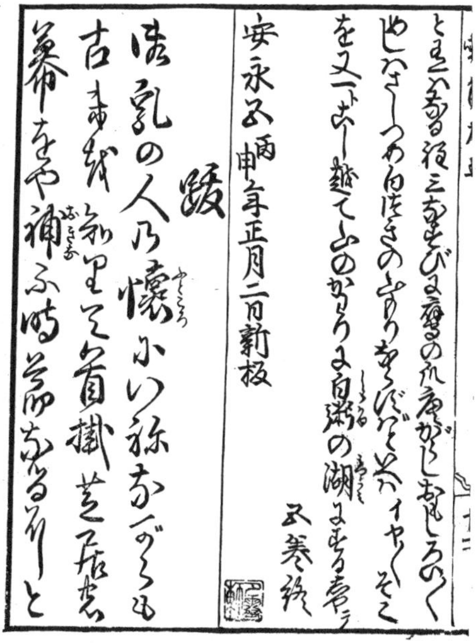

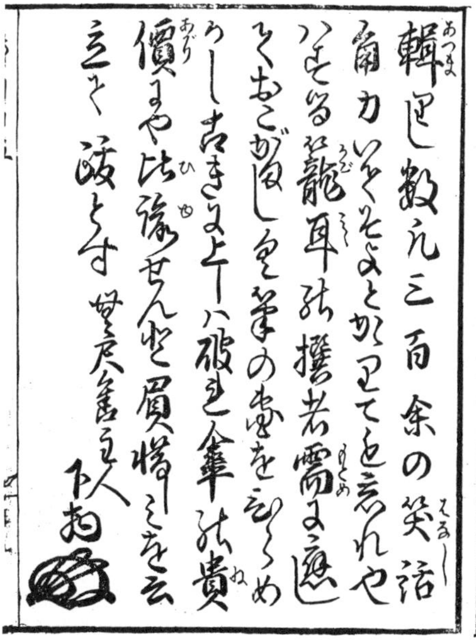

巻五 十三ウ

新清書三頭次笈き町八百屋町筋　高　橋　栄　二

御書物所

書林

大坂

板本仲ヶ人

御書物所

茨木町

（以下、店名・人名が縦書きで列記されている）

山田屋久兵衛
大和屋弥三郎
大和屋彦三郎
堀　屋平兵衛
丸　屋吉兵衛
大和屋喜兵衛
海部屋勘兵衛
あぶらやに江新かわ町筋ニ
内久宝ぢ町谷町東へ　板本屋伝兵衛
板本屋平八

淡川久義

巻五　見返し

御書物所　大坂沙魚橋鰒字町走ノ下ル茨木町　淡川久義

興文教秀板書目録稿目録

肩振り 慶長以古	神易選	全女筆初瀬川 三冊
投夢早上葢	古集錯	全國画香州 全
本朝人相考	懐中本	安合川義方 三冊
本朝千字文	偽後撰	彩色画選 全
志々演有物千字文	全	故事蒙穂集 三冊 西家臨書吹役礼 全
本朝百太平記	全年冊 迎刻	伊勢通中細目大全 全
中興武家盛衰記十六論	二冊	立春新角力 さ々の川系和漢 全
小象五代実記	十冊	富貴花他基 全
分限玉の楼 全		

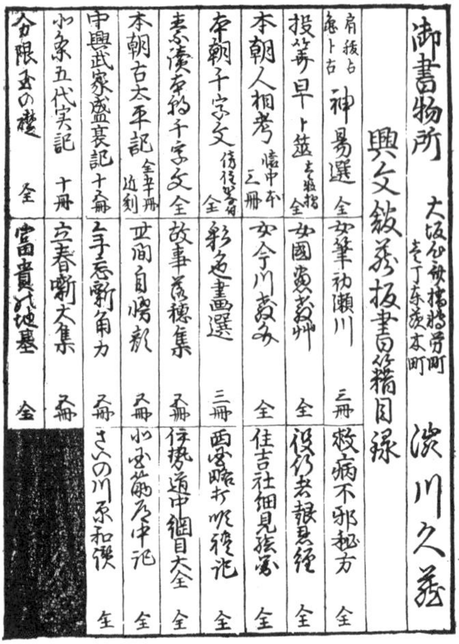

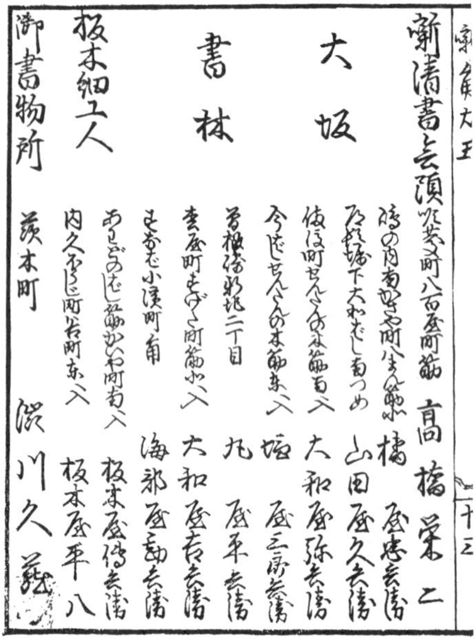

2 『立春噺大集』竹巻　安永五年

見返し　白

鷺捃噺　寿を山有て　み路く
そなへ　大よ勢きよ賀耕しく
見するまもおく　ぬくり似多集り し
高をきあ百九拾余　具中平
申乙を分多五拾書をまるい
年朱　者よ里　定申里に承　限らまむ

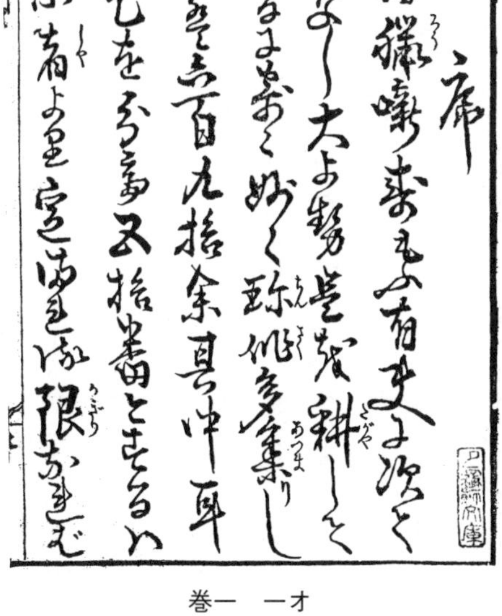

巻一　一オ

立春噺大集　巻之壹

巻頭
おぼろ月
常華亭君竹撰
濱井

※ (くずし字本文は判読困難のため省略)

巻一　二オ

※ (くずし字本文)

常華亭君竹撰

巻一　一ウ

あてちがひ

不妙門

※ (くずし字本文)

巻一　二ウ

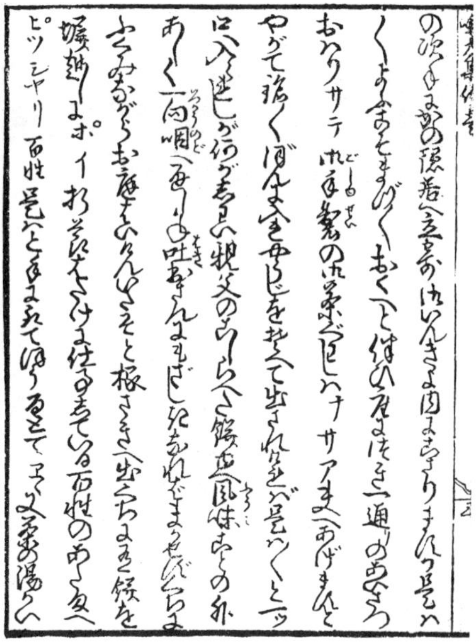

巻一　三ウ

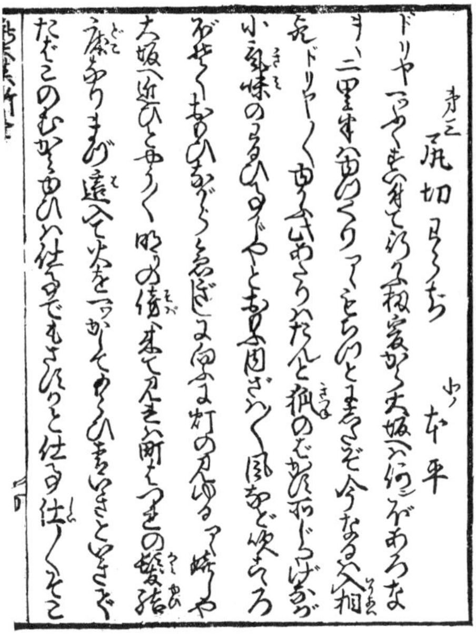

巻一　四オ

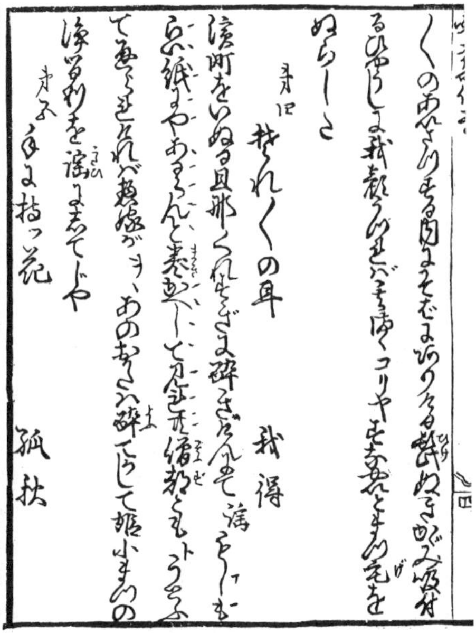

巻一　四ウ

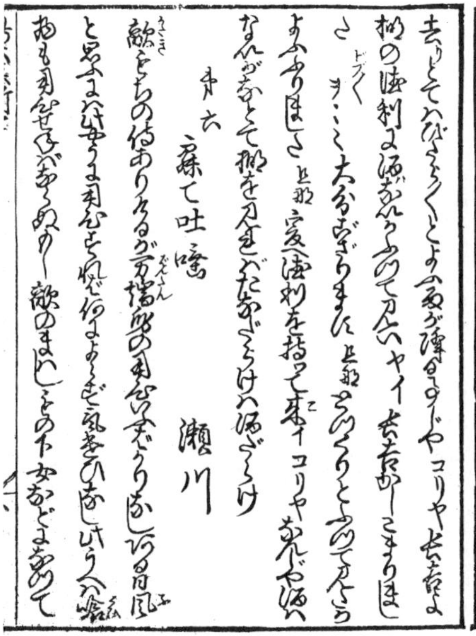

巻一　五ノ十オ

入ばみちんぐなどをあらすといふものでもなんぞ事をさせぐまいと
珊瑚珠のかんざしきを遊ぶざん居まはして居られなりければ
とく敵方のまはしもの下女なりて入ばみおれども女のてまへ
かみひろくひそかに食のうちへ毒を入おきし例のありし世へ至
なるにふしぎやけ夜夜ばちくくとわせ出されしへ大いに若者と
猪部をお化けるとだまされく家ぞそせて押しおまて死ざ

弟七　利屋のほど妻　茅江

ナニト自然居士のうたひに化貝秋と云ふ者がむじめたに獣
まくり敵を云したとあるへ足いやへさか當たと云ふ狂言なり

巻一　五ノ十ウ

巻一　十一オ

ない〜を通りぶさんと云ゆる島にて云ふる海を通るぐてぜむぐおき
をるもなきかよどみグナニト生いて鼻緒をなく白綿の兎び遊
出合へあるまがし何にして敵にへあるとうえど閑邑へ見えいへなん
とかさ法まりなぐくるそらみするの安宿川上也らおりきを
なだしおのとこんの

弟八　醫者の文覚　如東

藪医者でおらじのゆるさ兇さまにますり木陰によどみ居
さりしを饂飩木って何の若もなく若よやういしや腹の
中まて生じる茶中の菓箱より巴豆大黄の類を備さ

巻一　十一ウ

ちんじければ夜中大いに多り後で医者をうらむじよぶじなり
いしや大いによろこびゆうらんとせしが茶だてをうらむとらが夜の中
よつまきれなり見いあきらうと云ふるひとがお出よかしくまうりヤイ
うひだみ今一度お茶を若でくせいと云ふべうるむだく大きこそ
アヽ医者をせ見るもむずがるさん

弟九　正直　その　我笑

ある府始末なる人二三人より世間のうはさなどなり一人か
をうへ极アノ常香などといふものは大ふてめのよいものでお
さるは實の内よりなぜ異なられぬと云ふべきされバてござる

巻一　十二オ

(本ページは江戸期の版本（『立春噺大集』竹巻 安永五年）の写真版であり、崩し字のため正確な翻刻は困難。以下は判読可能な範囲での参考翻刻。)

【巻一 十二ウ】
　　　新自慢　　釜井
十軸
二十石の家合ありまして、祢のゆふ家ほうたつのせり合大坂をのろくらん、何ぞといゝて因業さみやくや大坂のせり、やどうしても、京大坂やらくらく大坂で…

【巻一 十三終オ】
竹吉の浦や清水の…二十石あらうなどゝ申して、月やかやか…

【巻一 十三終ウ】
本朝壽讃千字文
本朝千字文傍註
　　　　　　　竹巻壱編
　　　　　　　初春分
　　　　　　　平易繪入
　　　　　　　両板出来

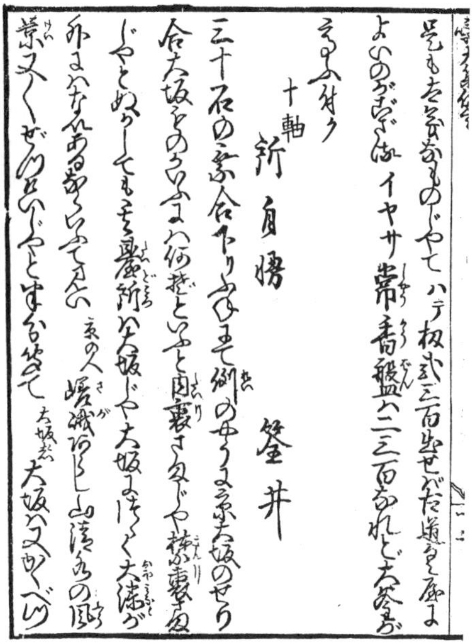

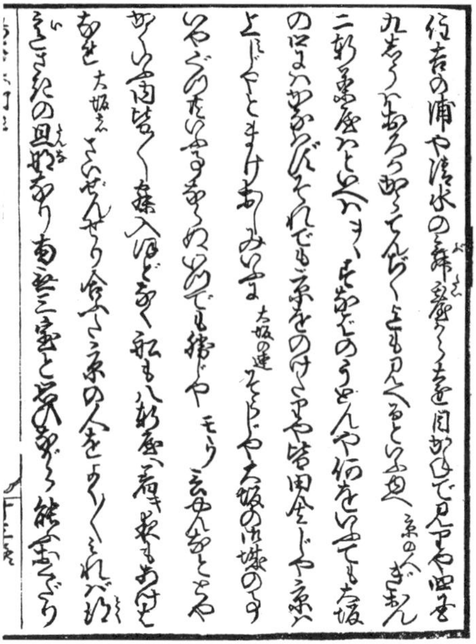

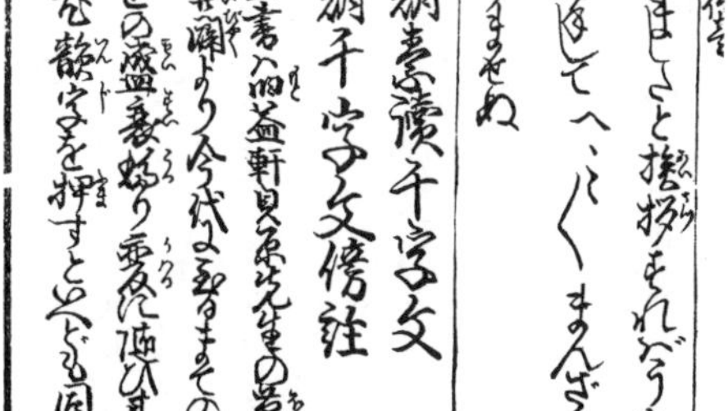

表紙なし

見返し　白

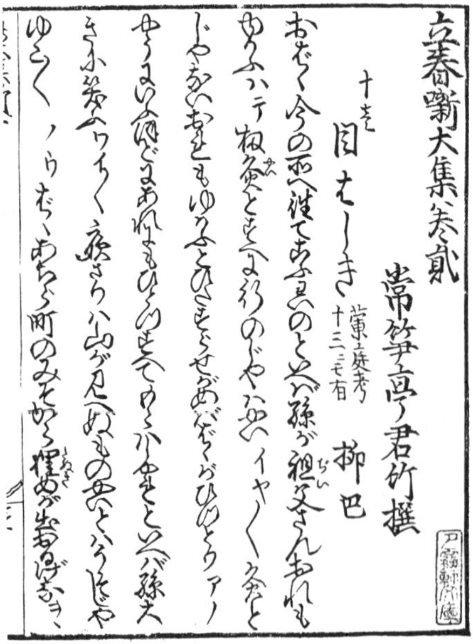
立春噺大集　巻貳

常笑亭君竹撰

目むしき　柳巴

巻二　一オ

崩し字の翻刻は困難なため、判読できる範囲で記載します。

巻二 一ウ

十二　さ侭くのいり豆　　麻悦

祖父ハテ是れハ何やら〳〵　　　　　

十二

巻二 二オ

十三　猫の襲姿　　瀬川

巻二 二ウ

十四　老僧の惑　　菅多

巻二 三オ

十五　力士楠麿　　ウテキ

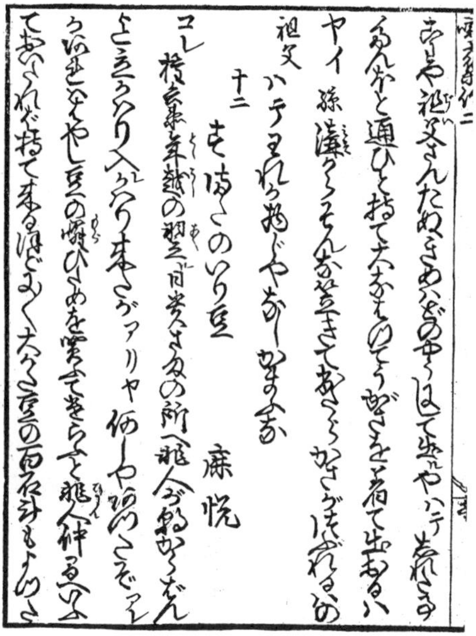

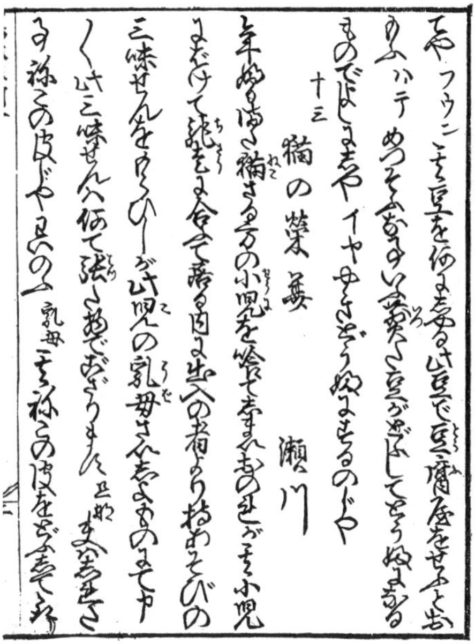

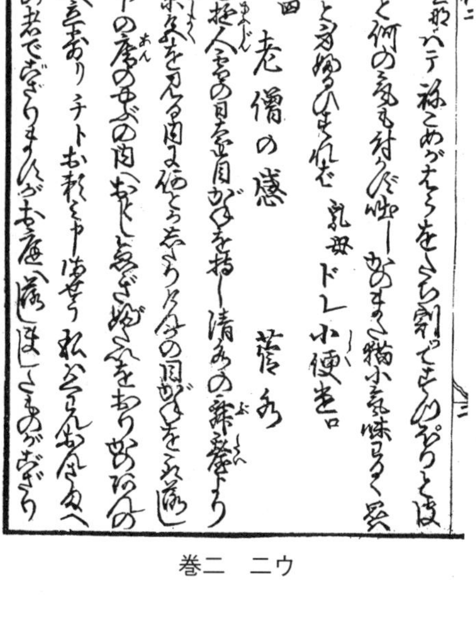

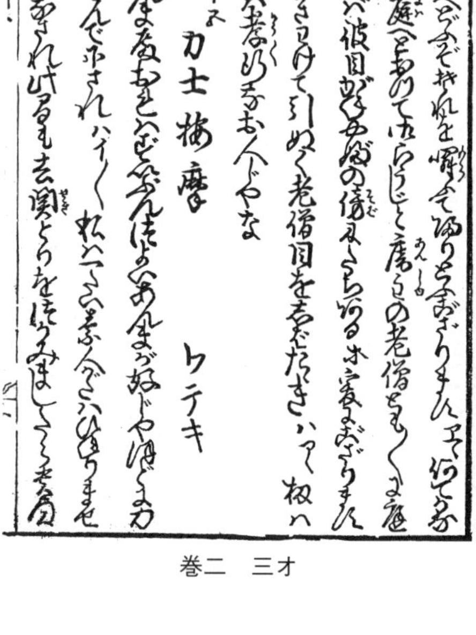

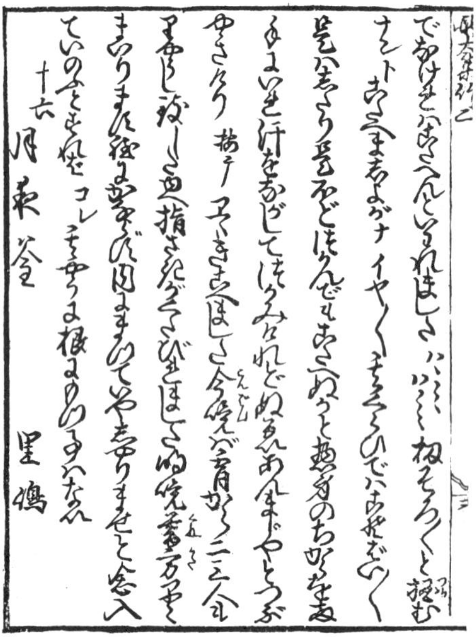

巻二　三ウ

巻二　四オ

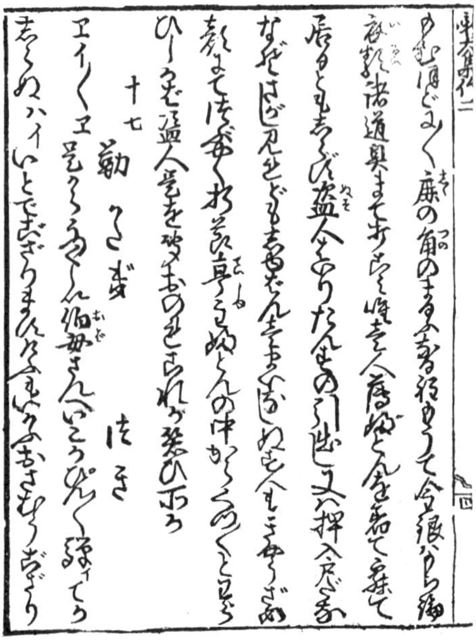

巻二　四ウ

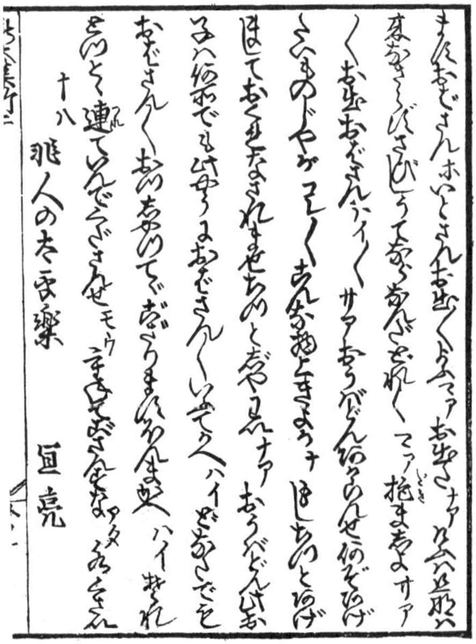

巻二　五ノ十オ

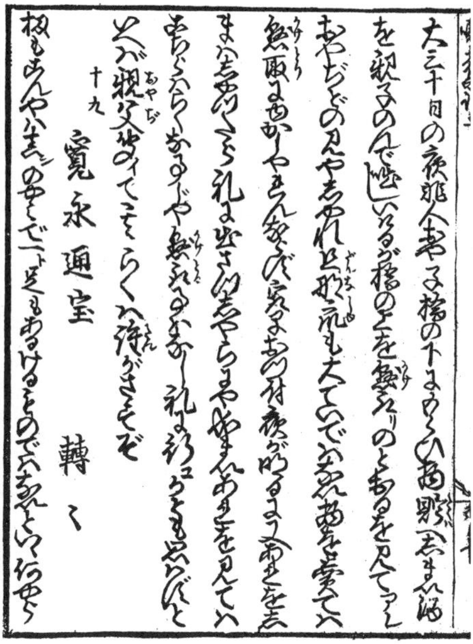

十九　寛永通宝　轉く

巻二　五ノ十ウ

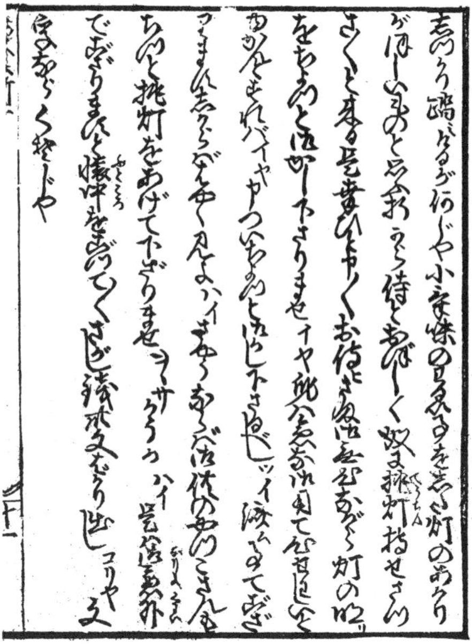

巻二　十一オ

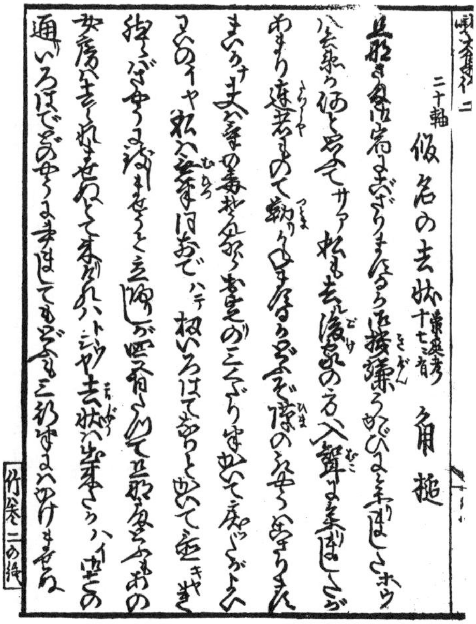

二十輯　仮名の去状　十七首　角摠

巻二　十一ウ

見返し　白

表紙なし

見返し　白

立春噺大集巻三

常等亭ノ君竹撰

さ一　南州好

さ二　六葦

右ハ薬庭若き二ノ巻の内十六番の室み有

恋合の迷惑

相下

三十名の余合まて夜更け新中も去席すり/＼人合の
祖母き叟ほゝ涼くよ小使足してよろ/＼と持川抜てん
せしが若ょかり子母の中へ入もとし膝より孫てゆるりの弦の罰
の足りがめ小便ざんをりとおとされた彼男それたゝぐ〳〵参

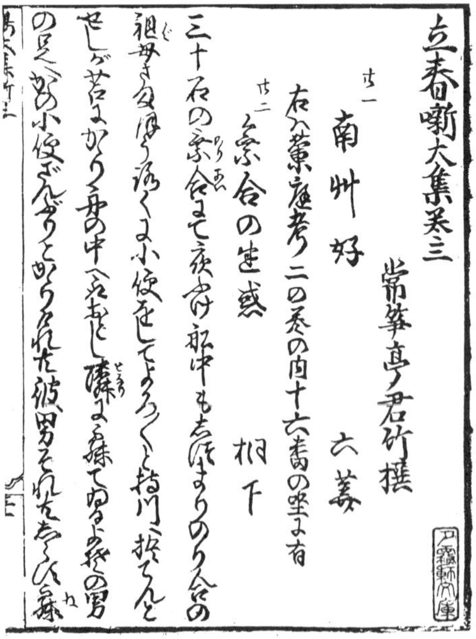

巻三　一オ

入たるだるま及ハ根もとのどくなる事をきくと足ハ又菜ゆんを
泉出川のみをもくひ手足ハ掛てあるは足なるまい男同を
さ得し アヽく家なだるま及ハ陽をうけるみをうけり

二十二　居るが飛べハ石亀　丹丘

武士の居る仏を見る乞食なく中事とおもをよ下とじて本を
しるとし又ハ竹のさ死をそぎて後をみしらく毎日ら行也
て従来の物ニ身ともある程どしかる日武士二人来り合せしら
かの乞食の竹従武士のみりんはいそう底材なれバ武士
大きよ役を立かの乞食をさんくよ約ざ志けるわざも

巻三　一ウ

もちや具もたてくよなる時は士の乞食たるぐくと及びさとし
なれど武士も世入する智して根おきたる乞食ハよ足
もなくて我小家ハあるやうにもなくび連の乞食をたのみぬ仲
居のものせりく よ世こなるもあらふと毎夜失兄を
ほるのどや此後フツく 武士の真似をあるなら持ちぶ小
家へつきて去て出らぬさるくべ家まで命綿なるもみなくか
まよ老臣とり立うられる乞食なきを見ては武士のまよ孫様
あるべし是よありぬものハ臣し何年まが小屋へ住れゆり乞
よとえさせられもよ連の者とも世入をむしろのとぬらよ

巻三　二オ

のせて二人リしてかさいぐせハ臣じき良の下よりも家来ども
あふらのヤレ

二十四　余所の無乞　林子

播州是の日男門口がら天波のなまびなのハおきまへよおぐる
うなせ、是ハ昼屋どのよふあそ称して出出ユレよふ持てハ
なむ毎夜郎孝行のまへくふハ此度合せて御座て来さ　子ア
どふして是なるのじや　サ山たどや左りし家ハ余所の内でア
あちの内へ来てくださされ此ニよ女うめのぞふなる日いふへくや
家かう天満まで往が夜ぐろし此をのどや何どやいろといふ波

巻三　二ウ

家で洗うてゐるところ ハテ サテ云様あうらふおん人ドやよそ
でそれがござるものでイヤく コレ是までまさ及よはふを
さが役がらし是非あでつけたちやき サ麦てもよふおを合
点してみや左やき亮おろうもいふ通り家へおき余所のうち
ドやぜひてア あちの内へおされおよせんでくもあぬ サアそ
天満までぬのがめへこくドや イヤ コレさらの郎孝へござる
おて出るくふハ家で取りいそてのくをカイ

二十五　さくらの海　長井

浦島太郎乙姫にむかへ右御殿しくみぬへちからよし土産

巻三　三オ

ひしまぐさ夜打出て来ませうと往来へ乙ひめらあづさ
さゆうあうぢ嘘を持てお出と例(れい)の女子の系を渡されし女へ
太郎なんでも此段の女子箱をさしあてあつあ女おでする
と浪よへ女がはやしおやたんふやあつコなめてと蓋(ふた)を取りけむ
あるひは姥よりの三くぶりをあり哀れくり海しまでありは
見事くり出しく海底(かいてい)をうろわーそうなアノ蜘よ

廿六
奴の論　　田特　柳枝

コレ六糸来持あさへさんの有竹(こぞて)がきうや一対に行ずく往来や
海スナぽく持ちけてのまへ宗来渡をつ何うびを金之渡そう

巻三　三ウ

巻三　四オ

六糸来 あれへなつうおよのスナぽくや六十ぽくへ志めませいで
くござらすませうコリヤあり海へ九筋あうと待(そぞ)くうすや
されのむ様よく六尺スおくほどのんでサテ志ずませぬイヤ
天あくくと隠くくと止めて立(ば)へ二千尺スおくのくモウ出家
なひと延(のり)出を張よりへおのりあげ指尺ス丁も無一西よ大恥
ますうち国へあげあをれへ張より延(おって)へのが海者あまきぞ
お隠しとたのむ往僧がとづけ跡が来あろ此でて下よ隠
お此よ延人の若ぞでも此寺よ来り志かくの母うも為なま
往僧の口うらつ門よりぬけ出しとすさ海を渡と延へ延人へ

巻三　四ウ

告く売り女きサア宗子よ気ばかひ出し此あるうよ出へらせ
よと頼むなびれバ六糸来 大いさ湯つと持ざやしく気結や
退居(ふくろ)や アア きぬの出して下されう

廿七
坊主の性根　　政喜

彼岸(ひがん)来りの次まよ宿坊(しゅくぼう)へ友おやる此の内よ 旦仲 イヤ
ャ お往持さ夜あさまへ猫(ねこ)をお飼(かい)なされてお出なさるが
要執へあの久あされぞのへぬとのうとあすれと其へ往持(じゅうぢ)
れなあきど経文(きょうもん)あまを扇がたべすんをおじよも参りまん
てや 上仲 又お達よ大があります人があれへ何のことあでござり

巻三　五ノ十オ

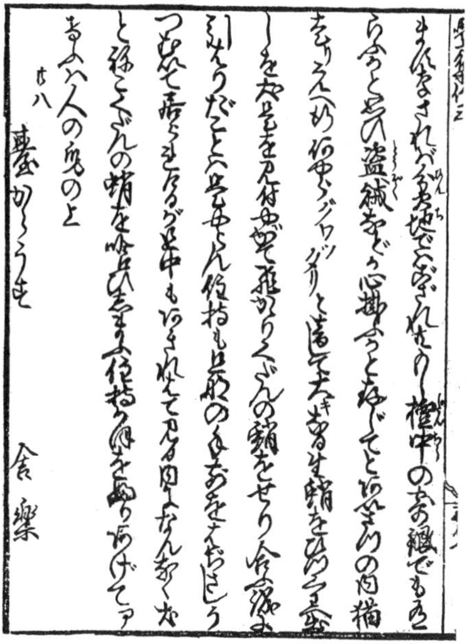
巻三　五ノ十ウ

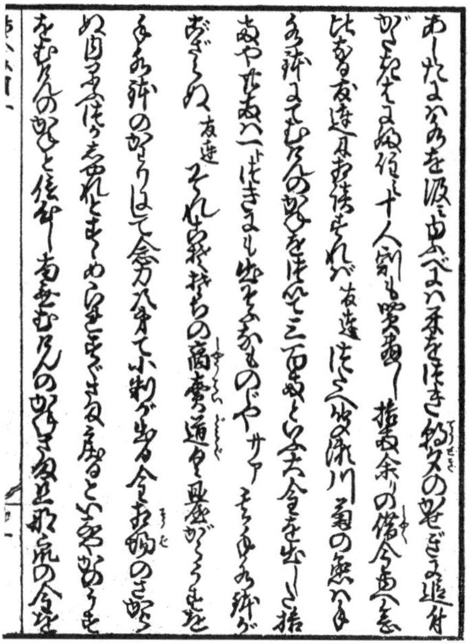
巻三　十一オ

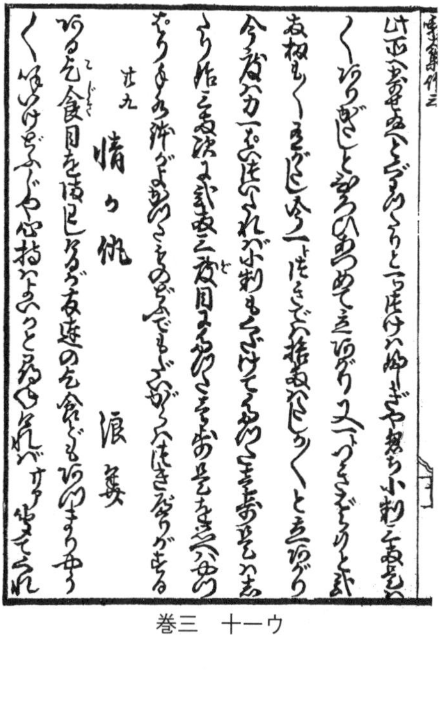
巻三　十一ウ

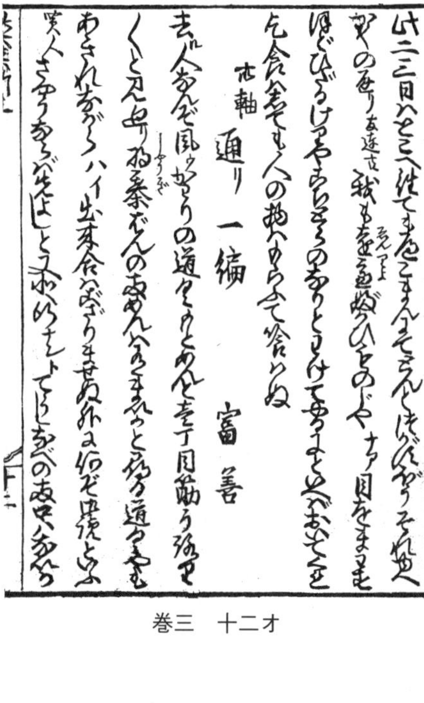
巻三　十二オ

見返し　白

と有をのく妻子目でもおくやう家内八妻ひぞひどとほばき
家西町竹でぞくやカせゑて内孫のよのふぎりあやしいなら
竹細工屋ちゞぬる浴と後をきり切ろきるめのう
とを聞く　竹細工屋ひぞろ　　　喪人が
サア哭しれ　喪人　我やも末ゆゆ　　　竹細工屋
ちそぞくらよりよくおさきやぎりすひぞり介がきるひあ
され升も　喪人　ハテあそぶ戻るうおうと戸を叩きさまばの

竹巻三終

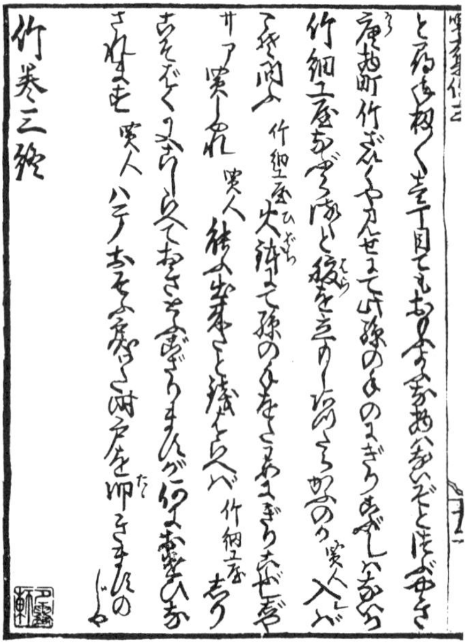

巻三　十二ウ

表紙なし

見返し　白

巻四　一オ

立春噺大集巻四

當亭真君作撰

三十　田舎気質　改義

百姓長五郎と申者松を渡り方へ参り此者大きにねまり大そふおじぎ致します扨長五郎存じよらぬ事にござりますが私ゑんさきへ御出くださりましてよい御名を付て下さりましとて（以下難読）

巻四　一ウ

三十二　道心者の焙烙　布生

揚屋で拵らへた茶の君をうらぐち（以下難読）

巻四　二オ

三十一　離聟　れ口銕　之行

七十余りのぢんがもやら賛徳（以下難読）

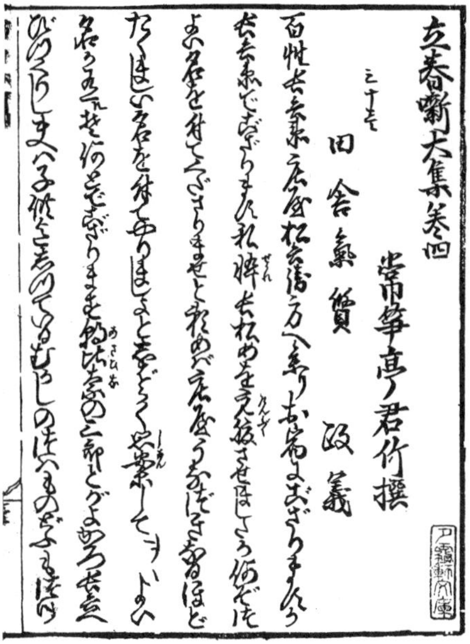

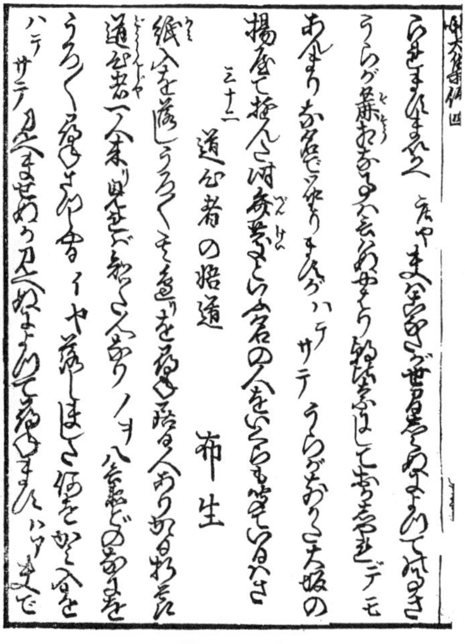

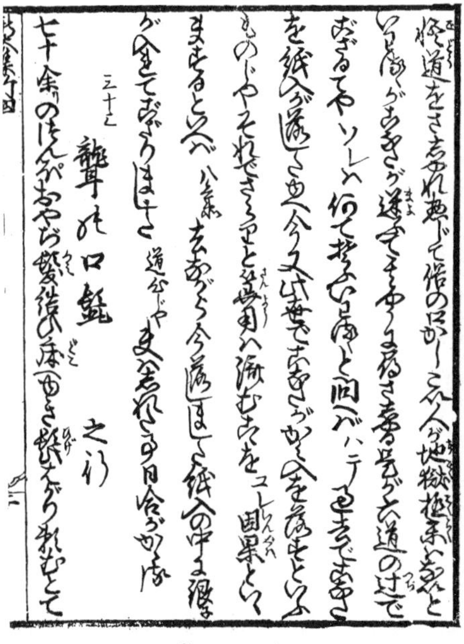

くわつのてぬぐひ数をおいてかひなれバかゝ由人はぬからくとこあかり
おくかいらくてサアア口をあけれバとひふ韓なきバ彼へバ客
く云がれバどうれと彼くざれバコレ彩ツさいきやせいと只をゆて
仕形するそせきまだかのおやぢわらやへあそびおなれバですゝ人
じやおれようりさきかりゝの

三十四　いろりの醫　左文

擬蒸の摘を隱からよりそれさみさてわれをみて旦那大きな猿
をこゝ人こゝをがアレ色なきられかしてまうまりてゆとほでを
さし壁の屋根へおがりかさいれ隱から十七八だかりなる徒ぶら

巻四　二ウ

きぬ娘が剣だきみてそかの梅の枝をおれ体なれバ今こゝだの若が
ほしそく

三十五　浪花　奇女

困奉道若四五人連まてそるの社へあつ入はる下よと餅をま
まへざれがけまさ男がぬくあるほしてやくさやく色ハねと
やたくへでおざりまんはお家でおんそかあへそる株とうてはやし
仁徳天皇とふするがるさやまのぼりてかせへ煙る氏の
かまどハ賑ひのよありそうと派ありて寺で者人の家でおん
まよのかおりまんせ　ハイく　イヤヤ　そは云ふハ賑ひのよありでれ

巻四　三オ

おざりませぬか　そでおんかわそな大坂でかまふものじやおんせぬ

三十六　おくじ波　路島舟

あちの旦那もお寺がゞくや浴衣とい家あのてさわい三下波好
じやてや是はまあその不のは辛るほどあんまの好へ大酒
のゆうきをちと戯さしせまめがかの名や芭蕉天井よし好と波
門の格が紅じまあがや松付のきん仲居が縄のうまんちゃうのと
ほをさまのるとても敷のかとゆふ路酒さうかなふ京ようろうあぎ
よりへまゝぬでや　フウン　ほんまきめいうわがまざておやゆん
そうこう三度くのおめしハナ　こんな麺ろんじや

巻四　三ウ

巻四　四オ

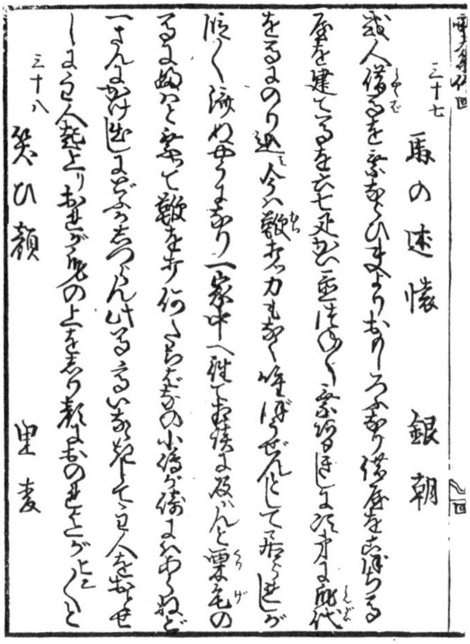

三十七　歳の述懐　銀朝

三十八　笑ひ顔　里麦

巻四　四ウ

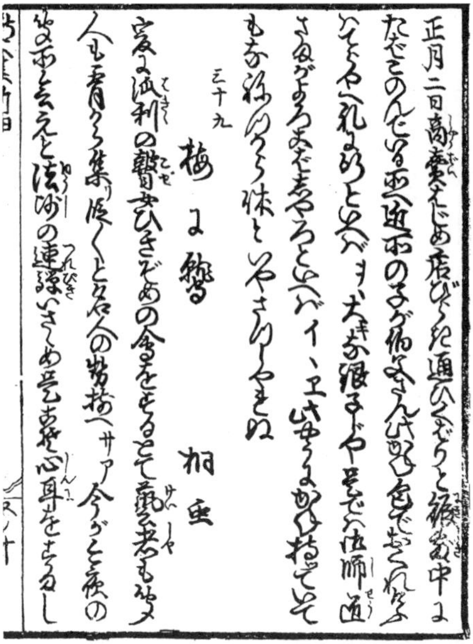

三十九　梅に鶯　桐亜

巻四　五ノ十オ

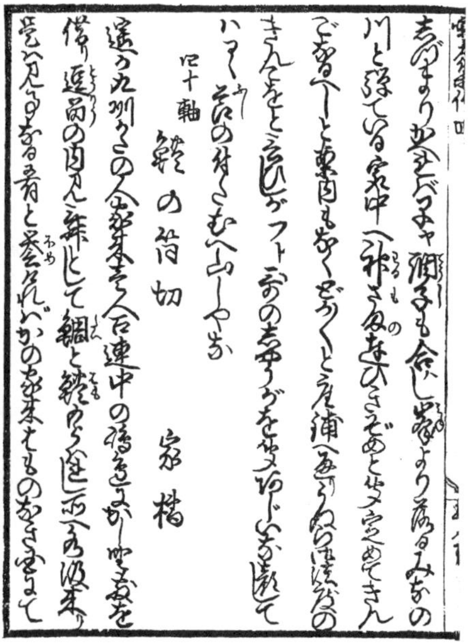

四十　鞘の笛切　家楢

巻四　五ノ十ウ

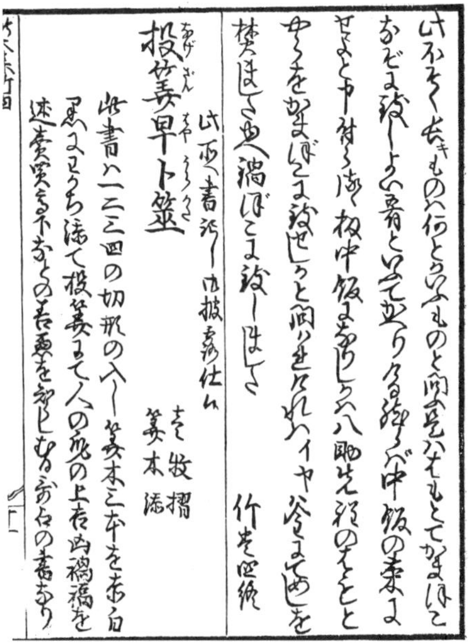

投筭早卜筮

巻四　十一オ

年忘噺角力　全部入冊　切らず袋入　新板よみ本

安永末の冬新清る親並至（　）納のえよしを
長年射山抵中下而あ撰ゐて誌を免浩噺のえよし
初席の本當申（　）正月二日より致し金申山

夕涼新話集　角楚軒素従撰　ひらかな仕入　全部八冊　新板よし本

新撰話大全　全部十冊　切らかな再入　新板よし本

右八噺去三席目の噺大集と三席目話大全との
百夏盛浦の撲〔奥〕戚〈六月七月比〉の暑を志のぐ
新結集七月十五日〈　〉出し申候　其の外噺〈　〉申山
噺去三席目秋の夜〈　〉久比申候　　其の末希上ル

見返し　白

巻四　十一ウ

表紙なし

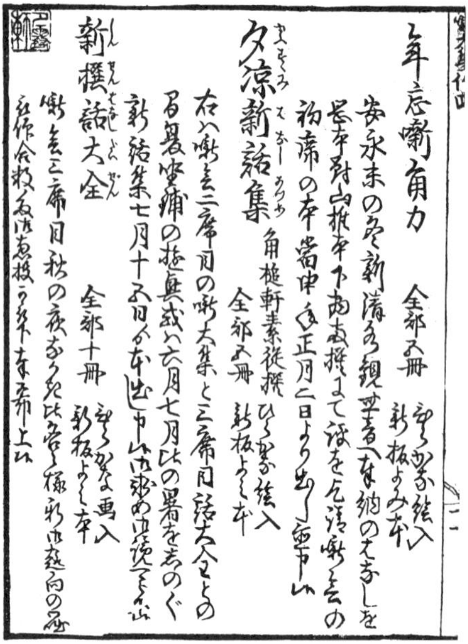

見返し　白

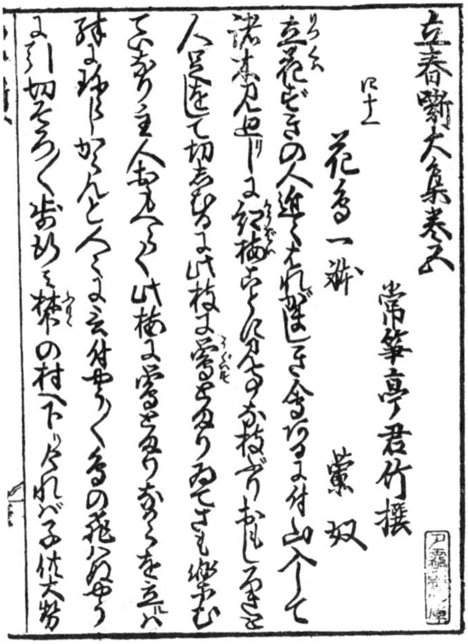
立春噺大集巻五
常筆亭君竹撰

巻五　一オ

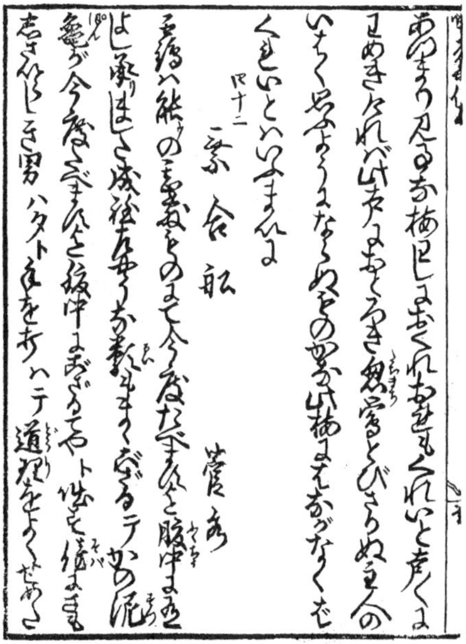

巻五　一ウ

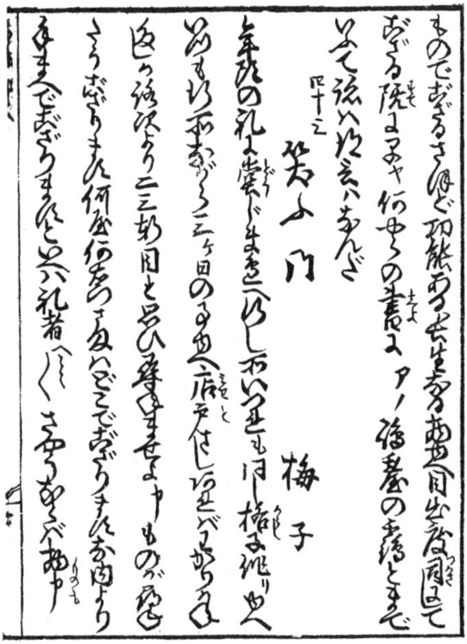

巻五　二オ

四十四　毒ぐくわり　朱楳

右ハ薬庭考三の巻六丁目の咄ニ有

四十五　油乃ちがく　如雲

正月二日より四季の咄(はなし)会(くわい)の本出されバ見る人此本をもと
め数々よみて是を咄ねくるとて附合肉の先く（へ右の
咄を薬によみ出ガす先生く（へも見り一口も跡ゟかく成此六
三十石よ乗りて咄さんとて大佛前より乗合よのり船が出
やいなや南无をつり風邪(かぜ)の咄などおもろく古くけるに内
よ乗合の中より松島正月二日よ咄会の本が出てそこ肉よ

巻五　二ウ

おもしろき咄（はなし）ぞ（くつくと先より咄が(?)ひきをきれバ彼人
今へなすり薬コレく船頭(せんどう)のちよみと船を付て下され

四十六　

蚰蜒の蚤药　馬両

去年(こぞ)蚰蜒(くゞ)へ人卿じき壬珞(えきま)からを求めるよ来り何ぞ細(こと)さ
やどかなれてささやうな細き蚰蜒へおざりませぬかるよ段(だん)じませう
うか(?)　サレハ出合ハございませぬとやつて店中うろく見廻
ぶ又楽りて三寸四分ぐらいの蚰蜒(げぢ)をもみ付差く茸(?)の物
ありと手渡してのしめ取りでけよ途中まて友達よ出会を
いく蹊(?)をさぬ(?)れへはま出すきれまして々と打掛られれハなんてバ

巻五　三オ

コレ此らじかなるの咄かよ参りましたことぐらんのおや此さたを見
せられいバヒヤア 地蔵ハさきよ泉水(せんすい)あでも此本ははきうまう イヤ
くさやうあるではござらぬ跡ゟへ是をさ何よおきれなれ
サア 是ひをのでござりまして ハテ あちみ抱いづきへおかり
おきれまんそコレハ鏡をへて是ハそらやしません

四十七　推量ちがひ

右ハ薬庭考ゟ四十四の咄あり

[redacted]

四十八　馬次争（まちびへまんとるなく）　玉甚

るさぬひの侍が授を人よりるをお断段しぬるが付た

巻五　三ウ

巻五　四オ

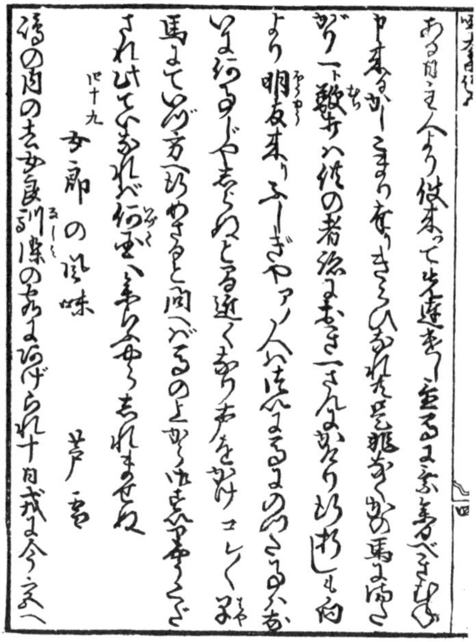

巻五　四ウ

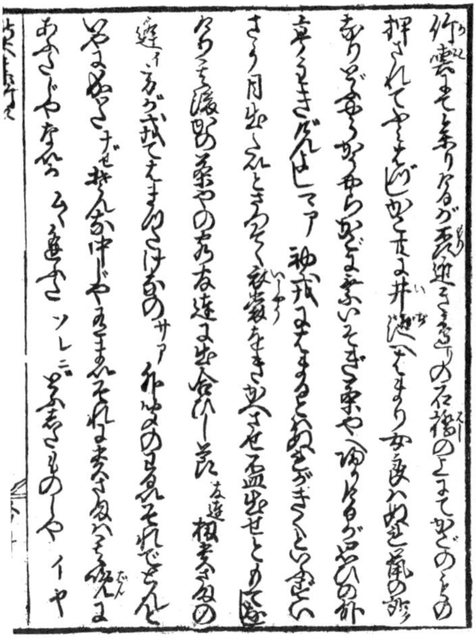

巻五　五ノ十オ

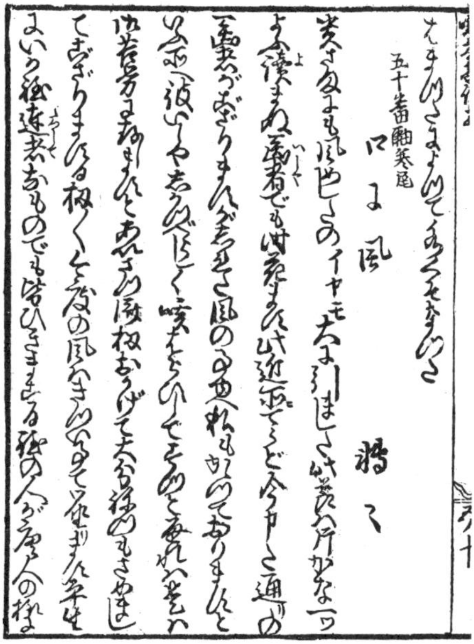

巻五　五ノ十ウ

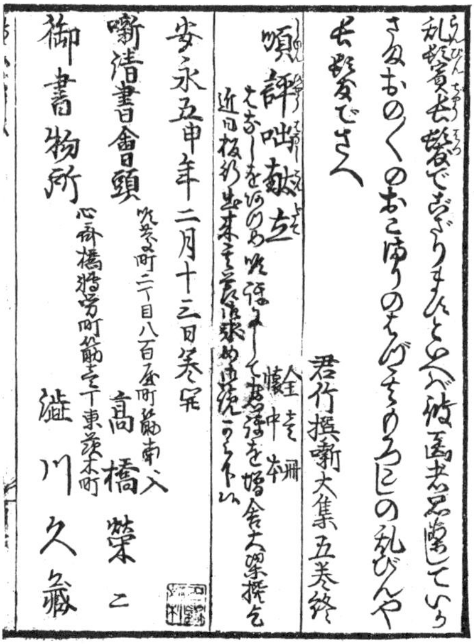

巻五　十一オ

見返し　白

大坂

書林

板木細工人

道とんぼり下大和ばし南はし
山田屋久兵衛

日本はしつめ八まん筋北へ入
橘屋忠兵衛

備後町せんだんの木筋南へ入
大和屋孫兵衛

今橋せんだんの木筋東へ入
塩屋三郎兵衛

高麗橋新地二丁目
丸屋平兵衛

松屋町さかい町筋北へ入
大和屋吉兵衛

北たなだ小濱町角
海部屋勘兵衛

九条本でん堤
佐加井屋律兵衛

あはぢのはしからや町筋南へ入
板木屋傳兵衛

内久ほうじ町谷町筋東へ入
板木屋平八

巻五　十一ウ

3 『立春噺大集』蘭巻　安永五年

見返し　白

序

希ふ旨は狂を沙汰する皆目新語
大集乃雑もよの空も皆因久
甚麼辞去るとて心ぞを敢ぞ多
ゆ欷さ徐も低れ机何かり控ぢ
春後を寛ずむと人ぞと之ぐ
二雲之為をいりづめく鰕鱸所
辞名ぞぶぶく定西求正直志心

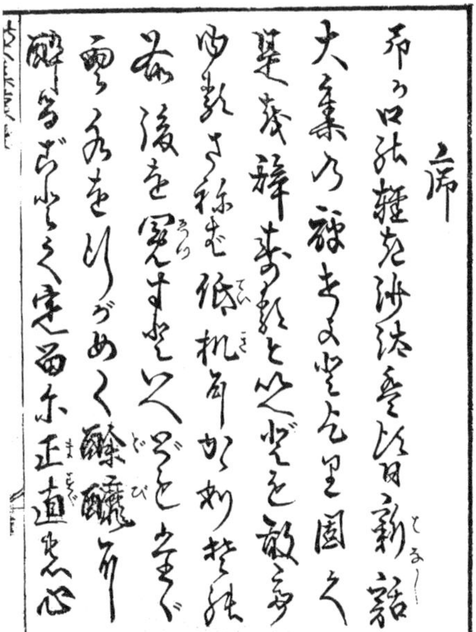

巻一　一オ

曽我ごしうた孫だ神明に使まして
我孫國の神秘をあらは一の漫
氣を移せしや流の國殊に其浅
高昇を家に守て出思意乃
及さ流にあらん諸好士大和の意
能大船和哥纓解読ちえ見
あるしたまへと云爾
後素軒蘭庭

巻一　一ウ

立春噺大集笑壹

後素軒蘭庭撰

寒頭

好物　故常

歳徳方神前の奴出て指里どり去杖
よ出くりたれバ十四ほどの道を日の因よ拾し也奥方
おおそご挨だんよくねぐくさう方ハふりしやお前の好く
びをたでみる何あり名好物の栗をたべて休息しやちち
が好物ハ何じやや　子イ　ハテ一だんの好ハ何じやを安く
いやいの　子イ　二ちんな酒でおざりません

巻一　二オ

升二

あくびの寄合

文杉

商人「あくび薬うく」　笑人「コリヤあくびよお出でおあくびハ何ぞ
どうや」　商人「ハイ　コレハさまのあくびでござりません是より仙
台のあくびよおされますせ」　笑人「まい気ぞや」　商人「そうだん
てハイ揺の多に汲ませう」　笑人「けいこの八何のあくびや」　商人
「ハイくそハ今揺麻のあくびでござりませんちとあくびも高上
よおざりません」　笑人「あちらの揺へ」　商人「ハイ歳徳方の何
くび」　笑人「せんさん是ハ何ぞうら出るぞ」　商人「ハイ九ツ人の依
那屋から出ません」

巻一　二ウ

巻一　三オ

才三　おかこ娘　勇經

京ハ都の東堀でもなく近江にひら[illegible]旅にまがひのでらち
たがひに色も梅柳おそめくみと親達も思ひ〳〵彼でらちに
よくえ稼させ娘と見合せんと目ぐらを[illegible]み娘に[illegible]と
云はせ母親ハおそく[illegible]出さへ[illegible]と[illegible]てがよいかと[illegible]やあら
その娘に盃して婚礼の[illegible]あまきを[illegible]がよろしと云ハ娘がらまハ
はやうあまりが[illegible]はおよひ目がにゐの能すとおよみ見て捨られた
母おやにまハ見えんや天社万にとて目出たく[illegible]しやがころ
みハ何でも[illegible]と尋られバむこをめがやまハ丈でもうくよ

巻一　三ウ

むすめのずくとかいてあるといふを

才四　子　信徳正直　可光

儀花ハ町の[illegible]が男子と文郎ちや二人ハ[illegible]が門へ
[illegible]目茶にゆりちくさんやしが[illegible]いふるをてちや
中ゐる人講に百万石んが[illegible]へおくり[illegible]が[illegible]に[illegible]
くなんでおんといふ手を[illegible]がちぞく[illegible]
[illegible]を志られが外へ出て余りひま入るとさなかの門ぐちへ
ぬきさ戸の方より内をのぞけバせめ念仏出へ彼子ハななんで
執家ハ[illegible]てあやおどろき[illegible]ぬ[illegible]講ハ[illegible]

巻一　四オ

がもふ休まれうと門口へ行てみや[illegible]

才五　屏風だおし　松肩

[illegible]町の[illegible]がんどが出さの[illegible]や屏風[illegible]して[illegible]
[illegible]や　中居　[illegible]
[illegible]
[illegible]でおござります　客　[illegible]　中居　ハイ
今[illegible]へ来て[illegible]
[illegible]と[illegible]　客　丈ハ[illegible]
[illegible]

巻一　四ウ

[illegible]
[illegible]屏風[illegible]
のあてこいて

才六　[illegible]の一番　十八公

[illegible]の[illegible]
同出され[illegible]

巻一　五ノ十オ

第七

代脉　梅丸

巻一　五ノ十ウ

巻一　十一オ

第八

ほくらん山　流水

巻一　十一ウ

第九

真達の行諸　多川 医貞

巻一　十二オ

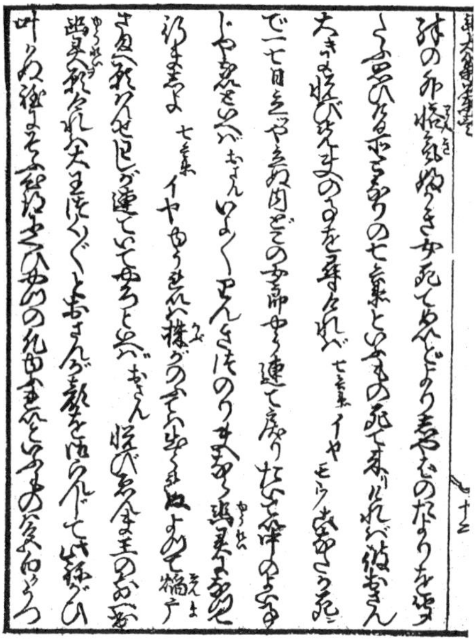

巻一　十二ウ

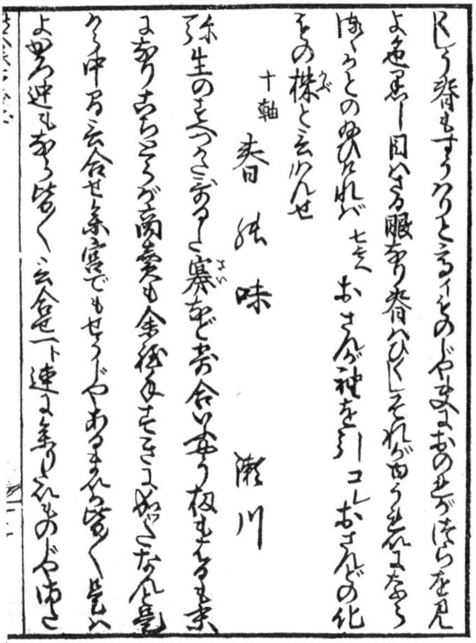

巻一　十三オ

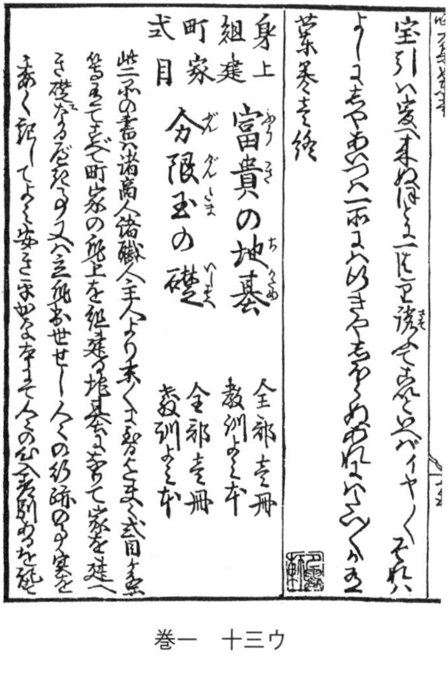

巻一　十三ウ

見返し　白

表紙なし

見返し　白

立春噺大集巻貮　後素軒蘭庭撰

十を　あくひの長者

あくびの様げる客をちでも招く人寄のするやもしろいとそろく群もさめくちよける音をたくむソリヤする波をまひと~すりきや湯のもの~もて出を机むす故くと三ほとよものんで~~はや狆の詫相やのゐるや中居イエく～そや～はゆんのでさ~~り升ムい法笑ふのきぶろほうぜんじもへくよふ社ある十ア

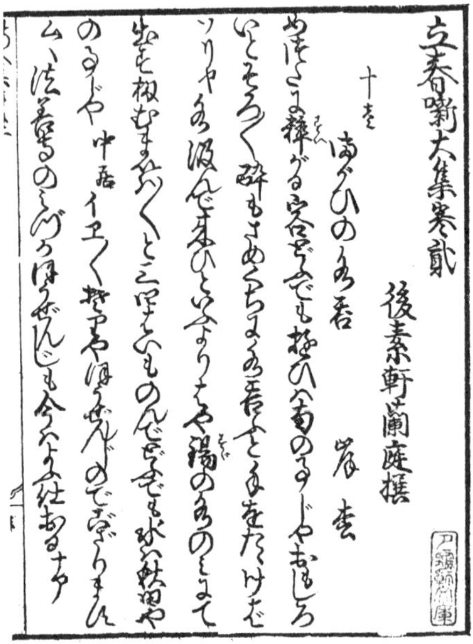

巻二　一オ

3 『立春噺大集』蘭巻 安永五年

巻二 一ウ

十二　花見の留守　　一橋

此ほどるす主もおそけでてゐるすもへどそもぞんせじゃしめくれあけ中ようすた年もするれどそもぞんせじゃしめくれあけ中ようすた年もするそぢぞうを彼からちをりうれてうで見をハア乳母さうりでちよつりためぐるとようさ

十三　目もじな　　柳巴

右ハ君竹老十きの句有

十四　自惚頬　　秋月

巻二 二オ

十五　精進の喧嘩　　下林

近而精合も当まぬ強の記憶人あまひ人と聴く騒となて殊の前乗りむに乗り引といゐ見にへな飛ほま聞みを二妓もすきべとも聞人をりひ四五までありひ首間まよりさぞと出ぬの方三もまぞぬのまうな気どとおしゃますぎぞばどそうそべむりしゃ気さり多気とありろうとふるよ下来をハぜとうるじゐの人あしてくをきるひの人ぬぜとう自っしてよく下るゐの人あり皇居出て下乗どしゃへぞ昌で

巻二 二ウ

おそりますじゃマチャや弥六何自にかも精を亙白じゃ気ぢのイヤ人六にその佛の日でござりますハふその佛の目やなんのゑをるまがるとけのと、なぞでもむずるがなゐじゃよる御やもすゑあるいや気もっぬる思のがるまゐゐざるがぢもませくあるがのがくで入堂じゃとゑなれなぜにはうつまぢヤうやかけるくだるる気をくのけやさちながいぞイヤかぢ御ぢなをとじゅるすにもひゃおぞへとゐるちぞうたろめるやイヤ食イヤお精をぞと支ゑらん公ますどけ社の佛みかどさもよく

巻二 三オ

目駒さぶぬく吉や何あうが大方にしぐぎ聞きるうみえるの佛くたあるまらてにくの佛のさらいますコレ母るやくあろくのうしでぞるあうまるのよきうもうずんあとまるていふときする下ゐろくあろの中心まさ芳がなやくとかるれせめて人のまらだすんのちなるみやだれるでなもれの中でも、あるあるとせたかぞしれどろのとるあるぞ

十六　南州ぞき　　六蒸
若竹老
行年不老

ひよめくとただごが法度になりしゆへ何とさひ云者あの人の
いふやうこの何の事が法度にあるぞそのサんめくとにいふがあらね
されどひよめくと致すことはいふやうそんの今何の法度にありてなま
ふものゝサ法度にあらぬは忘れてゐれどもひよめくと言ふてゐるとは
るまやしゆゑ名る何の法度になりしがひの子そ笑ひけのあひ
あやしいと後にて申さけれどもにまづ近所へ披ひまめさそく
あちの大名やいひさいちものただごが殊更ひよめくと法度にあり
そらぞふさし申すといふたなや笑ふて下され何の法度にある抱と
笑ひけ候ふみせり入合そてけらがひするさに扱ひに来さつかへや

巻二　三ウ

巻二　四オ

其ハ未さ名がつかぬ何のそれが法度になるぞ

十七

仮名の書状　　角趣

右ハ君竹撰二の巻廿軸の掌ニ有

十八

寄役ひ　　瀬川

双六好の人銭の外に手負丸裸(まるはだか)になりて布団ばかりかぶり
まかれ路て洗ぐし思ふに此形(なり)では門口へも出られぬせ
めて家内(ひく)の一まいありともおそえせぬやと思ひしたべあくり
もなし風と思ひ出し此有富の札を買て立てさせ
ならハ焼き日なれバ若当らハまつて支えせぬやとおもへども

巻二　四ウ

此丸もどうでもかまぬとあつて
はらふ寒(さむ)さあつられバコリヤ寒よされハ年のよハ抱や大豆
あつらふ富場へいて此まで来てこれと云ハ寒あたるやうな
徒らけ出来たぞらしてそせ被り入口の蔵路に蹴(つまづ)き庭へ
あろくと勝(かち)よめべ彼双六好と呼ふ　ぞびりた

十九

分桐子　　名尾

ある日妻(つま)彼乃せしに留守を守り居る折から妻さあ
噺り来りいとゞ従婿(やもめ)のあまり言ふこともなし戯(あれ)を
宅へ留る毎に嫁のひ逢夜(や)に門を叩〻に二ツ六こ云々さ人ありり

巻二　五ノ十オ

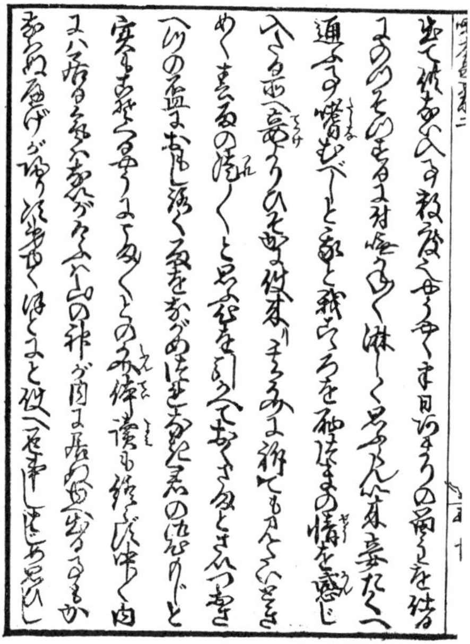

巻二　五ノ十ウ

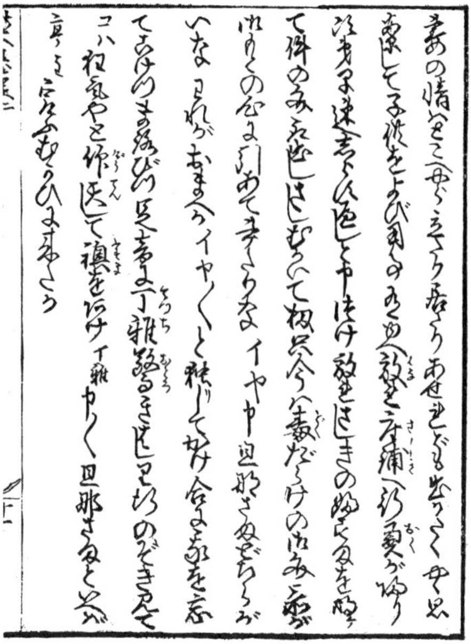

巻二　十一オ

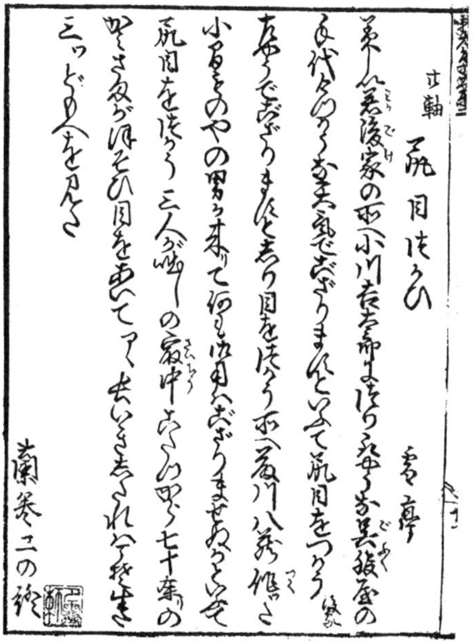

巻二　十一ウ

見返し　白

表紙なし

見返し　白

立春噺大集巻三

後素軒蘭庭撰

鳧の上﨟

巾武

あるとき　鳥羽と出会ひ　見へ久〳〵に〱御をも
ひで夢を掟の中で申ふさ候や今日のぞこ〳〵
久〴〵も何も能く気もしませぬ申オトさらば日〴〵ぞこ
いでも鬼角人の浮がつるあつて敦ひは対をとる要を叔へ
からうおすのよしやと穴ヘ〳〵と日しもとへんひ〴〵御をくるぞへ
かへ〳〵のです弦ハ処紙の世話まあります

本文は変体仮名を多く含む江戸期の版本のため、判読困難な箇所が多数あります。以下はおおよその翻刻です。

巻三 一ウ

次一　穏婆（とりあげばば）　貴投（きとう）

それあげ婆を渡世とするもの中山の観音（さま）拝して私へとりたげ産あらんどと申うぜいまするしてそがたんと出来はして一通口をざすわ出来ぬゆへ中山の観音を頼みはして中山へ観音参りしてもあぐうまんと立誓せられきゝゆあ婆と申肴板が出てあぐうまんと立誓せられきゝゆて七日七やかぶせうけしらひなるる晩御てひとつ起驚せられきゝおぐうましぶうて持ちかぶ起お小店へあがうごぞんとの給ふ

巻三 二オ

次二　猿引猿（さるひきざる）　十七八

玄太京（げんたいきやう）徹出（てつしゆつ）より猟子（れうし）の音楽へぶらふらとせしと云それ気きひかれそるけられの具まんのぞぐうとぞ抜ふさし入猿の合うの挟かそよれそれ気きひかれを猿出うんとぞ抜く抜きせれる里さる

次四　志ん坊（しんぼう）　小子（かし）

竹ひろきさりしイ

悟（さと）り二転きさりしは士きうたゞツ人の悟け隣（ざと）しれそこ人に見るんがくりけり日のつまんの外へ出地しをいせしう日も言ふまれ大郎坊へ泣る聖て人の六本長泉

巻三 二ウ

次み　毒がくどり　朱機（しゆはた）

ある首おへのむきそめ云ひ出しの男のしとトなへ女くおりサアある焉の屋なかへのむしくべ首をしとそろべくおぐうきりんぐ雨

志びりのくどり

きりられ者へさいたぐおり何とへ紅ばらづ流てるたいてならヘア志れんさのもといつて者ばヘけつとよくざしとへきはれもさしごやすか志をれと者へがよいがさるぐ紙銭をわくちかの長を一寸強ツて切に入りあり何をといはばいうるあものとうそうの半分をむりさける

巻三 三オ

次み　昊帳（たうちやう）うんさ　複達（ふくたつ）

大佛（だいぶつ）の昊帳の止ぐねへ云る事きをどろぐごろぬ肉

廿六

せつくとゝ立されるて玄関へだく花浴が一間のよるさへくぐく武神の社（やしろ）よりきり神本の松ぐ中へ何やら黒きやつれめくらはげぐらの行キはげて後もすゝんれめくはげてゐらしが松廿日ありくくも廿月計をもつよくくふやくせしらくで者がな立ゆそんくくとゞぐもうごくも去るくらくなるよろくくも見よぶ者ゆゆろくくとうらがぎあぐさても我家を及びぶへしへさせおもうよくくせつめくとゝらあくよくさきあ

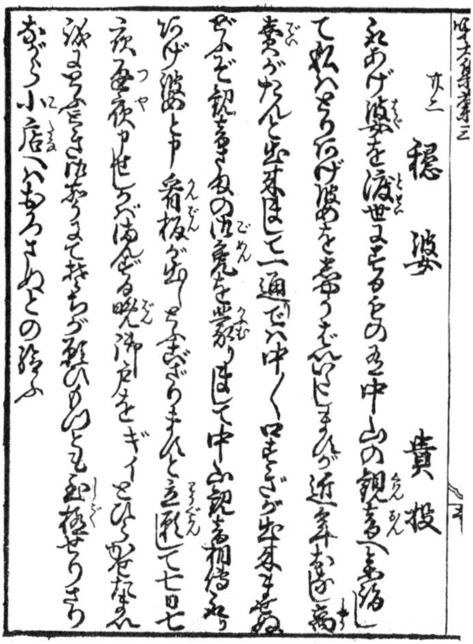

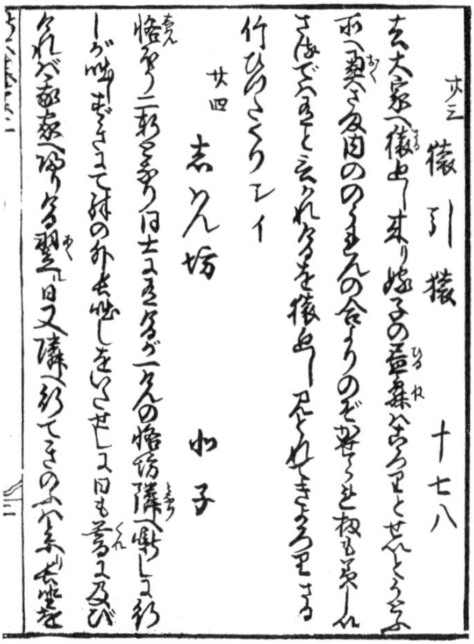

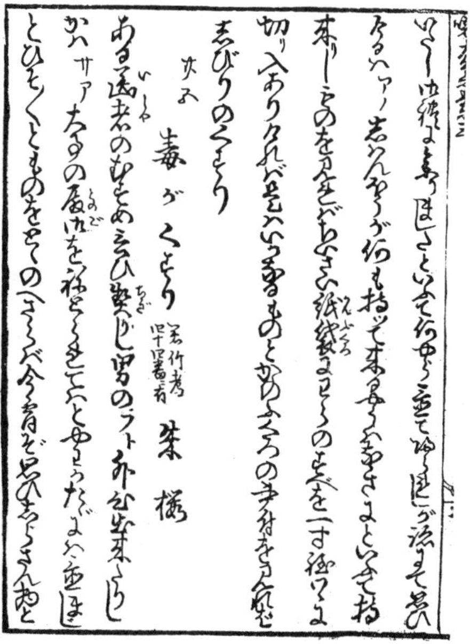

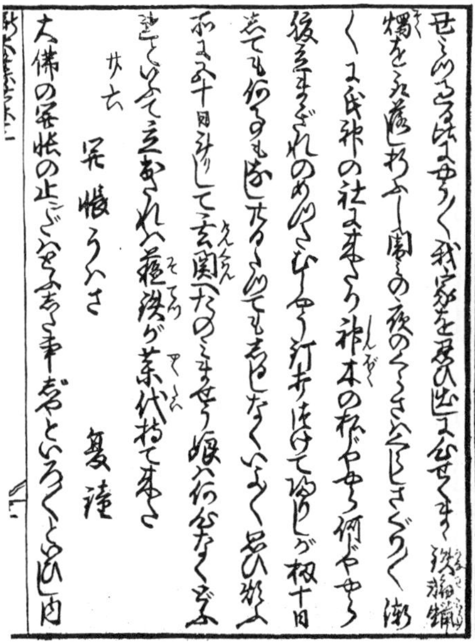

丈八ヒが出て見れば託宣があるハテめづらしいおそふでござる
神さまの申さるゝにイヤ大仏さまがおかりなさるゝに見へ升た
託宣れを出しさがあるもいふさまよりて丈八何也でござりまする
ござ託宣して下さりませイヤよくおとそおきくたまれ

廿七
珊瑚珠の始り
露紅

蝦夷（えぞ）の海の大王八月十五日の夜月を見に出らるゝに海（み）
中（ちう）大王にむせるあまりて鰐鮫（わにとも）らしれんで大王大きにおどろき
給ひやまいてはけて見させられバ斑猫（えんかう）を積（つ）みる所なん所
をとして居る

巻三　三ウ

巻三　四オ

廿八
臺所の奥
李備

西宮えびすに宿家の酒造（さかや）の旦那いまだ新町の味（あぢ）を知らず
むだ出入の幇（たい）間（て）連吉田屋方よて大夫花車を始めて
大さわぎの最中夜更ば風呂吹おとなれバ亭主もおく坐
にぼんぐりをかけより旦那大さま挨拶（きげん）そんじさりまして
不くじにてかゝるに寄り来て旅寝（てまくら）に預けられたる所に家来
いろく致し臺所（だいところ）奥へしと仰せ来る中にも旦那こればかり

廿九
よ汁の穴グこツあり
総志らう志

和州今井
正堂

巻三　四ウ

是ハ服屋の手代久八せんぐるまになら出せし親方のきまおいろく
と智略（ちりやく）をめぐらし母夜くに出るが度々さなれバ肉出る
首尾もきまりきらずせん方なく致念（しねん）して居る所に将（とく）に先
より酒をのみ来せバ是も喜んと是ハ旦那さまあたまへ先達
よりれ致し此け毎には だんだん来りますせうとます所が高
肉より彼の方がいそがしくもんぜんの酒を出して天に仕て見世の所
へ出し丁児（でつち）を小ききと呼び出しておきせへおの所へちよつと
おきせべ居りへおそのへトこくいへしたゝや我ださと寝（ね）て
服をよ延よするかりて丈八丈母るへとあの母材がさき花がおく

巻三　五ノ十オ

にカノ娘ら波の方へ移りまゐらするかくなる団扇も文殊も四悩
過ますで加るで居りけトにくく成りたけれバ後室さま射殺
ども是らしき起すべくと起さるゝもどこ殊合ぞ叶なれバ起も
是非なく後室の其きあけに出られたれバ酒くらひ居
ますなをなく　ツヽツリやさりまいともじや

二十軸　結構な法道佛　鳥二助

釈迦法佛の祥月の退夜なれバとて極楽ではせんのれが
さん〳〵に浜をまゐて羅漢中よりや金てらしにゐなど
なく彼佛ほさん迹大せん〳〵法事て来臨ありしゆゑ

巻三　五ノ十ウ

はなりと九品の蓮浦をまゐらへおのく　歓喜の座席
をまるけるへ七宝をちりばめたる金盤の具のうつくしう百
味の飲食を堆く彼へくりの〳〵ぜんの留田形まかり出て
枚おのく　いづれもさゝをせ入てまの〳〵の栄をはなしますると
中も釈迦如来あそびに流生の人々迹名くさるや和光を
ろうやまりくよりのでは井に極楽せんじゆうてまんおニノ
是がまそこに鼓楽謝法でよざりまんでや是へはあんさり
の通りと揺よむる会式しさやかむよせそん香気なる方
人の世界とあかりしてさなくあろよくこたはしどいざこくと

巻三　十一オ

しゆうくんしてきたしめたと極楽あれで天の曲ぜに耳をな
合せひきげ左ましておもゆ林に生せしるさびうのをよ
そのサア　おまつもなげなるに及び給し抽の紫とおもべ
ちさ法そこうゆさくくとゆうぐまへおうや家なりし池しん
かとおど得けバ羅漢ぐち割しておのく　さの〳〵おさなき
なまひそをしでかり連根とるのじや

蘭巻三の終

巻三　十一ウ

見返し　白

表紙なし

古今春噺大集巻四

後素軒蘭庭撰

三十一

通り一編　富吾

右ハ君竹考三の巻 抄軸の坠ニ有

三十二

道心者の脇道　布生

右ハ君竹考四の巻 末二番の处ニ有

三十三

足の苗代　滝井

げんぶく(元服)あるくせにせんあるへあり師走(しはす)の末になりて正月の

遠れにと足袋がほしけれど淺ハなしどふぞ待つておくれと

巻四　一オ

見返し　白

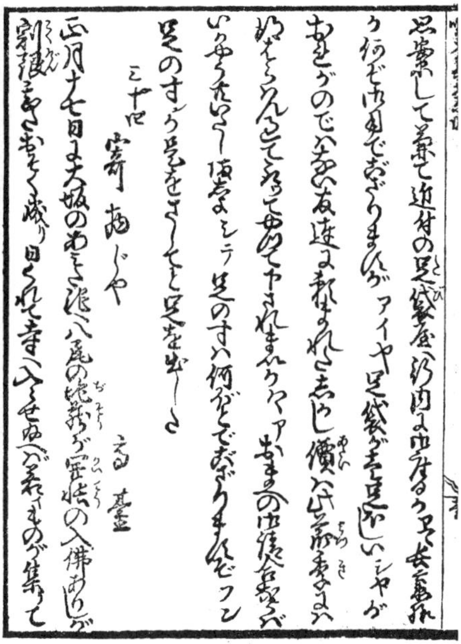

巻四　一ウ

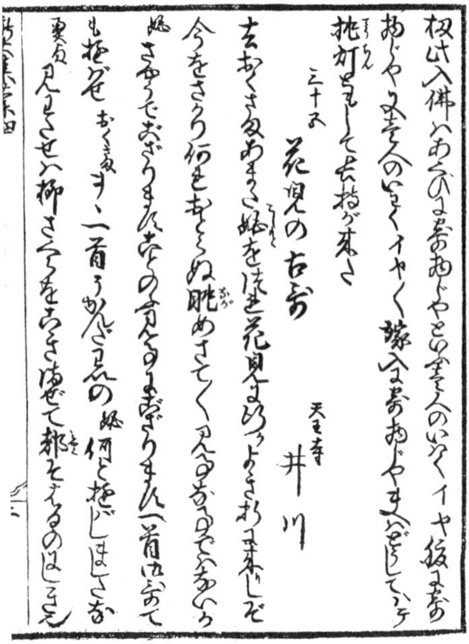

巻四　二オ

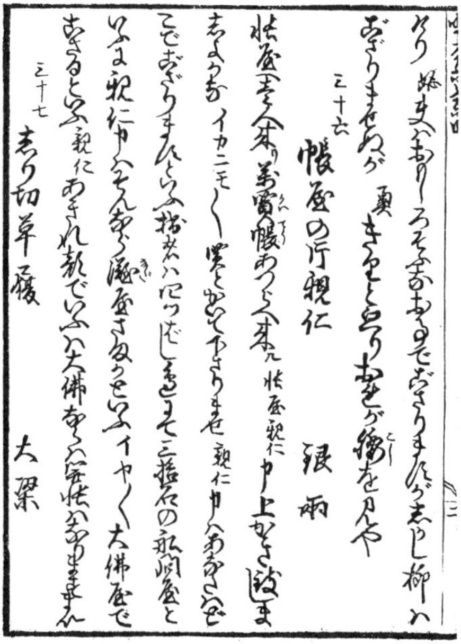

巻四　二ウ

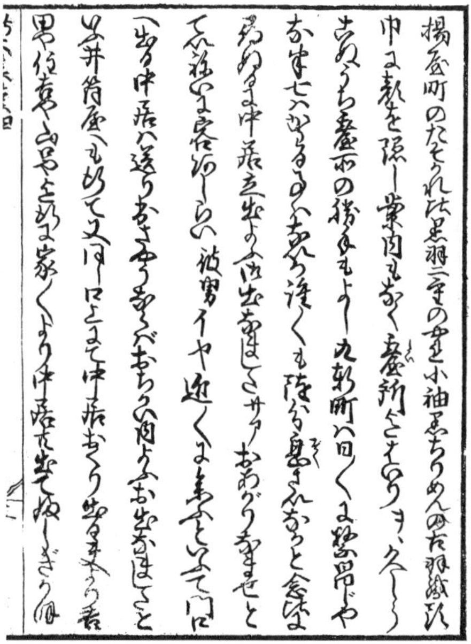

巻四　三オ

あきハ拝さんでおまへを見ハいやんと見えんおまへの所のお宿から
とある今ハ経師もされど跡をおがめ間合を内表具師
をぬぎて又家へ遠へ只今大臣の真似を致しました者で
御座りまする

三十八　当世ハ見へく　続く

大坂の人京へ用事ありてのぼり大佛へ参詣し社迄よ為
なるハ今年あたらさ故の宿が宿と構くへも札が当たる
でも拵しれやと大坂ハいまだ及びん迄あらさとも参詣せんと
おどろいて居まして傘よおかめあられさへ有もしらずでござりま

巻四　三ウ

巻四　四オ

まするぞ大佛　サア見てな臣も近年の当よかつて金銀の
損をあてる人寄付でもして見んよとやすれど今の世ハ懐
中を見られてハいかぬ

三十九　雷の子　瓦香

家よおもてきな今盛の有丈人の刻める表のおかり腹るを悦ひ
ひあがる表の子がほしいと思ひつつ見るやと思ひしよある日雷
がふり夜の客あげやて有丈と一致して見有丈をおきへいつる
出たへ一年札よて様をのをあらてあさおあさのほしがるが
なりの子を今へつくらへ田地あるもあて見てもへいらへ紙入よいれて

巻四　四ウ

ありさま又ハ手に嫁し子を見せておく人もなきうめうち申なな
あるときハ一の見ぐるしいと又の内よて気がつくいかし見る内
よ有丈のぬとまるくフト花よむあまるみけさいなあいそれからやう
そうおと手ところを向け袖よ花をさしへたなし手々若止
なんと来ると有丈帯をよさきそこへおまつの出りをよ見れハアし
見んあまされ腕よ去がへ付ているよハあゆ汲ハのへつてちよこぎ
いなん今がへだんな

四十軸　鏡のなぞ　大梁

去ル所の富家の娘あまありせんと鏡臺より出し鏡を

巻四　五ノ十オ

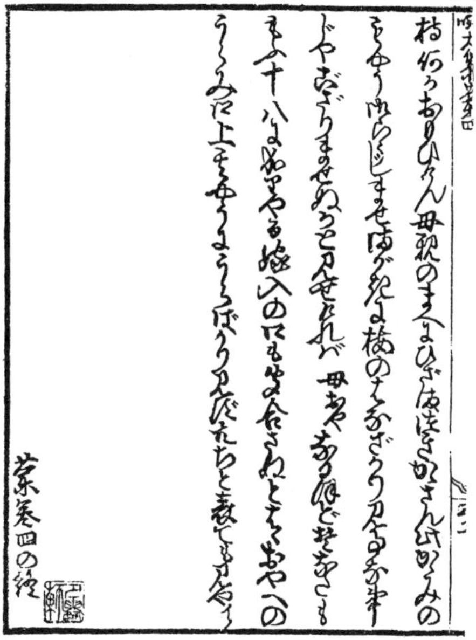

巻四　五ノ十ウ

見返し　白

表紙なし

見返し　白

立春噺大集巻之五

四十一を
　ぢあひ
　　　　　後素軒蘭亭撰
　　　君里

若ものの三人連れをあづけの東屋へ遊びに行いろくのゆやだ遊客屋あやす中居頭におのあれ嘘いつて一人のよく車ひ表は顔見せの鋼とよ聴子知つて居るうくも知てゐる何のと云々あの八容貴い訳むぢやきゞち その出が入くない ナアニあれうら八今のはゞやぶくのみ六年ぶにあかないわるねたやばれがもなくなればる立で

句ひる

四十二
　匂ひる　一州

有體ぞをのびゆゆあり每夜横町の嬢を越へ私を後(まだき)通り(こ)ざるが夜寒あつのまり園百を身らがくごかどまた夜だらずぞがくる杉先にをりの猶彼嬢を越長をひヒて夜たうねとへ通べる男とおもひたる一入月いかまもら行くと此猫ざろしぐびやけひ鼠がそてア

炉を浴ぬぐふ

四十三
　結合札　千代

年のはじめ蔵へ遊人結合くるみてさんへひべをとこてあそびがあつでとたかしは遊人後合くるみ有の八皆は官襟の八失作より矢しの金杯表人ので神き長遊の中「遠へ八」でくる遠と作れうく大佛ぬぐねへきろうく見きなねれをひぞひて玉振る

四十七ヶ者
　椎豆ちかひ

古今盛りの花もちらぬ森の蔭ふくと云ふあくさも友禅もちるもちらぬも着やまのれきいろの若者者共あまた集り来てきまるものゝ望むはをの化ーなる美教おく出来まいねも似を溢んでありれ身のきまもなくなりぬさーむすかさぐぬひてぬかしぢばかりに耳も耳ある身分けて見入ばひいろ物の精きしのそれさぶろの見のばし玉ふ酒本の精ぶさんばりにて耳ばかりでめろう米ばんさ人家の御盛も取りよくおさまり申せずさいこ対みあわくなけれる嫁々も合盛も出客につてのる斜じけも

客の精がありましてんがんざんのーためにて世中にぬる様でばかりぬとのかさへ生ざにつのりとさきものえまれこぞのしよくのもる名すごきもきまあ入れのゝ飛動式芽ゑ筆文依分憐のうしゃらりくく出来召宴のの精のぐりまみれ差ば終こうてどきとよく身をとむれもるも毛ぐり壱のお客の精であらま主人已にさあきのお客の精であらおの婚礼のせいや

二月十七日古町民治門今喜方とんがでするある曽夷肉ようさん人ぞそぢなぐき聞でしろで我民沙よう候へ入やとなりて也十日にあるくひっすやあんさのとふろきとそれい民沙曾てイヤまりのす

戎民沙門

巳ももうそのの相はようとすみつけなかそうれんゝまうろりませもしそろまる行きの人ぞ富貴さんゃ中ゃ商因さんゃ福さんあらて己の流よりゆけどて生ちとなうまするもあしのなんとも七くくむやそそ福よ張りのようそのふろくんよよまるくれなくもあれよアノおいまと友とこそ葉のれるゝとのさうするもんうにてノや武人乃と思たる友戎んくしまもんろくゝ姪りと起てちと

ねぞき世ともよるなに何ぞ家業もあれれと化業を書きすぎてもぐ宿からの九を伺病あくりそれ小家廣美の口も気大社あぐ一の富

閏月の富れ

松平

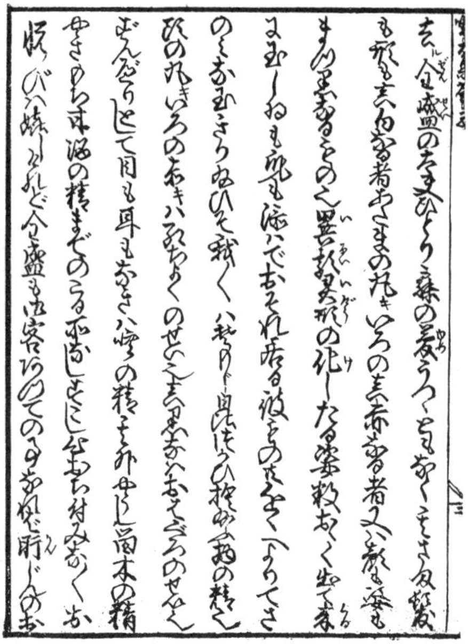

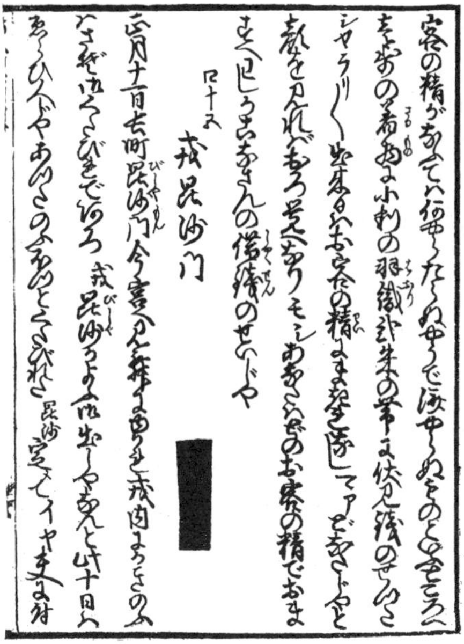

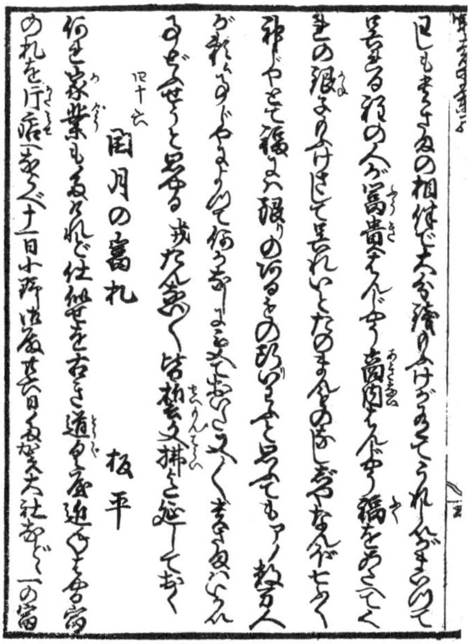

突留(つきとめ)のまりがきハおもと仕かけの富の札やら行かの木に立札の
数もかぎりなく恋の出来ぬ実人出店をならべしハ恋の月の
まてハおもき中に何よ亭主る恋の月の札を売て何よおもよ
字といふ字ハ別に書かりと仮名にしてよむもの札をいせて恋の
月かといへハかるをうる事まで筏立まぎれなければ実人八下
此月の富札ハきれてハあれど古道具屋のすずやよみて恋
の月免と何でくるあんじや

百十七　恋の出来合　瀬川

若衆かの夜室をふけて枕(まくら)にまくあれでも能ひ恋を

巻五　四ウ

見るべしとたゞ日にして何ぞ見たる秘かくいろいろの恋二三十
も見てなり趣(きく)向おさて我おもひあまれあまりの恋数
追いつもきくとより日いろいろ筆に掛るれどフトあてる付
神代(がみ)の大黒天ハむかしハ何とぞ夕々の恋の中やきをけ楼(ろう)
の恋じやけおらせ下されと一心よいのりたれバ大黒天さまよ
ながらくまいもふゆひ極く是ハあまりへたかめのやらよ宗
合(あい)でたとなしも都よね

百十八　お俱に分別　[redacted]

或娘お初の娘は角芝路の小川にて涼みて町の喜兵衛をおもひ

巻五　五ノ十オ

侍女(こしもと)にたのみければ侍女それハおやすい事と請合さんざん書集めた
かこはけて仕ひやくあつめてかりと書てあなた遣(つかは)れるがあるや
の女房是ハおもしろいもん何と思召てといへバ侍女小娘よおりてふ
宗へ出仕した人の子でもおぶんせぬアノ角の小川を娘よきて
おくれうちの此子様へもおたてやおきてござる事ハこれハ首尾
く任せほして来ることいへバ聞しめし候しなたちまちと小川方へ人走っ
ておくきといふ侍女(かって)ハ立て女あるて仕掛小川方へいて来り
はじめて織よ完ておかる様(やう)あかりてきうちこて体よりあまた
ひたかと笑ひてにふてござりませんといへバひとふかるすじやナア古

巻五　五ノ十ウ

少く来まくひ首尾(しゅび)して来さるもの又はんハ出来されるかへナニト
ござんで仕事るハおいてすなとといへバ弟子立して出てまえまして此道中よ
役者(やくしゃ)でもあれかふ小川よいつもたしかお息子(むすこ)おおきに你是ハござんでお
ざりませうてアお此子様へ色ハ法窮(ろうじ)ハあられませんおおかけぐ奥
へお此子様へ宗おおかれ起りを来りのとおそらく仕出あそばさ
きのでア今日からは世の小川よより似たへ人おかおお娘来れませぬをと
いへバ此子様へ人町の仕方起る事でも寿(かん)ぐるるかひ

百十九　乱　丈　ぬ　隠子

ちんぞの人まろりはくゞくと思しからお生るをほしん半せーろ出

巻五　十一オ

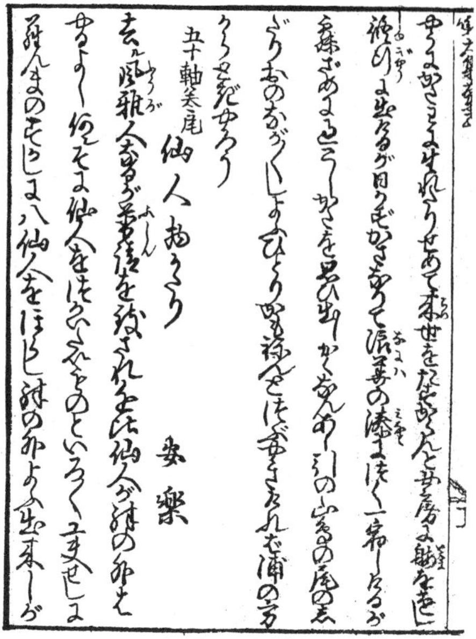

巻五　十一ウ

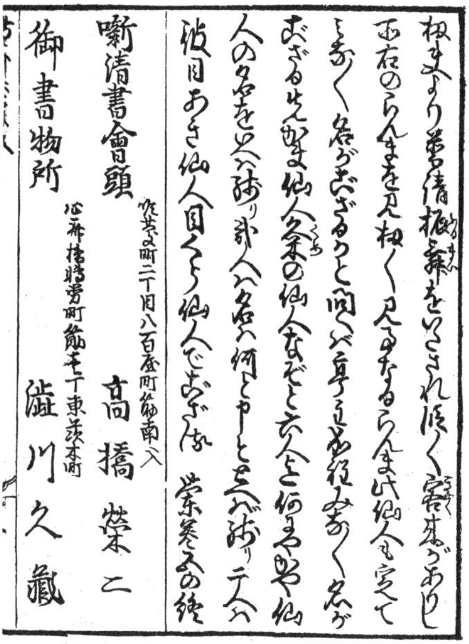

巻五　十二オ

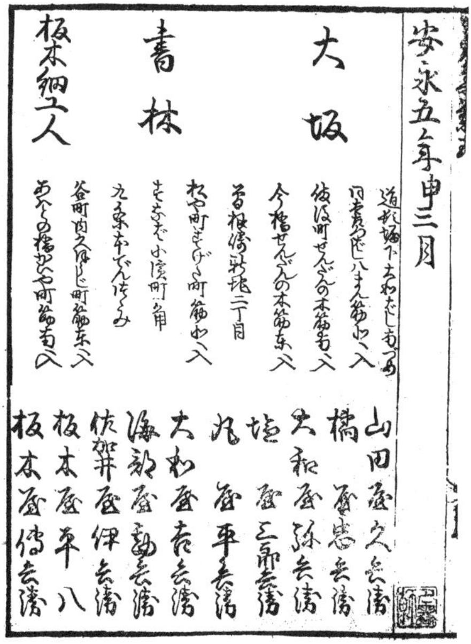

巻五　十二ウ

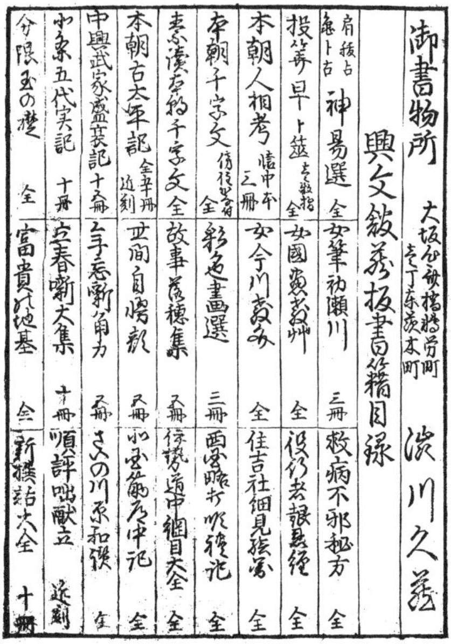

巻五　見返し

4 『夕涼新話集』

安永五年

見返し　白

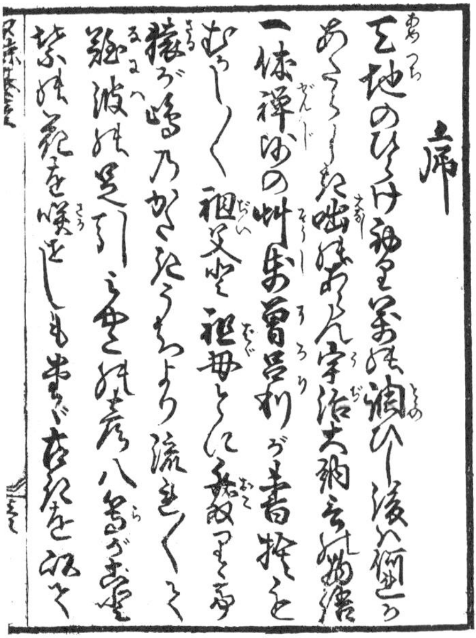

巻一　序一オ

4 『夕涼新話集』 安永五年

巻一 序一ウ

新しきとも古きとも更にいふべきにあらねよとよとのとの聖も古き人有りしく新活乃趣向新古意業しくも受く耳の及ぶぬきふ時の巨裏をもくもをあつたる思ひを記しける

丁申卯の花後　七日
参詩軒　素従

巻一 目録二オ

咄會三席目
夕涼新話集笑の巻
目録
参詩軒素従撰

笑頭
西東　釜井
第三　代縁　六粟
第四　盆の園　話く
第七　枝の杉　庵樂
第二　鬼子の習屠　流芳
第五　猪はくろん　扇東
第六　此れおぼろ　栗本
第八　通ひ穂宮　蓑二衣

巻一 目録二ウ

壱の巻目録統
第九　繕緒出露　キ
十　天蓋蛸　白桃
十一　田舎客　ユニシ
十二　不審紙　位々
十三　涼川竹　里木
十四　楠の月　菅水
十五　鬼袋ひ　瑚月
十六　炎裏雲　鹿
十七　良き袋さらめ　時禾
十八　妾宅の和　菅水
十九　鳥足　旨　勝好茶瓶　扇東

巻一 三オ

西東

あさり目帷らる者とはと三坂か出ますり參のぼり雲母の山の絶頂す来り目帰りなべむむ平釈足れむつづ京都を見出ろしる何か冨ろまくれむねひきがめらこぐるぬがきて友遊し真さ中あるとふれへサア丈人湖々合あのぢきー細のきあそろどう それいゝぢ這しあいがあまでよ町の路でがらざぶてとして るろいわ遠ひへやしてと笑ぶムフン大きお遠ひせる

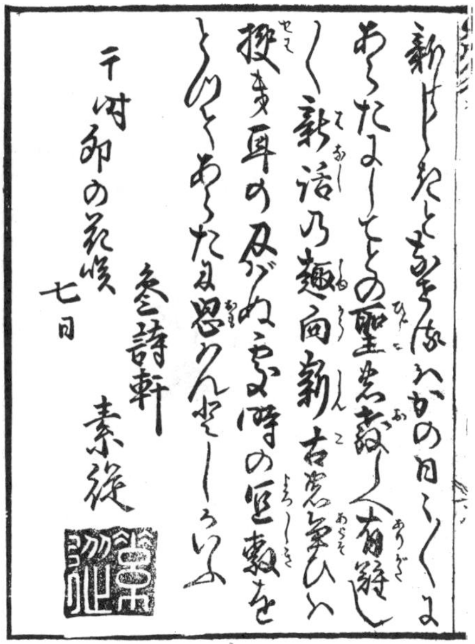

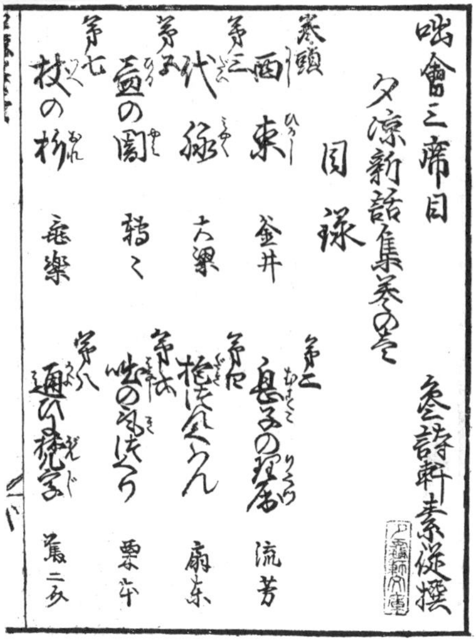

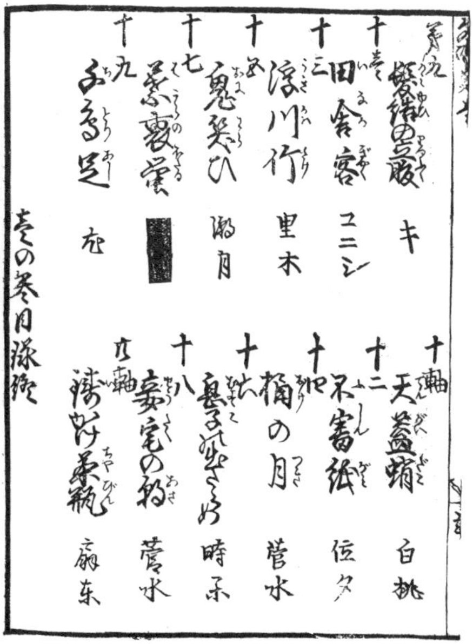

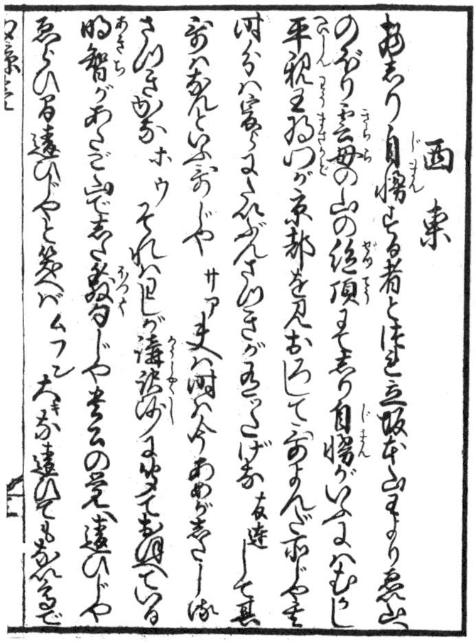

馬のくつぶけのすどや

息子の理屈

去所の息子さそまゝ金をもれ其の骨をおるんだの骨接へ
ゆき療治し内へ歸り母じやへむせへそまゝ寒れてかく節
が違ふたハあんだへいつて申ますれバ其ほどさみく是ハ源兵
どのへ申さんさいでへやむまれうわややうれの子共の時でさへ娘
のうちへいきやの

代脈

医者どのへ[illegible]ハ死ありくまゐり[illegible]よ名を[illegible]

巻一　三ウ

巻一　四オ

[illegible]医者ありやくよめの世羽だんの病用を[illegible]まで[illegible]
かゝるよつきあまさの弟子を代ゆくよ[illegible]
玄関番の何[illegible]を[illegible]の世病家へまゐらし
けるのりはけぬ[illegible]の中よて小[illegible]して[illegible]病家
まなり六尺九寸あるよ[illegible]らと[illegible]

抱かんくわん

おく[illegible]今ハお乗物を下されまし[illegible]
[illegible]今よお[illegible]
南よおかご[illegible]のでかけ[illegible]サアく[illegible]

巻一　四ウ

ゆりほどさへまよひへお歸りあるまじしれぬ[illegible]
よぢしが部屋でよおそ[illegible]
しへおかゝら[illegible]お[illegible]も[illegible]れねども[illegible]も部屋[illegible]
そかされバ[illegible]お内よありまされバ[illegible]じやと[illegible]
ませう[illegible]あれ[illegible]お氣よ入[illegible]と
てもおのこでの[illegible]
[illegible]おごらまんイヤモ[illegible]なさんとぢがよいぶんおま
じらしておかさをきくらを

盃の間

巻一　五オ

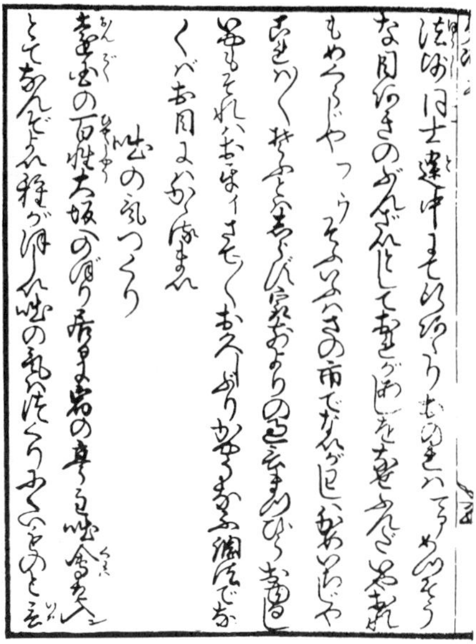

咄の気つくり

巻一　五ウ

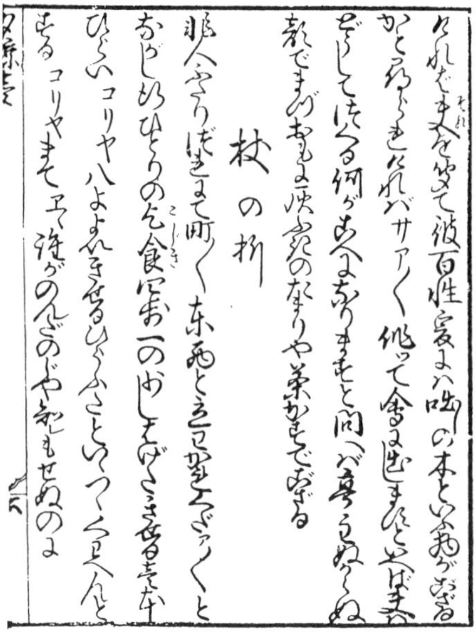

杖の折

巻一　六オ

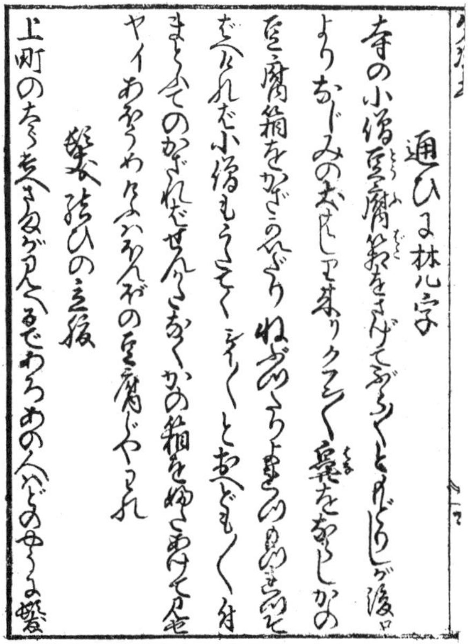

通ひは林几字

髪結ひの立役

巻一　六ウ

巻一　七オ

中にても右ごとくいふ事なるあんな人ハまねがならへ外のぜに
をかけるハ出来ぬとさしあげる所へ吉原芸者てふり久七
どうじやい若いしんぞふなのちよと出て付てなさハイ
ならん久七さまがみへたらいふれが髪が乱さじやイヤカシ
吉原芸者ぬおまへハどの中らも髪をゆふてもゐどとあの
しやりまんさゝくしも髪をゆひ来ますだへ致しまされへ人
さねがおゐがあられても面目あるおざりません此後ちんと髪
束ひよ来て下さりましなあゐてむだんくされと大きよはら
立されバ吉原芸者もあわとしてコリヤ久七そふぬかしや

巻一　七ウ

わよまぬハあれじやわかるしんとヤそんな礼なちいちの
ものあるをえらそふちのをの

天蓋蛸

宮よ一寺のおさん人をう縫ぶびんの事をよわきしみを
あしねど此比ちる僧のおりく夜よいるも幸なれん
はしわ亦の友よ知ける頭巾をおりを着して
一医者と見せかけ青楼よのおもむきを言うちの
後ちみなちねもれよるなおまれかくよよおおなされさ
サアおめでりあなされ若者されまするさ今とまてそで

巻一　八ノ十オ

おざりましたまへわしよりハはじておやはいでよこゝみな金
もちつゝせましやお茶たびこ頃れお盃とり肴をまだ出て
たいこの若ひおかゝこのさんで門口にあつハイみなさん送り
まするといふより先へ娼妓の灯のクハツく村ひとつ
てあまり端おも来り前おぶのさうおの中何あまいへ
たんも客いふゐて猪まより坊ふ付らうまよ酒うかゞりたお
さかさあやは七がとの事がうと見るより一間のもの
大きよ懐ひあつを招へてヨウゝありがたふぞくといふを
客ひふれよ志ハまセ　エゝおかんたるりいわあまれ

巻一　八ノ十ウ

田舎客

去閏年へ初めて出しりし客ま代あん東へ出て浪花の
名所雅りあくは出立さんも京あれたの産茶ッへおとも
致そとそろく　勝毛へともかれど古橋の方から娼妓
よ大風呂敷をかけ大の男二三人さし　若ひ来るをみれ
ば娼妓の中よへ老人のねているを纏がを遠く
出月法花の月ぶりと見えしを彼の大事よとまを
おて敷らしがるまま代が何が悦をよ入まじると秘れ
むまれがく　盤石の花は文格別人の歓よ換へ今ら

巻一　十一オ

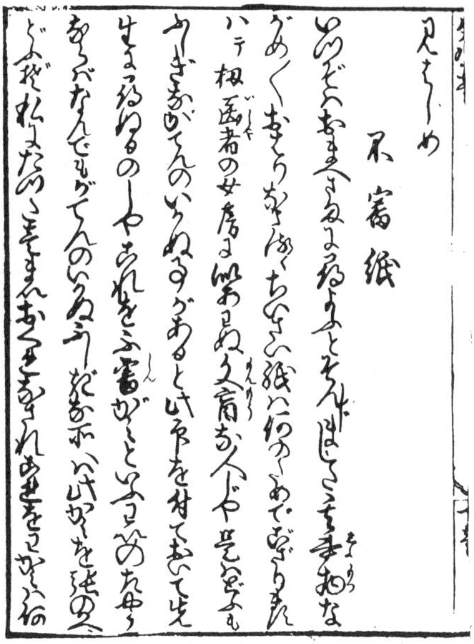

不富紙

巻一　十一ウ

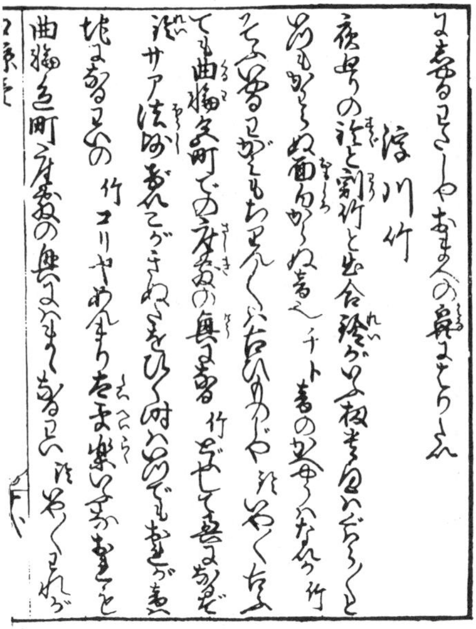

淀川竹

巻一　十二オ

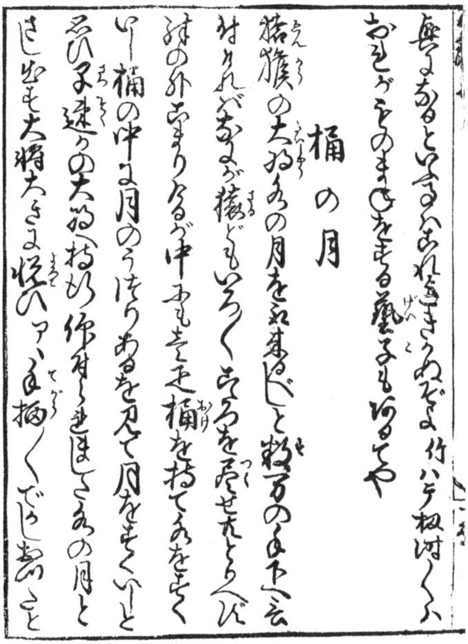

桶の月

巻一　十二ウ

巻一　十三オ

くずし字の翻刻は困難なため、読み取れる範囲で記載します。

巻一 十三ウ

鬼ごつこ

巻一 十四オ

裏の蛍

巻一 十四ウ

巻一 十五オ

妻宅の扣

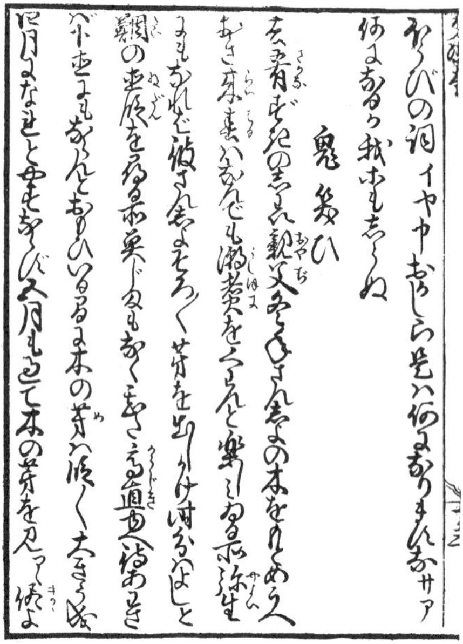

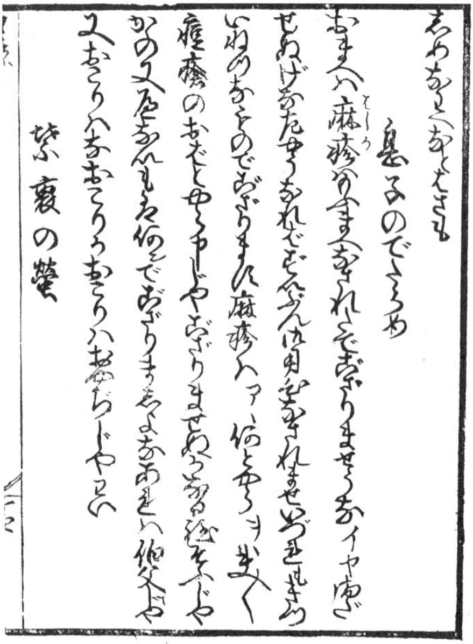

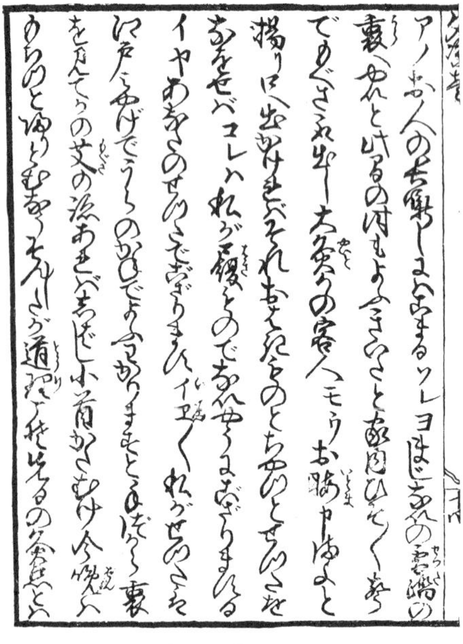

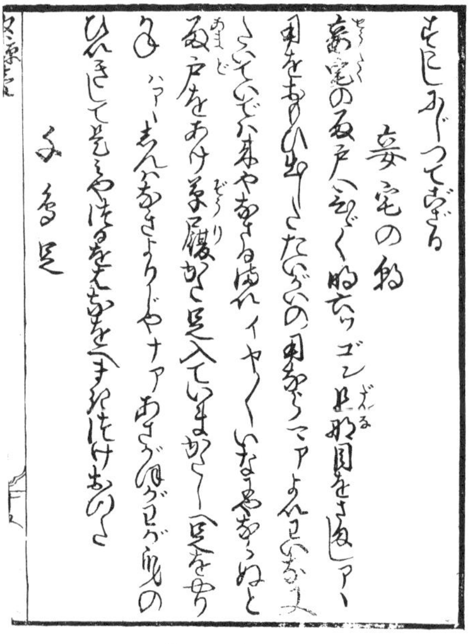

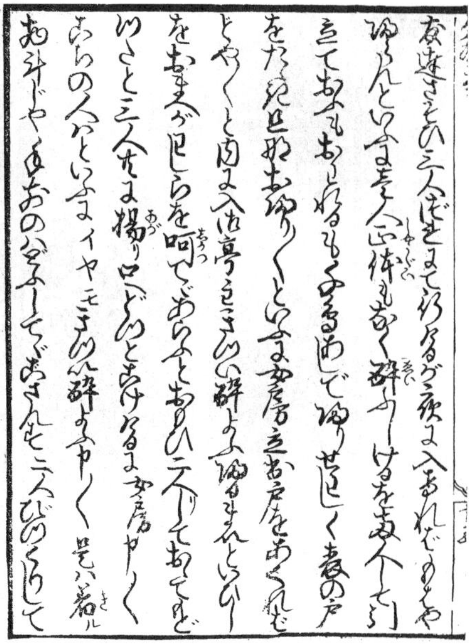

巻一　十五ウ

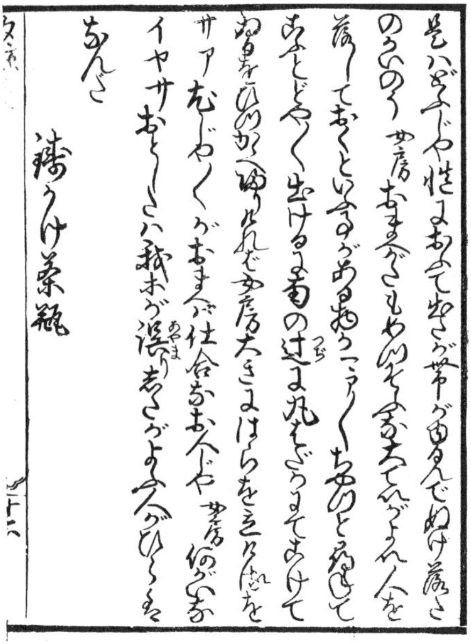

巻一　十六オ

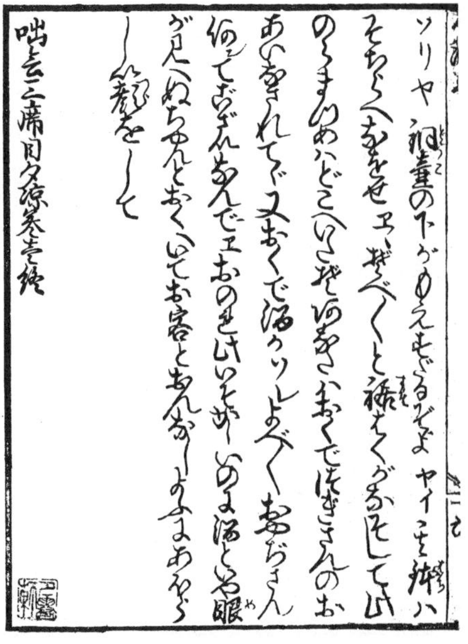

巻一　十六ウ

見返し　白

咄會三席目
夕涼新話集巻の貳
冬計軒茅谷後撰

目録

廿一 菱の有合　　山樂　　廿二 せげの花　　六妻
廿三 十八公　　朱橘　　廿四 樂の花邇　　桂陽
廿五 絞の幸　　蜂山　　廿六 目利違ひ　　我笛
廿七 朝がさ気　　裘後　　廿八 江戸泚ひ　　ぬく

見返し　白

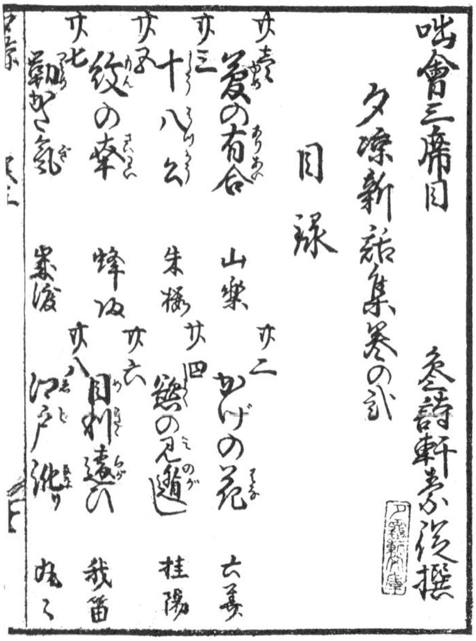

古文書の翻刻は省略

ゝ台所にいるがそこでおがむとやめてあぐらし格くなし
ようだ。あつき冬の佐内宮へ通るでのきアありよしそれな
又此の茶屋。あさ小路などなものをてかけとんがてんが來るね
佐内宮とんお月さまとすつぽんかとちうひますでや
サアそのすつぽんの味はない。よし煮よう〳〵てどや

十八公

あるゝおもおんせぬかよ、お出なされ イヤぬしへ前さ
ろの ハイー うへ町までいかれまさ てア どうなされやがておまへ
きつい律節によらめてじやけな。ナト きうしんが深っ

巻二　三ウ

てもろ人よろのとくるはなりより本気いだしかけもせぬなり
もうちやげかさうかも迎示の肉料がよやくとやみ人
おまちげさんよ人壽がもちとち至バてらしよののて大喜
のうちおぢくりそのくり徳のまもめさ内ぎさちもいはし
おあくめく所にておまちげさんそこにかる味噌桶やぬ
うみそ桶をちやりと表へおくち出しんらと小おりて下座
たま大分の付へてそう大概人へてはそうんで

慾の人道し

慾のはよるかさもやぢ大道をひつくみもたびかあるかぜ

巻二　四オ

眼くらうしてゆくむりふに残百文もちてあれど見ば
うちへときりやさしがきてみへとおてさ付れによ到
さん コリヤ ひろつてとれ

絞の幸

玄武の紺屋へ角の芝居ひいき連中より小川
吉兵衛の紋付け幟をなおつくへ此るが清れた人の藤
おまてるんをよくこぶに染付られ ヘセア だませうとする
そうこくの示へもやるに來る連中へ振く こびろの
されど笑われなをあんなもの がなによある 暖どうてせへせと

巻二　四ウ

たゝみさくいてつあけバ表にハ人がたくあふき給ふてかけ
ハ出来ぬもちんぎのてぬを八立の中よりきを人うちく
なりさいぜんからの母きをいゝけさなりうまのどくな
るお前のおり足しが驚きて母ろとかけり出しても
てゆりぬおんや大きによろこびあまもおふ人もあまお
あうとのとゆとよろうたいていとく見られた仕よしの三
文字屋へさいうまで

月利違ひ

此人寺つきまで湯豆腐屋へさいりおくへ来れば留

巻二　五オ

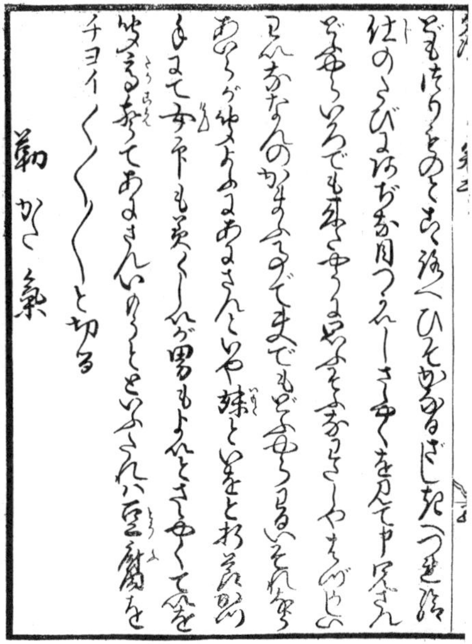
巻二　五ウ

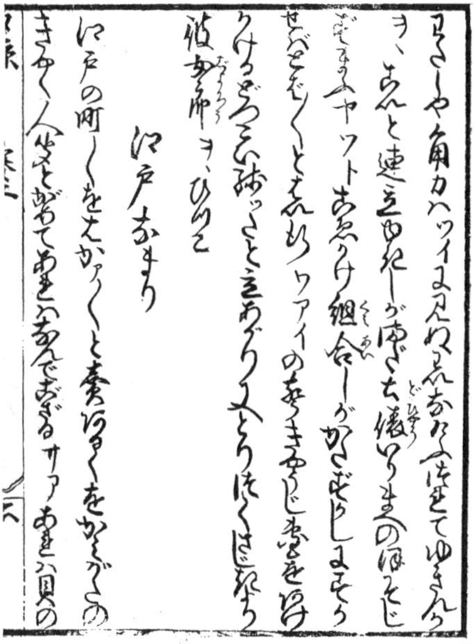
巻二　六オ

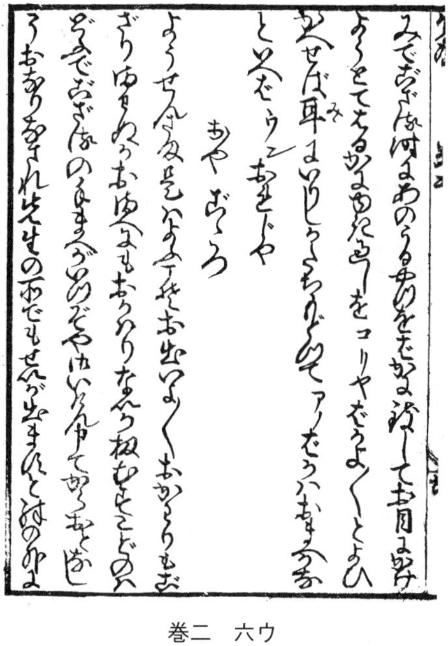
巻二　六ウ

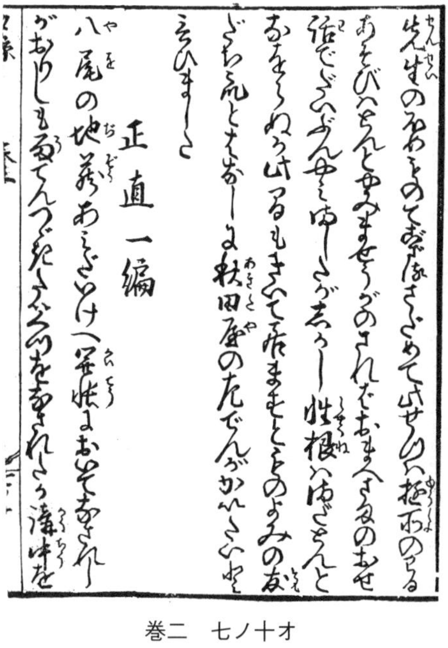
巻二　七ノ十オ

よんでおきへなよみなよふん客帳をおくら其様ね
おそふおりてくれいとおもへバ清中さんておせたいら
にお世話なされますもるぞてア ゆうらと御休息あさ
まておゝちなされませとゆへバ 比丘尼 イヤ竹本おしんさま
がいるむうし 厳光寺の如来がみけにさしめて
かくもてなよしくりがまあのゝ事ハおやくいんぞ
おすなおきもおかハしたくおふをもふていのふも
まれね

巻二　七ノ十ウ

玉のかんざし

中村粂太郎ハ三十ばにたらぬさき女形なれども人の風雅
いかくなりのうそ役者をはなれて月花よなかりみなちてす
のうちを中に親相見すまにくよく見てのちのにゆく人
おひさしくれたゆる妻に安内しそれハ浮瀬のくめで
おざりまし鯉右さんお宿にござりませうコレいく お
なをさんにお出なとおりおておいさぞサア あるきさまハ親
相おうりしますもと取りれも見て其ひささ女のゐあれぞ
かゞみ 一すゝんを持来りてしほしこ先ハ何すうお出でイ 親れ浅おと

巻二　十一オ

いふてまでも出てござりますがしてあげよ根清の妻によくを
まさたく見立てによろしく根元堪念に福禄の相と
いふてよろしき相が見へます あれハ素人によなりかうしん条
のちに幸がいろう又ハ庵主の人よりかんざしがたゆの趣
とろ母うおすすがござろうがお女房たちとお盃持てお
じや イエ／＼ 又くじハさてハめでさりませぬ ヘテモ浮
瀬の娘出より下戸ハ召らぬでハに一献イエ／＼ おおきさ
でハござりますせぬヲ ハそんなら妻女のあがる甘酒く
みさひとらじ

巻二　十一ウ

巻二　十二オ

さてしハ風狂の西山宗因の客人宿の亭主もちつと
子細を聞てけれバ浪花の名たる所をめぐらんと
すぐに難波にしから西をおしへてあるきまする因曩のはなし
是から大坂ハ大江にしといへども実ハあの大神楽色へござりまし
このへや大江の岸とよんでいる所でござりまするさりとて
東へと出城のだん〳〵おとろへて此造家も名所でござりますと
風狂の自慢よりツイ上塩町まではしかれバ青楼にもよつかく
のりの看板客人へニテも大坂でハてまでも売ますといふ
気将遠ひ

巻二　十二ウ

浪花の郷よくしれた浪人ある者の方へお見舞申と来り
けれバ亭主是ハよい所へお出下されしとて待まうけ
ゐりとハ申ス長押にかけし古鑓もつかく出し突出ス
これを有さる者の浪人もおそろしき事なりくおる
それにハ我さねそれの今の手の内鑓のいたらし
申さねどもゆへかんまりまけた流義ぐ突しとこなう
せいる体まて聞く殿下にハ申うよさせてはけまへきどと遠速
のきてん　亭主さへ有て口だやまたの流宝蔵院流へまいつた
此まくをはらうし

巻二　十三オ

関寺婆

是ハ雲州の城下にて我此往ハ近江の国よりしが関寺吾妻越
まかり郷へ参らバやと存ハヤア見きたる名所よきしくみ
くる女そとはまちうしよけ申まじく候ア、うあやしや外の
所まで体をハへといへども老女ハ髪を見へてさようりしなる
体をも見て扨ハ小野小町ろうな婆をいらるしこれらく成之
あへるやそとハ何かへるしかるまじといいまうおかの心てあろ
あらふサアく早く外の国へいて来てハへ体をハへやと云
ども老女ハ笑へぬ迄へ又を聞のと心持ちもぬつくとかぶりふる

巻二　十三ウ

偽ハなきちとも老女ハぐれのけぶの本をいさぐれた者がくさつ
老女が見んてがゆくりけ本ハコリや此まきのじや逢ハせねばへの

浪まぐひ

是ハ夜中よりくるしくてござりまする病人をはらいしてくざ
されはしさうなる浪人ほしてさとちさにしく儒医者をたく
さんに見ぜらく打おぼし手まをハあるなアノ病ハ当る
の病気の入りまでおまぐが薬を二かくのましてくらなをるハテ
扨おそく彼うおまへんせさがよへまとえまるのてい代イヤ
中今日医の生医者宙ハ淡川まで小泉さ及白髪町の

巻二　十四オ

暑さ寒さもお見立ハ一ツ趣をいろ／＼もふしたとお取合
候しお業も坐ませぬ事にツイ当今の女中のお見立迄
へ及んでおりましたまれで此座者達のの見立とお遠
慮をハットハ思ひおがつフウ直見せさつしやあさハ涙が
や小笹ときこえ今夜の孫のまへハ ハテ ナア 夜目遠
目じやナア

孝行

母者人が孫を喰せといふれはしらぬ夜寝へ嫁にあつま
ちさせ泥のてらしたきを嫁出ほしいと見せられたホウ

どなたハおめがねおもしろいや孝行ハ手生歌よ孝行よまさる事は
孫をぬけめもなく大方二人よりわるさ兒を抱ておはし事ハ
當がおかしみさ毎ちなからのじや ハイ 是ハお婆が御痛分ぢや
イヤモ めでたの此孝行を見てハ十人へ剝むもたりませぬ

孫の典

コレ祖父さんこしや毎日てらやで百人一首をよむよふて名
さへいふとおいぼれて覚へて居るおまへもおがらて覚へて
居いる事を云ていふものゝ名をいふと口拍子で覚へるものじや
そんな事いふていふて見なされ サア 持統天皇 春すぎて

夜さるよくらし白妙の ヲツト 柿本の人丸足びきの山鳥の尾
のしだり尾の アテ ロじやよよめてようう覚へたでじや 奥の方を
いふてきかされ 帰命頂礼十方世界

御学者の性根

御学者に仕へる男チト旦那さま夜へお留守ヘ参た咲かが
おざりましたが何事じや アノ月ハふるさとへ咲りますをと
さても母さしいふ事を云るアレ八月の社日よ来て
二月の社日に咲るのじや詞にハ花を見捨て帰るかり
又かへるそこに帰る一かなくよむものじやそれ

むくはあるものでござりましよふなげで風雅の情がさ
ございます勧学院の雀じやなあ イヱ／＼ 是の方のあるが
あまり痛でござりませぬ

とりちがへ

或寺の稚児の手を握へあけくれ宮殿をすゝるが此の
たて是を見てぞつくと殊ならぬ気をあつかん
と狭猿の方へそろ／＼と忍び眼つみ気を取失ひ
されば稚児ハてきり出寺のうちおれだおまへもなる大く
ともいふれなすんでまさよやく／＼といふれさ

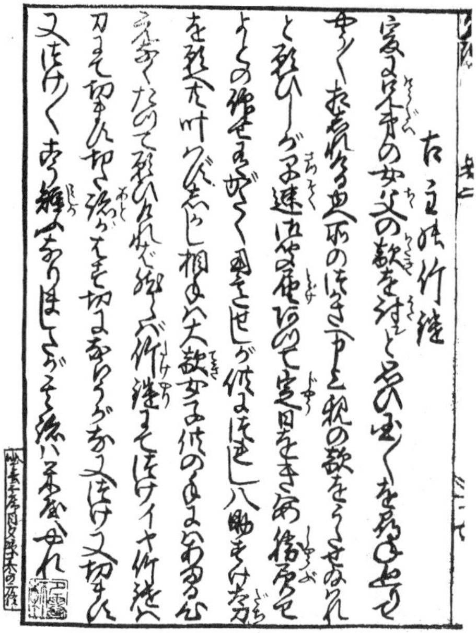

巻二　十六ウ

見返し　白

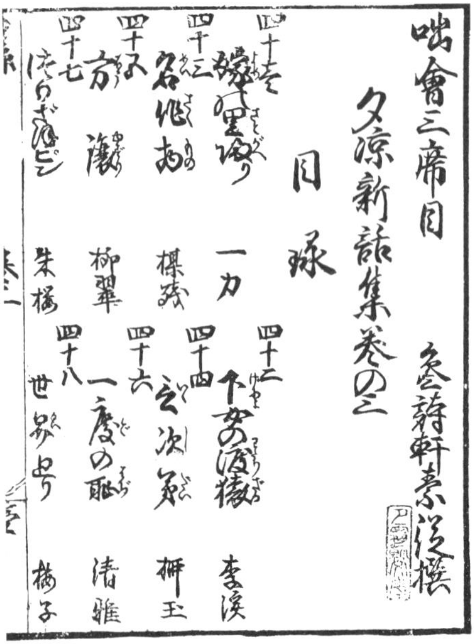

巻三　目録一オ

見返し　白

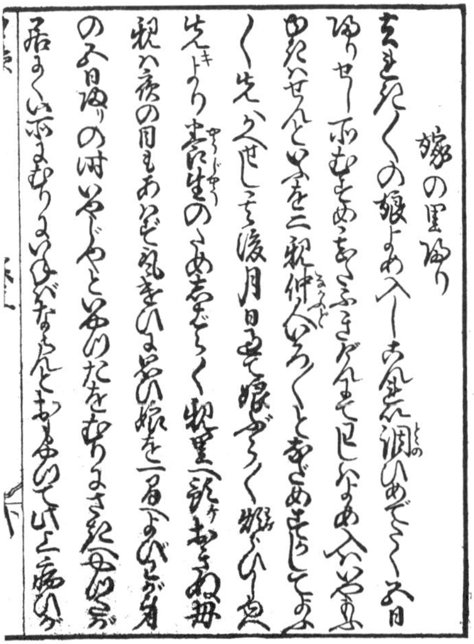

巻三　二オ

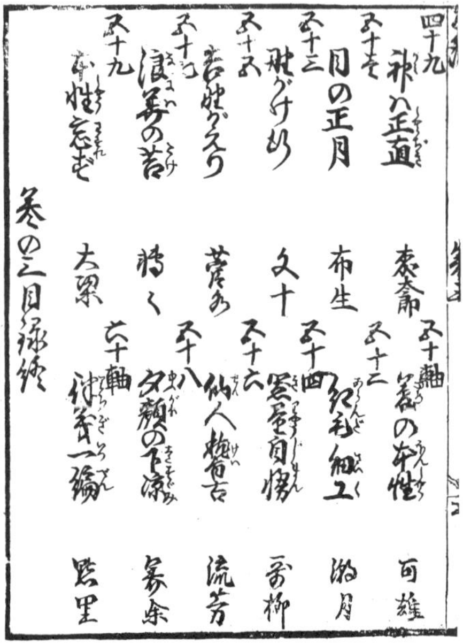

巻三　目録一ウ

おのれが楽しばなしにて母へ孝(かう)なる事どもの話をしやるが
さバ何でも隙(ひま)どりて母がいふコレ嫁がさんがよいよいが

下女の渡ア穢

アノ女ごハ去年(きよねん)の雨に落るが御袋(おふくろ)あちの下女じや
アレハ我ホ(つれのう)よふ知つているが去年ハずんぶじや声よくてなぶが
尻(しり)がぬくまると何でもなんにもふらんじや フリヤ合点(がてん)でおいさハテ
こちらハお好(おのぶ)じや イヤあちの内でハ大分(ずいぶん)だうも母らよ
かんさんがあるなかや文をさうして初く尻(しり)まくつて
ゐかかんりるテエ

巻三　二ウ

巻三　三オ

名祝よの

日の暮(くれ)かゝれば世の上で旅(たび)人の宿が来れ侍(さむらひ)が
親の敵(かたき)をおもへバさうとぬすき立京(なんちう)迄をやらうん彼旅(かのたび)
人のおさく夜の四(よつ)より尻(しり)のつられとはさまへ二ツにかり行より
ア ちきしやな首(かう)をあげつゝと力をさやうに納(をさ)めてゆりぬ徳よ
て切たをされ左右(さゆう)のかうだむくりと起(おき)あがりまよ顔(かほ)
を見合せてだ母のかんそやうお顔じやが叔今の人の
じや親のかたきをへこれさくといゝてもかうだがひより
一向(いつかう)けふに見えぬハ情じとまだ窓(つ)のかうたがうれしく

巻三　三ウ

あちらのまとあちらのまを組(くみ)てハテ合点のいかぬ

云次第

友達三人おあひ(ちう)よう人がいよ母が叔をまおの裏(うら)よのおち
を植(うへ)ほしさが廉(れう)が来りておざつてますそこがよすぎますとの
ことまで不まよ文をさへ人さそて私らハふどうを植(うへ)ほしてゐ毎
日栗鼠(りす)が来ほしておざそてゆもと笑て今きを人の容(かたち)
をおもも栂の木を植(うへ)ほしなせだと申ら笑て風聞(ふうぶん)が
くるといふ方ひくとおぬれてイーエ下谷辺ざかかておざすまして

方攘

巻三　四オ

(くずし字の古文書のため、正確な翻刻は困難です)

巻三　六ノ十ウ

巻三　十一オ

巻三　十一ウ

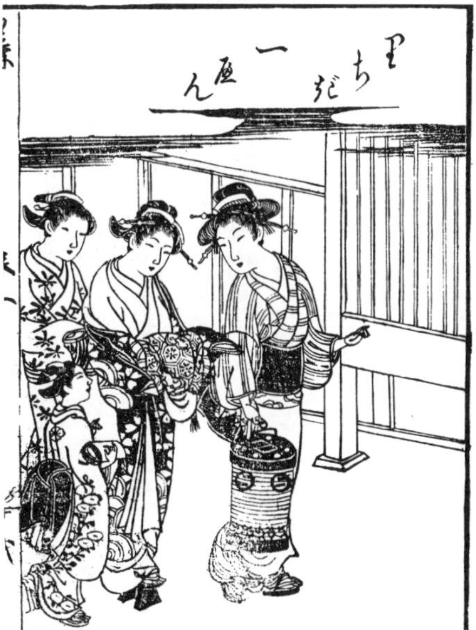

巻三　十二オ

巻三 十二ウ

雲尾目撥

巻三 十三オ

巻三 十三ウ

仙人の枕雪

巻三 十四オ

浪妻の君

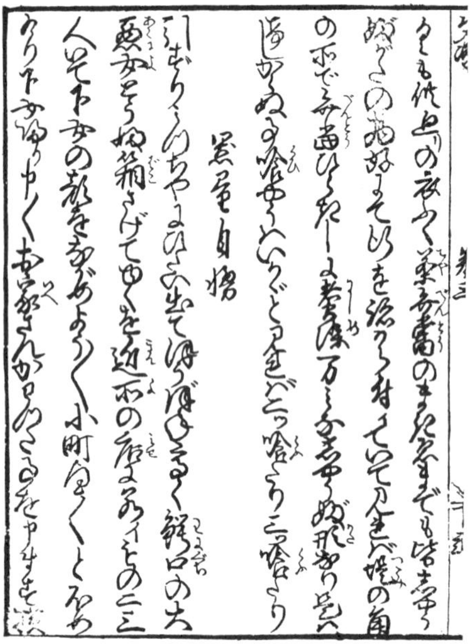

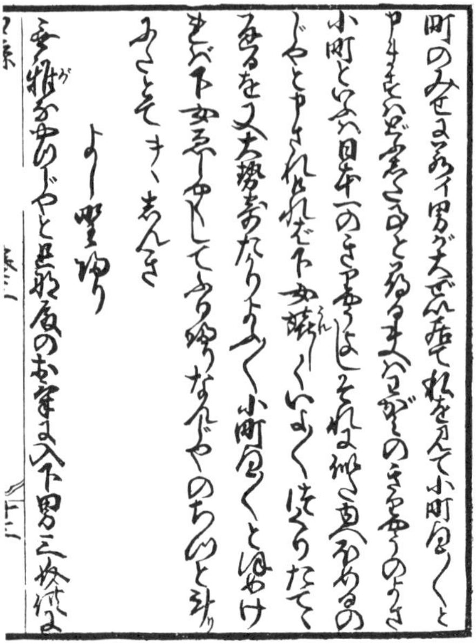

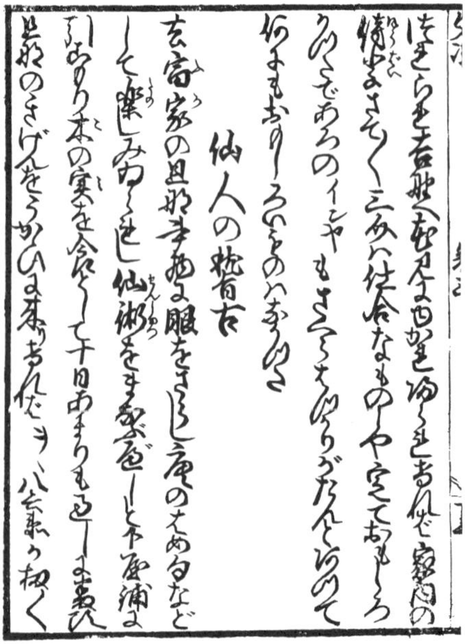

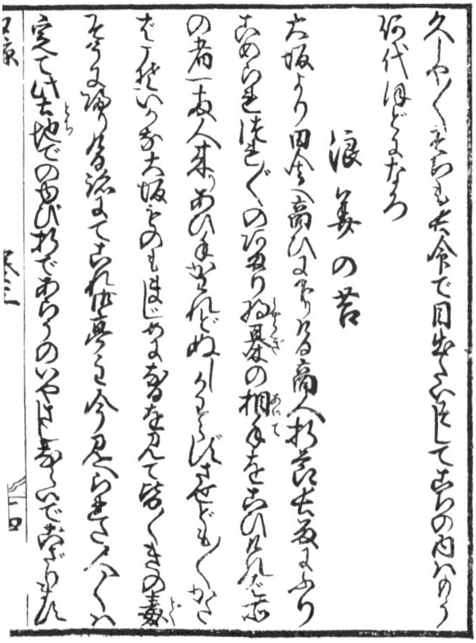

ハテナめをひとよふたひのがなかばゆんで下されイエの今ゟ
のよりよふたつの八ツかうまゐりませんなれバハテ不自由
なかしやのう

夕影の下涼

さる所の女の二布して松葉をよせて数寄りとぬき
ぬく風にも裾をなぶみ居る所へてら男来て流れ
て板もくばりはしても十(とまう)ぜんでおめりへおちか去
年迄れ志さ河京や大坂で素人へも見さが照(てり)ぐ
巻(えんてん)見よりのとにい…のとおもんよのり他の着までも着

巻三　十四ウ

ゐを二ツも三ツも着てきるよふかゞきぬしてさらさらと
あるく也がよしきものじやとこの人よ見事なあちらのよふ
気の内じやハみなあの女ゟよせよバなうぬとうさま又ハてア
因果なをのじやその女ゟな不自由なおハよう嫁入して
乳(ゆくりの)着をとうるものじやなナニノイヤイあれなものへあんな
きもの日さるまりやるまいヤイ

本性忘れん

何ぞ落て居るかとひろうんとかゞみて不斗(ふと)道をあるく大欲
人のさもへおちむ人今は銀も金銀へくるとおもし異紙袋(そなでふくろ)

巻三　十五オ

を八懐中して落かりたるまゝに酒さかん中へ入るもまで
ひよろひよろと志なんだ大欲人心よ笑ふをふくみ落さふバ
ひろうんと我に村十四五丁も走りひいおろうくも異紙袋
落しなれど欲人(よくじん)おどろいてヤア嬉しやさりし落さぞと
おもひがけひしを仕なてコレハしよう平にかをしやせ

倹約一編

大坂の問屋へ田舎の客のあつらへ近所(とうりやう)のちらちらよ代を
何ゕ知れれせうまと咒ハ順慶(じゆんけい)町の夜見世へ持なく
ち新町へも近しかされませなま又の揚屋(あげや)へ天神の好

巻三　十五ウ

みひけく銀くしんなりとよいがそれから又文席で
見ましてさゝのそうな富なす又てんじんがよして文席
へハトリませうぞデモそれぞれの実名まで出ておりた
そしてまた名ハ何と申しますサア太夫の紋(ね)へみも
おしで見へなんどが天神ハ梅本とゆひまして

咄会三席目夕涼巻三終

此両人者元一座相勤安永元年咄会相催より
打つゞき毎月ひらく遊く集会咄しの本出来仕候目録

怠(とし)忘(わすれ)嘲(くるし)角力
　　推本下拘　西撰
　　晏本对山
　　　　　全部五冊

右ハ咄会初席目申正月二日より本出し仕候

巻三　十六オ

見返し　白

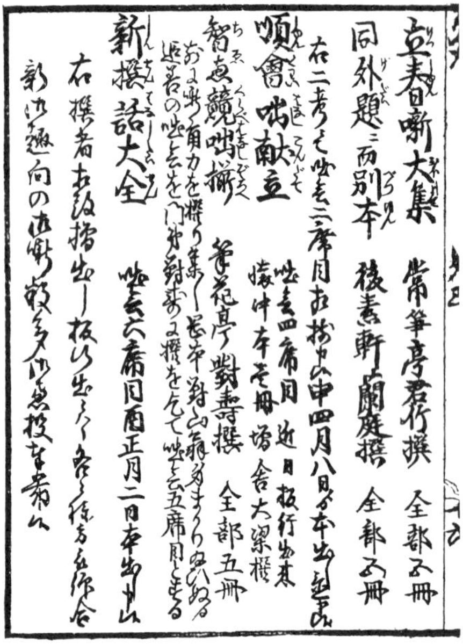

立春噺大集　常筆亭君竹撰　全部五冊
同外題ニ而別本　談笑軒蘭庭撰　全部五冊
右二書とも咄会二席目より抜出し申四月八日ゟ本出し申候
頓作咄献立　咄会四席目　近日板行出来
懐中本壱冊　蟾舎大梁撰
智恵競咄揃　筆花亭對寿撰　全部五冊
おもしろき頓力を撰り集し其中對山翁多くまじり居ひぬる
近吾の咄会を門弟對寿の撰を乞て咄会五席目とする
新撰話大全　咄会六席目酉正月二日本出し申候
右撰者ゟ段々摺出し板行出し申候各々様方御作合
新しき趣向の御咄多く御出し被下度奉希候

巻三　十六ウ

見返し　白

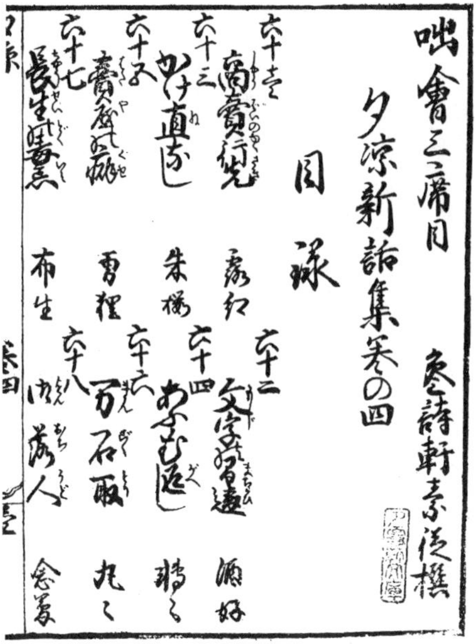

巻四　目録一オ

咄會三席目
夕涼新話集巻の四
冬詩軒素從撰

目録

六十二　廣幻　父字狎習遍　源好
六十三　朱橋　六十四　わすむ返し　聯く
六十五　男理　六十九　万石取　丸く
六十六　齊會汐先　六十八　何欠儘人　念豪
六十七　齊氣之城　布生
六十〇　長生藥意　長田

巻四　目録一ウ

巻の四目録終

七十　福幼　七十一　鬼外
七十一　壽州　七十二　燒米戴　信平
七十三　蓑司お子　七十四　もめれ私徳
七十　天く
七十五　我窗　七十六　石おり　不沘
七十七　こまごろん　七十八　貴おこし　八本
七十九　折掛編
八十　一車　八十油
二度の笑　芳竹　寄等壽
文橘

巻四　二オ

齊賣汐先

玄人乃傍の十壱月念三云云…
（本文）

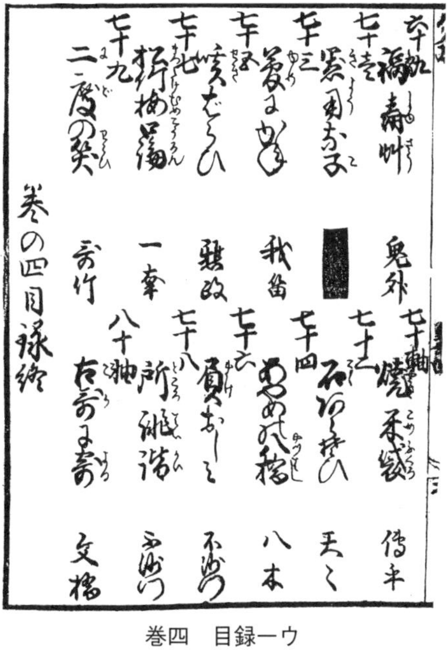

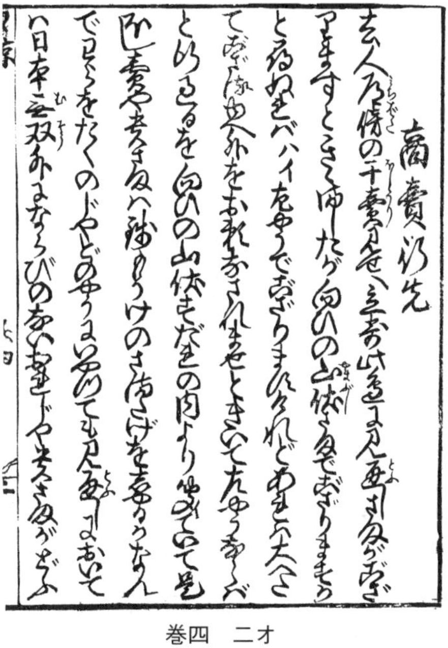

おいて有るといふ事ハ皆おまへが見通していゝる文字でござ
まするやうなこの人じやぞへの

文字の有遠

大坂の櫓ぐらも昔から我くハなんとして太夫たつた一つ櫓じや
の九つ御ざんじやのとかつくしうら門竹内でも越
中との記じ日後なんとて居を付じハ今兵ゆへくと
とされバあまたハ太夫の名を付て名じや通自然と居
付を去るのじや女郎衆ハ此方へてかまつて大目居だじよどの
を付といふこともの名を給じやぞアレカ昔ハ黄昏の座敷

巻四　二ウ

巻四　三オ

給じやよいの

かんけ様おし

サア一座ん分じて来た春柳もちぬかきくもあんサアく
きくさらのほしさおまへてよナンノイナ春柳さんじやへ
いなのし自安寺へ参り奉さんが参らく　ホウあるよ
よい店が出来さのアイ六部丁もあれ見せが出来さ
こいなりしばらり寄つておくまへケイヤれも神ちが
落葉よ往へいふ寄つておくまハテおとなげなへぱ。へなせい
あなむざし

巻四　三ウ

あんまよめさをひかせるが大イあれまあとあんま
どのあなさんハ高慶よ去てるるがくまめいあさじや去
のおさめがるめとほじやめちめとけいてうためでゆと
とへバあんまハかめともいえば隠しなひをあそおろし
まよりたむへかり耳のひらきをのみかびをあはるの
耳へおしあてゝやかしておけばゆかましん

あさ座の施

小濱名迄の鳥二三人へ行まあて枝つハ此今孫あずの相
娘ハちめとあまくめくるるまへよはせて何ら何をても通

巻四　四オ

該当ページは江戸期の変体仮名・くずし字による版本の写真であり、正確な翻刻は困難です。

それハとふりでござりまする
かね茶袋
てアこまつたものだもとハてよふんせ何と在所もさぞさびしかろ
ろであろう アイ 風がはげしくあまりさむいと文をたしかくも
むまるゝ絵が目がまはるおもひかゝもゝあたゝかでござんを大坂へ
やつぱりおつて来いといふことはまへちやんと弟めしもて
まふはなしよいちと油を足もござんせ ハテそふさ
ぞとてアむかうしやき大坂より今へ云がたつまでの
太夫 ヱヽそれハあんまりでござんすよ

巻四　六ノ十ウ

客男おこ
さかな茶屋の宿佛生事の前の内よ子共の
淀手を見てこいしゆくの後も申候ハやせ目
ま入したるの淀手を見ましたれどいろはを落たり文
字をかいてござりましてさうおこでござりまする
ム、あのやそのものじやそうやおせでござりますへ ハテ
桜本屋の子じややいの
石あくそひ
奉遊寺客衣だしるの人へ二人がいよいハアノひぜんりきを三

巻四　十一オ

十七万石といふハ端とよたくさまのじやと思ひばそれハ
これがまへ遠ひ二十六万石じやござへ イヤ 七万石じやテ
イヤ 六万石じやと申してもおへる事はあるまいてぞ
そんな事ハおけどくしまざうとて大名鑑をさがせとあれ
ぞいとはかつている丁稚をむりよりおこし コリヤとまへ
いておまへ大名かゞみを出して来おとあるりをにぎるばかりや
きくさついているとあふりの戸をぐるぐるさく ハイ 謹くろ
さんばしてさ大名かゞみをかしてくださりませおんじやよふ
持ているものをたゝきおこして今はよ大名かゞみを何よ

巻四　十一ウ

巻四　十二オ

まるのじやぞへの〳〵ハイ髭ぬくのじやそふにござい
養にかゝ
コレさわ茶をひとつたもハイと持ぬ其の手をきつと
ゐお主ハ彼女共で居の字とおもひお慰さんがりんでござ
ざるとのさま膳籍へ出てよござりさんを見て物そうじ
く名ハ鉄の湯を注ひみがきたてゝ汎なども又蒸を
あげて出しけれバ旦那も又身をとりおでましテモらはく
しれまじやけれでおへをのしてへしや
おやゝの八橋

巻四　十二ウ

さる所の商人に男子一人誕生し訴さいゝ是本妻の子
なれバ此度ぞ本家の代りとおもひ〳〵いれなさ
つくさの家になれば初の節句と定紋の大のぼり甲冑
よん人形よとひしめくを商人にくぐと思ふは板もく
ありのかれや移て産ぞ子ハ本家へとられ是へまゐら
はかゝさん同じ市松人形を我子のかはりにてかざ
本家の母の幟をたてんとよ毎ゝ紋所も同じ様
に染させこれたる本家をまへて我かどの幟に張
紙させうまでさを見合せバ通所にはきつしき此生本當

巻四　十三オ

らゆう紋所よくり此紋め
嘆だくひ
コリヤぼんよ人さるのおぢ父郎が大きさて様とかゝう
そりやんが夜具をさて様とよひやくわけもへ合点し
ちがあつて狂言を勝へ出しよ行なるよる大路
ゆうつひていてとくの髪よ子うの付ろうを見て父郎
さんびんな夜具が付てあるもへの
またけおしみ
おまりさんまゝり寝いおそがハ使ひ出ねへ是へ馳さん

巻四　十三ウ

よふお出さけふハはじきの時さがあるよりて使ひ月く
ぬましおいそいでまちかねてお祭へはおそくなれあんで
たちよりサアおがやと夜ば生二人ありへあらり七夜
へそぐと出かけふ参掛しくふつぞり〳〵嫁ぐハおそいも
ぬたしなあまき掘あましハイヤさすへるおゐ祭まで根
付ぬよりてその代りにッおしなりでもらふ大猫
抓なぬきへゆりに及びバ牛るさへおそふあしらあのぶい
らうかけ尻尾を注ひのたれ口ぬでも口ッ是とさへるが
ろふとをもならくなされるぞへおつけ咄所の母ぞくるしはッ

巻四　十四オ

見返し　白

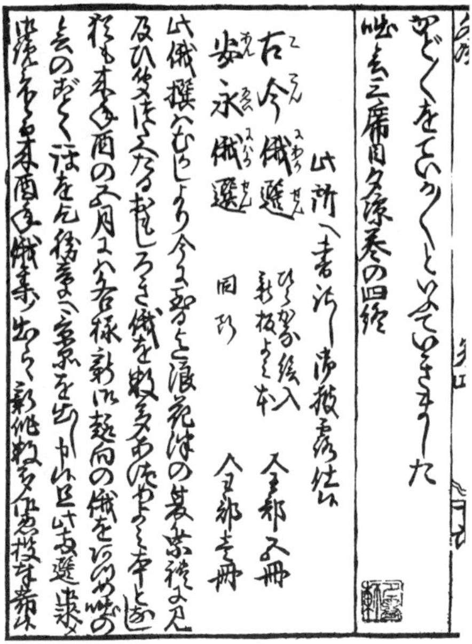
咄の会三席目夕涼巻の四終

此所へ書肆ゟ御披露仕候

古今俄選　ひら紙絵入　新板よミ本　全部五冊

安永俄選　同断　全部壱冊

巻四　十六ウ

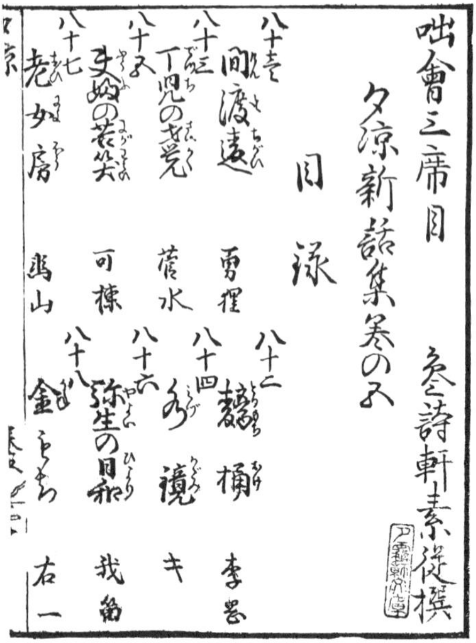

巻五　目録一オ

見返し　白

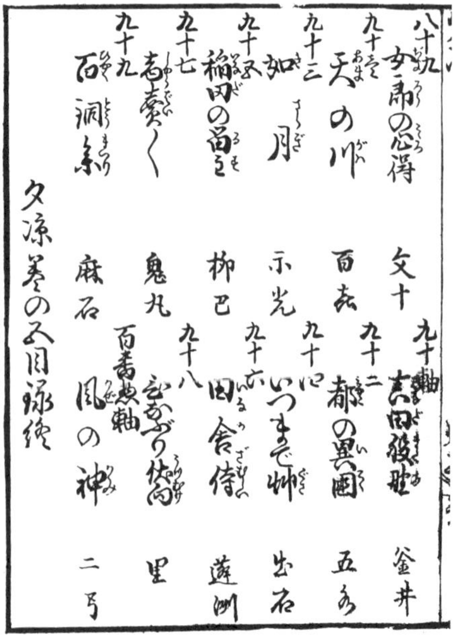

巻五　目録一ウ

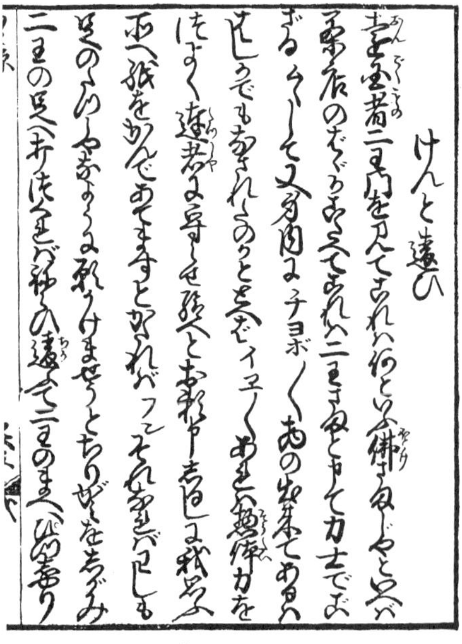

巻五　二オ

見返し　白

咄會三席目
夕涼新話集巻のゑ
寒詩軒素從撰

目録

八十二　髭桶　李哥
八十三　䔥水
八十四　鐄キ
八十五　弥生の日和
八十六　我亀
八十七　老女房　可棟
八十八　鵜山　釼もち
　　　　右一

八十九　同渡違
八十十　丁児のきき覚
八十一　失婦の若失

八十九　女雨の心得　父十　吉田彼姙　釜井
九十一　天の咋　九十二　郁の異國　五石
九十三　月　九十四　いつまで𦜝　出石
九十五　楢田の畠色　九十六　田舍侍　遊洲
九十七　鬼九　九十八　なゝぶり橋　里
九十九　麻石　百　百壽與軸　風の神　二号
百涓系

夕涼巻のゑ目録終

けんと違ひ

巻五　三オ

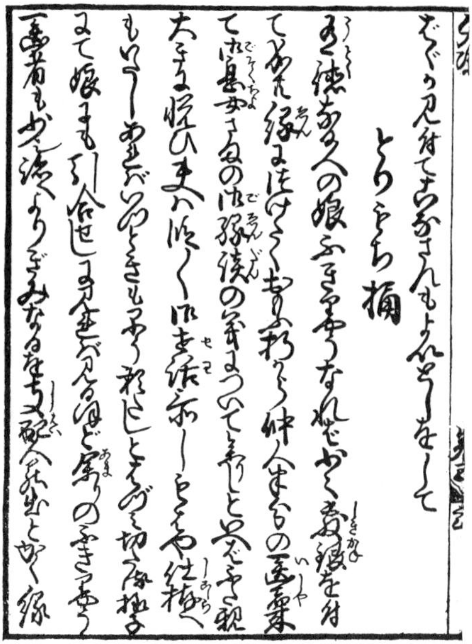

巻五　二ウ

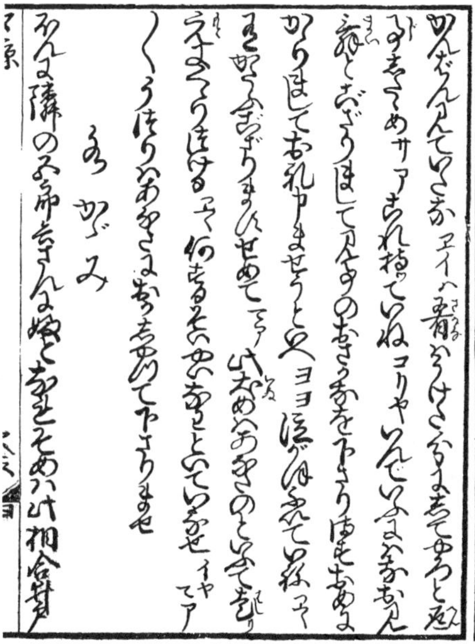

巻五　四オ

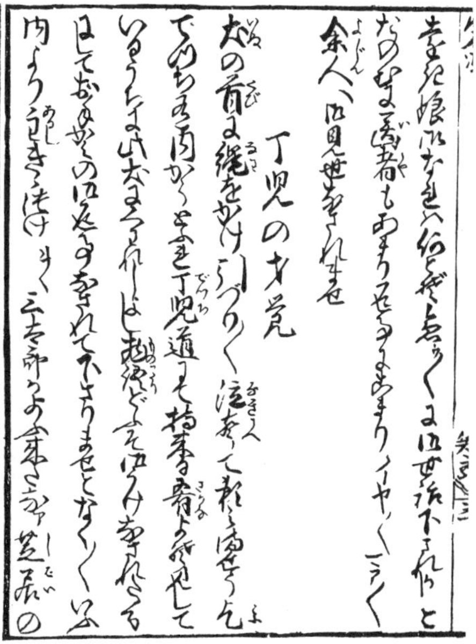

巻五　三ウ

はよ藏をうつし合コレ　おさんは娘のおんなじなんのかの
とまれこれ油さへいさかひがないから出ぬ此所までの孫がある
くれなただき[illegible]太郎さんもよそのはなしの本である
であろと井戸をのぞいて襟をくろいまゆに褄がくるゝ
[illegible]であるで山の神井戸にかゝりゐくすんと声もじが隣の
さんが井戸ならはまをきかんと[illegible]はけコレ　おさんそこさへ
あちのめしとよう井戸のまを[illegible]のはまるくくいつく
[illegible]てゐると大きな声で[illegible]せりはへおさんはそかさま中隣の
お内儀さんが[illegible]ようにいふしても[illegible]さんとへきこと

巻五　四ウ

めへかゞしさるがあるといふおとつまは女めでたしよせりあふおく
[illegible]云よまれはりひよ出コレ　かくてア何をいふさらがいのれ
よアイ気遠ひよあまさへで此井戸の中を[illegible]や[illegible]せ
といふは何の[illegible]と井戸を覗いてハウト　おめへどさある
ぬ数コレさん井戸がへはるさを[illegible]かくもそちらよせり[illegible]
いぞとてア[illegible]ござへおそしやと引さらう井戸の中へどぶん

丈娘のよが爰へ

家は女房やさしい人の家へ嫁入せしが丈娘もあはじく
暮しひとりの女をまうけたるがくて年月を経る

巻五　五オ

ぬまべ娘もやうやうなりぬる[illegible]て井中の[illegible]
ふとはよ云合たるが女房は今はこゝじやとても[illegible]
まで[illegible]のやおさんせぬそんなどんなとの[illegible]此気も
月がたちさうりに[illegible]十五年といふ年月
をくらし家へ来てもの[illegible]十二[illegible]といふ月日をおくり
さきのとりなれだ娘がそそだよさんでいてそれから噂さん
おまへも家の丈どこぞへいたおなさる[illegible]

弥生の日和

春雨しきりに[illegible]の[illegible]花[illegible]

巻五　五ウ

いろは大娘よりも姉川ざくら東叡山隆[illegible]寺お
法寺などの桜を見ますよゆさ[illegible]病おもく[illegible]
[illegible]お医者の見立へいくつじが[illegible]よ[illegible]津[illegible]と
中名医がおざりましよ見ておりしは[illegible]さんぬかと[illegible]
た娘ざくら出て[illegible]さへ薬ハさかぬ気病でおざりまする
いろさはナアあなたも[illegible]もなる[illegible]
あの子のおそだへ[illegible]その[illegible]さんらイヽエお
[illegible]の気病のりとはせんど[illegible]さんをちつと[illegible]
じやないか

巻五　六オ

はよの二合のたびに臍ゲブウ、なんこゲドまこ
ブウ、ゴヨンくとつきゆでて立さらけハ高を
まり出扇子をひろげてもイゾ立まれく

吉田殿粧

座摩祭りのみこしまで例の異なるよのり清合
まれば行列がおたねらいまだみこし出ぞまる異
なる西の肉がうそこへ見出し二階よたら二人酒かり口
吸そりちよまるをおがらつめ門る所を子供らもゲ見てアレ鬼
なる見へ出へ来るのとのしやちとい云ふて縁のきでます

巻五　八ノ十ウ

天の川

我らん趣向で私仲せうとござで牽牛をまく足り
出し七夕さまのいしまうを出し天の川のかかりよ本
座跡へ出てゆきもでよ身をおげんとする所にわうう
の表まで藤あまこなまけ男女をお投もるる
おまど公ひるとのゝおとめさかの橋をおし出りかんじ
入られぞ女郎ころやまるのよ仏伴らあまよまよそれ
又ぞふしてハテ死と流で何のかうものゝをおりだ

都の美女

巻五　十一オ

淫風よあい西南の方へ吹おがさまとなり傷し
おかりし紀州へ吹付しが所の老女お方日本人来りし
此女を見て足をみへつくたおく連ても道るてうとをさ
こまけでお母さまされど一所へサヨニヤくとう〳〵おな
おりの此所へ日本の内うと問へハイヤ約束せとかふ
叔さくへのおもたまをみけで今日本よ此の命がゝ
まあなくさてかるへたまうよまく楽ますくとが
イヤこさゝあよ京都へ耳をきしてこ来さ

如月

巻五　十一ウ

巻五　十二オ

判読困難のため省略

さつへぶさ今此里であゆるしなされまへぬかお何じや
みかんをたべるのがすきなるか大事おでおまへはなにが夜を叩かれ
て来さりおかくとらるへ翁をなるかくとかどの店
に噂つけくさいのんを出し此里でも有るとやあちらへ
くるしいくいたずるまん

高齋く

難州守淀橋の下の非人大坂へ来り遊宿し芝
居見物し行者へも参詣し夫より天王寺へ
参り石の鳥居の辺へ来りて連よびけるを

巻五　十四ウ

はぐくとかえてハヽア　どふでも大坂じや事

ひねぶりくれをむけ

隣の内のお婆まかるの入かと振りおろしてたびひよ
あめているあくりむちひのたのしみある時のお婆ま
鉢庭りよ近へのかごかきお梅をさそへむすびにゆき
くるがいかもより舎碁ひまへ入よふく　客を出まて
おくゆてある文だんかてちかひあるは出すぐあしく
とりなせりふ客もうちうへ立りのあがり出行よ
ゆてお婆まがかどよみ立るや早なかさ出し大あのせし来

巻五　十五オ

とお梅ちよつとおこしてきまとかどのおまねけヤイ
今のざ敷へ何じやいまくしんと目よ角立て見へはあま
たーあまん世めとあつで人が笑ふへあア笑さうなんじや今
のよふよあぶれくそゆて来まむむさむすりしておへてへあまり
僕入わがゆてヱヽあちやなまがかへつてあきらくあく
出行ま　サア出るヱへあア　ヱヽ出されといふ事へ大さよ
出されやへとらへ下駄をもました

百銅参り

天神参りよ夜遊分さらせん百銅あそびよ此議を

巻五　十五ウ

十二銅あげてもおかさの踊り踊りよてなんぞかへとて
くれさのかおこしさへせんといふてあこしなきへ詰かけぬへ気も
きまさと思案して神楽木へ乃中は伍銭が五十文で
ざるまい料へ何程と問へは伍銭料へ十二文とふよ
びのくりして高きもいへどん文思案して我ゆがきとう
よもあまへかしい残なしてなりともと大事なは
組合よても伍銭がなげら出ますとかいふいちよもはや伍
銭が六女とふよ九の残銭だしてもたらねやちく
としているよ禰宜様を立どふじや人をあなどるのかと

巻五　十六オ

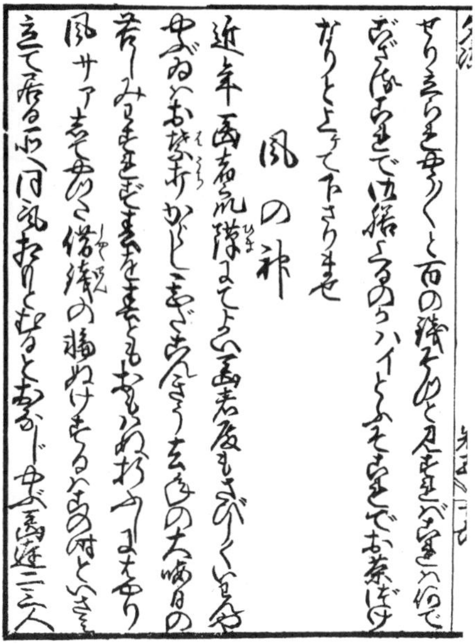

巻五　十六ウ

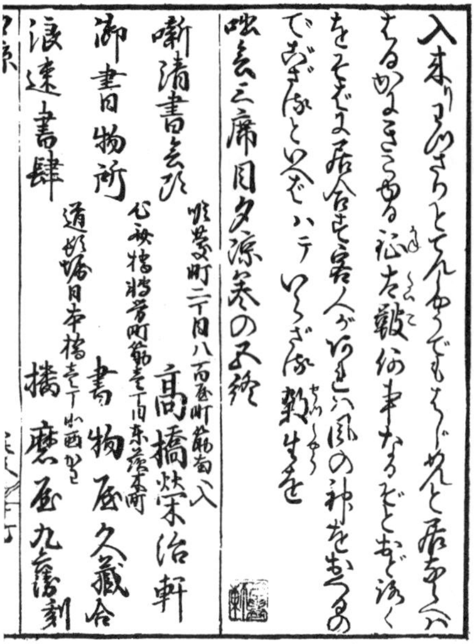

巻五　十七オ

見返し　白

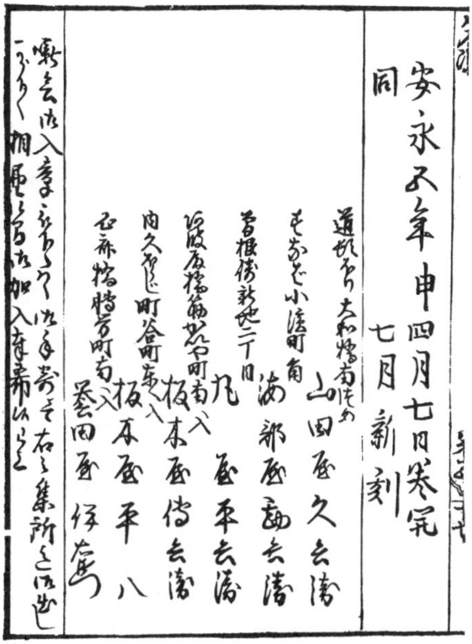

巻五　十七ウ

5 『順会咄献立』 安永六年

表紙なし

見返し 白

序
周茂叔が料理不本事家
天下の人皆塩梅を貴実
き断も亦ちふべし趣向紙
興よりせんじ出攪中れ塩味ま
もりぞ其義味なふとあ
変まち及しされど是人口あり
嬅くもちなりおゝし一遍忠

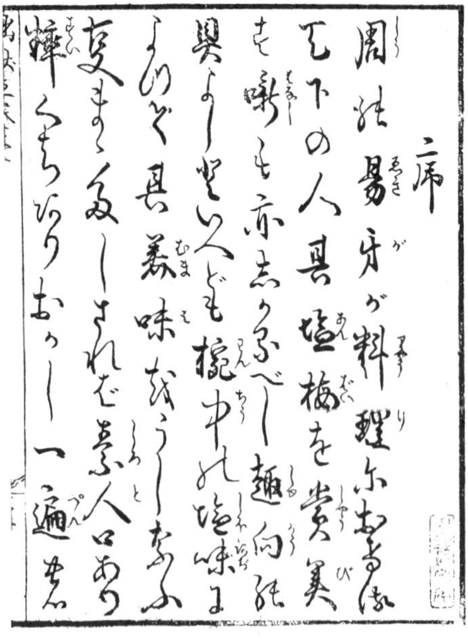

巻一 序一オ

巻一　序一ウ

夜食口誦がくるかをよびよふ
貝焼乃風味を問一統乃
好ふくとゐまをすなれ斗をや
今や宴席もかさなまれし
中ま噺献立の家味佳肴
いづれを何をせ料理ふ
らぬ田舎口彼をたまみ菫な
のぢすみいやしぶきを菓子を

巻一　序二オ

味ハあふやいちあれとも甲
乙のも泳むじ諸土ゆる
しーとを

　貴久禾
　きを綿月
　　朝日
　　　　　増舎大梁（印）

巻一　目録二ウ

噺會四席目
順會咄献立巻壹
　　　　　　　増舎大梁撰

美國
紫卜筮　　桃太郎　　ふな八代　李薩
　　　　　　如風　　をきで雨桂馬
女礼正直　　如楠　　覚はめ小り　耳彦
　　　　　　安倍仲居　　左又
　　　　　　二ぢ　　郷の吳苔　人法
牛が裘里奴　　　　　
後のうろこ　　十抽　　尻こもの姓
六姜

巻一　三オ

紫卜筮

私まをら沙汰を風囚らふぶり求もろアイ行々
をのぎひくあるハイ私に浪世ぢさりますぬ本性でを
ざりますが何ぎ性ひ合まるのを考てたります
セ、ナルホド心ゆはたをるそえの末へ焼石原の枝の
本あれがヨツトよ水ハ本の心でをるま寿冶麥より八
ゞますみり夜、ヨシヨシ、造渦屋かされ本桜抑乃
あされ銀のぢ犬かえゐ又るぶ私ぐ屹くを紅いふい
ゑ銀のひを斗り八ます屹るぶまま屹かしすあれ屹

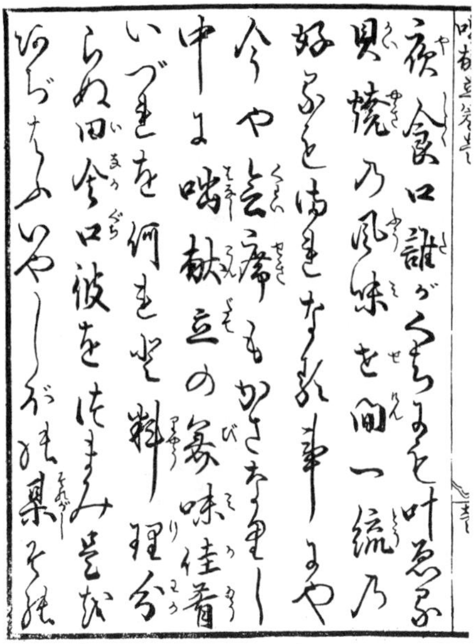

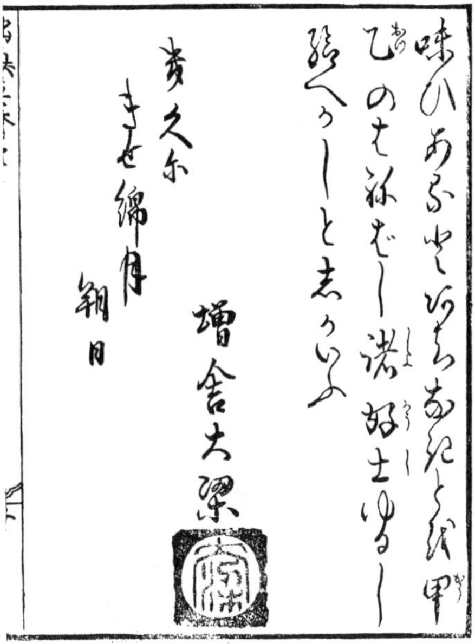

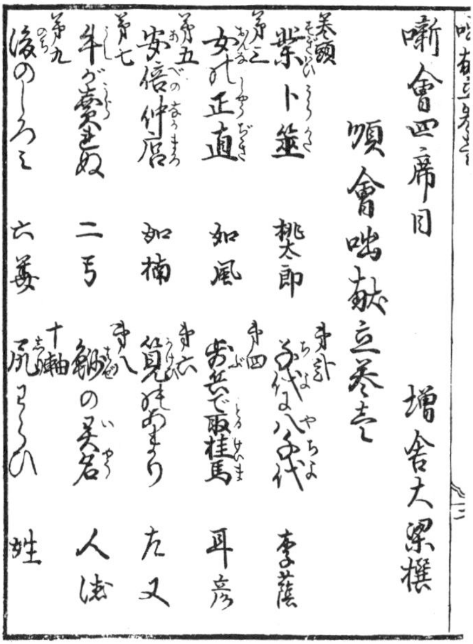

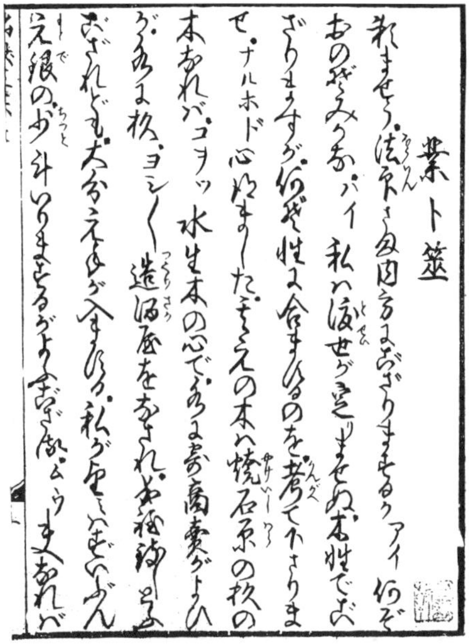

杖桶で水汲をおされ。丈ハ力もなし小孩て路に立
ませぬ。なんぞ水汲ぐらしのえよで汲度極もふけの出来ま
せるを考て下さりませ。あの極意ハ左ちかをでござる
どれく考てみましよう。板をへ字ハ上右半がおざなく
フレハなんでござりまするか。先ヅ生鰯を又合経営ふ
てそれで鯨を捕よ好し。

五代よ八五代

サア息おしく段々戻りくと又丈見んせあ。汲
でも天口で見せるのをと見んよ這入バ板琺にんをのじや

巻一　三ウ

巻一　四オ

子口云のじやがてア法性寺の入道なんでもないは
ハ忘ひもせずと後ある字よもタツタ一息なんでを
貌りるえそいさが咲と息つぐハじやと咄の最中。傍よ
正直者が出て居て丈がおへの跡をしいす。むびりも
ひふ盛り喉の息サア

女子の正直

生玉の占ひの店よ七ッ目の九字守りと書付をさんて
廿七八の女中下女を連おたのミやませう七ッ目の守り
下さりませ。ハイおそしハお。アイ色のそしでござりませ。

巻一　四ウ

ハイさやうならば是きバおけませう。イヤ十一月をおくれな
され。ハイ丈でハお守りよおりませぬが太のおざりませぬ。
トハな。アイ家内のものとこ皮が。さて左様なら

出来で取桂馬

進あと見へて着物よ綱を入おやうだんだんと引丁兜
が橋のらへよ人を張り。何やらんと見る間カノ着を太よひよう
引ゃと探丁の上よ並べ心ニ乱あらめへ入川よ綱ひきて
太ぅ着へ挿入込む綱のひもし丁兜が見とゑ五合あらく
どんの網がむでんどう綱引上ゲて子眠中よハ是ハ跡にし

巻一　五オ

川へちよつと網がかりしと、冥加な事を申ゆへ、千雅ハ川岸へたりかゝる、コレ網ハ只今私が稽古に落したのでござりますが、御探しで下さりませ。イヤ〳〵一ッさん網でござれバ、御とるゝ人へおまへの寒にそふて、イエ〳〵までハ私が足が寒ふなる。何ませんバ、ハテ進ぜましやうが、此先へ竜ぞと云でござく。イエ其網を広げて下さりませと、網おかしてくれしよ。ヨイ〳〵ハ投んをら引しきた口と、安紙二まん銭二十、是持て去ね

安倍仲麿

サア一ッお上りなされ。てア　さよ心の合せさはまかすけ合、さあ

巻一　五ウ

月の出汐を見ては、何でも浪速の事じやぞや。イヤ〳〵家も貝の器よりも大きなが、広沢の池の月をうかぶるも見ころのじや。なん、イヤ私ハ文科ハ国のよふなる月を見んまい事りはしさ。イヤ文格別でござりますまいと、ソレバ傍からいやゝ文蘭峨眉山の月ハ一向とんと、沢の遠さを見とよふな所。唐々笑ひ出し。ヲヽ峨眉山とよハアノ唐詩選の詩によむ山でござるぬらハよく云ふとて、竜のよふな家へハあんまりじや。シテ其唐土を、べつの出虎じやとおぶさかくきべ。ハイ　紅毛の覗で

巻一　六オ

筧のあまり

難波村に中川氏とて施人相見るといふ門口に張紙を見て、何が見料のさだめ〳〵ねらハ其我もく〳〵と何とよなる。率次指相考申候。先生天眼鏡にてとく〳〵と見続り。枚と上停ひきく中停すれ渡り。地閣がまたなる相なるふよ。田宅の横紋なく、美尻毒毒〳〵。ハテ男よハ似合の人相、其ハ定る嫂なるんと申せども、さおもゆるしんじテ其極何も商売あさ候な。なて卯よ今なされバ、たいて商売ともみひの其ハ、ハイ〳〵。先生　イヤ渡世ハ何なされ候まで。

巻一　六ウ

巻一　七オ

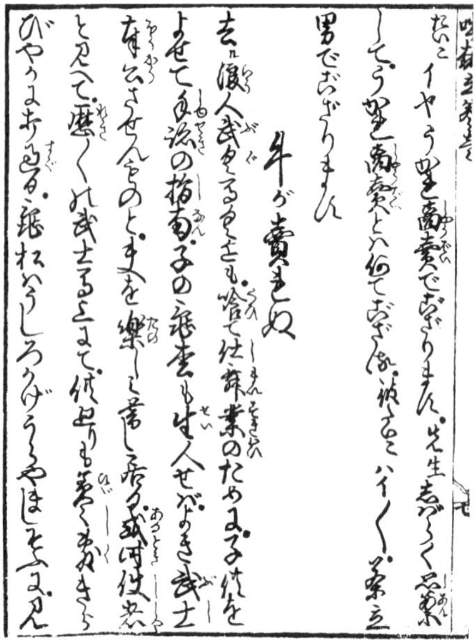

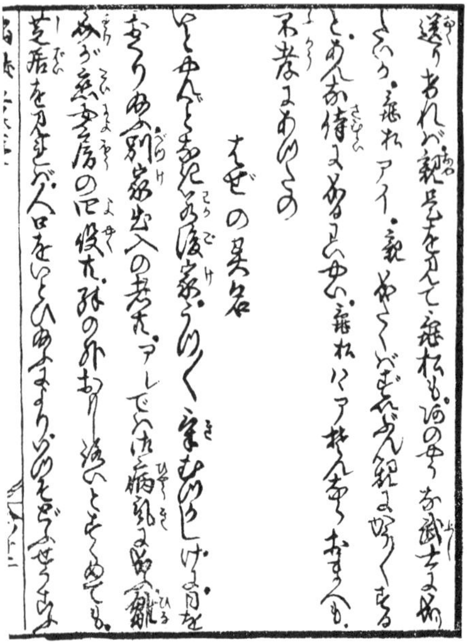

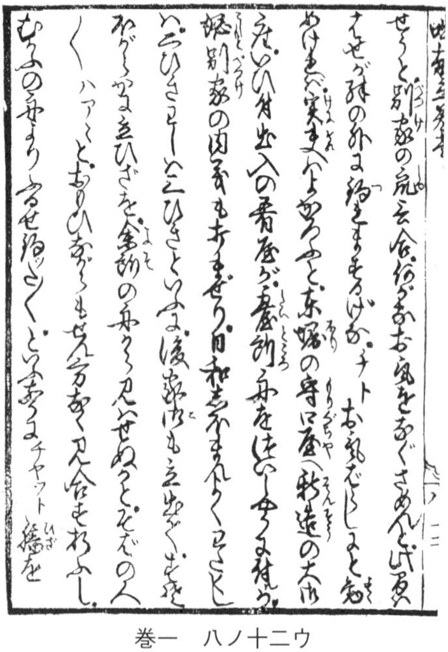

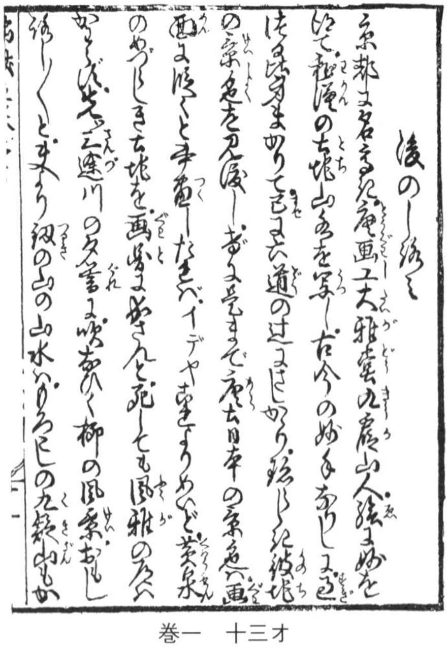

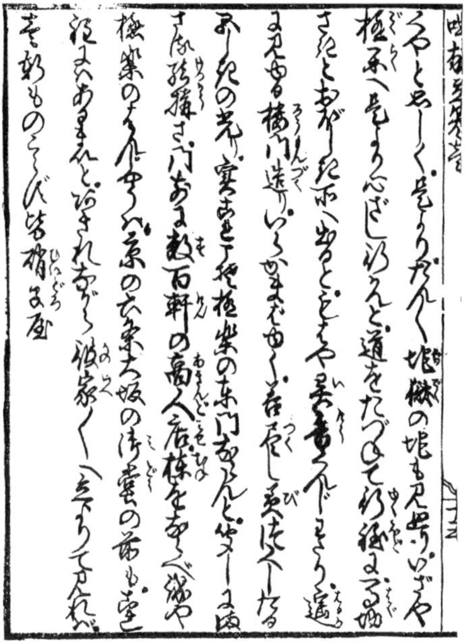

巻一　十三ウ

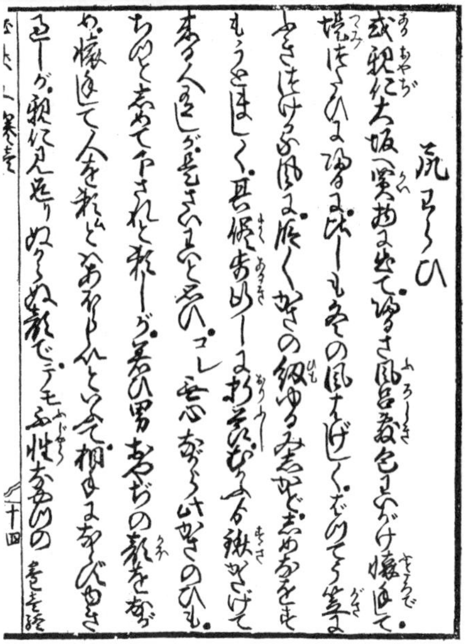

巻一　見返し十四オ

噺會四席目

増舎大梁撰

頓會咄献立巻之二

巻二　見返し目録一ウ

灸の据分

世手を治かれたきな男、なんとき線香にて火の法をするをもち、むかひのお嬢まもと、板此火で額へ丹へともれば、とかく嫁ひをうけ居るねとひまよむをあつてりかしてひなく、王さまの火で覆を据へとれ、バテ是皆なむつかしい灸の火でござる

拙竹上人

百姓一ツ匹人の在所との和泉路より用事のために大坂へ来りし道にて大坂にて拙竹さまが仏出なされて血筋と

巻二　二オ

申す下さるといふを聞、ヤコリヤよい次第じや、何でも若ふていますと、長町へ這入りんがかたつかえ清水へ来て刀んまへ、門内の縁菜を見て宝なるべしと大江戸の座敷へあがり咄会の中へ這入る、講会の播出しありて居るといふは、すなはちかしく して居るなれへ会ひかんがえたくさらにおさきもモウよふあがりますると居る、彼百姓衣を出しあれハ彼播出しをまわし、其中へ入る、彼男もおしいやうな会ひの教化くとおもうハアヽ拙竹さまハ坊さまじやとおもふたに

直打違ひ

巻二　二ウ

巻二　三オ

This page contains handwritten Japanese cursive text (kuzushiji) from 『順会咄献立』 (安永六年, 1777), displayed as four page reproductions labeled 巻二 三ウ, 巻二 四オ, 巻二 四ウ, and 巻二 五オ. The cursive script is not reliably transcribable from this image resolution.

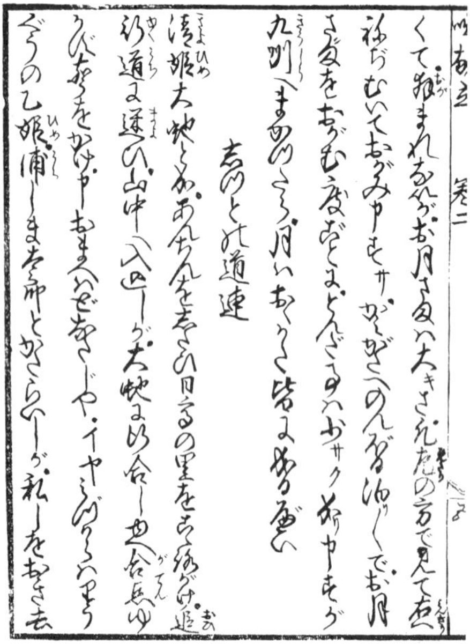

巻二　五ウ

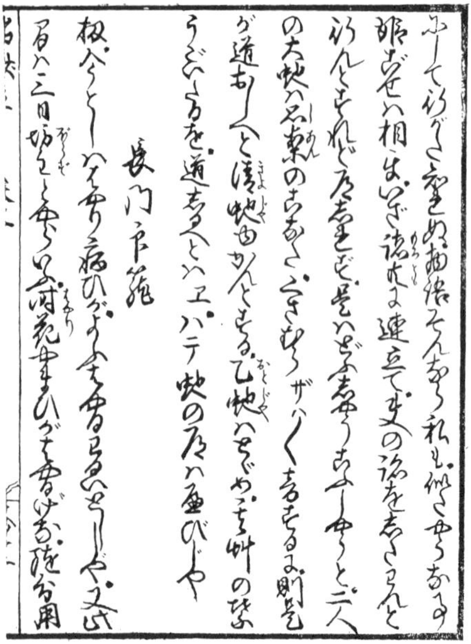

巻二　六ノ十一オ

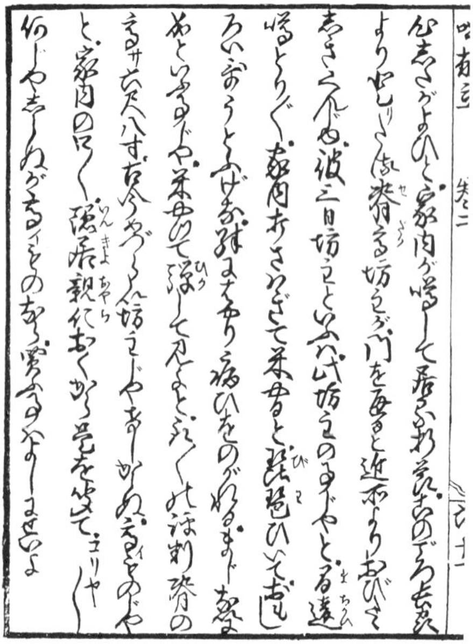

巻二　六ノ十一ウ

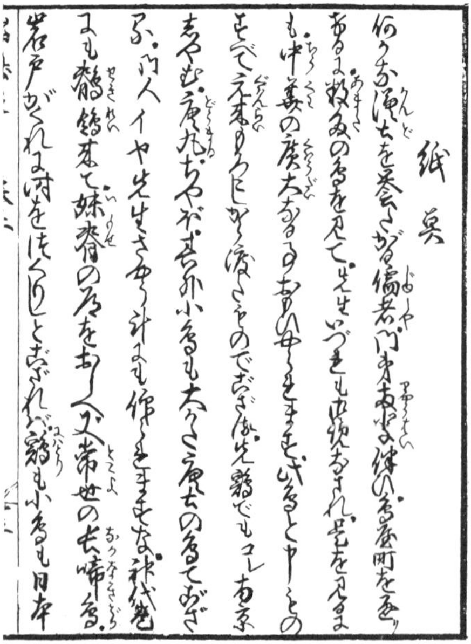

巻二　十二オ

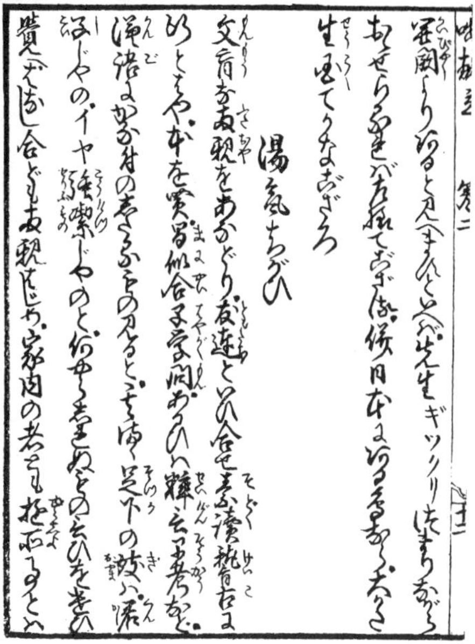

巻二　十二ウ

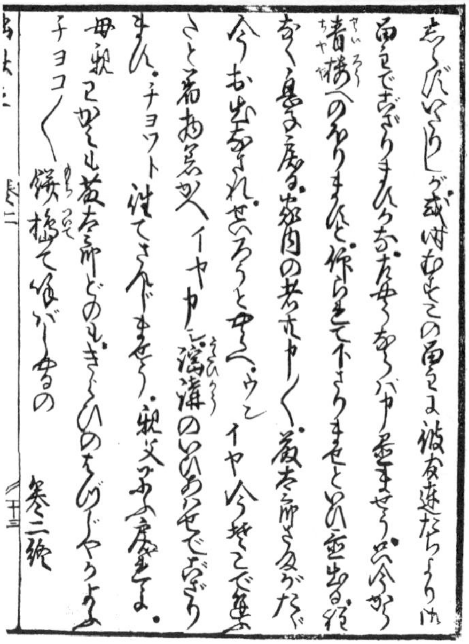

巻二　見返し十三オ

噺会四席目　増舎大梁撰

順會咄献立巻三

巻三　見返し目録一ウ

天竺浪人

此るかし一昼んかくまり仲間。主とけして居ても去れぬものじや・ミテモそれハひよんなお前へ出かして落さぞ。サレバ、ほんぜん私もあり、お身さまは浪人でござつて刀を金、今ハ此ありませんので人ハ恥をきらうますじや。いま、さうのありましてもの、おもひませぬ。ハテ、私も人又さとしさ。これじや。此浪人でのたより、おめに出せんのあづくらぞのおや、ぞこんといふ事があわりてしまいけ。ナニノおやぐら。お構ひなすりまセぬ。サア[illegible]のお話。イヤ、まづそのおかへりませぬ。

巻三　二オ

ござつて、ハテ石場の店へ大黒を出しました

武子七百歳

息子達三四人寄合、ナント、まへからの大評判の武子七百歳。サア、実に子どもにイヤ、七百歳の内じや。サア[illegible]の[illegible]。ソレハなんで。ヨ、モヤ十人剣に仕やしますまい

鮮魚の盛

是ハこのなれ者[illegible]してあるとどの内ではござります

巻三　二ウ

巻三　三オ

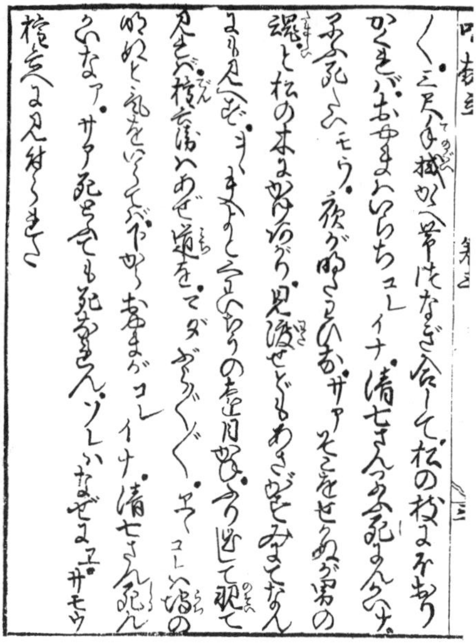

巻三　三ウ

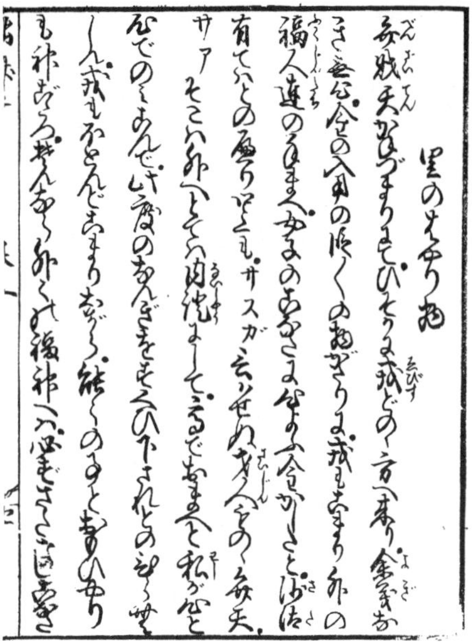

巻三　四オ

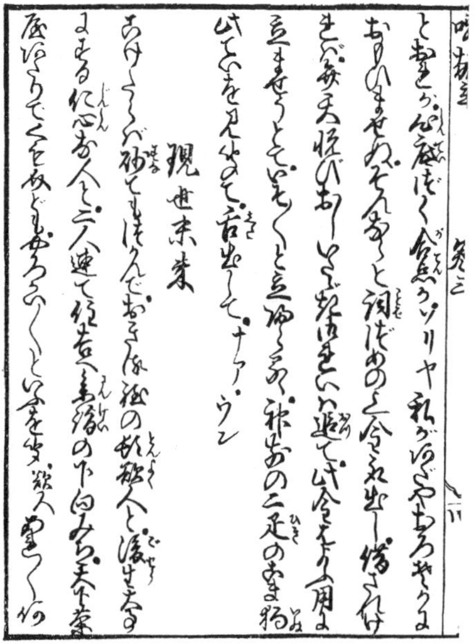

巻三　四ウ

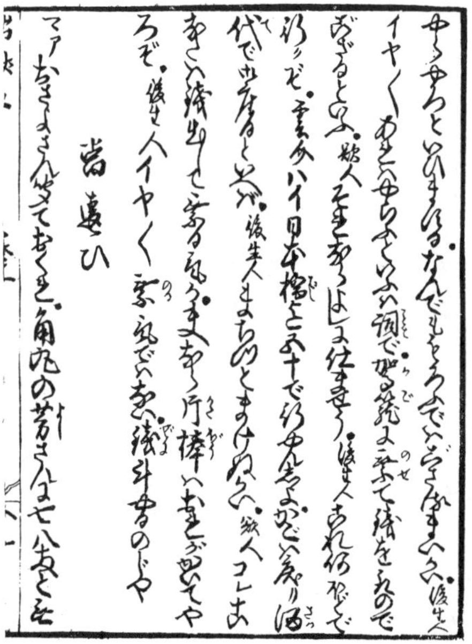

巻三　五ノ十オ

むりなさるなれど三文おとしてあり井筒の平さんよ揃へ
めんだしを寒さ指までかけておくまとし似く井でさ
く ありまさるまいさ弱虫のがいかゝやく ふるえる来
むかし毎にかゆくれあめのさ八文余りで水の拂ぶ出
ありまよりてアドセツ。お茶漬よ来さが家の外さんよも。
身揚の頭りや。自まへのあたての芝居毎に切合のとりが有ぞよ
でもおりんしておくまとくれく なんどのがたいやさ式楽と。
掛しつて座るしろ木二布そりと立て座る世布も執
了人がまけせ。パツト 然るたがし。中でもいつちやきて居るのよ

巻三　五ノ十ウ

時めくもの

菖蒲から云ふの板元から云ふ本屋までのさく〳〵。教文
人森まりまりて。搦納よありべし。雑俳の書物あり公
詩俳の事などのあつと笑へて。ゴレ〳〵　当日の気や宮
ぞ出しの気。今とくいふ者さる気からくでおつくが仲ゐ升。
扨く　平人名の月よおなてが。今ハ芝さ友達も迎さの。
サイノ字て下され。近江までハ庄家や。病人の如らく
人のあぐさゝとぞかりであめさよ去年の名めつ松云が極
まめくなあるハ出めらがおつゝをはりまへてであるうりたく

巻三　十一オ

ゝり仕おりまする

早合点

様がりて出刃り。自慢もる宮あら内所へ本座まで懐ろから。
天眼鏡を出し藝子や仲居よ人相見てゐる気なる
の姿を見てゐるから平楽じやがなんでもおまへ者
らぬすゝハ向よさがよの。けふおここ来く おまへよ向へ後
あくぬすがいふ見る名も道頓町のお客が金谷の肝角
じやの若殿じやのと夥まそしやまてらアリヤ何のす
じやへ。宮フて大事な様あけのじや。ソリヤ本日よあれじや

巻三　十一ウ

度忘の薬の湯

またうりかりぬつとくびて座をとるべし宮の名号コレハ
数寄屋でのお法事。今もかくりましさあバイも忘れました
あやまハ茶道をせめて備しまでも私ハ往来しの面が恥
よ親めゝハ発あるしのむかたるしき。今日ハ親代の三度の
忌日をよべ不調法なおれがすまへ。ついておりかされ
と林泉の井戸茶碗よいふ雲の今がくも汲とる諸
白のいめがんと出せ、出せバ下戸を見へ、若ハ頼して一寸口呑
でまいハせば次の式おしいうなて備はしく。覚てなく

巻三　十二オ

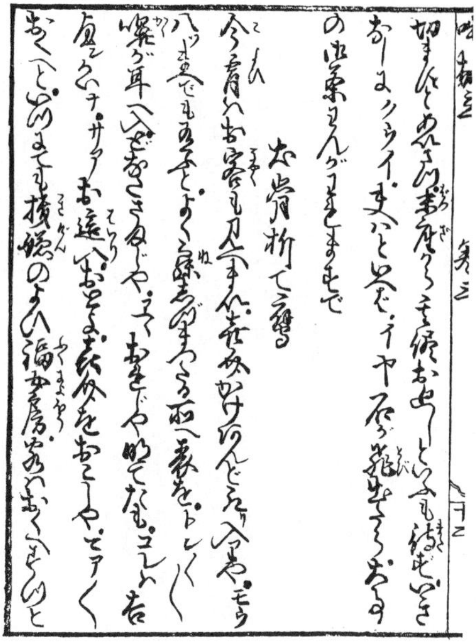

巻三　十二ウ

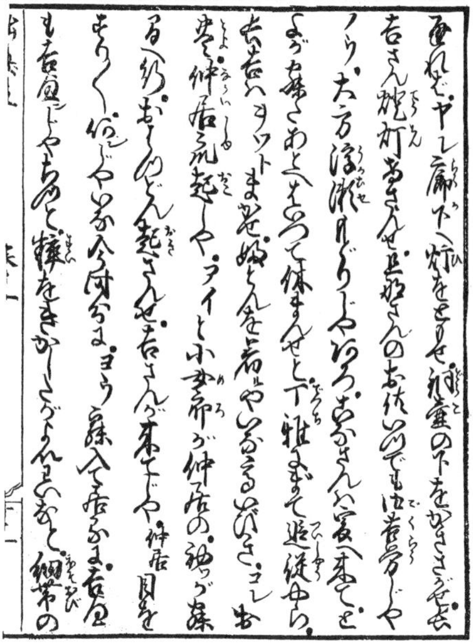

巻三　十三オ

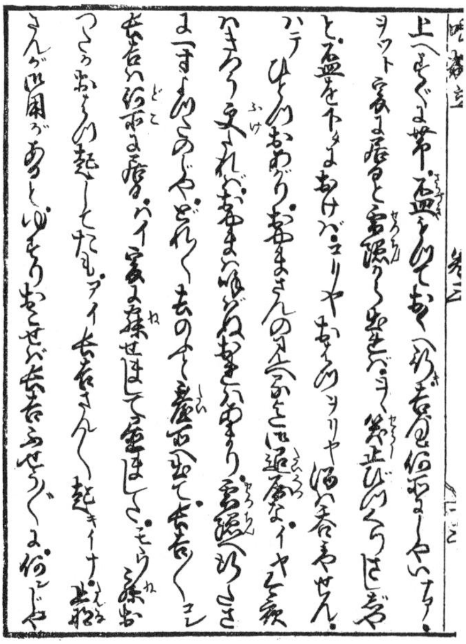

巻三　十三ウ

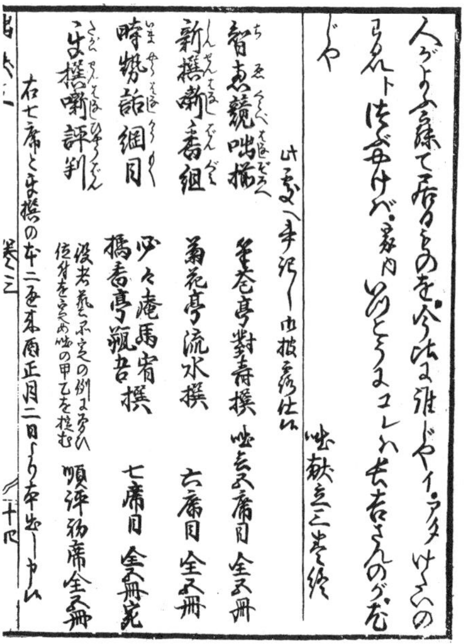

巻三　見返し十四オ

噺の会四席目 頌會咄款立巻四 増舎大梁撰

- 本巻 おまへづく　朱橋
- 本巻 和釣の風　京都 布榮
- 本巻 佛形氣　　
- 本巻 晴の脇　　　
- 本巻七 恋　　　里口
- 本巻 田舎烏　柳翠
- 本巻 天狗の佗言　改東
- 本巻九 陰の賑　四半袖 仙法の若　馬良
- 　　　　葵雀　　　　　

はなあぐく

肩月の乞食くまと言の社也とあまりの残やるを歩あがりてあんぎの恋君そらんひさせられからあめくくあみむろしてしぞきでくくうと揺折ゑんぜて中

濡永

獵所の伯良二梅の浦ともて夫人ゆ出達の我永をあゐいろくくと花あねびライト浪まぜ世や徳刺と葉られ公よくも伯良かためのこと恋あふよりのふ安ふらよかぎぬれならで

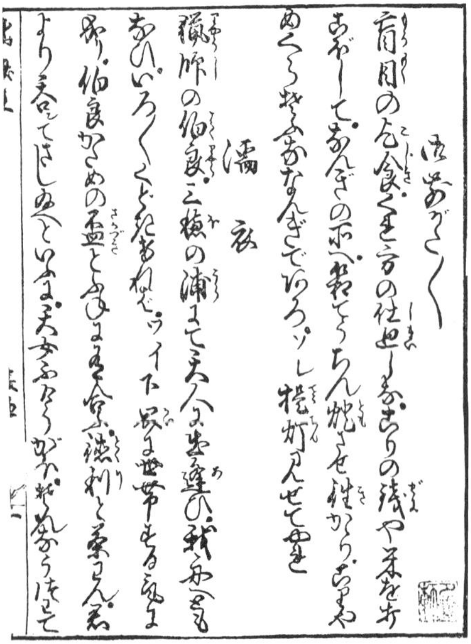

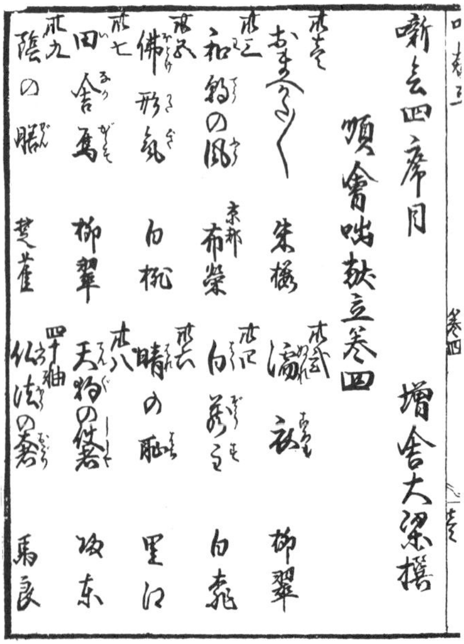

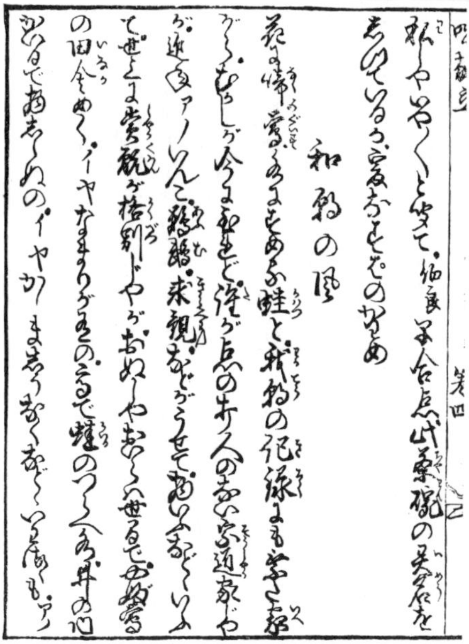

巻四　二ウ

巻四　三オ

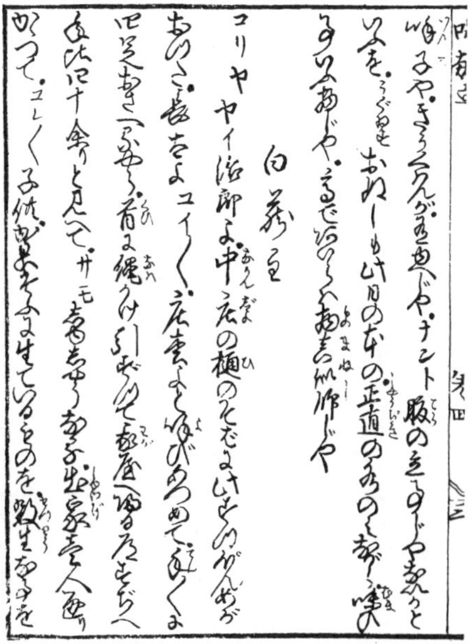

巻四　三ウ

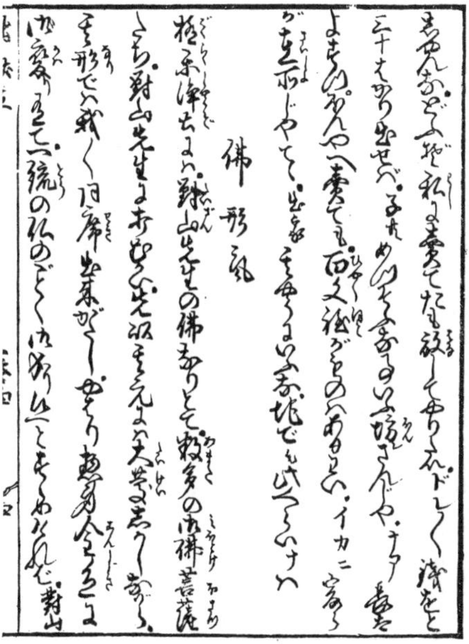

巻四　四オ

巻四 四ウ

晴の恥

巻四 五ノ十オ

巻四 五ノ十ウ

田舎医

巻四 十一オ

天狗の伜若

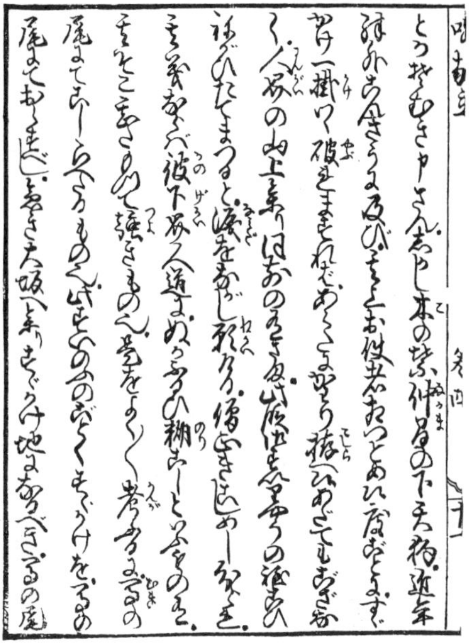

巻四　十一ウ

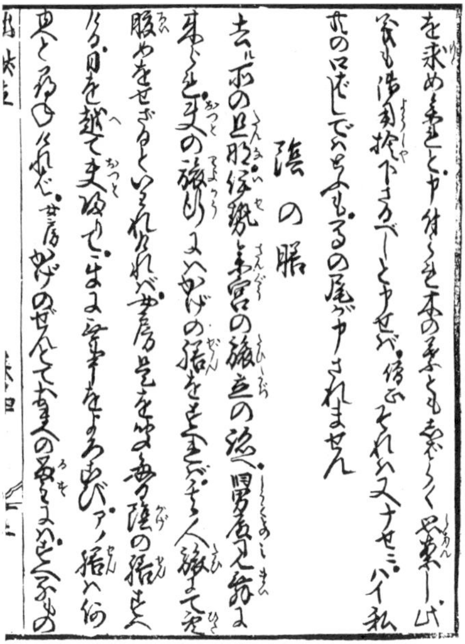

巻四　十二オ

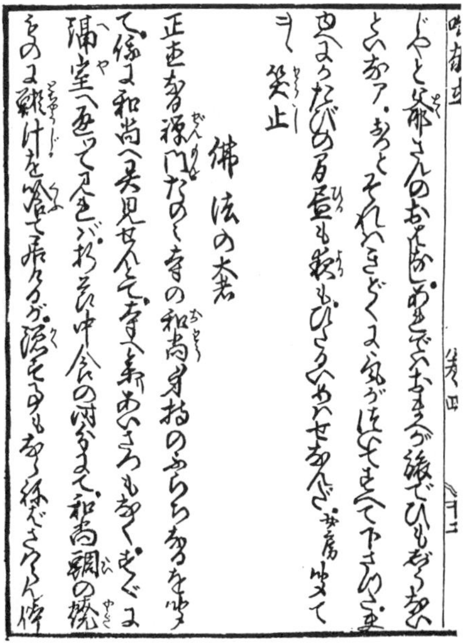

巻四　十二ウ

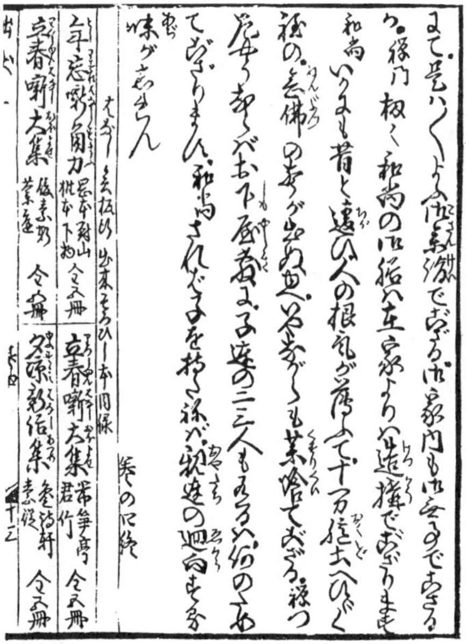

巻四　見返し十三オ

表紙なし

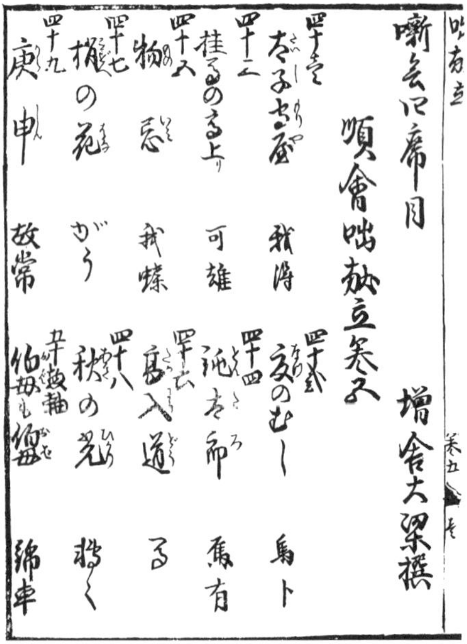

巻五　見返し目録一ウ

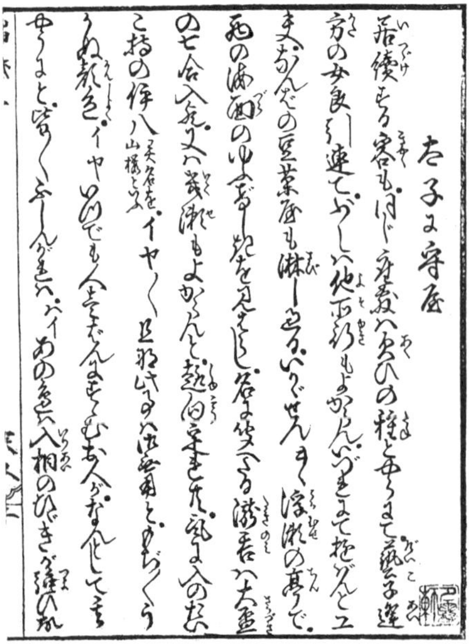

巻五　二オ

5 『順会咄献立』安永六年

簣のむし

至法人の息まあありす奇の押込らへさま傷さし
べーしのかくぜハ出とこにつとそれが所度な届となくしや
脇立さなれ方中まも酒盛にあり方の一の義友連直家
の産免を切たうり二乗人を武七百五揆が掃ひのとり
せんきさすことこふとなくさまで前らかも一らも石ふ今日いま
あり出ぬさなきにふかけ来尾方高くハ届なたうんと云
あらさ云酒盛かとら家ふけあけはしされなかすんとこふ酒盛

巻五 二ウ

武七百五揆をそゐるま、事と思乗くて居らすふとしそうが
すこてお釣うすこへ釣すかくをなかつ地を云なれ数の
三もこよ沒一と先の晴よらげをせふ酒盛りくこて
よろすこやんまさせふと去れ込（仏笠り掃ひの面てよ
瀬一呼と酒盛るくとしそれの渡あくおさりしを当せり
そろこれ・酒盛るくとしそらかは入れを酒盛を当らしや
くしはからの今酒盛や
コレ酒盛をあくとしとみふもや処さもせさでこア

挂馬の高より

巻五 三ウ

巻五 三オ

おむし

出没え

桃太郎

モウ三味線あく ジタイ
ぶ人と日ぶて汁きりよえよと氣の湯を死人と茶よを汁とけもにに人
常く桑の湯ような死人と茶よを汁とけもにに人
きゃや冷百足うととかく
じゃやアーくやべく心ぢよハものおきもり
此節よせんヘブントお笑されてつちゃん　アイ大きなもの
ひザアすあるうろ〰ん酒どやなんで乗のもで乗り来
モウ三味線あく ジタイ 感じの三味やんハ空よく

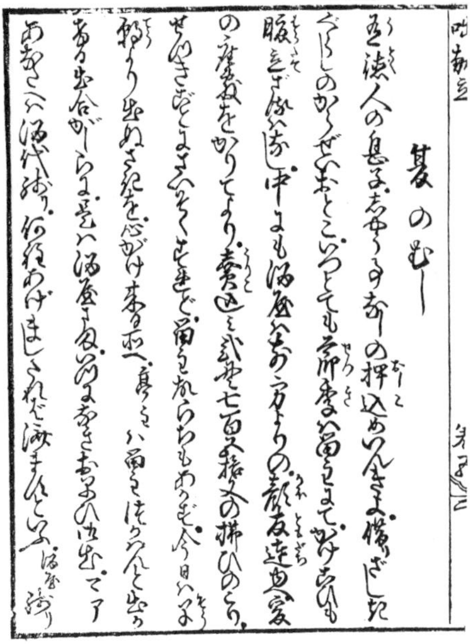

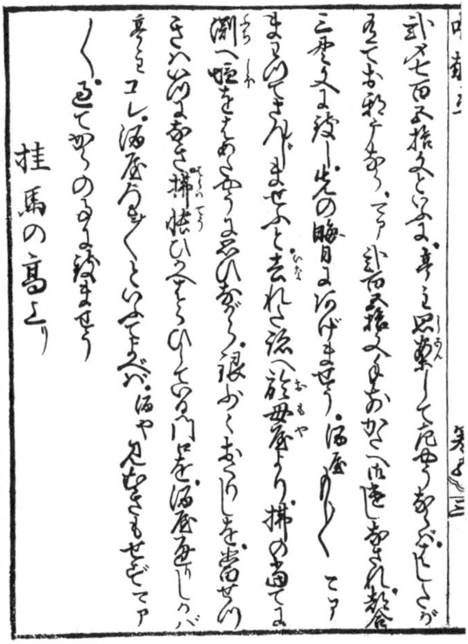

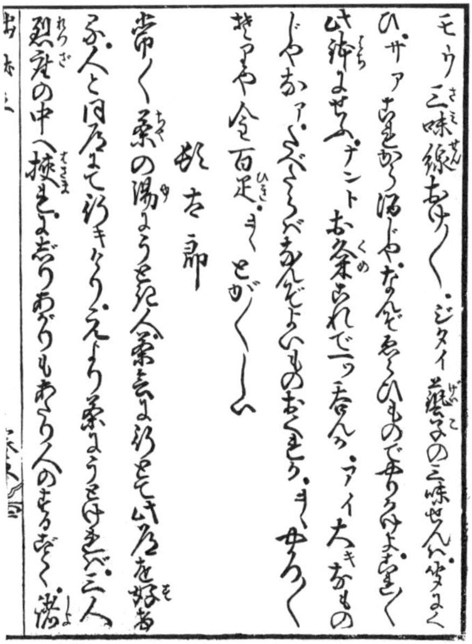

巻五 四オ

ろず気をくばり居けるに鼻のあたりをなでるとて鼻毛の
のびたるに心付く右の手にてチヨイとしぬきさまに右
の袂に入れんとしたりしが空の方を見て末社より紙ぬ気
にて左のひぢにて知らせ目くばせするにおどろき左の手へつ
まみし毛左の眼へ入れたつとおつんとするを上客見て是も右の
ひぢにて知らせけれど今さらやるべきやうもなく、鼻の穴へ
そつと入れまし

物忘

チギヤアヽヽヽ。それがしめつと聟殿の所へもたせとおら

巻五　四ウ

さるに彼湯を今湯殿人に父にも殊外お安うかへ座敷
をはしさけ知らせけるまさしく姑へいよらてびさるものもあれ
あなどが常を訪ひ悦を備にして玄関へ御道具のとぎ、
葬礼にでもあるあの世へまゐりとこそと楷の下を見たれば、居
屋形に安置が命を給ひて居ふを見て、ハワアいつまでを見
ても出家入道

高入道

瓢箪町さる所に、八の大職の女房親鬼病ひにて妖へ
あるやさ大方よまり入て法華に名ある大医者の数を尽ども、

巻五　五ノ十オ

居ければ、家に療の内、鍼医家、外科を招きて、
何とぞお療治と病人を見せあれば、彼医者が脈を按じて、
是はアヽ中々ぢ無用く。此ますゝを書てまた仕立て水の如くへ
を引かまいらとておぶらくヽ

梢の花

去る富家の娘二八二九の比までいまだ定まる縁もなく、
深く窓に籠りて此方の内にくらされける或日
隣家の乳母按摩にまゐり、此の婆に彼むすめの
そでへ玉章をおし付て知らして戻り、ぬ娘は

巻五　五ノ十ウ

おぼつかなくも心ぞろぞろれしくかくしひそめて蔵へ出家のかど
に谷ありけるを見る顔で彼状を出し、読み玉う娘し
いやらしくだくくもある胸を押しづめ封おし切り、口の内にて読
さりへ気を付、やとやせんかりしく読で居るおりから
稚のうくむもがボホウ川と囀りあれば、チヤツト状を隠し
てきくびのくりさまやつさ

秋の光

去る方の居候で蹴めを佛とのに出しきこる合
て湘へおきさき家をのぬくさ七つさ、今宵にほみの棚

巻五　十一オ

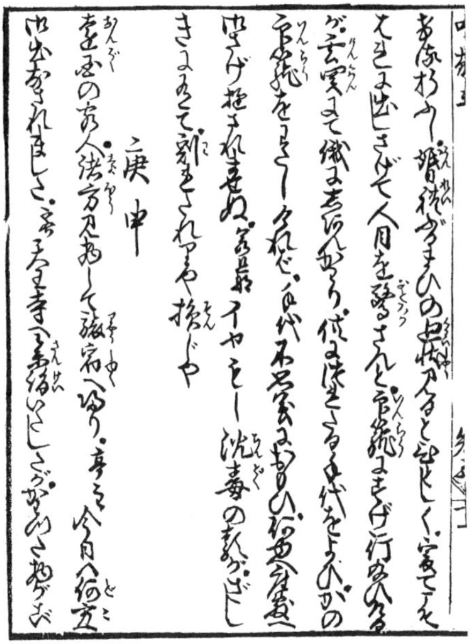

巻五　十一ウ

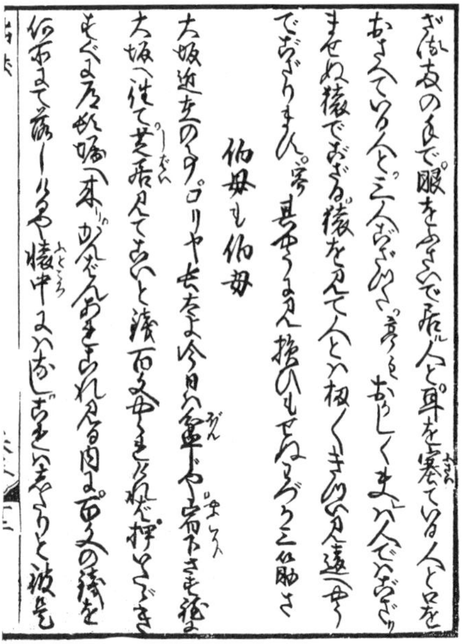

巻五　十二オ

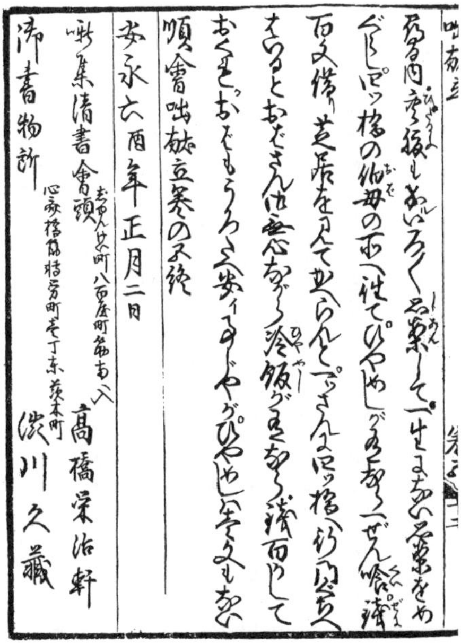

巻五　十二ウ

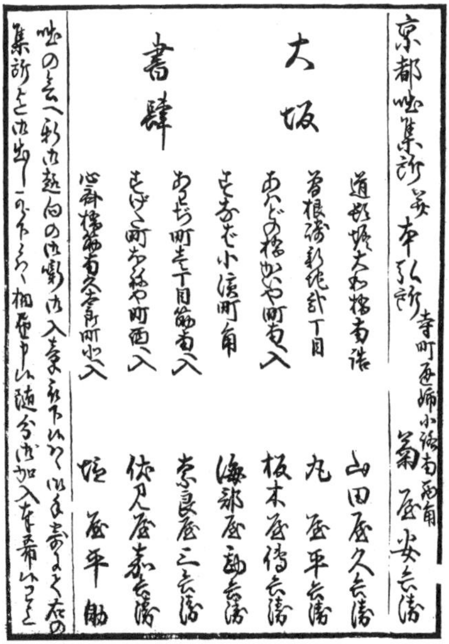

巻五　見返し

『智恵競咄揃』　安永六年

表紙なし

見返し　白

序
諸葛亮が八陳の法　楠氏が樹も皆
渡ちうふ智恵より出る計略也
近比の記徳傳授も趣州太郎
が狀芳碑荷たと人乃
等参人の茗のおち恵なるべし
菓道よ妞む時代の器物も今
参咄は桯せ習むし浩り足利

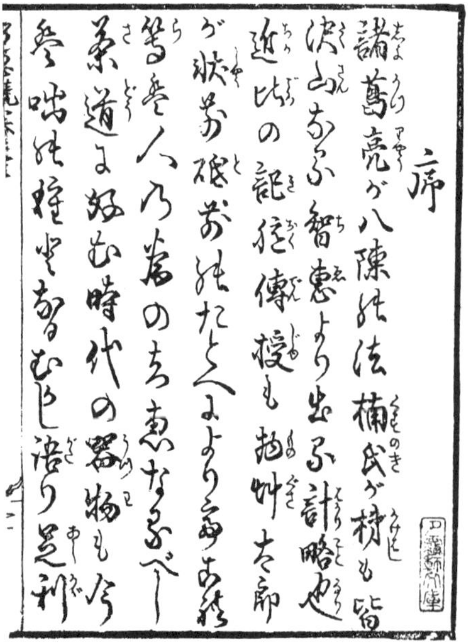

巻一　序一オ

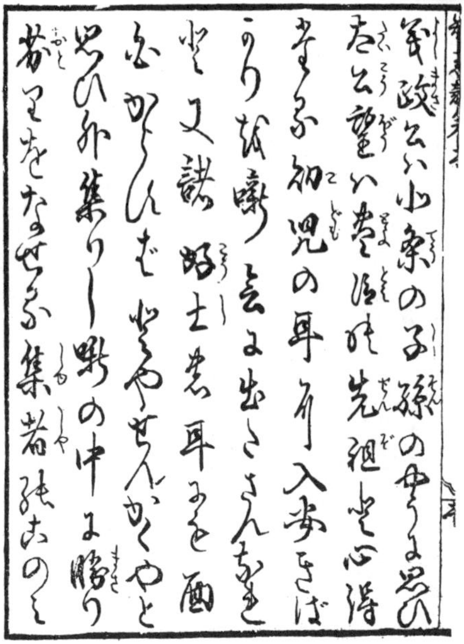

巻一　序一ウ

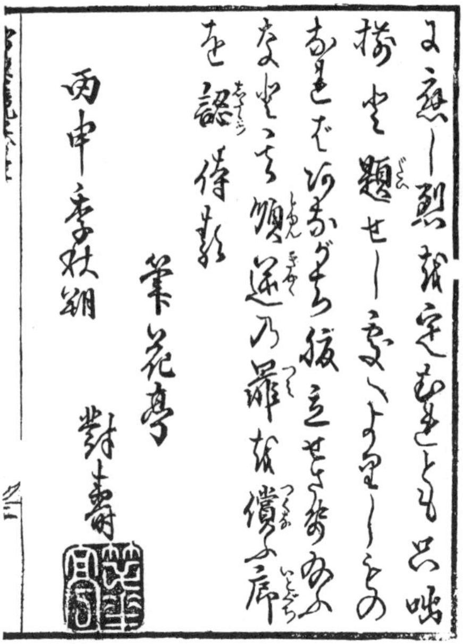

巻一　序二オ

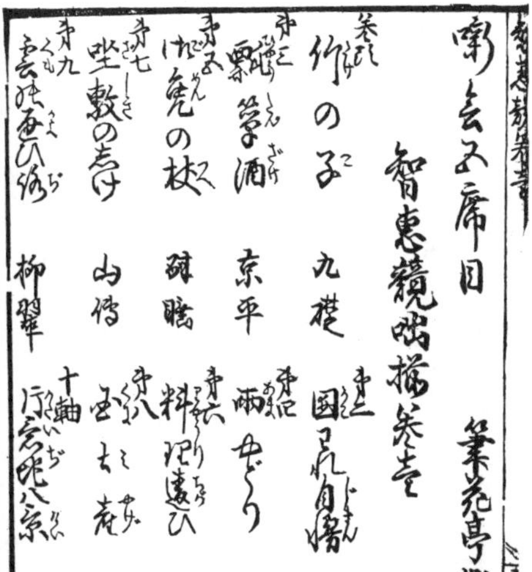

巻一　目録二ウ

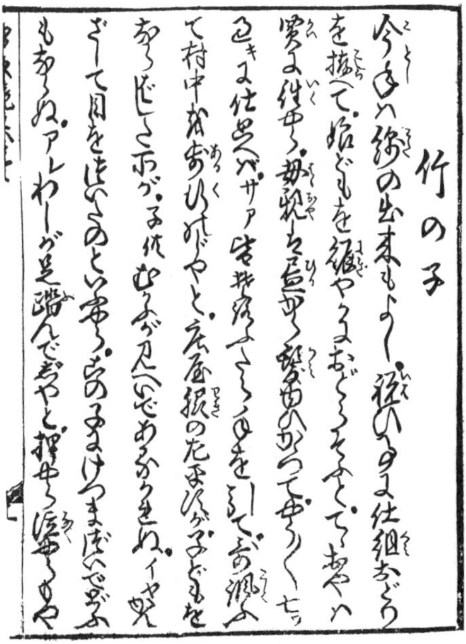

巻一　三オ

くとされど。ひとりの子が私に母にしてアギヨト。娵
ぞうの子を先きへあめせ候く脊のそるイ子をおとく
おくべかれど。お祝あれでもむかう髪の飾りもよう衣へ
へふ上のゆくもよし。サテモものやお子じや。お前蘭
アレハ今宮が子じや。サレハ性よ通じへ村くづまの菊
作りの娘じや

囲られ自慢

それひとり自慢して器量一ぱいで囲れ御新造の春花
きゃ乙居る。春是アん申すべ御新さんのお娘御さ。蜜

巻一　三ウ

巻一　四オ

で器量のよい女中の名は何と申すじややすさのま。ハイ
私もよくは存じませぬがだし揚弓と申すではござりませね
か。ムヽ其申すお名じやが。それは弓の事じや。アヽ何と
申すぞ何のさ。イヤ、それく申すきひとお娘御さ。ハイ
左申すでございますん。御新造さんのお娘御は相子をさっ
さぬよ詰め申すでもをかでき申さといふものじやとへのへ上
そうはでよくべつくりたてこうおきよふござりませう
ナア。なんのいのそよがてア。だふしておしろいがよく
そので

巻一　四ウ

瓢箪酒

御新造　是さよく晩のお客は大切なれば方丈。麻ねのまへ
申すよ気を付イよ。庭の掛ふだはよふか。又手水鉢の苔
を洗イ落しはせぬか。よふよ掃除さへ付ても心ある
ふぞへあゝ。おそうだがよくへ茶へ往ては口の柳よお南京の
鉢がみへぬ。おとさぬ申すよ太事よかけてみてあいは。お剃
あるよ。丁児ハイく畏りましさ。コリヤ詰てく。それでは
おかつうあかん是は。お客也申すへ入は巻はへは巻をつけよじやと。
御新造へ入て大鉢持出しが。爺の座敷よ陳ますさて。

巻一　五オ

まへの娘よ許へみだりに去る部屋へとおどろき抱
おこせへ。とれ何者ある夜の見入にまぎれ。おのされよむきら
てちど此通りじや

雨やどり

軒(のき)近きとありしよるよもとにこま寄れば。翁夫などや乳張(ひん)家へ
おしと。翁の身なりても我身にあいそが。月夜よぬり店くの
さてハ左右への雨やらくの下さへ出まで。翁のうち日暮(ぐ)し。
突(つき)出け窓(まど)をこそぐ。物かさも不回斗ある詫(わび)ますん。
女房へおぞの杖。素坐(えんざ)の婦人(とどり)よゆられてお座よ八九兄

巻一　五ウ

だかりの男の子とかくりくりし居くるがいる日大伯父(おぢ)
よて家かしこまりて外(そと)よ出るも日おあきとバ。親子へ拭
肉をかちくの小まち。あちくの柳(えな)の下おぶ手くをまん合せ
まどくも出まるで。コレとさんどこぞて傘(からかさ)かくんせんう

此兎の杖

親仁(おやぢ)どのそアや何さしあるる見うまきとも今年へ八十
八よあるまりて孫(まご)かへくを切て座(かく)のじやナゼニ八十八の
字をはじめて手バ米の字となる。ソレテ孫かへさを配(くば)る
のじや。ハテ それで笑へと。向ひの親仁が毎日流(かよ)ざし

巻一　六オ

あさて居くる。アレハ九十六でうあめろ

料理遠ひ

川葵屋の小あ屋根(やね)よ古さいう人名ちの者へ。庵(とう)からし一本
植へ。船(てうぶ)菜楽しこ居くまーしよ筋むかい家主(いしや)の猫(ねこ)と肉
の外こねさへて。彼をうがらしの本よかられかう根のと分
折しれ。其やつやのおへくれり。出(でで)刃(かう)庖丁引さげ出て
むかひの猫をおいめくおれあく引つかんでよ殺(ころ)さん
とする所へ。向ひの亭主(いしゆ)どの走り来て何事へかくへあるす
と問へバ。其や此ド猫やとよちのださこめとして家主を把

巻一　六ウ

巻一　七オ

申し上げます。これは江戸時代の変体仮名・草書体で書かれた写本のページで、私の能力では正確に翻刻することができません。

智恵競咄揃

のなるべし。やとよ所へ出るにも、羽織を引掛し、帯
を締し思ひ出ずまいを内済しられば太きにかゝめに。
隠居体の中にたり。らく出やどうら思へぬ事見て
たりぬべし。まごはれし定紋の蛇の目は傘のさしかえられぬ
こし所懐の矢写でござる

雲の通路

在五中将業平仙人足詞をぬかし雲井踏し若者どもな
し。飛行の術よ人侍条の天女が人それ曲輪方じや
ぜひなんのなる浴数をかしたへさし。よ所にまかせと茂がぬめいぬる娘

巻一　十三ウ

天人ゑ天の縁組にて、音楽を止め、天の羽衣を脱
のたんぜんさより素ふおどの出端って中将と所遠しが何と
云よるか、役なすくいで、せんと見合せ、家来と右へて出よ
アとづばく、先者ひとはしつめてゆりくと袖しみがら、きやくで
までありける仙人がさけとおとく吳よなり。てもかんなら
あとかんせとを内證かりて来ら下界の人なり、あ女きん
いとうきされさ

行意地八景

田舎人三四人連れて八月上旬より京都へ出り、名所旧蹟を

巻一　十四オ

なく見物して、一人のいふ。これなる八十五日あまりこれ
石山の秋の月を見物されぬるといふ、いかさま尤なる投さん
とする日早朝より、弁当などして宿を出て、ぼつぼつ八景の
うちの見物して、先三井寺へ参詣し、それより石山の秋の
月へ、いかなもものやぞおんえへ、嘆の様よ役さんと、ある人を
誘うて、一夜とまる内程なく、夜に入る、外の月さへ見えれば
相く此辺京よ月の限なく、さて、これ只へ石山の名ある
ま月程と、京で見るの月と同しことかと、ふところにれぬ
今一人がいふて、おぶるは、八景のうちでもいふ
[illegible]

巻一　十四ウ

茶もおざるかに、拳傍どののやうよ、わらふのがしたゞしめに、あらが浮
出しませう

此所へ書記し出板の元なし仕りて出版

冬の花紙

年忘噺角力　冨本對山　咄会初席　全五冊
立春噺大集　稲本下物　二席目　全五冊
夕涼新話集　常笋亭君竹　三席目　全五冊
順会咄献立　後素亭彩葉連　四席目　全五冊
新撰噺番組　参詣彩素従　塘会大深　菜花亭流水　六席目　全五冊
時勢話綱目　小々庵瓢宥　揚香亭瓢君　七席目　全五冊完

右七席目正月二日本出し申候

巻一　見返し十五オ

噺会玉席目

智恵競咄揃笑武　筆巻亭對壽撰

- 十一　白雨雲　　　拂序
- 十二　万代豪　　　景俊
- 十五　おとり筆　　拂序
- 十六　馬の耳　　　拂く
- 十七　鏡の西行　　如波
- 十八　女の正直　　正の富方　坐術
- 十九　蚤の胴　　　元軸　叺乃者

白雨雲

雷がごろ/\なり出せば、石塔のすみためそうぎざ者
てぼくでをり身を和尚が刀村持ちや何をものしや、ヘエ
是六聴文の石塔でござりますひんと見もく゛さきちがつて
そうさま、めでたいで、もよくさてさう、ひんや九板
やなすどまめしふして、厨へいりよがり飯と茶呑女好をこと
くザアノ\ざま/\まぜぶそつとやされてバイノ\とぼりやミれ
玉ミのよ加もおざりませぬお浴良もお糞も下ダア
　　　　　　　　　　　　　　　　　　　　ぞみ

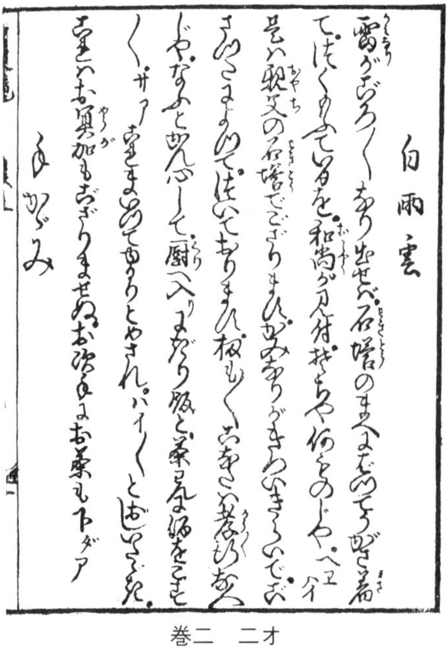

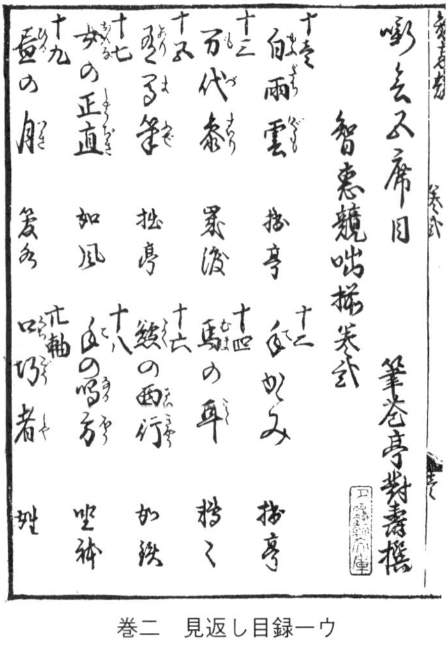

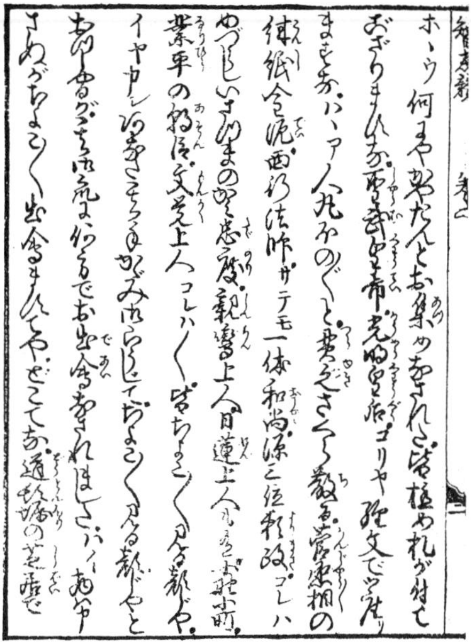

巻二　二ウ

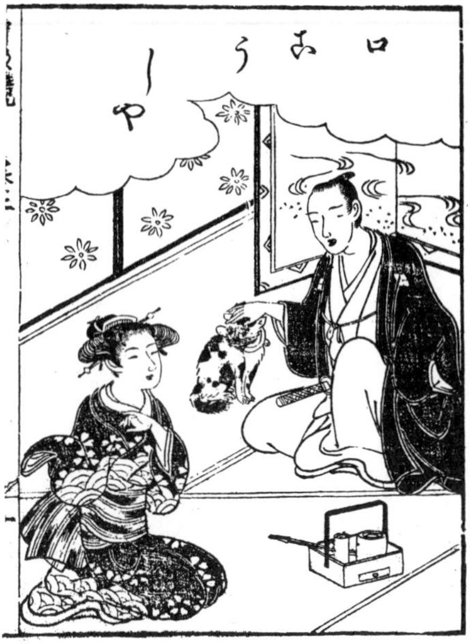

巻二　三オ

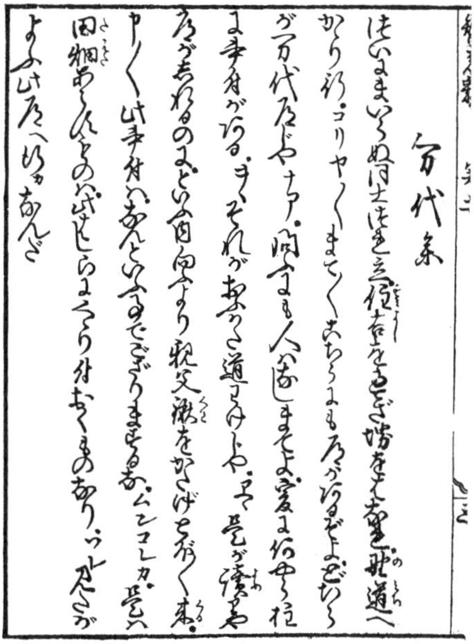

巻二　三ウ

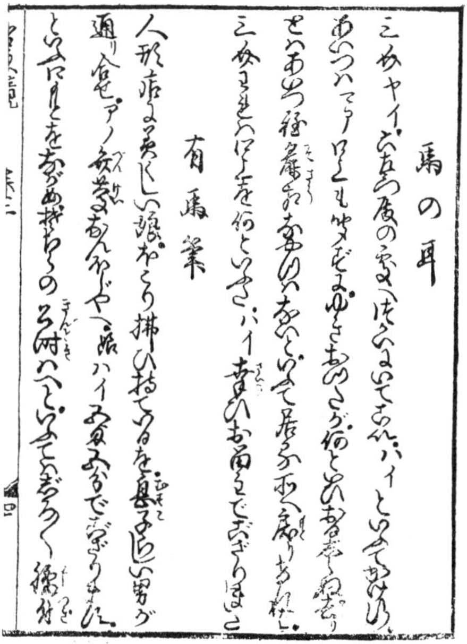

巻二　四オ

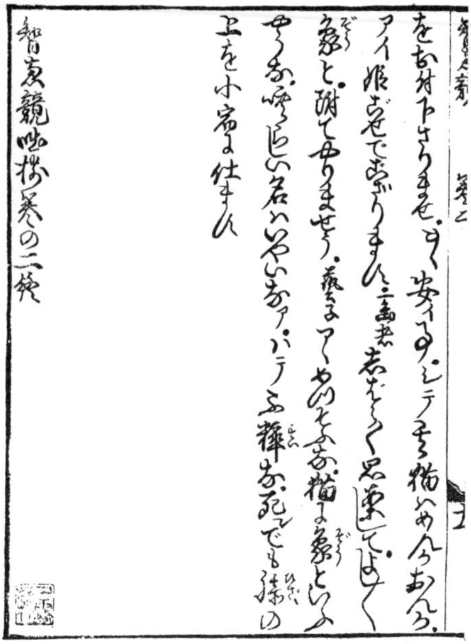

巻二　十一ウ

見返し　白

表紙なし

咄會之席目

智恵鏡咄揃 巻三

筆亮亭對壽撰

巻三　見返し目録一ウ

菜の盃遠

爰のやどりに大なる雲の木に、妾丈胡来て菜をくゝ、盃をうゝ玉て、雲を月の下に二羽飛来り、盃をそゝくして盃ゟ、あちよあちよと鳴けり。中くく九付し雲の下に、白鷺の菜ひろひければ、我菜と思ひしに盃をぬくや、妾が流が母う、此菜ハこちの菜、ウナア、男が云もがうく、とよのよふる所の内に盃二ッに破、白鷺生れ、なれど男が云も月の下へ九付やめそろく

千代よ八千代

巻三　二オ

サア息遣しく、鐘ハ響りく、とふに入る入る見せ高海でと呑でござるのかと、九んに這入バ、坂やづらしいものじや、手口出じやが法性寺の入道ハなんでもおいろはハ忍もせぬですて、千字文も一息、なんでも勢ゝ九て、さうぢや、と息つかぞじやと、咄もよ傍に田舎ものが聞ていて、それが何の挑しいます、皆もいふてじやひろが、喉の息さく

殿ハ意

下の殿しとて、鍛冶屋町の附合ハけて、殿ハ体との目も揃、がらじ、下町に遊び、出しの殿でん、医者が遊び、下附合にふさ通へ縁

巻三　二ウ

巻三　三オ

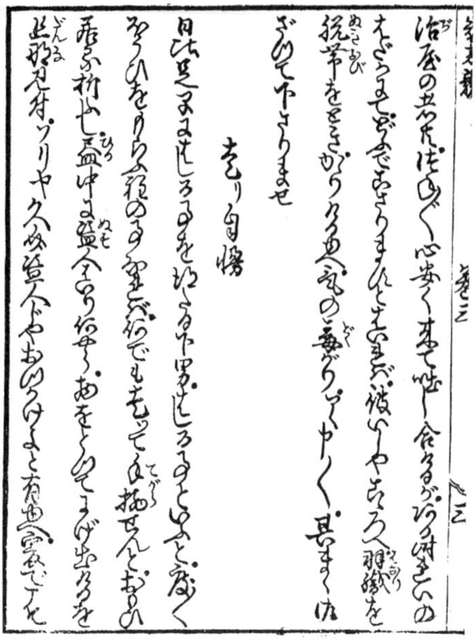

巻三　三ウ

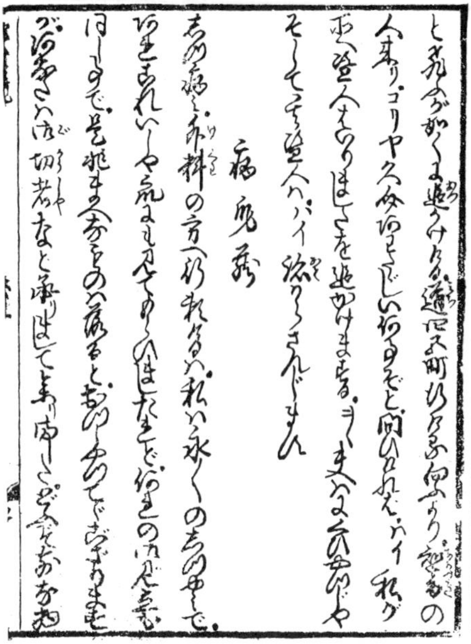

巻三　四オ

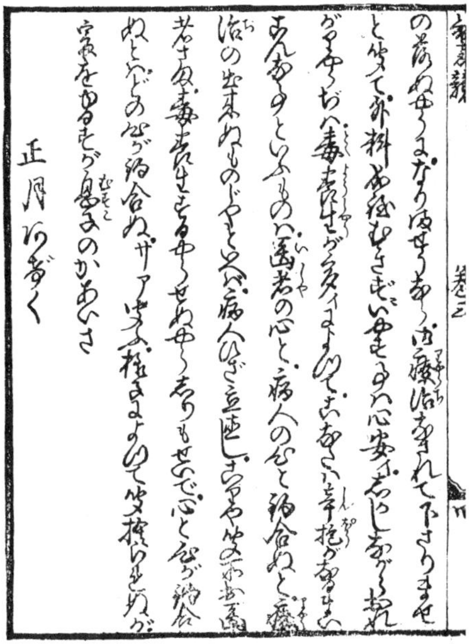

巻三　四ウ

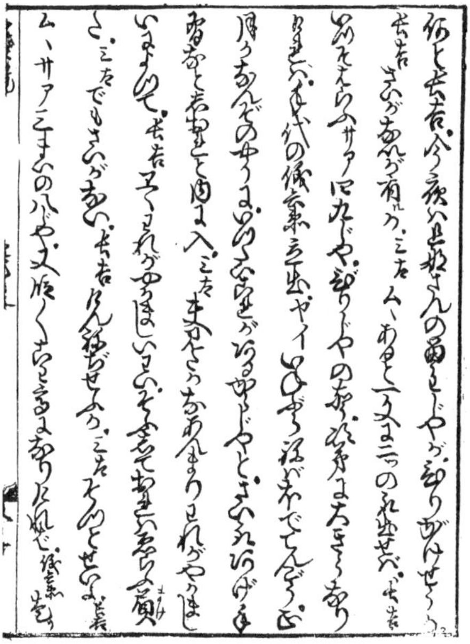

巻三　五ノ十オ

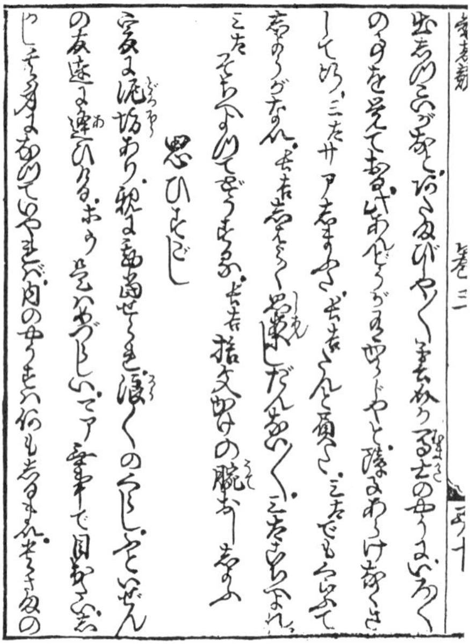

巻三　五ノ十ウ

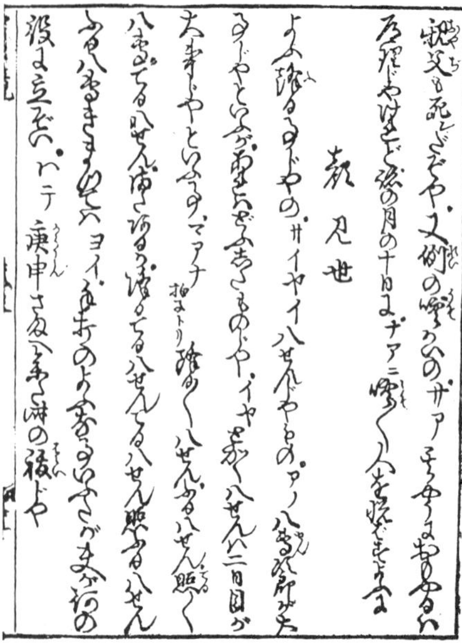

巻三　十一オ

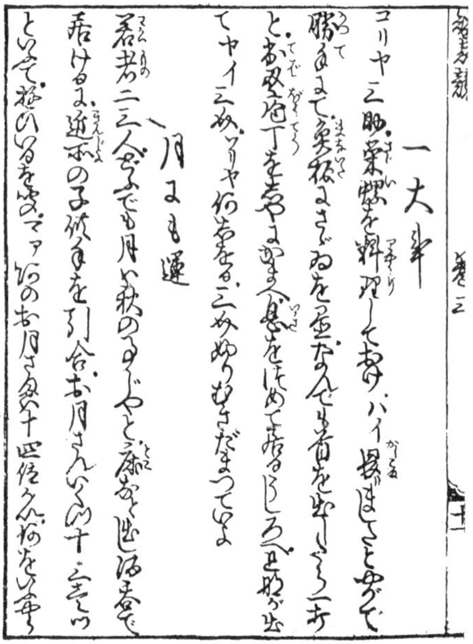

巻三　十一ウ

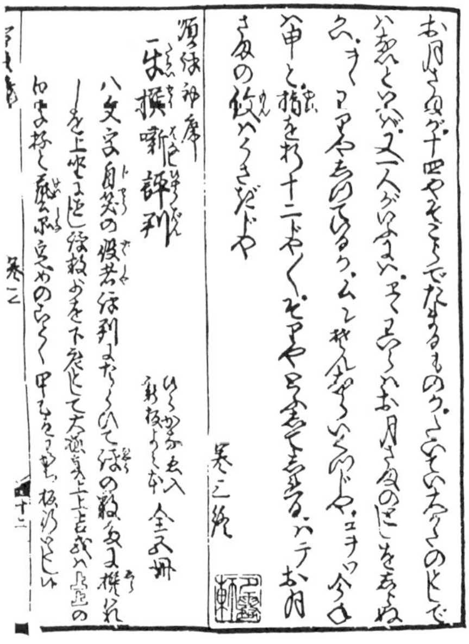

巻三　見返し十二オ

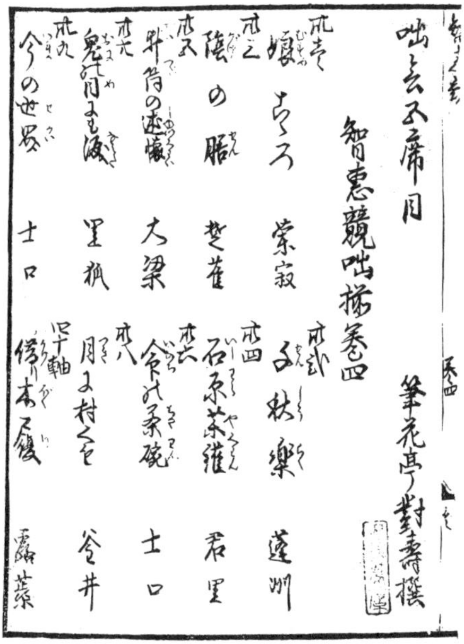

巻四　見返し目録一ウ

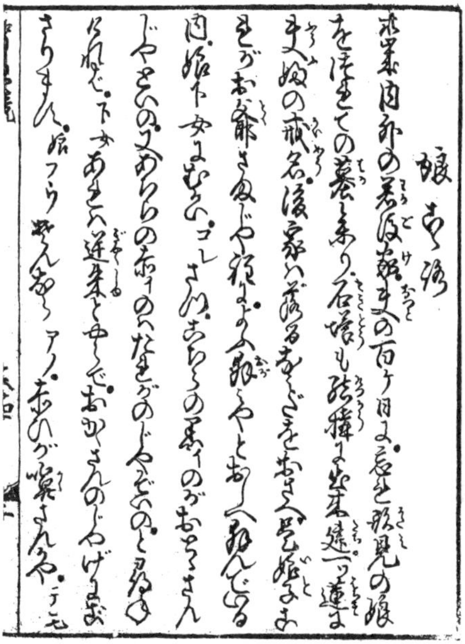

巻四　二オ

うまひめくめ斗あひの

子秋 系

風雅人三四人集りて此比の日和に八月の放生会に参詣して、ちぐに広沢の月見よのおりしと、吾早詠草などの出来たら、文台人が下物も、此比淀の川瀬の月のきよさにあて、伏見へ若き涼舟のうつくしのおもてを詠んと催せしに此秋はいつよりも、下戸も喝ぬ出へずよふたりと百姓もあされて、騒だかりじや。おざらぬ。今年は百姓もはさませぬ

張の膳

巻四　二ウ

巻四　三オ

去ル亦の正月、伊勢参宮の旅立のあとへ、男の今までは木られ、夫の旅行には、張のせんをすへねばならぬ旅よて、膝扱をせざるといはれければ、女房これを吹、毎日かげのぜんをすへ、るる日を数て、夫の帰りてはよ安るを悦べ、アノ膳は何ぞと尋られれば、女房かげのぜんとそ、おまへの留守よはたへ今よりじやと父さのお咄し、あまではおまへが旅でひもじう有まいはナア。ま それはさどくに気がついて出て下さいさ。それゆへ夜も昼もひざるはやせなんだ。女房喰さてす 笑止

石原茶瀧

巻四　三ウ

下おアん風呂場へ行。コレ久兵衛どん風呂へ始まへはあかへ。久兵衛よりあいでの若よ二世ヘとし。ぜんぬまよいおれとりよふのよ。久兵衛よんで判をてまう渡へ。ぜん家ある人で出ても始へ入れど浄瑠璃かるんをワイ。と大声て出で。久兵衛イヤまゆうよ為ぬるなまよなる湯よい床で浴うん都うん出へまうあなてるのじや。ぜん夫は此コへさが夏の始ある湯へ。久兵衛 ま湯は出湯のあるこじや

井 筒性速懐

ナレトおそ岩虫るほど夫婦とりても。天よあれば比翼塚よあへ且んより枝とりて中のよい夫婦もあるよ天との七夕と下界

巻四　四オ

の秘く井戸中なるもおのゝ丈ケ下に在る所なし。西横堀や新町の廓より奥まで東西まで只一筋に都人合を引くりて、ツイニ公ほうへ出る事のなりけん。丈ケもいつまでお性の田渠ぞや。是をおもへば中に深きて在る二ツ井戸ハ浦山しい

今の茶碗

旧きは茶碗と見立、茶屋より呼込入湯に先ハ不てせぶしなるが、二階へえこぶ昆布着付けて味くてゑよふくをぬかし、茶碗もムチヤクチヤにて出さるゝところなり。余りに

巻四　四ウ

がさくやかなるんで仕出して行ぐ仲居にやしく茶碗とゞけて深かかし入まんと茶碗をもむ茶碗出るよふ抜て一ッぺへはぐ。もう二三返クワット二合ほどヘアくめば、そこらにいかいみずに入るとなって皆呑で来ますんで。ホウ〳〵此男が

鬼の目にも涙

いくらの作りの大男、浅草判ほど芝居見物せんと木戸へ掛り札を突わたし入らり〳〵のを、ヂワト合点ぢや横ちよりの股にエイ〳〵あつて這入るが表より十倍跡で大入を下へと思ひけるが、見ん所でよつてへくつばりと、エ、ラフ痛さへおそろしい

巻四　五ノ十オ

居かりけるが、又もやぞや〳〵と云て見れば彼男の上へ見あぐればお、コリヤぞ今壱ると後ロむけば十六七の美女娘すゝ、六人ほどとびかゝれば、大きにあきれあきとらちく押かされて足をちゞやさ

月にむら雲

大名の御張居眼病の上眉目とありあいし乱心が有御座らしと、紅毛わたりの虫眼鏡千里ぞろりへ世中ゆるお目附合、家中より献上、能あありと御乱心の人の挨拶に耳鏡二番中村何までも張りしるが笑ひ物ながらに迷惑そふせよと仰られ、あるいは縁生咄田舎ハ珍しからば教へと彼耳鏡を

巻四　五ノ十ウ

あて〳〵笑ふ居たるが、ヤ大殿様へヤとまん、只今伽羅寺の花ざかりと、お殿ハ其を御覧じ、詩を作り女中の者ハ打まぜり、小唄とろり三味線でさらばすまも。殿ドレ〳〵と耳よせあへいかなる咄ぞなく。ナゼニヤ名跡を云に吹とげよ。ハヽア花の話で有さぞ面白かろふ、と笑ひ入給ふが、ハヽアとんと笑へぬやんよふな挨拶、笑へませぬ。大殿もも皆笑ひものど〳〵や、すく〳〵の人おが呼ぶ

今の世界

去ル所の番太のおよ、毎夜〳〵挑灯を入来て御廻りなる番の

巻四　十一オ

者之出て返び拂くどもさきをどに二ヶ月余もあり此武
家奉公人コリヤ此下まで來るからないといふ事を聞
よろさぎもどぶかくれともさがら出へ起らがり、ハイく出

借り本履

老ろく月忌の弁きるなりて絵をかきまするが、松まる
掛との一ツ画てならぬが、安いろいろとかいきも
きよれとしどうも、よろのきるあもの絵をかいて其河左
うらく、あるのきるあもの、チラくと出て來の所をかいて下され

者之出て返び拂くどもさきをどがらふくとあるの
チラくと出て來あ所をかいて下され

智恵競咄拂ひの巻終

拾得が、此へあぶ大分墨弱のあらしへのやまちやく、私
が好るの衣をが拾得をかいて申するよきん吾るつる。
あるの弁るあの出するよ、者張る、イヤ、そんきる拾得のからが
あれどで、アシキくるあわと思れますおもあぞちゃんさぎ
して下され、此あのよろあをありかいてさらくとぶかっち
拾得が、チラくと出て來の所をかいて下され

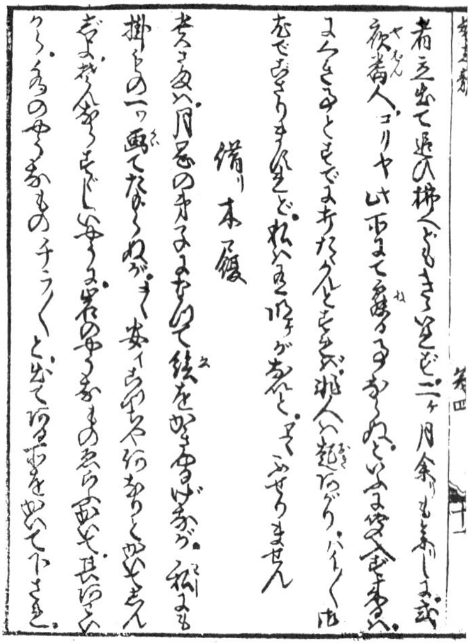

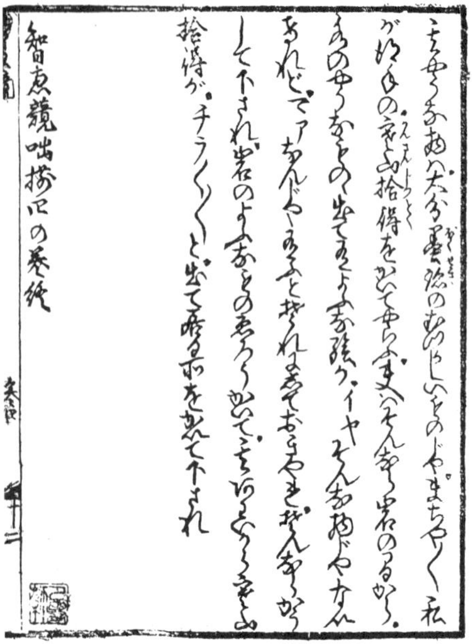

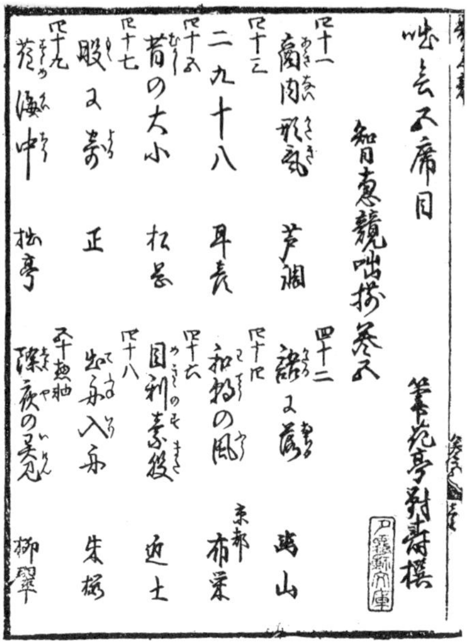
咄会下席目

智恵競咄揃巻五

筆花亭對嶌撰

四十一 商内形気 芦洲

四十二 諺の蔵 鵲山

四十三 二九十八 耳長

四十四 和歌の風 京都 布栄

四十五 昔の大小 松岩

四十六 目利茶役 近士

四十七 股の毒 正

四十八 出舟入舟 朱樹

四十九 寝海中 松亭

五十並祝 除夜の景気 柳翠

巻五　見返し目録一ウ

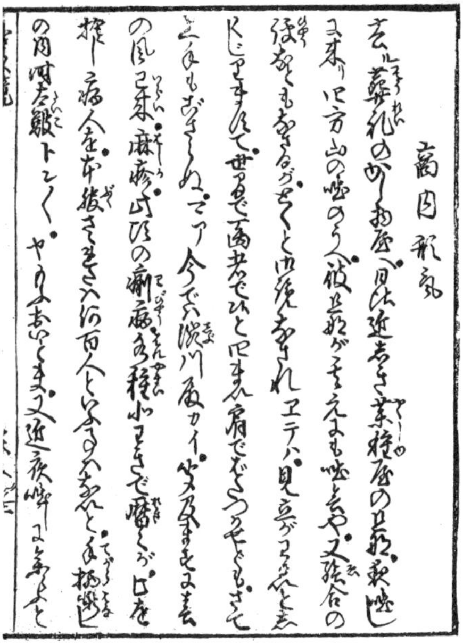
商内形気

巻五　二オ

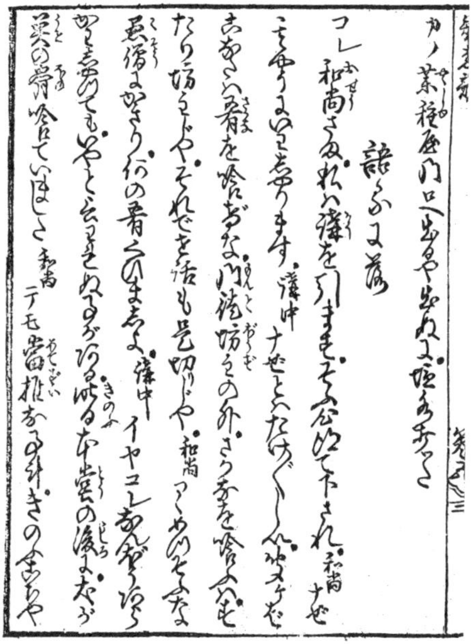
諺の蔵

巻五　二ウ

巻五　三オ

精進　二九十八

アノ小袖のかんばんはヨウ画てある。女中の達などのハ有っても死ー。ハテ何までべて絵画てある。アリヤ男達二ノの女房じゃて。ソレテモ尻がないじゃが。こまのは尻があってどうして女ではなる物で。ハテ尻がないゆへ眼でみるをまつふ也（眼を入れやまぎ）でも目が大キイ。プムく　あれはく。こあらしい目えをそれで尻眼というの

和翁の風

巻五　三ウ

花に啼鶯水にすめる蛙と我輩の記録に、ふっと家がら。むかしが今になると、残がおしての花実は逆旅じゃが、逝手。アノいんこ鸚鵡求覩るおくがらせておいて、ねとせこの炭銭が捨別じゃ。おねしやおくをせめくるるで、田舎やくのイヤさるで井の目のかるあみくとものじゃ。ふ忘れとこるいへも、比丘尼もあれらがあるたへじゃ。後のこすじや、あいうとりふに。学了。おぬしとも此月の左の云道の方へはあがく花のそくぬるがあいつくへそのます孫師じゃ

むかし此大小

巻五　四オ

浪人若者屋へ掛人になり。毎日く出んで居るが。若やさおまへ子をやうにちてゐるも気術あろうろ。此尻をおしこしてふうのはじみおと、貴女ぞ行きゃやすませとこゝへだ。ハテ大坂で執貴し浪人の丸のめさくふう貴方さこ吟じもいわり。何だろじめんとつふくあしらへ往ての八はお神に貴方ようんとまれどもがらしくてふ我方あげたく、おまふ内寺町へ来り。貴方ハ媒あり今夜でお花あがりけりなんと大寿で如子のさしみイ。寺内りの雑や

目利の素浪人

巻五　四ウ

彩のぞうろふ思のくに出せる中に黄石公張良橋の図を画さるさう描き出し給るよ出来たり。都ちる男あり。合せ板を見てもく。達磨大臣の趣を退治するさおへきようといあじや。なくがおかわるによさいふによる人の笑ひを佐みかく　アノ橋の上あへなさで。おぶらうまん。ハテ張良の七五三が見てや。古沓のじゃ

役に寄

大平楽こゝにある男。遠慮今日の方へ?せしが。風まん悪さよ余行日かとくすり坊く凡で夜逢すん鉢すよ来て行こしておそ

巻五　五ノ十オ

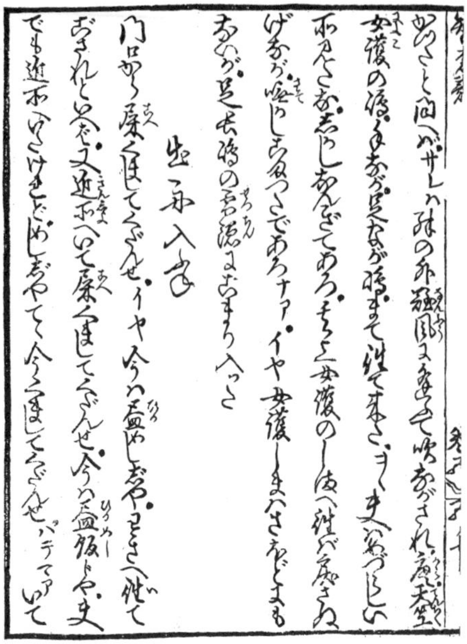

巻五　五ノ十ウ

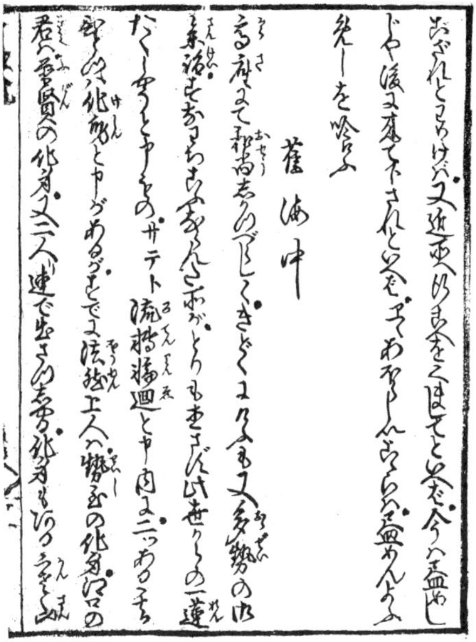

巻五　十一オ

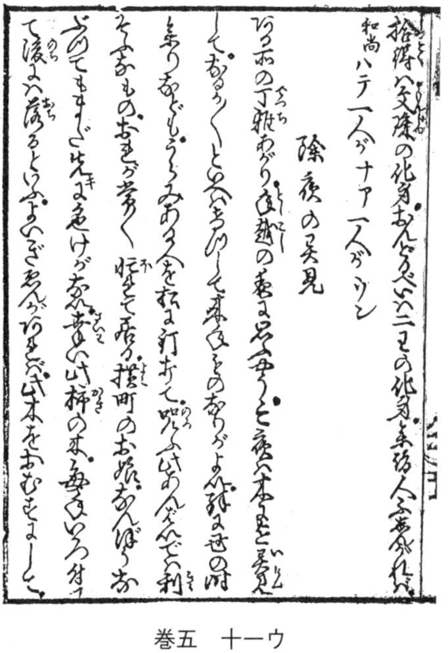

巻五　十一ウ

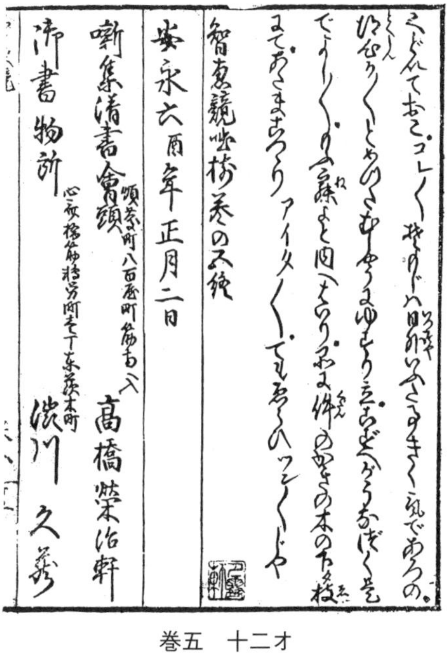

巻五　十二オ

見返し　白

京都咄集所　義市弘所　寺町通鈴木條角西角　菊屋安兵衛

大坂

書肆

道頓堀大和橋南詰　山田屋久兵衛
曽根崎新地五丁目　　九屋平兵衛
あんどの橋心斎橋や町もと入　板木屋傳吉衛
そなた小滝町角　　海部屋勘右衛門
あらち町壱丁目筋南入　奈良屋三兵衛
もじく町ちゃうや町西入　依人屋喜兵衛
心斎橋津有金屋町北入　　姫屋平助

咄の本へ新しき趣向の出き申候入まぜ下され候はゞ出し申よく店の集所と五六十ヶ所一ヶ所ニ而も加筆申以遂申候へ入まぜ希候つと

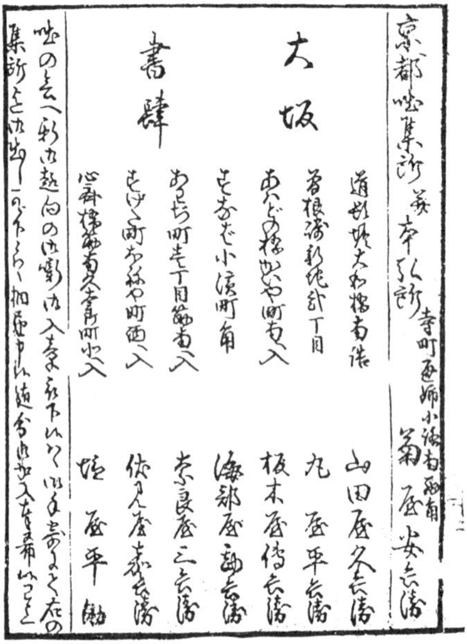

巻五　十二ウ

7　『新撰噺番組』　安永六年

見返し　白

表紙なし

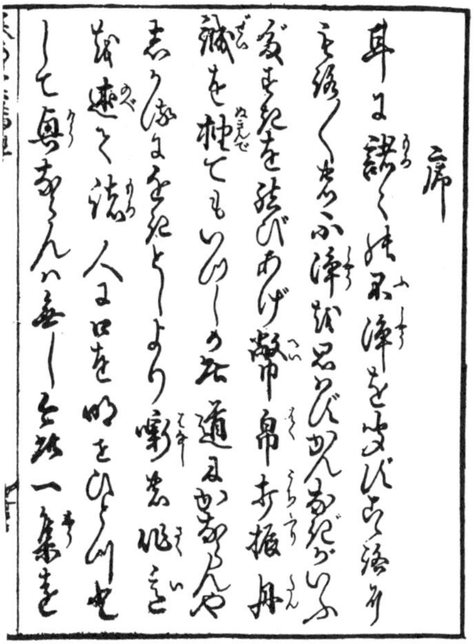

巻一　序一オ

巻一 序一ウ

帝よ四海をしろし召されしとも
せんど好ある道をしるとうとくと
とーし丈もよーる四峰ろくをも
次第を定るをもをなしと
程志らん乎

安永五のとし
福宅能月

兼葭亭
流水述
［印］［印］

巻一 目録二オ

咄會玄席目
新撰嚙柄組巻壱　　兼葭亭流水撰

目録

奏頭
風車
其二　　可隣
其三　　當遷び
當世反魂香　　顔おとく
井戸の世継　　井戸と川
仲世の継　　山伏
　　六骨折て毒

其七　　性表
其八　　百衣
　　思月
　　一萬

巻一 目録二ウ

十一　酒呑
十一　角力　六院
十二　清雅
十三　浮世似人　柳巴
十三　浴老似人
十四　稻茘山　蛙沢
　　　夜光の枕　紫橋
十五　浅瓢の枕　黒谷
十五　猟人の恋　親さ鷲玉　梅柯
十五　花の瀧　寶焼　万窟奢　力杭
二軸　反窟奢　朱橋
　　　壽麟古　朱橋

奏のを目録の終

巻一 三オ

風車

コレ孫右衛門さまでたもう　あうアャヤ貧乏て
酒屋のやうにうとんあ壽やすアイヤ貧乏て
バアさ一ンの山か掘る壽をひだらくせうたい
むだ飛びぎアーてうけおうつ壽まかキヤこのへ
をもながらにことさ寄れあて壽あきのミヤ庭
いひまたらにとしまーすりもア起きりやく
をるとうにうふみぢアぐもれアよう一む壽一ふ
をなひ壽さをゆにさうたミるみるる上げるて起寒々
ふきて壽一ふを近をるがあひち月ぐすれても近
［印］

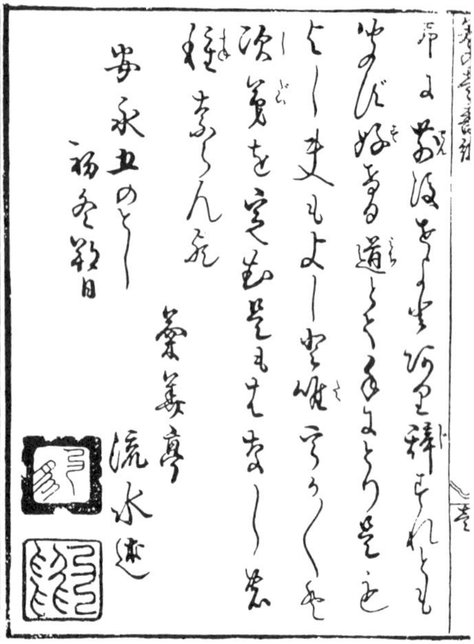

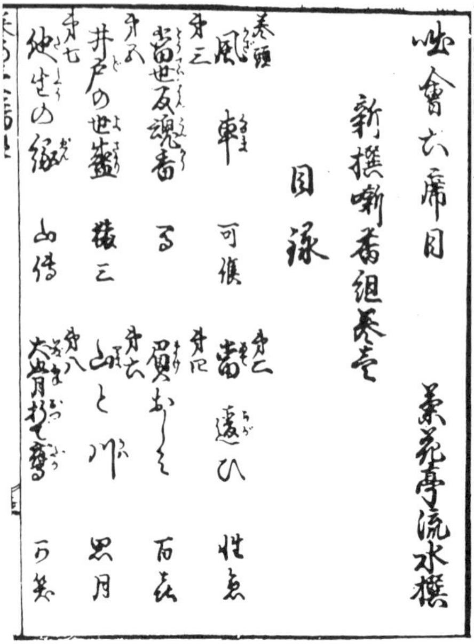

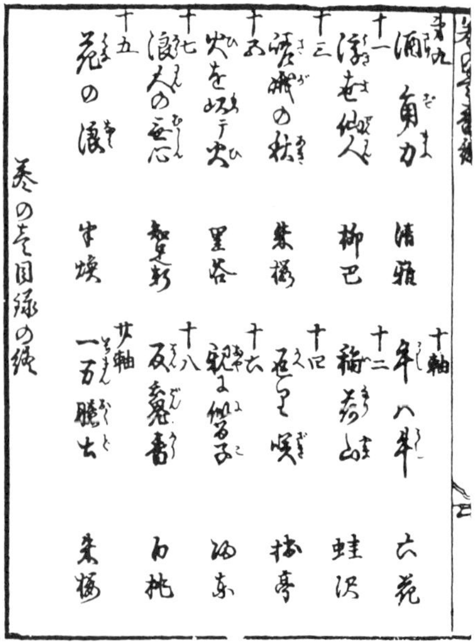

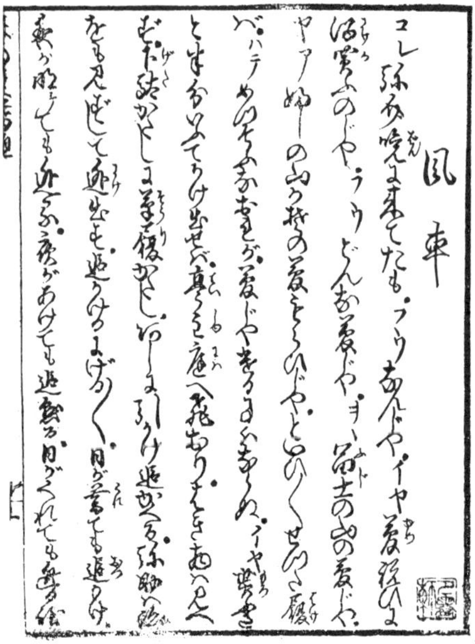

まるで駿河の[illegible]を見る様ぢや。ソレそこに直捨て[illegible]

當違ひ

或當家へ去方より遠気のおかしみ見舞に鯉を来せし
くば家内の者どもおく寄。是ハ背切にして吸物に能かろ
ナアトいふを。イヤ作つていり鳥が能かろ。或ハ[illegible]
家中へ隠居が出て来て是ハ見るすじやないぞ。
ハイ是ハ口入の方より[illegible]の見舞にさんじました。アヽ
いらざる事を。隠居　ヤイ若者よ大切なる是を[illegible]
捨て置て流してさん。若者　アヽ又殺生な

巻一　三ウ

巻一　四オ

當世反魂香

今はむかし[illegible]大事に逢し大臣見あかぬ花の散る
を歎き[illegible]も咽を通らざれば[illegible]せうぎ[illegible]して
見る目若しき[illegible]揚屋女郎の若者へ。コレハ[illegible]に[illegible]
ぬ[illegible]けるといへ[illegible]せども大臣さらに[illegible]
くどして。余り[illegible]させて死るお人が[illegible]
おもひ[illegible]も今一度見る事[illegible]と口説る[illegible]
て[illegible]何よりも[illegible]我[illegible]安陪の晴明より[illegible]
[illegible]泉反の反魂香の術[illegible]今[illegible]し[illegible]と大臣[illegible]

巻一　四ウ

に雌冢の卓を居へ香盆に何やらん入て傍へ付置ぬべよる
湯気のごとき中より死るお人の姿ありくと見へければ
大尽[illegible]おどり付き立寄見れば大根のあさ漬ぞ出て[illegible]
漬がたへてあつく

貧おしみ

放生会参りの下向二三人連にて陸を下りに寄合の下舟
を見付居よりそろくせり合けり舟よりも貧ぞおとら
ぬに[illegible]の者ハ舟[illegible]を見て行るまゝ大き
[illegible]屁を踏みれバ舟より見付ハアよんだ味じや鳥の屎

巻一　五オ

をやさしいと思ひなれどぬからぬ顔てコリヤ何ぬかした
よからうてい

井戸の世盛

あめいくどもたまらぬ長右衛門をはじく。ハイト うちへの
柄の声げるかと振りしめ力にはかせてあをぐをすかなよい
涼しうあるさやしくあせへ何事へもちらさ。長右 ハイ皆様へ
ごんげほしい

ぬと川

大きな松の枝に鶯が一羽とまり居るを見るより刀を抜き

巻一　五ウ

筆元のべ。チヨイト指しくるが羽たたきがりしてチユツトモ
スウトトモ鳴さりたるを見るより不思議にあもひて扇蓋の
節を明けて見れば深ぬ答じや居ぐるい。ハウア今ぶろへ
さばくがれた

他生の縁

子供道だてに泣居るを百姓あまりかかり立おて。アウ迷ひ
子そうな。コリヤ何ぞよそちへ何事でと尋ぬれども。只アツ子
くとむかり泣きさび。猫を手にかへて迷ひ子の札ず、見さん
あれへおかうが連て居てまつとへあれども。無筆はカノ迷ひ子の

巻一　六オ

札をさげしコリヤおんよ何事へもゆるぞと家に持て居よと。
只さまに庄屋の方へ行けれども。夜へ舅と思しきもの。
うろうろ為来て。コレ市松一通んさらて居さとおさし
様の連改しの。カノ親父庄屋どの方へ行き右の次第あかり
此札の来訪詳で下さりませと教よ庄屋札の来訪をみて。
名所よみ聞せハ、これおして立出連改りするとも若いくへのぼの
所へ立寄りハテ不思議なる事やうな何事へも知るまいぞとあ
ちよちさがして寄ちりとケ迷ひ子の市松ヤアイ
太骨折て寄る

巻一　六ウ

巻一　七オ

巻一 七ウ

相撲角力

何とぞこの宿や、御亭主は、とにかくむさくろしきなれど、硯石を調べ、旅人衆頂戴の硯石などもわけくだされ。さうでなくば自然と硯石まで金とさらりと取られた敗北くやしゃくれ。なんじゃしらぬがふいの若侍どもをもって浦中へくりだし、さうは役人さまへ向へぞ御門前の硯石などをもそこら道のまん中へさらりと座るなんぞ客屋の下知あればぞかしぞくりきる出旅人あとへ立をはらて舌よくれて去るよく

巻一 八ノ十オ

あぶらぎりは、どもよくてゆりながらが一座の人を角力にかさぎと、何でも若松関へえひや、イヤ、ヌヌヌえいや、エエ関のえさかんんえいよ、と若合せ夕ぞうえぎにゆやりまする中力熱って来て、若合ぎとらいへぬよりますあゆぎるの笹のそをあそしあずうかあやさ吟爾へ仕かくされ

年八年

吉岡の肉切を朶葉といふひる
イヤえぇく、弦ミ觀助と云ふっと
客がへゝゝし、弦ミ觀助と云よく笑
ひとなるる所をおさん仕かる歌

巻一 八ノ十ウ

弦ミ觀助むしふ、若えが中部歌さんえん
さくひんが柔へ来て、詠んだと云ふ。步神
さんえもにさんびらりやかな事も厭ひしく二ッ本さんより合
今うよやはのでもおもしろさみやびらナア
あんあよさんすんぎやうしらへもよぎしそへ
てやしをもぁさとしてみゑる、マアおまぐみらて
ふあらえしでつらもかにうあんあるぎくなんとひろ
しへナア

巻一 十一オ

淋庵仙人

帯や盤の上で下すうあぎさせむぐのをひみあるちらる
まぐちちあんとの下に俵くとさにぼる石湖とうそをむ
九月とまかなもとふくくを吠みるてまあもわやし
より一寸よさかくと途ありー疋の狸をあげ
といふぐらうぎかりくださりかけたかつぁ月
さへの小溝より蟻が一ブらちあちすぐなたわきじがる
ばる一寸まさぁかくと違ありー疋の狸を我手につ
毬足のぐらべをさしをりて、なもあしさえすねべざうやを
とふむまさみかりにあでそやすゆべあそなえる中で
ぁゃえんをほくを飛の万をさけぶきひずひろぢーサアエにるよ

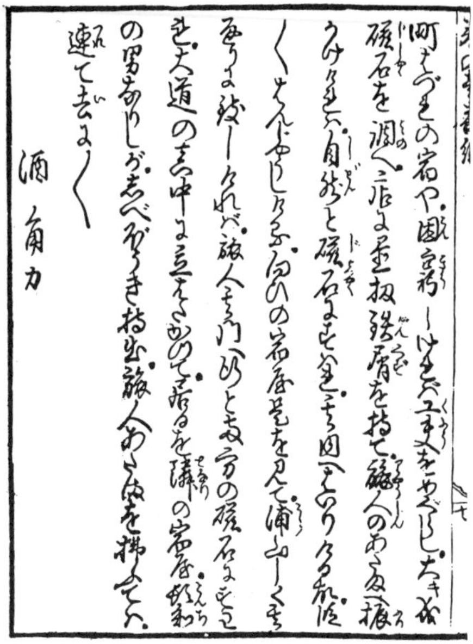

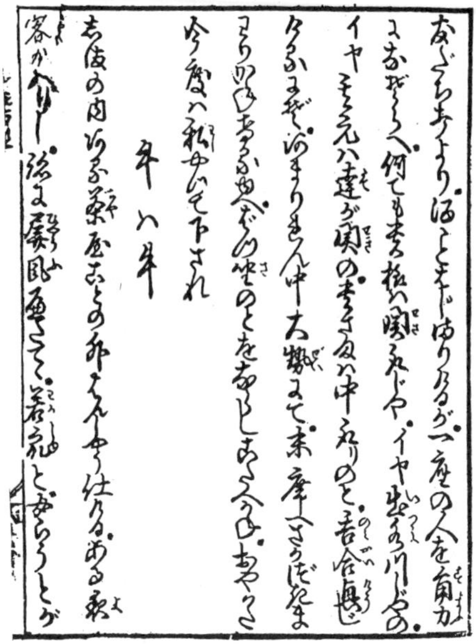

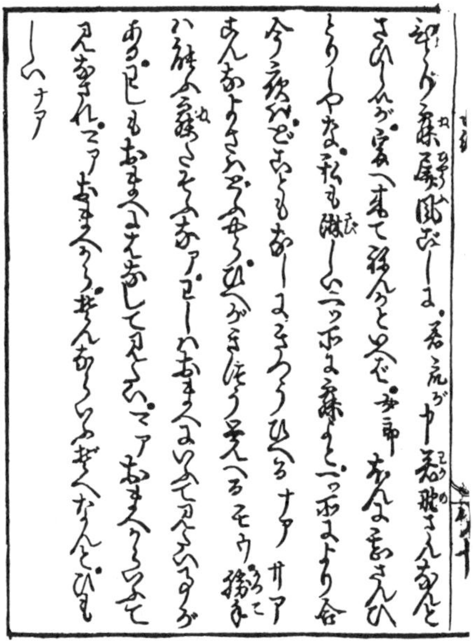

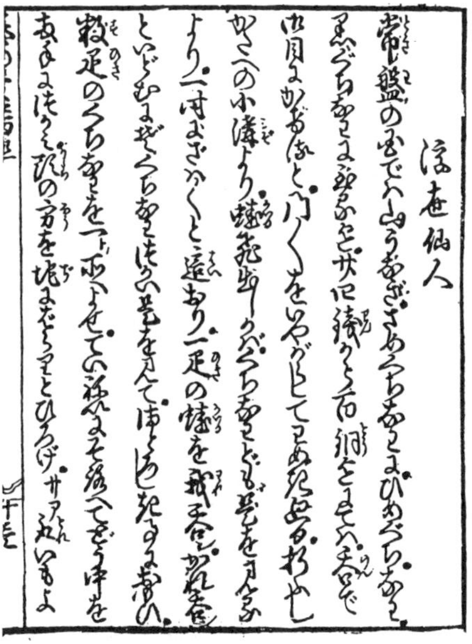

稲荷山

松茸〱と売声を、去年の御客が聞つけて、コレ せき
あきつあよ松茸を売じやあいろナウ。おまえさんもてゆきを
ますか。アノ松たけ程能ねへござりませぬと云で。お客こが
みもちそのや。それ猫たべるぞへのふ。まだ ハイ 松へ焼てたべま
するにべ二三本もござりませぬといふよそぞす。乳母がゆめて
居ておかみさんれしや去年茸を汁沢山に味噌で焼ておら
にょ行八丈までおござりますと、たさいみをやしよせべ。ドウト 鉄ハ
まぬけ時。せんが お客のはなさへぞんでござりませんと聞へ。お客

巻一　十一ウ

巻一　十二オ

松しやアノむしていろ猫たべて居るおと云で座敷で見物ら
ハア。クワサメ

嵯峨の秋

此所へ出る者もやさ気んぞうけたまられねど嵯峨へ出家。ごぞ
折りの法の斎膳のおす両へらの感情そへ申られません。イヤ
て出なしの御風俗とのそんの乗るもの事でおざります。
其八昇下嵯峨くはの辺も秋の子弟名事めでおもしろだ
うらおぞく遍照のむらしらものだまません。おそる 花ぞでも
さうりでおざりませぬ。お猫く 側とへ遠ひいろくの花が

巻一　十二ウ

おざりません。先括枝かるかやされもおら。やいだの太刀を
かうさへて

返星嗄

幕府咋んかく。クワチ〱〱〱さんと咋まべ一面の
星ますく冬の赤イ侍が大こそハよ於て早よ一巻ひのてよ人
出るや。おやニッあどのさらウンとの者よ息さへきり恋ぞの
戸板のはな焼たさげのはさく黒将家のくせをの巻
ねとめて拝ひそ先代つ巻さへ我よよ入だと肩かいて吹
出きが様ますよ奴の角肉おゑ奴首尾ハミイと耳よ口を付ナ。

巻一　十三オ

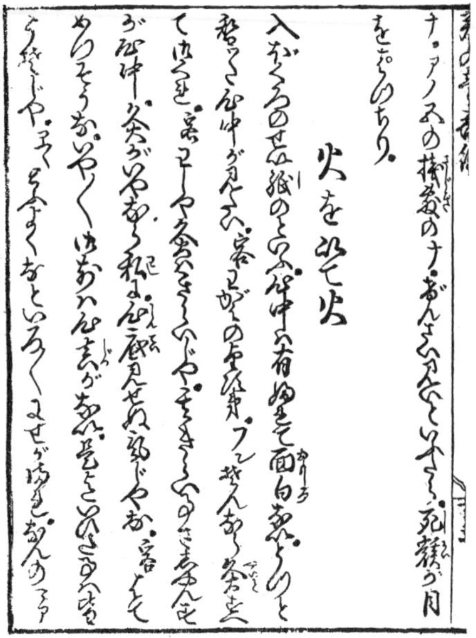

巻一　十三ウ

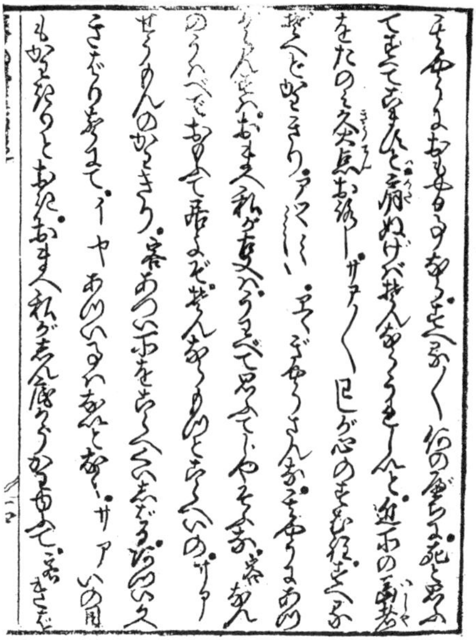

巻一　十四オ

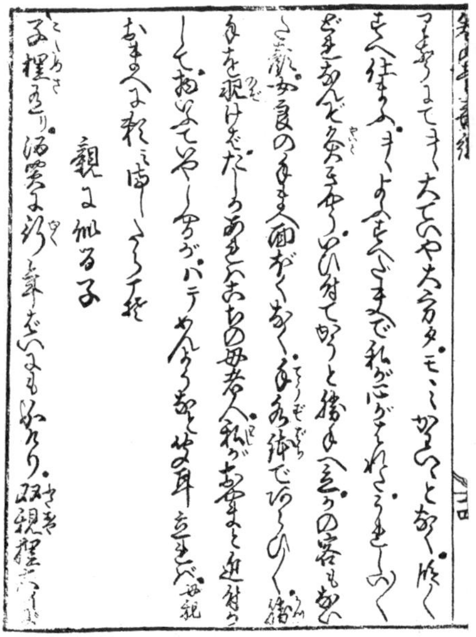

巻一　十四ウ

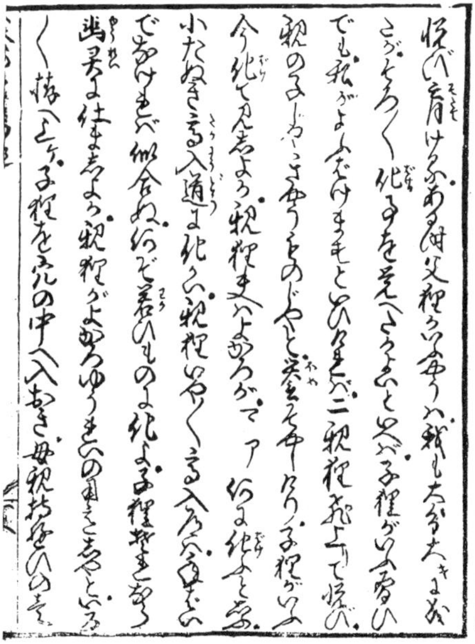

巻一　十五オ

又笙取出しヒウと吹ならし父親鼓をトロ〱と
叩けば母親ヒウ、ヒウ、父親ドロ〱ヒウ、ドロ、ヒウ、ドロ
せはしく吹ならしけれどもやりといへどもゆうれいは出ず又ヒウ、
ドロ ヒウ ドロ、ドロ、ドロ〱とあせでねどいへど亮らぬ首だけ
出してどうかう恥かしい

浪人の無心

去所へ浪人無心に来りて為月斗百相だがりよらせといふ。
亭主は此方さへ今の義は彼様ならんと又浪人やく〱
後日は急なる借金にて是非に成ようしやうほしくば

卷一　十五ウ

くれと亭主はあまり挨拶もなく合力致さんとて為
月百相さし出しくれば浪人是は忝なし後日きつと
返済いたし申さんといふ亭主は其は及びませぬ浪人や
其は其せう存ぜぬ亭主は大きにあきれ
おしちありても慎坂ありといふ浪人そんならやハリ返せ

せどやの

反魂香

ホンニ久しい別様の小紫が日ごろ云へば不便なり
旦那は日ごろ…

卷一　十六オ

さかどきぐく仏檀へお明しをとぼして念仏で弔へ
ては所へ不思儀や彼小紫の幽霊あらはれ出て所
ぞれと思へども悲しさのあまりあはれにする〱近づく
ほとにぞんしあかりのたよりにまし繕ぬ中にあげしが
モウ帰りたいといへや彼の小紫のゆうれいは笑よろしくあは
く待ってとどめたがりはどうも〱 姿は見へぬ ボイ かへや
ナアせめて念仏の一遍もといひつゝ香炉へ…れけげ。
テモあへなき縁杏や

妻の涙

卷一　十六ウ

月岩丹下様は…

卷一　十七オ

見返し　白

新撰噺番組巻の壱終

一万勝玄

巻一　十七ウ

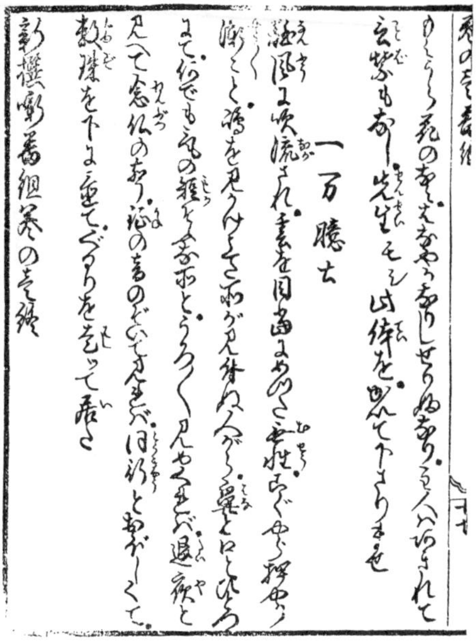

見返し　白

巻二　目録一オ

咄本六席目
新撰噺番組巻二　菊苑堂又流水撰

目録

射燒刄　性悪　花おしこ　萱水
日ゐ　九禮　芭ハ椒　幽山
日南砂　九禮　芭ハ椒　幽山
鐡砲の利足　大伴　帚婦の靈　朱橋
海老衣　朱橋　云々の擾　九禮

巻二　目録一ウ

武の巻目録続

古鏡　君平
金劍　鵝低　鵜
玉　別椒　挟夢
遠ひ　九禮　子代の窖　禾把
自　平紫　柳翠　云　朱峰　寄気氣
膨頽　一三天　卅の梯　早軸　紫之　肩遠し　谷甫　崇梭合　震る
鴿の不礼

巻二　二オ

射燒刄

浪花上町をよこへ有て見る しもうてうすにも濱家といふ先生の洒洲耳よきよう くやまうち入ぶしぬ と先生の教洲耳よまよふ 終り月 けふも慶ひこれもが おとの外怪びいるかゞ まうり寄むぢのりずをオ しれどもゆもれのりがまオ ますべもなり　志しに一白寄奏を 心ゑ捏せむ ありろ脚々め版 佐幸商栄めお無る情

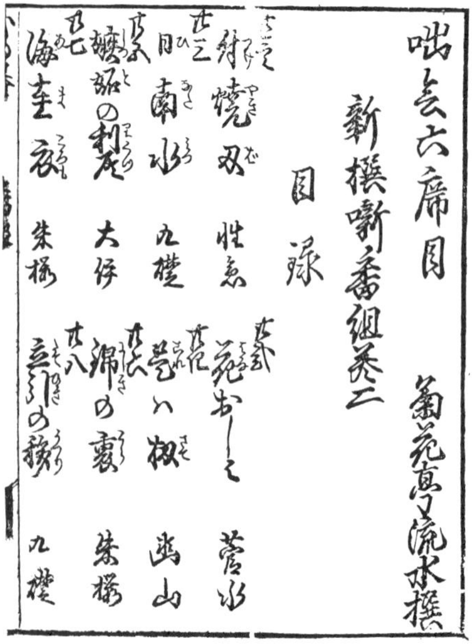

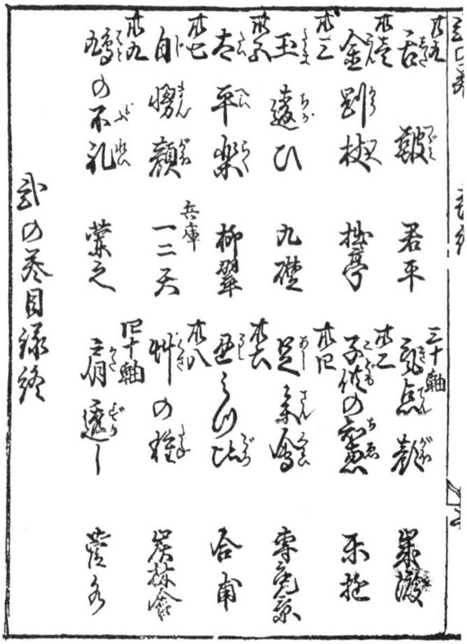

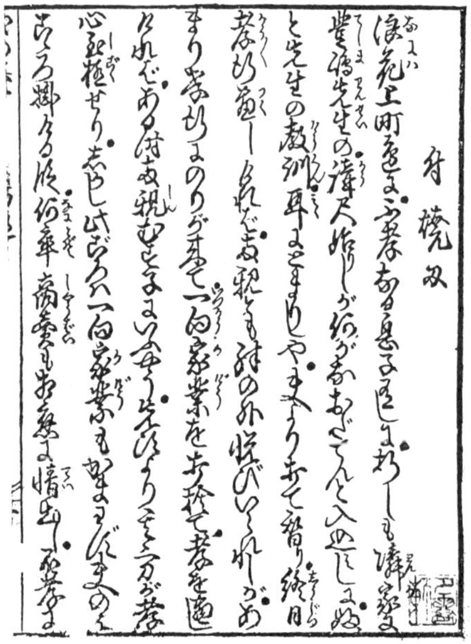

巻二　二ウ

巻二　三オ

巻二　三ウ

巻二　四オ

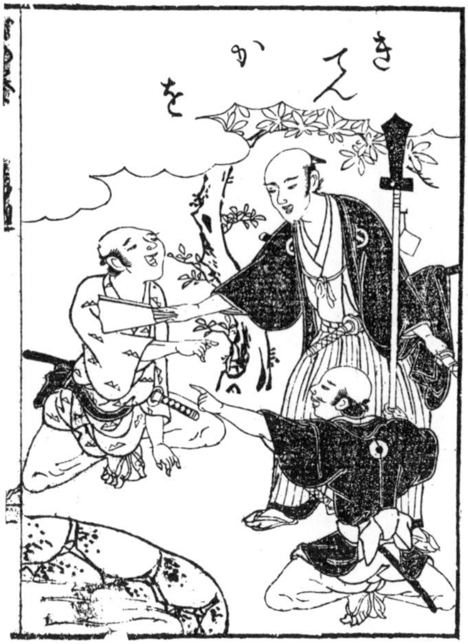

丁兒 へヱあなたでござりますか。お先生から参りまして 扨て
参りましたか。いや／＼イヤコレ此方の風説ハ。丁兒 ハイ是ハ
八百屋清兵衛さんと申して 親方 其八百屋清兵衛が
所じや。此手紙ハ私へ向のでござりますか。丁兒 へヱ 旦那さが
清兵衛さんでござりますか。此西瓜ハお請合の
じやが向ひよりまして残らず下され

西瓜の理屈

扨も／＼あちの衆など世にある時ハ海の内も有ません
私もさんとあの衆が…と嘆中でした彼女房が…

巻二　四ウ

と来て。モウ能加減に房さんと例の様にして亭
主もたまりかね出て。其上で裏の方へおまち。ヨッポド
がちまし。ヤイ五兵衛ちやく チヨツト此西瓜に何時も
おかしな文してもく向ひのだんなの娘のお花さんが
姿さといふてハ後を追ひかけさまりも構ひハよつぽどさ
すおが此西瓜の事お友達へ対し気の毒でならんおのさへ
どうぞでおまへ様を悪せぬ奴じやと兄で女房 去 モアや
何やかや女房 と言ひて女房をどうして御亭主へ女ひと合せ込んで

錦の裏

巻二　五オ

ある身に仕かの勢ひの当番。我が女の力を頼み。お前へさ
手業もあかりにしまへなさらぬこのまゝあかで此
嵐の様子も知らずして筆紙でもまたておいまいもの
事がなんまけん金さ来社へいやのこつ角などが先生
と見て十に経緯も大ていの事にて是からの事で百姓など
でなし物とかろくも此工夫完中へ秋冬の彼の身代を遣る
の話見も身にハ其ゝの是を明かして見て 其角 あかへさま

海士夜

あつきさわか方はしあけして寝所の月を見ても宿くの飯ま

巻二　五ウ

て御浦に垣生のやどなれば。此所住む者とて都より
松風と云ふ緻子を乞へのゝ古へけしの海士の女一人彼を見み
ちりの上へ後居けるとなりけれ。後の面を詠め
くらし毎日松の緑の子の小袖を梅にかけ おきさ
が所を衣縫も刃を洗ひ引も油にきれども松も
嵯峨の此女のものでおぢやりますか浮気に
の者に情かなひ候へしく

立引の後

日がたちても飽かずても夜へかけての此勤モウ お林へさら

巻二　六オ

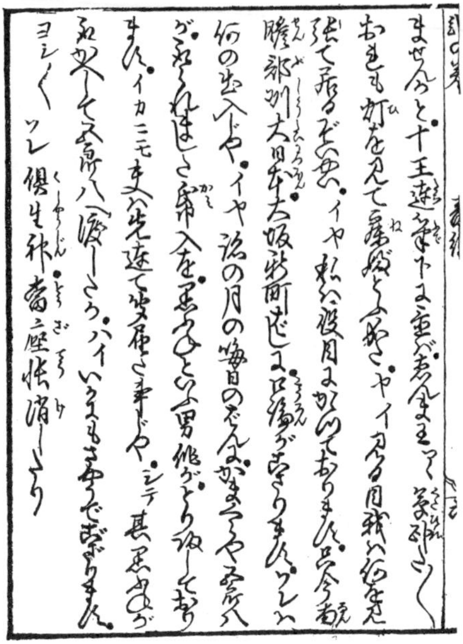

巻二　六ウ

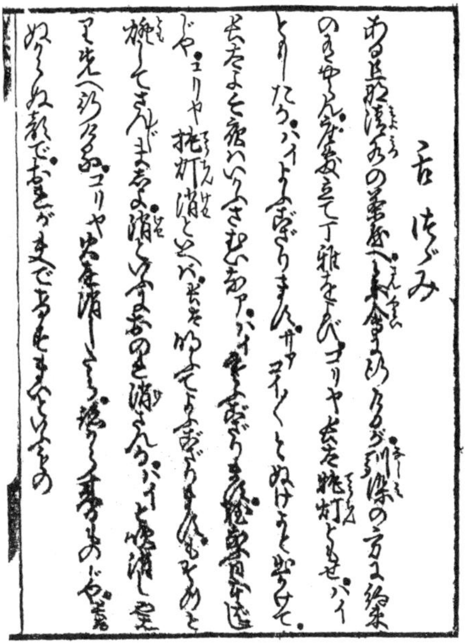

巻二　七ノ十オ

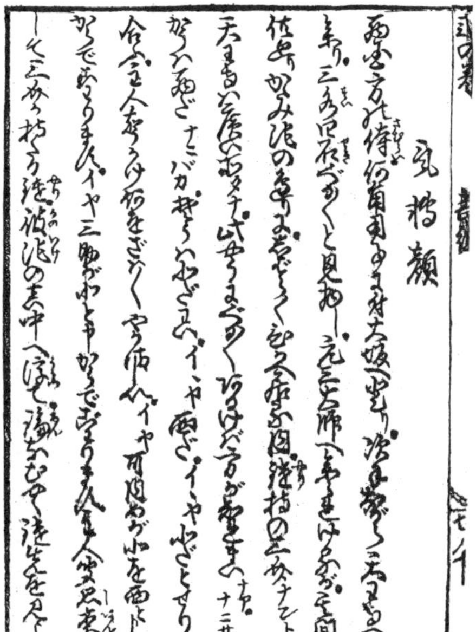

巻二　七ノ十ウ

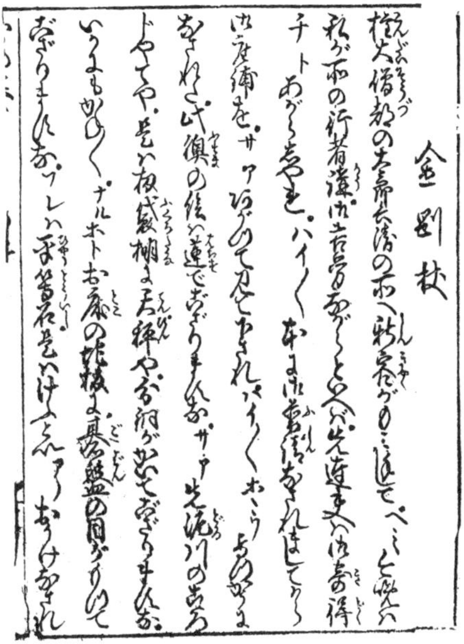

巻二　十一オ

さて手を叩くおかんが揃の二挺射(やつい)ばかりパテ西の硯箱(のまきき)の
硯、コリヤおかしい、次はお庭と縁先へ出されど一チ
書(だん)石のよふなる下駄(げさ)がありしてみさ

子供の智恵

学文(がくもん)好きな人、西夜(ちうや)見台(けんだい)よかり煙草(たばこ)の火より茶より子
ともを嫌ふ茶を汲(くん)でいても火を入ていてもなにより縁(ふち)に入たまはん。
あたらしくして茶をこぼしでも見かへぬ元造へ汲せさせ火も殺
く入替させるなれ子供の足は付まで切房(きし)より紙を張(はりつけ)付
玉(かつて)誂て置くと夜へおまき書(だん)を手で寝(ね)るへしまてやく

巻二　十一ウ

巻二　十二オ

と寝(ね)入(いれ)たる女房の鳴声(なるかへ)よ目をさまし、枝へ皆おのたをめく
これしとつせるは(つえど)志だらるもおもくそぞ妙へ。コリヤをさせる
無してコイ

玉遣ひ

引あげ致へと御来し海士(あま)へ海中(かいちう)へ飛入たるよ是への末鏡
の思はさでてやらかおとしいと云ひ付べ龍王(りうわう)も秘したる海士よ
おもてツイ二世も三世もとのかくしれれで元世をむのかも
おつましれ退(のき)多かつされ恥かし。あまたく女房(をし)縄を
なとへて致ひ付御来の香りうとかせべんく。柄の引あげくり

巻二　十二ウ

あまりはなはだしき者(おしゆう)へ海と宝を出さうが大臣(だいじん)もなれといふ
さかんて。サテコウ玉が帰るとさ

あし糸舎

ヒヨ文流。仙婦(うば)流文流。あら手だも芳集り酒肴(さけさかな)などで拵(ひら)へ。
さやしてかる折から門を伏見(うてくせる)流の御隠し。ヒヨ文やれアレ今伏
見ク通る様ぬか。文流徐じや。ヒヨ文イヤ今伏見が通る様へ
ぬか。文流ムウ伏見かまやよしよ仕さかへ。ヒヨ文あぜよ鮎
も連中(れんちう)の肉やらの。かいらつ流イヤくあやうしよ者だ
よい。ヒヨ文そりやよ女ぜよ。文流イーヤいきまずる者と去留

巻二　十三オ

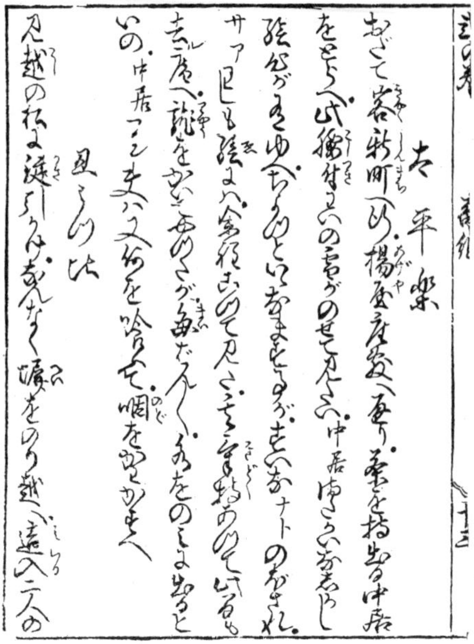

巻二　十三ウ

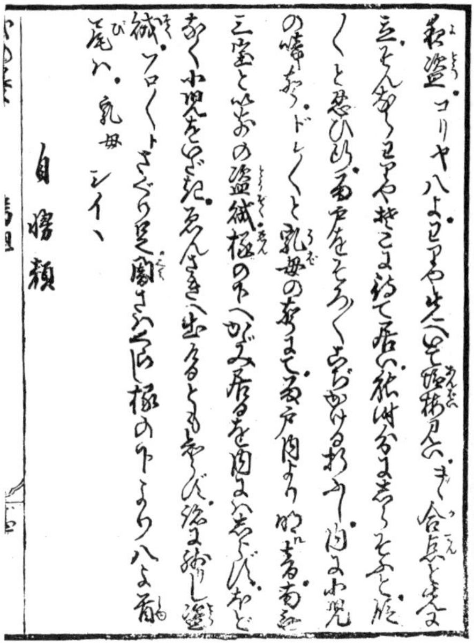

巻二　十四オ

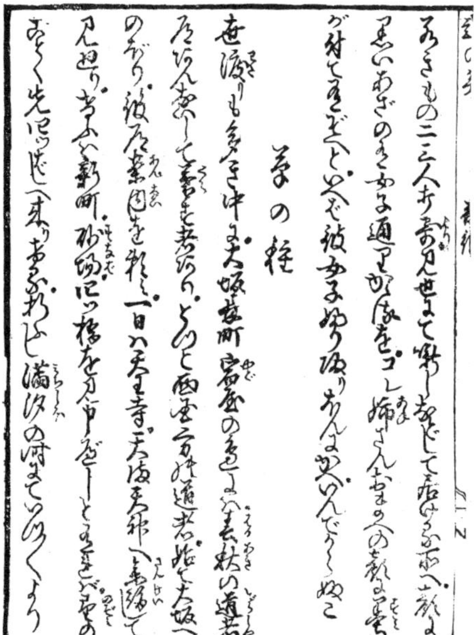

巻二　十四ウ

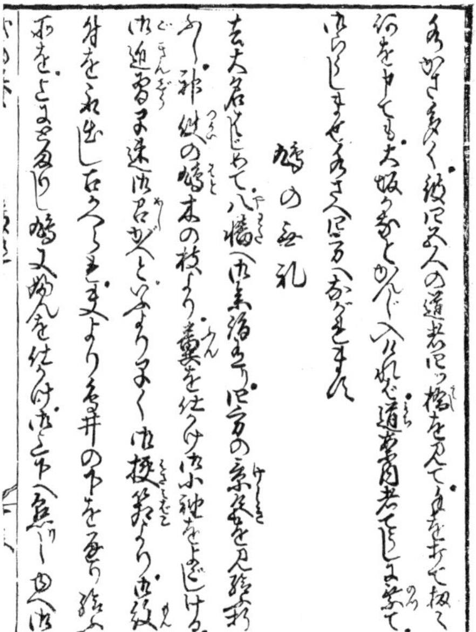

巻二　十五オ

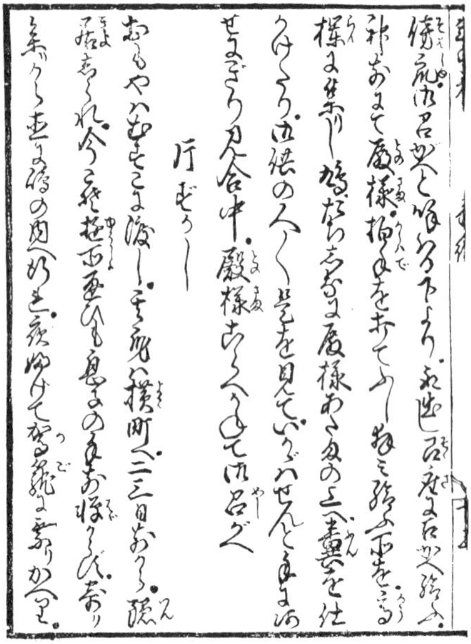

巻二　十五ウ

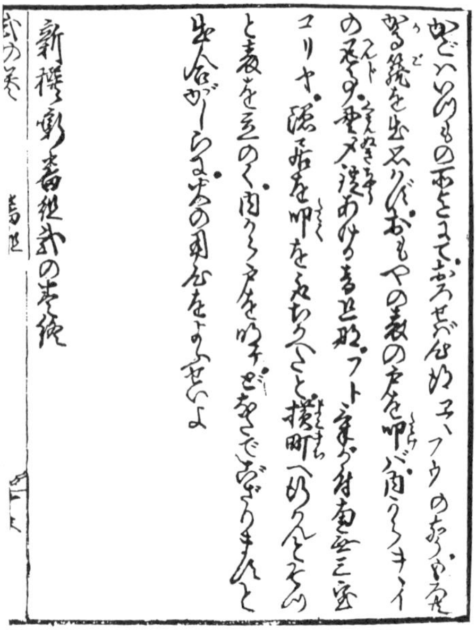

巻二　見返し十六オ

見返し　白

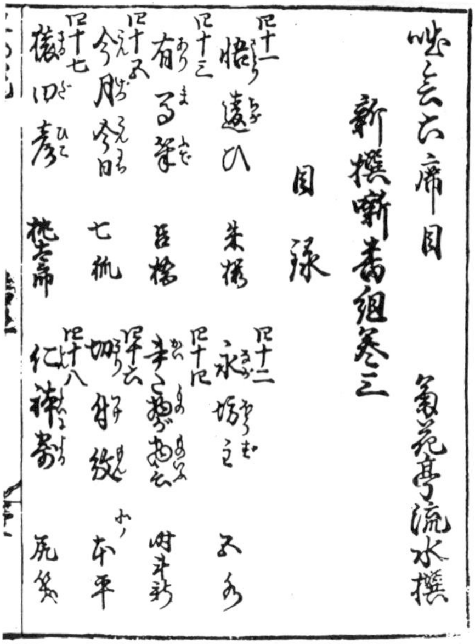

巻三　目録一オ

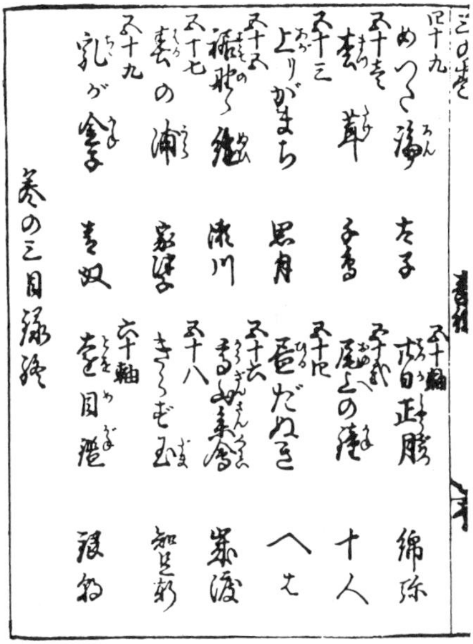

巻三　目録一ウ

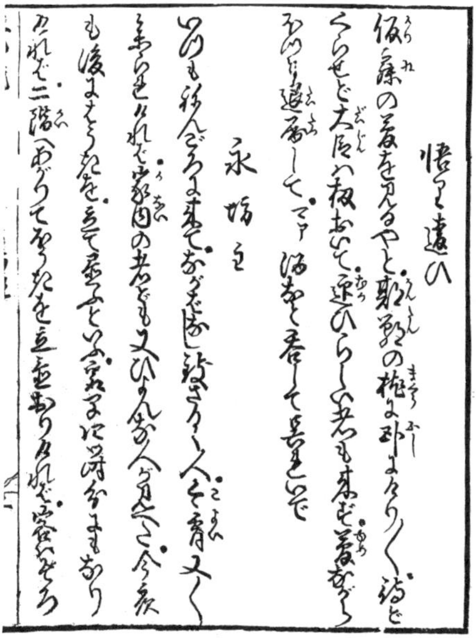

巻三　二オ

しく出逢へ逢入て枕をかせといふ芝居が、たありゐも
御しあいがよふきくよいうぬんるうそと思ので、やがて二階へ揚
又手まゐバ滑らきがおけてあるゝ

ゑゝる筆

去る寺の住持梵論を寺へ入寵愛しけるが、其の法より猿
胎しもちや除月あまゞ、寺よりも出まもさんと表よりさし
きれまゐバ芝居へ入女子ども付き寵気が付てあつきうそく。
うらの切戸をたゝけとや付る、此の後夜付添ふとその役
おかし勝つて出しそうやけが付て、此住持も故へ入てまた合点

巻三　二ウ

巻三　三オ

と切戸おとくとたゝくあさるじい何するやパァトレよ
すんでの今けが付いて何気がはいてとすんでに人を起しや。
此のまじをとふ宮も寺く伸しも言いし切戸の前付でず
うきがうりしいでの今は住持が出まして、ブムトふ宮もあひよ
又やあけませんで今の法やりが引込まして彼をなが引込まど
ろ。ボイ又戸おけませぬ、足が出ましてすゞりませぬ。又も足さり
又イヤ引込まして又出まして住持うろく、ヤイ〳〵
何とふことを揺よ出まり逃入るまるのは人何とふかて
梵論がでパイ大分なことふでござりません

巻三　三ウ

若しもうあいで

去ル息子別宅してよくの前ハよろ付合まゞ、兎角ざん
ざうよ錯やゝもぬと留のれをはつハ此や成く　家もお
とろへ茶も切まされだら参よ其のへ呂へよばして留れた参
くらんで居ル所へ親父がエヘン困よ居ルうハイト挨拶気
足合。親父が又泥坊め茶がありとて留の札吟ふうとよ
た。コレ元きのさまをんあいてかをのハ吟ふへませぬ

今月三日

去ル祭りの始うて桂助とさんへ入て、右なよ引潰せ張へ参

巻三　四オ

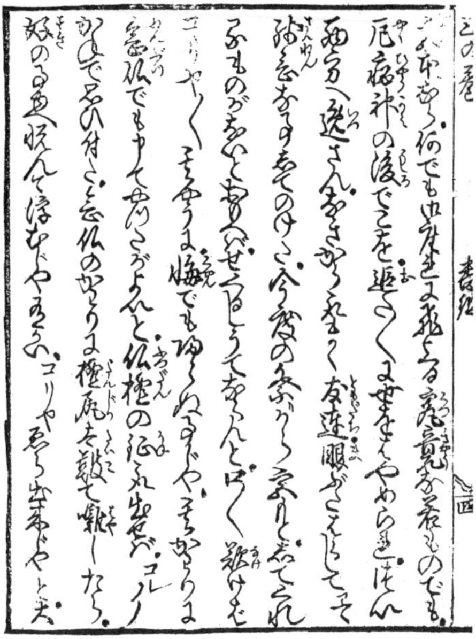

巻三　四ウ

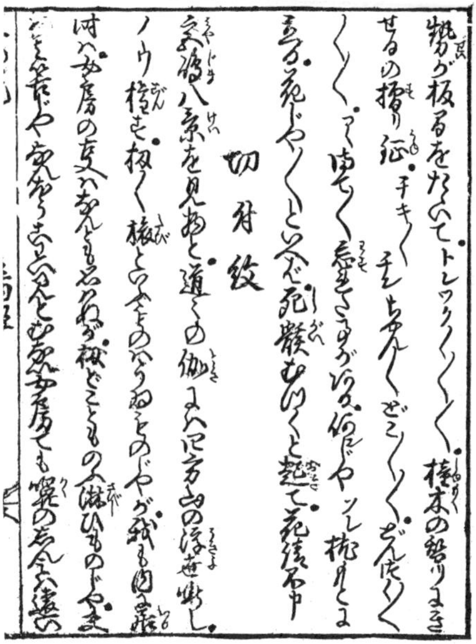

巻三　五オ

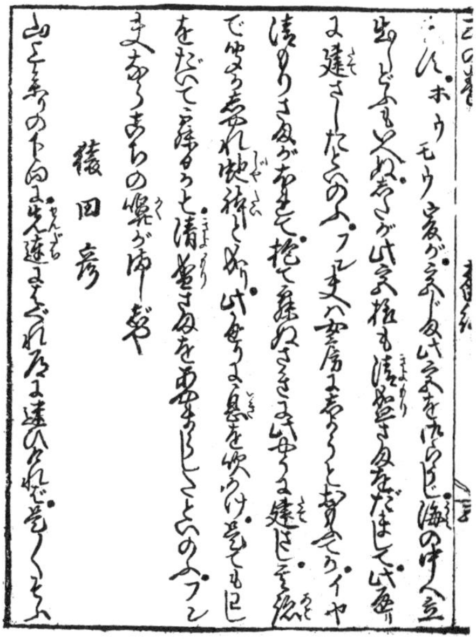

巻三　五ウ

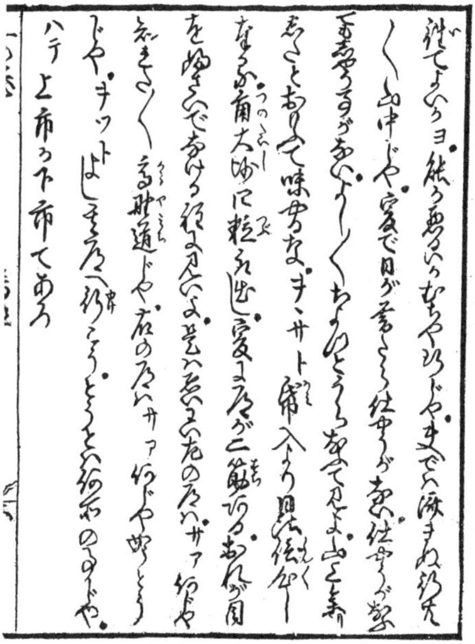

巻三　六オ

仁鉾まよふ

山ほとゝぎすやあやめさく。イヤまあ見ぬどの中がおもしろいのじや
の先大さんの出る役あり。枚数男の毛が乗く段の中が
お酒は蔵の中でさのゝおそ[illegible]なんが鍋の毛を見
こあがやどふも又ぬ踊しくるのじや。是は本まにかゝるさ
ねどやそれぞれもとものにしてあちの通ふよ男ぶりし
とりて顔は笑しい女子じやがかゝだ中が爪じや

やつく論

京都より来て客来るに入月も逗留ある間、[illegible]

巻三　六ウ

連立て天神橋へ来かゝりけるが、[illegible]中船といふ大きな
ものじや。何がおもしろくとすより[illegible]へ来り[illegible]
芸も京とは違うてものじや。[illegible]大きな様を[illegible]
[illegible]京でも此方まへは叶ひますまい[illegible]一さいの[illegible]
[illegible]さまおとらぬが来てをかりア[illegible]
[illegible]も大ていではゆきぬ本まに来てをるおぐ[illegible]
[illegible]のおもてしまさサアそこがあまてあし[illegible]
きも大坂へおいでゝくるな

廿日　正月

巻三　七ノ十オ

[illegible]の[illegible]かくまおき。[illegible]遊[illegible]
おいて[illegible]ばかりじゃ[illegible]一遍
八大傘出へも[illegible]の内の白人[illegible]
おまへどかし[illegible]ブト是がら[illegible]
よ目と目よ[illegible]が来て[illegible]毎夜の通ひばか。
[illegible]今夜よび付いたん様てア本さ病人よおや
[illegible]百年の礼を清て此法何[illegible]ぬ。今は回
[illegible]遊[illegible]あゝ[illegible]仕[illegible]とおますよ[illegible]
[illegible]是絶ゆるのが[illegible]大ての[illegible]

巻三　七ノ十ウ

松茸

松茸アノの[illegible]の平うまいるてあゝ[illegible]行と[illegible]
[illegible]これは[illegible]今[illegible]あぶ[illegible]
ぬ[illegible]どんなものじや[illegible]けよかまおこじや。ムこ[illegible]
[illegible]術の子よかまおこへぬじやぬらぬ故ですへ
のこ[illegible]じやとおもし

尾上の鐘

[illegible]云も首尾よくざんざの声も[illegible]。夜も
あけがたと[illegible]が[illegible]よ[illegible]せん[illegible]

巻三　十一オ

巻三 十一ウ

ぞの巻

猶ひい廬やおそまるろ起ますおおの仲間と
長者いなとご令色の掃除とその万の寶の
蔵物はさりようちろるに寄りから家内寒がり
妙と聲廬と象夕日も尻目にり外の菜園さんそ
冷をみるより チャット掻み出し一寝入しおいて
ゴトく／＼と叫げば女の飲ひ立ちでて長者どの
性根し
菜をあわさんどのなとがてしすまそれないごあぐら
揚てがまち

巻三 十二オ

巻三 十二ウ

ばの巻

蜃氣楼ひとくのがお好きなもに御伽の前の一の道なとを盛かへ
淨瑠璃霧の大津繪ひくくるむ台狸をさ
のひたぬき狩子のとある豆腐屋の釜にわれ
とぎれと狸たぬき豆腐屋の親仁やイヤ
さて貝八色ろろさあがちなる役者たちから
狢狸にぎいねる小坊子がけろさけろ ちあつ手中すだかり

孟　狸

巻三 十三オ

裸姓の徒

家を三ま世界といふよ廓 よて豚張
男と見るは日本の町といふ廓まてそで縞
と佐渡屋の濱ちゃんといふなん 駿河屋のうどん
こぼじてがろやいかわちて支丹そうそろ行客の号でをとろ
のふお内へ濱まてで那雅家流連をすろ
とひふもろもあうぞ廬なけれまの狸

見返し　白

サア申しませうはの山ま本を目がけ弱を運
さ出がどれ久へおすせがされ人足中をおハイわれい
芝居例石よ見ふ人ぶ衣装やすがる坊らが通う西川やぶ
活もしりナンジヤ深あくぎの友さんそうを火
おのきも後川ま来でくはみが状の散指南せよぶ出うをく
あかけつヤアひきやうもの迎方まろへせくより
文か゛いゝを操らせ人ドレ其もも゛せをされはを
と取イヤいた刀へ叶りぬ

新撰噺書組三の巻終

巻三　十五ウ

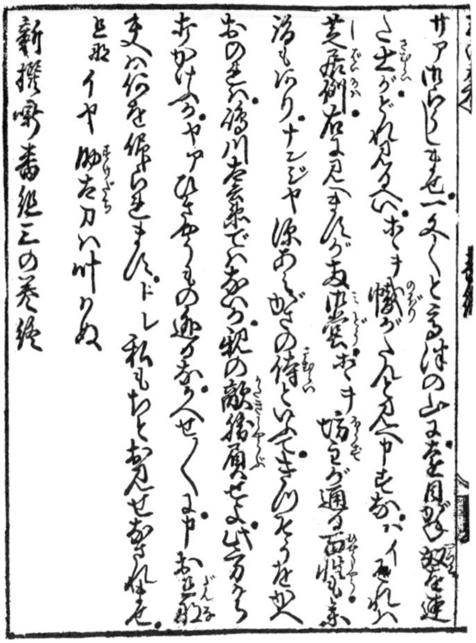

見返し　白

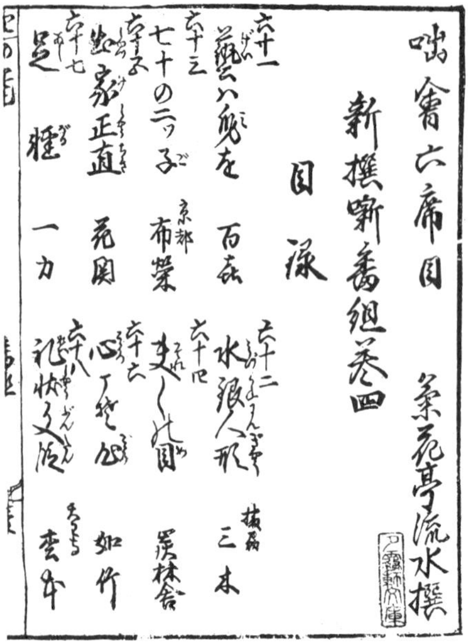
噺會六席目　菊花亭流水撰

新撰噺番組巻四

目録

巻四　目録一オ

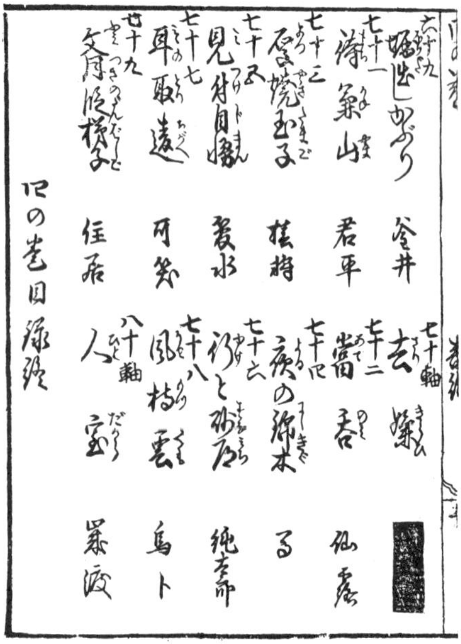
四の巻目録終

巻四　目録一ウ

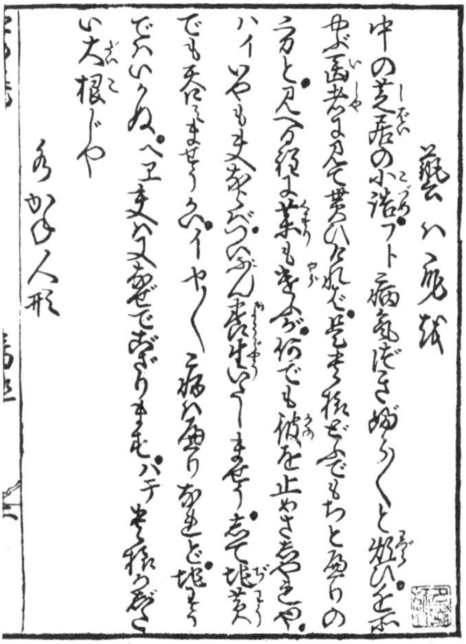

巻四　二オ

見返し　白

新撰噺菜組 巻四　桑苑亭流水撰

咄会六席目

目録

六十一　藝八旅を　百森
六十二　よろんぎ　水滸人形
六十三　京都　布袋　梅樹　三木
六十四　七十のニッ子　まくじ餅　麗林舎
六十五　出家正直　売卜　六十六　心々参心　如竹
六十七　足腰　一力　六十　泥悦又侭　雲本

巻四　目録一オ

六十九　咄出しめぐり　釜井
七十　七十二　漆　鍬山　若平　当吞　仙居
七十三　居院まる　桂樹
七十四　廃の弥木る
七十五　見射月儀　襄水　純考市
七十六　ぢと粉石
七十七　耳取遠　風枯雲　烏ト
七十八　人宝
七十九　文庫侭撰　雷波

口の光目録終

巻四　目録一ウ

藝八旅越

中の芝居の小諸フト病気ぎさめうくと遊び去ら中よ百苦ちよ十んも五八れよた五れてずよらちと曳りの方よと見入方ろ圡メよも丈もせ十でハイやももせん吞もがもせらでもいろ、ベ五支ハる屋でるぎり子をバテ半張の妻い大根ぢや

弥ろ八人形

巻四　二オ

巻四 二ウ

ふ人にもあふさげて毎夜くねぶるよ金のなる木と女房
てァ今月さうかやよあござるといふ男次第に甲がふるく
いよかよやむたのをお買ひやうと腕を出れど女房イヤ
中のイヤイヤのらぬなど云く尻がくあまりなくゆ房イヤ
女房をくらとふ中のくらく男ことをふくくになり孫
だ子に袖ぢ合ほしいるだる男を下くつまぎべるのりはて
あらちれどを丸もぶ年くあますしぢ男中よりイヤくあまり孫
女房をひこのけんとでしぢ男さへのうくまる孫しまかる
まれきれなるあんなを返を切ろとしてむ目しかげませ

巻四 三オ

をりらひ

巻四 三ウ

公事屋婆と名付をとめしてなぢしるぢうそのうへさきなすこ
いとぼう面よあぶきも出世これしばし嫁きらげるをまゐを
なきエ面よるきさも日も根へかぢるまんぜんぎ事とみ
どしとあつきれぬとあわるあみるうちの枕と云
嫁のやざぎらしてといわれこのせんのはきもつ
ぢゃあ様いふおもしろしとあられの嫁多さとく
うけあひ老人などあとさんがちの目入ってにつかやいさとて
はたとき月を枕をとめせぞうときり会ちへ

七十の二ッ子

巻四 四オ

いさ嫁一月の内をるさく年寄よののとを今のひろ嫁
そるく嫁くのと年からやさきおのれど嫁がぞく
るごと云ればぞ入したまにくれみやうれん月
もとがきもこえはくようあきをもきれど丁稚チト
るもあごすことくきまふま入べる今までむ人の友遊のノ方に持ぢりひへず
これをくあやそまゑる人とを及へ入らから今ままに見るを
てつくくとあるうそくあそりこう行くあもう行きれむを

ゐるれど、丁稚中よふよかみ出し、出入家来といふ本な遊方へ出さ。
甲斐にて頼ませらしく、夜の帰れて下さりませぬ。此の
番へ私が名代で、外へ参りませんぞ。これ遠へ出して何と致そ
まくおかの、かさりませぬと大きによろしうござりますと致けが。
出入家来その中をはなれ出しが前に三味線へ今の青座が。
料理して居る客人座さんが大きにおもてあるうと青
座をよび被られ有り見えた御まつ。縮あけ出しべまくよおッと
ちへさくとさせんと縮よ入座ろかまへて秋大きに悦べり
ニを出し多の縮をゆりて見て。バア ちりりとのるよ見がすつさ

出家は正直

有情退夜参りの御かげ、死寺をはじめ井筒屋へ御出でなされ。
ましきさんさんか。コウ御出なさりまし。サア御よりとなりまして御
奥へ御ぜんや久しいことで、肉に盃出しを何さんさん、おいよさん
いとなるねえ、イヤモウ久しい百万遍にゆかねばならぬによりましよ
るよす。もうんはいナア。デ、やよしよおやドリヤおきさん
をよんで来な。市さん、内よりおちらんと得なく若衆の茂り
まん。市さんも近付ならさまんとおまてた奥へめり。マアきさん
さんのおなさナア。女中らよおなへ久しうござりまんがイイ楼

ござりませぬ。チトお呼ち申しませうが。イイそれへにまま
せうさまもおさまへといふ内に、市様が来てちのしくおあると春
みう様中くらと来う。ワイ、月は寺田へ入れ、ゴナンに座さめ
新ま。秋の日の短さ、ドリヤく表へ出て見だナアよへ出
おア。イヤく御みに持ってゐるぞの。エエ、てんまくコウいわりと
まの字。バテ、めりそんな何しやいおかア。侍が来ちまつせぬ先き

色ちがひ

何く御めね母の親も、そのあんかきちおなくるとなりくのへ
よ済まれども、生涯夫婦和順のならじとしもそや。サチも

懸よおり。サア此の物よも極きぶ御くも色なりひ、我弥へ立
所を分け入れまぶし参り、物の三人連よてせられ此の彼
おむきて揃など別り、ねやさつめよ見たれど秋遊びし
我弥さ家の利生に格別じや。今の娘の後姿によおおを
せりまよるとなれば、娘あとて見送りてあんのヘナア。

是く　懸

去年八八まりしよおもせらむ月見し
さりと越しう万物は答さしたまるねと表をさして
逝出ふを、すてあの様を過られおかぬども、おのぶのがはじと

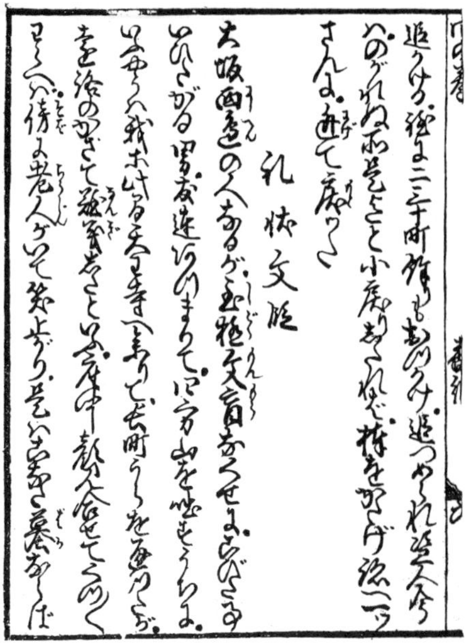

巻四　六ウ

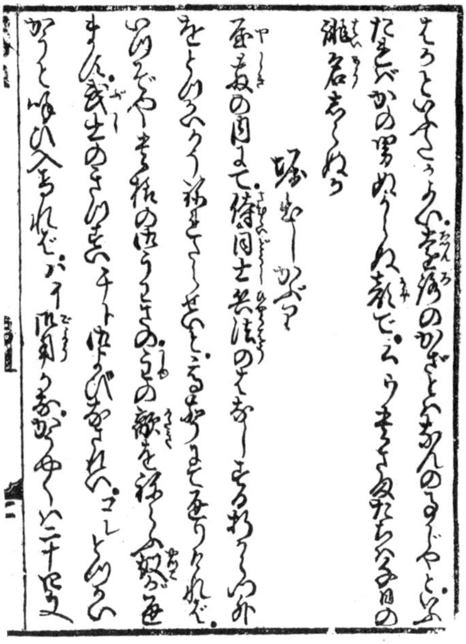

巻四　七オ

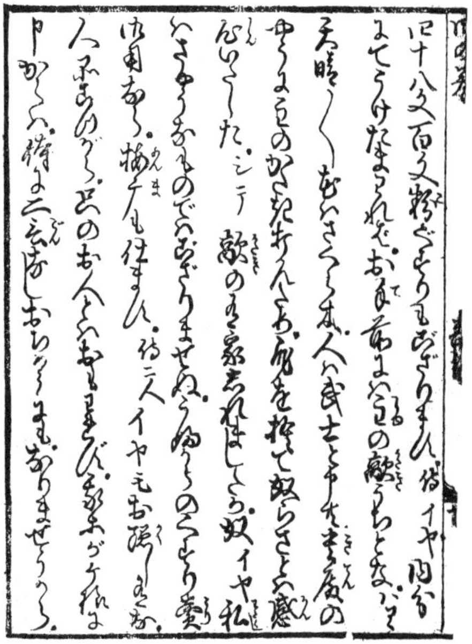

巻四　七ウ

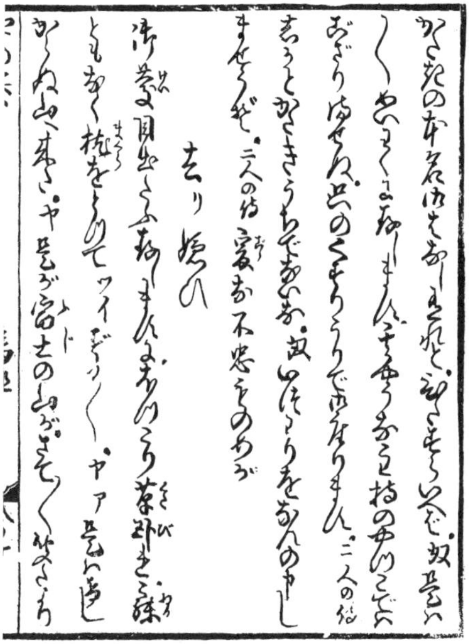

巻四　八ノ十オ

この文書は江戸期の版本（くずし字）で、専門的な古文書解読を要します。正確な翻刻はできません。

所の役人なるやうに実体とつくと此首尾で御座りまし
さうと古易だてのあさましさに浪人イヤサ今くさかつてあい
おとよかうらん表店の奥おゐての餅つき月出ごろやざ
かう招待よ来るであそとおてと出かけてくばるくり
よ見ヘツリヤおまへおかまりおしまひ一表借屋と裏
かしやと附合で遠ふそれとも格別の様なもとりまで
いかし・はそも呼がなるも忘れなせぬおかへまりおそや
まりよそでおざりまんされそくよひまさかべ内
よびよべゆうね・ツコガ武士ざ

巻四　十二ウ

卵焼玉子

ヨウく沢村さん其ハ芸のなくく・八郎兵衛の狂言に御人
万人の手を降ふ蛍ひとつ男ハ只ひとりと是ハ白椿おなの
女形が能ふざささお客へエヘヘ

夜の錦木

去年じやあたハ死割りに行して男あるきさう見付られさ
かぎりなはなしてなりん家お腹に首ぶけ色へ悪んで
あらのじや・ソレハ味男のそしで遠くらイヤ此ござ
かおそて入る・あちいの貝の方おものじや・シテ然ども代物

巻四　十三オ

たのう・イヤ去つて男あきりの無念じやでちらおう
ぬ・錦木をこさておりよて天ねこゆめそう錦木を
拾とひとつとむかしの事じや・あせいの恋へとかく添じや
おれれば・いろぬ淋よみな娘へ・評判のおさじや・す文へる
ひさいへ付し是で・サアおきもてそんおりで錦木よもおそ
越向がよい・ドしんどやてまとめて男ゆりよそらして
見色ハ・木なべ様じや

見付月修

いと烟しく・おもいもろこえり唐人の尾行おさ

巻四　十三ウ

とりのべ・庭の三本よ萩ふ蜘の巣をとりのぞく去る
所へ武者修行とおぼしきた六郎・業垣へ立より行水
去らん・フンハアト・感心の手あゝるも門へ入・サテモ
く・おく由もきけ本よはいかある人の出来流よひい
とる名先もべ尼びつくりしてかつそうあおのびもようぬる
いなお人じや・イヤくお源しきされな一ヶ二ヶ長刀
のぬがなぐへ渡した

行と砂道

中山来る去年二月でも旅じや・振袖を捨て行つしや

巻四　十四オ

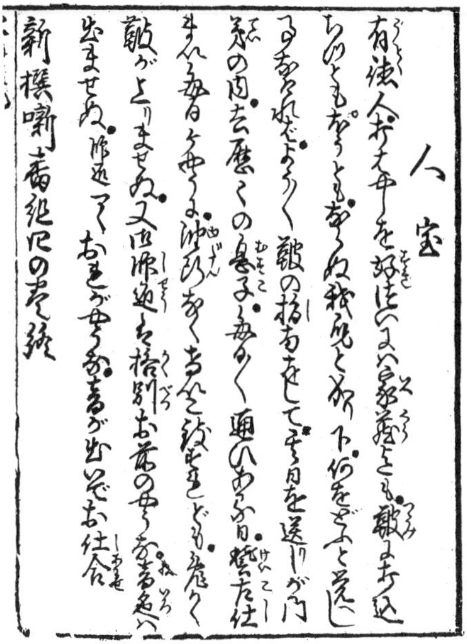

巻四　見返し十七オ

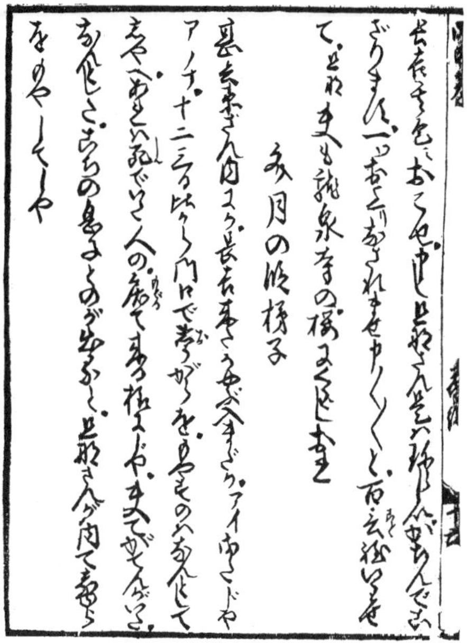

巻四　十六ウ

見返し　白

咄會六席目　菊花亭流水撰
新撰噺番組巻之五
目錄

八十一　下司の知恵　竹酒
八十二　算両自撥　竹酒
八十三　系椀泗　梶峰
　　　　八十四　兩　葵
八十五　祭礼一久　幽山
　　　　八十六　葵　寿涛
八十七　沸曲連
　　　　八十八　孫金三味
　　　　　歡沙地　寿夕
あてしと祭

巻五　目録一オ

八十九　奧敏多髙　春奴
九十　天祇糸　 一正
九十一　今東吾　痕鈴
　　　　九十軸　参玄
　　　　九十二　張　蒭弓
九十三　觀音利生　多奴
　　　　九十四　裏撐枳　竹泗
　　　　九十五　笹と楷色　幽山
九十六　何きろ芸
九十七　夜の露　我笛
　　　　九十八　笈擔羑多　芙宇
　　　　九十九　百善惠袖　崴
加茂川　瀬月　立春　其角

春の五目録續

巻五　目録一ウ

下司の智恵

扨春遊び客合てゆまいにどゝ狠まといふもの
いじあと〳〵で亦めんあんぞといふかと有て退
〳〵とあるがよくやふぶるく〳〵よびゆくのしあ
るぞくてあかれるる仕やうよくよく仕るうもすで
あるもあとむくとも若さへこれぞ仕やうよも
おそのやふぶ〳〵安く〳〵出来と着出し何ふあ
をなんでやら狠のおりも〴〵やか〳〵カノ孫ばうし
とのでもゑ〳〵つれうめんぜと〳〵いぢあ〳〵
狠ものまどと大へ内て仕けれど皮の因め
出してまでとされれる愛の囗

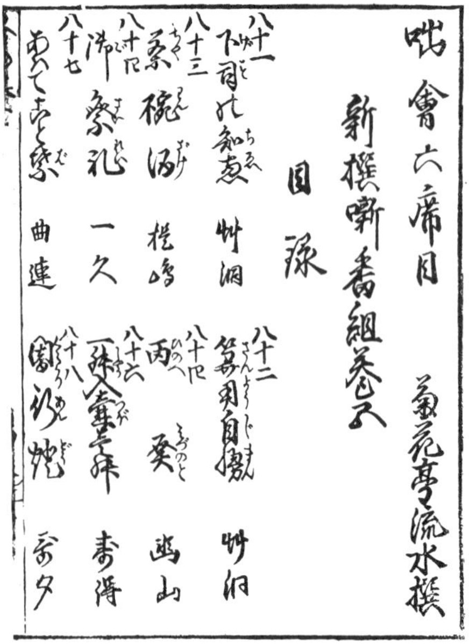

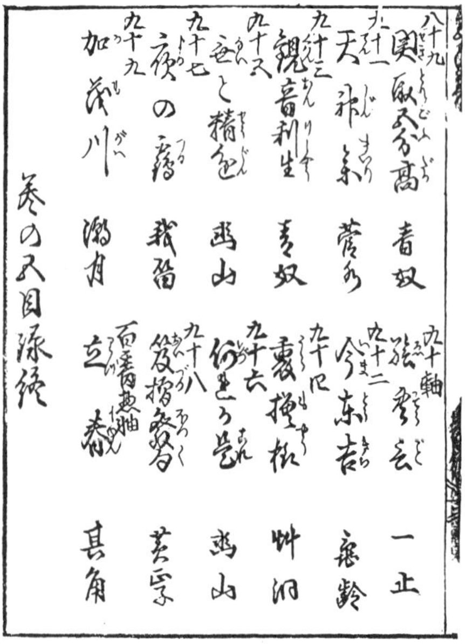

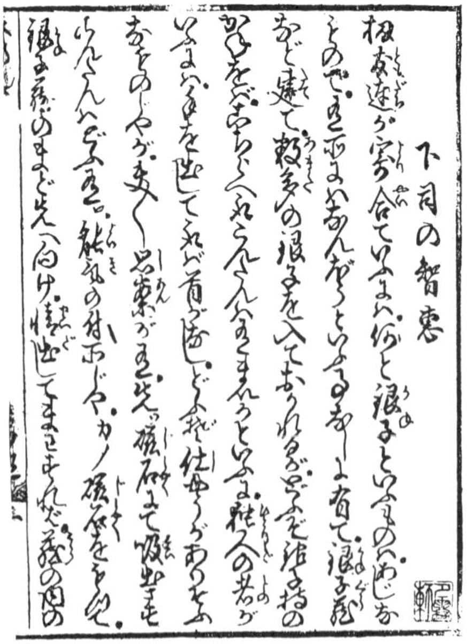

巻五　二オ

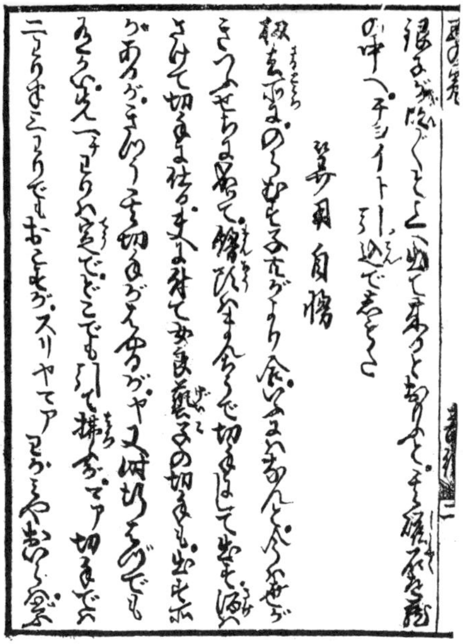

巻五　二ウ

巻五　三オ

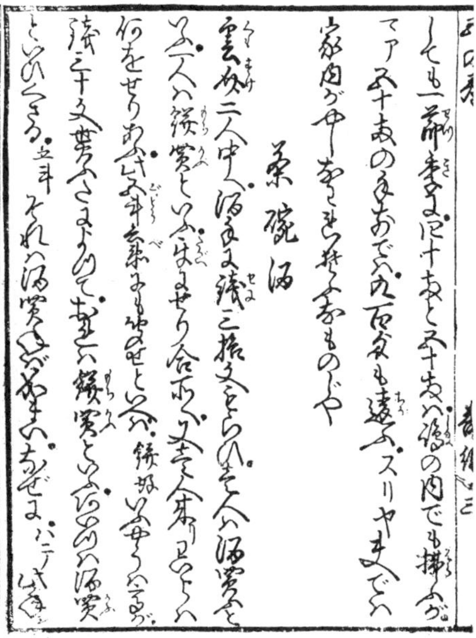

巻五　三ウ

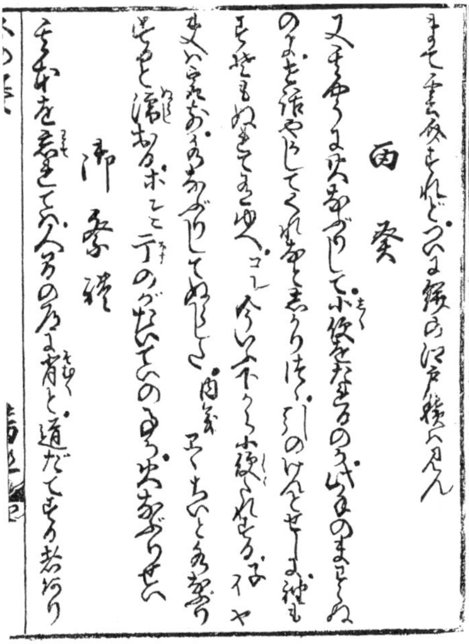

巻五　四オ

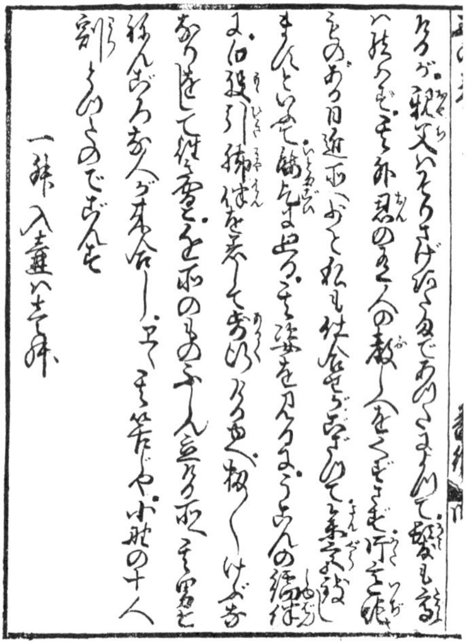

巻五　四ウ

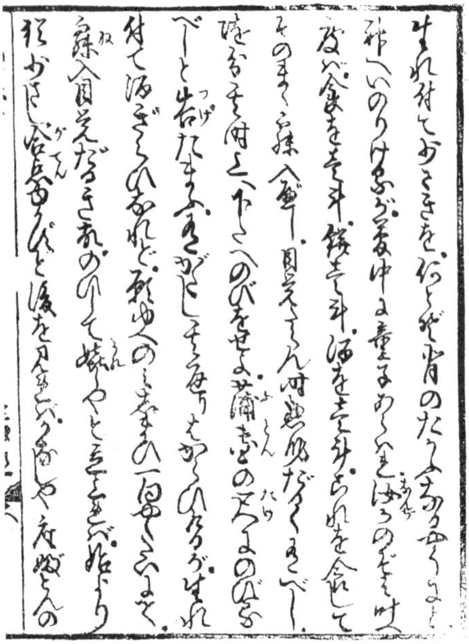

巻五　五オ

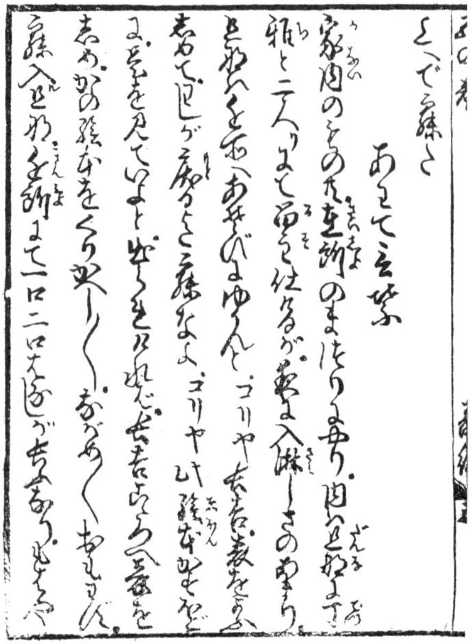

巻五　五ウ

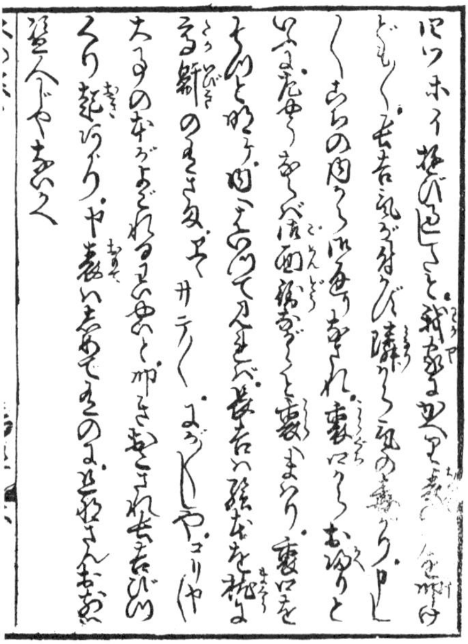

巻五　六オ

くらがりから地
去年の事を縁起より、遠出の丁稚を連たるが、彼
でつち用心への咄がく実体なるは時日のこれはたゞ
て弥也の掃除あとさせ内証申されけるやうたゞこぢん
しき座敷へ連もべしとやされ、彼丁稚くるがりに連け
まべ取れ手てあめて座敷へ行しよふの書付読に
行書かめくらしてくるがりに行であるを連とまりふ
あつくまいれ、内証おどろきめつけてうおり又出来所
ばあんどう奥へまいりと、まゆへでめちゃりんどうをさげた

巻五　六ウ

座敷中をうろたへてゆく。あちこちおりぬけるやうに出て丁稚
ぬかしぬ私で、帰りくるがりに連てもふるすおどり
ませぬか

関取見分高

角力とりをみにおかし人に見しが、親子連にて行きしが
ころび男二三人にて、アレ大き来どのゝ息子に太み抱
ど、やよ、角力とりよ立つでまつことさまく座敷
それに草履をぬいで行まして
絵　要　云

巻五　七ノ十オ

江戸ノ細見の猿島を見て、程て来さゆうよりて
兎る男ありけるが、上方より江戸へ来りさんの商ひ
なんと江戸へはじめてでまつさげたゆへ見しが帰る
登りでありふがのとき出だ、おやじおきさるのおそかしよ
あがるとぬ六丁の腹湯しもの、そんじやう吉原 さらい所の
芝で旅まき見しい事、又格別なるものじや。まくやつで
まる湊屋のくるんおん〳〵も高揚してから盛振者はさ
サテよし原ハどふでまさ。サアよし原へハ行ませ
ハテ残念な事の湊屋がこりや二三会すてまのよ

巻五　七ノ十ウ

天神参り
中居二三人連にて今揃出た所へ出者。アレ家さん
わるさんの所じや。アレせんどはいて見へさ。麦妙さん
の狼のけてじや。やれ／＼あの乱れよい乱なお方じやと内
を見へ入る通ふ彼は代耳に入しや。久も来ぬ狼
を。おめきもヲナヤこ〳〵〳〵
今　東　吉
碁将棊拳左市に行。トウじやおめむつといふが
まゝ、利刑さんお出サテ、きのふのおおれとよへさいの

巻五　十一オ

巻五 十一ウ

ひ雅織もと細さい男で染め
フしてどんならからやっと回って　サア桟のこをとっ
我水が出てフモタリ二番三立れあげょおさぎと次へ
おり入っるゝにされど直ぐにしよふとぞ達これるの花
るゝのほゝのねがゝらをしてもちちろ一とよがきする

親子連の嘯孔の京を商るを大佛へ参母籠
親と連の嘯孔の京を商るを大佛へ参母籠

親世音感利生

飛るゝ息子殿の死をくぎし中泣てつまらん
気がるゝ息子殿の死をくぎし中泣てつまらん

巻五 十二オ

立春

巻五 十二ウ

玉中山の高座鋭世善き多くと者んと
裏 り申

（本文略）

巻五 十三オ

（本文略）

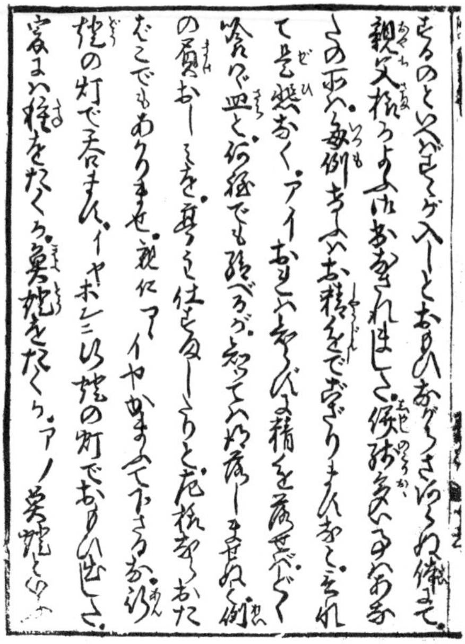

巻五　十三ウ

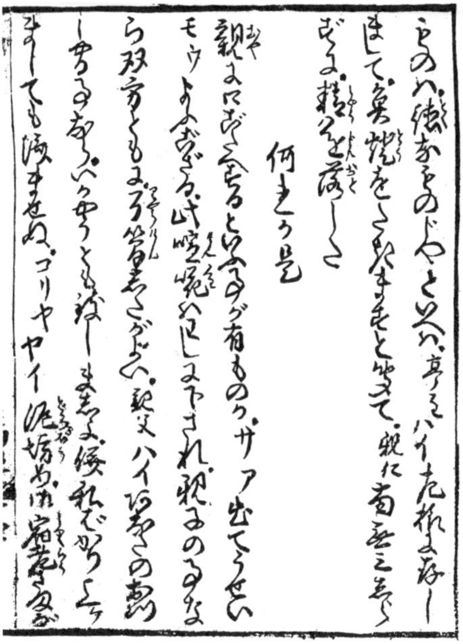

巻五　十四オ

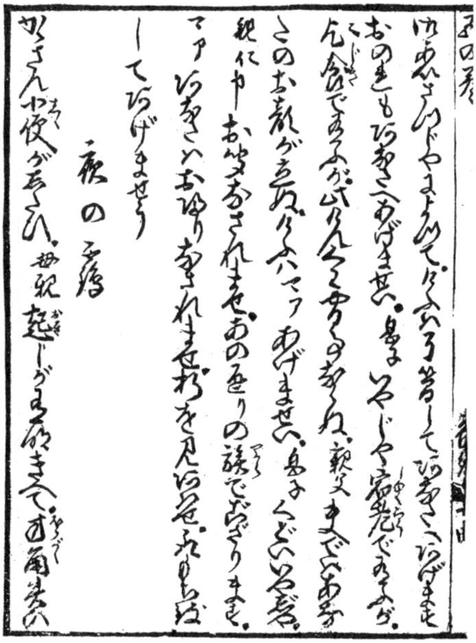

巻五　十四ウ

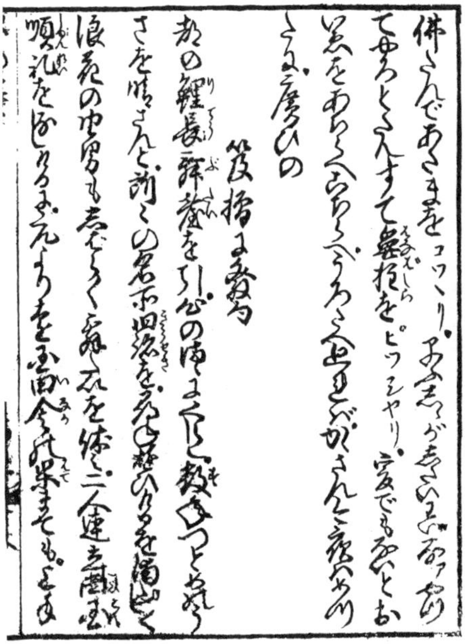

巻五　十五オ

(くずし字・変体仮名による江戸期写本のため、翻刻は困難。以下、判読可能な範囲のみ示す。)

巻五 十五ウ

巻五 十六オ
　　加茂川

巻五 十六ウ
　　立春

新撰俳諧初心伝授統

巻五 十七オ

二年忘戯俳力　　　　　　　　全六冊
立春噺大集　　推古本下物撰　　　全六冊
　　　　　　常磐亭君竹
誹撰寄佐判　　後素軒茶座　　　　二席目　全六冊
久源新龜集　　参詩軒素候　　　　三席目　全五冊
順舎咄独立　　増舎大梁　　　　　四席目　全六冊
智恵鏡後撰　　筆者高持壽　　　　五席目　全六冊
手撰寄佐判　　　　　　　　　　　六席目　全六冊
時勢話綱目　　必之含庵寄　　　　七席目　全六冊
時勢語大全　　橋香亭靴吾　　　　　　　　全六冊
　　　　　　　　　　右同断

安永六年酉正月二日新板

見返し　白

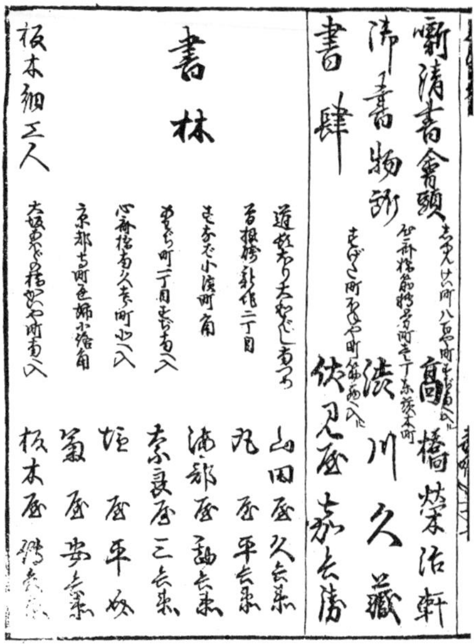
噺清書会頭　高橋焚治軒
浄書物認　渋川久蔵
書肆　伏見屋嘉兵衛
書林
山田屋久兵衛
丸屋平兵衛
浦部屋勘兵衛
奈良屋三兵衛
堺屋平助
菊屋安兵衛
板木細工人　板木屋鶴兵衛

巻五　十七ウ

8 『時勢話大全』 安永六年

表紙なし

見返し　白

序
文俠放ハ目又見へぬ鬼神を
感ぜしめ人のち語を和らぐる
たゞ一寸も又同じ耳とふく
髭のおやぢ笑語といふ事姥を
斤頓可咲をふる扨方田舎
在亭も振舞をよみて皃婆燥
が夢有祇の扣拍子下女の高

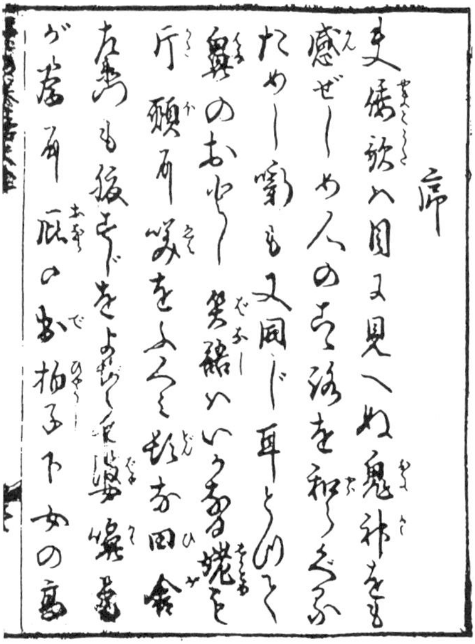

巻一　序一オ

巻一 序一ウ

笑ハ下児姑発むれ戈弾し
涸車で有きま家内私ハ緩び
も微笑蝴の一徳あらば
や昔甲乙を定めおもし
謝まゝらざをいぐさるゝと譲
ぎんき紙の敷毎やひとしく
ぶふとい下戸上戸もひと
怪ぶ人もあきあんざる人を多

巻一 序二オ

好士あるしたまくとらつふ
むそ鈴なた梵な蝴席を請
かうめいつを魚せぬそあしき実
申とう
　小春月
　　橋吾亭
　　　範吾
　〔印：範吾生芸〕

巻一 目録二ウ

咄去七席目
時勢話大全巻壱
　　　橋吾亭範吾撰

茶頭　　　　　　武秀説
子説法
旦那芸賢
花笑　　　　愛さ芳し
性奴　　　つばし名切味
性長　　十綸次の満了
むろ破　　　　　　　丸山
　　　　　　　　　君里
　　　　　　　　楼橋
　　　　　　　　小河

巻一 三オ

早説法

和尚さん云の正人仏の年もあり仏でもあらどう
ずそことやでござります。アレハ伝ざさらないも夫婦
中がつるま一連誤生とも籌
にてで渡家門あっ宗をかぐ
れてなの夫上の果を
欲せ参さい、それ女をその男がス百歳瀧じや
らん
　　　　　　武秀説

〔略〕の様の栗も今んド女だもほどもぎ必勢房と三

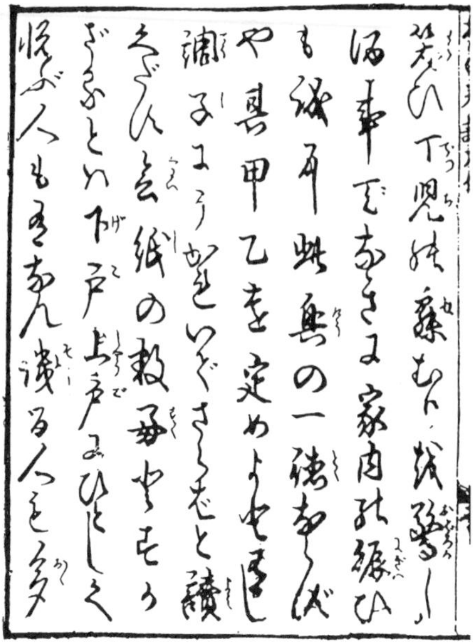

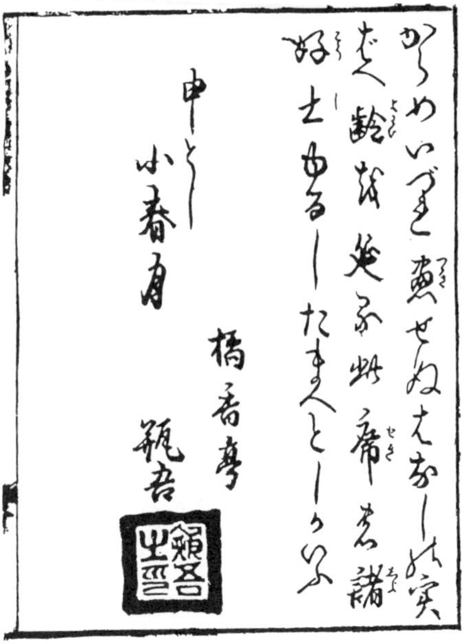

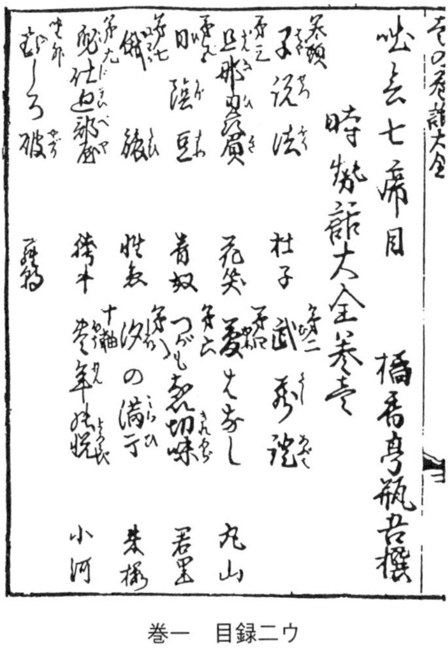

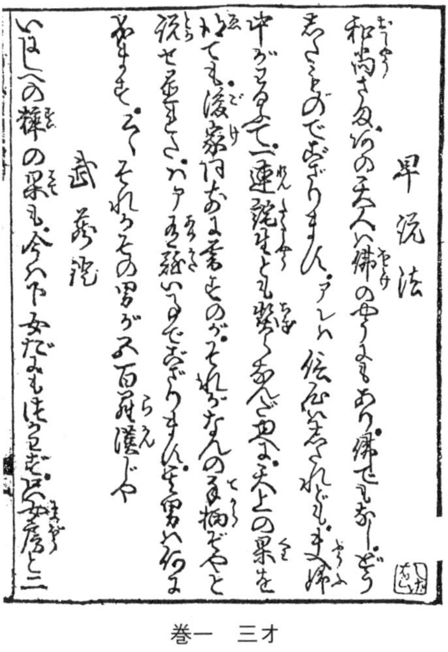

書の發語なる

人の始は其の日も岩くらはざるりゆへ門に出れば
けいはうようく申ちよくくしやくせし法師通られし被推進
芸法師どこへ行ぞと申ば法師は極楽友达おはしじや
くしるまやらりお妻んせまくりて申さるるに於て
共の女房出れて立つあるやを見て法師はをまくだ
したい只今あわて出れば若き女房も後を立ち慕ひ来
けるそこでと見るに供の女房妾良と立て參きた
はや徳州をもあけて見て居ればは未法师へ一礼し
そで法師どふやらめぐりて返しき〲

巻一 三ウ

もや
せ
川が
し

巻一 四オ

在しかハイト は未ももやとりを吞か イヤ藤に沟さまね
がさりくヌやしむは未友入手ぬる

旦那見廣

丁稚三人寸の合せもの丁稚がふたりをさらに一貫りと
名下でめる酢のものか方を抗れれねらゑやしかをなとも
寺のかなをけでんとて遠国の市方ある家を吉人に
よけとりしのてもたっちゝやもやじやる山道数十
上らで生女死熊抹を文ざい二へ吉入送合

巻一 四ウ

芸唄し

玄通異参集三人良代そ五亲椎松ハタア大がく日の亦
のものふゑを三男さぎさぞさくせん一桂八ヤ八日出五ヘや十里
へしやん仔八村を懸せぞで力を乱れ桂八ヤ十里や石室と
持入皆の乱を住しぞで力を乱わ大きいとくがが柳あさゝ
されどぞ九来見骨さゞそがる舟

日藏臣

玄所は郷橋の格高もる人あうがゐ七方八分と

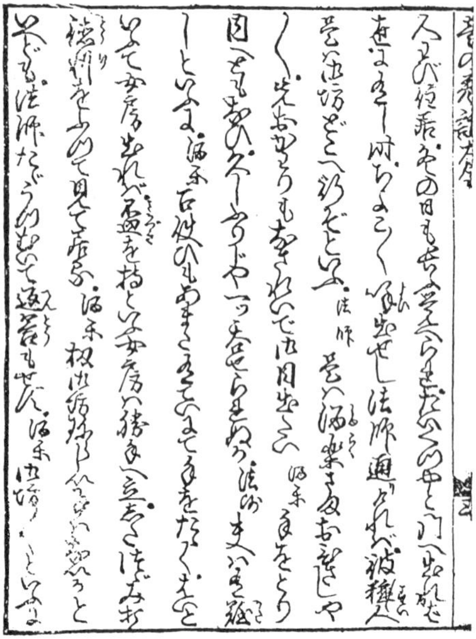

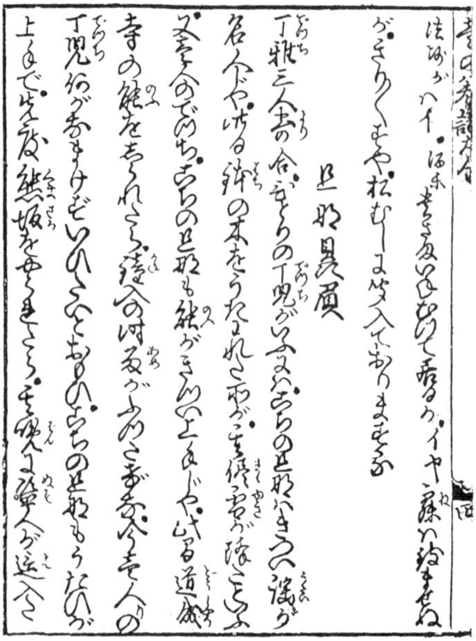

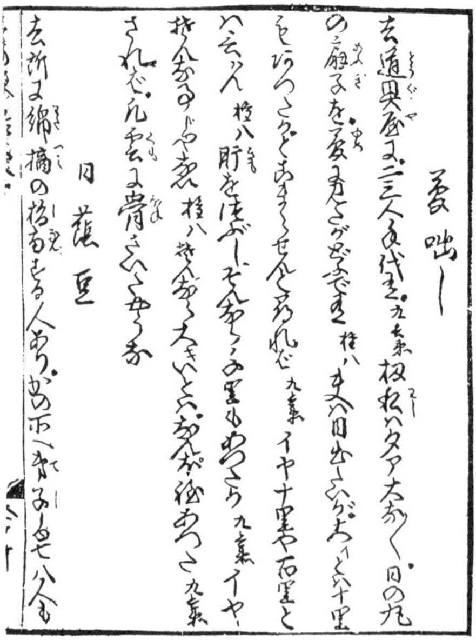

巻一 五ノ十オ

時勢話大全

あくひのうち皆く座敷に縁はんで居ふ床のまに七夜人
の掛ものかけてあるを見て、アノ掛物見られいろ屋遊の
中に女中一人でてあるさてありそうなめのんぞやあるよふ私や
お成されぞやあろうおさよいたちおハエ。私しやお袋さんがよくき
いふな。イヤ布袋さんでつくりと見てよ出ると云ふ事にすナォ
むかりの子ぞつきーやおげなうさんがよあうたといふを咎く笑
て、ひのおふ子へまかせさぞよーてげなうさんがよいへ。私しやだれ
ても縁がはやるまく

徒がも悉く切味

巻一　五ノ十ウ

ある所にまけおしみといふ浪人若き者ありたゞ今の今まで切し。
身に業しるをおくれだいろく心をはなし一念発して武士
の常なれども切たり侍と出かみ。兵術二手のやうなり念仏。
おくも殿中に目だちかり出し太だしきやて武松みに市の前
より名所へ旅人通りかゝるを彼浪人見付て　コリヤ
と呼びかける旅人はおそうぞやと問へハイヤおかつといふすもう
よりぬつと出さる代ま（て）ずけといふやいなやかのかの浪
人をたゞけさにおそ斬て居りけれど彼死ないらたまをとら
られしやたゞでたまるものか

巻一　十一オ

餓旅

右ハ松子舎寿宥撰話総目第三の話ニ有

次の話

振つゞくまゑそづし。おがんにもつ又それもおし様子を見さ
てかりくつゞくをとりかへんとそれでありぬさ井戸のはなし
さむもえんとぬけてまんくくるからに出ぬへはるべきてつきもかりに
うめ参づん。ぞかりく太平山にさしかゝりの有様に絶頂にて
井戸あり。ありもせぬものとのぞけバあまりくらり先長
つぶうえと釣る釣瓶を井戸におろせバ縁がハア　シヲサメ

巻一　十一ウ

巻一　十二オ

卷一　十二ウ

誂仕迎部屋
業ざんすのふ（アノ今宮き屋の友（椛折）とゞゑあなたへエアアたしや
おもふ身がある足袋猪はしてやつて子でもかしさなしのなくさでなや
持ちますたれやかぢりやんな縺絡してあげけるのイヤしや
のそ繼ぢりなできやあとおゝぎヤてゐらる敷るよこい

豊年の唄

ろ捨てもうて九百文さらつて九どにに
行く日まではでも、近頃はなおさ老ゆく今もう気にしな繼母
（芝田にあつても、日本橋のあぢが店あて繼父
ら速ぎて、大坂（芝田にあつても、日本橋のあぢが店あて繼父
まじくれる、イヤくくさあさ今宮のをねがちちろくさふせ
きさもらがらねぐ　さきすがら会き其さつて
を申すとて

卷一　十三オ

悲　破　て

あげすぎる帚取をしちやんげ代兄ごり、ヤあたがが
等なしませぬふんる芳え多か、大代ぬる手
今今今もでそわおゝられませぬ、観父もよく、祖母
脱び・らつくむゆるめあふふうよ、大方にもりる
侠がだ、らんくだやよのよ天代先ろく、祖代もをひ
むりしく、祖父と祖母、親類及の方うら、サテ今月以迫ろする
違いた金をませぬろうえけが多や、繼代がなく
性ざも今が辻ごううろげるも〴〵ろうガサアア日兄
妙そ人　祝も近底坂ろがが〳〵育とゆて育ます

卷一　十三ウ

まじくれおなあさ荒い時代が遠るほひ〳〵宮いろお笑
気がさぎを荒月もおちも當代の脆ヲ大逍もそろがをる
さくくれ、イヤくくにあるしく身その家とそんろをそば
きさもし〳〵らやあさがの家の空のがちろらく会きぬま
きすまで

話大會ここの卷終

英笑話見臺　性慝新玄瞳　話大會ここの卷終
戯志み笑語　仝評判の咲くは評　八席目　仝文冊
青陽歳終贖　寿万軒福来　二席目　仝文冊
右之品近日於彼方出来仕候迄来御慰下さるべし　九席目　仝文冊

見返し　白

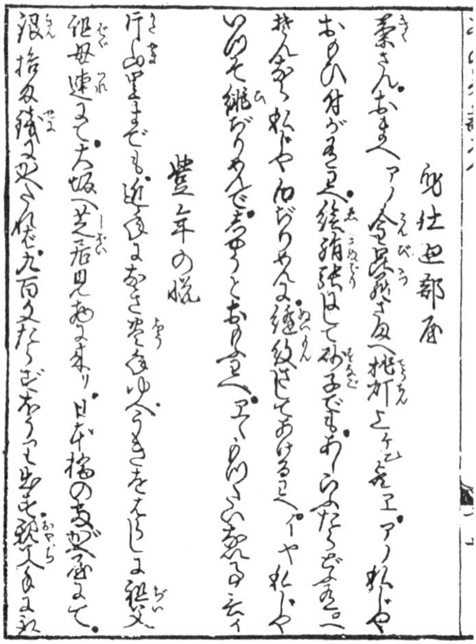

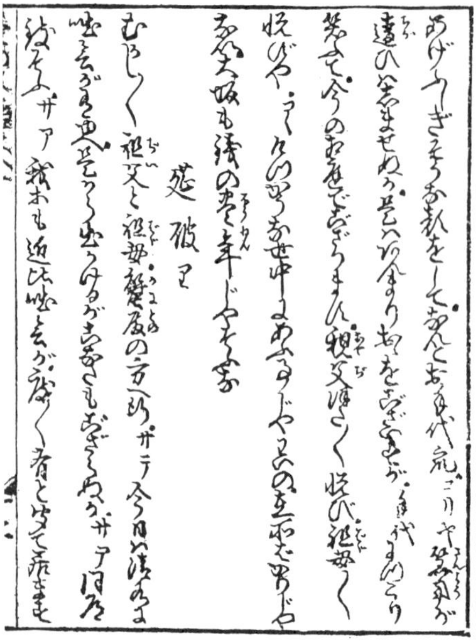

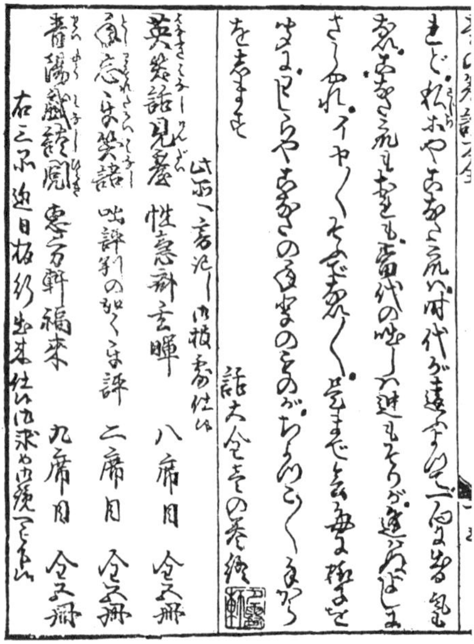

表紙なし

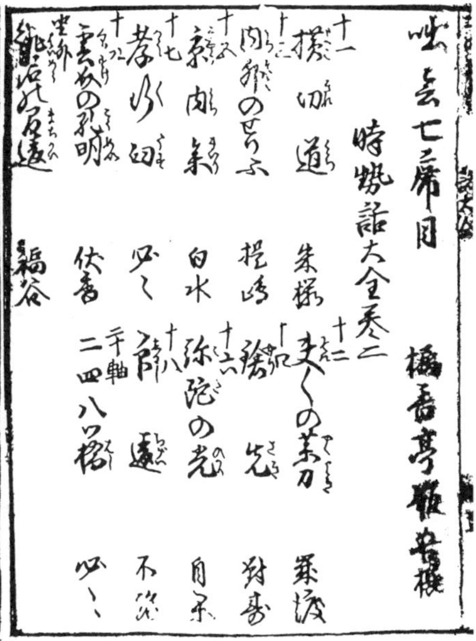

巻二　見返し目録一ウ

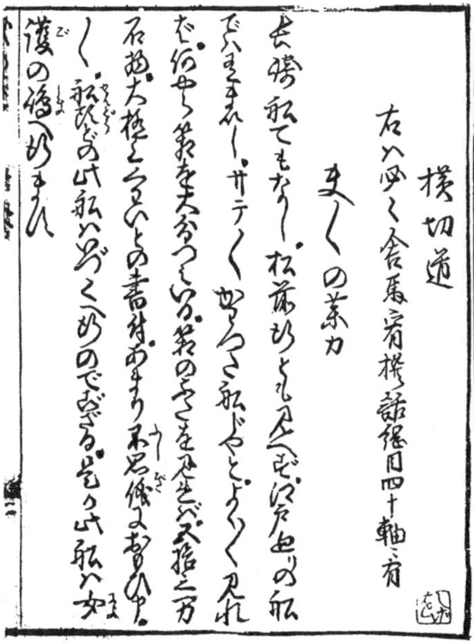

巻二　二オ

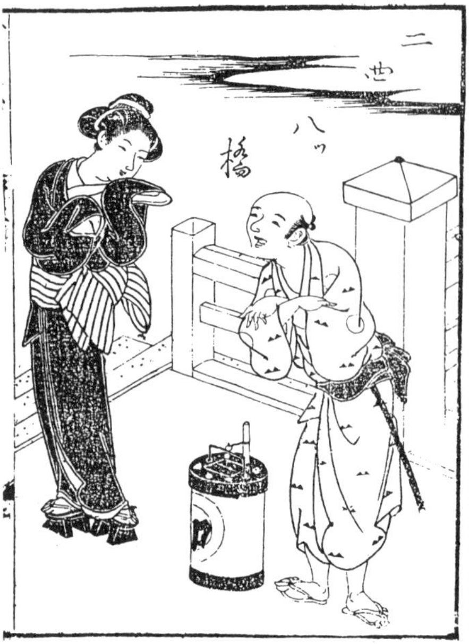

弥陀の光

実に名にし負へる浮世の一客仙と呼ぶ富家の主人有
代々参文数々手つだひ我拵へ示とて西の海四万八浄を夢
の別荘を建させ大江戸よりも来らるさの地名今や
くと揃りを待けるに、やつ声八数多の不思議を見て揃
て。娘 ヤ何と仙さんアノ掛物は画てゐるげな有の度とる然
七福神の内かなア。仙 弥陀アレハ七福神の内で福禄
寿といふて今様深山に食ふなかなく、ちよこ〳〵よ衣る人出合
の長イ人じや。頭には眼りのなれやの紙でも福禄寿にはおやかり

巻二　四ウ

たい。娘 私もあやかり度アノやうにつむりが長ふして下さればそ
ざりません。仙 アノ仏をのくやうな長イおつ度がふ〜しくれや
かりたひぞ。娘 サイナア あの様なは如何にござんしがいゝぞ私に

孝の絹

此隠居(りんきよ)お前がりもござりませぬが、コレハ八去海度よりおでゞろ
さてアお見つかれ、枝には花咲き(はな)ほんに見とござりでござりません。
サテ大分芝居がたござりません。チト此元お前は出なされ。ザア
さらうもつむをやなされ年よりまする。と眼へらと小歩のさ
芝居があると見て何気も出ませずん、又歳(え)ハよもや出されは気

巻二　五ノ十オ

腐(ふ)よりあめが降て春雨がおもしろいでおもしろいでたまりまする。今年の末
ても。娘 食(くひ)物にはゆすりませんがいつ頃までに何の用もさせませず
おいしい所ではお歯に合もおなじみのかくれのない十七八の
こゝらでは揃(ていすく)えがお菜にいたします。

京　遠

黒焼(くろやき)屋の親父(おやぢ)近所の娘に惚(ほれ)たるがあれどもでも合
点(てん)せずといふもの黒焼屋が惚たる娘の懐(え)へ勇みにかけ登り
ませんもなきと彼娘の懐へより帰とも候やと脊中(せなか)をたゝけ
ば娘あなたもいつ腕(かいな)にかゝりしくおいらくまつやぞへさらと

巻二　五ノ十ウ

見て又お家へかけつく。親父あらやなりもなと血(ち)のたらく者か
かゝくいてまをかへ逃って戻り。ヨリヤく走たの角々の黒焼(くろやき)
のやさしなんと言てもえらんてく。丁兜 ハイ かさ付は狼(おほかみ)

蜘蛛の孔明

江戸より売り下りし侍(さむらい)大津にて蜘蛛 是非(ずんる)下駄(かご)を求めしませぬか。ムウ是
より京へ行く(かご)は百文でよいぞ。ハイ 百文でござります。あまりに高い
百文揃えませんけ。そして京へは如何をぬかしやあな。侍 呼で小裁(こりう)
してあんとぬかを売るを如何をぬかしといふとおい イヤ おまへさんの
すごいやござりませぬ。イヤ 所法がるのじや。イヤ 私がるので

巻二　十一オ

おざりません。十二段目と出しました訳で、ハテ　かくれもござりませぬ
しやれでおざりませんに。それならや、腕を出しなさいな。

二四　八ツ橋

主人が若い者に、遠出のおともをよんで、供の人を道頓堀へ
近いよりと云付られた。ハイ　私は道頓堀は存じませぬ。そこで主
あるく新町橋を渡つて居るが。ハイ　知つてをりません。その新町橋へ出て
渡ると出まよりと八ツ橋といふて、お橋が八ツある。ハイ　その橋
を渡つて出ましたと尋ねたりや。コマテ川縁と歩いて行て
あれとおしへ…しまことに船枕打揚て新町だしへ来て渡

巻二　十一ウ

ら、ぜひ演劇ものじやと、お父への座り出もすぐに来て、あの演劇橋が
八ツある。サテモ　ぜひんかじやとて、役人に八ツ橋を渡つてすぐに出
より。モウ　客が尋ねた所では、道頓堀の川縁と云ふ所
であると尋ねたが、そう客へ行くかじや。コレハ　客
の八ツだしを渡つて出ましたより、道頓堀やとおしへらしやんしよう
あるくと云ひ、上がるに又あとへ戻り、客が今の八ツだしと云へて道
よりやて出まよりて見るべく、客は新町だし出へ出して捕ゆると
見きまする気の毒な、何でも一度八ツ橋へ行て見ても又八ツ橋へ戻り
コウ渡つて又コウ渡つてブウとコウワ　コウ　ものとさがさのみち

巻二　十二オ

じや。コレハ　ぎやうぎと出汐の白粉を着る、お奥さま白いお女中
川縁より上へあがるを見て、それじや、ものかと眉に墨を。

俳名の名遠

ナント治兵衛、上方に出る程の人な、何と。イヤ何も出さる
は其のサテ　上方の芝居で参るのよかく、役者の名を出し召す
者が何うやらは此の字を付て参りまする。でア　角の芝居で
小川と申すが出ると、ヨウ　英子といふて参る。雛助を擬似した
を唐子治郎三が出るとくすんしなく、皆下よしの字を付
参りまする。それより見たら、役者が出ましてまたべたに下手らして

巻二　十二ウ

見る気が参る、細かなあされた。役者の口から上し

話大全二の巻終

▲此所へ書記し出板仕候

頓作咄献立　増舎大梁　四席目　全一冊
智恵競咄揃　笑登亭對山　五席目　全一冊
新撰噺番組　菊花亭流水　六席目　全一冊
時勢話綱目　山々舎馬宵　七席目　全一冊
手撰咄評判　役者評判定の例の如く方の位付を定め咄の甲乙を撰む別号初席之　全一冊

右の本当正月二日より出板仕候

巻二　見返し十三オ

巻三 二オ

咄の玄七席目
時勢話大全 巻三 橘香亭競吾撰

乾坤　射寿　住吉詣　渋江
郎汲　不染　今清蛾　朱橋
　　　藍の絞付　渋山
　　　　 彼の神　杜子
鰻　　泉養　黎明の婁
大江の嵐　大梁　若笑ひ
　　　二丁油　　　菅ゐ

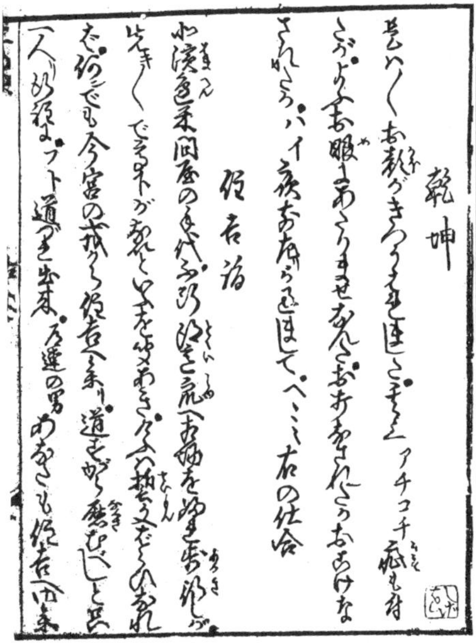

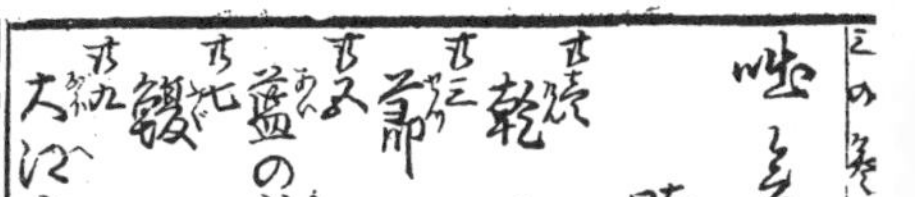

なハてもあゝ何でも出ませんのがお宮でござりますゆへ。去ながら此
弟のお噺でハ寒入でおりたくおぶりますがそれと云べ。子代ニて
おそも体ましおますぬ

節分

コリヤ〳〵　此恵方様のお厄年お役へ申せと言出せバ。大豆まい
包ざいり豆て小判ある歳さて厄拂一トロ只出せと此れ立へ
西海ゑと廣進のまねを実中よ申すゆへ。只今西門にお入て厄
をとらへヤアラ目出たいなア。ありや目出たいなおまへさの仕舞余
をやさバく吉もらぬよ。次の夢ぢや。ヤけれまでも露はあぶ残ん

巻三　二ウ

巻三　三オ

夜ハ一万日。東方朔ハ九千歳と申ます。次の夢ぢやとも申す。浦島
太郎ハ八千歳ん二浦の大好百八ツと申ます。扇紙と筆ひち
くよまゐらべ。コリヤ〳〵夜中の封面ハ何がなと云なされ
明るハ新橋の渡り　初一夢ハ万年の亀

今清姫

長崎よ有若き一人の女を振りよ契て心までよ乙女むへなすの蛇
のびとりかへとおハ蛇の孔をあぐ。肉喰轆轤首のまを呼出。
此男たまらぬに成の事よ思ひ出逃るをよ後ろ首悪を
哭たちまちうろたへ首ぬけ出て追ふ一旅よ逃る嬢は後へあり

巻三　三ウ

先キへまわり。海を越へ山を越ても奥州まで追来りしが。余り
の辛労さよ行す留の試よ。休む所さえなき里ハも
あり。先息はさざと云ふ後ろ首いもをあまさず嘆へあれど。
長崎でブウ〳〵

盃の紋付

去寺の和尚ハ好ごて法の事より余るくいろ〳〵と説法よあれども
くと幸ハ説きもれど当て藩の縁出向ハおまへのお顔今日
ハ眼付サゾ〳〵仕説をあるべしと云バ。和尚イヤモフ説法の取次。
結部ハ皆京都だらけでありまする丈ハもう気をもくればしてあ。

巻三　四オ

まげ〳〵お体を拝されませ。和尚おくへ参らぬ故にて新来の僧
焚男竈のまへより中侶へさ夜。アノ今和尚さまの作られさ
れたものでア。その中ら御佛さまでござりません

福の神

コレハおひさしい。燈明のでア。あんとするのじや。サア此で大も先
度考ねと大坂へ行く時。中の芝居のさん敷さま居て。おもはず
なくして、又此度大坂へ出かけて日比信心する長町裏の毘
沙門さまへ逆へて参ろくいたし居られど何事も叶ふ兵番くん
ド江戸帳の内せら。畫よかしさまあ百足がまるくと出て

巻三　四ウ

来て彼の中へはいりて。ソレハ目出たいそれから安部も首尾
よふ三浪でも仕て連て居るさのか。イヤ〳〵モウおもいやれよい
福の神の多久程が見えぬのブウそれから自まへのお母さまで公
安へお請が出来さうイヤやら立てよりて

穀

一日己の大工で死人見舞へ下手下部来ても近づきされねバ
どうも仕やうもなく。イツワ死でのさせらおりし服されぬでし
穀を吟て死でともの看病へめ。コレ〳〵穀の諸るあきれ
せりへまた死。看病ハイおざりますといふて飛うつし直いん石

巻三　五ノ十オ

ろくでござりません。客ソリヤきさまんが無イ石なりませぬ

夜明の山葵

居ほとけの如り湯る仲居もどんとあべて呆巻へ洗子よ白湯よ
菜を今ゝへ洗る濁二ツで座敷をくろくる内。カノ大夏きんの大
盃を引をばさおき若むへと若ちやりは近ア。仲居も硯研
で茶の方のてらして丁どつぐへ出るさよおせ。ズいぶん経大
きのハヽコで此有ますれとるてゐ内。カノ盃をクワト和して。
石皺おそこさぬ熱ずつくをきかさぬこゝ盃。チヨト
いづれのくさの飯となるめたいても白湯のチヤラリ〳〵。惣へ

巻三　五ノ十ウ

藝をるがせかさおどりでござりませがら座敷も納り。又も
めのよせて盃よ太鼓がら見れいぶる。今夜は仲居よ暇くださせ
て酒の方を下どはく太鼓へ下口呑ンで下よ呈。帯も
かゝりやりきちらませう

大江の宿

春色が此ら喰が此せうよ時節の人ぶよ來さものじや。ヅイ。
サア時節ものじや。集えろ神道者じやよりて稲荷
さまをまつるむすて此せうよ長へ喰がきまゝりません。バテ
支へせくものも稲荷さまを祭らとてもなしござせてそ

巻三　十一オ

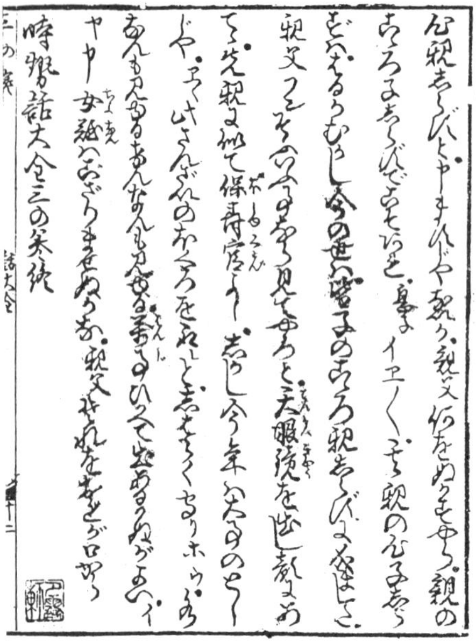

巻三　見返し十二オ

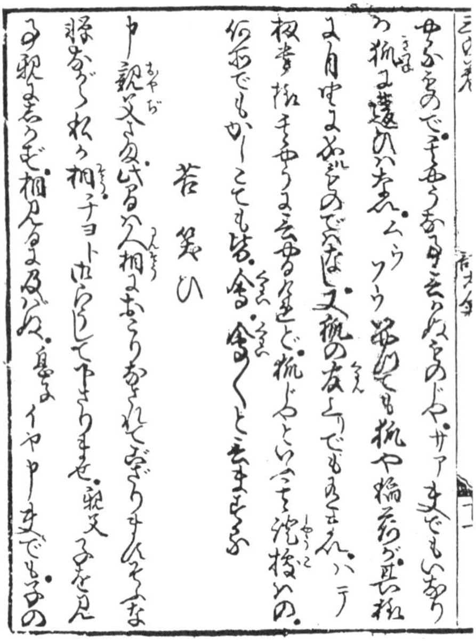

巻三　十一ウ

咄玄七席目

時勢話大全巻四　　橋市亭瓶音撰

餅
一　くらべ　　　蛙沢　　二十一
味
　　　三十二　　　曹山　　二十六
　　　股出一撈
　　　三十四　龍草の頃眠　　五拉　三十
　　　二十七　　　
　　　里の狗人　　本町梅　三十八
　　　二十九　　　
　　　瀧の顔　　　香色　口早く端
　　　黒聲　在方郡　真田　豚
　　　　　　二言　　　山峙　　
　　　　　　　　　　　　　揚峙
　　　　　　　　　　　　　　二言

巻四　見返し目録一ウ

味くらべ

（本文）

巻四　二オ

ふぐ谷

（本文）

巻四　二ウ

（挿絵）

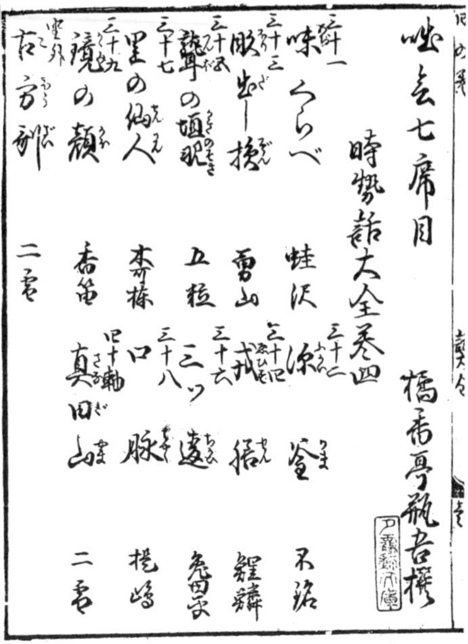

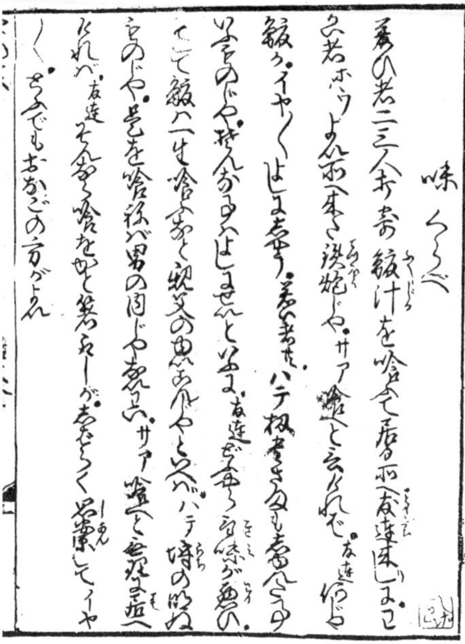

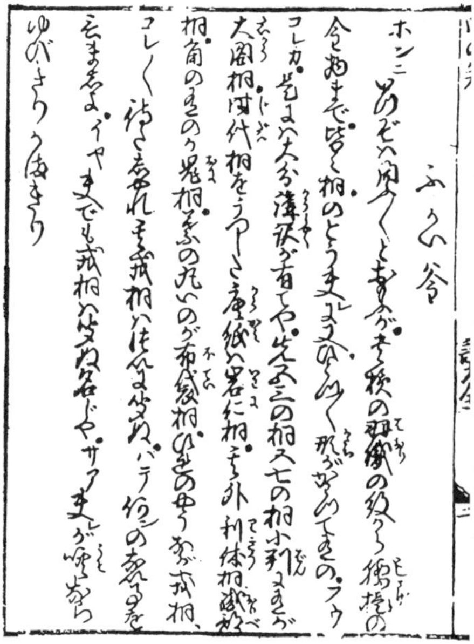

巻四　三オ

婿出し挨

去国利目婿ある人は若旦那屋見世へ立寄珊瑚珠のおじめ見
付、亭主何程ぐ同へば。商人売る物かといふ。実人八分コまけひ。
商人質り下。実人売るハ打合て売る事肉へ居てよく
見ても本のさんごじや。されども余り亭主下直なる故不思義な
あい。目妹より国利目婿もある前事人を国利様ます
念を是ハ何とハあろかんと毒湯をあしらへさせて置くと去る
附カノさんごならまちがひ破ら無三ごろう正真じや

戒腊

コレく亭主ハ戒腊じや。ハイ戒腊とハ何の事でござります。ハテ
ぜんハ聖月を撲よ事へ至る物じや。亭主居へ酒を戒ぜんと云ふの。
ソレハござらずで戒ぜんと申ません。サイノウ亭主よ亭へ至まよりて
ござりまぜんじや。ゴ亭主よ亭へ至るのがおすて戒腊でござります
ちんと笑へませぬ。ハテサテ笑へぬよめて戒腊

聾耳の垣覗

武耳のきき人後者へ来路して下向の居をかう。今宮村よく
に家のる垣をへく覗き居るを見あやしく立より見ら世へ教
菜よ来ぞくく目を覗ふし後りて。サテ何かくれ黙てゐて来よ

見て居る菜を見て来て耳ハふ自由なとかなるるハモタク
かくなるものじやと叱されば傍に居る。亭主ハ何でござりまする
今くあじやと云へバ皆ひが耳をおしへべこ是もなく遠すといふ

三ッ遠ひ

上形 是ハやききよ菜をおてある。きき ハイといふて菜を渡
でのうれば。上形よまれどふげぞ。ききさ さうよおり。モウシ お家
さんが見てでござりません

里の仙人

友達同士が咄し居へてきる二人ハ売る仙人じやてやノウ。それでも

ある亭けだなこハ戒風呂の細よのりじやなあと云へハ今[?]人の
友が云毎うハイヤサア何をも同すで桜ハがあふざ風呂の湯
よ浸って居るといのと叱られぞかうくある田舎人あれを笑枝
く揉らんた好よハ細や露よこある仙人が何居ますんつ

口脈

浄留利好な人ハ女さまハいつ秋も盆もいけもせぬ浄留利なとか
さうよるがすこし家よはんおの波女ふってよよへつ。ノ お人の浄るり
もきつうおがのこうの事て天窓かたまれば。彼人ハ波女さんハ耳が笑
るうし出イて見せたれば。婆イヤく 笑へハせぬが味噌のあぢが大

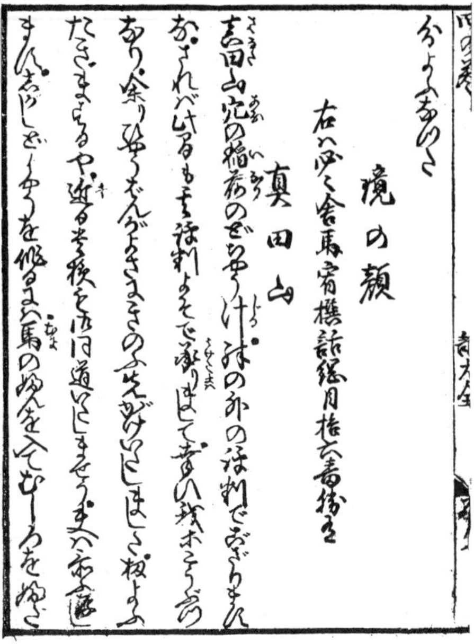

巻四　五ノ十ウ

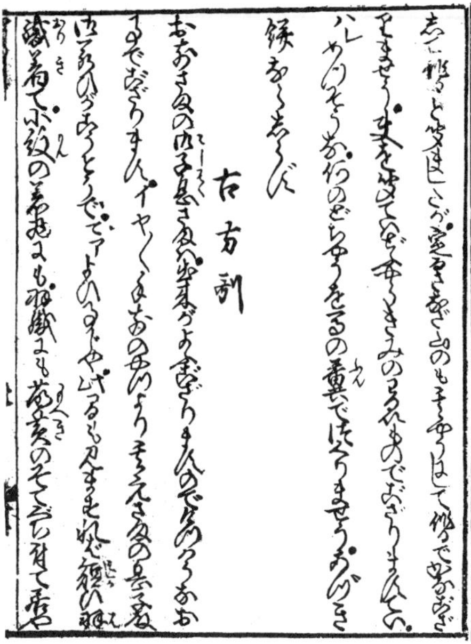

巻四　十一オ

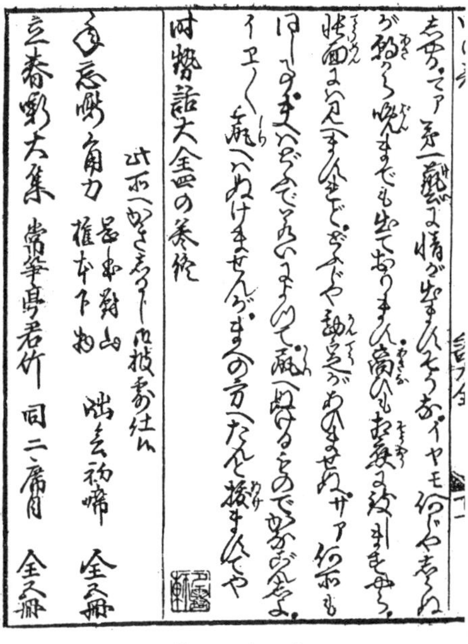

巻四　十一ウ

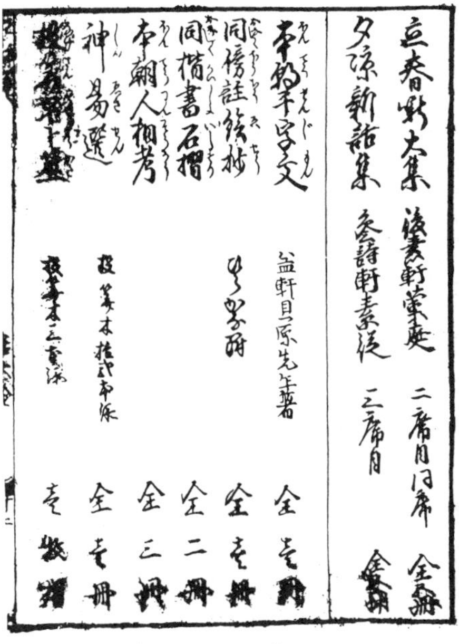

巻四　見返し十二オ

表紙なし

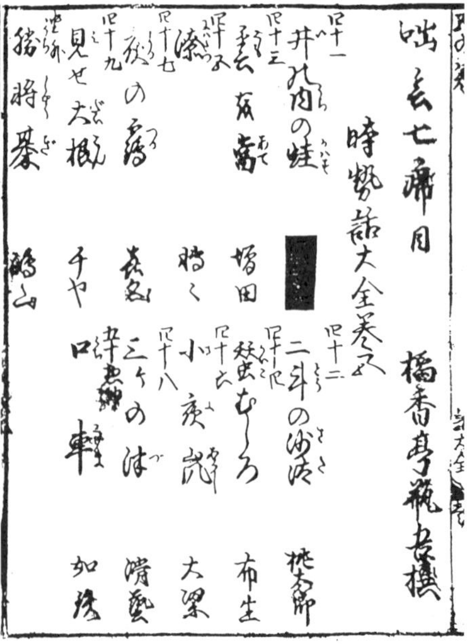

巻五　見返し目録一ウ

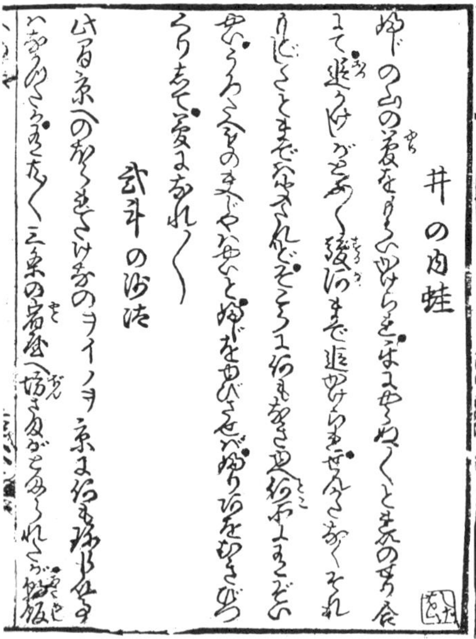

巻五　二オ

し大坂の写りをとつて。焔王へハその次第を申上てかしこを
入ろへ来るへ比おげたやよだけとぞ文の素紙ぞ五の十手もいる
く岩来の家中へ見た眼やらまいん。焔王何ぞ見た眼ハ
本の比去る席目を。對山進右と云ふ人對面が珠の因扱
紙ィ出しを大分料数しまし。焔王ホイ夫ハてアあの
ところのたんとまるおしふそやまナア。紙ィハ後へ進材
ちろへ来る

夜の机

吾あつて文盲ならぬくせよ。子細らしいもの云ふさがる。是ねろち

巻五　四ウ

から コリヤ長崎屋の池が高いまあらひきうちあら打ろん
を一ト節よせひバイ一節でおざりまんがくろうて夜かまが
ろへおくうおざりまん。様んなりけして石榴をあらく

三ケの津

高文ぞうしやが。雅御をお出しとかまよ膝よをされ給ひがあ
へにくちへ進あほしさげあ。客板江戸でござまよよ御さあ
女ま覚えての文房りよ京でよんで女良もござまよとんと
せうどや。ヨ、をかん成るが

見せ大根

巻五　五ノ十オ

寺町のたづまにちらりある掟ぐるしん立札あり。通る若
い人が文字を人来りて。アレハ何の札でおざりますと問ければ。
子細らしく来歴ハ紙がおざるぶ

口車

遠方遠国へ商内よめうるが。上方をのくせにして。おお方
大坂をへおとおじあされませんゆへ。先道頓堀よへ芝居
又住吉天王寺川口の京天王状の法へなせ通りといふも
おざりますんといへバ。田舎人今云やさかさうち船通と申へ。
ござるものじやといへバ。商人お知あされませぬ。長イ名の

巻五　五ノ十ウ

さてさて此女ら吸汁を付て。その汁にて御茶をはじて下人と
見た。田舎人ハテ夫ハよく致しきものじや。おいらさ食ふらも
あくとまへのうまさかさでお中さが都人ハおのおなよお客
ごや中さへ。じ中といふて糸をのはしさが出て。露でも油中の花

勝の将基

ちお右ね系を表おしへて女ろこへ。ハイハイくおまんおちて
女らへハイくおのとさせよ。ハイ是さんかうさんでませう。
イヤちよつことはる飛車と来あのさ。ウコテ あの角行
の段へ歩の兵を付るへバハア角行がまれはしてさすことどもあう

巻五　十一オ

巻五　十一ウ

安永六酉年正月二日新板
噺集浜之會頭
御書物所　　高橋榮治軒
　　　　　　渋川久蔵

巻五　見返し十二オ

京都咄集所
書肆
大坂

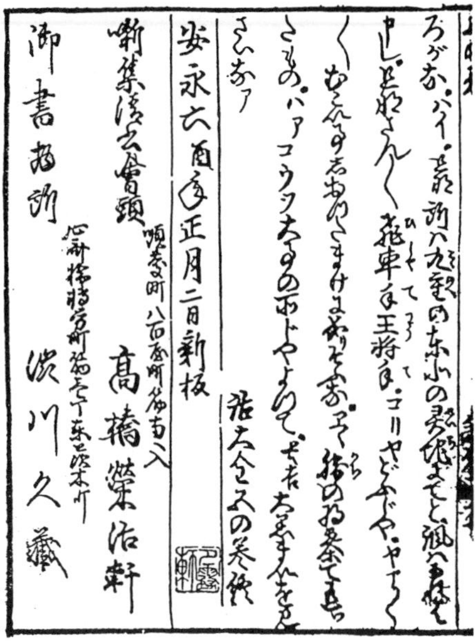

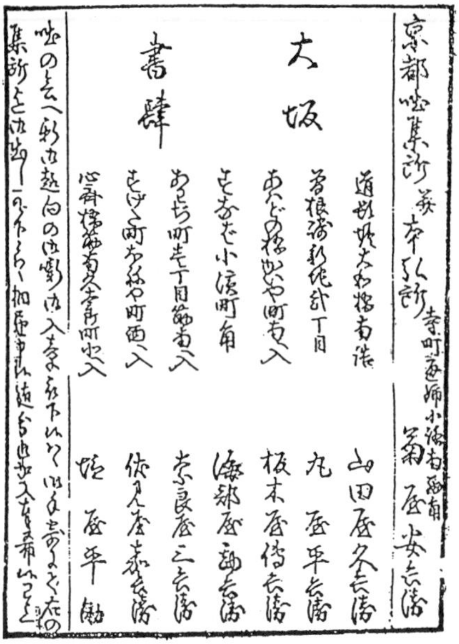

9

『時勢噺綱目』

安永六年

見返し　白

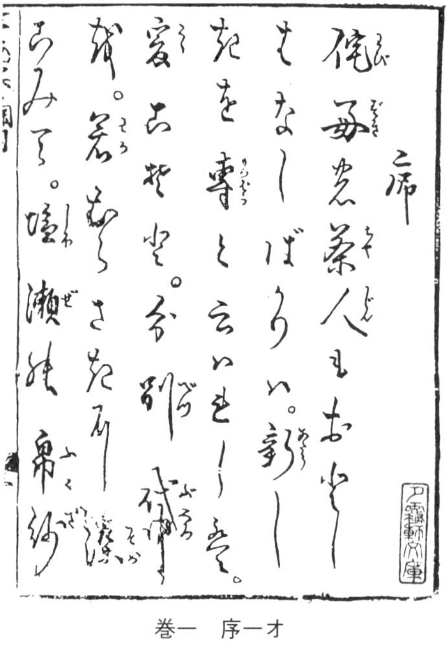

巻一　序一オ

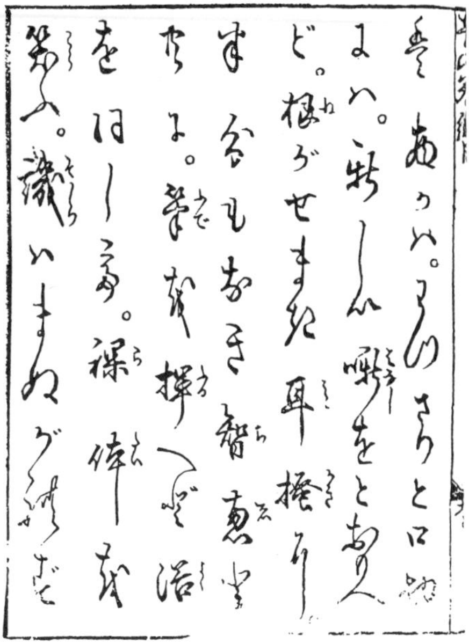

巻一　序一ウ

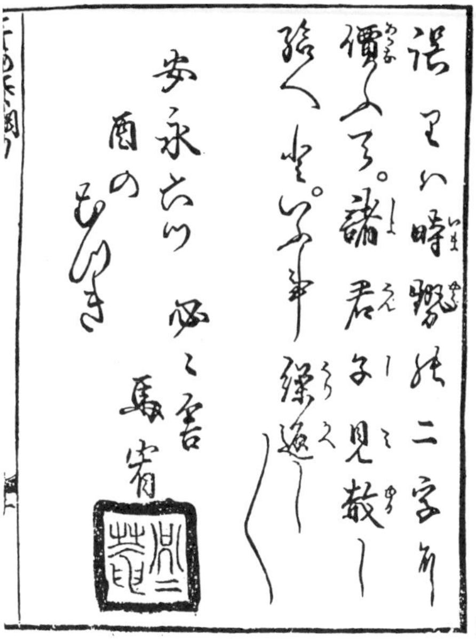

巻一　序二オ

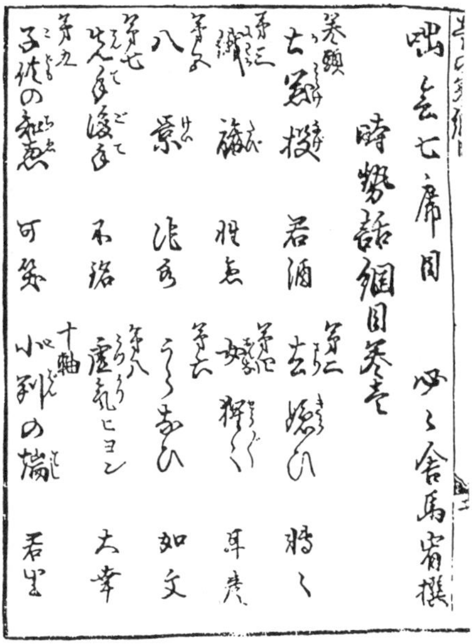

巻一　目録二ウ

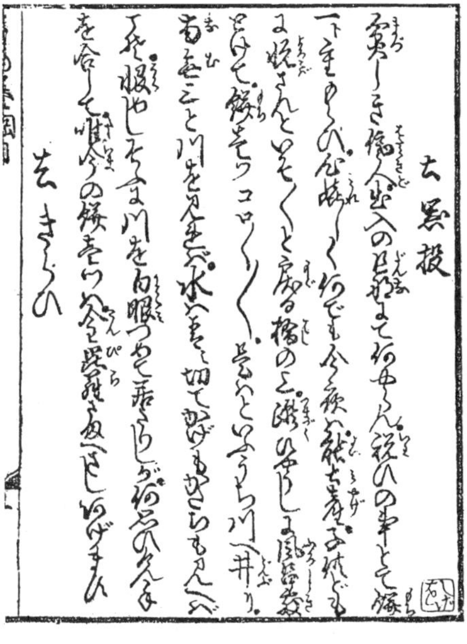

巻一　三オ

此茶屋ぬ医者懸出し、その始まり幡より人の神楽を見て居る折ふし、盲道心むかひの町家より出て、鉦を叩く由へ。コレ〳〵坊さま、爰ハあき家じや。バイと、又となりの明家へ行て、おまへ〳〵。コレ、そこを明き家じや。バイと云て医者の門口へ来て鉦叩く。ヨウト そこで叩きやせ

織旅

縮緬屋市より戻り、荷を軒下におろし、垂木をよけまでの大のうおきざまするを咎へかずり、損出る

巻一　三ウ

巻一　四オ

南無三宝、代物が藪へおちたとや。二八に押ましやれば堀へぬけり。又おさまると又ぬけり。コリヤたまらぬと洗桶ぬいて押されども、おさまるこびにだん〳〵にぬけり〳〵と逃行しが、亭主振り返りて、吃ヨウ留守せい

女探(さが)く

侍客の相方の酒、辛て仲居を味方にはせ、甘て壱人を髭さんと云ふおさへつ、大酒高がへつて味方敵ぬしも、去年仲居大かまん、客へ手り〳〵中辞して、芸子によむつの様く、お手さへ強いに酒のめぬ

巻一　四ウ

太夫ねく〳〵、アレ又ねうし花、そおひそやして、おまおまイヤく。退治ハ合ぬ酒よそめての大丈夫、何とかして急よぞ。一諸苗子とかして、跳らぬ方丈へ欲じや。如何ややいまア。そんお湯谷存ておる事な

八京

息子伊勢参りして、日数廿日余りかかり戻れば、親父豚を立ち、ち方は何由へ江の外のまま入と出かければ、イヤ余まり天気がよござりまして、ワレあるまえば逗留もあめともおやが日和に逗留と、バイ、両傍で夜の方を見

巻一　五ノ十オ

くずし字の翻刻は省略します。

たしかに入つてゐるはづじやあつたが。親父ハ何百万ぐら
いふたとて耳へハ入りません。元服させる心をくやされもせまいか。
息子が心の内にハ、何と申ても埒ハあかぬじやないか。親父モウ
く何をもくだくだハ云わぬ。性根わるくだいて入て居ると根性
入かへさせて通り。又息子の腹から出たるくらさんでもぐよ
勘当じやわりだ。さ程よそふお人、ヱヽ。おまへもそのと
仕さうハ異見も今夜限じや。息子おのれでおまへを
ホヽヽ其異見が我でござりましつた

子供の智恵

巻一　十二ウ

子供園へ走つて売り喰さん内の伯母さんハよんで御嬢ふ
て来さと紙よ清んでお金を入もらねど。テモよくあのらで
おまへやつてのよ。チヤウト往ておれやておまへ。アイイと
向イへ往て伯父さんもて正月でござりません

小判の端

此の六日猶もよしと。息子よ元服させる。息子元服後ハ
跡しさの隣町の遊び方の所へあそびに行。先の内義を
キく徳さんどのの所よ元服してと。夫婦をピウシヤリ。奥
より亭主が出てなまてア能似合やさといふて又ピウシヤリ

巻一　十三オ

コレハと表へ逃て出かけ。友達が通り合せ悠々の
有さといふて又ピウシヤリ。是ハたまらぬといふて内へ逃入
おまへの入口の格子でピウシヤリ。南無三宝と又逃かけた
大根売の棒でピウシヤリ。是ハどうもならぬと思ひ
近所の然る坊の座敷の所へかけ込。コレ婆さん
ちと元服さ者じや。二三日かくまふて下され

時勢髪結目さての英統

巻一　十三ウ

見返し　白

表紙なし

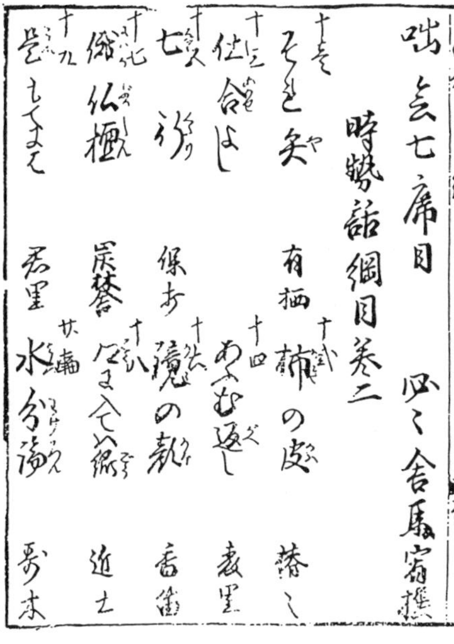

巻二　見返し目録一ウ

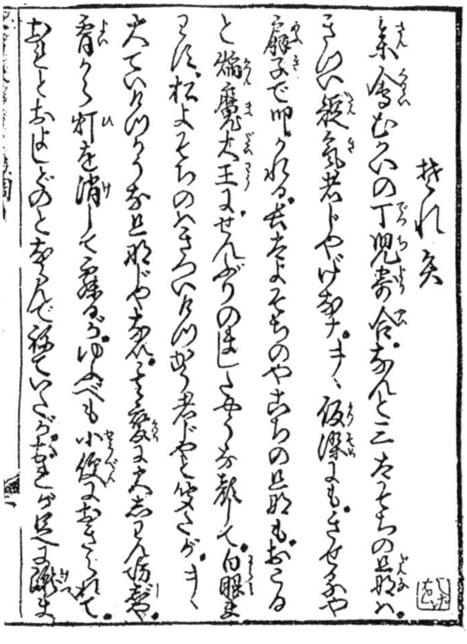

巻二　二オ

巻二 二ウ

柿のは

コリヤ出来たよ笑はしますぞ豆腐が石になつて上からおちといふすぐまへをのイエ其も丞々が常ぐきあるきをはしくといつてあをひよつと去なりようあろ見とねぢまげてぼしてさけるこそあまで私が眼があつさずレカ呈が腐れ落つとありてろ窓を付けてあろさ去つてさほのさ

仕合よし

まことおろしして中なゆるい丞々を笑んで老十月節分〜るく丸つ上がりアノ大けてある富士の山の掛ものが落下ぞゴヤアレハ含みであらりますヤノイ芸も一家富士をの塚よりであさります。フツ東平へバテエ江戸めで大ざります。ハアエ戸めが松くるへよ画さが当の山がふとめですソレデも探しでおざります・サア・・なんだや茶子の中やが画うふ富士さよふコレ丞々や気松あさいるおきみ衛々が見出されぬへ。本来や、

巻二 三ウ

あふむ袋ー

コレハ一家さいとへてあり上ぐるそしきき出たどんて丞々出内方へれ〜いヤ丞々は和らや松と舎たりコリヤ破はすながしよす私はさ〜けざやら〜のや金々ぞよよめ・〜めませぬ過ぎてもあそれ〜残つて一つらてあばんをあらされてりあさすやらしる家の雨が袋されれ人やぞくべしと子さあがりやといてそれらつや丞々の初めやか・〜はやすんで一つらて・〜丞れしてあらさめはよのもちん

巻二 四オ

巻二　四ウ

澆の教

巻二　五ノ十オ

儀佛樫

巻二　五ノ十ウ

緑よ入た弥

巻二　十一オ

老もてよ紫

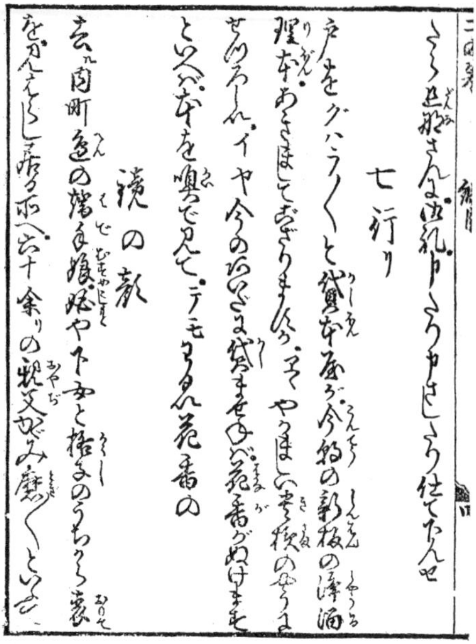

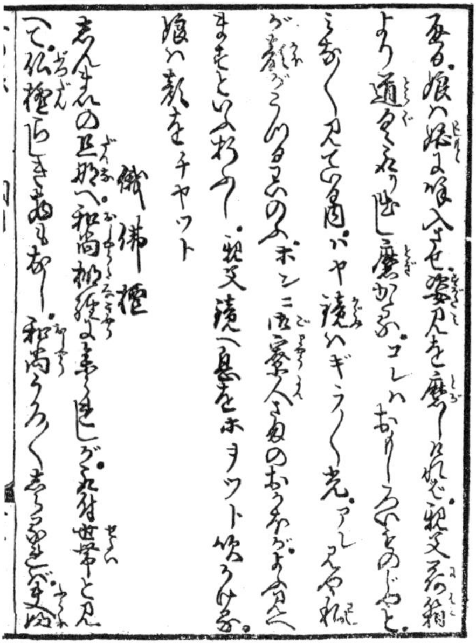

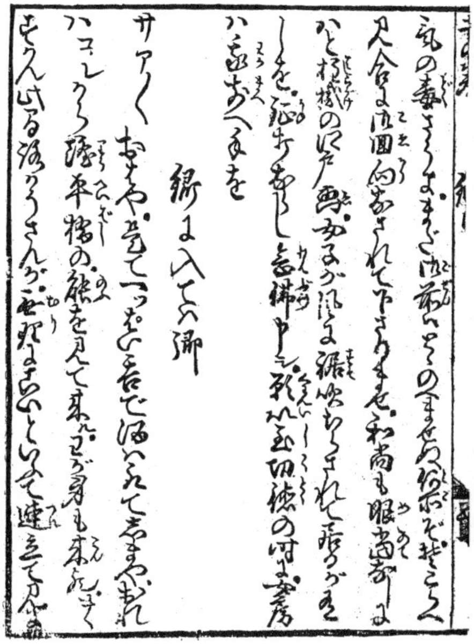

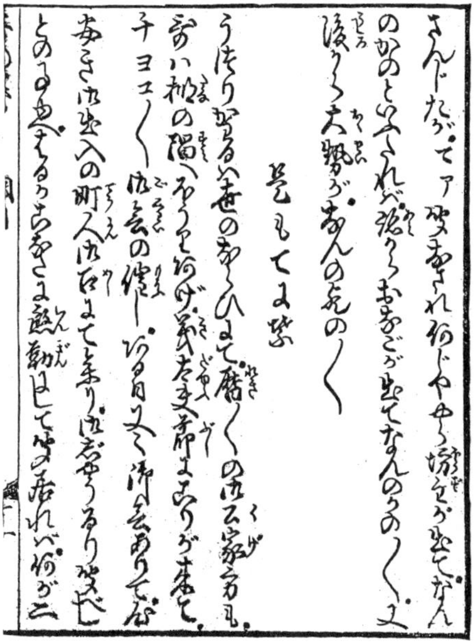

二の巻

並て座敷の上へはびこらせ跡へ見事なる御膳を据
扇に仕て御殺生の袖まくりはげ御殿も申すに及ばず
にて一服みしらせし跡へ入れども彼町人も積味噌桶のう
ぼうふりをしとおろしさかなくて否さばゴレエしくと出壺ちう
く召されナニト分別つき出深の掛茶屋ゆるむやと
御きわれども町人怒る事なく御ざりまするかと見えぬ
御出来で存じりません。ムヽウ御申しはいつてじや。イヤモ様
の御事御切若に殺されません。シテ南無阿弥陀。イヤハヤきつ
と御心得居を通しません

十一

巻二　十一ウ

水分論

夏の日照りもして米の外なる大切也へ庄屋の云付にて
出水かゝりの田地に水かゝり入る次の事へ浚そと云
事をあらまきそうふをよりや此ハそれハ大きなぬと寄附せべ
きつの漏りへあまきを汲く子息が見すて出の水入
を致と仕るとせり合い。秋文濡さまを我田地のふで。
承りさうらした

財物活綱目二の巻終

二の巻　終

十二

巻二　見返し十二オ

表紙なし

巻三 見返し目録一ウ

咄会七番目 恋く舎馬宵撰

時勢噺綱目巻三

破笑

薄暮 自惚せ 茨み

蕎麦の取入 君里 耳長

似の卯の月 豆腐屋 思月

柳巴 對客 銀姉れ 綿き

細世白張巳 坊間

玉溜 古産

分えた之の花 袞里

巻三 二オ

辨慶

（本文略）

巻三 二ウ

（本文略）

巻三 三オ

（挿絵：みやこ屋）

ておしたる内二人の方にある盃がむちやにつぎ出しカノ
おし摘へ退て娘の二人の中へ盃をポイ。エヘめてそうな
祇園町に遊んで居るに

芸ハ薩のはなし

新造が客にあげられ十日斗来りするに来り居
来りはけぬ由へかゝくと仕て居るもかまはぬぞ。ヤット
かさげてくけおも息杖おしのだんで売りおでも人でも
かまはぬ子孫をかゝる中うに大勢の中を一息に戎
の茶屋によりおせば何がなるのうちで天窓をしらぬ

巻三　三ウ

まつり一向にうけもなく。ぢゞくとして有る蒲団のうへ
居つり。ただてのんだやうな呑ぬやうな。めせぬの息のぬけのある。へまさ
おしあて。サワサしくさとヘツさんを離て居り。あさ座の
内へかさなれバ新造ハ往来りよそまれて気をとり直ひ
正気なし。家内呈へとおどろけバ籠のかさへうろ〳〵て
新造の脊中だへて今めぐり降しき

風の萩

天王寺の東門をを拍長せしに女内ノん往来も有
なれど畑に百姓の居合せしをコレ〳〵親父度〳〵おさい

巻三　四オ

大黒和尚気つて居や有る気。アく徳念で居まん庵
室へ常〳〵見舞ほじさ。フムしばんおくおやさよ問たら
有るるで何ろ。和尚ハ黄檗へ行きてとこ迄さぶせられ
こうまぐ居られせられぬか。百姓茶漬へ行き有めて居ら
誰さ中らまでとらせぬやう参りませねがおら居に居ら
るくとれも始終居りめぐり。立ってり仕て居られさ

細の卯月

竹輿の立物で仲居がコヨしも留さんも難波屋とやらの
払きて見さうすぐ有れ行よい次第や。おでで見せておいれな

巻三　四ウ

さらんかまく。そんなら迄ぐに難波屋へと有るかさに及つけ
新家もとびて泣く難波屋へ竹輿おろせへとおく奥へ
座りて見きべきのかうの客満やうで一面に降めあまた客
大きに喜べ。コレハきれい疏京く格別にも見さん花どの
みなぜも出へぬと余念なく呑さやるに仲居と藝子が数
見合して料簡見んよ及さのよナア

豆腐屋

何角用ありからんがよ東寝室の鉢起ありての豆腐や
叩て見ても内方ハ鉢起しても有ア。ちよ起とあろうた

巻三　五ノ十オ

やうだのふんどしふいふうんこそかへまくれぐでござります

貨白髪くら

おふくろあゝおまへの所の京次にあうたら二かそれを小むすめとおつれあつて通ってアレなふき割とかつおまへへほで言ってる連めとやわらはむなっておもへんのれふかぶまいがとひらりのねなしけあつかりりのやいひさ

諸子外

下くれまへをなかふも月〆てもかる下女かすみ

巻三 五ノ十ウ

おとかりあ／あます／への所のなんせん〆さ入らせる〆ちかなかもう風呂もふつけの廣寒なめて〆はまたよふないと〆〆まだもかへらぬか〆だ食もよふと〆くさ下すべまだやかきもまだもかへらぬの〆〆〆けいがぬれかぬきもこねんだもあか湯もあもうふんぞまだからあんめ

家主家の兎

玄しを者娘友のひら〆〆〆へ富士と高る奈と気力もげきもにそこれへ殿かつ〆なと、でしあろふ

巻三 十一オ

ツブリヤあるまへハテあたたかなりこいやらぶりやあるまへハテあたたかなりこいやらてもあへるのてもあるなにもふはられからパ〆かよふちかよふひら〆ちら〆するよふ一張擧み寒に富に暮ともだれをぬいてきたかよく寒い事これム八寒を競ともだれよたみまだらむうかお覺ミリヤむ〆〆してむやむの〆〆はらふん〆〆ふん

巻三 十一ウ

死産

マこふ〆こふまへ〆さふてマやまだまだしやれ〆ヽ〆〆もそれもどうでもいやく昨日からまもとおもふべうちまへれうまだしのねなれまれ〆かかへだ時のおふにやれ〆〆ばるますをたへどるのやすをまてもまだまでもくしみふまめまへろう〆そしても〆あんみもへせうかんむよかなれまふらるたれまなむかん〆へのなみがへかあひとれうま〆やしろをれ〆ればれ〆〆ゆるかへがふみ〆さくふとひ〆まめ〆でかの父〆なきろたが武士も立ついなりの所

時勢噺綱目三の巻終

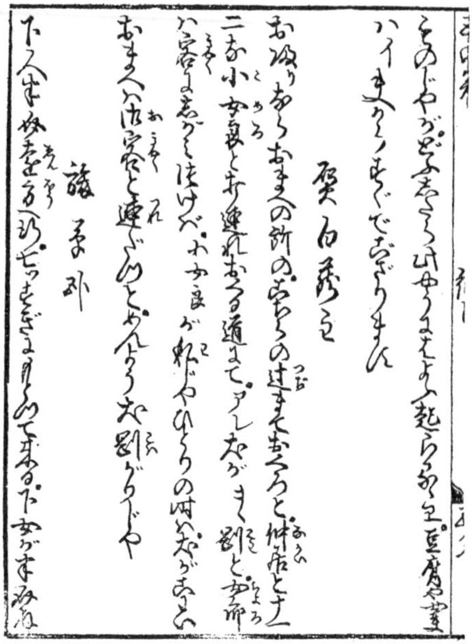

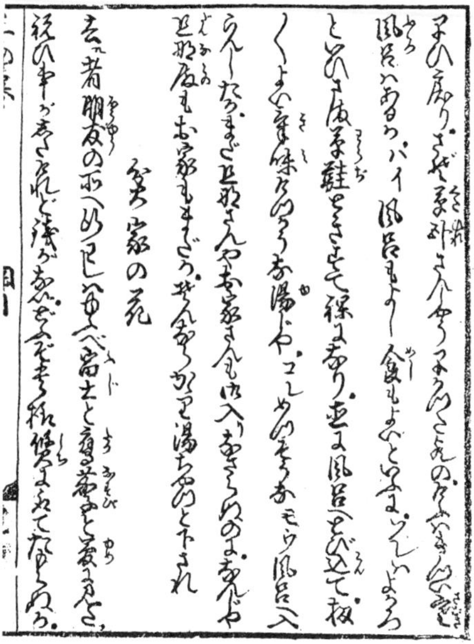

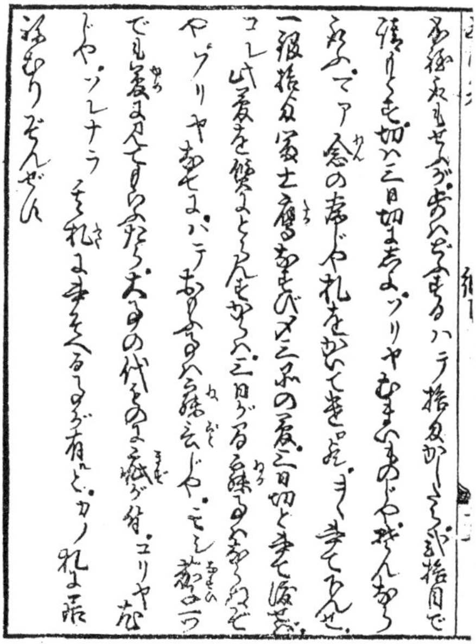

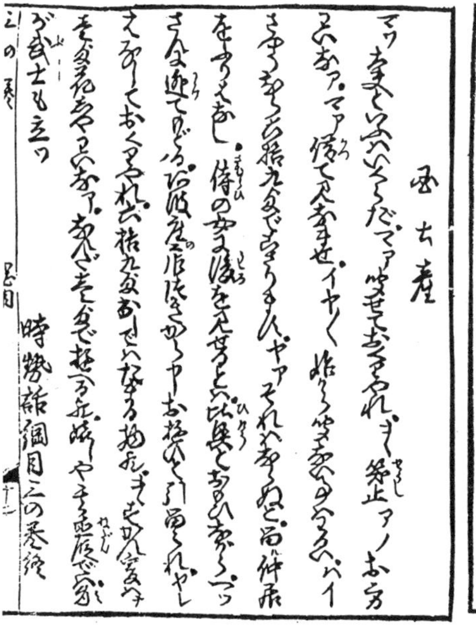

巻三 見返し十二オ

表紙なし

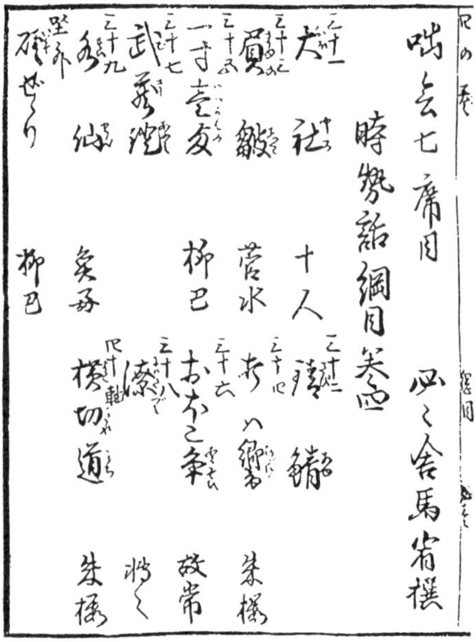

巻四　見返し目録一ウ

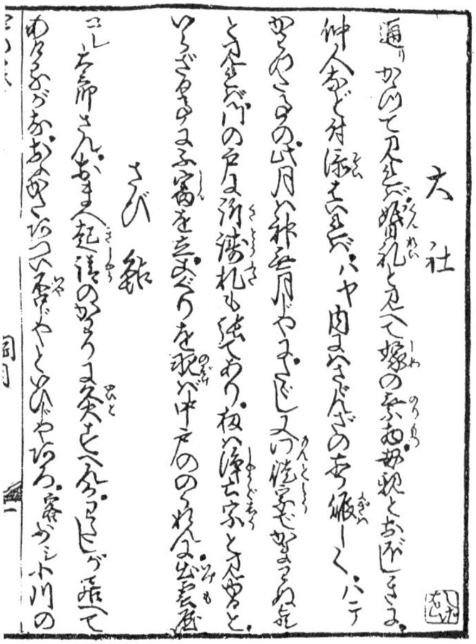

巻四　二オ

巻四　三オ

巻四　二ウ

巻四　四オ

巻四　三ウ

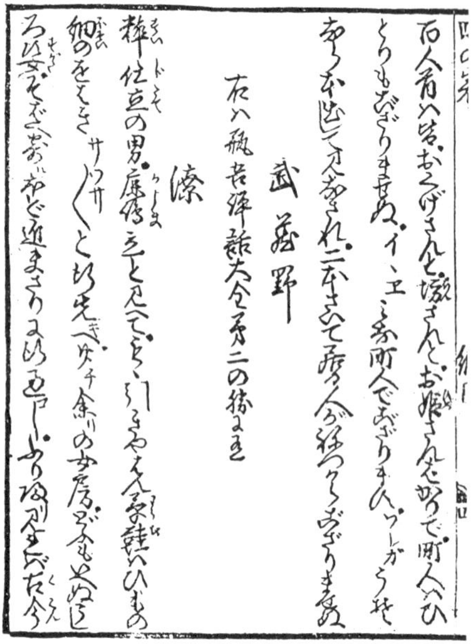

巻四　四ウ

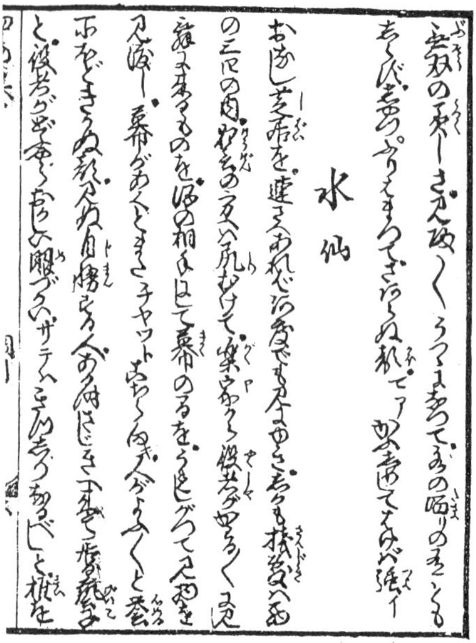

巻四　五ノ十オ

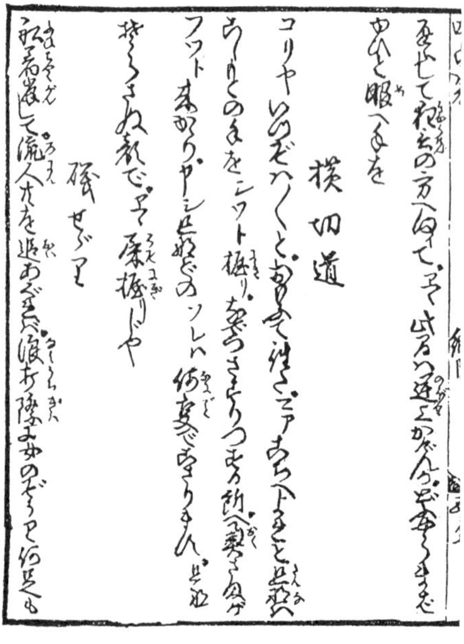

巻四　五ノ十ウ

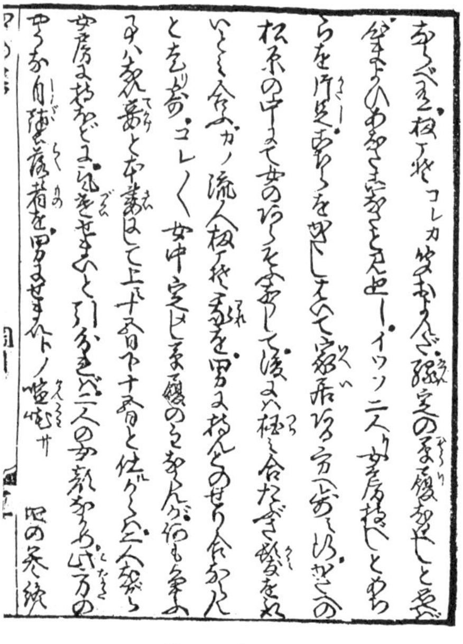

巻四　十一オ

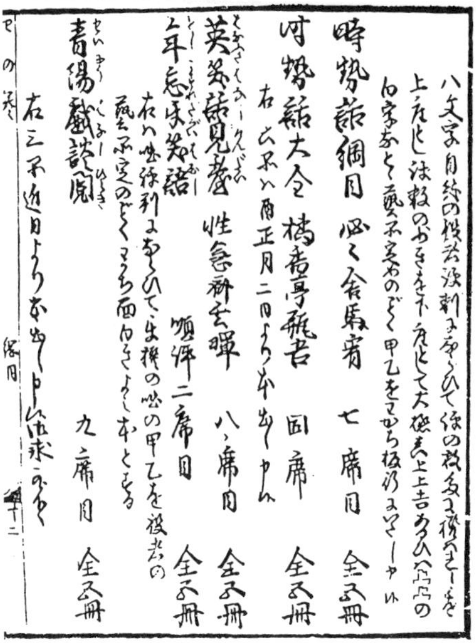

巻四　見返し十二オ

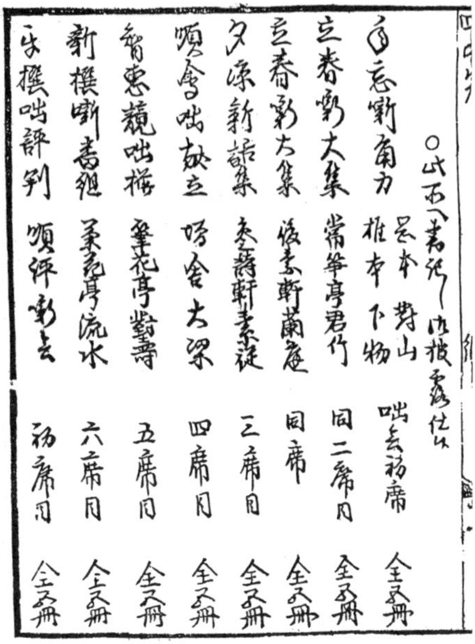

巻四　十一ウ

表紙なし

巻四 十一ウ

○武夷八景詩ノ内抜萃露仕ル

自惹斬南力　呑本 勢山　咄玄祐席　全九冊
推本下物
立春勤大集　常箏亭君竹　同二席目　全九冊
立春勤大集　後玄軒蘭庭　三席目　全九冊
又源咄新詠集　参蕎軒素従　三席目　全九冊
唱舎咄故立　咚舎大梁　四席目　全九冊
菅悪噺書處　筆花亭鷲尋　五席目　全九冊
新撰噺書判　美花亭流水　六席目　全九冊
未撰咄評判　頌評勤玄　祐席目　全九冊

巻四 見返し十二オ

時勢噺綱目 必ず会席宥

河勢話大令　橋喬亭飛者　七席目　全九冊

英笑話見参　姓急耕玄暉　八席目　全九冊

六年忘未知諮　頌評二席目　全九冊

青湯齋談閑　九席目　全九冊

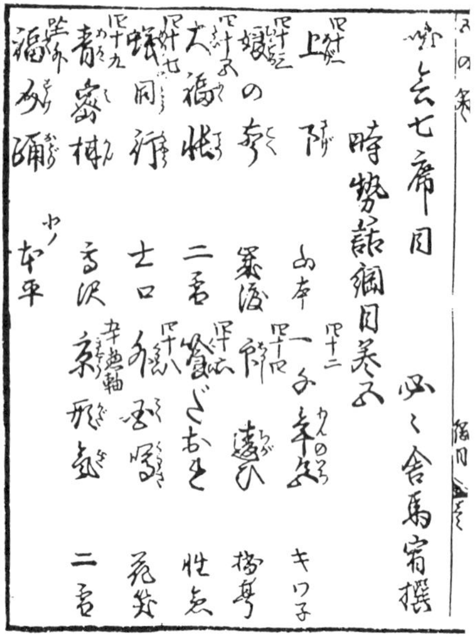

巻五　見返し目録一ウ

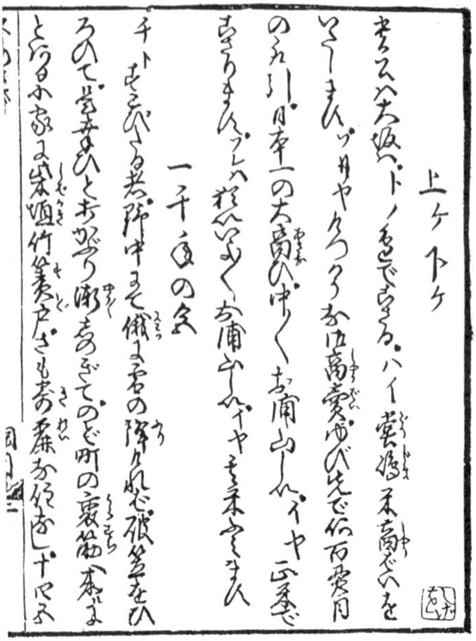

巻五　二オ

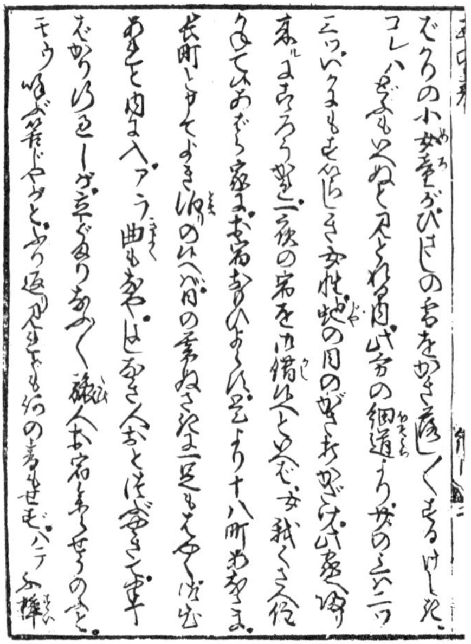

巻五　二ウ

巻五　三オ

巻五　三ウ

御是強とて躰の本を仕込ませ路銀を有かきりくりと絞（取ニて）肉をのどけがらかのをまねるやうりんたくばをさ坊ら彼此へ向次はまあらりる冶の宇中ハアわれかそ町のきを迎中ぞよや

娘の歩

の芝居（いて）ゴレかムのやはり君〻の芝居より次中の芝居を道若氏の〻芥月速大海さ邪より君〻の芝居ぬめらせぶ此市の御乃駄踊さろコレの誠渡の芝居大めらり次中の芝居をて哥歌役次ハ角の芝居とてもかせ、サア吾ハ子代をつ次

巻五　四オ

かハ君〻文の文のやうり呉か竹田サア呉か四ちら女と極のミ（出々れて）道若を寄せそ亦気色して十二夢内者とめる心をへるる酉の方で君〻文の大のやはりとる店つ々く介アノ先キ文書〻のあつつしやくろる男か本家ろ今のぶあふろれふ南洲のすはまあく西か西ふらりまん

志ろし遠

右ハ孤音海語大令十八書拂之本

大福帳

巻五　四ウ

差光の頭もわとと是琲淙の女師之人で釜うりの酒蠶案径碎さかそをせそく枕を去けあ男子八格去そ中る小校をとろく懐悩出さり夜八目かう懐ろかりとあげ西ふふ更女良走あくと来と仕こめくなりろれつるま目の吹と云しこも云り付きま呉喜よりイヤく凡安そこれまけホ二朝目の吹と云しこも云り付きま呉細目ふ釣ってホ二来とろるこフ九二日と三日と四日と又目ふ身でつて室を出てありませ

巻五　五ノ十オ

飲たおも

モウお馴さあ人に居振さあまるチトおへりおれまヒ今ヶ年八勢かろ〻落去んイヤかろ治もアリみぶるにたむぐやうものてぶるるやフウ恥〻みぞせんプレラりのでへ食ばすあろ食ますぬで去まろあぶ儀ま仙〻ろくて闇飛人にかあがり丈大坂の泉ふやそ

蠻の月行

儀ま仙〻ろくて閣飛人にかあがり丈大坂の泉ふやそなしてあり屋まりを可生ご横木くそをあるる

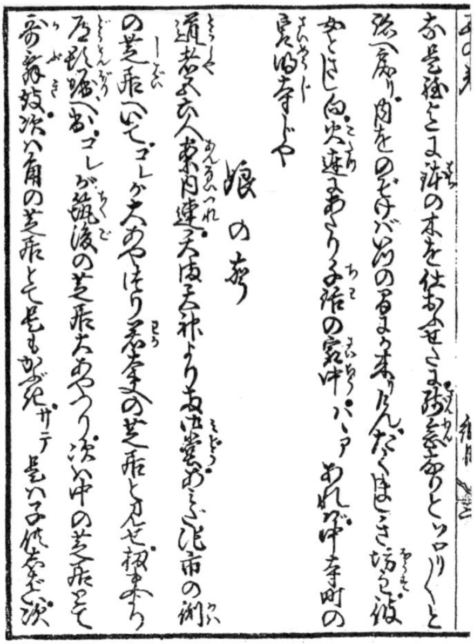

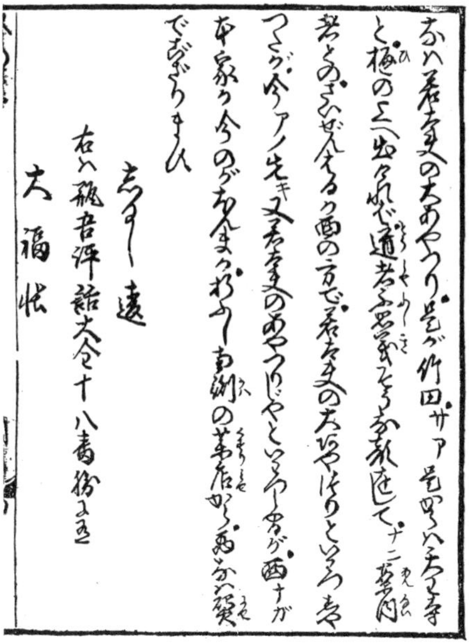

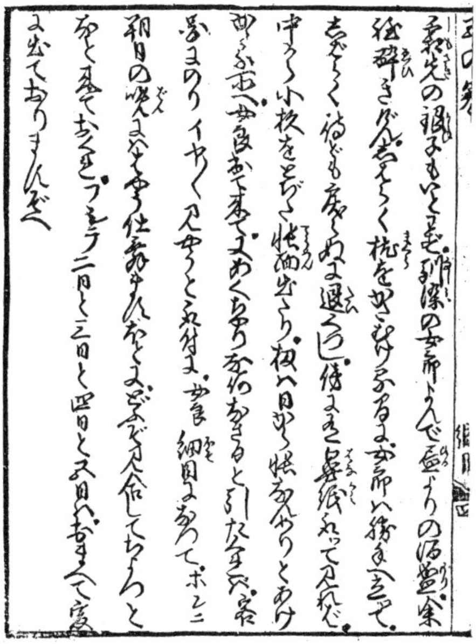

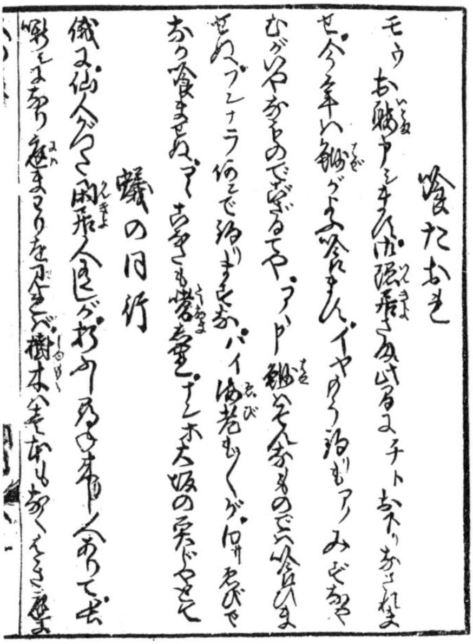

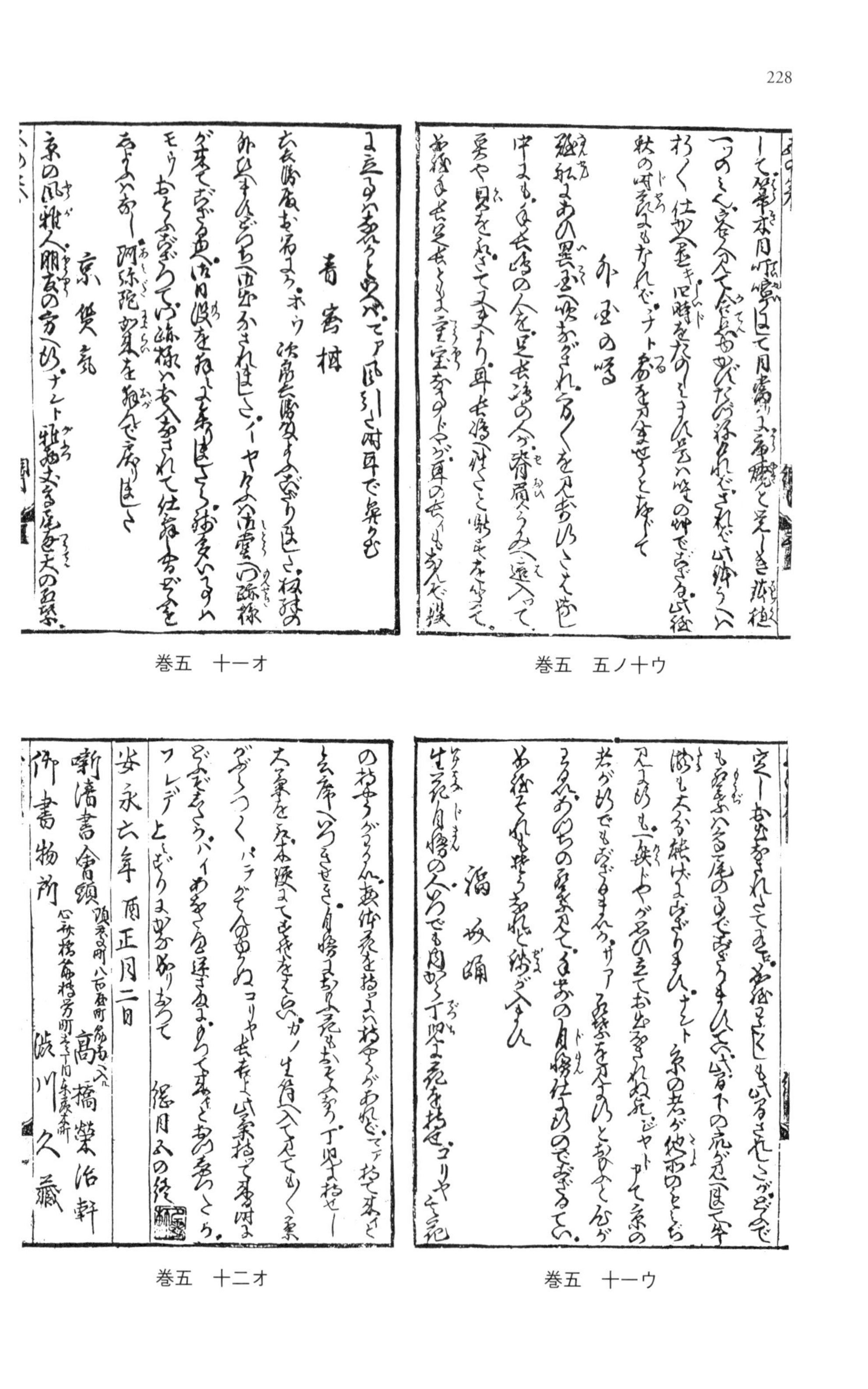

して[illegible]にて月満ちに[illegible]と見えしき旅[illegible]
つゞのごとく客人[illegible]此様らへ
わく仕立へ[illegible]旧時をたのしまん是は[illegible]の中でござる此様
秋の時花にもなれど。ナト[illegible]せうと存じて

外国の噂

紅毛よりあの異国へ[illegible]おかされ[illegible]をみおりさへ[illegible]
中にも日本の人を見て[illegible]の人が[illegible]へ這入って。
[illegible]や[illegible]をさせて[illegible]より[illegible]と[illegible]て。
[illegible]ドやが[illegible]の[illegible]

巻五　五ノ十ウ

よ[illegible]で[illegible]

青楼[illegible]

[illegible]。ホウ[illegible]ほどさ。[illegible]
[illegible]されほどさ。イーヤ[illegible]の[illegible]
がまでござる[illegible]を[illegible]
モウ[illegible]阿弥陀[illegible]されて[illegible]を
[illegible]阿弥陀如来を[illegible]で[illegible]ほどさ

京[illegible]

京の風雅人朋友の[illegible]。ナント[illegible]の[illegible]。

巻五　十一オ

定しお出なされてそこ[illegible]も[illegible]
も[illegible]
[illegible]ナント京の[illegible]京の
[illegible]でもござりません。サア[illegible]
[illegible]の[illegible]でござるてい
[illegible]んか

猫坂踊

生死自得の人でも[illegible]コリヤ[illegible]

巻五　十一ウ

の[illegible]
[illegible]
[illegible]。カノ[illegible]
がつく[illegible]コリヤ[illegible]
[illegible]バイ[illegible]
フレデと[illegible]ありあつて
[illegible]の後

安永六年　酉正月二日
嘶濡書舎頭[illegible]
高橋榮治軒
御書物所[illegible]
浪川久蔵

巻五　十二オ

見返し　白

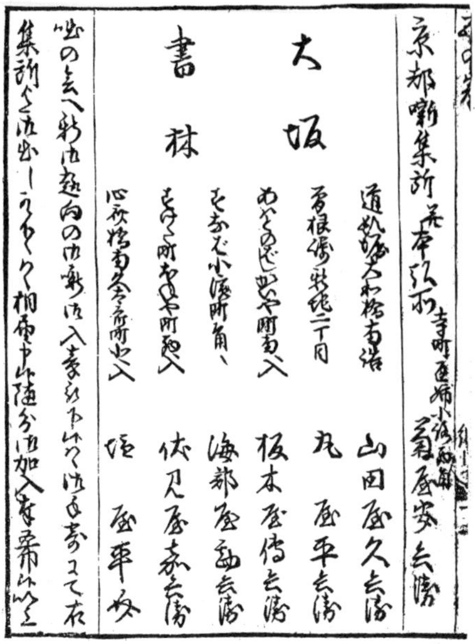
京都嘶集所
菊屋安兵衛
大坂
書林
山田屋久兵衛
丸屋平兵衛
海部屋勘兵衛

巻五　十二ウ

見返し　白

```
京都噺集所　元本取次所　菊屋安兵衛
　　　　　　　寺町通姉小路角

大坂
書林

　道修町御堂前通　　　　山田屋久兵衛
　曽根崎新地二丁目　　　丸屋平兵衛
　あみだ池北や町南へ　　板本屋伝兵衛
　どふぢ小橋所角　　　　海部屋西兵衛
　　　　　　　　　　　　伏見屋吉兵衛
　心斎橋南る会所北へ入　　　　
　　　　　　　　　　　　伝屋平八

此の本へ新たに追加の本御座候はば何卒御一報下され候様希ひ上げ奉り候　集所にて追出し申すべく相希み此段申し加え候　書林より
```

巻五　十二ウ

10 『春帖噺』 天明二年

見返し　白

叙話
荒陵山丹皇太子殿乃北門の猫を元朝
海に三祢なよよ昔よりいひ傳へ袁されある
遊び作りの禅門生涯ぶらぶらとや足もゆるき
もあてふ哉我左もんを葉にこも挑灯との礎き
つたをしきとひこともんをこゑ北くの親そら
明多也明けば猫まかり通り皆くあげひ
お宮うらの芭さをおたちけ袴食をに雞酱の
にに狼嬢孫ともに雞蛋ばかりそめそるに
荪倒の鹿涯くみかり但雀よりをかの猫

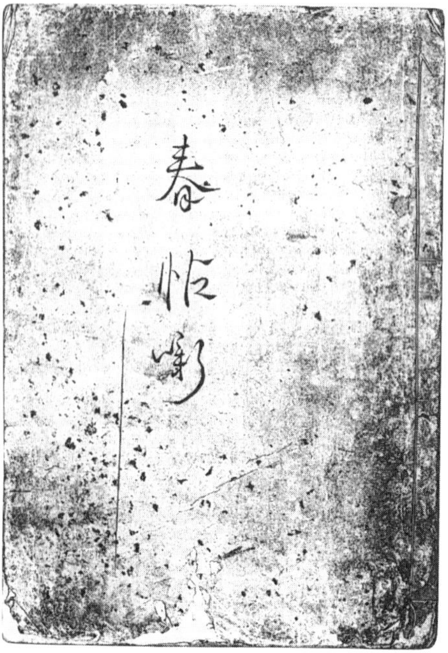

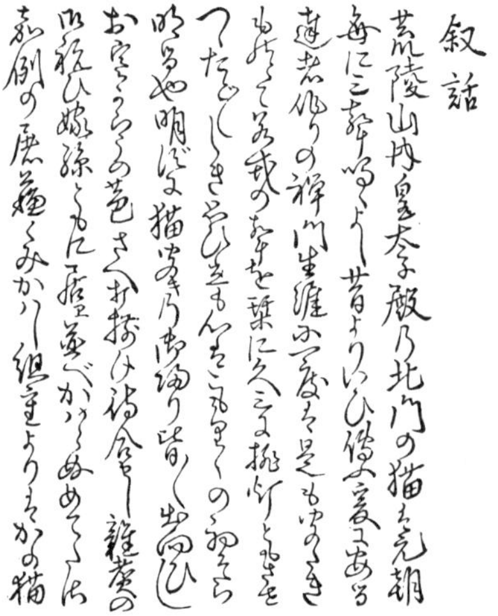

序一オ

『春帖噺』 天明二年

巻頭 よし春　早春

第二　桃のうて　委真

第三　寒水石　姫洲

第四

年玉

なじみ茶屋のろく
いろ〳〵におゐくずれ
上総さんおぶつにだき
そうりまおいりそ旅し
ませ上総ウントのびして
トンとおぶつかゝるくバ旅へふ
二ツ初子ハみてこふし摘さきへ出れば
あらくコレ大名のほゞちとお月にかまやといふて
大名ミなてとりして持行上総かつまるの弟が
ありまもてしちいで ゆけとてもしせんもんの
戸をはらしたに居るをブウし
大名かゝてへ出しコレかすんどく上総さんハ又
かくべつるいんじや下女ちんとして
大名 ありえりじや此へ名付へ行きなれても
おかしいで モノモをと

君里

二ウ

第五

千里同風

揚屋のもどりに法師どん チヨツト待てと
きらんさきうちおまげさんにおもお用ありてふてきたぞ
あぐりにベツタリ嘆さんにいきさんしやな
アイ又云ふさいナアナ末の文さんハ
早くかくイエ〳〵まへいりんとあぬん
こいるとてすうんせんどうしをひざい
めであがりしておらくコレ云んうハナ
此やうにかまついてとぬいぐ
りんせるかさのきんげ 元年ホニ
ナア大事さを府がくまて
かつく

可石

三オ

第六

山里いかよ

山家での喜いおの下女
面白おかしらく 思ふるく
しい体ても モヽ お〳〵さんア
鉢の名を知らへてござりまさ
花ハちんとらふ花でござりまへ
おいへあれハの福寿草とふすのじや
けさ聞らく此へに元日草といふまいの
下女 ヘヱさゆへちつ モウ 覚るがちまきそ上総
抱ぐこざりまア

催陵

三ウ

第七

里さくら

ヲあぶちうつぎ志げうに無ツさりとわ庭の
法し 場花見もどりの下もれ丁児が
かくげる 桜の大枝上総ハ手にけて
大かすがり汚りてぬれもと舟のまん
中へ無ふせて おうちハヤ 入れの
磯がゴヲとこてし船ハきし〳〵
グハツタリ 桜ハ バラリ
上総五て 正本のめう

来真

馬両

四オ

難読の崩し字のため翻刻は省略。

十二 竹もの花 梅

年の市にまゐんけい所のみぎハひ伝兵衛が孫
つきでの買物の店に売りを伴ひ
えびちんだしやハイコリヤ六十文で
そぞりホまゐれとまけさえれと
売ちし仕て孫ョされそと
見にはる竹のくしでついぶる
ぬげえるひゆうしにスッポリ
ぬけるまぢさん此えびハ
ま釣ざしさるてみるナア

千旭

六ウ

十三 年内立春

あるお大名それ分の日
屋敷中へのこらず宝ぶね
一枚づゝ下され此宝ぶねを
枕の下へ敷き明る朝早く出
夢物語仕べしとの御ふれ
御家中残らず有がたく頂戴
夜明れハめい〳〵ゆめを話し
上下中ても 御国へ帰るを
書とあされハ有難く
ゆめハどふし
よりもの宝ぶね一枚ゝ宝ぶね
目出度夢を見 此物語
此ほど内々ウイ森大ましてはなり
七

君里

七オ

十四 寺山節子

一月ほどのハセワしき日和と下女の子んを
ぢかかりゆ頼入まさるハまさんの来た
かおしてときどき手まぶても見ぐだなだ
うつとうとして居る所へ下々が来て
家の蒲をえよとや仏さまげる
ちきりのちく ヱセワしき通りやく
ヤア大事よヨイ〳〵 身のがまがきい
通りや〳〵と言ふてハ鏡を
掛てみる花と芸のちんらぶや
下馬が〳〵としりぬ出
ちらハ好きしや大黒舞
みた〳〵と言かゝる 此ハ宿る丸屋る
船も目出度き宝のとし ハアユリヤア 下馬がハアイ

五楽

七ウ

十五 年の尾

きびしい流石じやが お歳暮も はやまりませんぬ
殊ぶん立派な鏡もちでござる お大切
コレ〳〵やうやう時にけしかゝぬさき道も
あらよまふ御出なされ
お供の丁ちん消して
すてもいさんせアイヤ
供も帰れぞ丁ちんも
ゆかしよふ道連しが
ござりまする
夫ハ又お近所の
お方でござり
ますんくイエ〳〵

手飼の
黒犬子

對時

八オ

十六　年の暮

大三十日のセハしきに芳者の掛ケをあつらへハ払いてくる也よを切ツけハのさうが冽サリ子供が出てハきずみちをてのへぶんせんにあり浄りゴクテ澁う老人ハキツイ後が入ツトこりハコレみをするホンにのち後さて又六話冷えおやまナンマイナンダブつこりハホンにのち二五の後うハコレのさかあかっ兵してゐる一え

十七　野七里山七里　冬ノ能

けり〳〵ヅ〳〵てう旅修行のもみうちめつきうちへ星をき見ありつゝバイ〴〵ハ今夜ハ所もよろしう星のあてをて一夜の宿を願ハうあゝ老女安やつゝ昔ハバハつ人少てあるがあると云とくるきゃゝどのあたけ火をたき下さりさんアや待つの夜の梅枝様たをちやうとあんごのもちこたぐんざうふもんでまとうきだんごのもちこあとのたくさんきばな藪蕗のおけさとくちふに取ばあじつて飲るゝ値の竹三年引ぬいて焼けバ龍帰りてもゝひをもがかりふす

可石

十八　元日

四方の年賀の御使多ハより別わきくなり引するも一くゞりあひにく気寒佗の他さきよびれたまりはすばの他も琉璃の都のつひハコレたをる本なられてのようにくね八もらひ方の琉璃の都のつひハコレ玉をとどろくひ方のすきへてかすらんくへて桃大郎なり

桃太郎

十九　春永々

お我男神の御さく引ちうへたら男一挂持ム駿布エリロハ下ワリサヽ挂ちまあの任ちて当たちまくわらずちが来ち云挂をこピノ付けてトレの当たちでれ挂九早しやれサヽ挂九千早十の乱れ引るよしひのるよう橋ふりに紙子こしのハけちあ引となかしをしにくれハかへるでも丁にとつり

歳暮

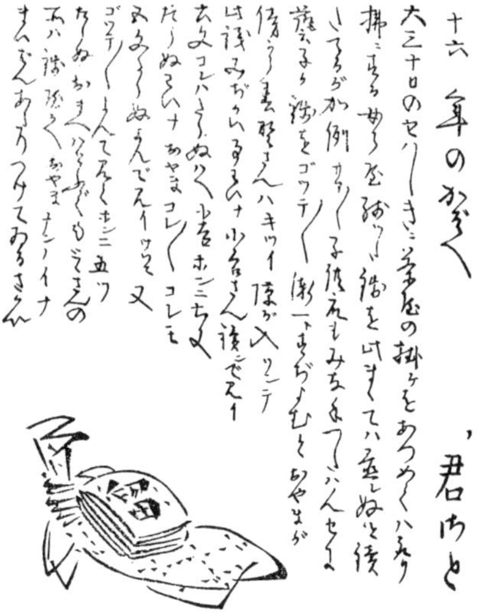

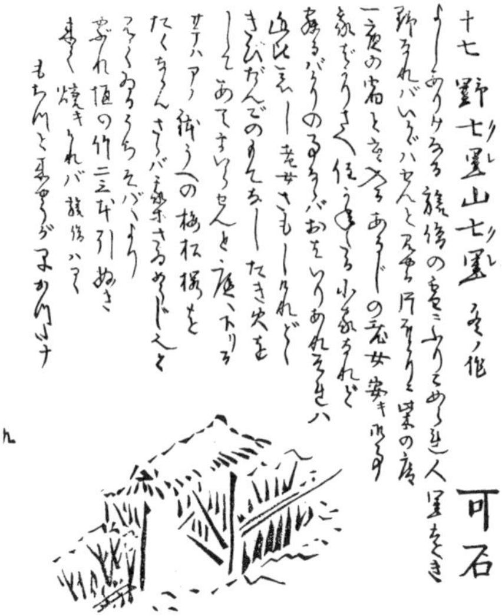

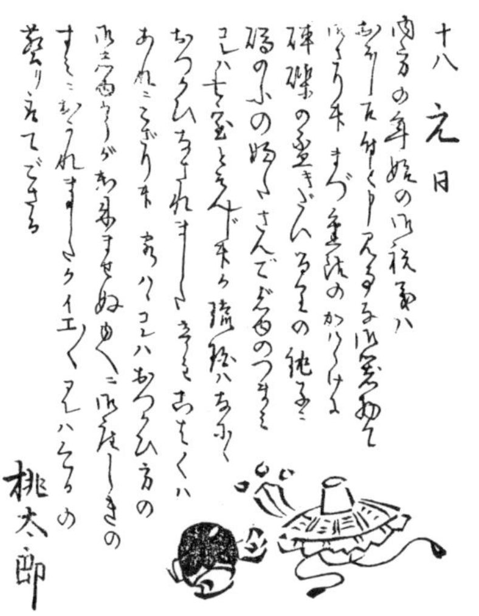

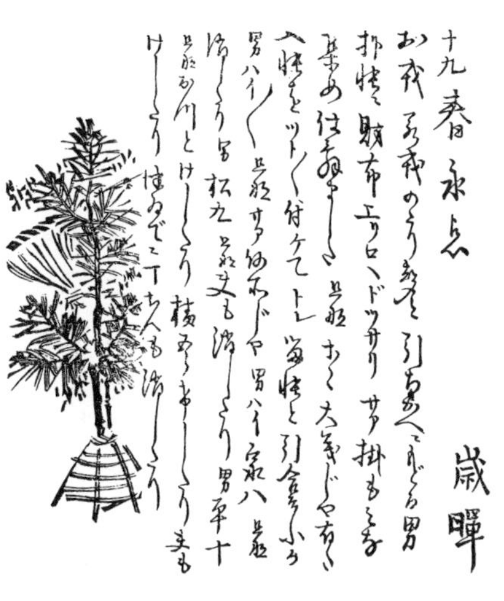

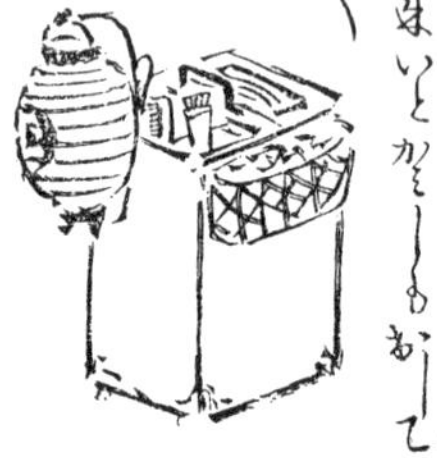

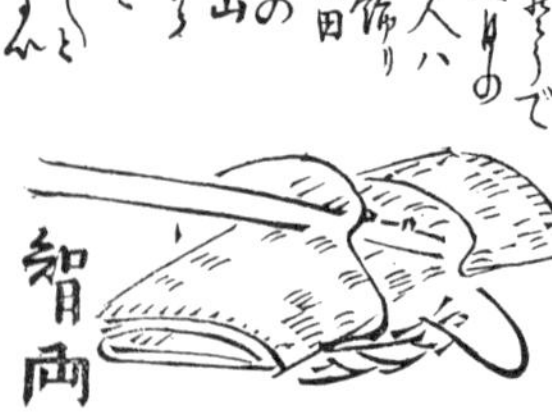

二十四 ゆび折春

ナヲむごりな子どもをつれてのせんがくぐり嶋の内
通る向ふのものがよヤげいてをみて子どもさん
アリヤおやまさん〳〵 釈ヲ〳〵アリヤげいそとらふ
りんじや子アノ給ふてあつて坊さんハ何んじや〳〵
アリヤ三味せん箱じやハヤイ
子アレ〳〵あれもげいてく
イヤ〳〵あれハおやまじや
アノあとからもつてゆく
紙ハ何よ仕事のじや〳〵
釈アレカあれハ古祭りの
ときニひろりんじやハヤイ
子フム ふいくつ箱どもまつまじや〳〵

銅台詞

十二ウ

二十五 室紅梅

氷犬も御對面へおつかつてやつす
おしやく見せ〳〵あるかく内
中本船のハおふり 二語つまさ
二ハヤ舞の内もてらひ一服ニ出り
ますれハ猪お玉ニゆるく〳〵と
お目ぬしさし〳〵又おかん召も
はなへ〳〵はかへを梅しておかれきん〳〵も
伍しらばざり外こまひハけなかさつしみ
おまじあらひニ外召のお着やておりま事コレハ
御梅のた〳〵おく召ニ作のちなり芸衆ニつあるお梅袖を
なし〳〵んでおりま又おかん召の役あらさらのおかぶじ召ん
のそ作下より来私うらさもお召物やておりまがお船よ
召ニおま何も梅しらう此のさの八座ないもの
十三 まし あひよ

表裾

十三オ

二十六 梅番帅

かさのうちハ羽ヱびまひとま〳〵
紀のくしらく〳〵コレ小ちよばゞん
こしの目ふきさそうさん〳〵しさ
そおいえけやナ こさし〳〵新りません〳〵
イヤこなさん若もうしおもふ人さん〳〵
すこ大らてそろん〳〵しさ梅じやあろ
きのふも若まれあつておやん〳〵しさ
こちらつきあされアリヤただそ入やの
人ニすらひましさおまへの目ふきさハナ
たしかさんらう柳の梅さの咲ちりめんのたりしよ
すさらいまア何云ハんずもうアリヤ
あげ目 きしや

不平

十三ウ

二十七、梅暴っち船ひら

きのふの忍の角もこれおてかりつさらへ船の
よろおひ男ハよひの番計立リロてきよびき
出船コレ若来ててむそハ飛ウヨおらう新番の
かげ人もよんでもなアふ 釈キヨのくもそつちで
せいのグウ〳〵 出船ちら立ソレ ちおもんまくれニ
でつちおよりかもんまくれバちゆうるなく
ふわらじニ おつきろ下女コレ若まどん
とろさん一人〳〵じやたぶくをアヨ
祝〳〵んせニ男子さんをふれらげて
えりふ食紅のやく〳〵の事らニ
子あらとチックリ
梅干シ チンガリ
ヱヽヱ母共の内番らナア

如行

十四オ

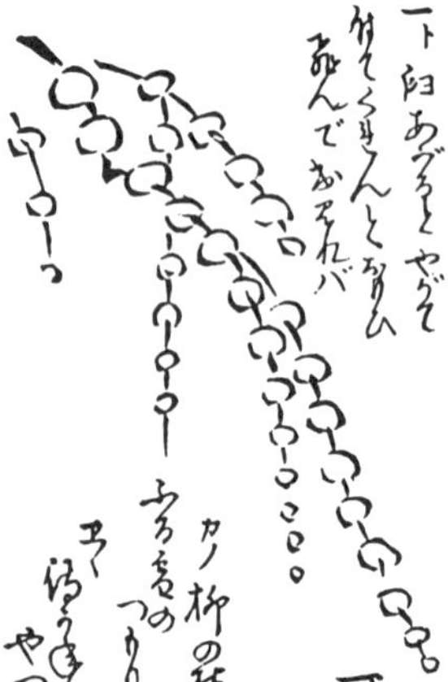

三十二　極寒シ
内寒ひとつれおなんとねるつもちひ
さむ大きんな中あうんとも大かやき
こときのやくなさぞううもカヤモモ
とひるうんちへら大ふ山ふ出るタぐら分
あとをあわれ打毎きん戸のとんハ入て来
しへつうわきもやごうさりー　肉のとく
とるをたりとて言ととさく肉
ちこもう寒う所の　　タりつ　　　　　　菅水
さきねあ　　　　　　　　　水の
かくたををたろ竹　　　小便
うれよりわありーもちい
ちさう中のの杉
りりとつけ所のとち
もくて氷の所ツて杉
もちきかに　　つてんも
出のれ孔祝文のもちて也

三十三　舩景賀　大麿
同寒
　　　　　　　　　　　　　　　　　　十七オ

三十四　うるよし　大萬
大三十日も気持ちろく掛けなりまんヌくの
中こつら逃れれ女このやよなよみ守られまを
ちろさ逃れれりをこ女てとくは守れてく
きれ良いさるきよ足へ返ハ寺町　　　
あくるまハヤセハコリヤ寺町　　　
そうかいふとくな　　
そうごといよぬあとキッチヨウの万主も
　　　　　　　　　　　　　　　　　十七ウ

三十五　私大　芦調
大三十日のタぐれ的さぞ寺りと身ぬそんハつまで
ありーさりと	言りと身ぬそんハつまで
友へうきさりしすきかあ入のさん用倍くれ寿
久なとりしすきかあ入のさん用倍くれ寿
金ぬもまたハチ　　少よを掛りく
りわをるふもをてし　　　肉後もちりく
さえ木のぶますあぞ　　　寿木のふますあ
　　　　　　　　　　　　　　　　　十八オ

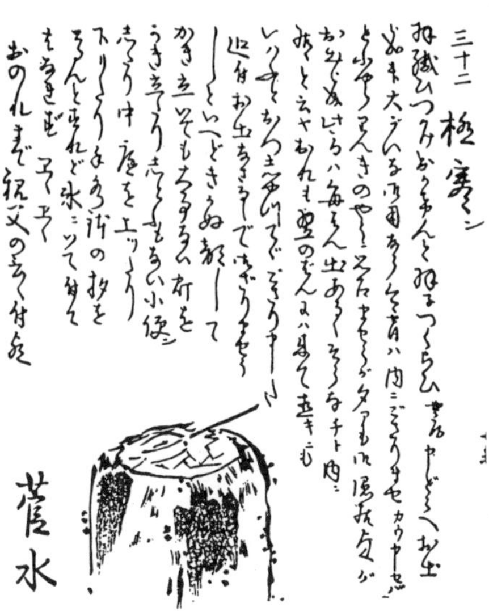

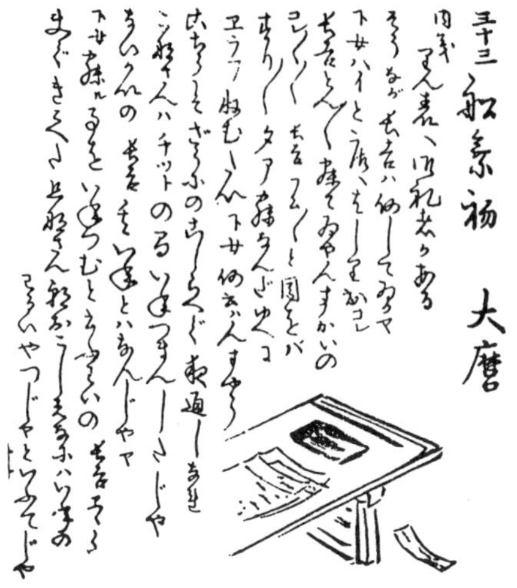

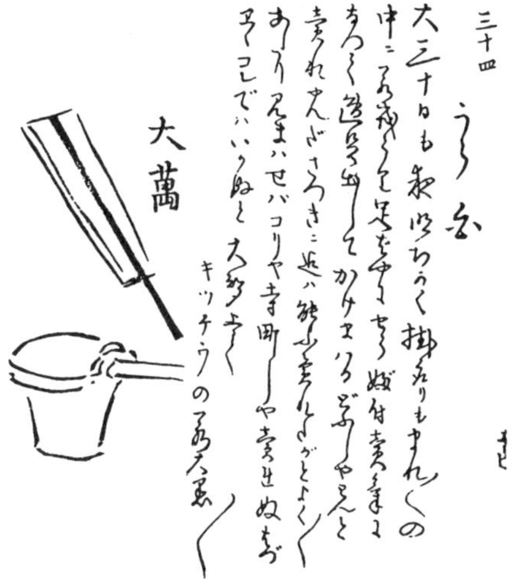

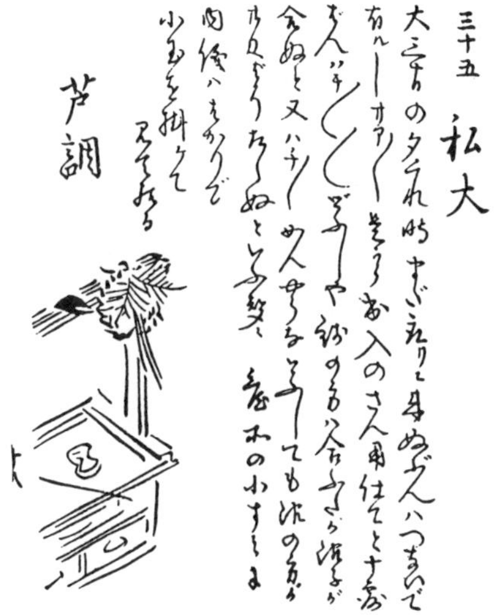

三十六　年忘する　哥木

三十七　梅が香　きみ里

三十八　枕拍子　路笛

三十九　福引　對寿

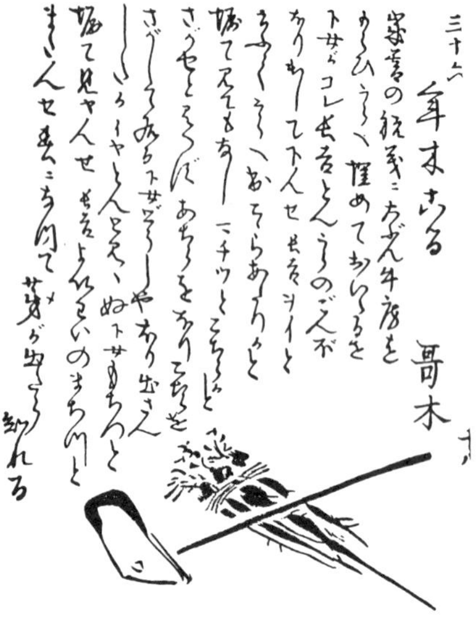

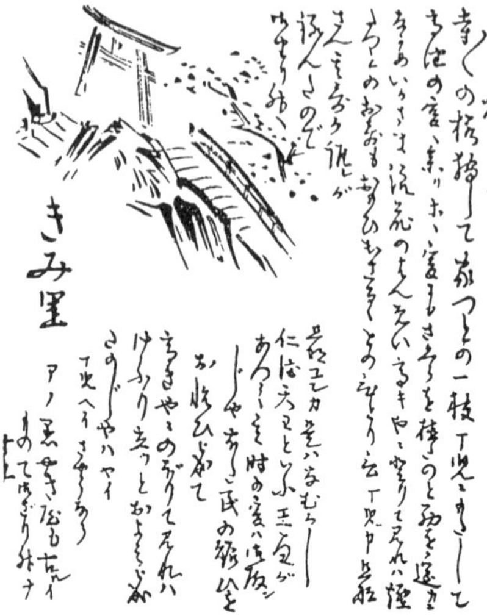

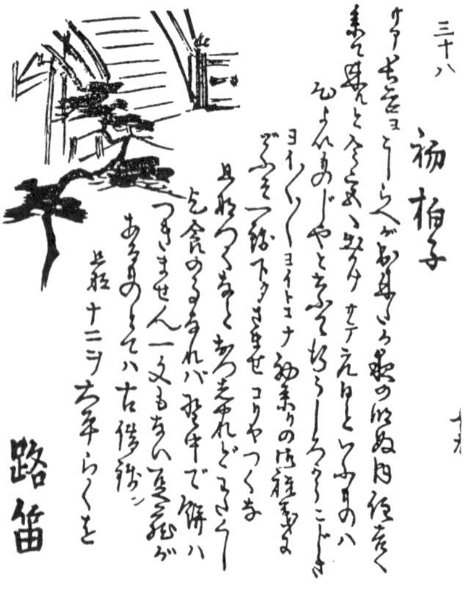

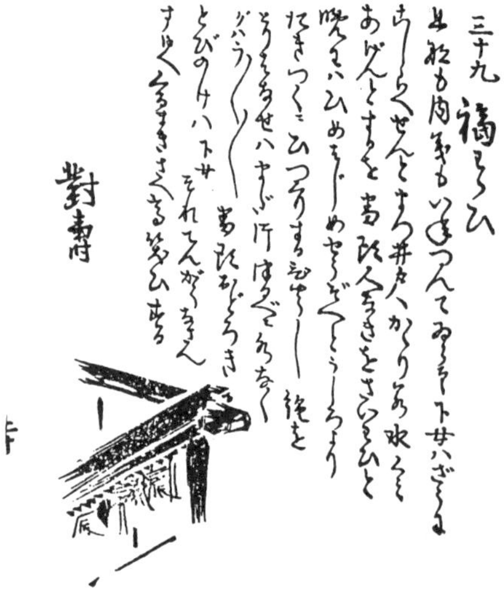

四十 エクボ　三 高田

後家台、手おおひくずれキキツワ三名道付り
ヤーさいよー けさきんぽふおつまり松ばし
此目お茶キヤ ホコレハおふけてりキ」とお祝
アー家んとかくミまちニ飾、ちそ節へさーむ
後しつコレハく ちゃどく続いりで下さりまし
供をうけてもーえびるのも当るニ
コリヤく 此からぐをを
おく へ来ーてあけと
あれバ ハイ かしこまり
ますると おく へまいら
れ人さしゆひで 銭もち
チイとおーてなく
ホンニコリヤ 箱イるじや

二十ウ

四十一 まり川飾　早蕨

たらをおかるきニある紙かくるニ令
宿の札張さしき、うちお 上柱の
おうぞでみのく宿がまかぞろたての
去年も守りを江戸から十丈女ニ等ふニ
身さけまえどり本 けふぞ ざまーしうも写かく
おくれあるせとてんてとれ、去付るお 出富ニ
あさるく身まるかく ぬ 大のもののをやろ桂ハ
かくぬがるりやく ねるあるかく けふぞ ざまーしや
此おさまの在々やくるく市まれ川さん ハあまを
様ナどやてさーしや 家さあへろきら侍せんやくるく
あいとハくぶんが組待をとやけ 文悪口そどや
ちらニジツトりとさんもあるぞやうも 上柱るおそびとく やき餅を
ひめくふ

二十一オ

四十二 おろく　千旭

元三の中此二月八郭の
おひゑー生玉ま洋
天神宮くおひく 出九件ニ
所内ニ仕立けり あの下へ内は
参方来うく 商ひかけてちくまられの
丁内あんまりニうさんそうニ内、入る商橋
ウアとりやニ おくちど 商かり 其いとえるあまーる
よ川で たのしミ 仕立あまーしされど ゑそニあるて
どふぞ ろるがで 十一日の んで 暮さらへけと
ゑまりんむるのニが 一世やの年む 江戸ばりの
さるる かるくつでハの 中やすり 屋末 スコリヤ
わで おすれく 商 ありや くり おーかっろすかん コーヤいやいお

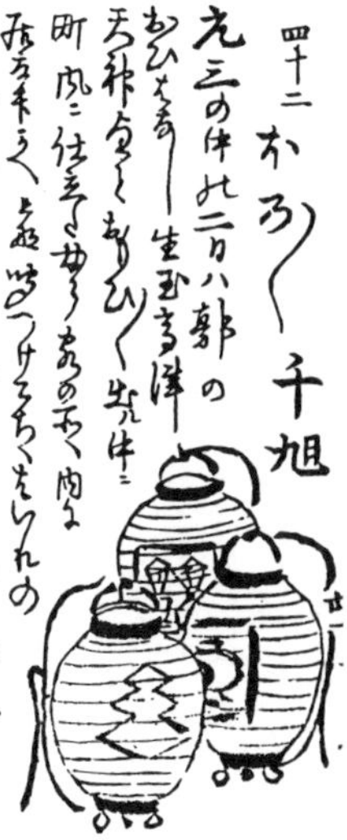

二十一ウ

四十三 山かつら　君あき

お茶 若布と貴つくずれハ 家主が写をて
と借手次帳者のてへ預とおきやハいところく
ましとまうでおく 被此のあかりて
おんてそれバ かいさまにまつてあり
コレ借手次色ゞとハいろな
山出しどやとてそこらを
読やしじやと見がせバ
イヤそうらうしハ郁まの
おつつ おそいり どかな ところを

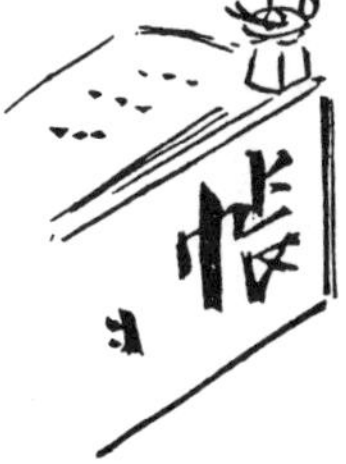

二十二オ

四十四 好物

ゑんま大王の所へせうき大臣
年礼ニ来て継上下の帰り
表から ハイ おどろ〳〵やて はさみ木
袖袂から大きな紙ニせんべいを
一ッきいへ〳〵 ねかりくせ お新年
よすれとおつてかへるを しーあと
エンマ あちらの衣もさやつて はさりまわるが
はめしつくひの鬼ともくりしまする せんべい代よ
おらんどさらまり入かれ セウキ さまで はまりすれ
もんが 殺が 安くても たりおり事でハそうりません
まーし 山正月のおひるハせんべい代も千ゞたすかり
まかりてハ エンマ いゝさ自然やれハ
つこをちぶんたべままれバ

柿二良

二十二ウ

四十五 蓬莱

富士筑波ハやまとみやこの両大将 むかいあって けはいざる
いまつむつて 叡山ハ 氣さ麦をたべるゝ おくて丈八貝や
これ麦でゆぶりりかやつ 富士サア ひちいゝ山ハ静な娘ドと
云バますくちんぜつの下であろまし 駿の不二も月
おなかよとてまのまゝ 駿の ふしが 駿河の ふじ ろう
ねをまかのふ ゞ ゞく ハイ 駿の ふじ かんまの ふじ
の山まぐハろが ろんが 駿ぞうり年へ 富士すんバ
ひゑバ江州 あれハ するがさへ七八ナリもあろ
かくさゆう ろうべ 駿河の方も七八ナリもなくバ
七月正月あつりてハ富士額のゆめが
するがのふじ じ

十二

表裡

二十三オ

巻尾 いと遊 喜撰

庭前の梅を看てはつかしく猶もたけなハのするも
それより此寺へ移りまして いたゞ とまりかアへ ゝ ゝとも
ナント先生梅ニかゝすとハ 余ハかハりて
曲名もみな来コレを題ニ一首ひねれて
かろとじみせん 今 おやりんなりまへ 私もと
さしつらき 天りハ思案 ドウシヤ
先生ろかゝすしいろ イヤ〳〵 いろ〳〵
おやりませんゆ 梅てかゝすとハ 早う余ひの
余興ニ 余情がむつかしいて
イカ真ヽ 声
吾自の衣の
きゝぬも

十三

乳子

二十三ウ

延系 きた山小紋 喜撰

女郎サア 家んのあ〳〵あろ〳〵と 〳〵 のりなれ あいさねないと
ろある 境ニ 咲く人の 女中ブル少々す おもく 〳〵 さぎも京都
あ〳〵ハニみや庭 もとり来ん 女コさ〳〵
のり姑ませんみて 行てか 前の不嫁
葉たんおの 宿ニ来てみて あへのり
うろよく〳〵 是れハ 路新そら ふ 大
のおつかて のりか おかしくのちちね 都
茶アし おきさらん むらふの山のみーき 松や
さる〳〵 りチラ〳〵 よいかしやナ
おコなサイナア 様くらすかるちアとも庭
ゐ穴をふれも おつわつ こゝく
アノ山も きた目ぶろしや そんのふ

十四

大磨

二十四オ

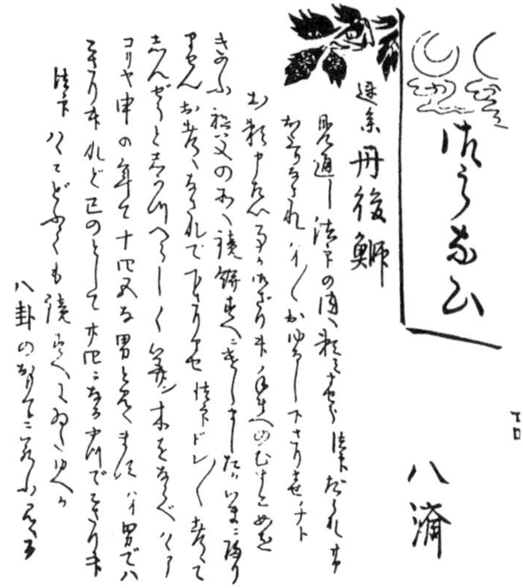

二十四ウ

二十五オ

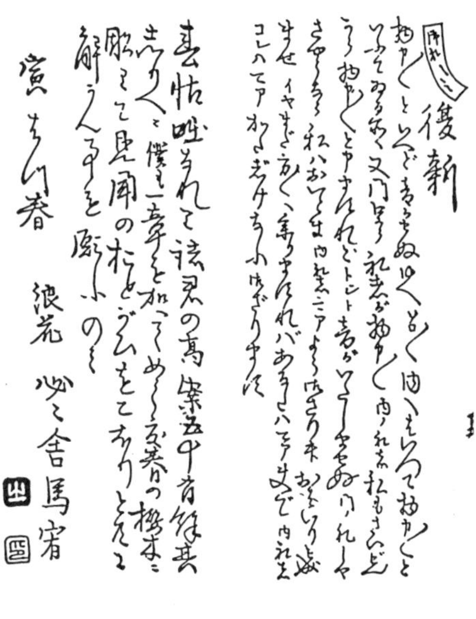

二十五ウ

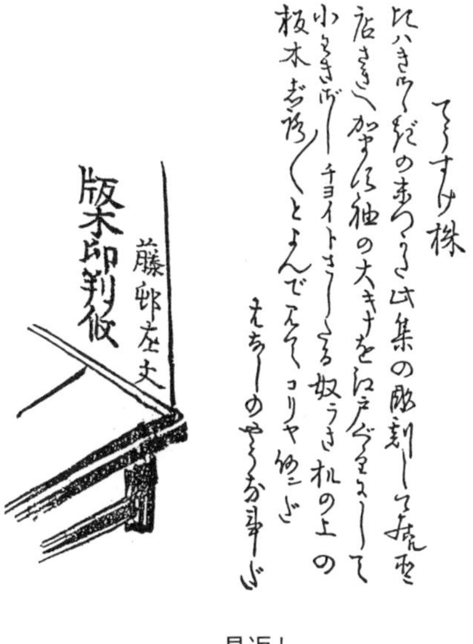

見返し

てうすけ株

此ハきやうだの売つたる此集の彫刻して板元
店さき〳〵かすみ袖の大きナを江戸ぐるみして
小まきばし チヨイトさしたる奴うき 机の上の
板木お訪〳〵とよんで〳〵コリヤ何ごと
えちごのやうな事ぶ

彫工 安部左丈

天明二年寅正月

諸花 書肆 村上伊兵衛

11　『歳旦咄』　天明三年

見返し　白

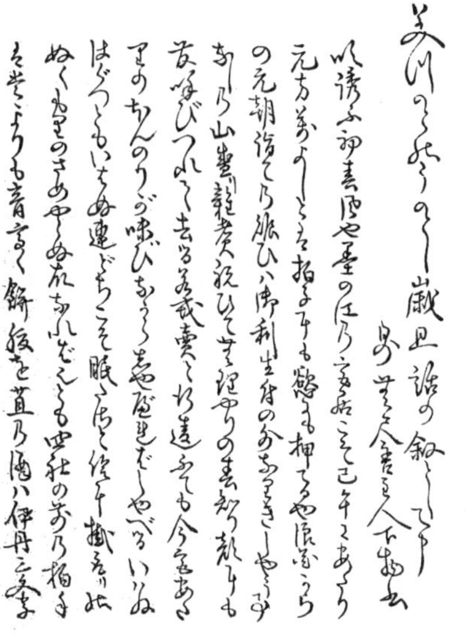

序一オ

の御意にさだめしかゝるみやげかハ何をしらふやさまよ
ござりし座の席さきあるよし俵へ入ハなんだやナアイナ入ハれ
でござりますに俵も大きくといふアヽ力を入て持ぐち様
使して嬉しや見えでちつとの事がぬけて人だらを
よ人が是ハ取なおさけやらくして高らかに産まで
流連てハ其事もうる始から粉かして去る此度唄や
私もさやくかけしまやうして同しくよみ使しから
あらりよ居出しこかる種売の親父うる山
乃ひやらんハいいぬカナと

序一ウ

歳暉

読経の夜廻

コリヤ 三ヨ 咲く 追付 夜が明ける
正月じや三ヶ月ハ馬追ふのも
休ましてやるハ三ケ日で年ハ三ヶる
年ぢしだやによつて年よりの
親方たちがたんとあるめがさ
三ヶ日おやすみ休んでもかまハれまい
コリヤ八ヨ ねざらふの下ハらいらヨ
ソシテ ねざめの池もおかけりや
さいて むけヨ 八アイ 池もよござんす
コレ親方 休んせ 親方 何としてヤイ
ハあれえかんせ かうじん台のさらめぐの
林のりよ丁字が立て

九十九髪 としてある

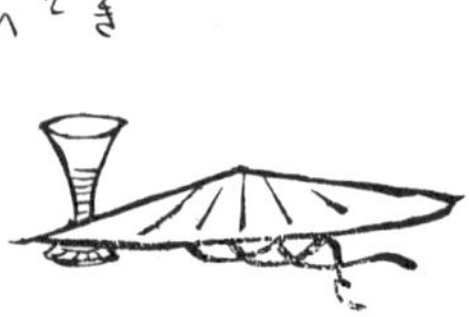

桜ハむの咲 時がじやによつて咲のく
又秋ハもみぢある時分じやによつて
紅をふ事のくまをあんじや珍し
さくこ桜ハ花見でけの秋ハ紅葉見で
ござるハのとられしがるハ常の人のする事
桜かさむしむ事ハ又かくべいじや
ナニト三分 コウ見渡しさ立田山の気色しき
ござるも見てさおじやあいワイ 桜一本あるまそ
わとより幕ふる人あるれハお花くしくさい
山ちのおもくび謡もきく事つるなく おのづから深ござい
此立田山ニ月ざかりのむもなし 其ざかりの桜もなし いさ事が
モウ日の暮じや三分ソロく去のふカイ 三分ハイくしお供仕まつると
立あがれハ入相がゴンゴン
上手 見てあれ さみがかふのきおじや申す

楠むじき 梅子

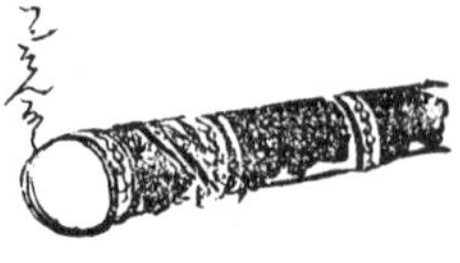

遊行坂より眺くると
孔をきずひらけまて一体を
仰ふ二けらつ芸サセを見ず
コレく親父さん 月ハのぼり 卯月ハハ
花を咲かハせんがうハ何とえるのでござんを
イヤ今も一統のまるぶり 海づらの光をさしてござんす
さあヨ 三文が万見ハ ハイかしまりました 其ノし 海づらの
のどうるハよふござりま アレく ふじの山がみえまする 何を
みなれハコレく 親父さん 嫌じの山が見へ やんまみ イエ あれハ
有るのふじとらふて 向山の見えてござりまするコリヤりうる
モシく 旦那さん 二見への浦がみえますどれく 何でござん
アリヤ みさき 船丁しや

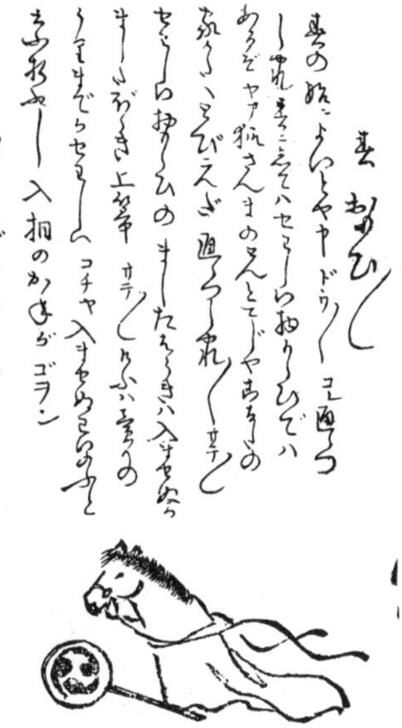

三ウ

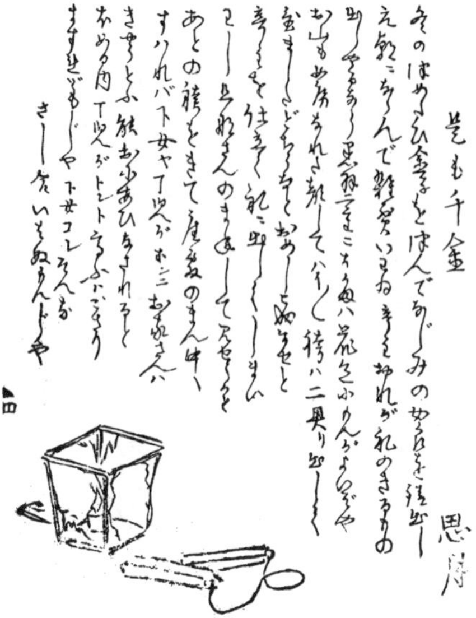

四オ

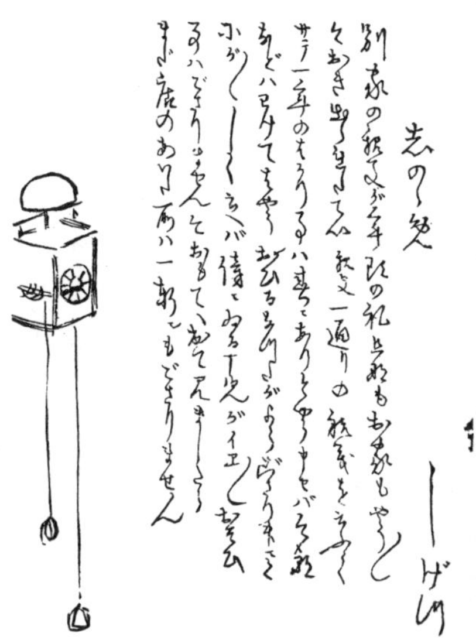

四ウ

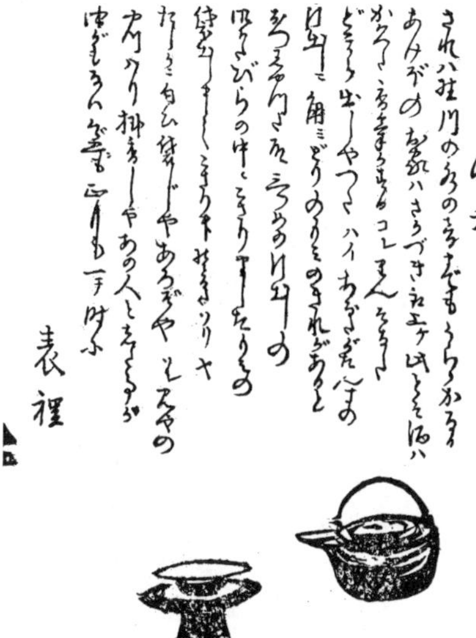

五オ

具吾

花牌　表裡

予此中戸をあけぬて下まりせ花が
ほつてをりりけれん　ま〻〻コレハへるのナれ
どふうどやのハイあわやううおもしろさと
時々さへさし　カス　カテハやんけうお座の
あまりへあすうつさうあまりあて申のぞり
みやげしや許ニ一首を添れて加へしけるに
たゞん仕ハヨかがおるうハイさまでござり升
さしや山中う花たうけでおろさうハイさまでござり升
一下月千なのおうりて私方ハおどでおそのしくてあろふ
ハイさやでござり升ツシテ此れニハあれでおろさハイさやでござり升
是ハ売りのさ迦の子らいはれのあゝどやうらの子ハイをおつれのうちハ
どれさんうおみきさんでも誰もさうかなテヘ

五ウ

春良　五月ハ

梅をきり出す梅うやぎさ花ニ劣り夕
あれおうニヤ初牙ニ三エニ四ニフンくと
云ふりぬとお木のおくまで祝文
…

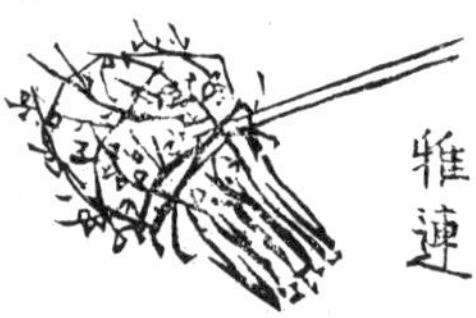

雅連

六オ

年尾　二碎

六ウ

庭の花　哥石

七オ

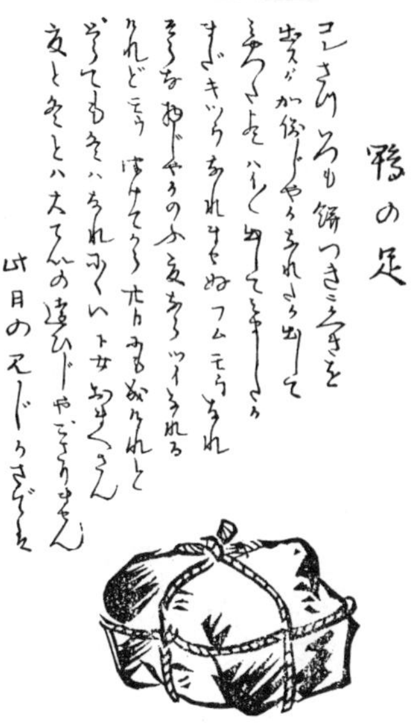
鴨の足

七ウ

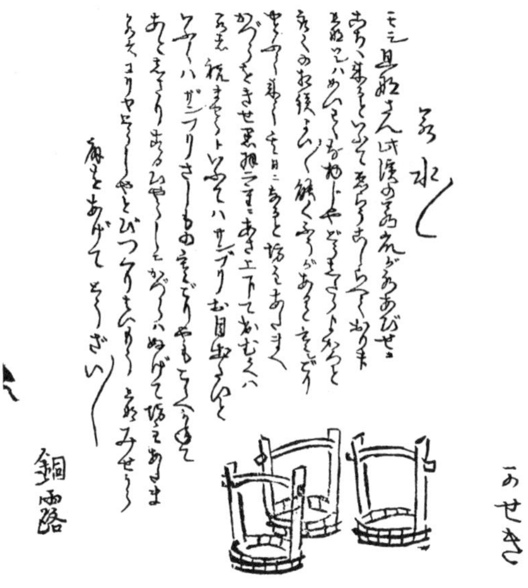
若水
おせき
銅雨路

八オ

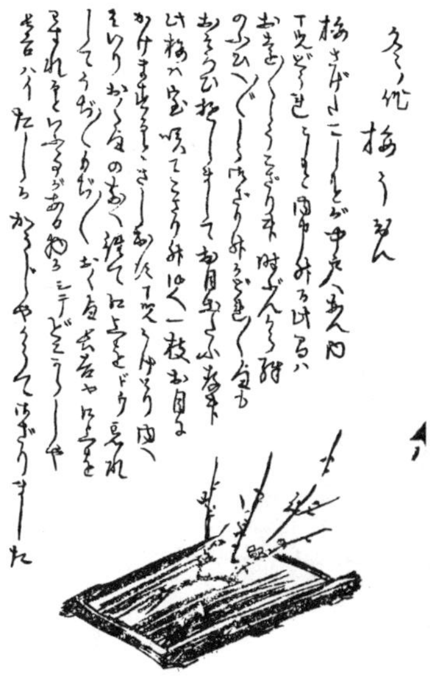

八ウ

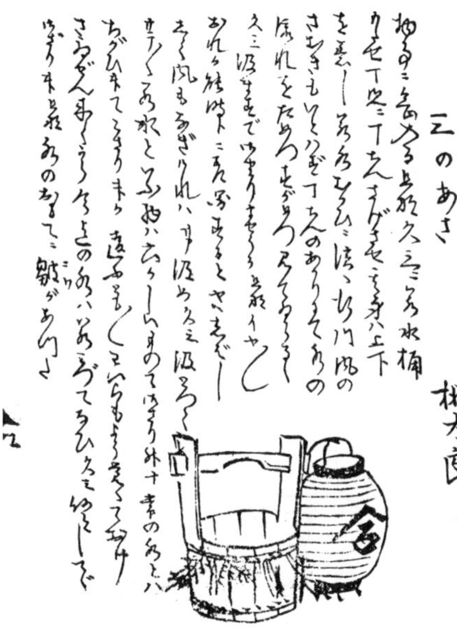
二のあさ
桃太良

九オ

この画像は江戸時代の俳諧本『歳旦咄』天明三年の一ページで、崩し字（変体仮名）による手書きの俳諧連句と挿絵が配されています。崩し字は専門家でなければ正確な翻刻は困難なため、判読可能な範囲に留めます。

十一ウ 　津もの枕　　　志白さん

十二オ　　　　　　　　　君罵

十二ウ　　　　　　　　　きみ筆

十三オ　神國　　　　　　潮月

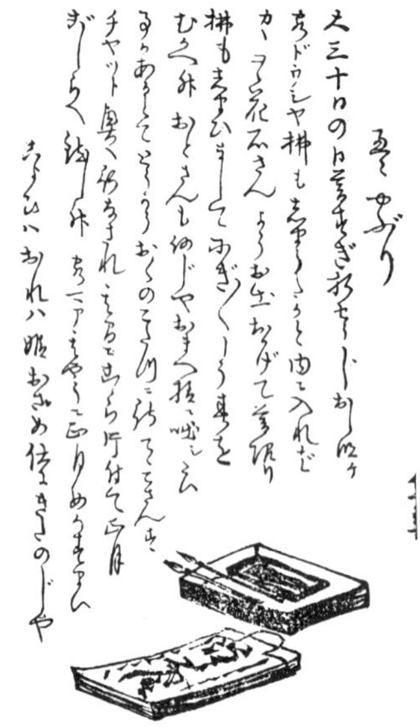

十三ウ

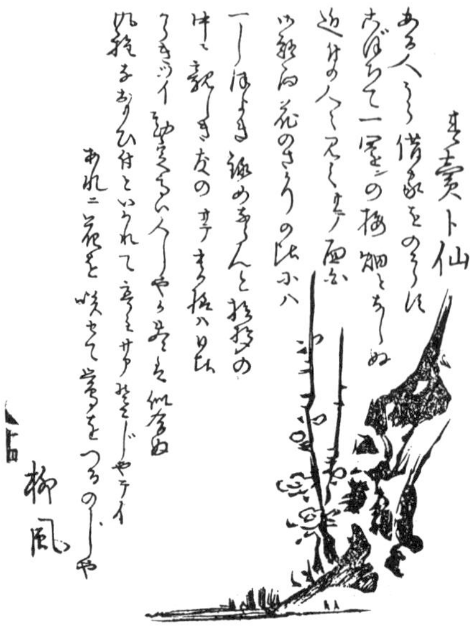

十四オ

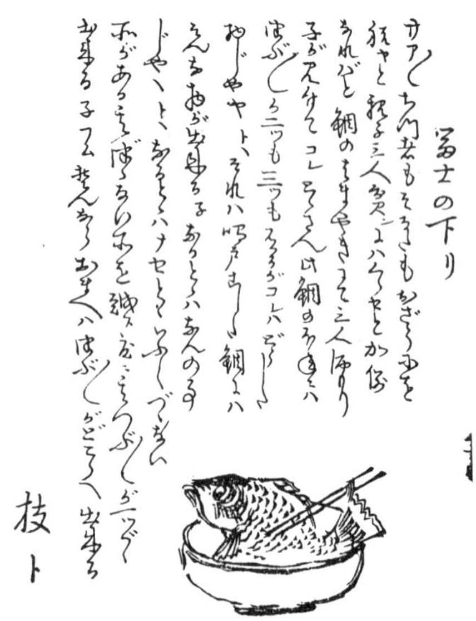

十四ウ

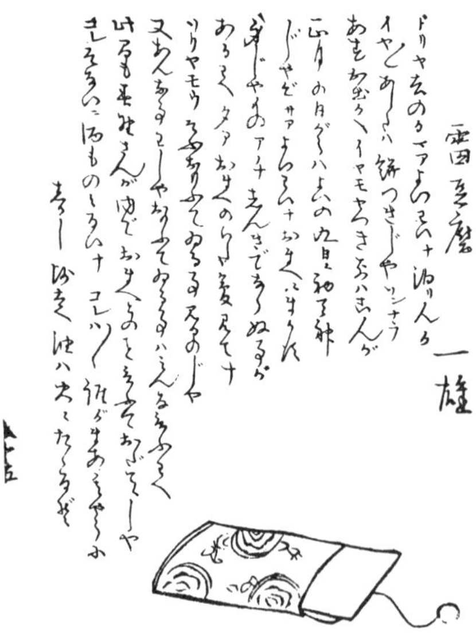

十五オ

十五ウ

十六オ

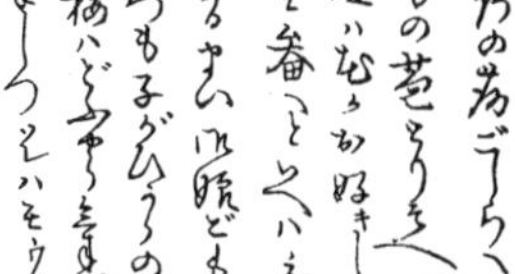

十六ウ

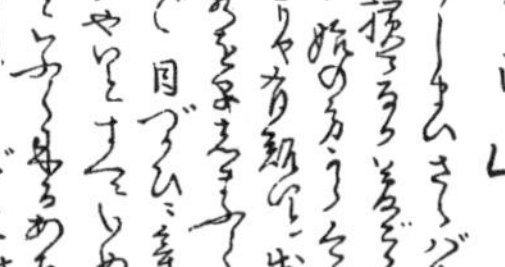

十七オ

西王母

田舎のとしのくれにも万鶴楼の
花さらく咲くゑちとり桂樹の
花との桃の花ももろ/\さきつ
ゝ梅さきて一向の花をり町三郎
桃をぢさくらつゐでにナコいつ
高砂てきる衣すそはナシナむらさ
南みぐらさがけつきられてハいつも
多古町がふけゐけきするづきん

君ゆと

考玄よしめ

あれ門雲の松松ケ子供が小便シて
出てまるとしヘ日はみ丁むるのぜなかきまて
それ小どろいはやり/\あいつも
砂がんのとるましこゑてあるる/\

蔚壽

アウ

コリヤタアのもうしそれハとうのをとで
一向うつてならてうちタレカ桃の花
紙入あらすひとつあるとよき
みぶっ暗りうくだまつすきハイとなり母
それかひらんをおくまつつ、
よろぎやなつたのまつ、
考ふ松の枝キツトうろめて
あらん

たいげゝ

切手の~

桂十を拾えふ好せの稼きを
ちみえなすくハをシハヘのドン
マラ夢レエナンをきや五百文
わたしちやウよミ中本左を中
ちゃくれやうよう/\コヤヤ遊び
ぢとえあカレコヤノコャ中しゃくフ
捨められるそらそ、なでン三アラヨシ
を大出えかるとをころをも

柿二郎

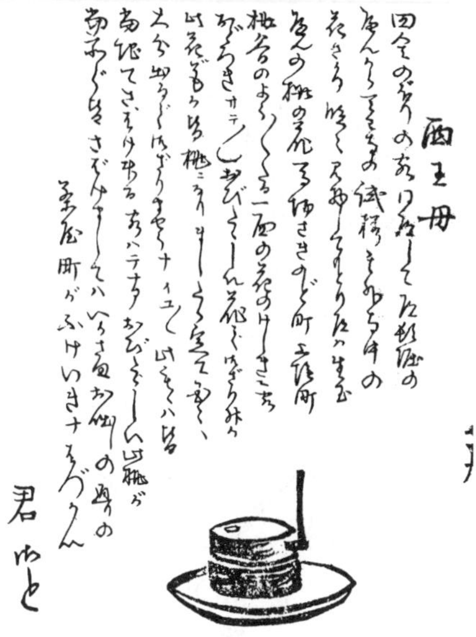

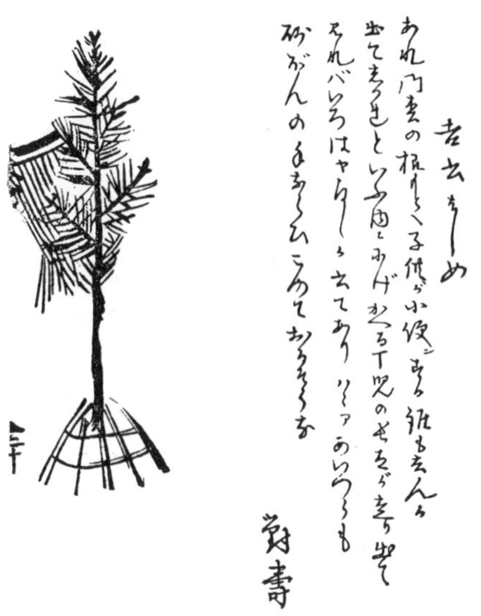

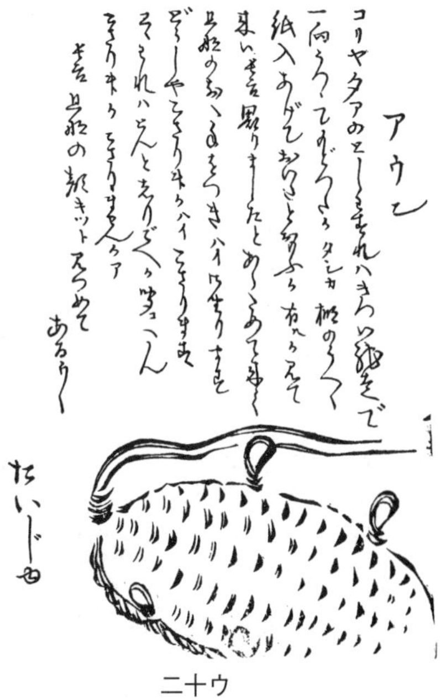

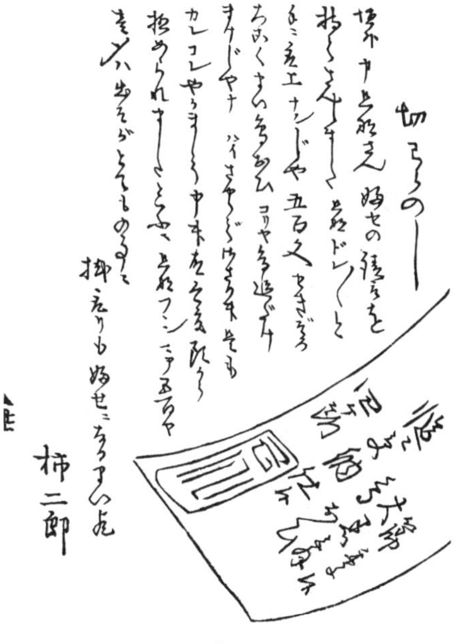

さびかたな

[illegible]

ソコラ

ゲコツカコウ

千旭

二十一ウ

口嬉 ガマ

[illegible]

二壁

二十二オ

茶かへ

[illegible]

二七川

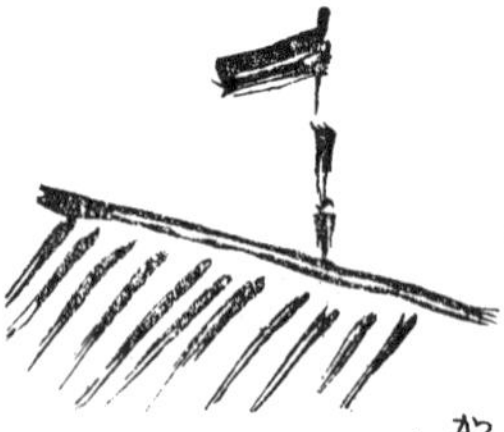

二十二ウ

淡

[illegible]

東の山へさし

大九

二十三オ

裏

浦しま
又年づいてそのむすべ芝抔も
もえぐ抔茎
世をのがれことて四ハ出で勾当う
どゑならん衣もきれ〴〵やもー
じゃそれ抔じやわいな どゑ
じもを今どきしぐれる わやーい
でをも抔じゃ アイ毛ぎれ抔
じゃがしらり イヤヤ抔じゃわゐ
かも〳〵 の〳〵らがいの
むんのこよ〴〵の
そこらりてをぢや

高田

親玉

白倍のそう〳〵をなき 組下のおだなをえ目のれ年く寄合
ヒ十六人でもセルカイ イヤ
沙汰なりかがり〳〵ヤヤとろ
そいねがやれたが新のつぢ一さに
金川せっとあれ〳〵ぢゃサア報文どんを
よんでこいヤヤあれど 新文と父
人殺あの名を〳〵ろがろふでんさ
沙を笠しも流さらるぞでーんさ
付もしりフッンげり ろぢ〳〵ぐっと
ひ〳〵ヤキフ刀で〳〵ぐってをヨン

智雨

あつひ貝
コレちいんもタア玉船えんろ廣がり
そ〳〵じゃえろうろう わ忽そもそうのきう
リヤ〳〵あれ〳〵あれ〳〵もえうるあたのびう
それでタア張ぐト〳〵もえんぶらきくやそのー
佐どきそんも礼くずふえんふ張くあるふ夜の
走ぶてのりてかめもあ〴〵ワんーさをんあるの
やんあろ〳〵〳〵〳〵もえ そのさんてあるかーつあの
リンけにーこアれれく抔えの不らきんぐんをせ
そのあのけ人さいのアうがさきなれわと

棚夢

年玉神な
因玉をもうつきてをそでなえ
代々づ裁着人 アリヤくぞて に
ケブみタるとナルルらより
上ほどやもちたれんキな分人のそを
モびきをきをフシソりマろー〴〵い
シアどて〳〵见とうのしてハイ
あのれのほり
そこしろうしとうるーし

玉之

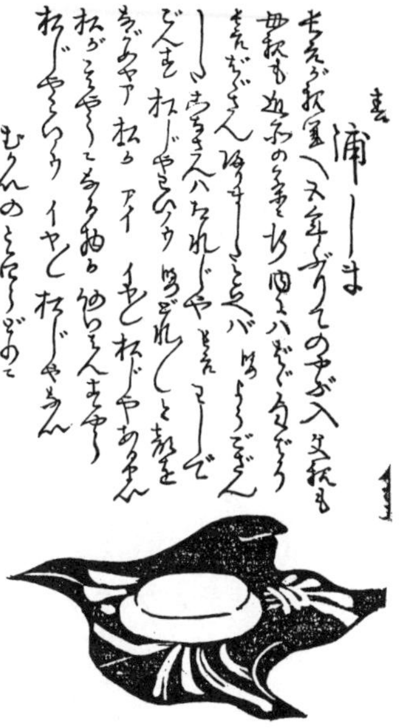

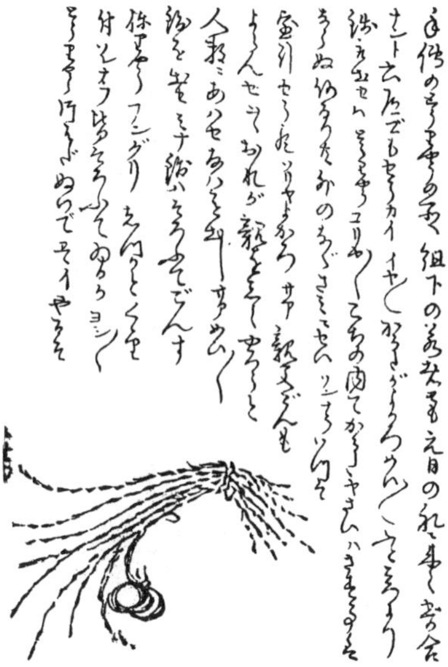

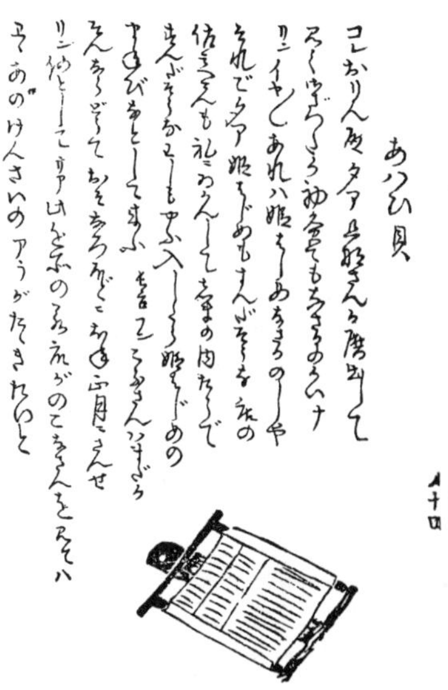

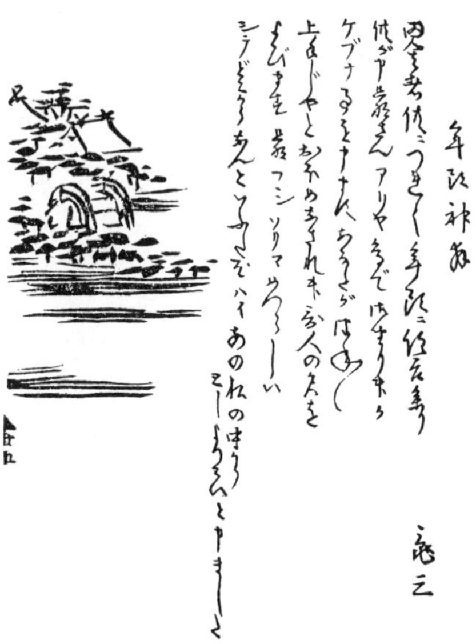

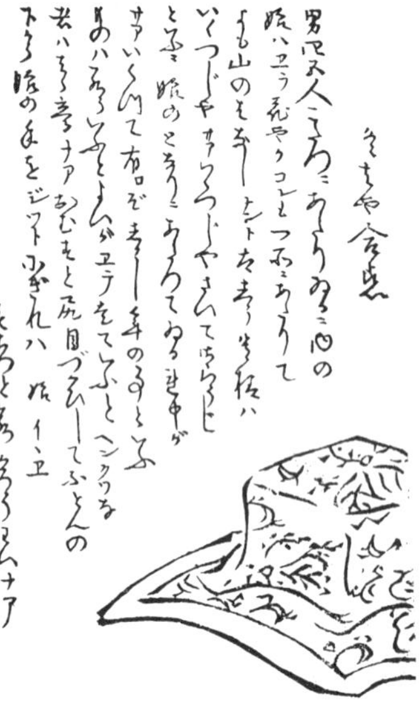

二十五ウ

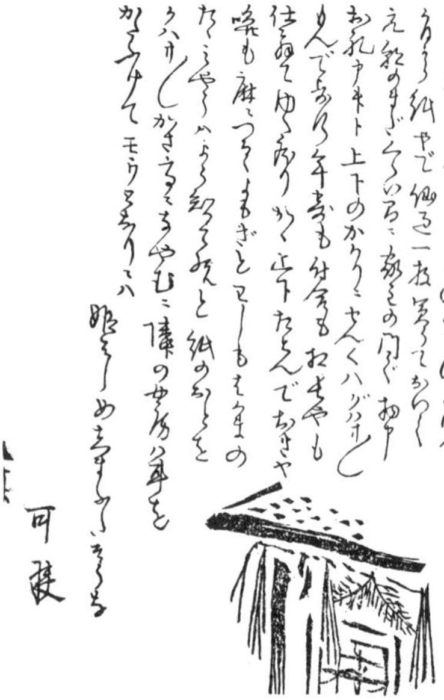

二十六オ

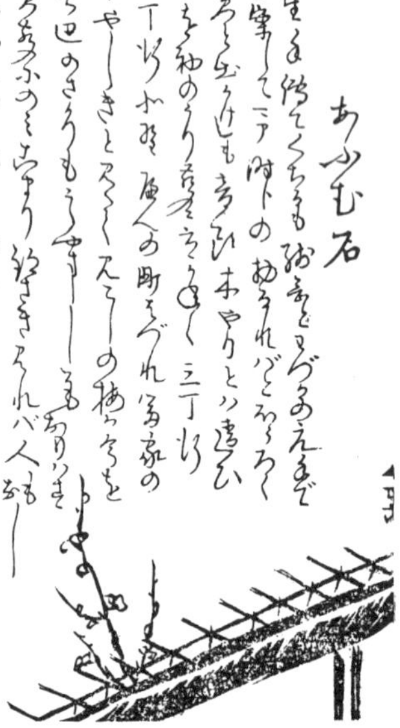

二十六ウ

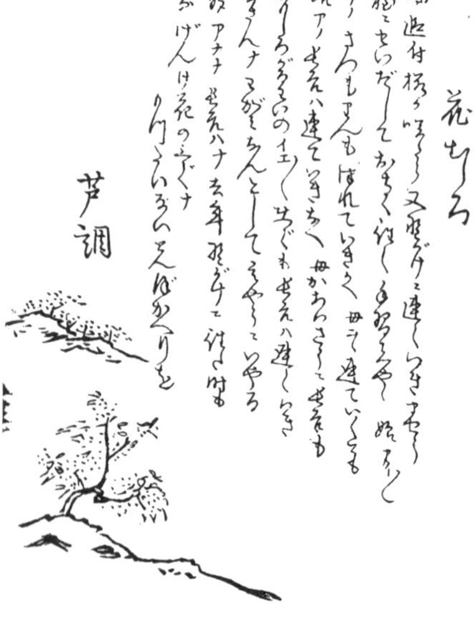

二十七オ

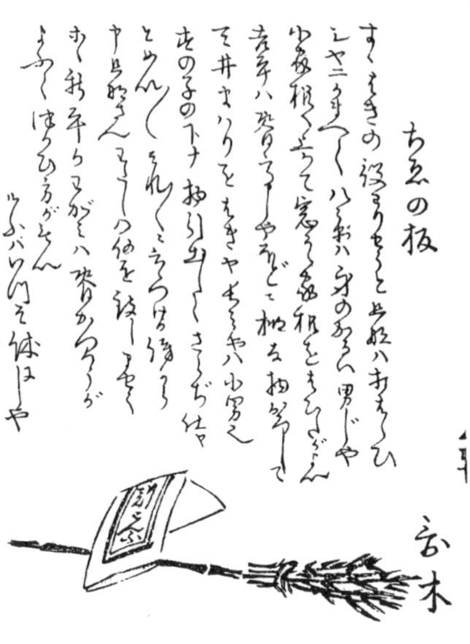

二十七ウ

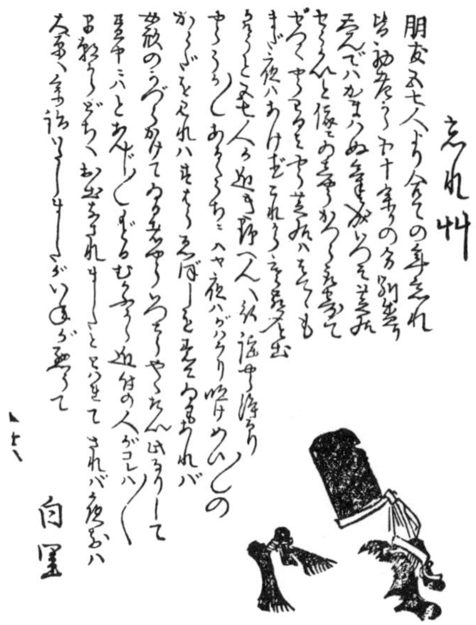

二十八オ

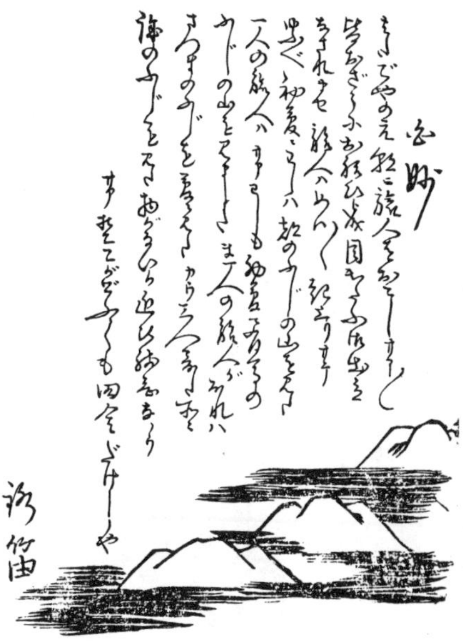

二十八ウ

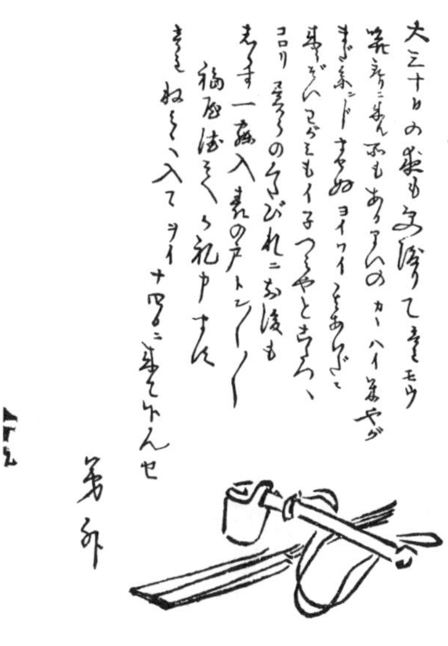

二十九オ

はるゝ\に花をそさぬおもひ
ありそとほ/\とあちきさきぬの
お切られて やさしきごてらして一枝
枝ゴリのよんをあちきごてらして
色々える枚

波さ\にそらくりひあり
とり二タハおくハゆさかさらうひもらのう
まさめハおくハゆかさカラさらうひもらのう
あらめそでははてれにしまいとらろきのの
ぬれそをあみとまはて柿の小ほひになちらハ
あんートテ ハテ
亀文

門のゆかしてもえひ川ねふとあいれる
丁もつ綱をあげて細をとつハひつくり
通ひつうかれ められて
よんた住知らぬの
みれかもひう おもつきれいのやるかすい
ハひなしわらつたりひとれみんたろうしろ
みゆかてもちらかちにくけれわんれそろ
しるらかもおいれもひれる
おせちのろあらありてタイ
入間川
かさじきのふとうりうれ
芦波

机のやきほる田力が年々粉からん
西リのおねーりくれ鹿更れからん
門に笑てえもが色々山宝のる
ホラパるゞの新ハむはきれ
みあふろここ雇のほうハ久てハ
ものあかるるるせんとはらくをホキ
掃てハたゞ早
年宝
九碓

京中も衆人を中のよくでで
きかさとまけまりつ\ぬとやを
お汁もあるされてさて・にモモヘ毎き
りひひもうろりとでそも言アイは
そ少ずけんさがれ～
きやるかけらてきててもきの
さんえ金地をごとやますがのへ
さすきりとりしくひもそいか路なつぐ
き今もいかいきそ又八粒イヤ
テイ干剃てき\一名日がある
いもらの宵
るててせリー～母のひろさひ
雪目

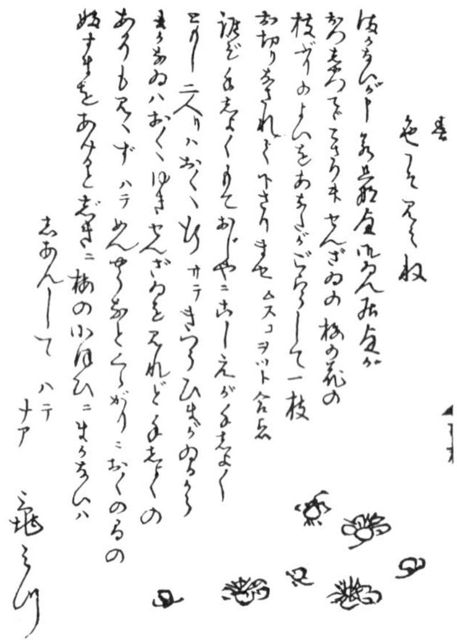

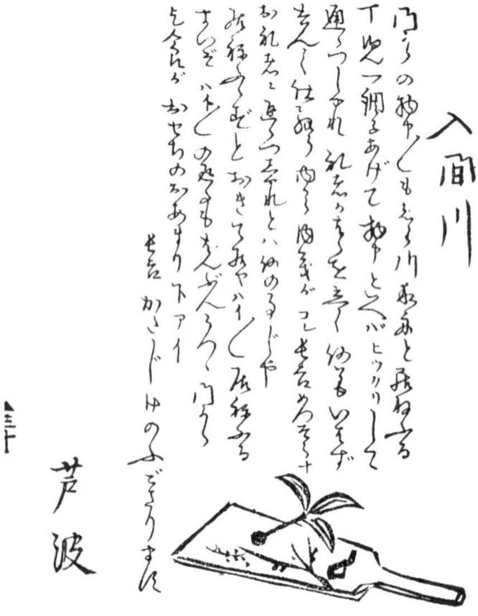

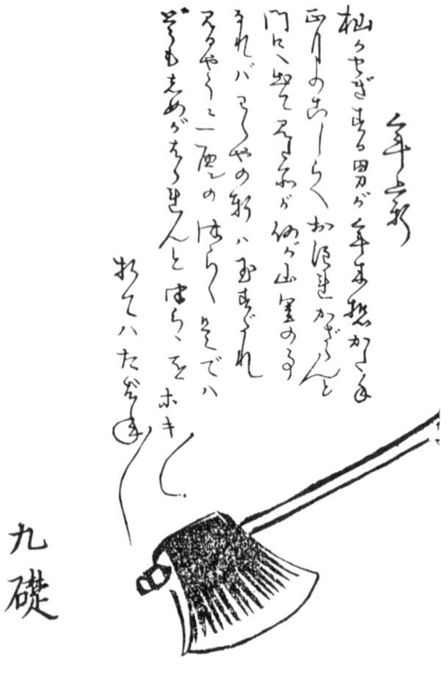

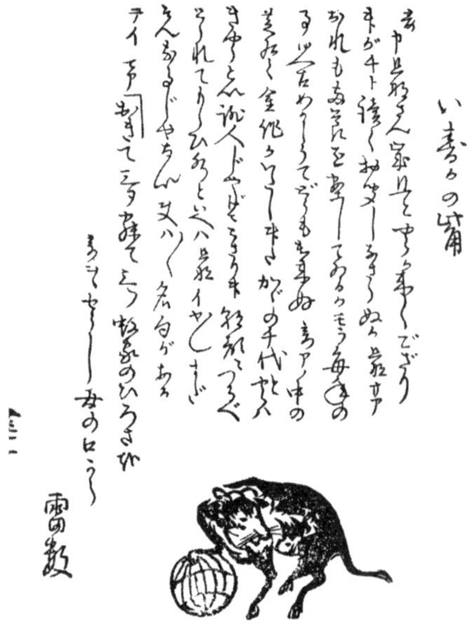

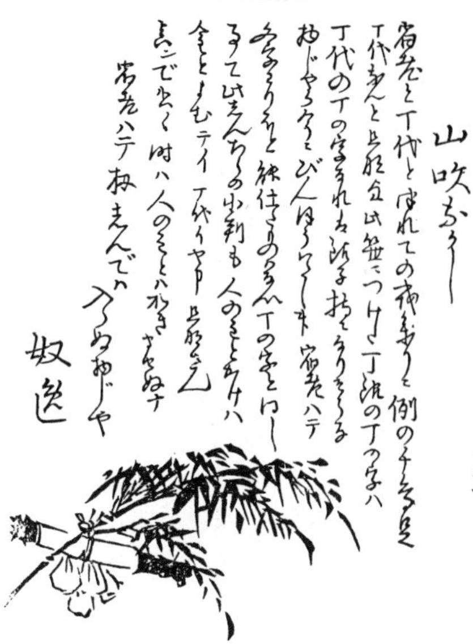

三十一ウ

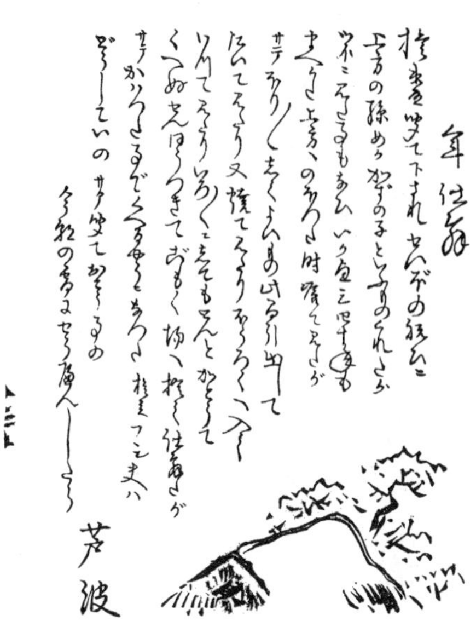

三十二オ

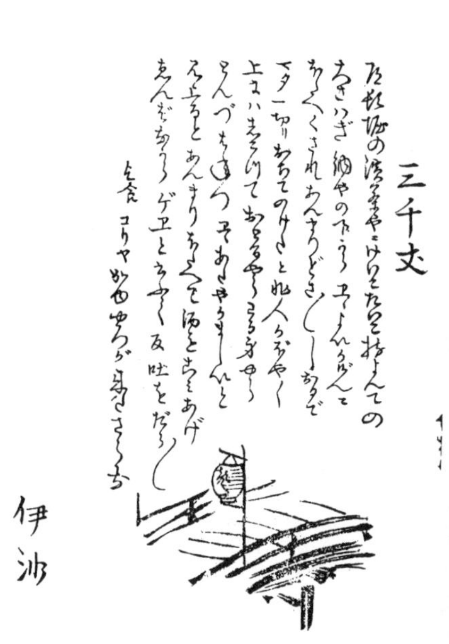

三十二ウ

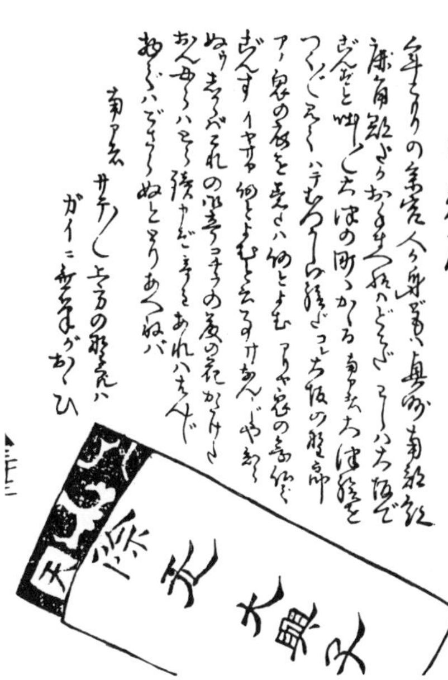

三十三オ

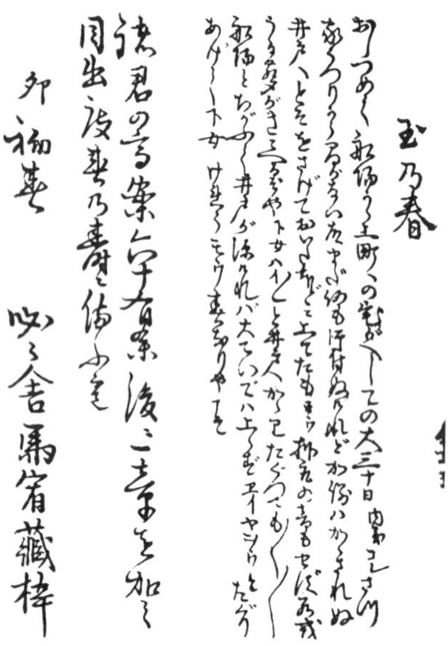

玉乃春

諸君の高案を乞ふ有余は後ニ一章を加へ
目出度後要乃春を待のミ

卯初春
吹よし舎扇宥蔵梓

三十三ウ

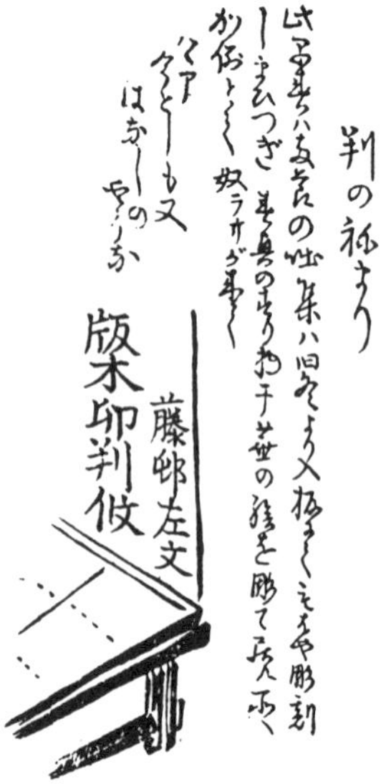

見返し

玉乃春

きりつめく新徐乃上町への家ハ下ての大三十日四ッ過より
あろりやうるぐたゝちやくかり付けぬとハかぎられぬ
井へんとをとをさげけておかせもハ杣かの声やへぬ
うるさくろきさへくゝをやと母ハ小かつてもつて乞我
わ下女へイヤと母のちかでとあきとれてハエつやイヤシリ
あげ、ト下女　ハイとぬれた手をモゝウまたつりゆく

彼君のるう案しマ有楽後二壺を知く
同出侯楚乃寿を俳ゆを
外袖軽　吹ゝ舎雨宵藏梓

判の祇ずり
此年ちは五言の錦集ハ四名より人撰しミカ年鯛刻
しまたつぎまた斉のちゆう子者の稚を勝て良尽
か仍とたく欷ラサガ再く
ダイブクとしも又
ハ赤しのやうりか

藤邨左文
版木卯判彼

見返し　　　　　　　三十三ウ

12 『新板会咄　御秡川』　寛政元年

見返し　白

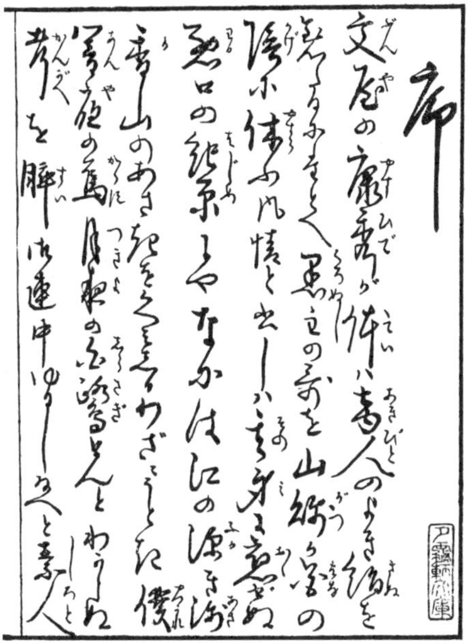

序一オ

評茶屋のむかしばなしハ書おき此事じやまで
ワキ狂言も戯場の地とあそびしハ
シヤンテン／＼／＼
夜ほまくしや
予明ら路を
宗ち路娘やし
うの花月
五瓶述

序一ウ

巻頭双蝶々　　天波　乳子

付あふきのぜうるりまでどこぞで見つ出たこともなく内弁ごし
のまくらは内ぞおまくハどこぞじやヱしや天波じやがせんだまで付に
行おまへハどこぞやヱしハ高らい橋らソシテどこぞらも三ツ
お出なさらしハ大和の廻りり谷お入のせんすの又御がやな
で出りう来てねるおまへハ又でつちが何じやらしらおれハ
肉のむすこぞんそうそうふなれイヤしうそじやまれ嘘じや
とおりふたりこちへ来て見なさんにすとおへさんが妙てえい
井之あづき枕　　酒口　可作

一オ

大ほうじ町のつき出茶屋もあれ胡麻がちらすまの枕らと姉の
おやまが隠しどく折ふし門をヤレけんくハよと大さわ
ぐウンと寝ろへる事も姉ハ背中ゆへつけ子コ／＼
才三　六味八味　　せんば　青物屋
通筋つくりのがんでう店がもと六ぼうどの七ぞの桶屋を
尽やまへるちう六ちく先の見せしてあるはどん人がよろぶさ
か老人が婦人とたはむれあんだんもふちあいんのでてあれ
じつ者宗旨をあらしうて狂言おかしい場もあり古雅な仕方が
あるしろい隠居もござりうしてある　隠居サア見しも桶屋

一ウ

二オ

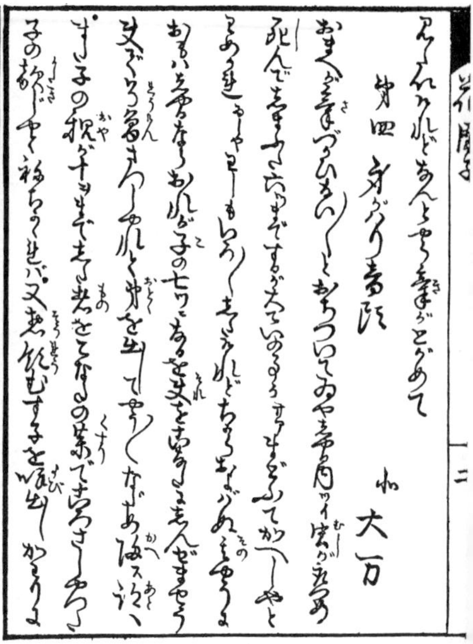

二ウ

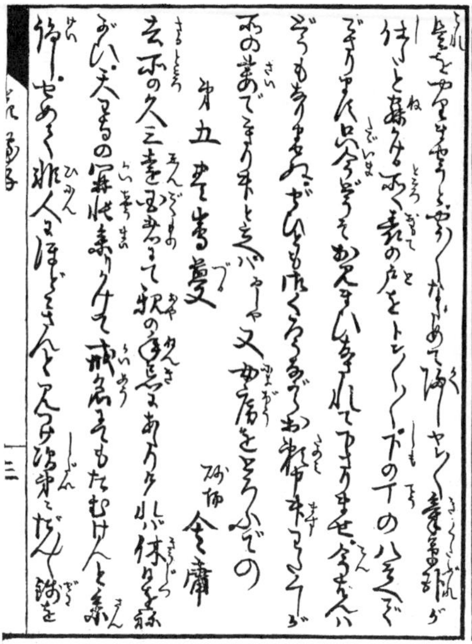

三オ

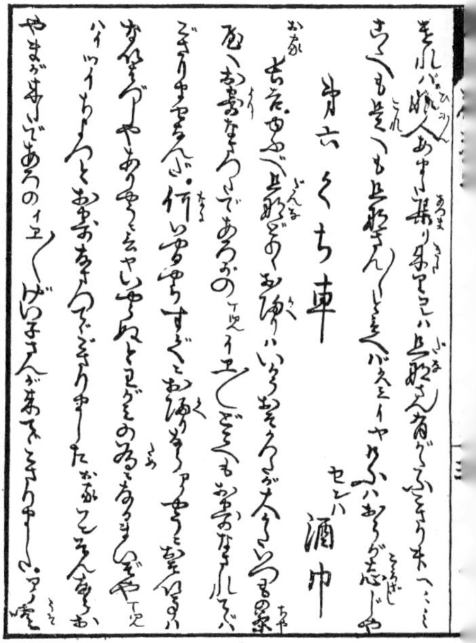

三ウ

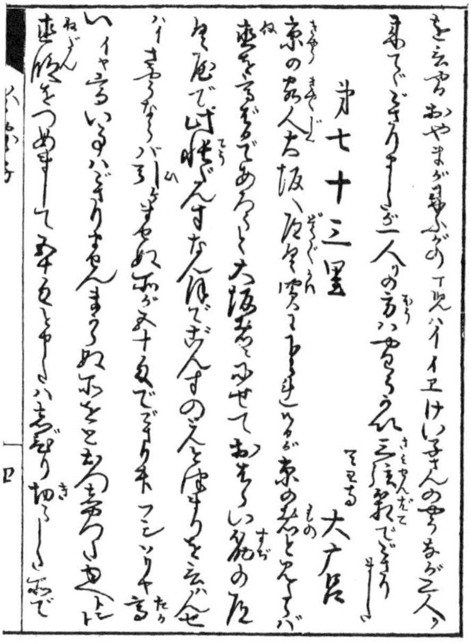

四オ

（四ウ）

其八　江戸極め

八畳やそこらの紅毛ハボレドがらす

せん六　雀瓶

そうちよろ〳〵ぐざめく婦の山ほどに
木やうなのてなるよて孝とかどをせしり
そろツひ一きろなぐるをからハア山を百なをちう百なを
大ろたと入のうすたないうもへへなんのひょろ
大ハ人のとうれかなる〳〵こへ愛でゐるー

其九　今の茶わん

せん六　耽古

（五オ）

其八　実人をらをラ凉とくるまちうる

十姓大佛柱

上町　木きい

ようまなるとな日の土ぼたふとくあそ
めりこもかいすて尼さすて寝りて男子あたちあいこも紫をにんのおるき

（五ウ）

十きや蝸雲絹尺

せん八　延明

（六オ）

上町　木きい

大佛柱

きさんじ　秋香の句の様をきくらイ、イヤヤじえんおかしいふなと
ころがてアぼつりとして色白で愛のあるきやうとれりん
じや。フム文字もテキがなじミの菊の代の名代ハある
けれ　イヤヽ菊の香ハ者やまぞろぞてらのハ百善
でもあるがあるたとへバみなその代の名ハ春の桜柳の
ろんじや古人どの句ハ秋菊と名ぬくんで見ばれじや
イヤヽきさんじハきやうまでふかしれど菊の代名あも名やうに
一トやりふあるテイ　イヤヽ様がよしイヤ菊がよかろふと
せり合出会がしら、秋香　きさんじ　達ハ体をおやり合ひ

六ウ

おやとおりおかしい二人あつまつて何も云ハねバ、アヽなんだこれ
のテキハ四季の中でも春ハとりわけ桜柳の色ぞや
で能とふ。文　秋菊の色ゝ霧の月の秋の
方が能とせり合てみるのじや　秋香　フムソリヤ春より秋ハ
古人も色ゝ論じておかしいも下きハ色やあれど
秋の千くさ花のなく花のおかしいハ秋ぞまさ
るじやといへバ二人　テモおもしろい喰竹の
十二　嵩参引　小涼風
やさて先生きついこ床のきせん上りてどうぞやさしいので若衆さん

七オ

おまへがお出ちる間おまへてみな句じや　アノ　勧進帳がかゝる
けなが何を来て　ヨノ勧進帳ハ宮ん殿と云ふて　ムゞどうして　ハ
京より宮ハ諸国にある宮への字じや。ウヽそうす紙てある　オテ
政ハまつりごとと云ふ字じや。フムそうさ字じやヽ元来
政もよむ字じや。すべて政を志てんきんけ、其のまゝおき
これソレ塩町の政じやすん

七ウ

見返し　白

見返し　白

十三　ゑらい社拝　　久保　馬遊

きのふのふんどをみかきのふのふ伐を休めかこぶ
寝ねたうちのふとうちがしん気にかくはぶるくりて
支へよれなくさしてしもそ閑帝とかまゆるぞと祈ふる
いレ雛助さへ閑帝さやえんそありや閑ねだらそれ
きれ入らーん閑帝とふかぼんまであ入ゃし閑
じゃイヤ閑帝を帝の方を合こうやろえんと帝の八こそんを
スく二人達してかどにはやヱさんあの閑帝ハテイヤ
ウらいなかとえきハじまがよさもさんかの閑帝が來てかぜいたり

八才

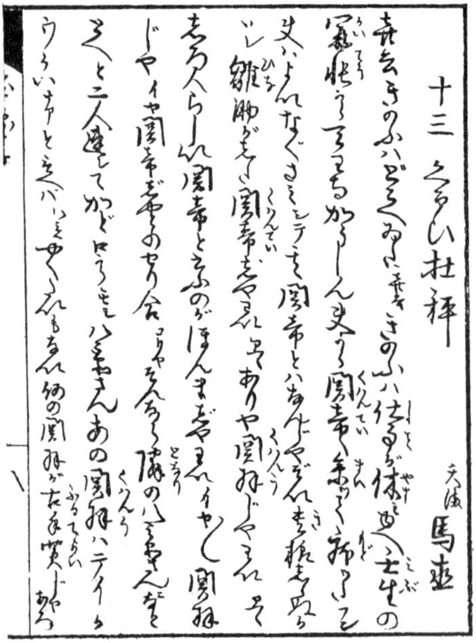

十四　千早振　池柳

みど町の朝げしき夕アつらふ丈をつけて下中きのみね
づけあんぢして生駒ぐらり王子山をあがあるおりふし
屁ぶいしやうきさいがとまつて屁をピコし　たゞモシあの音ハ
おらいそでおます凡ナア是程アレハむかしあまのうきはしの
くらゐぶんの音を神あさしやつさ附いまの仕事をおしへふ
たるじや　たゞソシテ音附かさつてあるそうでおますんく是ぞ
そうじや　たゞテモまあ長生をするもんじやナア

十五　鳥の遊　センバ崔龍

八ウ

九オ

のざい小ぞう母ハ江戸の入ぶく一人ぶおまへハ京じやおつきやう又
玉造の池ちかとあつてめづらしい所がござりやすホイヤ京も
八谷じやまで黒谷もあし白河じやまで白いもござりやせぬ
大坂ハどうでござります大坂も堀町があつてかくふ橋
くらでござりますてあつこ天満もござりやせん江戸ハ神ぞでご
ざります江戸ノイヤモウ深川とて深もない浅草とて浅い
こともござりませぬテイ又めんくく土地のちがいこと名合してみる三河
の老いの母親がゐの三河が来てアん病の薬があるからしく

十六　久寿竜　小大万

九ウ

アんさぶらいハ是程毫宅ヽズツトをりつコレ此たびて入ハ旅がのしや
あきぐ書々やのおいておんぶのでござります　アノ又かゞぐやめもたてこ
入ますりるぢやく長兵ハかゞんぐいらんアノ手拭ハあアレハ名やや
のゝ八のでござります又と八めも八めじや。おしげ是程はハ八の
でも長尻くらて子おると納ぶ名ん出れのゝ居りますこコレそてお
ららつゞ花ハハイコレハおまへんのでござせぬ在所ありいつて凡ふち
給んだちてござります。きちぢまんぞよお年ん此奥の旅中へ此
を入てさんせんがかくもあるテイ　あき家のまんコレ是あきれとさ
出ればちよんぢよさてさく是とりしやらとの事ナあじや

十オ

(手書きの古文書のため判読困難)

あの後さんといふおかたハそれほど諸持のくせをしていくと白梅
一日出てもくれねばぞへだましてしまふて後をとりだんだんとあんしん
かよりの子もとかんがへしておもいきらせて中後さんにこふじ
おまへさんにもしんがあるならへ世帯のかく自身が大病で人参
が入ずんばへごまよ金をむしんにおくされましたこうしがあさ
まの後ぎんじに質に入まする程こと金子たりかねまゐりかして下されい
あそこ引あてさくあきばそこらでくらふくゑ悪口きのふ
いふやつ諸子持てまゐりまするやぼさんの名しかんざしをひよろりあん
出しやバあるふところより小判をとりだしていれる無事まあ

十二ウ

十三オ

さうぬるたくしてますうん後さんそうしがうふさいハ小判でやれ
白じゃかいやなりませぬや小判もって出すておくれさらく
おすふるよ　サアおれも屋つて持てまゐらうとおすふるよ

二十一　むうさぎ　セヘハ酒巾

コレハたいそういせいが出るの。サアあんまり能月夜ぢゃへ丈で
よまべよ一句ふますふとおもふくモウよかろうちよんと
句を見てかされ。ドレくと句の字を見ますうくしらうて
よおろくコリャよいはじやどうて字じゃ。すまい仙台居芸ちゃ
さしてやとふれ。されバサアながうといつうん　イヤく。えんなら

十三ウ

広島るうん　イヤく倭ぶうん。イヤくそうしてら楼例おあうり
うん。何をいふハしやかやう　コリヤ地米だやさんの言くバ。
ハテナア　どうでも月秋の字ハ言をうかへる

二十二　もうた鳥　セヘバ首我

按摩とりさる大医の方へ行おんまる内ゐる玄関にあん
内して。金庭金子くうる事じやすてなふそぞ出くろう揃
あなたおみ戸あさまする首額所はもんとの役。すてす
いふんとあんべど大医ハさりにささよく療入てみるるる也。
ひんくらへ出るるハ病家ちうくただ今海苔すまく

十四オ

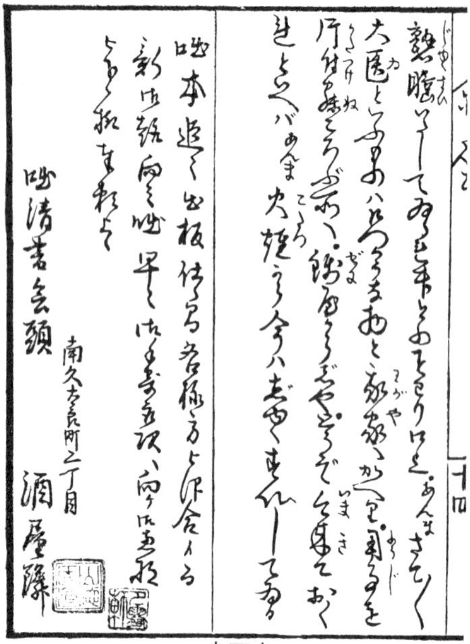

十四ウ

見返し　白

見返し　白

二十三　いもれ色　　　小雪恍

ある武家方遊びて出かけしが、小ぶりの雨のふり
されバ、とあるきげりとすしありげなる小家の軒にたゝ
ずみ家来をよび雨具を借れと云付ければ、下国
からまりてそらやの入口へ走より、コリヤしお亭主よ
あまりまんのことが、蓑があらバちや借たらしくと云ふよ。
内より十七八ナ娘が顔をあらハし、まだ山吹の花の
枝を奴に見せければ、下国大きにいかり、コナだ人さんめ
ふていやつだ。恐れえをみて金子とハ

十五オ

二十四　女の子ざん　　　小菖杪

どうせ新町色んのかはまち持の陰みな宿が出るがおもしろき
の朝帰り。宵よりつりる大雪もいとハず、浪花の橋
さしてくれバ、ハテ雅ハ京か、夜の京とハまたどこウ
一トつ見よつゝるにハ又どうもいへんと、西の方をさしくれ
バ小の方よりちんぶんの木綿ゆるにたし、ち哮世之
言ちめよりけさ店におちんぶらみつて、雨京之の小
いゆふべうせたらんハ。アノ新町がれし形見ん宿の出る
ろおもしろさよ。雨が降りが雪が降りが京をいとハで

十五ウ

に朝帰り。ありがたの内ハかまハしで雨が降りが雪が
降りが茶屋ぐるひ、それをおもへバ年中降る雪も年
おやまん

二十五　色ごのみ　　　天とる茉山

ゆやでまもの浴衣のかふ人と人若西の中。白者と
ふつゝ二人連に清水のふろうのらんかんにもたれて、
なかもかすらも一つの風呂。二人がならびて浮の
世の中ごと。ハ知恩ゐんの桜を見てたの
まんく咲きさまよ。ふまんやんのぶらんぶらんの古許と

十六オ

二十六　兆外の兆

　　　　　　　　　　　セツハ
　　　　　　　　　　　歳暉

句となるまでもあるもの
どうらうよ。はれの陰れが高針で兄室か
を一人わけするな水バ仕事もなく覚ハレ
神をゆりくくとかざゞざ撥ハたて

大に写きて（どうりネある〳〵のユレキテル抹ぎさげ
すーぐう〳〵く久るの散つ八五行をならく〳〵め
さくをしばし次々が出るで〳〵引くくてあんてで
さくをとゞらりじませて捌あの法ッのあるひと
てア細二をざらりじませて捌あの法ッのあるひと

あとぐハほうとひの四つ鏡の次ふぶくうくあゝダ〴〵り
とぶる。夏わコリやきうんばあさぐ→本も付くちえそとも成
かゞこゝヤあるくとと出る所の様をあるとて引やう
柿あづあくグヌツト出て答へ蒼く最次八
　　　　　　　　　　つぼ　　　　　　もと
つまあコリやみぐろぢあもありぐさと引うちを
つまあコリやかま屋の争らなあち出うちとうち
出こうヨレキテルう五行の出てゑくくとへつくての
備ふあゞとわう鐘をあてゝ立てゑくぐ〴〵兆んるの

　　　　　　　　　　　　セツハ
　　　　　　　　　　　　一胡

二十七　月夜の鈴

ほうきよもん
死の大なハイ　父ゝ出て来てをあとろんぢん人も調
てハ八うちもつきもかわれてみすーホぢての小釗の出中にろもの
京あうの男ま女中ろーのわせらうーやかんざんの物を
ちやきりねこよこ出引をあるくゝと山すゝるかなくそをぢり出
まきくつるすてきおゝくのとをい又ゝを打うをろろ
伊ありやーニ乗つて打てそんのうすをあるぐくとゝ日のろるを
先きつりかて又ふ月地ろあるぐ〳〵と日のろるを
ちおろくつるすてをゝくのとをゝいろよ打うゝろろ

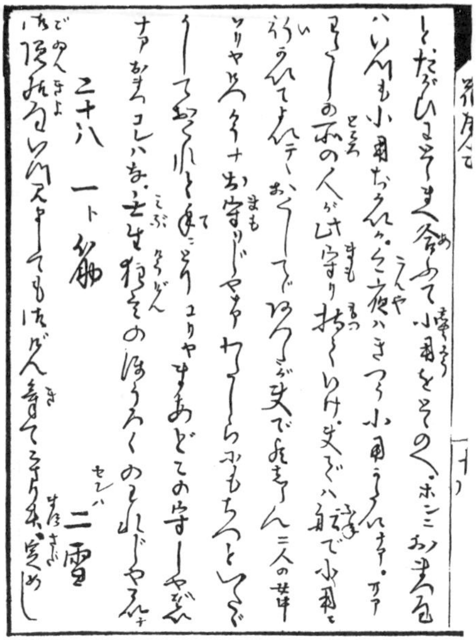

十八ウ

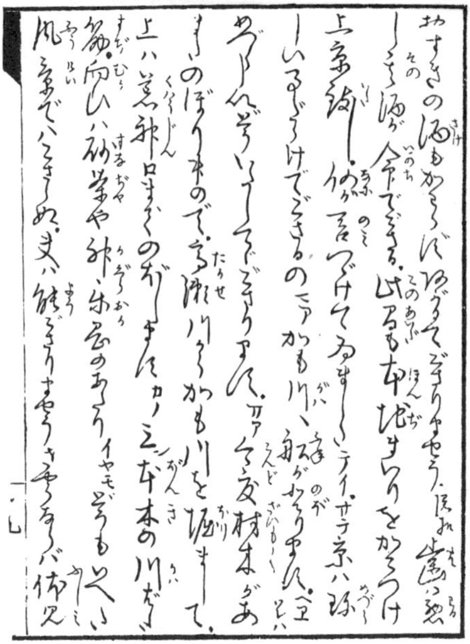

十九オ

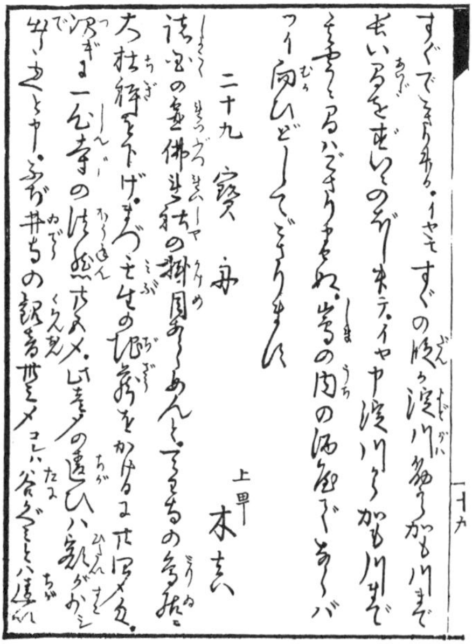

十九ウ

二十オ

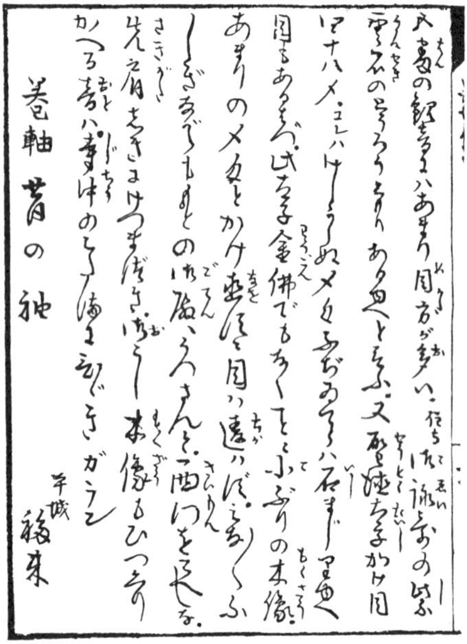

二十ウ

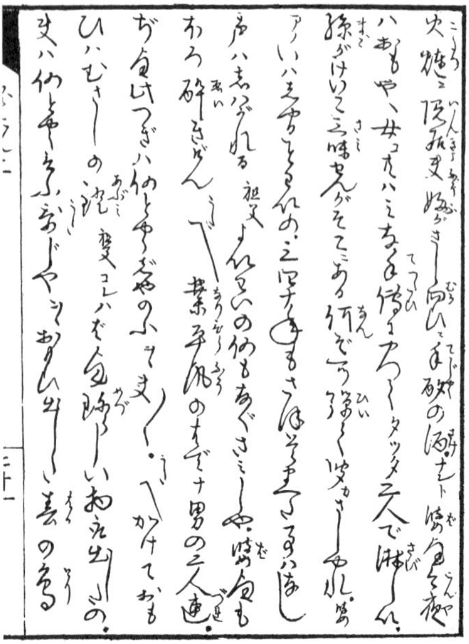

二十一オ

見返し　白

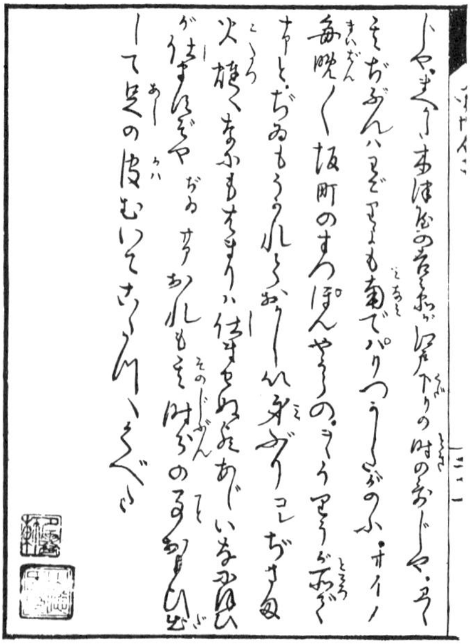

二十一ウ

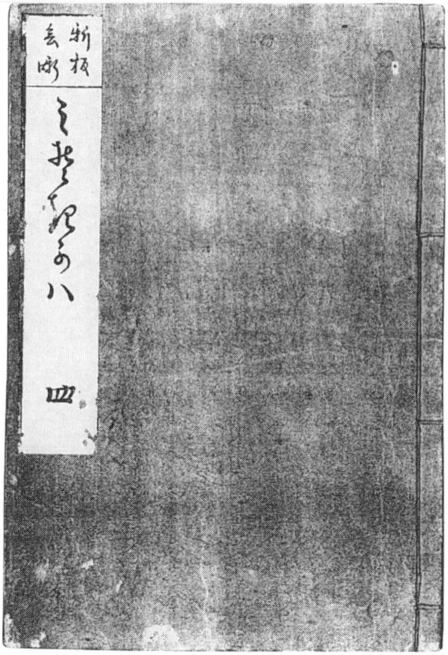

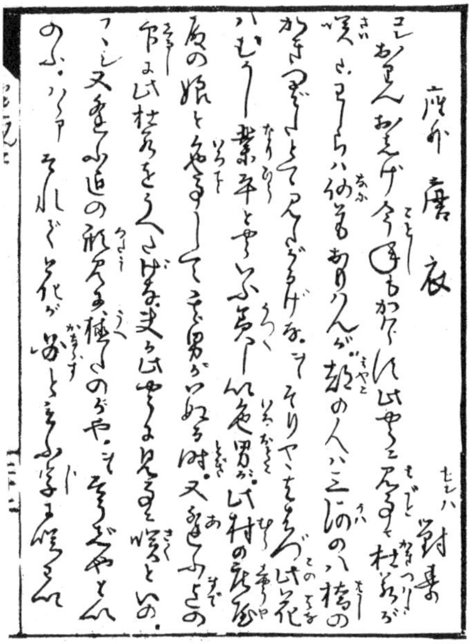

二十二オ

見返し　白

おれも又ハ哭であれどたゞ今でも病ハ素人じや。と戻
しく伸がとしく〳〵してまゐりやんおでなさん

咄外　桜時　ホリエ　五東

人おしてみて娘ごんのおきく、行バ。ほうろくうりの志ましさハ。
おろ意がほうろくを売をもつまへてワキ　桜ハ泣きつける。
ほうろくハメリ〳〵　見れるやいな。アレおの又笑ひ顔も
とまをのげ人をつぎのみ笑ひ話して申す会　コレハ
なんでもよい娘をもあとちかくニ年の世見ケ入能不一□拾い
くろの伸して立ずる連　様仮名文を何とおふて直ぞ

二十四ウ

こりハ何もちつとぬかれしどアゝ申うて大路が雨でをするがよゐ
云つてすこうさかさててうつ手誉ナ人じや外の役もも
立ぬめ拾て志まかしまいやしてア三年でハ窓つのりじや

咄外　仝の素　ホリエ　巴路

ふも雪あれも雪とやらでもと降つづきはりの極く
野も山も一めんなどか山やうの人家ゝ一向ろとかかれまでハ
家ごとにしろうをたゝき家内あれり年しきの大雪と
すくにかゝつてある山から麻さら雅あるさおもがすも
人家の中の上をすぐはなしまりしが何が大雪にやふろん

二十五オ

家を埋めしことをたのまで襟じあるけバ取手ま柱
もヒツキリ〳〵。家内ハとうゝ外へうるさに。地震と
こゝろへて来て、此家へ寄る時分よ坊ノれちがへんじやと。
声をおいてよすなをし〳〵。おりふし通り合せし
旅僧の耳へ入し、ぶいろ扨此大雪で八甚年ハよかろふ

咄外　雪隠　アハサ　桐忠

大家の娘むすく。娘ぐくところふ大きな文よ添くなれしあるるが。
此梅ぐくおりいかけあう枕あぎす。此ハ其陽の狂ひ日と
一下あるのかりつる〳〵と信くるのるくと毒気も此文の

二十五ウ

格子ハうすしと云て読出してもやんすおかく。ほと右作よ
むちやじちゝ気をつけ襖よ耳をせつくとる彩じ。掛
おもかけの〳〵ちぶんなれバ又よき家様お〳〵ふまふかんさけく。
くはを家のむえ。コレ梅ずえむかれぞや。是様の体をとふり捨て
一人りねぬとハきまうくがなれ。胴欲じやつてうきも世がすてある
嘗るとを変じ梅がえをしやもがうふとまいて。拙ゞ種が
とおくてあつこれおのふ。あれ複の外でアレ吹かしかれのあ
おやさんが娘ところの子じや。いつも正月のやうにおふておる

咄外　大念仏　セコハ　鋼藤

二十六オ

(くずし字・판독 생략)

12 『新板会咄　御秡川』　寛政元年

見返し　白

嚊ぶんと捻りとでのゑんきの戌
嚊ぶん住ハイ　上町より蓋屋へき付ぶじや
びつくり住ハイ　上町より蓋屋人色が尻があつく乗
セ、スて－ふ裏を分でござり申由、戸ハふ嚊ぶさん
嚊をつるぎ、絵解とあくほどあつて、娘等が付ソテ
ミ、それ娘か声ぢやハイたー佐ベ坊の声でござりまん
戸ハ娘か声ぢやハイたー佐ベ坊の声でござりまん
咄けやうるイヤ、その声ぢや念ぶじや咄け付ぬ
さきま世れさ子ハ　男の女っかまてさん

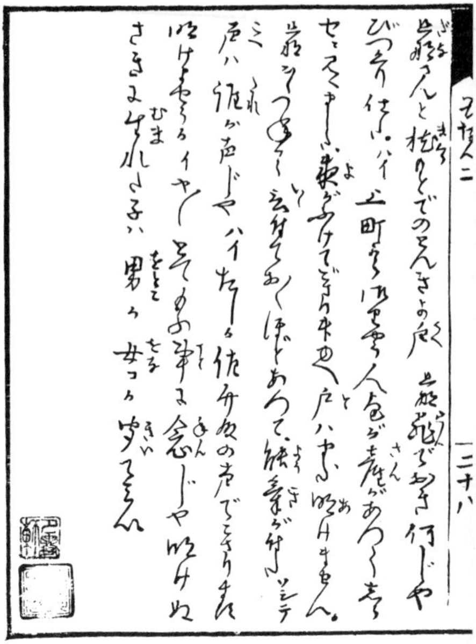

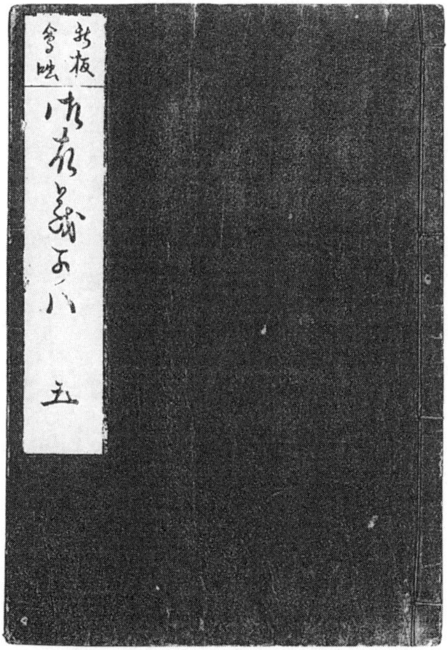

見返し　白

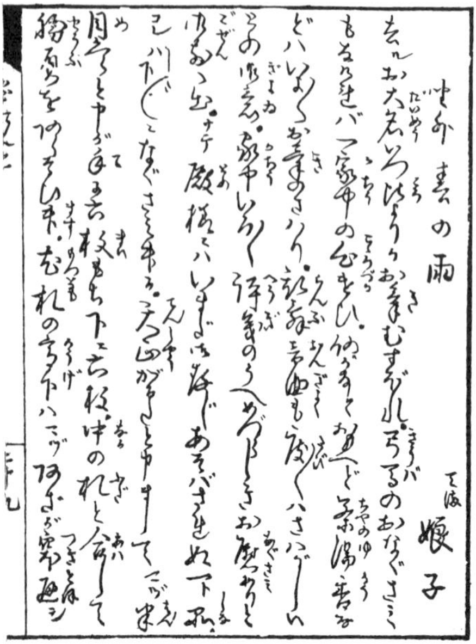

二十九オ

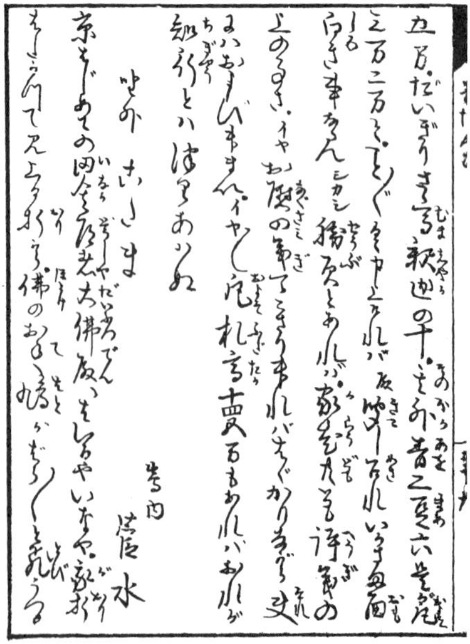

二十九ウ

三十オ

丸をぶらぶらと双方より。撰地をかゝげける。其外肉筒を
申ておろし拵へ。仕くアレナものがどうどうの薬
屋の官板又あるのふ

咄外 十二演 ホリエ 唯蓮

そうろし昔より。名ハきすみせん人ハ武士とうまれるぞかり。
まえぬ名乗の字を志し。足じやう脚半も細袋おへ
どう参からるハてうあんの孫むすこ。孫へ出て崇とおちり
より連れて継て名を見せんと車坂を古田もうちすぎ。
くらぶれ兄くに孫が申んちや。庭をちて手ハ継文がコリヤ孫よ

三十二ウ

まちつとぢやぢみけよ。名を得て下ア無学文がちつて訂弁学
の名鼓さ弁学文の七つほど。なにデモ弁学文庭のめちぢび
ぼつとちる八丈るとカラが。ておる。ぢみけしきあるハで
わる名跡川。六田のわしが蛇かゞくへグハツサリ 孫祖父
さんアレこちんせ弁学の紙くず籠が

咄外 思案級 セエハ 一山

寺方の内仏のぶんをはらく備中がかぢあるくざる寺の
梵あとさうてほどをかくすを。備中人付てほどより出
うみり。ぢうてハ世しと迦すのび。あるやくかけるとぞぞ

三十三オ

がりまくれしと祇めぐくイヤしかくきまるハおみぬ大く松
ハ耳が来ござんれ此ぱいて見せておくれ。ちろくども
あらぬと云てゐる大くせいかくやふてとぬのとかぶり振
ぜひしと頼めバ今ハ是ちをあく。おし入つなどかく
さらとよゝ備中跳み乗り。さア大ゝくをてをし。
立てアリヤ大ゝくおしなん我食じや

咄外 小山うち王 セエハ 下曲

ゆふべすゞろかに三人より会て何と味がるハなれぬ一人が
あつさ出へ向もなんが出る大ちく出かけさかすまい

三十三ウ

三十四オ

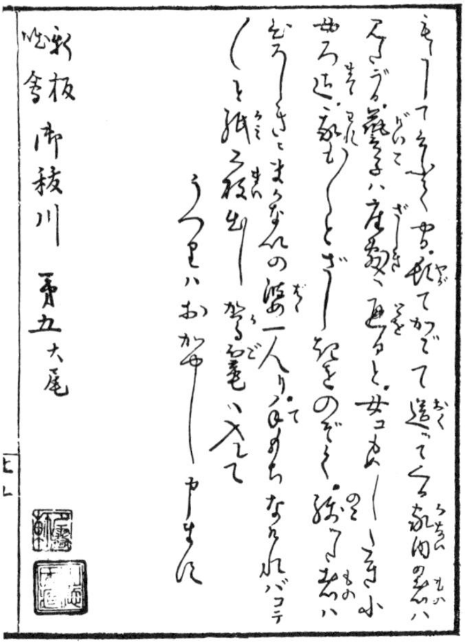

三十五オ

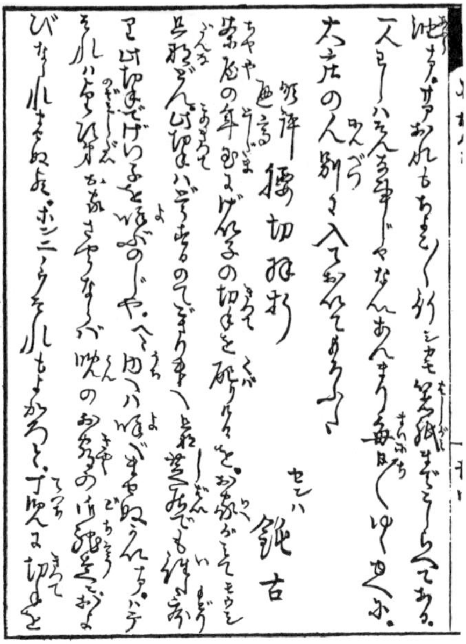

三十四ウ

見返し　白

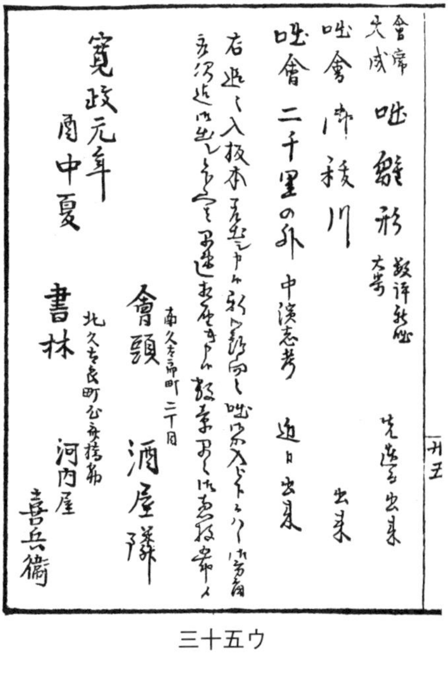

会席大成　咄雛形　先達て出来

咄会　御秘川　出来

咄会　二千里の外　中演志考　近日出来

寛政元年
酉中夏

会頭　南久太郎町二丁目　酒屋

書林　北久太郎町心斎橋筋　河内屋喜兵衛

三十五ウ

13 『軽口筆彦咄』 寛政七年

見返し 白

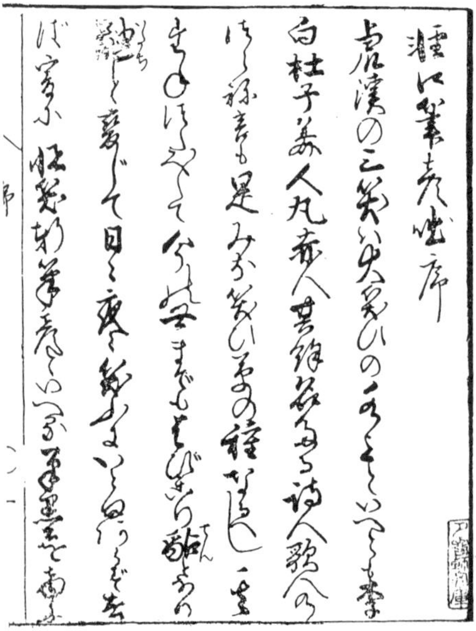

巻一 序一オ

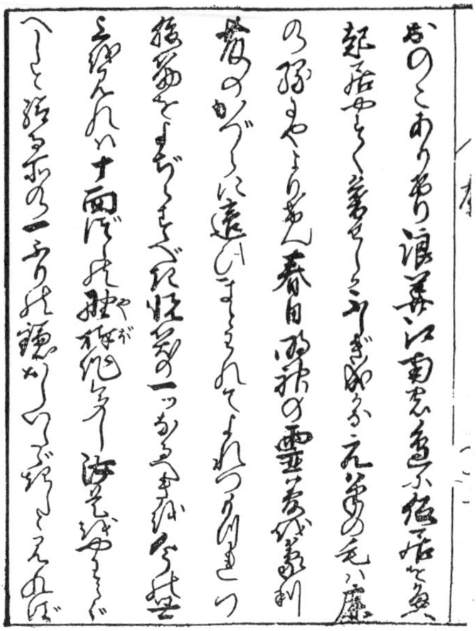

巻一　序一ウ

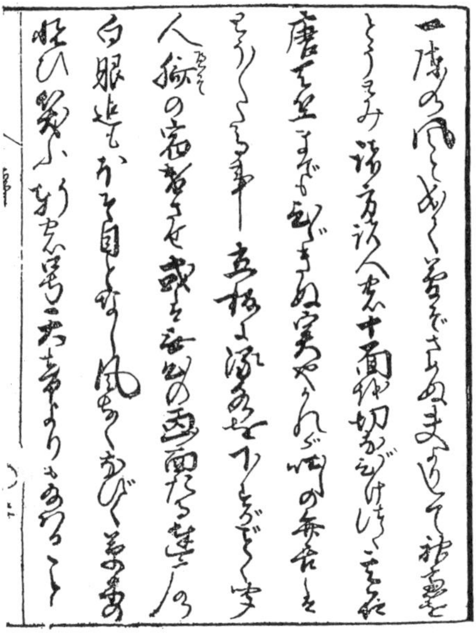

巻一　序二オ

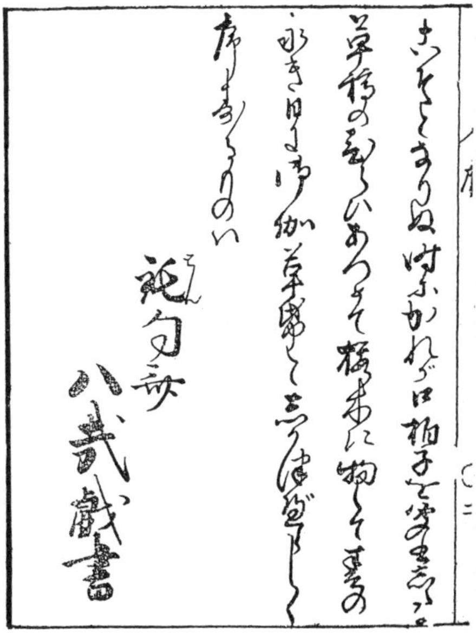

巻一　序二ウ

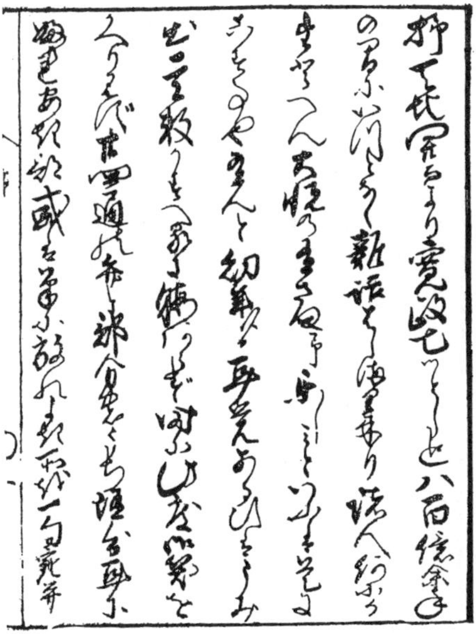

巻一　序三オ

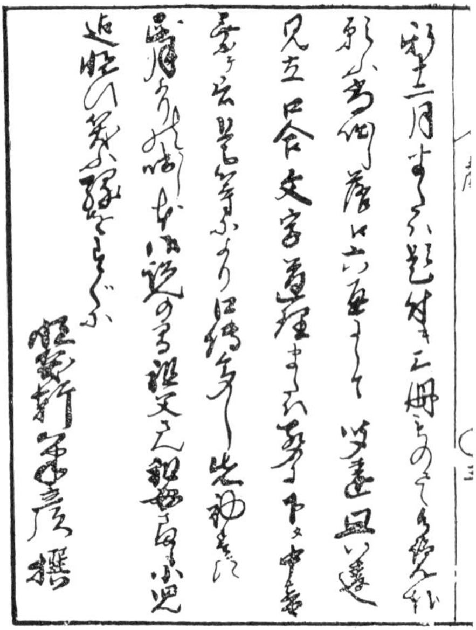

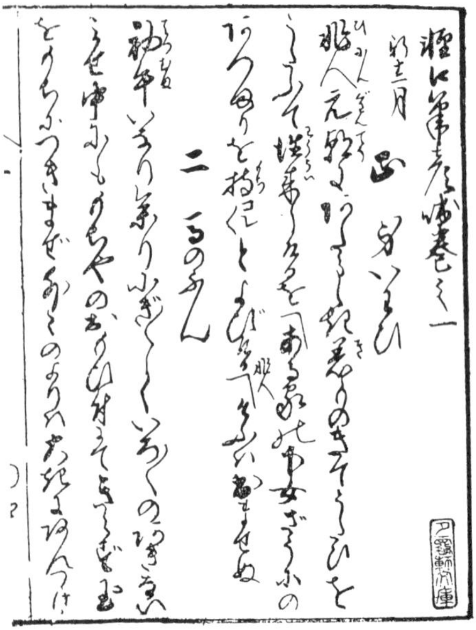

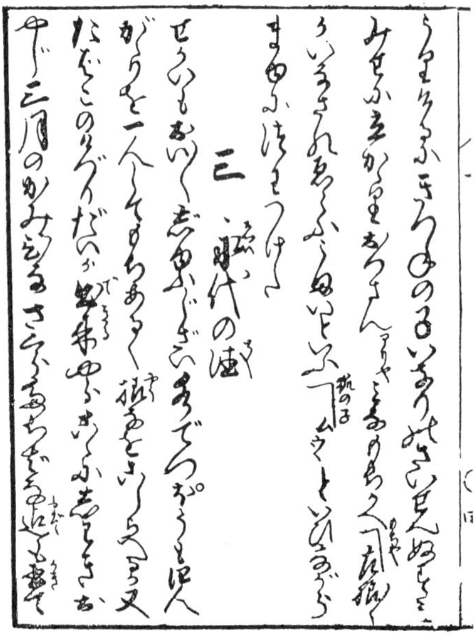

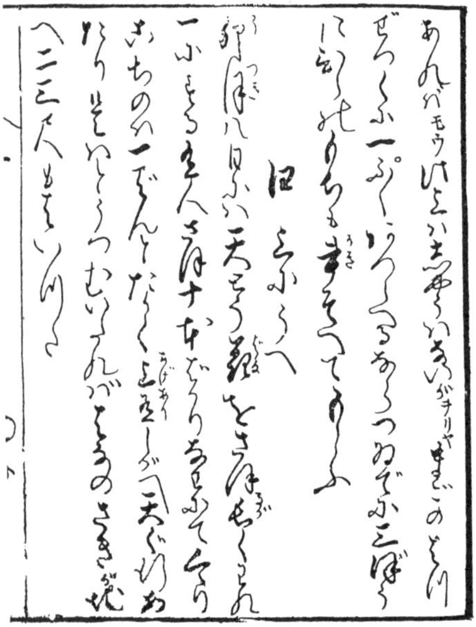

巻一　五ウ

五　孫ふかゝる図

さる頃出てきくおやぢ娘が一人のまごで
こさへれバ大きふよろこび祭ぞろくまゝよ
座しきのめんを二反かつてふんやへりさらくとあ
ちんハ廿〆目まで出しよせがいまの伜のんがあ
そあそでおされてゞふゑんやりたの気をさろし
ゝそヒツリリン起それハ五番指出来まく

六　ミクけ先生

まち奴伸志西の出やりまるねりの芥をよびき

巻一　六オ

オテハほハ孫りのゝだんぢり山とふ寄る
りのじやがぢいぶんとわさも出はあふだせじや
がおうがバコリヤカエニシの佳家をとられな

七　勿りましよ

盆も十九日の夜さんのかんだんきる奴
が大かのちち へまでてすト出しのさいりし男
のむすができて錦中〆しておそれとふ下
ぢやう今百あの汐文でもおかげなんが
め札じ作男だちもまるであよ　色くし出

巻一　六ウ

「奴　ころもりて立くわろぶあくる日なんぞもちから
よいきりしてちゝくげんの花やしますて

八　四三五イ

彦左へ「さんもふいへ「八まん山へ元先にい「それハ
きつるをうけり「山へへらぶせ八ひまと二日かつ
ゝ「二日が五月十日でもでるありをあふぶ
面をすゑりでさく「一日かかる八まん年じやまいる

九　五本あぶら

さて「高札「つぶ天へ今がさい中チトのみぐへ

巻一　七オ

とおらけましよさい「サア〳〵又二三日もつゞけ
じや「カタワキヨリだるまさんそのまうふ息〳〵ぱう
へ出るあされいぞもはまぐ竹の歩や〳〵いふて
十　毛のないけ猫
芸者さんよみしめの皿をまいたまあぼう〳〵かり
てあるがアリヤごぶしのでござりますが「
一つあのらふべ川してはけはりヲあめのふる
ものじやみしそてかみをめめでゝたさてく
のらすハ言みがら〳〵ソコデぼうずとふーや

巻一　七ウ

ゐる「フウそれではほとかまみ日〳〵ひますもち
廿一　きまされ
いるかゝるきいあの女大坂へぼう〳〵かき
てござらんぼりのほんせぬふ日かゝのりきを
とえてりゞう「アかへさんまうみでさん
がはおゝいおゝやとしってござりぶすき
とふこんだんも女中さんがまうきそて姪ざ
しきうそふ日ゝるあるしき
廿二　へ会せ

巻一　八オ

きるおいぎきろあなまいゞきふくべかまど
て一はだあらしてゑまわきなりしぶぞんより
こんとござらく一か〳〵みもまかで「きさん
まう〳〵あつてきうまいたゞみだやチトふいう
まゐうき志あおの「あん〳〵さんだるのべうかま
あいうまう〳〵へあま〳〵ひあいち人まちぜん
わりくほさいうものこうねとあうさや
川へゆく

巻一　八ウ

巻一　九オ

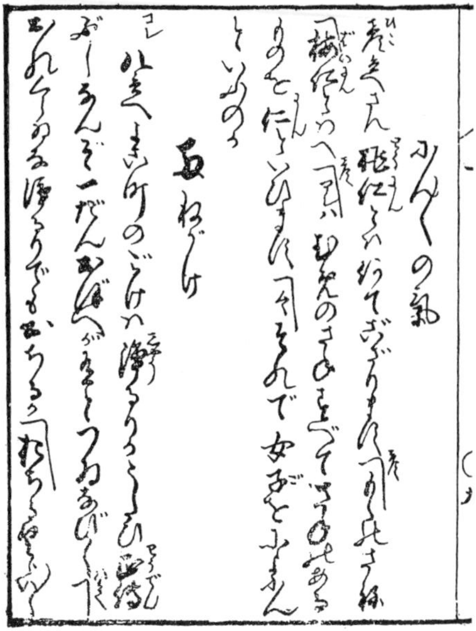

巻一　九ウ

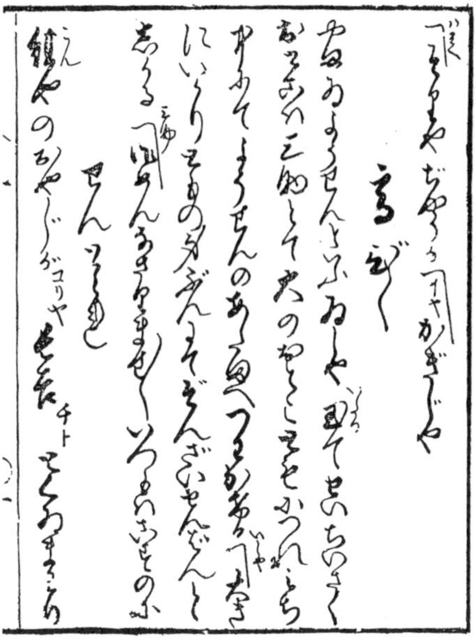

巻一　十オ

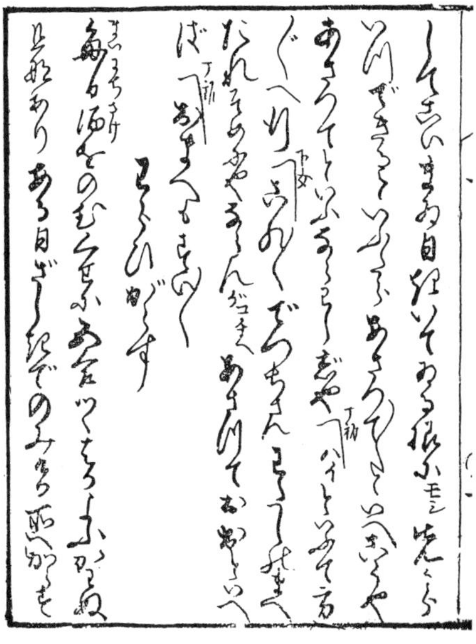

巻一　十ウ

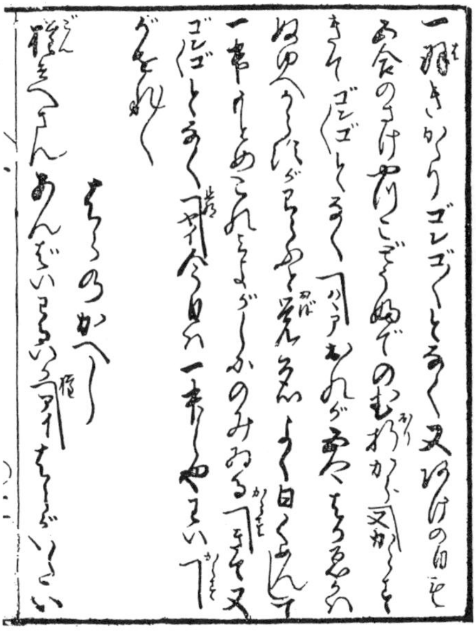

巻一　十一オ

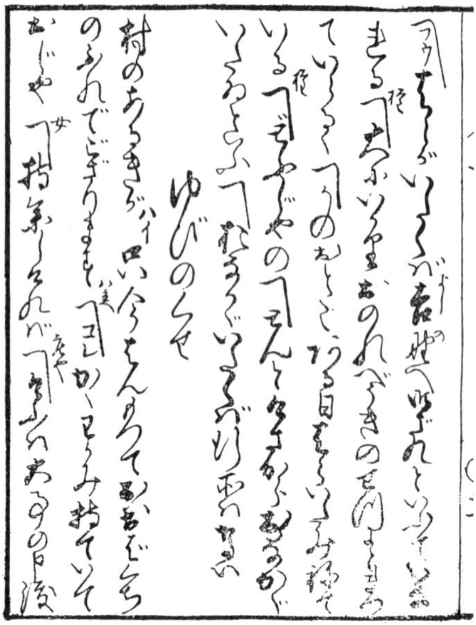

巻一　十一ウ

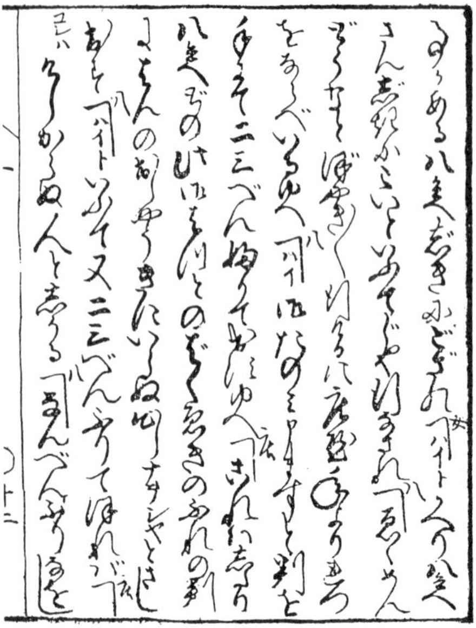

巻一　十二オ

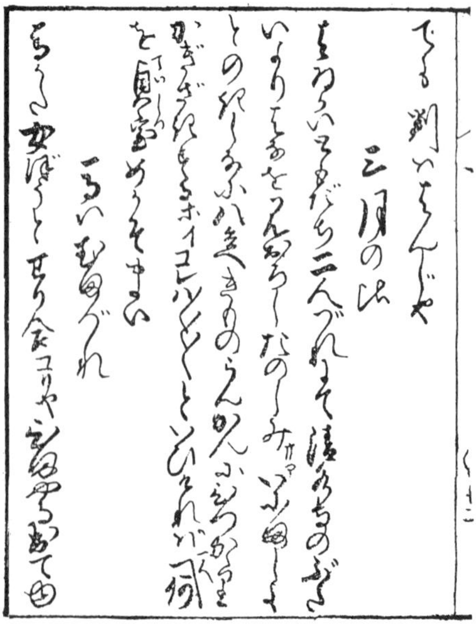

巻一　十二ウ

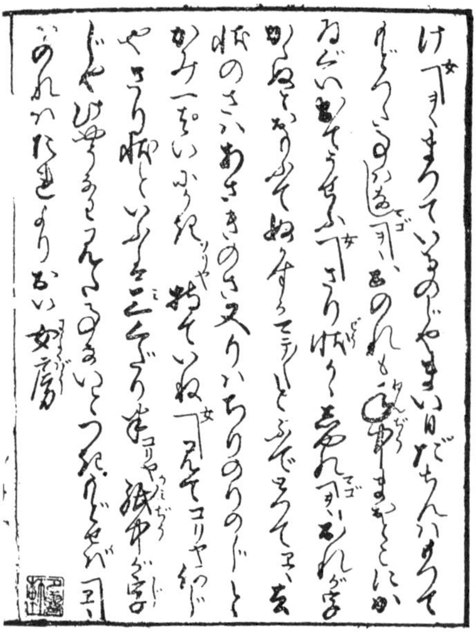

巻一　見返し十三オ

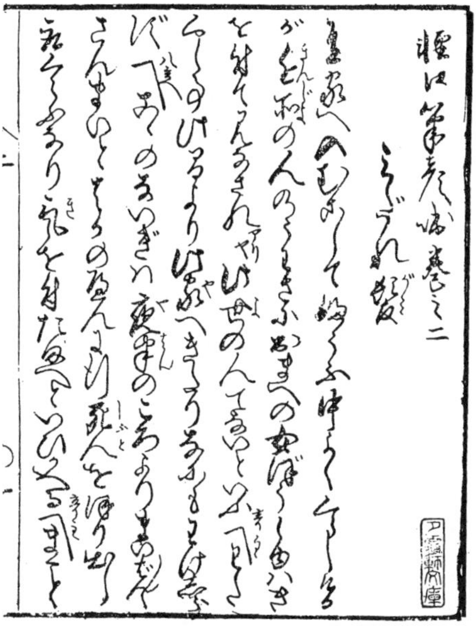

巻二　一オ

見返し　白

まよふ人のふ死人のまいそ口へかほを封ると
もげぬともやうきゆうおもでハおいつと二度焼き
ぐんよくねさう飯そてふかぶ夜半よりおれど
あいぎてつゆのまるいをうるかぶひ売ら頃
をそくでありけり「酒よりまへかれハ以なん
まいりけり商売の死人をほりあしくと迄
かふまかりして仏かぎぬちゅまへすまが
あいへ入りまうて「さまへ入りあすまのい
まで又あるだんまいりよくのでく七日

巻二　一ウ

八日してうふ「ていしゆさんまいへり死人ば
んろうまのとらぞをまく　ハテ サテ　めそろてとうある
ずまじゆゝら女房のおすにちがねいぶ死
人のかをおゆもこまますとあつうをさずせば
一まいのそうぞけり手付ま
おまおしべきぐふつうてふべおまぶ
まおしなしてそあふるおりなり　とき
　　　　雑の用心
やせがれるかぜに目をさまろしてまいせん

巻二　二オ

といふ医者へきてなふちぞてつくしハ闇
の留るところ二三ぶくやられまするといふ
「医 御亭へのさいふハめハ大けくあるへ
やせよろしていまいまだいんの留るところとハ
いうおるみぞ気がちぢやとぬかとふ「妙
ふるいだへそろてかへり妻あやふの色
ますす
　　　よびだし
きるせうねんと一人入て見るすゑの

巻二　二ウ

いるくうちら秘法かくとおあんときる
うちよりきろとろへているゆへ「医 おうきいぶの
ととふぬ主屋だ「又 おさんでのつとハどと
らろかぞ「又 亭主のうと思へどもおとんだ「医
きてをねし〜ハアへ長様まんろ「長 ムウ」
　　　雑説の取沙
ある盲人物をよほどなおされもせハお
めいて行うでぞ都合よまうたおがかつかよかろ
「八 うまと杯「いや酒やらくらぞうけるる「八 それ

巻二　三オ

巻二 三ウ

巻二 四オ

一つのかゞみやのていしゆ、いとまごいに「一ざやつぱりいちやうのよふでるい」のがる天下一ぞといばしとるが「ソリヤそれは「チトよふがつたとき」「ちとふるいはつだ」「ヤアれば、「そんならふるとおもやい」「ふるにもほどがござる」「それかしが「さきの又ふりつぶれよふなのはござらぬ」

巻二 四ウ

ある日おとぎの衆一人一人のあいだ、ぎやうぎの者「ぎの少し酒おあがりなされて、けふはおいとまごいに御ぞんじ一さん二さんのあいだ御座ぞうほど、おいとまごいのお出て御座らるゝ

巻二 五オ

雲井竹の扇をひらき「山の様をんのみ一丁松のこぶしがながして酒のくみかわし白ぎく一枝松のこぶしを一盃ぎやうぎの者「山を開けてみれば金のふくべやふくべ通りや

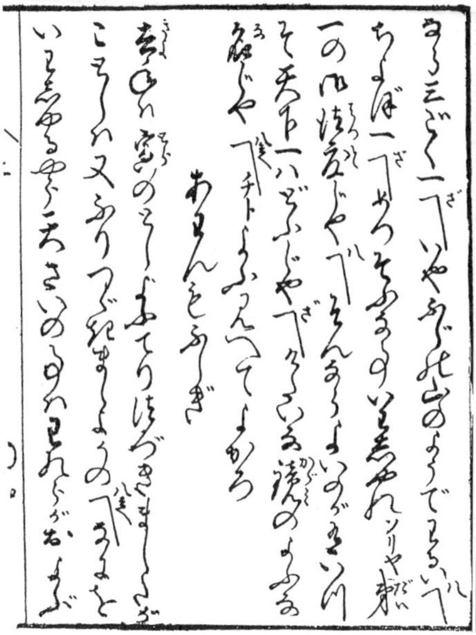

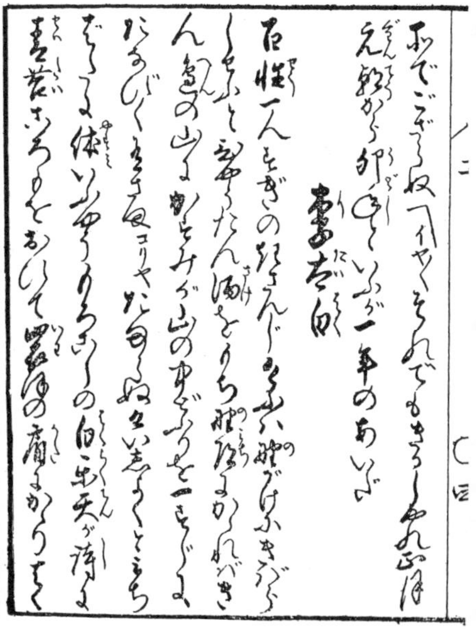

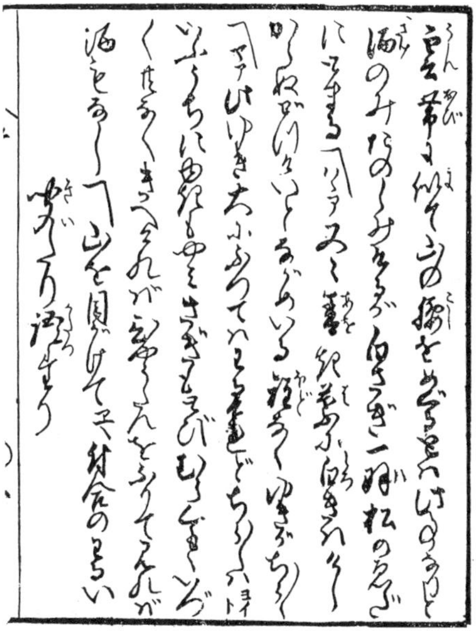

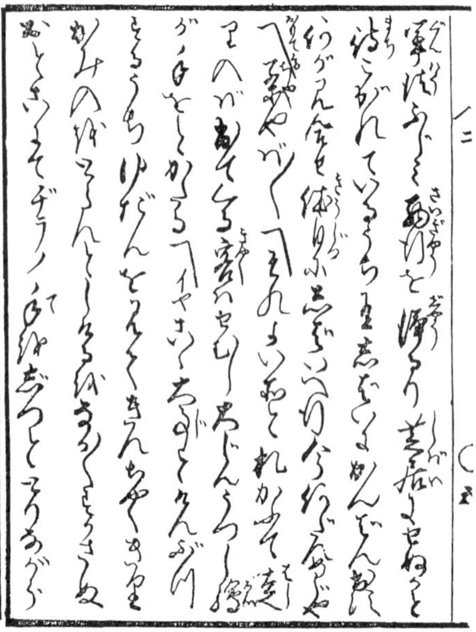

巻二　五ウ

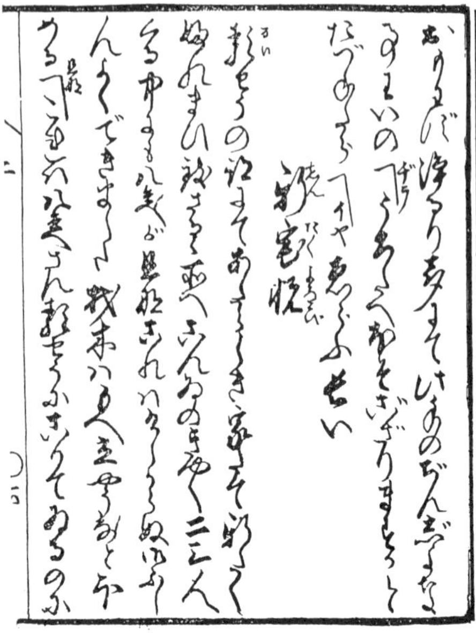

巻二　六オ

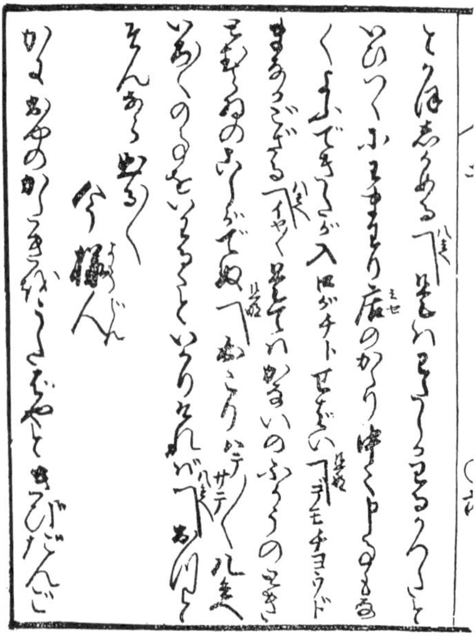

巻二　六ウ

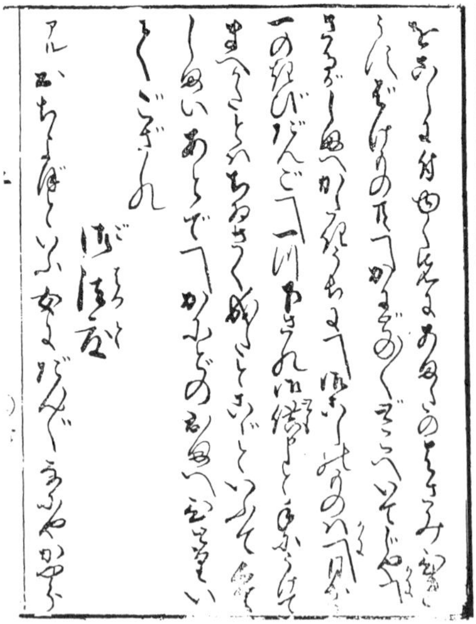

巻二　七オ

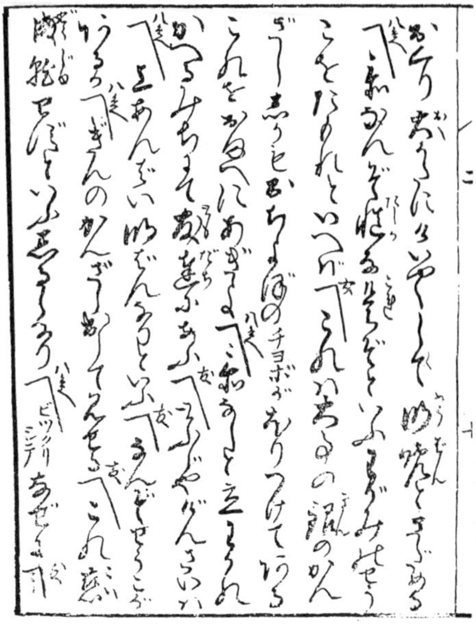

巻二　七ウ

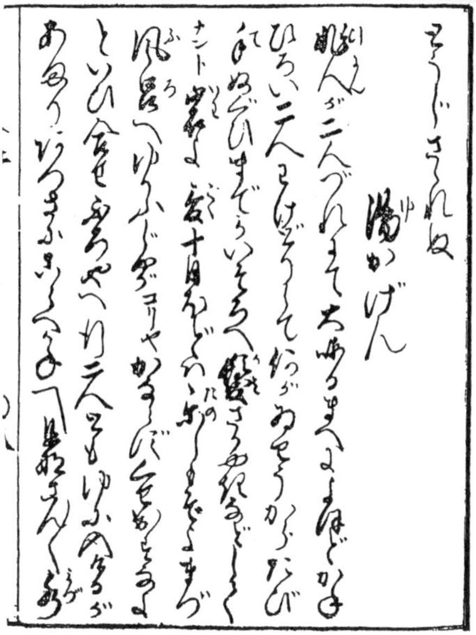

巻二　八オ

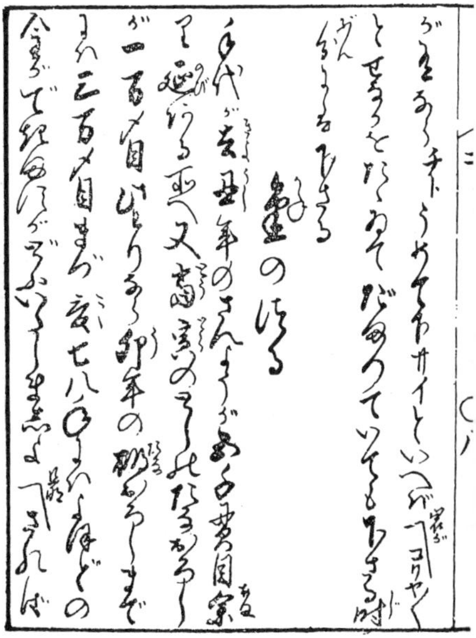

巻二　八ウ

巻二　九オ

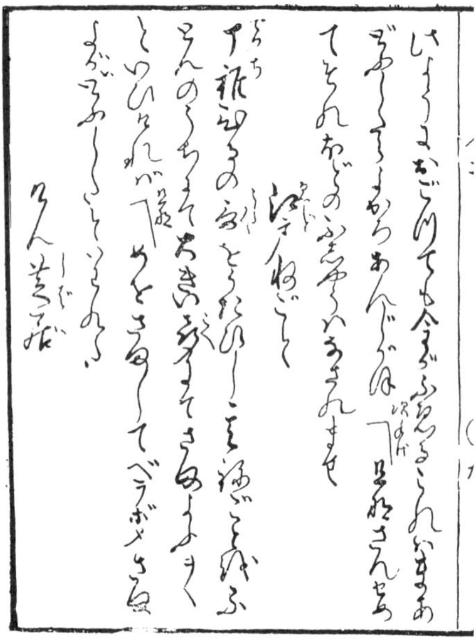

巻二　九ウ

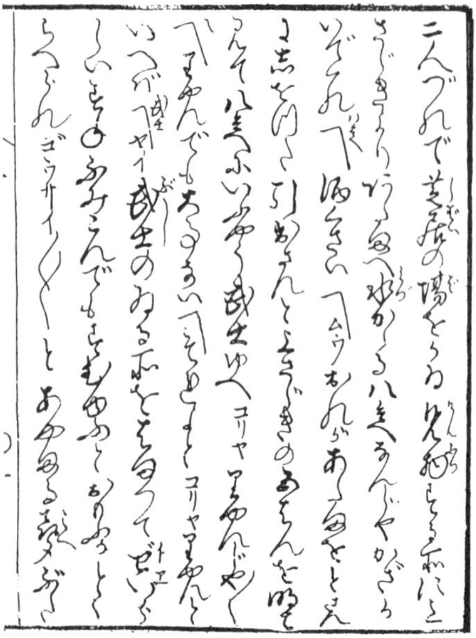

巻二　十オ

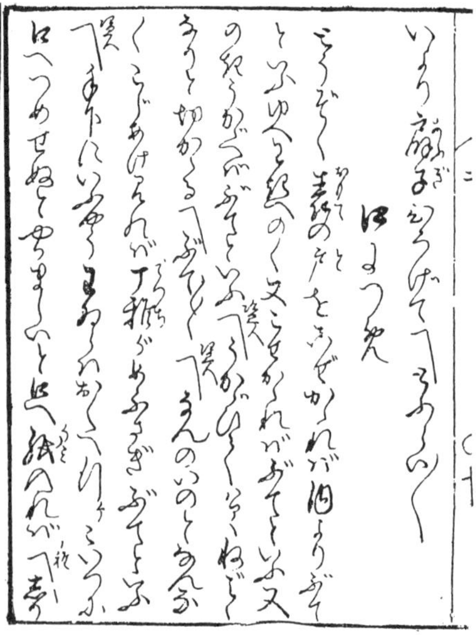

巻二　十ウ

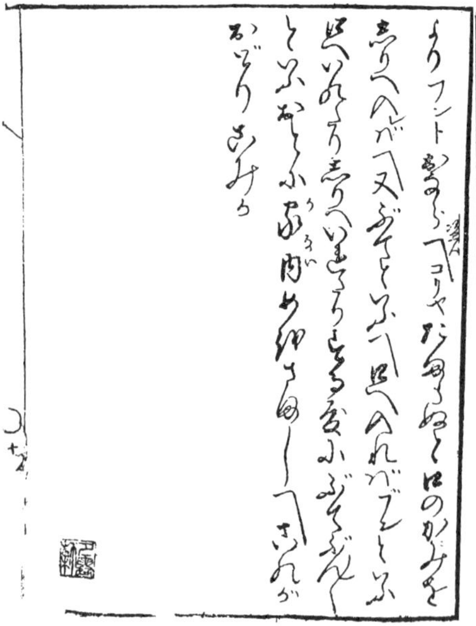

巻二　見返し十一オ

見返し　白

軽口筆彦咄巻之三

ぶらうどの

ある人てぶらうどのをくとてたらうどん
きらふ事どをやくのぶらうりん有　武付
一人がいやいや其方もぶ志うのうとされ
きらうもうのじやナントぶらうりどさま
うゐのくいやじヨリヤもとまさらふかなぞる
大仏心

おだ仏きをんじる久ゆゑてほんぞえぶ志

巻三　一オ

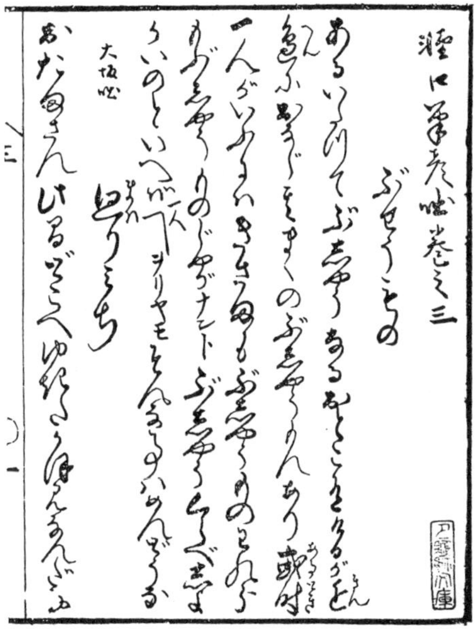

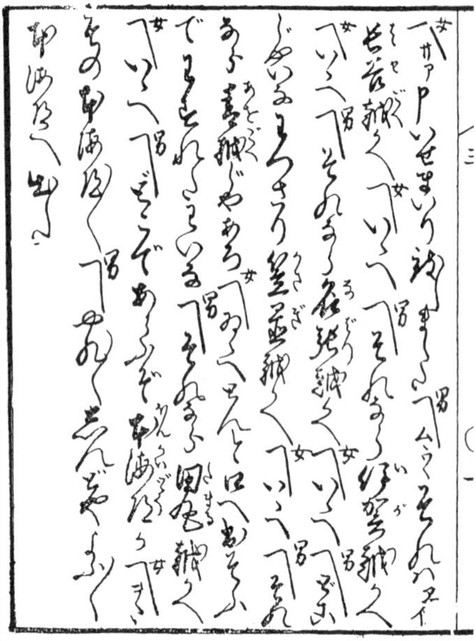

巻三　一ウ

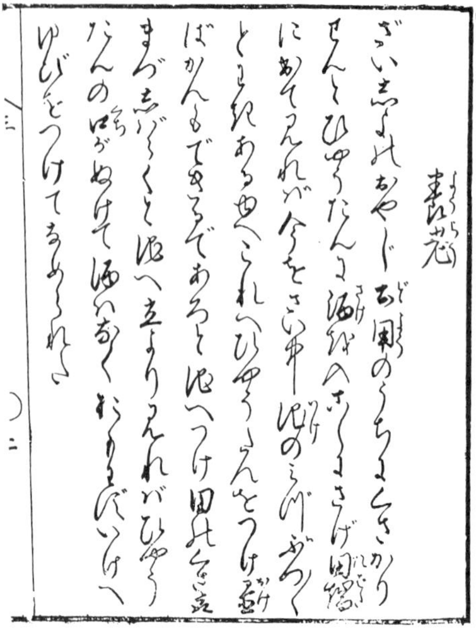

巻三　二オ

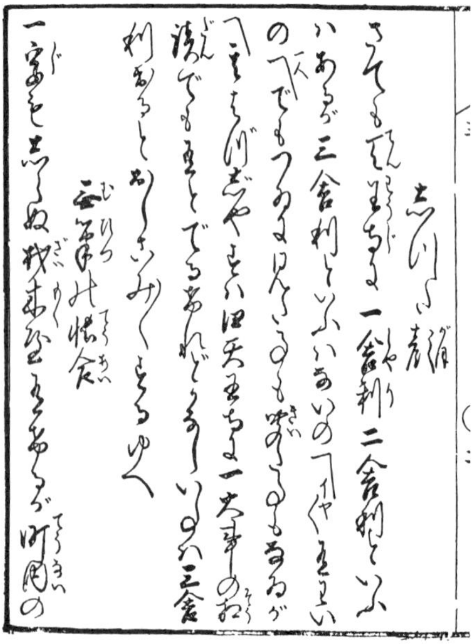

巻三　二ウ

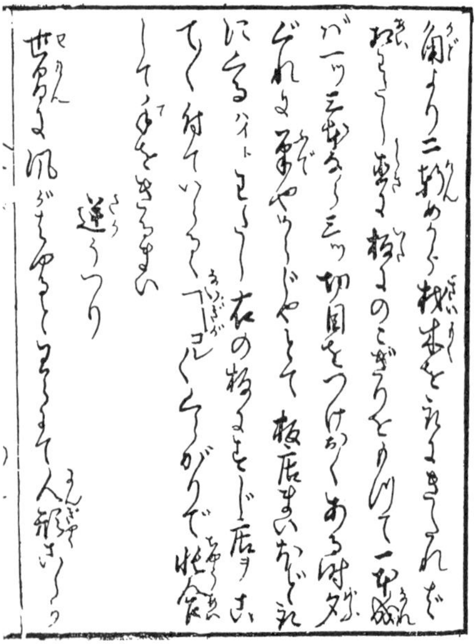

巻三　三オ

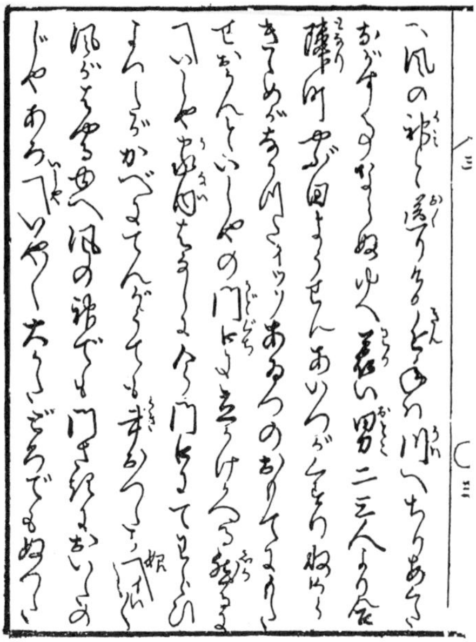

巻三　三ウ

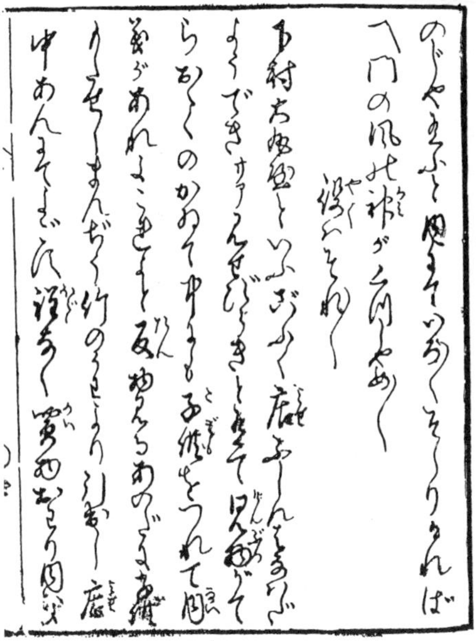

巻三　四オ

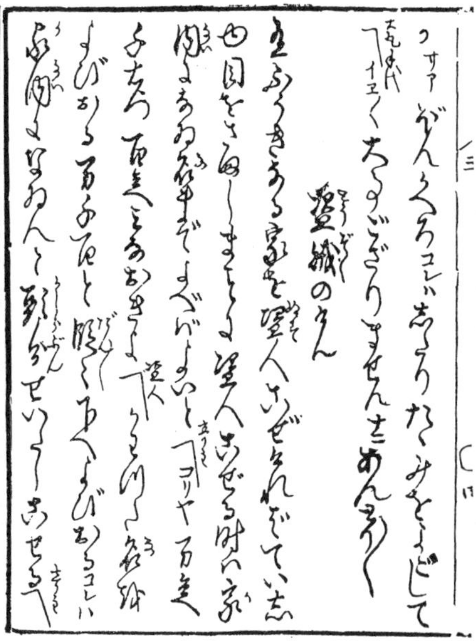

巻三　四ウ

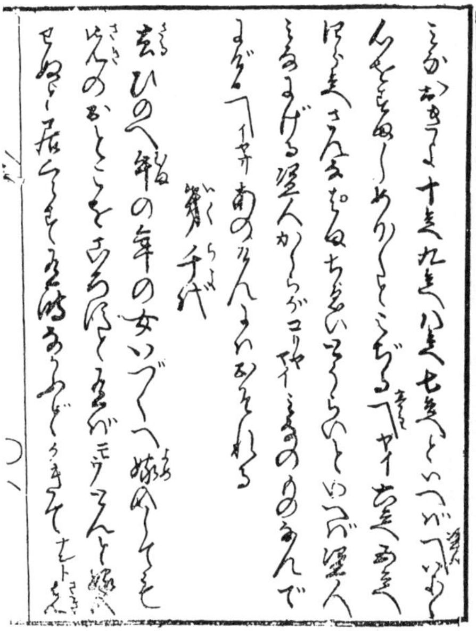

巻三　五オ

のおとこぶりの〽申じやによつてちるのおまへい
とかきよせての引すそんなこと咄のしてあ
子供人まで[illegible]
義が年六千歳ま[illegible]
ともらしいかの〽年じや
江戸の[illegible]でかれ[illegible]の[illegible]
同人[illegible]のへ大阪へちぢめていてさても[illegible]
ちぢるとは大阪は[illegible]
まうもふかひびをねといふがおれ[illegible]

巻三　五ウ

そこに[illegible]目もられおまし
ば町とまこり行けて[illegible]の目[illegible]くとかれ
まれぞ〽さてまあそな
おでこさん
ぐんきさらん[illegible]山[illegible]
お[illegible]をたかれ[illegible]
十丁[illegible]六千歳[illegible]
[illegible]〽もウも[illegible]
ござ[illegible]〽一目[illegible]

巻三　六オ

巻三　六ウ

風の血[illegible]〽コレ[illegible]
ずの[illegible]
たちまちを出られ
[illegible]
[illegible]
[illegible]
[illegible]
[illegible]
[illegible]

巻三　七オ

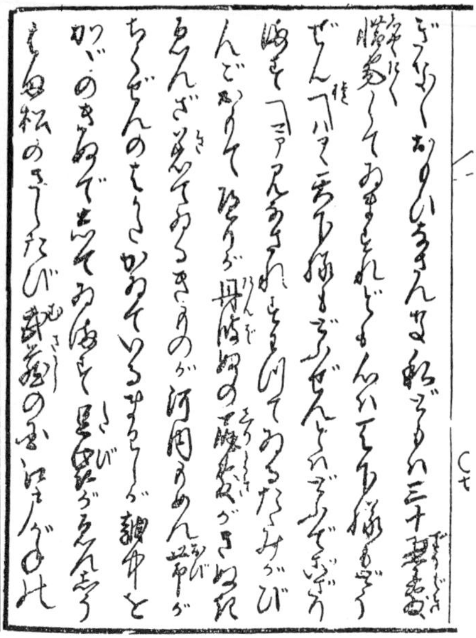

巻三　七ウ

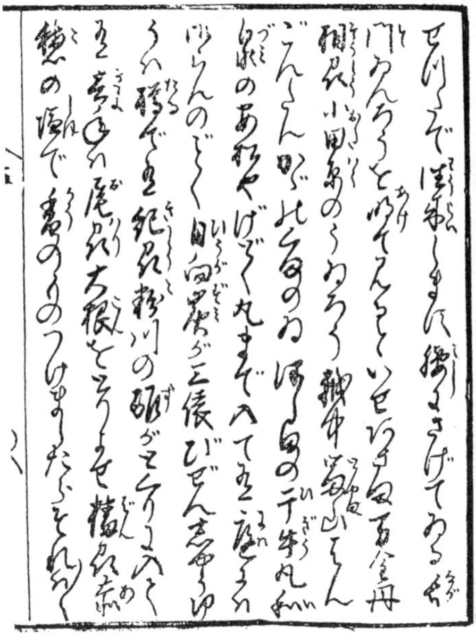

巻三　八オ

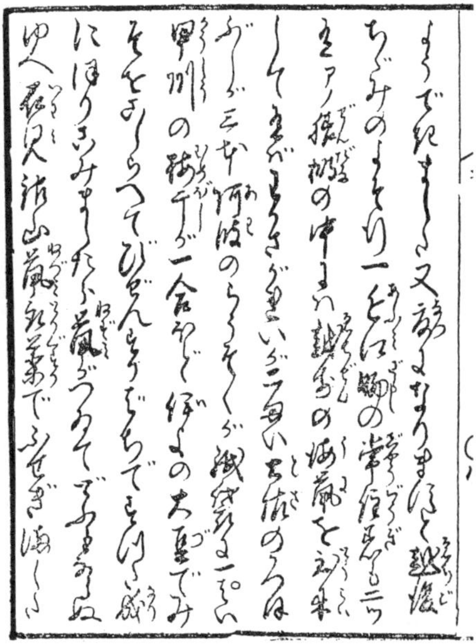

巻三　八ウ

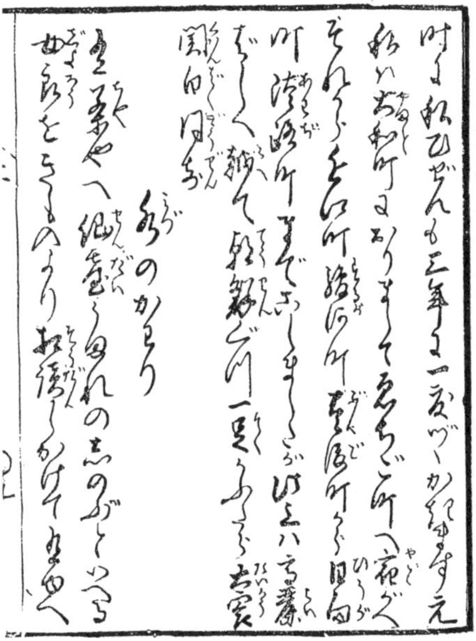

巻三　九オ

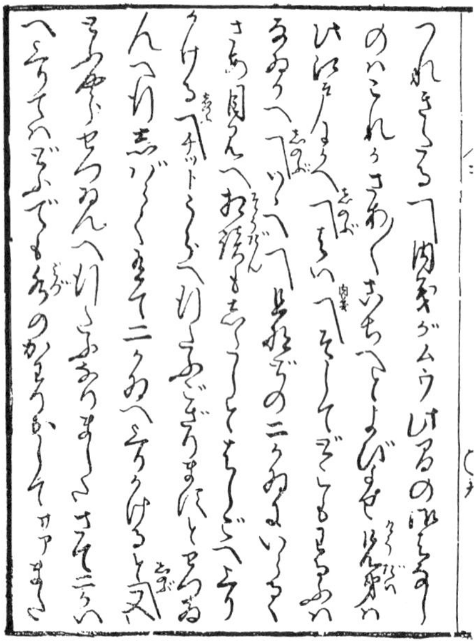

巻三　九ウ

巻三　十オ

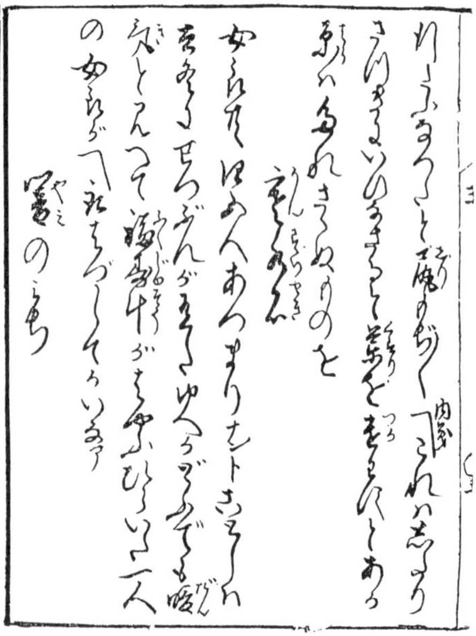

巻三　十ウ

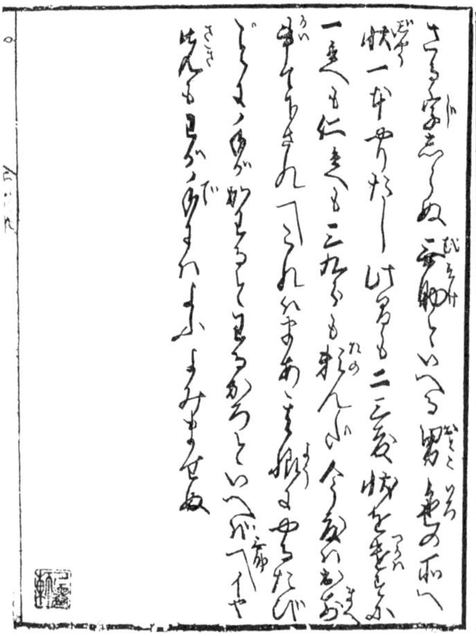

巻三　見返し十一オ

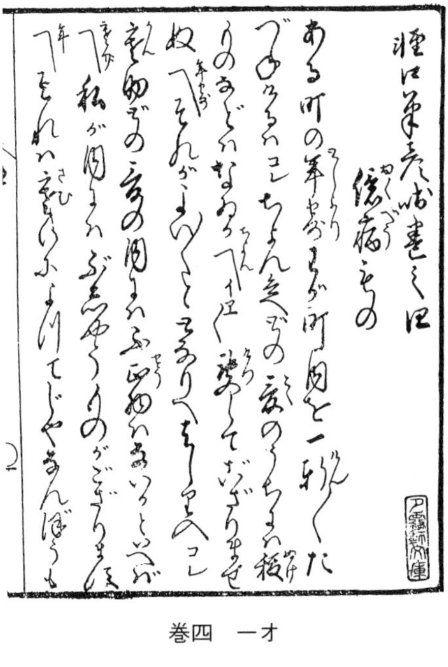
軽口筆彦咄巻之四

巻四　一オ

見返し　白

(くずし字古文書・判読困難のため省略)

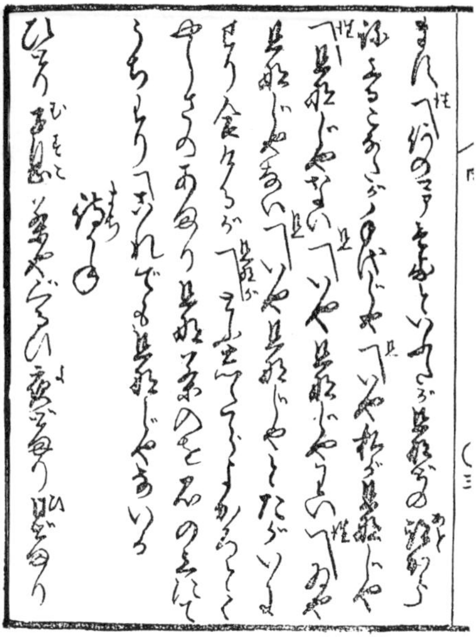

巻四　三ウ

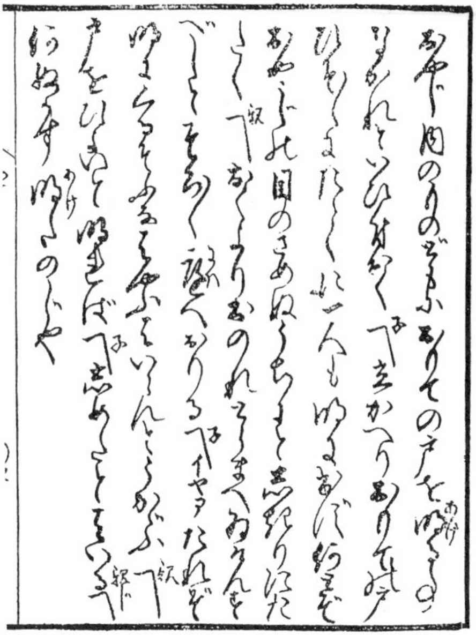

巻四　四オ

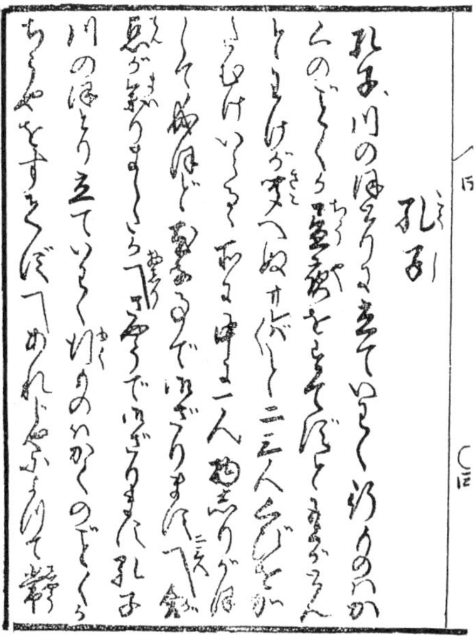

巻四　四ウ

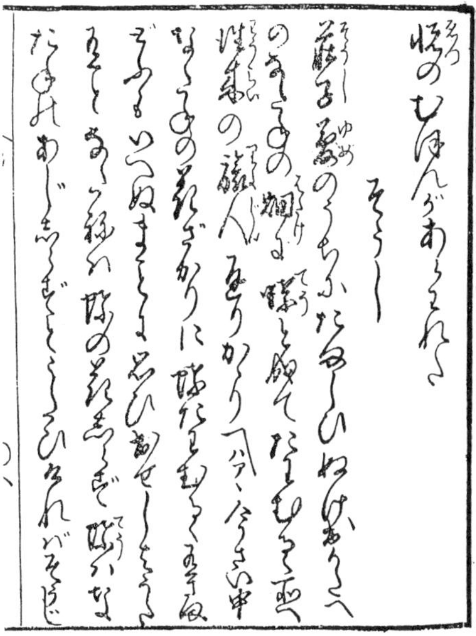

巻四　五オ

夢の中「ちくよをくるしい
亞聖子
うまれ子語は大路をうまれて仁義ならさを
あらが説生は抽出りじやがそふしらるの
でけぶりよ何をたづねる「アレハむかし昔の
こちむかしハ誠まん人の分をいふ川て大路
じやあるさま川説がおよあるは一文ある
ありかしあるていばあいつなりてあたなの
備このけ説の源さる事で私がまるうこ

巻四　五ウ

おりし晩の團子をさしあげすめしてくるしかり
謝られまへばそれをそんでいつでもかりぬしが文
でいつて無理よあづけこま後誅で死しかい
持寺して先達るの貸し済あそばしまうりの
てら無ぐりのかいはもうして澄めずぜんよ
用んをこれなむこと後仁義礼智信をしじめ
りそあり偏あなの路を寺内ならまされそ
れしかされと暖く二人三人の判さし流
にさあるまくまへてもかりまが会りのがごふ賊

巻四　六オ

とふま何いふおるよ聊ましくこちらのをと
りろて大路をうまれて仁義ならべてんと昔
いふ無ぐりのかいが宝のかうりで有るなで
そこもまたとへ宝といふ字説でアんあさ
まうかおりふま志あそ団く表まして宝
とふ字のらく用が本まれぬといへば「多くく
テモめ川邪ろうかいあるのじや
なのじ虫
縮ノのまちるまるまれ本家なる好村此

巻四　六ウ

巻四　七オ

巻四　八オ

巻四　七ウ

巻四　見返し九オ

巻四　八ウ

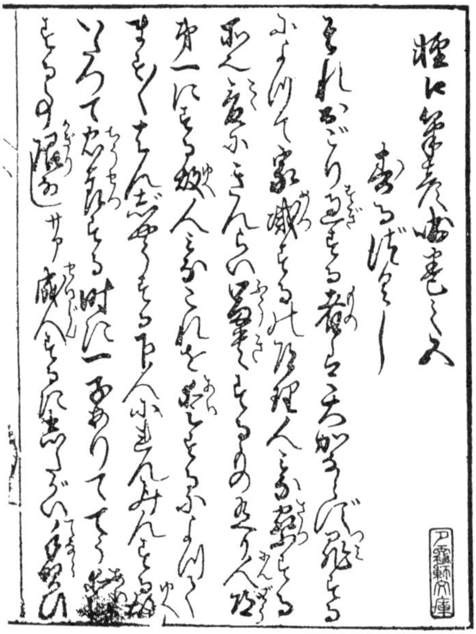

巻五　一オ

見返し　白

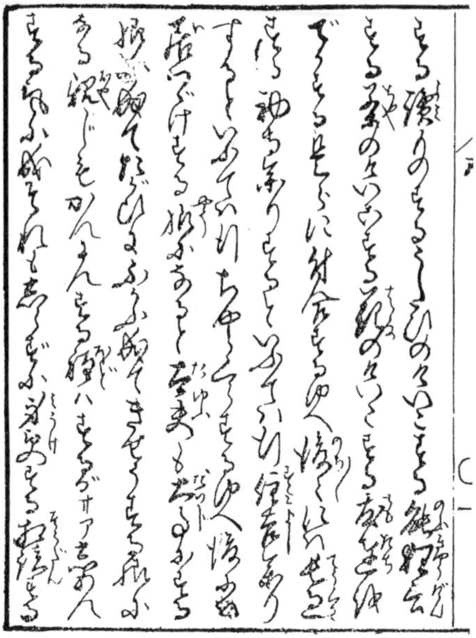

巻五　一ウ

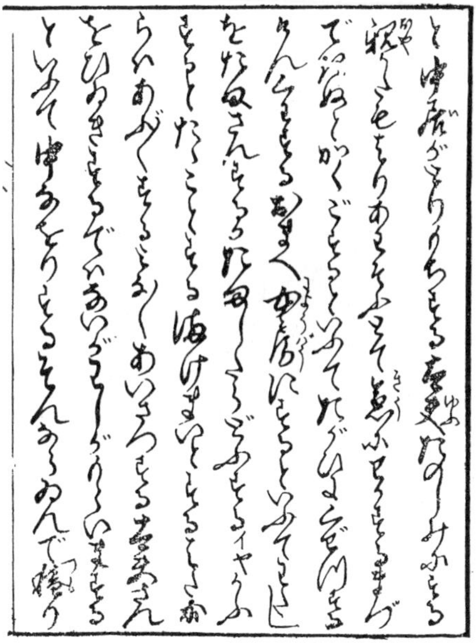

巻五　二オ

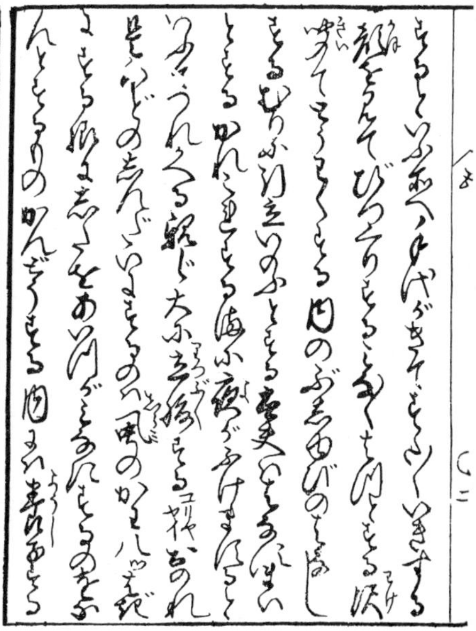

巻五　二ウ

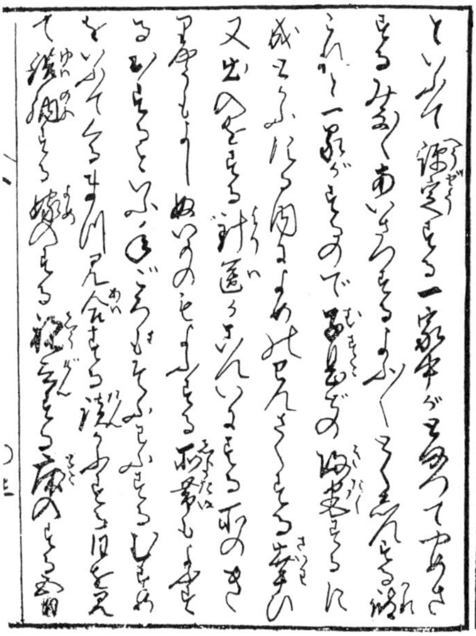

巻五　三オ

巻五　三ウ

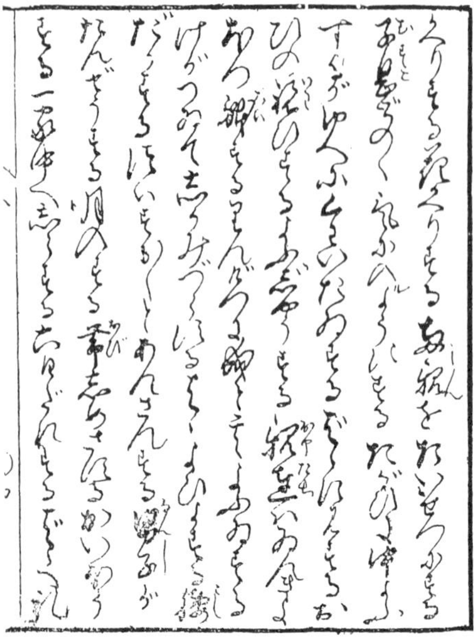

巻五　四オ

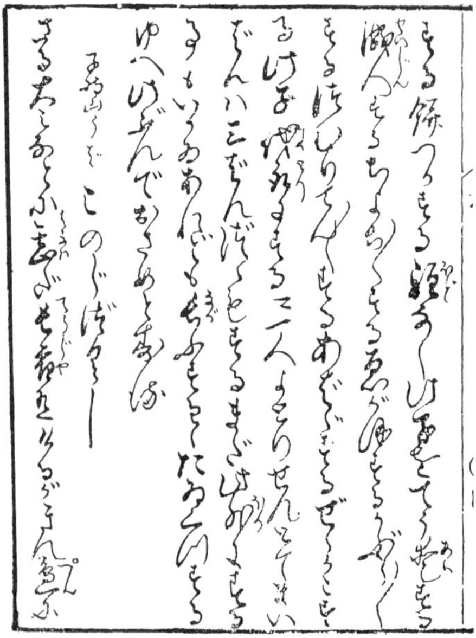

巻五　四ウ

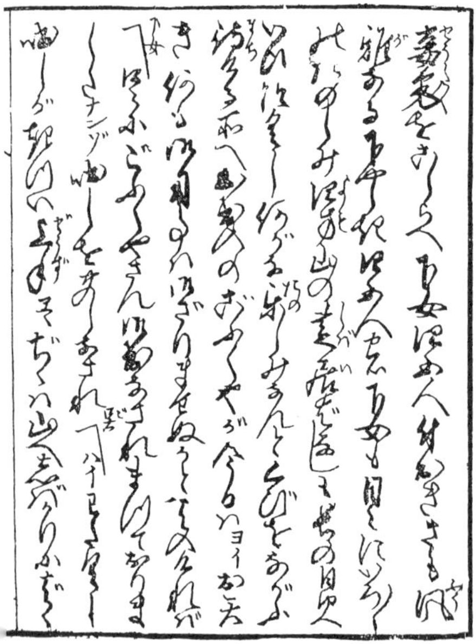

巻五　五オ

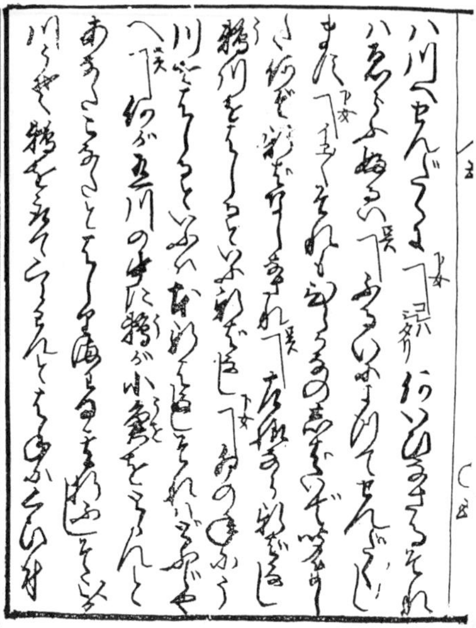

巻五　五ウ

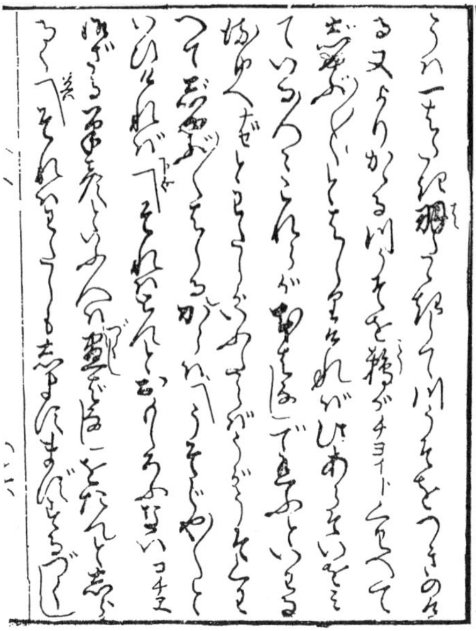

巻五　六オ

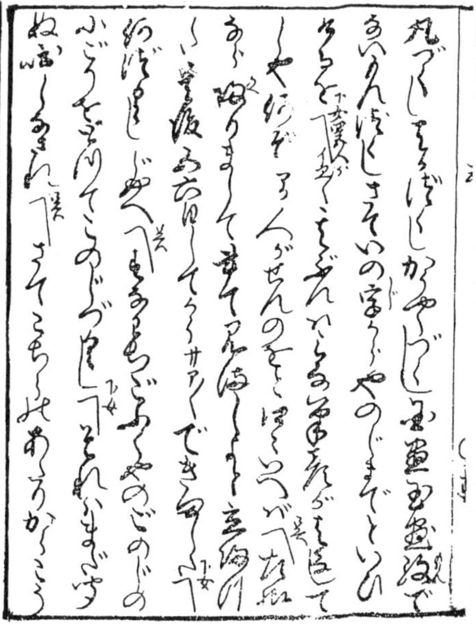

巻五　六ウ

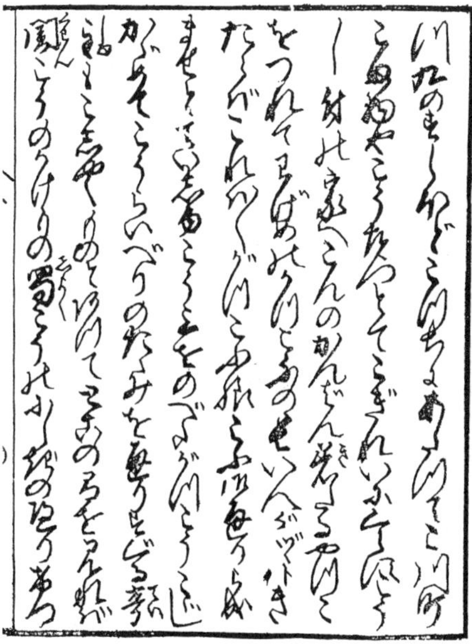

巻五　七オ

(くずし字・変体仮名による手書き本文のため翻刻不能)

怪談晴此大筒 未刻
滑稽荼煎姥濯鍋 未刻

京都書林

高町通三条下ル
かきまや佐登優兵衛
門町 宗八
門 折紙近ちを角
門 悪助
松屋町東入
清水 林芳

巻五　見返し十オ

筆彦咄五大尾

巻五　九ウ

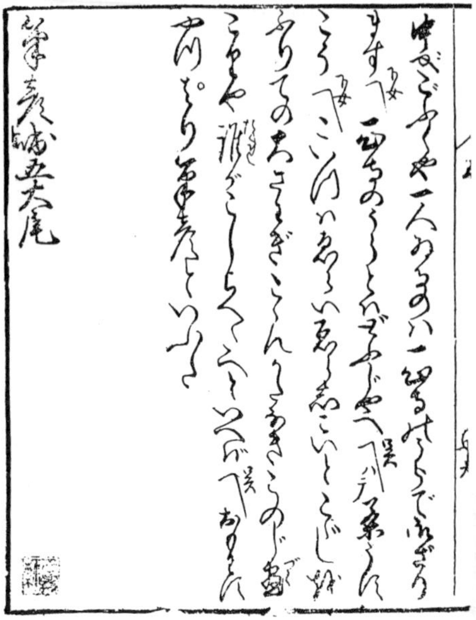

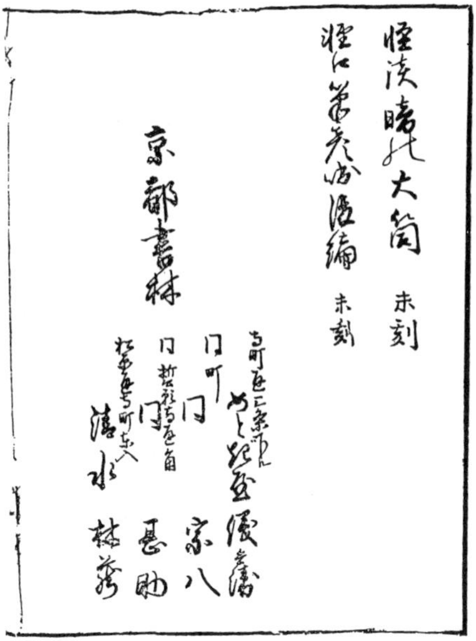

14 『雅興春の行衛』 寛政八年

見返し　白

傳聞庚申の夜三尸ありて人の牙の裏と大小便とさるゝよって庚申待としふことなり淫欲を戒て精進す
と護し君父子夫妻兄弟朋友み
まじく見なしぬ殊に以て庚申の
夜の亂亂を謹て腹をかくれ行
中相慎をも分やすぐ招うらしく

巻一　序一オ

巻一 序一ウ

笑ふ門には福来る年とかや花見の時よく七花借ひて中よく長太郎る麻をつくしの都の盛吉野の遊ひ乳母やら娘の衣裳新人佐官の立聞春の情たな飲酒に酔ふ好事子る浮女の嗜なみ罰の数を上けれは三万三千三百

巻一 序二オ

三十三ほどあとといふさくらと雲様の空ざくら安月おさと猿の魯道が久つき山土の樣末をかぞ上了人とをるなまどあげくには又名まで書るい日の九の顔は一る雄

寛政八丙辰の春正月吉日

巻一 口絵二ウ

魯道画

巻一 目次三オ

雅興春のゆくゑ

目次

壺中乾坤
女薩子 一雄
貊と驚 南て
切るう飴 丸幸
酒林

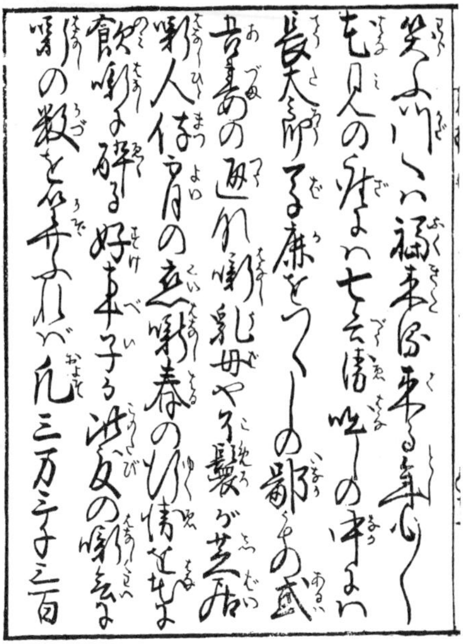

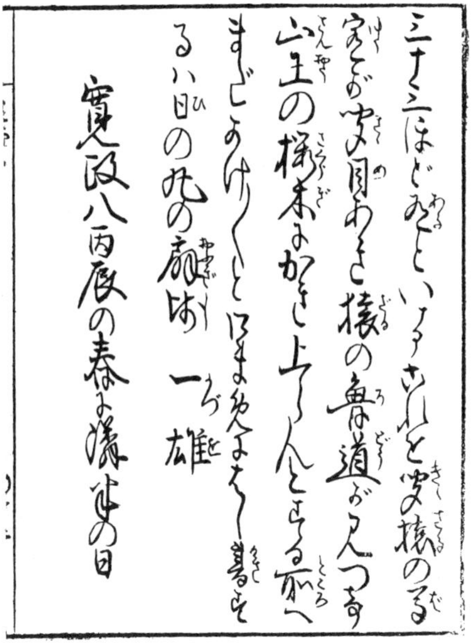

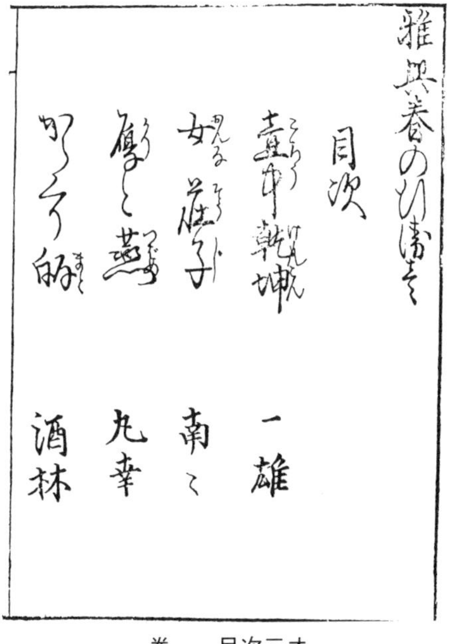

判者　馬雄
きゝはや
きゝ入の郢曲　永樂

雅興春の初興一
壹中乾坤

月と云春のいづの月はなかり鳬
一八分まじなじで水よつくりなる
今年まじく私然の水をこらりせ
月を深くよ玉二真へ…（判読困難）
付しれませ廿三けぶ八…仕
毎の月膝塚が次ぶの月は貌の句と
はえのやきと〆髪の月と今年とし

紫石よし石山の秋の月坂電がゆ種の
月雲の擇頂の源付新い清只の月て
今年ほ…て今年まで…
そのはで…涯連のものが二八の月
今文科姨撰て…えせるふる…
すい…われあ…ぬ月以で…
又まるど…な雲のべく今年ハ武蔵野師…
月て今年さくて…月…剛丸
此まるさくい八漏うがへやり文か剛丸
う

女藥判

秋あの…
言文…（読解困難）

月な月…
よもゞぎゝがうな六
今年月…
なっとり一飛む…
がしく…
ねもよ…
ら今世代れれや
…迨…ほ

おもしろいぞかりいきんへちりぐゝと　□□し
ふとしんづいのうごきなかぎごろりとねる
さやきて高尾の二階はふきぬけゆえさむ
情まて仔在つて久ゝぶりの三枕をなごやかゝ
せよと二人づゝあのまうふむし
とあとかたもなくすきこぎゞゞと寝
□□□□　居し甚□□
ある声まぐ下女おりしば□無
邪魔うろ

ぎんゆ中枠でちくらんのとりも
坂とよん冷くなきでてさて天
ならづちぐりゞ出てびつくりしていち
なせんさいと出て□□□□のようなすを抱いて
□□をそあわれと宮へくさをのアノ房茶ぢ
方まハないゝあの呼ぶ声がある其
いなりやさの呼ぶがあるその渾
るしどへ具もそくあのあるを令抱まで切とをく
ておへてるおもそくれを見のの水といけて髪

巻一　五ウ

巻一　六オ

尺　祇　め
る　の　の　ゆ
祇　そ　く
の　の
そ
の
め
ゆ
く

魯道画

巻一　六ウ

雪　一
の　旋
朝

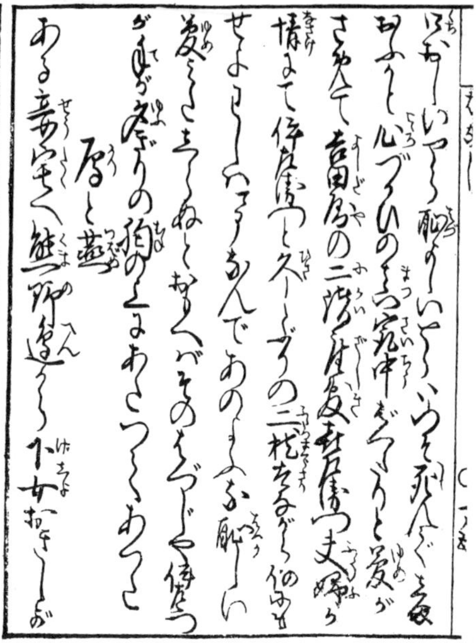

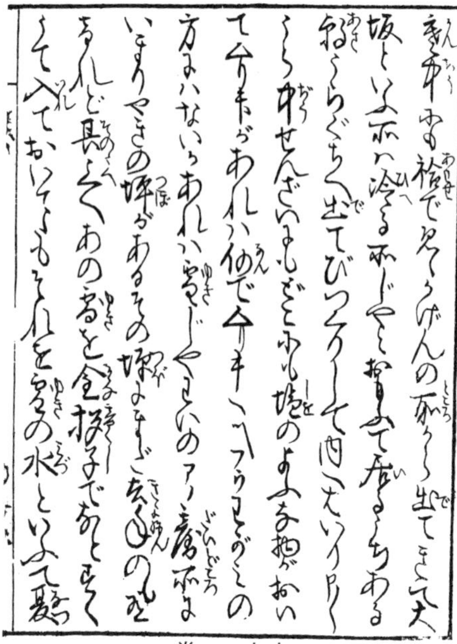

巻一　七オ

巻一　九ウ

巻一　十オ

巻一　十ウ

巻一　十一オ

巻一　十一ウ

よい神は大ぜゐるゐなまるがゐる

らの王木の志れい氣し飛んぞ来て彼

山坂〳〵るひ付しバ一人なぐろるゐ埋き

そぞけまるをつてゐるうちやけ〳〵ぬ

ん〳〵戯でほうぼうおそ〜てもこゑなが〳〵いてつひて去

さどぞうつしなうもめらがなどゞ雨〳〵

ちくぢくにてこゑぶるぶるで火を焚れあゝ

うるまぬくもりが入りてむた志を手よ一度嗚呼

巻一　見返し十二オ

雅興春の曙一袠

じどう〳〵くといでをけてドヘぞつそう風呈

ドゝまけしづなんでゞんを

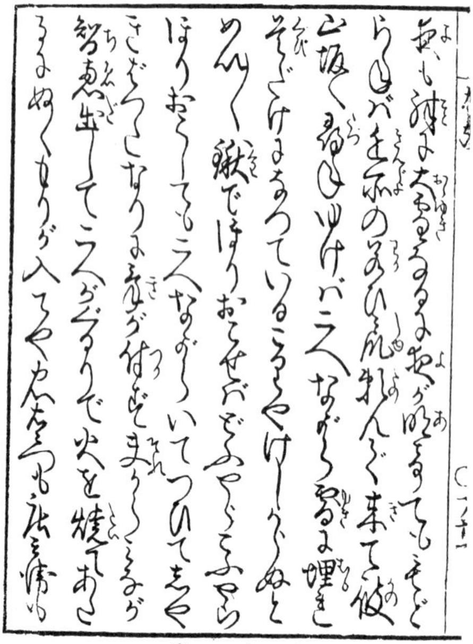

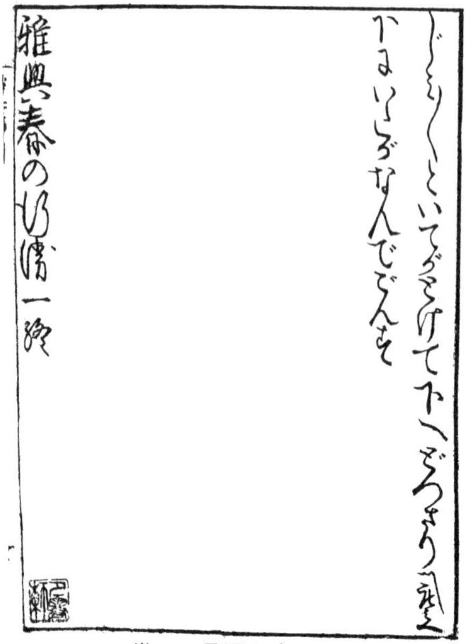

見返し　白

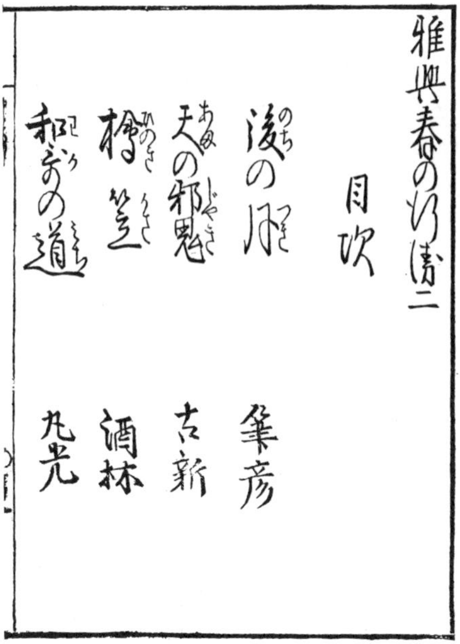
雅興春の行衛二
目次
後の月　筆彦
天の邪鬼　古新
棒笠　酒林
和尚の道　九光

巻二　目次一オ

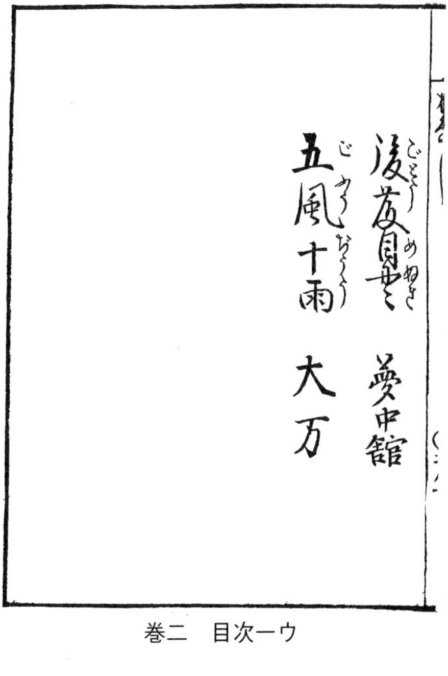
後家目覚　夢中舘
五風十雨　大万

巻二　目次一ウ

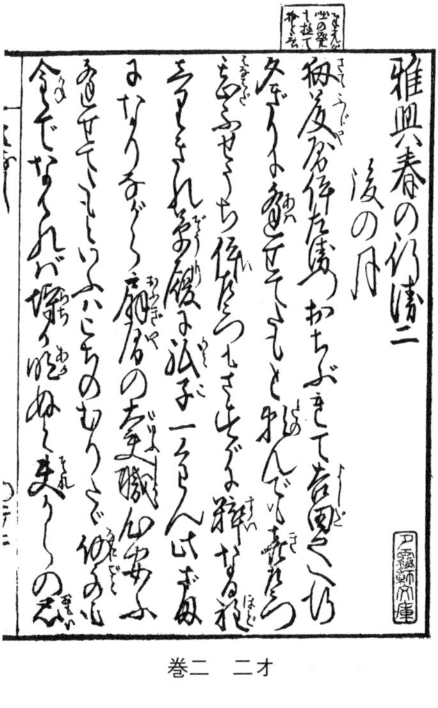
雅興春の行衛二
後の月

巻二　二オ

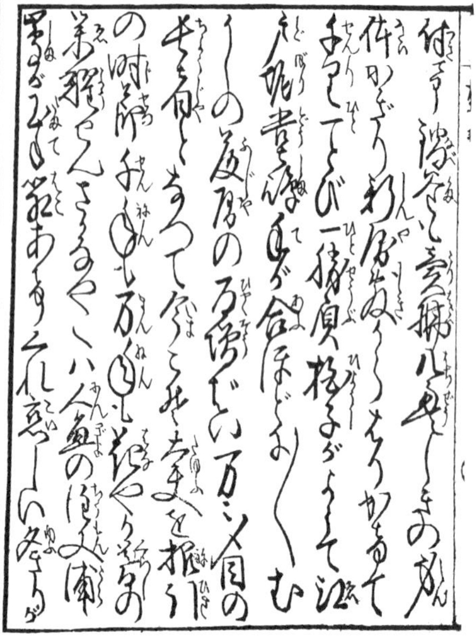

巻二　二ウ

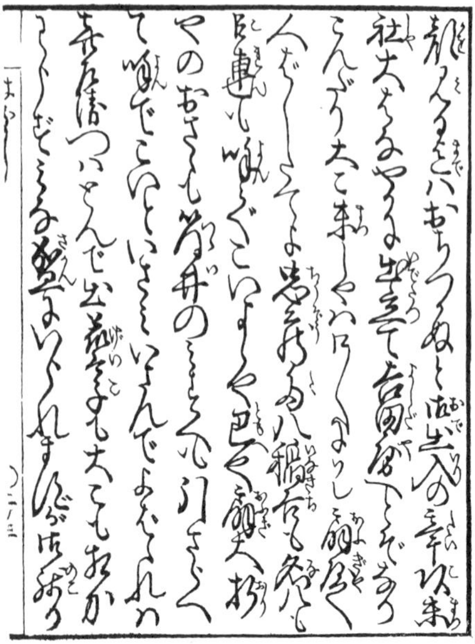

巻二　三オ

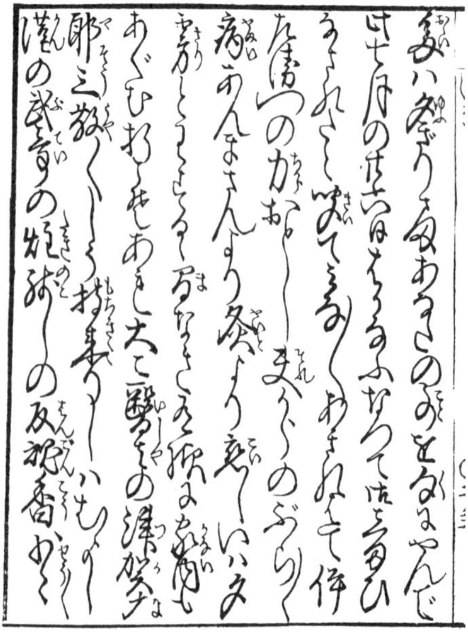

巻二　三ウ

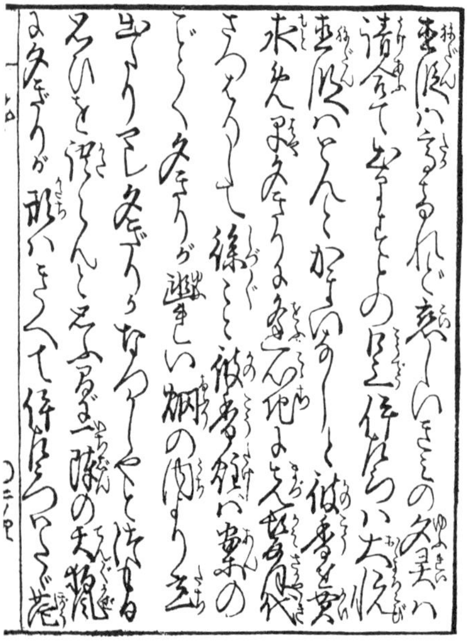

巻二　四オ

巻二　四ウ

巻二　五オ

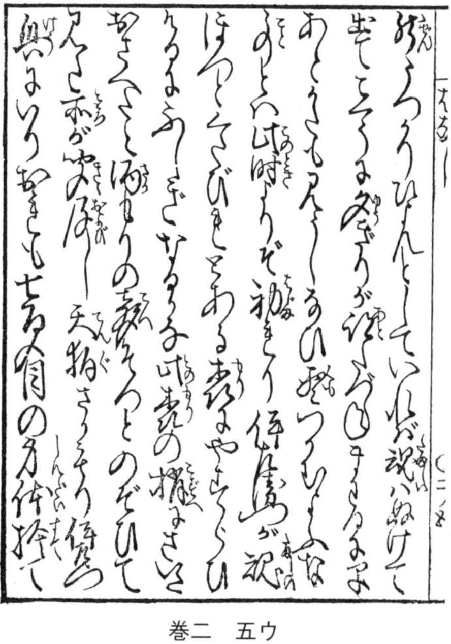

巻二　五ウ

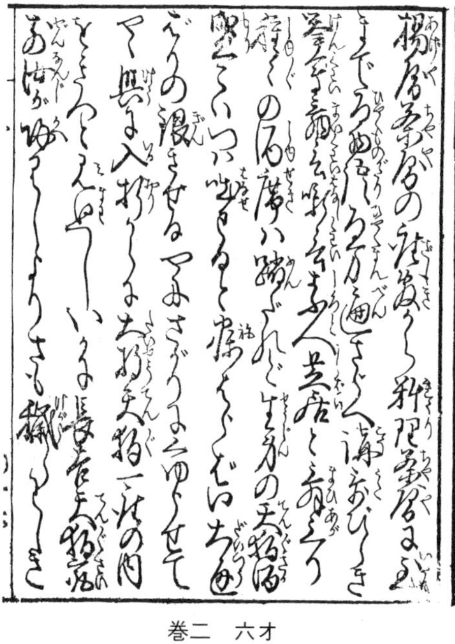

巻二　六オ

にほひのよろしいは宮こは所化閻魔尊の役
をうけなぞらへ人界に帝釈しやう御さ
には長吾天狗はびつくりし衒大切の作
役よ行人界は塞ろべき様子なく
これすくはよ明くるは夜風してもらい
くいらは木の御天狗どもソレ吟味せ
よと頭の下をらりくしと木のはふ
天狗長吾天狗をばんくしくされが長
吾天狗がたる心のしくは久ぎりが延年へが

巻二　六ウ

ゐろてろりと蛛の巣のよかるはあつてひつつ
てあつさ

天の邪鬼

まうさいやりくと実はお以ユしちりの形で
さんなんばいやくてちうさいのるのなうて一
節で八千じやうとそんなうて一まるておきれを
虫ちぶりんせ次よ費されがまうてさいや蔵
几して八ア吵らさい我すさかんとやまう
さいはちりのこととつて一形を一まれとつて

巻二　七オ

さてアノ悪て神ぶくと是がおれも
ちりのことゝいつまるとまうて町の方へ
ちりのこくしく実は今まある職人く
てまうさいやりくといへバちりのこぞ分
ましいよ職人の人くもりかとんどから
ごもくハ捨るよ

檜笠

るかなの大まくよいあつて揉のぶし七春
のはをひらし花のさしくを今春の

巻二　七ウ

やどかりし風雅ぐらしの旅僧ふらくし
どうも松葉よさらすの字出の道具
忽然してあつらさいよ旅僧ならば
花よ免づるの也ずすく鬼さきしはの
道よ桃の生るがゆく今御めるふべき有の
ありし張りの在風の短冊をくれてり
一そのおあるまとまれバ
行くれはおやげをやどしせバ花やこそひの
あらじなるらんとあり旅僧して御経

巻二　八オ

巻二　八ウ

巻二　九オ

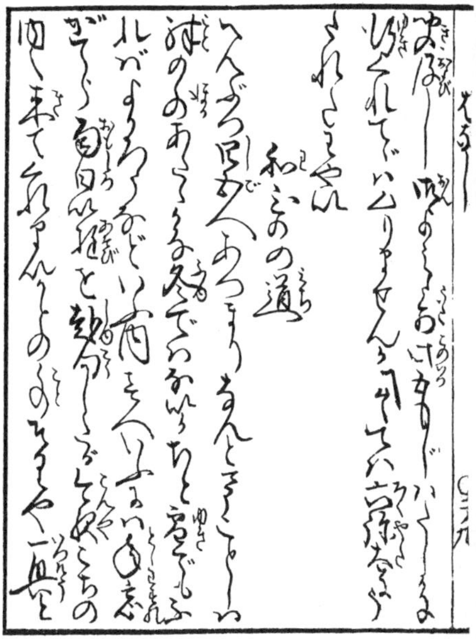

巻二　九ウ

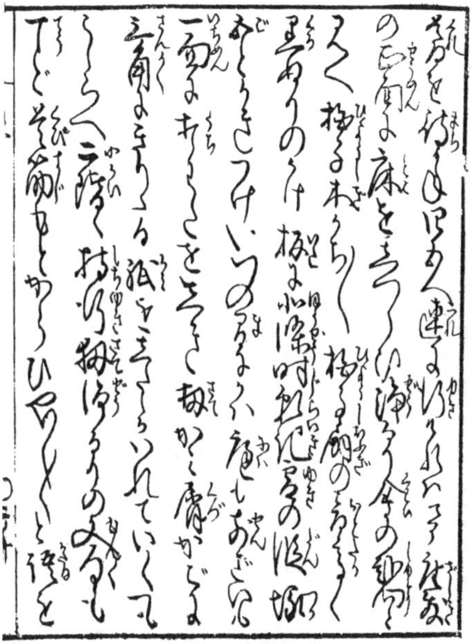

巻二　十オ

巻二 十ウ

あぐどるをとりて供ぐ
うの廊下んが酒によひ小便のもぐらで
まつてじやあるうごげしてよ
〔後家同公〕
あぐど
それがたゝみへぐ床のことをりん
らくしほりし香炉峯〜と
くしてらんぞましあるところ
つばりきを二階よりいなの切くしをざる
おもむきの氣のほよよどころをあれがゞ一面の

巻二 十一オ

まめけつてやる酒勢治でないほのとら
もしが卵えんと建さく肉裏樣じやえんと
きぞくくしがそそ〔大風十雨〕げんぞく
のんどじかそんのとい〔かぜりましたね
らんどをぞ河のべごくきれうぎん
してゐ〔大道〕のや人神そこのすよ
うてみからぐさ見ぶきよもあつ
つもうれバ鴈が出てをてほんなわれ
まめれバ鴈がゝ

見返し 白

巻二 十一ウ

てるみ〜伏おぐにじてあるところ
ゆかれいゆきまるよりよ鴬花の
くよりち〜く樣のほひ一つの粉
ぞん〜て褄裏梅の靨の花で上様や枕
きならとげえるよりやの風がふいてすろざ
くらぞゞゞえるやのよありがござい
ないよ側はしつらやゞそののけてろ
花がなんの風ぐづくであるもで
雑興 春のけ清二汝

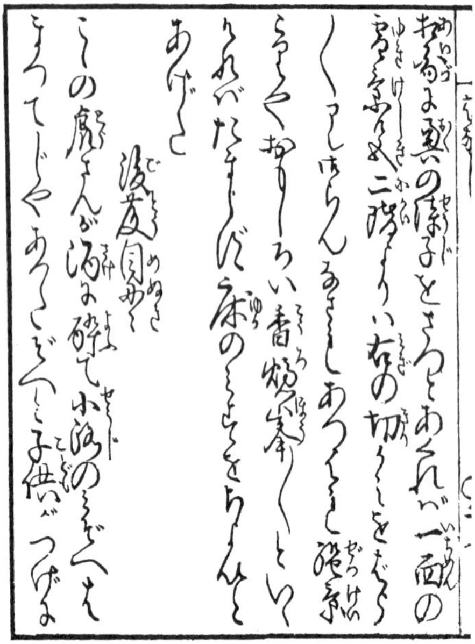

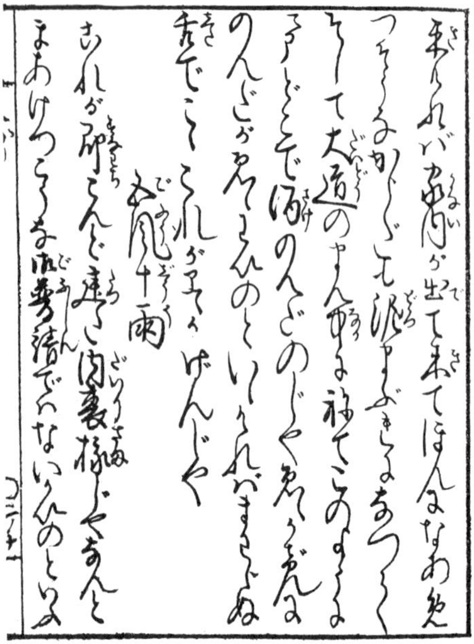

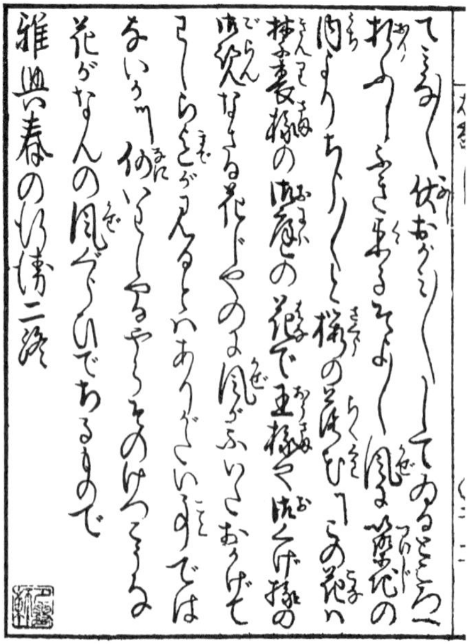

雅興春の行衛 三

目次

ちどりの中き　　　　魯道
いそが鯉　　　　　　南枝
飛雑ぶん　　　　　　鈴吉
蜜ゞ　　　　　　　　そ吉

見返し　白

巻三　目次一オ

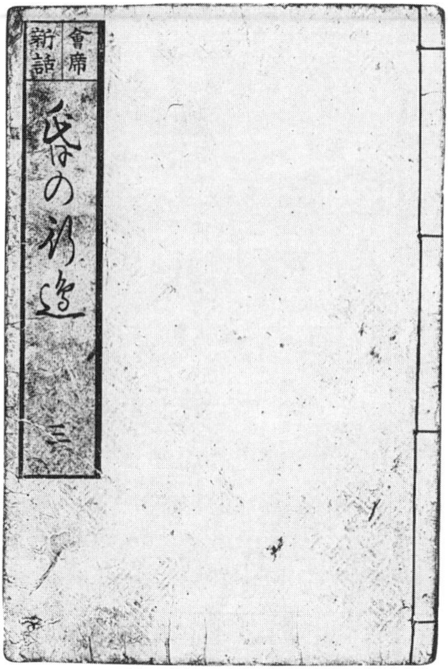

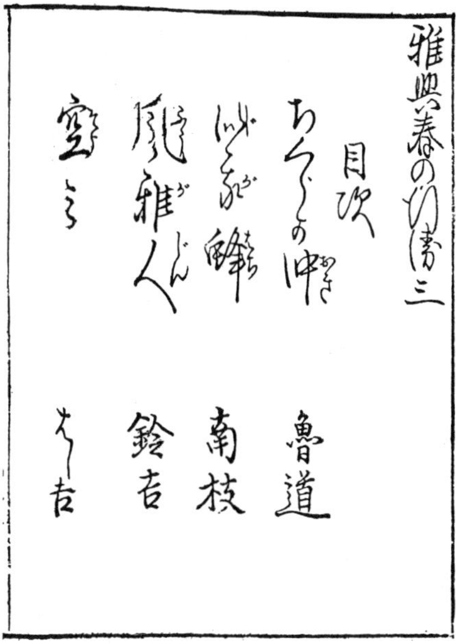

骸骨太郎　灘平
むら天狗　慶山
報恩の詞　筆彦

巻三　目次一ウ

雅興春の[illegible]三
ちくてしの沖
扨も其後老生が夢の五十年も粟飯炊
程ぞかしと悟しハ所がちてさも見
いつぞ今一度西面白ふる夢をみてこれを
宿のだるまみあつらへて夜具の雛形ハ
糸一本まろきりとぶりんでされどいや
つぶりつ[illegible]のもやしみ筆のにほひやき
ぶくのまりことまれしみあつらへて

巻三　二オ

又邯鄲の枕ひとつして眠りや
いなさある浜辺に船のみゆかりしと
漕出して格別風もきこゆるんでぶ太
日本へ先よあるこい郎まち[illegible]て
幸ちぐさの商売人み合せて
本船も二日もたちもりこんで
[illegible]いてあつひ[illegible]和[illegible]
ある[illegible]の[illegible]が合[illegible]
てちと出かけ一服しての[illegible]

巻三　二ウ

赤飯をかしやる是も家内の徒ましうて
大坂で[illegible]居りて日もくれども
などくのなぬ大坂できりしく
おもなくてありてありくいろうき
人の世にあるつて町べんけいと出かけお
見越の首にも入くまつの幸にはなまり
まるめし道頓堀の大こ屋で八十八と
いふ名をもちし夢のふる人ありしや
とエメしく夫婦くて[illegible]形のない

巻三　三オ

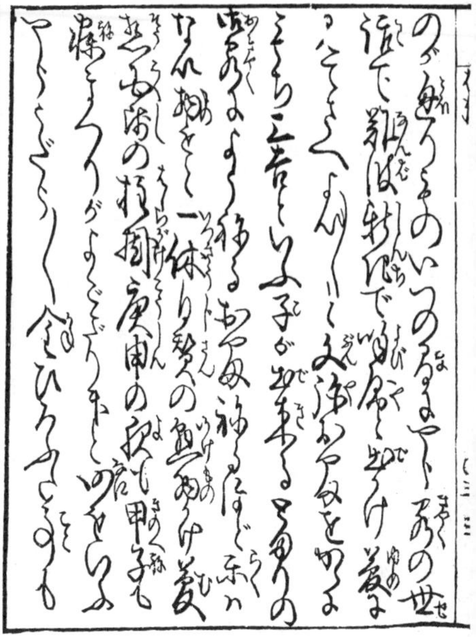

巻三　三ウ

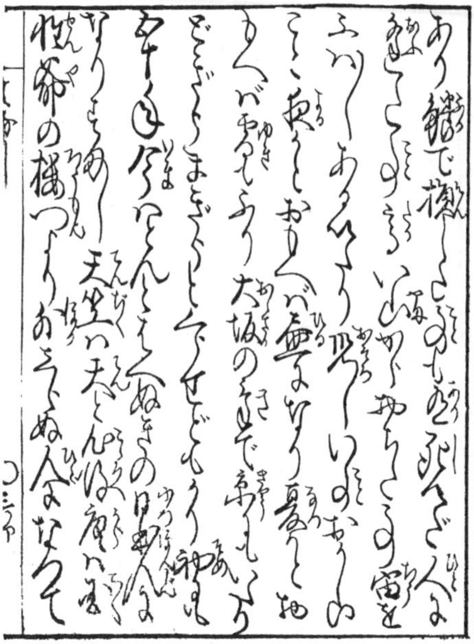

巻三　四オ

巻三　四ウ

巻三　五オ

あらひちやの夢さめてあたりを見れば
邯鄲の里楼門ぐちしまのいへ
ろせいなんのこじやきんと仙人の探るを
鶯好の息子雛を飼て毎日附親
似ず手飼鴬
うけて来ひと丁稚ふしぎそうなよう若
ずんぼ婦毎月河原への附場とやら
中五なされて付ざうをさせなされ
「アノ河原の景色とうふ売へ[illegible]

巻三　五ウ

あらひ所じやよみて浮名があの息子は
うけうくる此のよのさたのじやでぬ
丁稚も合点ゆかず此あたりよい所のアノ
のりやの娘でよいとみるのじやて
風雅人
小むすめ男が出なり　ゆきのよの貢
猫よ口ひとつよつほど弦線みぬ
つ子くるサア〳〵で茶の湯は和哥の事を
此へは細ひでも暗闇の扣を結ぶ作法が付

巻三　六オ

合の発句を物あはせの後は手に立ていい
まがへ入そしてまた物がよみ
空耳
いたすとて浄るりさりと常盤とは
浄るりとも思ふ[illegible]
その家ぶしき草紙を[illegible]
ある此なる事はいま常盤と[illegible]
よりが[illegible]しこれ
さりとんなさせば[illegible]

巻三　六ウ

けうとさればいちまつ常盤もうく見
きがる合の[illegible]
よくこのみてあたりおもてひくるいある
さい
金太郎
大の金太郎ゆみ[illegible]
別てこそのいぬ[illegible]
そろ〳〵出るさしてこいと[illegible]
つくろ〳〵百あるいて[illegible]

巻三　七オ

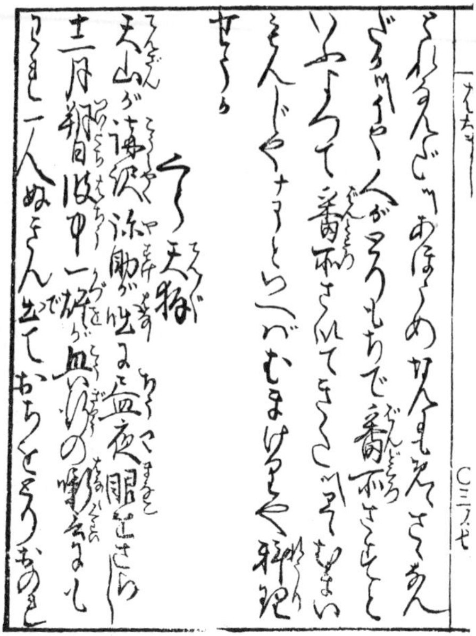

巻三　七ウ

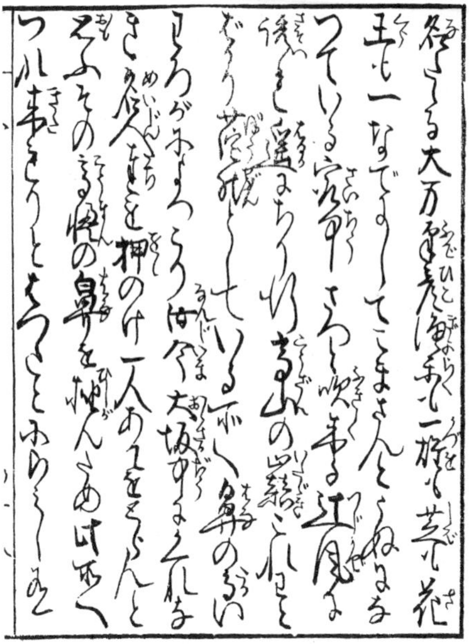

巻三　八オ

巻三　八ウ

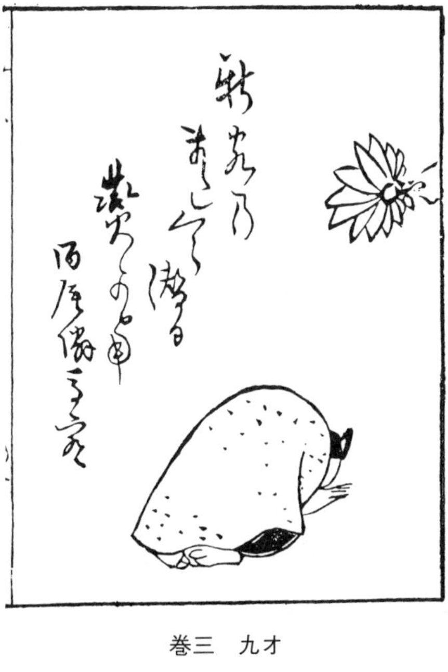

巻三　九オ

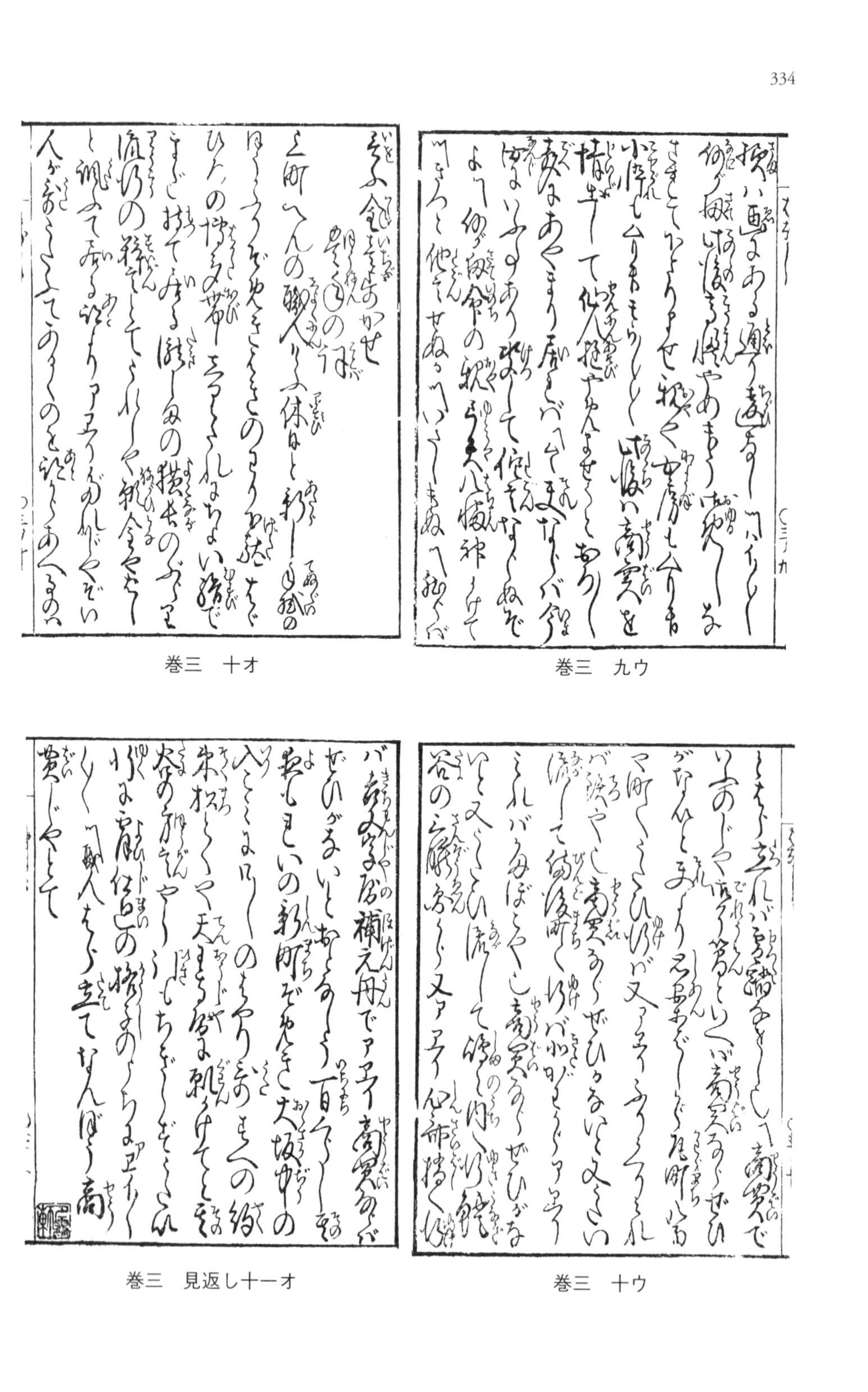

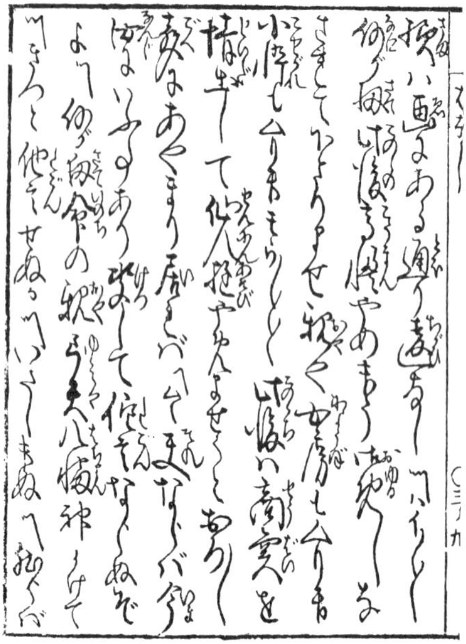

巻三　九ウ

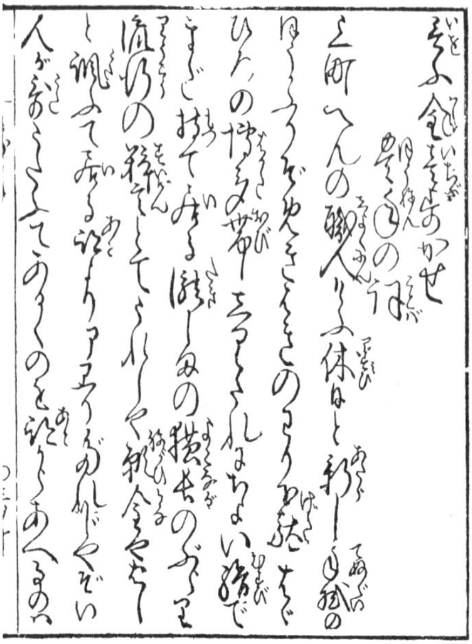

巻三　十オ

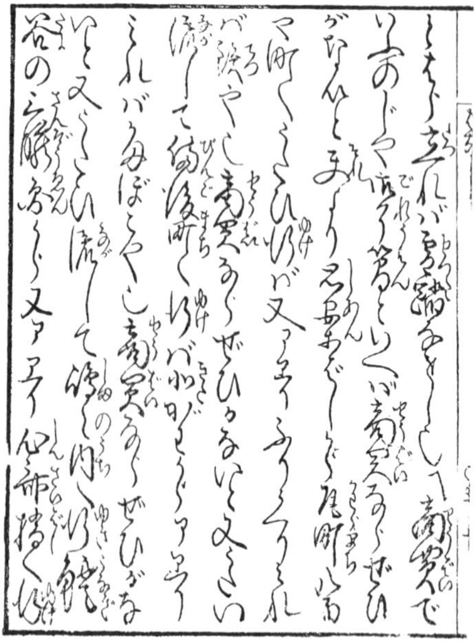

巻三　十ウ

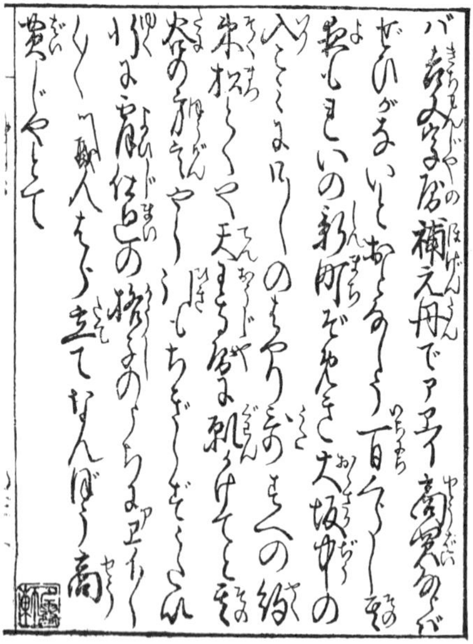

巻三　見返し十一オ

見返し 白

雅興春の行衛

目次
粋の味はひ
三幅の神
ここしま
もうごの

澳樂
古新
義中
歌林

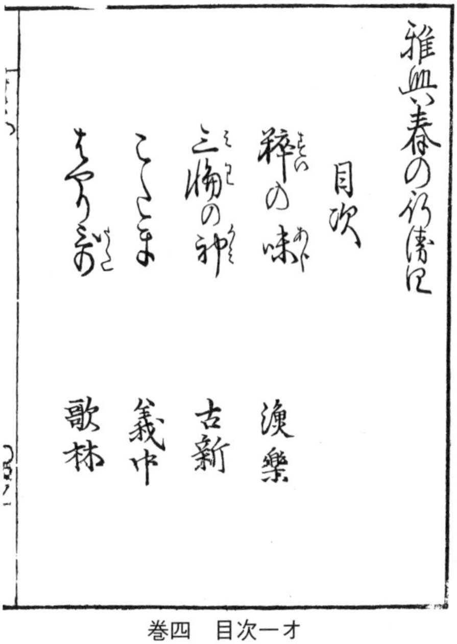

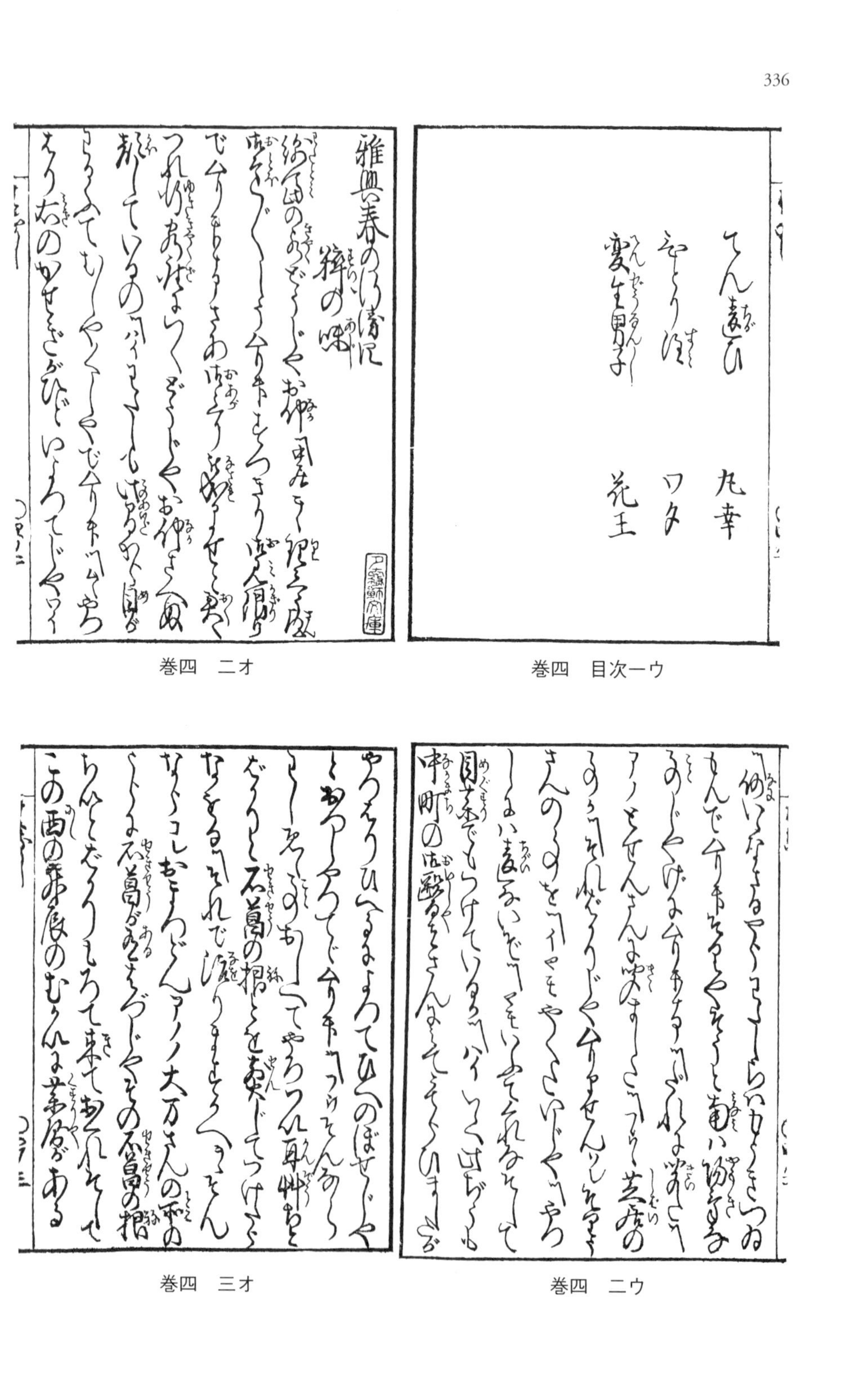

てん麦違(ちが)ひ　九幸
ゐどり涯(すゞ)　ワ夕
変生男子(へんぜうなんし)　花王

巻四　目次一ウ

雅興春の行清尻
緋(まわし)の味(あぢ)
結城(ゆうき)のおさゞじやお伸(みつ)申さへ絶そう恢
盛(おしろい)をぐゝしゝ今りまさつきう漬(おく)ん袖(うぶり)
で今りまするさあ漬(おあづ)けなされて置(おく)
つれおあはようぐざりじやお伸(みつ)さん寝
親(ゑい)してゐるの町ハイコヽでも浪(なみなご)めぐ目(め)が
さらるてもしやくしやで今りまへ町ムぞやら
ありたのかせさぐひどいふうてじやワイ

巻四　二オ

御(み)いかなさるやくコヽてヽしらいかとさつね
まんで今りますからやくたいしも鬼(みやすき)い閉ヽ
るのじやくげなんありますへんじよなは(はら)にヽ
アノさせんさんは寝(ね)るしヽフテ芝居(しばい)の
のうくそれがたりじや今りやせんさうしなさ
さんのうちをヽイやをやくさいじやへやら
しもは麦(ちぢ)遊ひよぞいへそいふてくれなされて
目恵(めぐみ)でもらふけてりきヽハイらくさうらふも
中町(みなまち)の法躰(おほやう)なるさんなるそえそくひますか

巻四　二ウ

やらそりひへるまぶよろてひへのぼせるじや
くおりやくろてじ今りまへふりそんなら
ゝそそのおもとへてやろうね再婚(えんぺう)おを
だからし不首(やきやう)の招(まねき)をお頼(たの)んじてつけさく
なさる町それで浪(みせ)りまするものこそん
なヽコレおまつさんアノ大分さんの衆(ところ)の
いふるは不首(やきやう)があるそうじやその不首(やきやう)の招
ちんとだいりもろて来(き)ておくれそこで
この西の辰(めし)屋のむかふに芝居(くまうや)がある

巻四　三オ

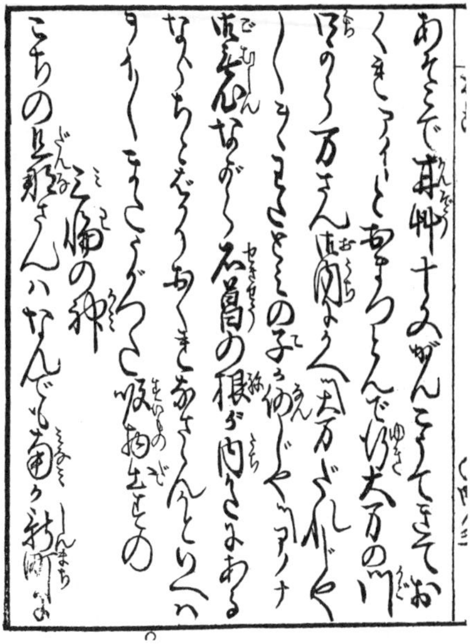

巻四　三ウ

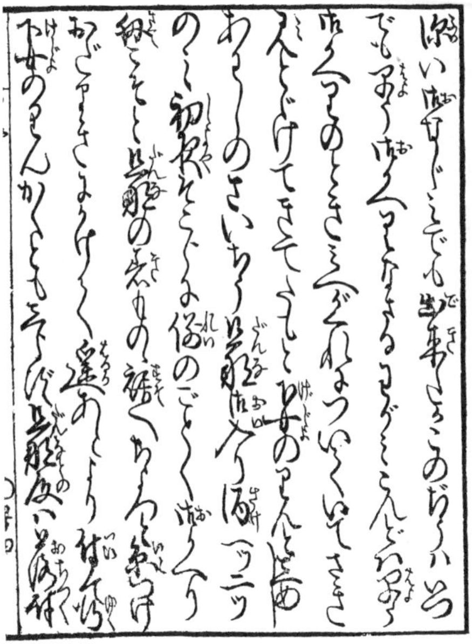

巻四　四オ

巻四　四ウ

巻四　五オ

[巻四 五ウ]
をいく丶新の井戸下女ども立チよりりうぐんの出ひさくさ取いつ々明後の町とぞつてゐさ年とこを捨て出てなどふんやうら年ぢムうもそを広飛ほどになることものムら酒の方よ大きなやうきなるかの方一いよる雨もるよさくおきいうなるそらそこもある桃の袴ゆるやうみのきうこ女のあらく桃の袴ゆるやうみのきうこ女のあがこ三人にてよう漉出よりよりいきのこれいさ出て桃ぞんを見つけましてい

[巻四 六オ]
井そどで御ぢ巻のいちしれて天ぜいとしてのあくないぢやうせぬつけそんの井すぐぐワとやくくろかろ井ぜんのしやく終をしてろくあんてのこちろくも乗てもあるこいのへゐいさあしでよくしてきてもひろいのあたそらへさしでよくして気の女中が入はたせるまであんどく

[巻四 六ウ]
ちくし神ねくべさこしふゆあるよの花のそめてよいでうけふねぢぢふ入まぜべてつの花くうもするんぢ入までお八の時候を一つやてなくしていすんでたゆかもよりこな君さんでゆうきにやうぎるこのさこきかちゃうゆるやいろ風景どう…もくしいぬじぢの女もふつり

[巻四 七オ]
としてなる屋で花は…さくさてしさくと市という桜ユリ*倒るいでむり市という桜ユリや倒るいさやさしてめでぬげんつけそらや桜うさやさしてめで桜んつけそらや桜うもよかねごかんつけこりやるむとあさふあほらいふあさわあほらいふくいろうみぢがありもめそしててるアュイといはんののみぢがありあらかあといふあくれど

（巻四 七ウ）

坊せるをがうりしふアヨ一見セニおき
まてが

えんちうり
さ笠デわうく芋がらをとう
といふてくつが一人繁
いろはうせにいて堂見
まてするとよすとを立さる楊弓

（巻四 八オ）

つけてわる歌く毬毬坊を頂てそごう

杉このあすしが芸今春とすうりと
うめて素おういろもの
れがウツしてかもまるへかの
からしまじ様ませんろ何しな涼
させにおいてみたいやともれや一取んて
ほうがおしをもて
にのゆぐんぜ不足所打
口くりまんるよね酒のほすて

（巻四 九オ）

（巻四 八ウ）

魯道西

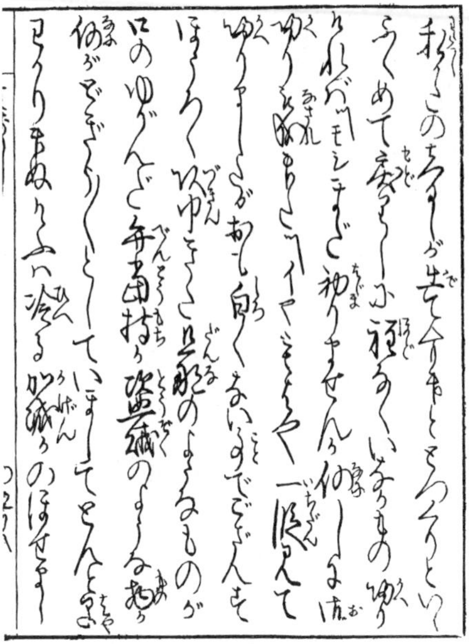

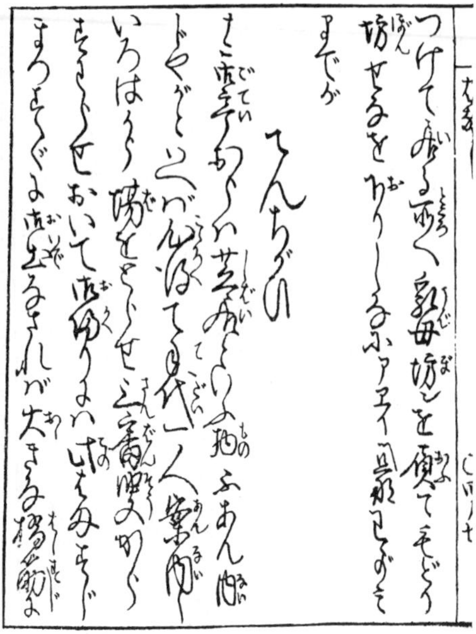

て弘一もんくハきこへまで
あもとり注
夫魯道が注みとらつや。およ一際の露路を
描く後にハ玄のお長屋をとらへひ
通りよ扇屋の宿屋ありて丹三味の
路よし橘よよ湯屋ありて不時の戸
通よ宇あり門寺さりとらへとも方あるを
さし仕舞さりとらへとも門よ早まで鳥居
の下坂てを人月ハ天窓よ漏く深堂

巻四　九ウ

を押しき六角よ積て古風の名をいつさ
らぎて妻子よ呆てらん余了よ呆てらん悟り
きゝとら者まの住もり星まおしく出てある
さ扇屋ある旅あらへ生て扇の絵まぎ
お手ぬといいつもの尾上屋のまへよ弥が
るおのあのをちん住吠さ大切ない聴を沢
山そふよしてあつまる弥つべ貝のおん
生貫の子のわなき物が出ておつけるものが
なさよほうつてのしやいそれしやとて

巻四　十オ

多くこるよ強せいよこともおさそるよあ
ハイヤしわじくようて強ほつてが稼とるが
小判でもはぐるてや
変よ男子
三月早くハ神りも切くもつてもよあある
七名田市ちへとらせ住さいとまん私も
で方まして出附せバ勘ぬ私ますへ
浮く～ふされていつのみるよ見はみるはめ
さんもけぢらう何でも珍しそうがや

巻四　十ウ

ほどるよゆのさびしてそれいよの法難おあるみ
すなくべたるさそとりのいよ女のこと
どうするとなりおほどるよ力アぶれじや
ここしよおつやきとしいくどさまそうよお
ほし姫もぐしいが一ぞいで都る姿の
てるり添ひてへぐらつひいてもまじ
かまでかたさくませんそんあつ床の主ハ
どんとく法主さん々仏詣さん々久七どん
うつらそんまちこしらをも子供じやとお

巻四　十一オ

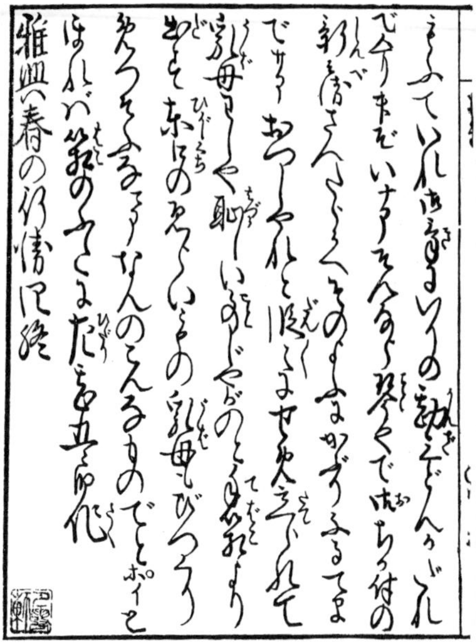

巻四　十一ウ

見返し　白

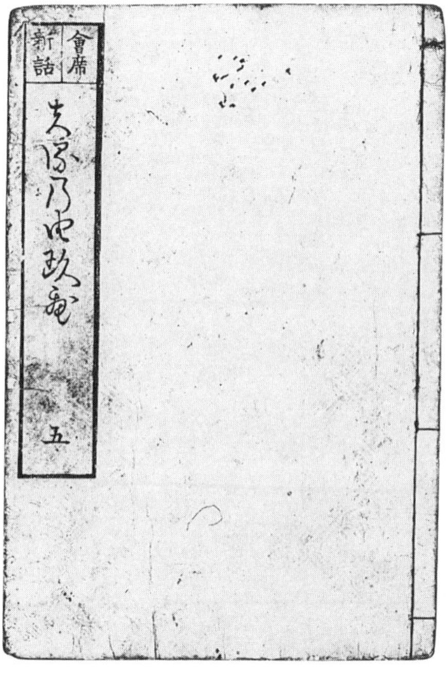

雅興春の行樂五

目次

瓢箪筆硯（ひやうたんひつけん）
さいせん竹筒（さいせんたけつゝ）
室の迯笑（むろのおそざき）
地獄献立（ぢごくのこんだて）

芝叟
波中
魚丸
大万

陳孫
囲ぎさい
魯道

雅興春の行樂五

久しいもあらぢ寒参りの…（以下崩し字本文）

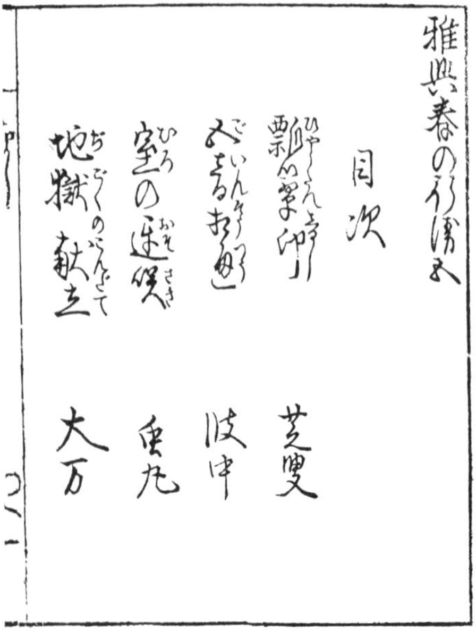

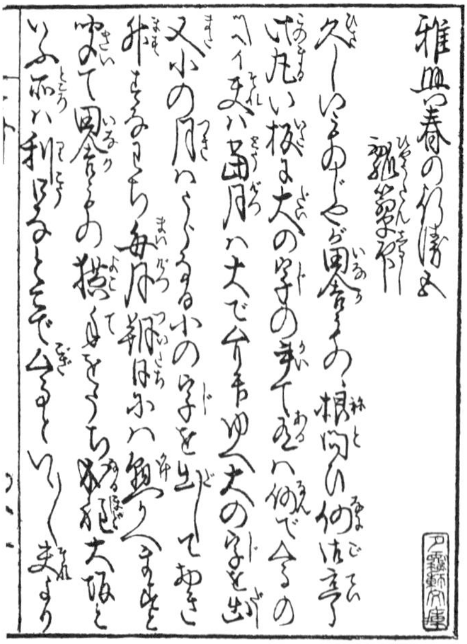

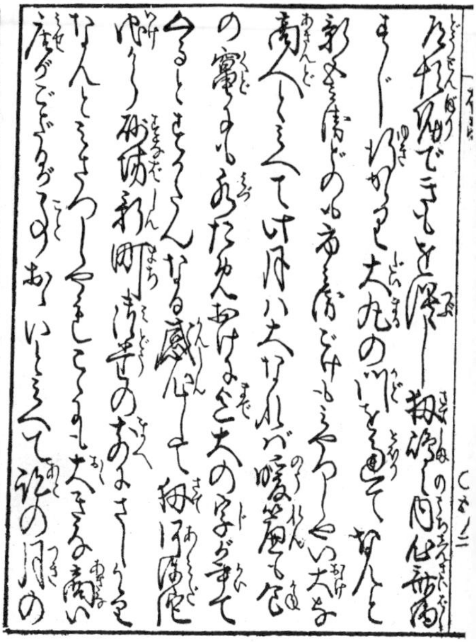

巻五　二ウ

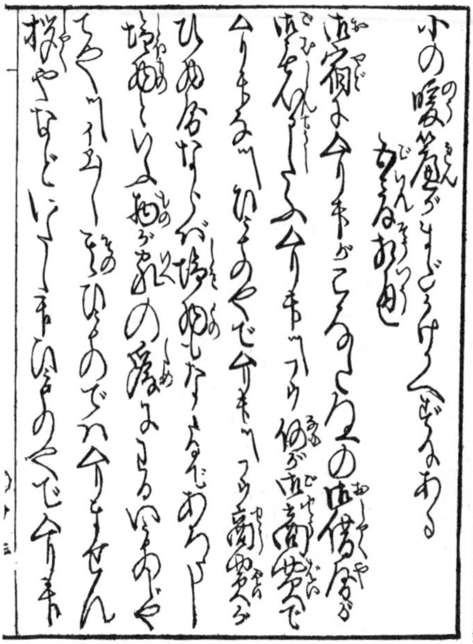

巻五　三オ

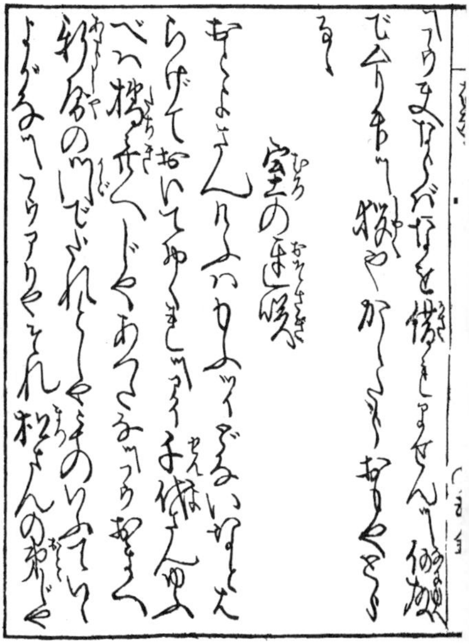

巻五　三ウ

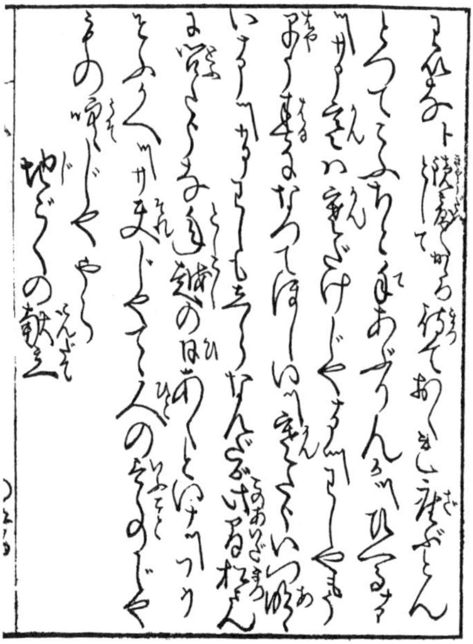

巻五　四オ

巻五　五オ

青柳はらう凧子
あまくゝり
森川仙弄画

巻五　四ウ

巻五　六オ

よい時よ利見せる
夜見の春客に見て
其のが栗見せ
でつたりぬれた物を
うり付てハて
やつぽう飛人を
おくやられて料理方で
食べさせるよ
牛がいけにへての
よふ疲後すのれつ
さし枇でへたばりたの
女房をも出しの絵の縁
その小ぞうれをつ伝の硯さすをする

巻五　五ウ

見じとし思の合仰とて
姿婆よいらでも
年齢ぐの年目とまづくのさ
漸くめ鑑賞でやとく料理とらへ
司白きう　飲合そ
へんすきいそそ飛人をおとて
さぐむぎりゝそかれことらもえん
年申おうたもが
なもよりなゐごいむらへおも
きそれのがないずこさもく
こもおれはり料理で
きをふとじあるまいかいゝあるらく

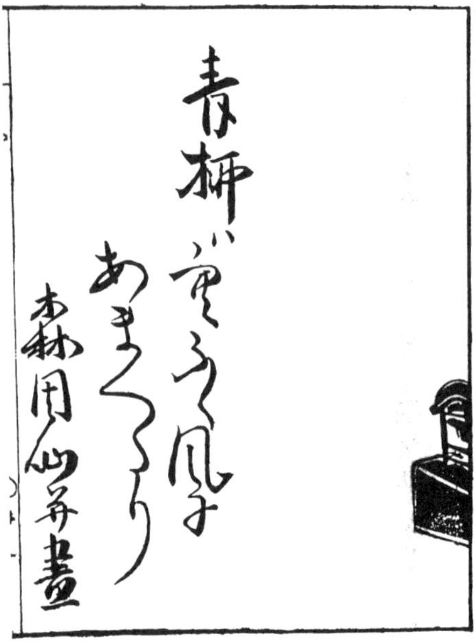

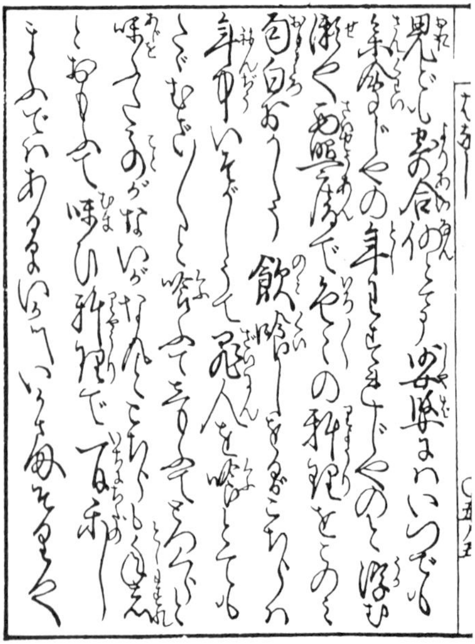

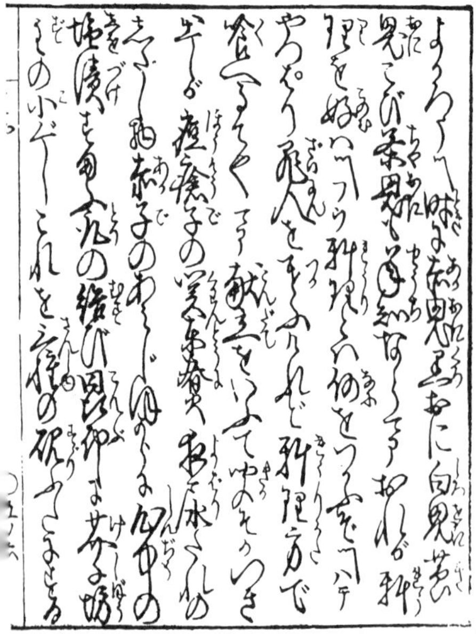

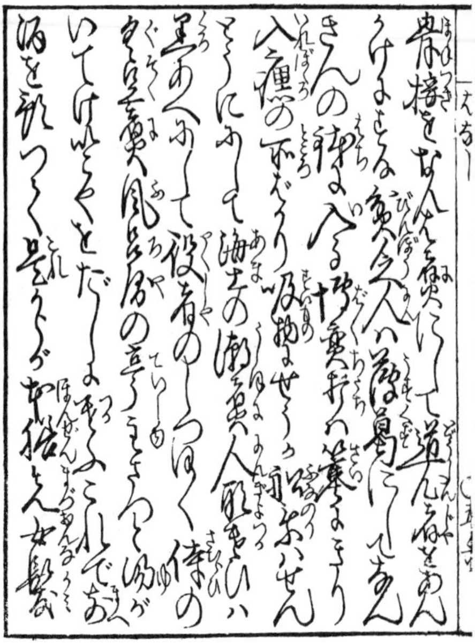

巻五　六ウ

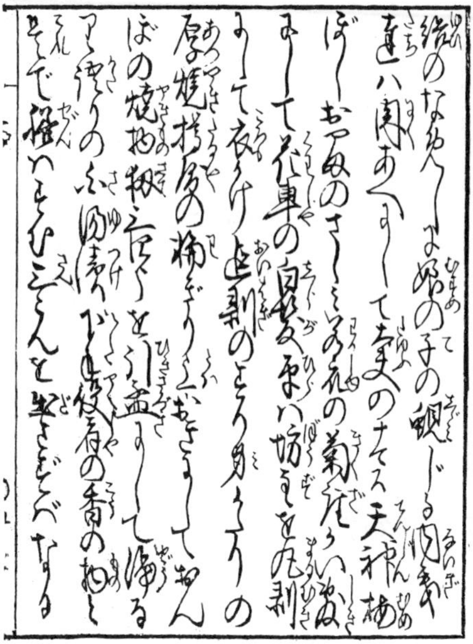

巻五　七オ

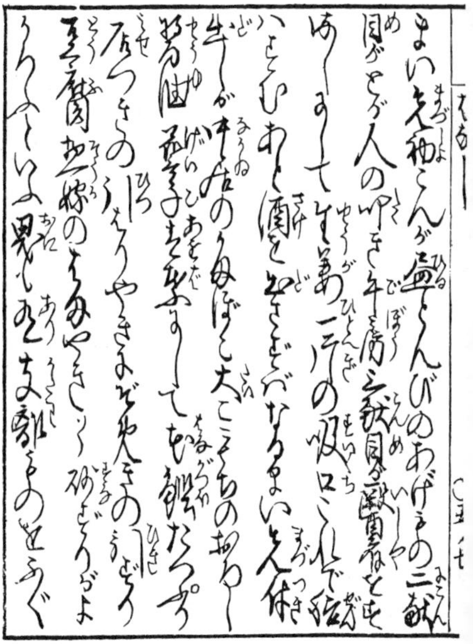

巻五　七ウ

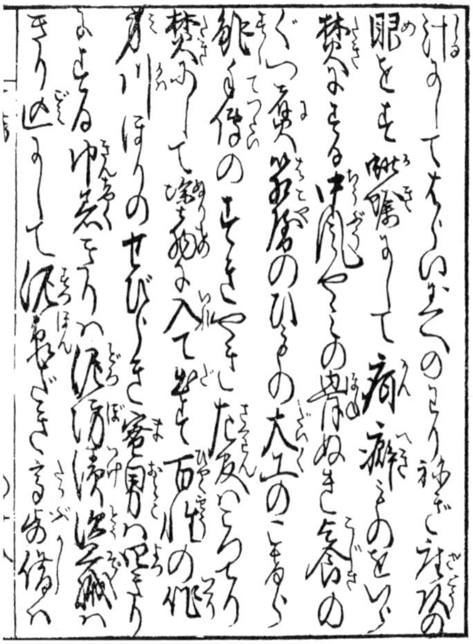

巻五　八オ

巻五 八ウ

巻五 九オ

巻五 九ウ

巻五 十オ

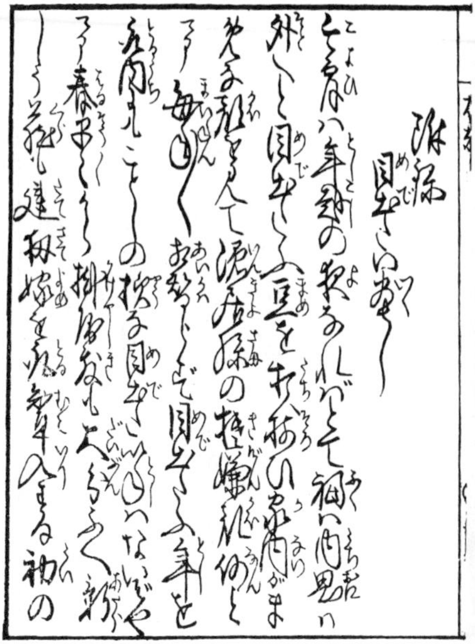

巻五　十ウ

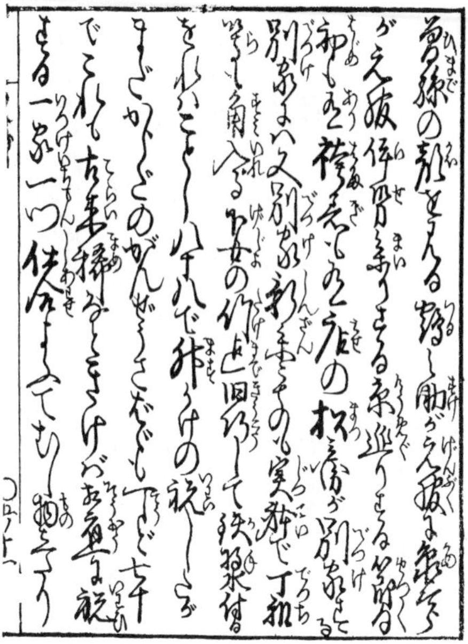

巻五　十一オ

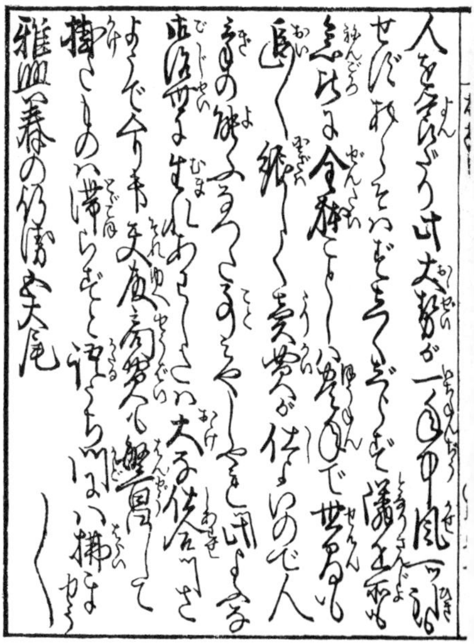

巻五　十一ウ

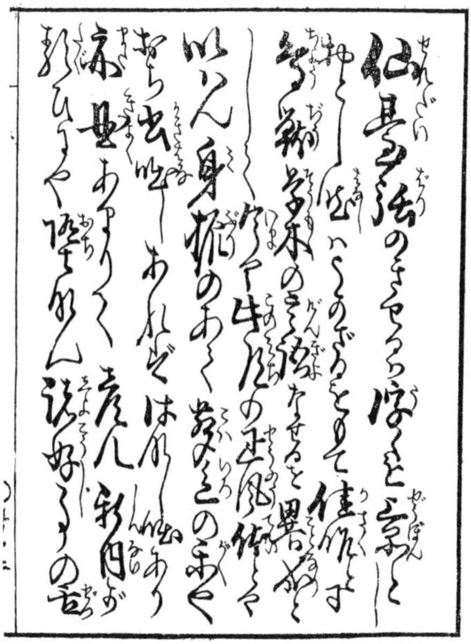

巻五　跋十二オ

酒屋隣馬宵闇

今様吉切雀　全五冊近刻

御役の大万さきひ一世一代吟為将軍世継家斉将……（略）

寛政八年丙辰春三月

大坂書林

北久太郎町心齋橋北江入西側
河内屋喜兵衛

唐物町心齋橋南江入西側
同　太助

横川ひく庭
れそ〳〵尼の君

田原よ保

15

『臍が茶』　寛政九年

見返し　白

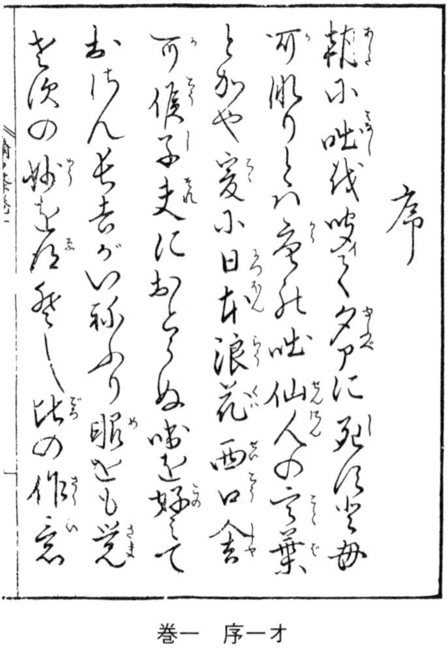

巻一　序一オ

有をしあそび好士のもてあそびなり
桜木まのほし則癖が茶ゝ是
号して志ばれ都の親仁嫁いびる
あくとお波を兎をちびやくての後を
かへ除の笑ひ孔鍾り侮ふるゝ
千両銭 月こ あすし袂くあまは
いぎてゝて あ手を拱小首銭かき

巻一　序一ウ

帯けて思案坊柿次郎お袴か
ふと贅言を述ぶ云のあくし
巳孔も何春
あはお銭らそゝ如ぶらちハ口葉
皆鉄炮のあらり呶く
陽おゐ舎梅山衣

巻一　序二オ

形りかくあち
一手品玉居
明らふ
よまり
ちやらく
かきろく
ととのの
浮世しや

巻一　口絵二ウ

画捻が茶
狂代孔春
第壱
時代やるとおやぢ旧士当合く米が高ひの
イヤ銭が安ひのと泣ゝ吐の あげくに
いやしあ方おゐのあひの悪ひゆてでも
昔の事ゐをわ銭は有難ひ調ゝて代ざく
世ふさへあれば枕をてまして袖を進まれいかさあ
あうあれバ右挿お物じやどと孔浦くまでも

巻一　一オ

巻一 一ウ

弓を射る鈴も鞘に納つてこの強ひ声代ぐ
いたり振り廻て叫ぶ浅草無小住すら
居は下女が何れも肉ぐ出揃はんも噛そろ
毎はん技身で

声れ古出居

在処か門堂まつりやありくて巨燈乃
矢らすく弥蚕浅芽あつく壱寺の
やうすれほふヌッまりの子找入て門た

巻二 ウ

風雅友達打奇ナンちうの山れ掃がんへ
いそやも雨あるるひ兼を諍く声塁
雪尺をどる身つ玄で是もようアア
合せ雪れゆうと見合せ四五人連みく
の残与刹と上うだぎ我茶店ぐ付ける
りあかひの惨乃大雪一向ちやれん
一ッ盃呑みひ掬じやく云ぞ加ぐいひあほ
もう済ん友あさあやか云ぞいろ呼で

巻一 二オ

山椒しく振らと肉ぶ振ら子が見てら
さんあれへ伏なものじやへあれつの遺ぞ
あ代子が受理残いさらないで売ふ汁のぢや
我をまき刹とどう何の力ふて売こ
ゆぐまよ代残表な乗どの肉な子が
笑してろさんモウ捨悪じや

口吉仰

にのう珎しむ手せん大うかれ

巻一 三オ

ごと捜へ老れへ
しが一向風雅も何を見れ如か法学
れも一勺ちりしむ朝ぐ如ちもみ一目さつはまで舞
れし少町花様が身残をもろぎくり
ヤレ嬉しやへ都むこそ人等を残
おやまふとりなへて振り子代ろい

志ぎ蛤

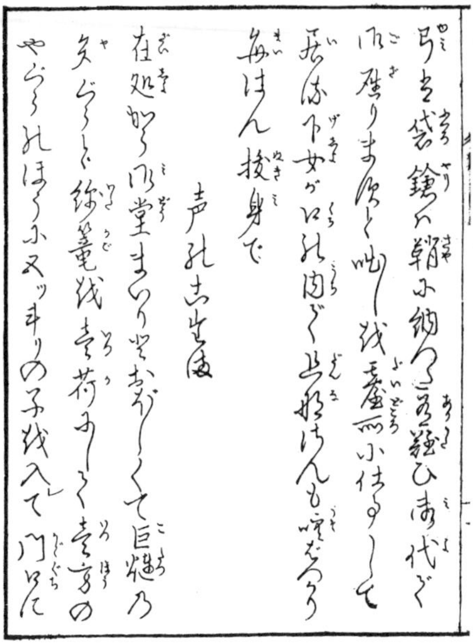

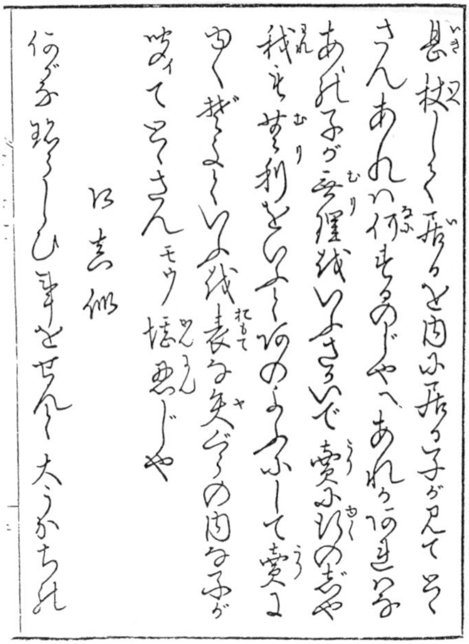

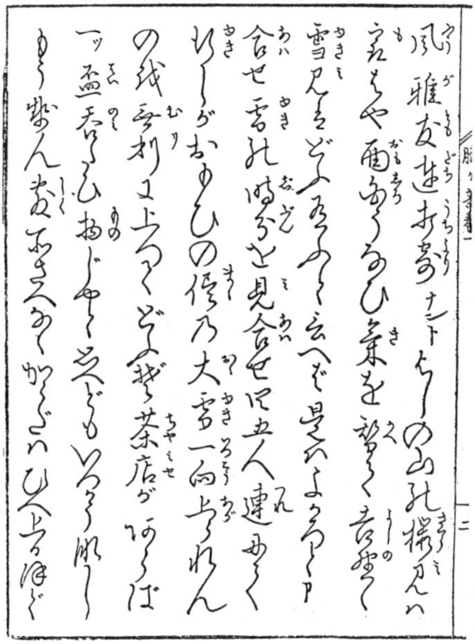

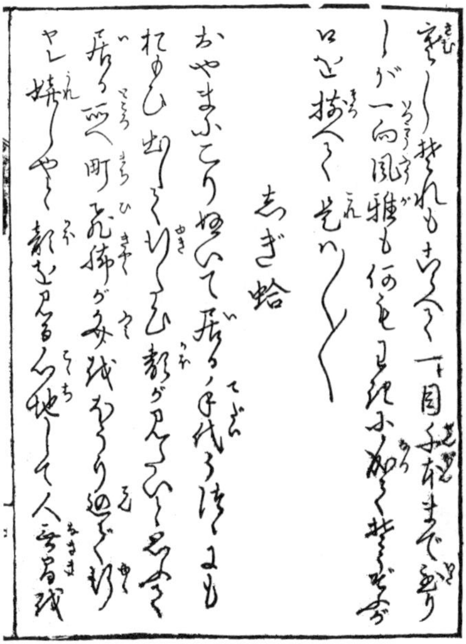

かんざくりやうしく見候奥に庖丁が
かかりしや引さき紙に墨がベツタリはいて
其外先書御座ひと以銭ほどに抔して
祝ぶつて居る所へ友達が来て見ていて
いや見せられテモ能ひ出して笑ひ
お何さてきあい無筆じやとでも代筆
ききさいのぐさり内へ参り出所へ
是何銭しに参くといへば ニイチヤ

巻一　三ウ

うかむしく来候

おもかげ

大晦に掛取の弟ぶんも体まつくんの子
元朝あとかく此所の代礼祝ふて之月銭
ちくらくなりしとかくち衣安じやて
内へもつれば机に帳が出てる名付て
いかんと帳に向ひ書ざりれ古けれ筆覚一文で
南無きんあいことはめ候へ内より人が出て

巻一　四オ

巻一　四ウ

巻一　五オ

巻一 五ウ

兄に子ン門違ひましたといふ祀書ハイヘア
廻り付てきなさります

そろぎ笠
抑好か大名薨持きおき志かは参ひくせか
餌乃小寺残ら、三月八日毎日め
家根ン門下の見物徒来をおらん
小日く、のそきへ□屏振竹扇きや小摂
さうなり、出まさ一ン門小情遊れさまつり

巻一 六オ

小きい蔵ぐ念仏しまいく

猿月

家根めすきや砂上叩く弦も
坪乃に書那子きろきれて歩
き、打つもつに掴きつめもたもひ
割きでさきぐれく処が彼坪の
きろくくかへろくけきれ夢ひ
思ふくくけ言を坪のさや十八九そ歩く

巻一 六ウ

柳きづ連

検れえもせんと義群子ぎ義へや
夢をあげ勝手みせい
家根ちきまきやきちや接で今きもす
沈んでねぢやひをを末鳴らぐ居屋
そろか者がりむいくき上ゆきを末ずれれお池
あをきむ処山形弾きぐ彼姿の
梨子の子方者乞れ、梨子ごきぎ捨ひ
あぎき処出形得ぐ人も立めいぐ彼姿の

巻一 七オ

競争子滑順け弾立は宴いや群んの大ゆい
ぎい拱楽覚裏乃羊ちと皇まいへそ境
んて売笑一撒のあさまに化もまいな
そようん処を、顧小寺も多くた乙ぶきさげ
貴そ序労きを打うろき、ぬう、穏
背中浅だきすむ人が靡きすて大きろ能
月月がけ仙人じやら固がきめてきぢ

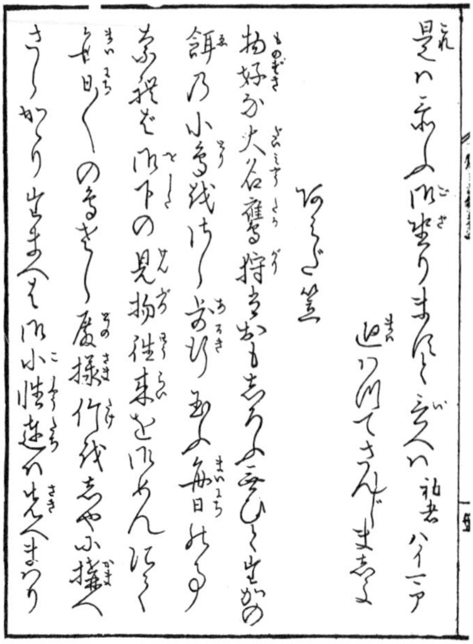

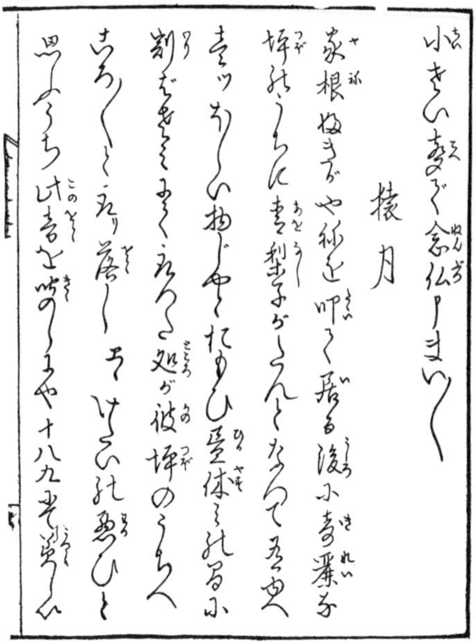

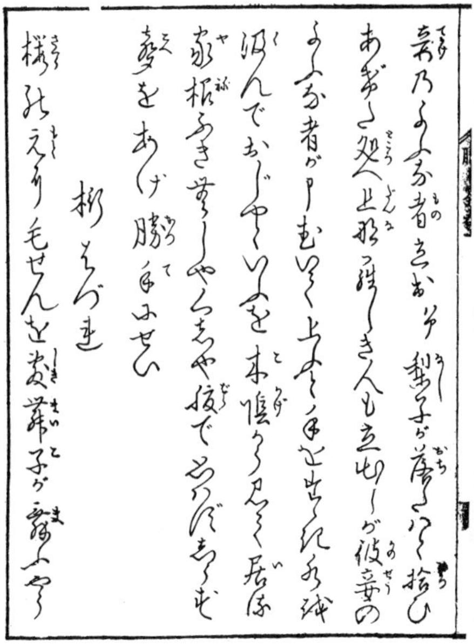

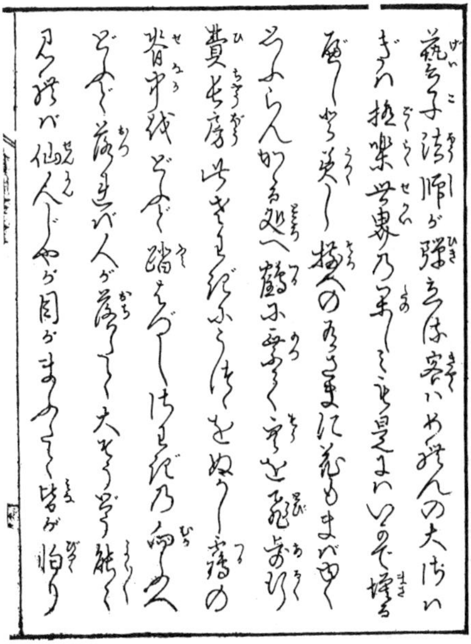

[巻一 七ウ / 巻一 八オ / 巻一 八ウ / 巻一 九オ]

〽手に葉遣ひ
大伴ハ黒主小町に御門乃勅命をば
窺り何しに我よき歌詠ぜんといひし桜が
先小まちが作意をきゝ嫉んで彼小町に
やうすを忍び入り学文部屋のおかしき床下に
忍びていたりしが何乃音もせぬ故に夜を
更しけるが扨何やらよみかけて事を
我ぞ立聞しがどんときこえず抔もみえど

巻一　九ウ

板にはけくらくらし咲ばいとゞやさしき
声にほうへ参らせ候

挿雲桜

去大名姫君の一門方へ御出入遊ばされ
それや御懐胎にて臨月に御安産は御産れ
参ゆへ御尾にて速に如ふにて誕生ある
諸山への御祈祷親御殿様御出ありても やむ
加へて折節ある上にて拙者馳参り只今

巻一　十オ

巻一　十一オ

巻一　十ウ

姫君御産の気が付せられたとの早打来る
聞とひとしくちがつても取あへず大殿は
火ともし上つて遠眼鏡にて御覧あそばし
天守上まで只今玉のやうなる若殿様御誕生
その注進殿様は聞しめし御悦び
折から又しく馬上にて若殿様御誕生
との知らせ フウ 扨は双子か ハアしく 母子共
達者で目出たしく其の舌も引せられ

巻一　十一ウ

無事又しく若殿御誕生の早打
大殿おどろきあづかり迄目出度御祝儀へ
モウ いやまれでよかれが

渡り始

長坊千坊が チンホウ なら座敷氏子じやゆへ
ふるくいかんで ナアニ 千がことこそ稲荷の
氏子じやによつていかんである ナアニ 座ア
こそいかさん いなりの氏子はかんのいかさない

巻一　十二オ

イヤいかりじや イヤ座まァ見やく子どものせり
今の銭座に住ひして居ればおやぢが嘆イく
ホンニ どちらの方がいかさまの志やあるへらうちも
争ひ事に小首かたむけて居られしが横手を
ホツとく ホウ 拍たじや 座ア知れ方じや
うしろ乃椿も

倚加茶巻壱 終

巻一　十二ウ

見返し　白

擠加茶巻ノ二

呼子鳥

晴し芦山路や戦もののぐかり見よさ撰師れ
同呼ハ大坂の芝居カゞ一しく戾銭地球
そろ〳〵出切て戾る肉ツト同小カ係
鄕ちりめん乃ぬきくの下駄ザクチヤット捨ム上ケ
何でも此下駄〳〵笛代うら生〴〵ン庶た
ろ呼立ゆれ魚ぎ栗のほゞみりくたきた

見返し　白

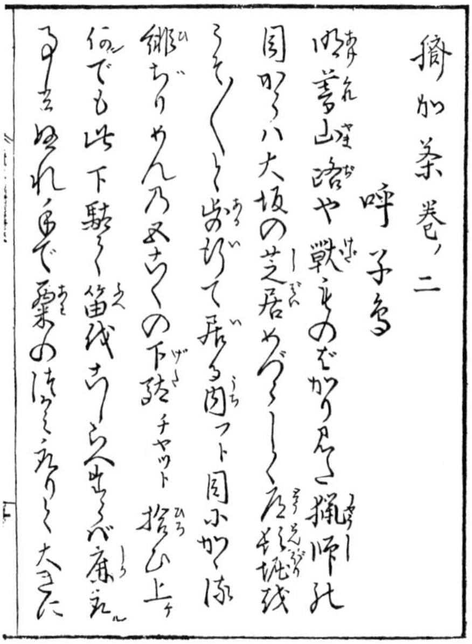

くら落ちし山颪戻り 来て小便留の波下
枝さそうて吹く便が音もうけずも
便ハよふにせんかと此節ぐハ無ひで漏く
下肢残りし経ば表の方に
九月 嵐として焼下が
礫耳
裏和 信てに蓄して熱の為さ材とし
宵かく紙やで仙包を救嘗めて庵く

巻二　一ウ

元朝のまるでひろふ家ぬしの門でお年
お礼ア事じや上下のかかりに彼是ぬ悪
紙を グハサく もんで出かり年寄も付合も
おもた座も仕舞よって内へ戻り帰上下さん
て、おきやくとへバ座ヲ持てもびつやりかくも
すうさバ サアありしもそろ後の出てこよふべ能よ
初つく居るく紙の書残 グハサく かさるに
おやむき隣りの女房が耳残かしまけらく

巻二　二オ

モウ 出あり太き姫ちじめ書まかさ指して
右易
こてまぜれはころで かもしくい指ぎしが何やら
ニイヤリ 踏んざ虫へ ハア 書まかさ犬のくそ
じやそふるものでは先、往ても上へあがるまが
かくん御らん知ぐ洗われも甘び書しまづく
通る〳〵指らいうるても君られバ書あり入らぶ
ちやみちよりて 鉢を書く文字也し 番所乃

巻二　二ウ

火らけぐ ぬめりく指じやや
右志より
太夫が疱瘡信てく居る虫へ郭し 客よりの
見舞品をし見残をしく酒さ
是れ〳〵〳〵田やのまさんよりの御見舞るハ文
ひだくやふびしさぬよりれ備へつましい丈そコレ
見るまぜ住らしや かつまる御菓子 折の上乃
それよい足る座敷に厨て 鰻見るすでハ御出より

巻二　三オ

【巻二 三ウ】
ませんかへ奈太夫つやイヤナ能事残
しく葦き捨く
〜日ぐらし
なほ奢侈のそしりもはげし召使ひの詞にあらハセやあらく
子あるふるぎいね〜く裏の方の溝へ
そらと振やもぢやクヤクあクつゝ閉シつゝ
ヶ残しろへ入てさあつてんくちくさあくくくくく

【巻二 四オ】
ふんどしもせぬかけ出是もくらがって揉んで
居房む女房が侍くくく上けってヘ足を侍し
売残をふくてんんく共のくへ面の代りの残ホウドほか
まへテモたふしやぶや
　　　錦松神
菩切れて女房もも今長くでちくで名心改
大坂へ出くらく振りの田舎戻りくく
訳の人侍るぶふ一日の答え〜振拳戻

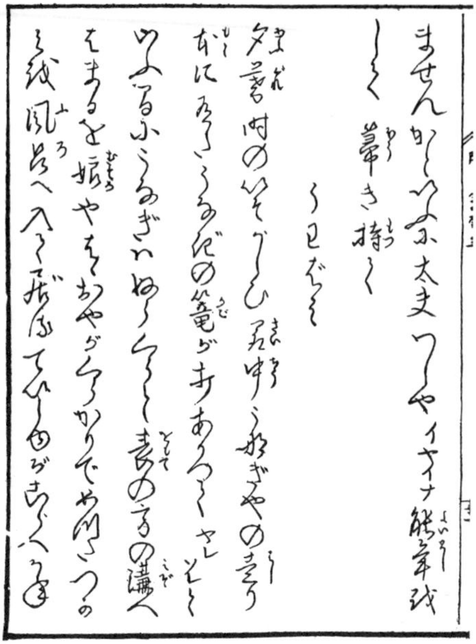

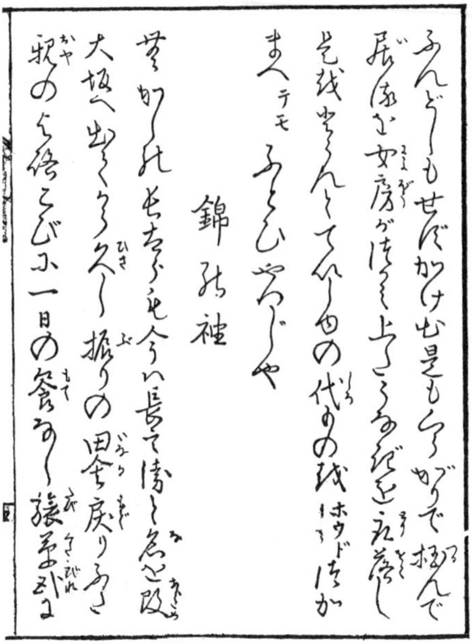

【巻二 四ウ】

【巻二 五オ】

宵からころり一ト寝入して目覚しまく
聞ば市中を入る刻り松風谷のみか
音りけれど目が冴て寐られぬまゝに候
斗銭包も持ずけその独り言て私が大坂へ
出ましてからモウ十年余りたちましてござれど
ハヤ当りし田舎にもおられんとおもひて
来ましたアノ
谷水の音さへも高山

巻二　五ウ

笛孔習ちがひ
在所から遠出乃下女表にても僕が笛銭
吹て来たへたやかましいと鳥銭あげ
ころしやれくと云へばお家が買かコレく
御無用とこやひのにハイく 御無用く小
吉も侯も悔りし頭ふくお家コレく 呼ん
らんで如う笛銭吹て来て御無用とて
そのおやびや ハイりくといふく居る間ふ

巻二　六オ

乞食の坊主が門口にたちてなにぞ笛銭
吹て居ればおやんが御無用く お家さく
あれはやらしやれおやじの下女ハイく
無てしやれく小又ほんでまゐふ音ゆく
又越後獅子の笛吹門にたつて居れば
下女 奥さ覗いてお家さん
今度もどちらで御座ります

犬梅枝

巻二　六ウ

去お女房が借せんとはまり無塩番子八どの
お安のはんもまちがひ出てけいくところ鉢子みれ
されかくが出来ますといふ疾落でもせよかとよ
あさぎりのすくなよくとろおりの荷業死内
フト思ひ付てまゝおあそびし戯に年ふさ
はらひ代ももたぬ借りて当分へ九鐘銭つく
やうき八年つらがみに掛て梅のえはんも手水鉢を
叩んしく此銘が出ましたてつくねんじやと枝

巻二　七オ

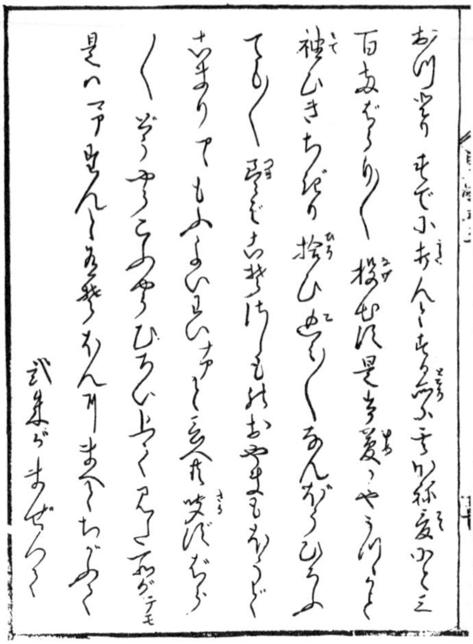

巻二　七ウ

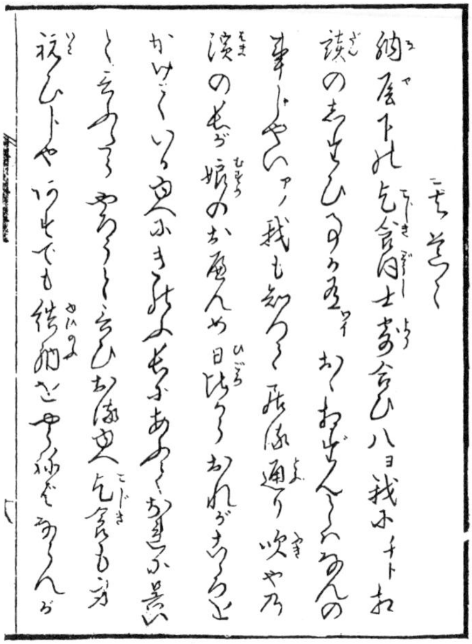

巻二　八オ

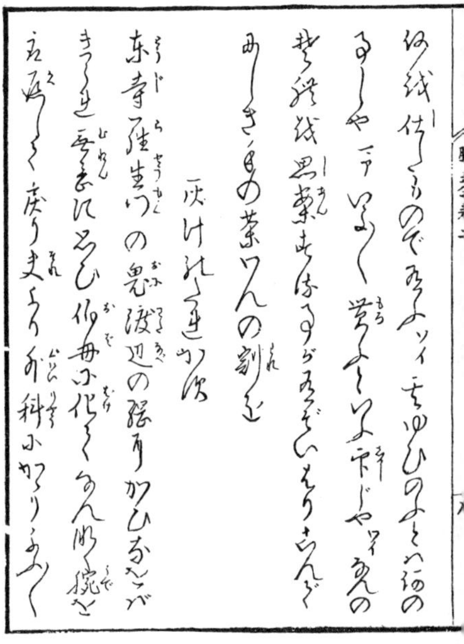

巻二　八ウ

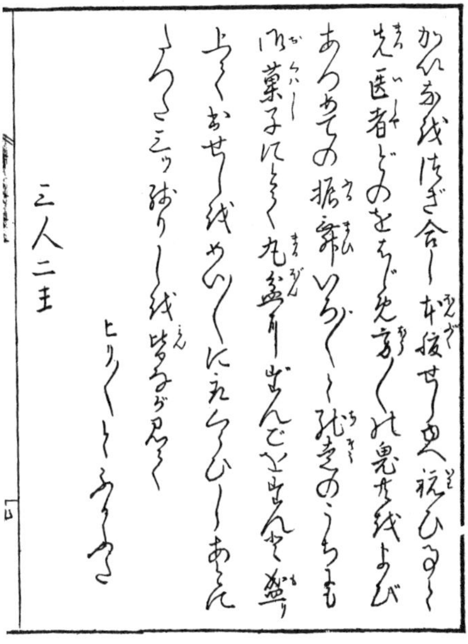

巻二　九オ

巻二　九ウ

巻二　十オ

多賀枯れ淋しき折のつれ〴〵の伽に立ちさかりし
二三の女丈が返魂咄し　ナント云ひけれどもおんぜう
仏仲間でもこちらまへのものが返魂香役に
立ちのよい毎日喰ひでも借物持つて来るく
られる人を呼び出されども広く出しさ
平りなるの人は出世ある故で笑ひ果てるし
あしかつよふも元手も呼びおんの是が喰
ぞ貧乏立て遊びしがやく男二人が云へバ女

巻二　十ウ

鉢まき仏

るれ八寺嘉貞所似合はぬ後生祈ひおく
念仏の徳にや死ぬるまでかなしみあり
し給ふがゆへり付ぬ昔の出ん堂前にて是は
さく俄仏をおかけてはしもひかぬといふ是さ
ちくく孫かくいはれもどふやつちつれん
番が中よく出来揃へ横の方を来る
ちつくドウ

巻二　十一オ

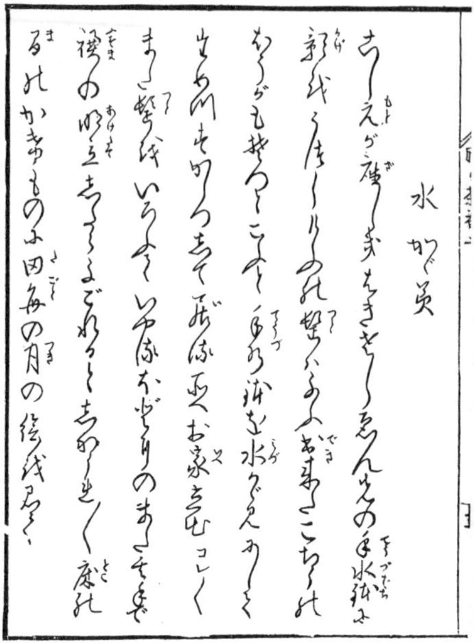

巻二　十一ウ

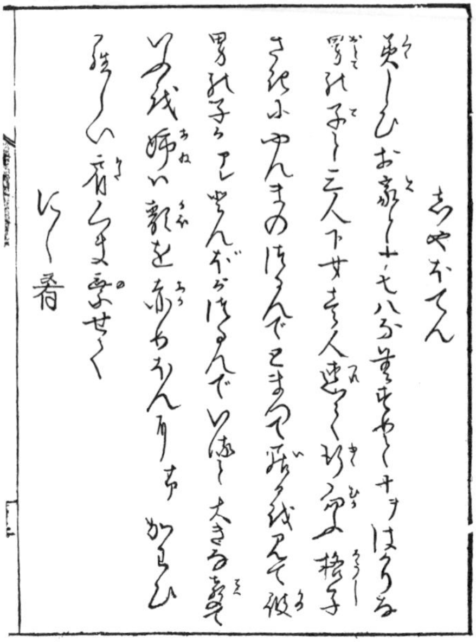

巻二　十二オ

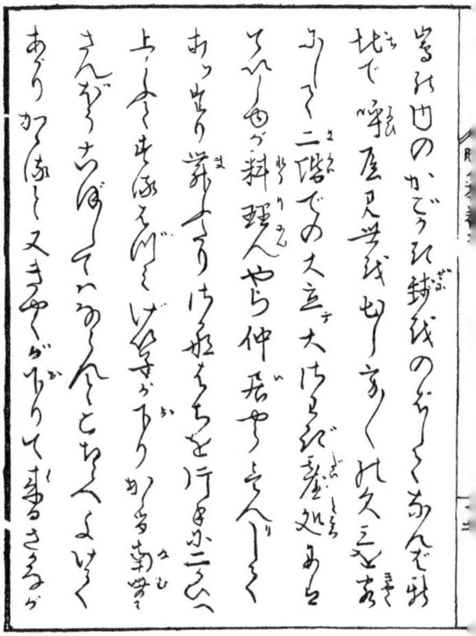

巻二　十二ウ

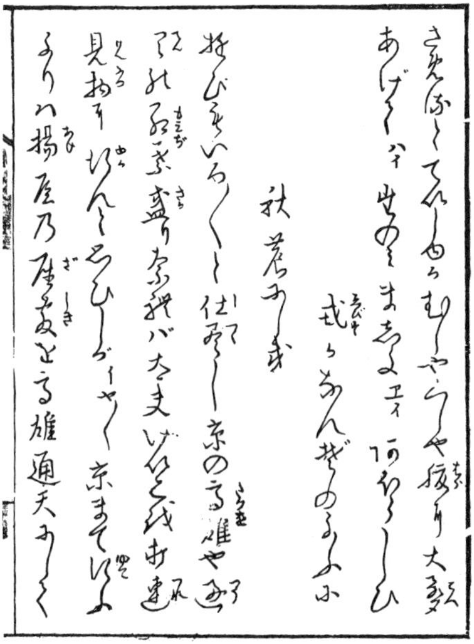

巻二　十三オ

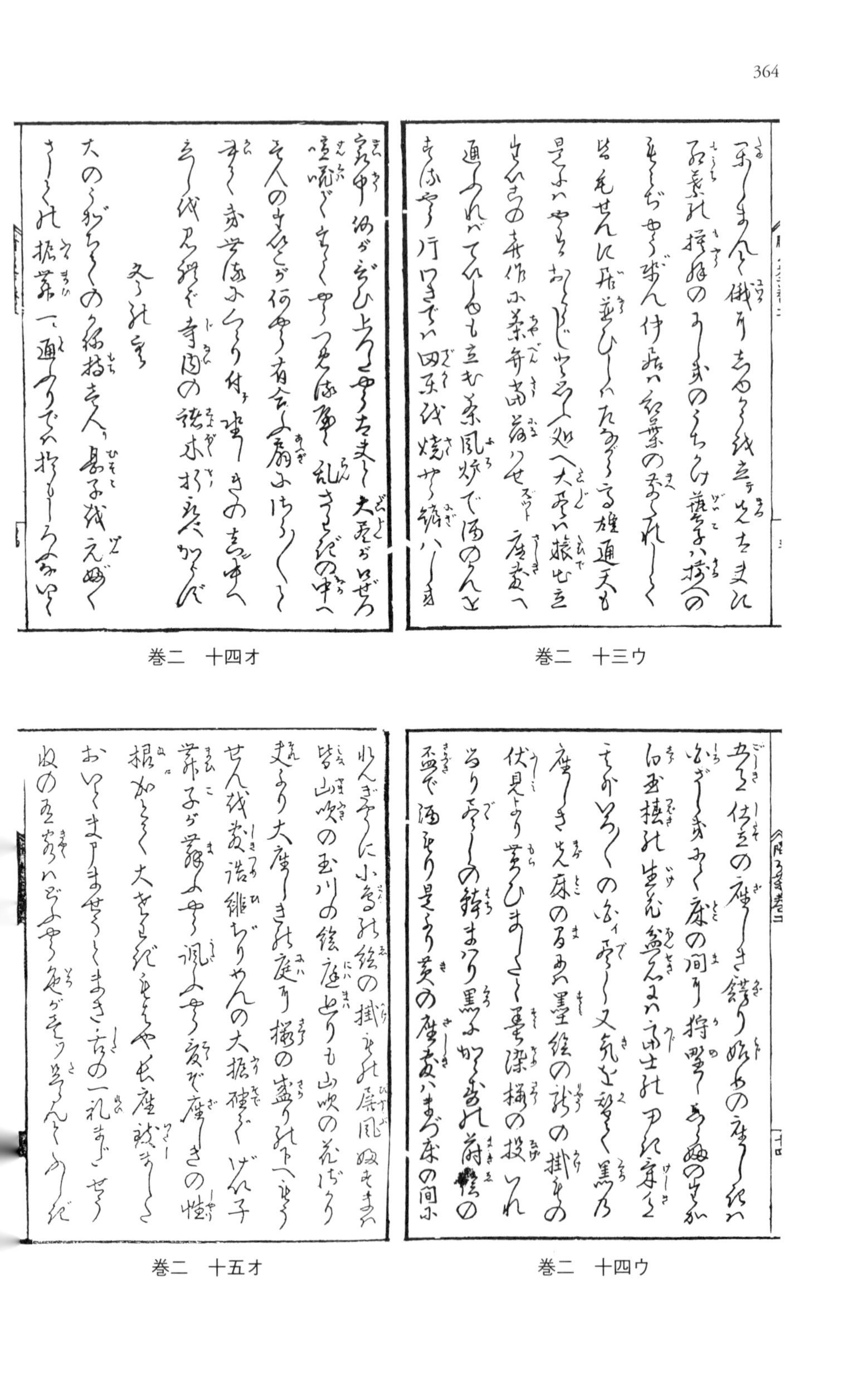

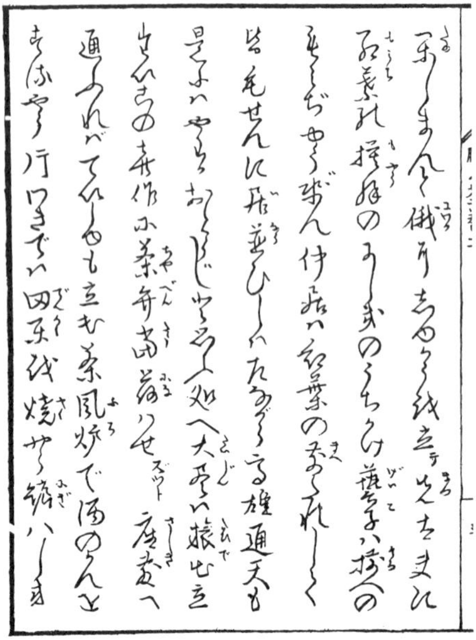

卷二　十三ウ

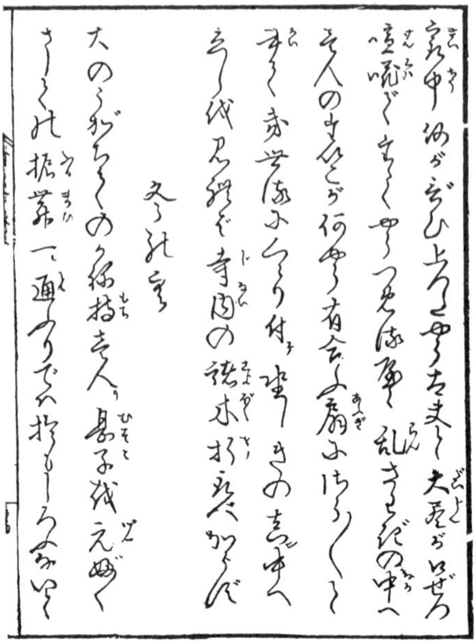

卷二　十四オ

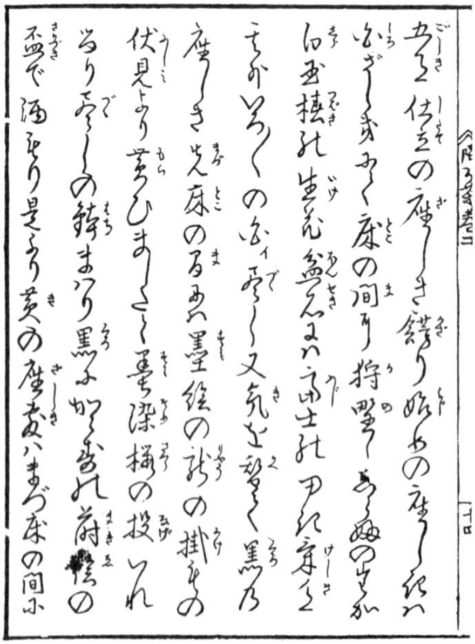

卷二　十四ウ

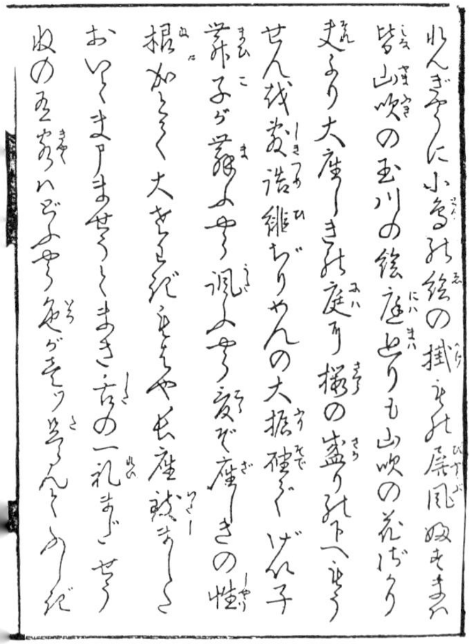

卷二　十五オ

見返し　白

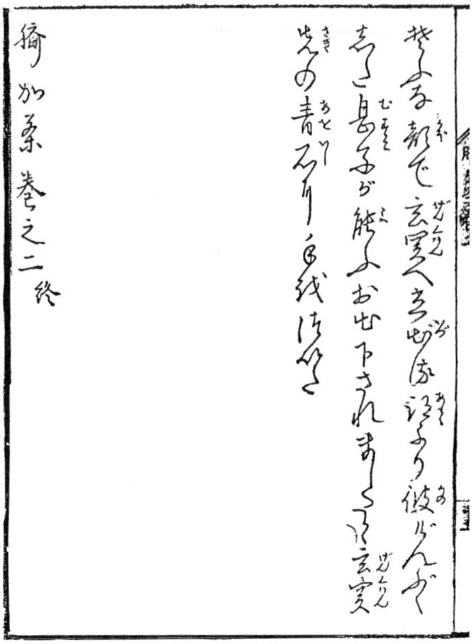

巻二　十五ウ

見返し　白

巻三　一オ

擂り茶　第三

狂病男

萩交々もだれて来るおくびやうなる親に似ぬ也
人ヶ近処我がちらく〱と、内を見て杵とに
ても一升もつきびだり新の下に入んで
諸人々盗人ヶ見たりと、身ふるひ
よろつき、おく〱とはいる、我家の
声をつぎはねかぢ、生きそらも心もなく

巻三　一ウ

ヤレ明て〱と、戸戎の女房も怕り〱〱と
お桁々々〱戸我の内や〱〱切て〱々出つ
切てかにもぎあり、女房もつゝがれており、
生きのどもよしも切ておりにすい切て
是見や擂り粉つるんだん成

身がはり

夢よよこれ汐汀の明け十七八かきむかう

天王寺乃塔の上、あらやゆらくえ敦

巻三　二オ

多打連〱上り壱同が〔れ〕て〱すみよしの愛を
見るく、居ゆき壱人のおぢえヶ見れバあれ
々、秋の肉月殿の友名づけむとなるやうドレ
々名を一同鏡を引きかけ〔て〕取るに
けぢ〱ヶきつつ、間がり、我ひっれあれ
〱こぬき〱、お上りじやる、ホニ二
ともぬれ〱お上りたもし、おやおやげ
もぢ出しへ着ほてあくてらしい、アレおやざます

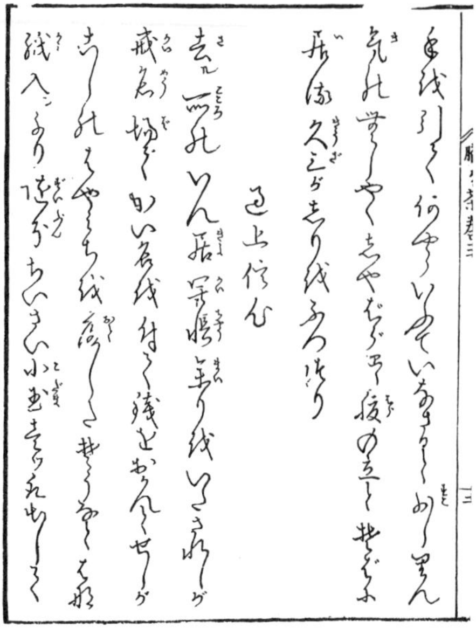

巻三　二ウ

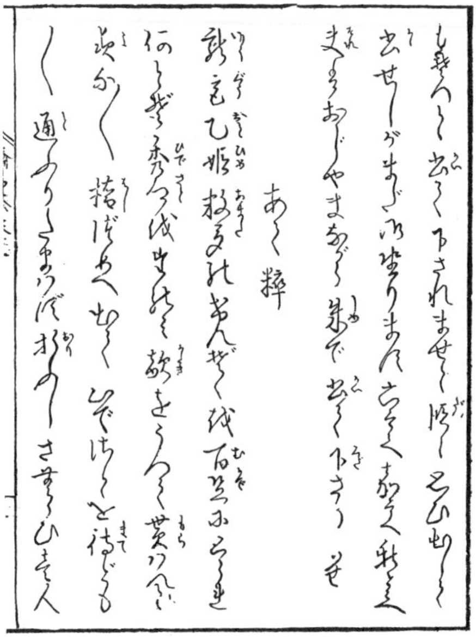

巻三　三オ

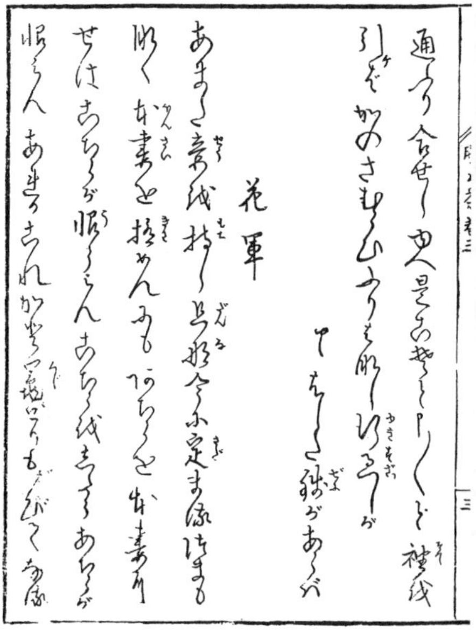

巻三　三ウ

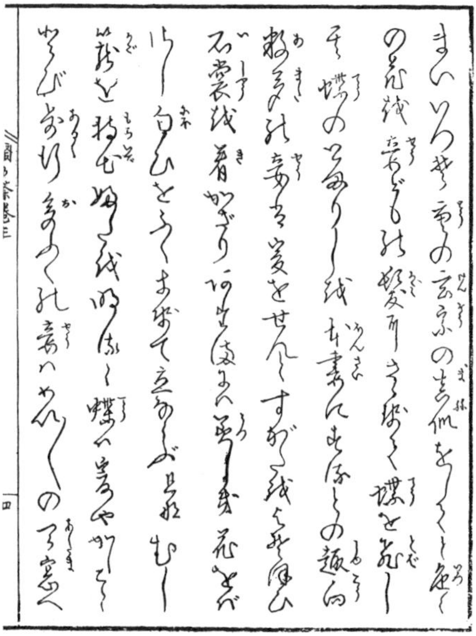

巻三　四オ

巻三　四ウ

巻三　五オ

そよつ〱せんとあせ阿伽いうちちらされ家れをのく
蝶をみれハ我をとまはゆおもへバ又二はん目へ
とぶ何んでもつがくるよふち又三番目でだん
めく狩うつあたり我とび歩行蝶ハみだされ
ふつ斗りずゝ〱もとまつてバ花もいとまなき人の
下女があつあへてまはをみかくあきれて立
寄てよくみれバ下女ハみちうひもなよ
居ねぶりて居る

巻三　五ウ

清おかぎ馬

行来へ出ろちよごふれん我の花し鴇がやおま
めける下路のおく竹っぽび歩きれて也係むそこ
おやはや藤芸子が〆まつてあよおおら知ませく
せがまつて内も馳の梅花やとめ木のかほりふ
さつ〱給うぞさはくまつてくれくマアうちれ
しらび尾我見てく来てと立もせず見捨で親父ハ
スヤ〱と祢いりだおか昔倍くやうてつかけもが

巻三　六オ

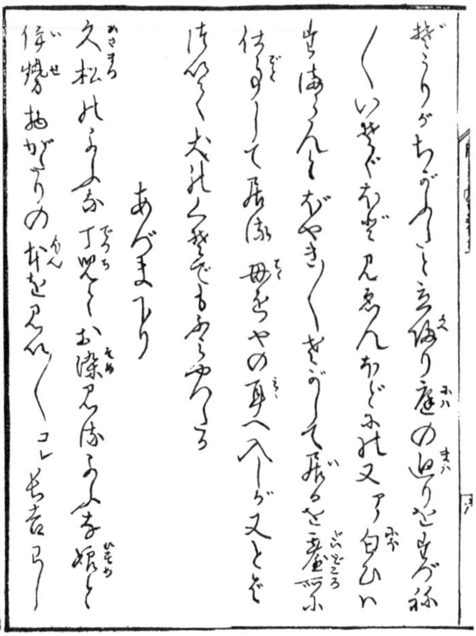

巻三　六ウ

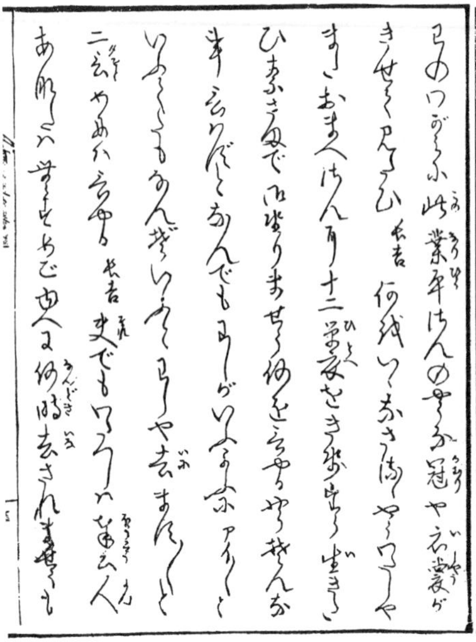

巻三　七オ

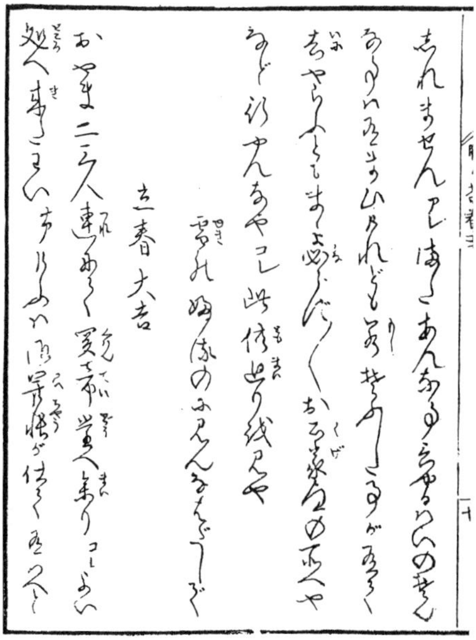

巻三　七ウ

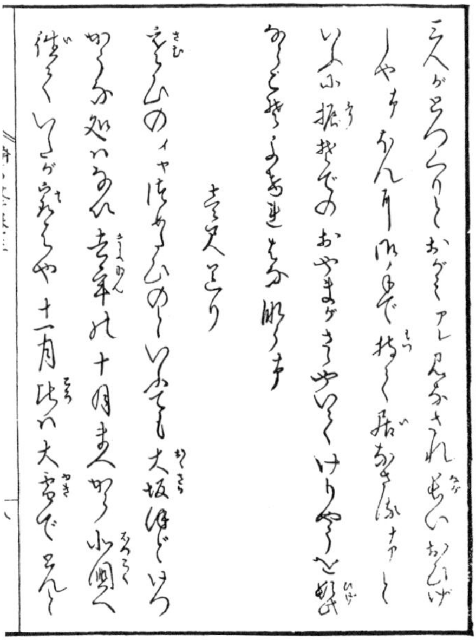

巻三　八オ

巻三　八ウ

出られぬことざましきの上もはてもつくやうなり
ぐゐるたしへそんきあ伴へ空ひまづ事もの
三月の時分でそなく身ぬさんしてゐ三月ふ度川く
きすぎぬれ八廣三月ふ度川く
きれみますこよまろあるやあかゆきのふよさ
せちさうやの中でもあかゆ川さのふさやすこ
てやきさ丈を海ざがうさものやよかふ
大釜ふふぶごうろうよ　かにか

巻三　九オ

もせえ大きな物成投くるるこふゆをが
ガノ機ろつ変があく消るきてごろある戌

　　　右るおぎし
都清ろの茶屋があるれむるちぞ花と
らつきぬげ京ょい悲くらいたがが清のぶひみれ
下り大久々もゐ同をもゑ松をよ清き
英らく姫ゆまぬえ松
ソリヤかのどやじゃく

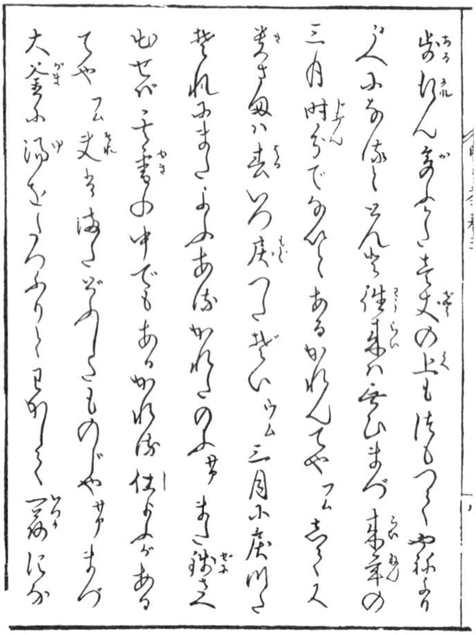

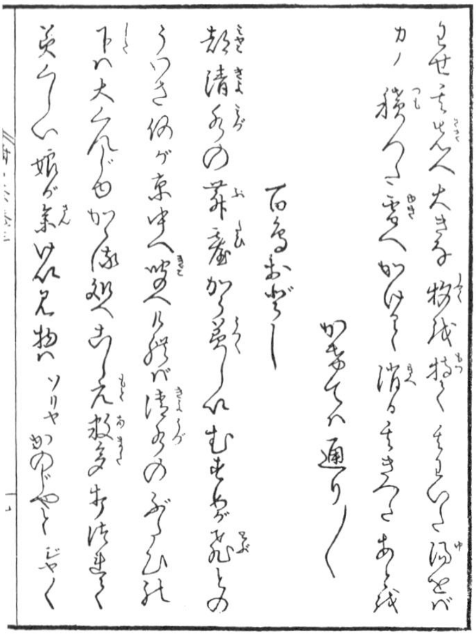

巻三 十ウ

くくく津戌の甚出むきあわぐゝゝお堂（だう）よりぞくぞく拜んぞ女（かゝ）さま着もぢやばばゝへ心にくゝとりちんぞよやヱゝゝくたびれた子供を呼（よぶ）人行逢れた母さまゝもとぼりなくしていへほやゞ代（だい）まぶでゝその遊女（ゆうじよ）さんもあのしもゝのゝや

巻三 十一オ

鈴（すゞ）まき仏
てまき仏八あき所（どころ）佛名（ぶつみやう）の後（ご）堂神（じん）びるあり仏の池（いけ）にや死ぬ共（とも）蓮（はす）の生（はへ）ぬかしが物（もの）をかつぐ一（ひと）がり餓佛（がぶつ）をちぎりちぎり五（ご）六ツ廻（まは）つてもをゝも子もないきゝゆがくゝ出ふえ揆（ゆり）の方をきゝゝゝゝやゞくゝゝドう

巻三 十一ウ

水から英（えい）
そゝえぐ碓（うす）をきゝゝ〱ぞんぢゝの手水鉢（てうづばち）新代（しんだい）唐（から）くくれ婆（ばゞ）ゝどこもきゝふるこれ水をとゝぢゝ出なれ切（きり）くてをゝりぢしきあんず（あん）ぜいろ〱ときゝかざりのあきゝ隣（となり）のはおゝがきゝきゝきゝあるぢさまもゝ毎（まい）の月のあゝゝゝくまれか多もゝ

巻三 十二オ

二八れ沺
ぞあれ月待（つきまち）
大室寺町乃くしてきまきらくの婦れおきらお僅（わづか）乃正吉へ入（いる）くその緒（ひも）せきしきメアれきれんらの素（もと）のゝやくそのそゝゞそるいんぞゝゞゝそりゃおもてむすゞゝゞくやむのを重（おも）ヘ入りますヤ長（ながい）妻（つま）きくと祐（たす）かろしと畫（ゑ）二ツ付（つい）てゞ我（われ）姉のおせんぞ

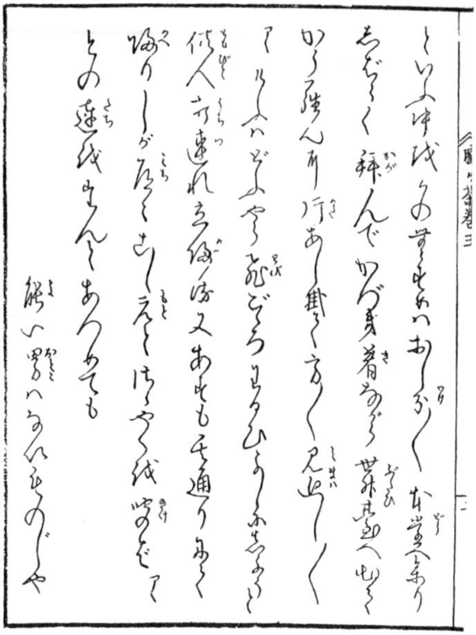

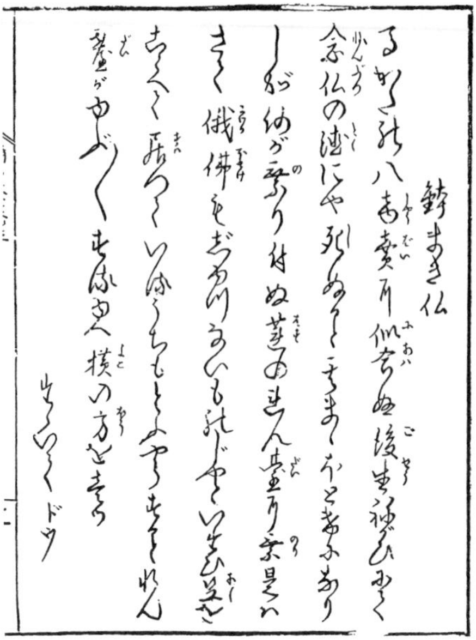

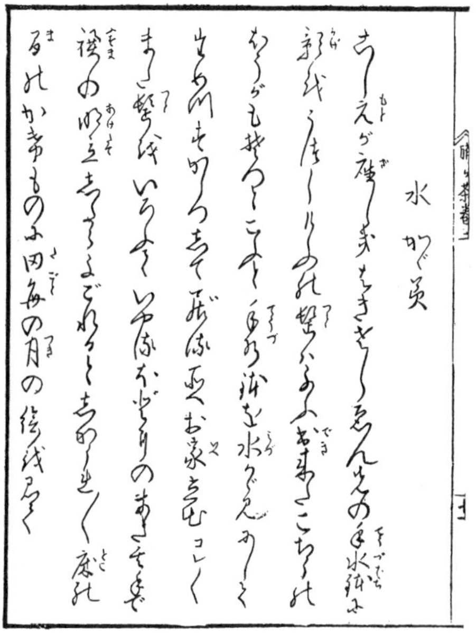

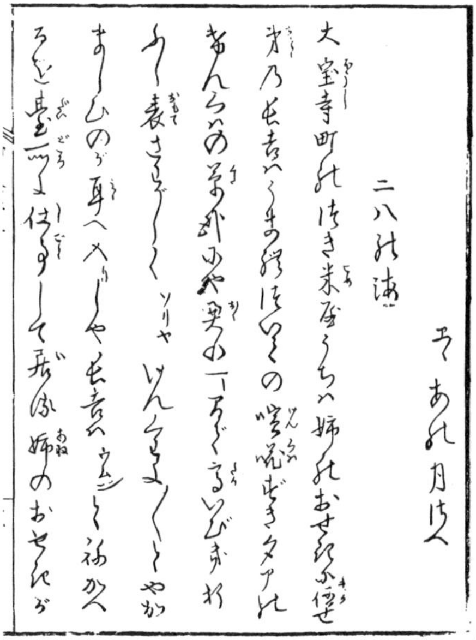

チヤット　あちら向いて　いんのごとく
本海辰
伊勢参りハ大ぜい連れ立ちて　ぐんじゆの毎日
ヤレもおもしろやおかしや　モウ日が暮るゝの
何の此暮るゝ大事の宿を御逢又無理銭出
也しらぬ　サアく歩行　モウジヤく　もおもしろくじや
行く筆捨山じやく　いよ文引なく　ヒヨロく
筆捨山ハ　どこじや　伊勢参りが筆捨て山銭

巻三　十二ウ

見ばなし見せさんれ　アレく向ふの山が筆
捨山しやくいよ文書かく　手詠いたせ声
狩野も筆捨ても　絵理にて　ちよと休みてい
かんおう
浄瑠璃の声にてやくうたひけれど　番く讃り
同士小ろしが　秋かけ乃けふこ人乃あらぐど返
遅して　チト人絵の肩にやし　小歌んがうたひく
裏ぐちく　かゝ事也しが　少りも　おかげ時分

巻三　十三オ

人出入ありけるや　是も小便小便出だし
うちがわく　新人ありせ是ハらく　おやはりく
何出入　まゝセイヤく　おつかひく　浄瑠璃やり
まゝ銭まくりて　ちやけをかけて　ちがくまぐる
小便　ミヤウミヤウりく　おもしろ　まふぞ大数あげく
ちみち見ぶ世話　矢野詰れば　つらひやも
まふまふ　鳴ハ瀬の水く
玉林汁

巻三　十三ウ

万ろぬけやるきがゝい時　ドチラするれバ一ト通りで　ゆう
ぬあんでも新しい趣向銭出し付て　銭も出せ
せんと工夫仕也　氏風呂へ湯出かしく
大坂を冷水く　とながし　歩行けれバヤレ
遊しく　一所へおもしろ出ひへ湯返かほす
ぬるへをいの人もあつての大きなり　のふがきるく
二三組も毎晩して　あつくうちらふハ此切銭
出かんと　る薬ばし辺銭あるひすりいろゝふ

巻三　十四オ

唄びん人が云ひ出しけるが悪ひいふ事今捨
まづハいそさま我と今ばしもぢ銭流し出る
うち湯より丁稚が行水やくしくいふ出へサア
またさしてあへ戻ればコレ風呂や
かゝぬろハるのひ
しべはげし
馬なれ気気と見へて人の小山屋から
絵馬堂迄我あきある紀絵馬も放ながめる

巻三　十四ウ

コリヤ八公是ハ銭見い楽しいぎやんさんをおかく
出る良いあのよふな形りおかしく欠落しよふ
はいらつしまへられ我よるものじやナア　さいちのハ
何じや弟子が壱銭割つてけらかれりやく聞へさ
アリヤかゝれ十夜の晩じやなさつちハなんじや
高の山上参りじや我よると韓信が股さらぐ
て出るを見へてあれ見いナア我くしとけさいな
形りじやナアそふしてナア股銭らぶつているやら

巻三　十五オ

よい年銭しくまさおか我よせせんなる
芳ふ雲
此者ハ久しく御おらぬませんがござんで御座りますで
きろんお見かまりでござりまするナア　何も我らぬましよふ
ア此方ハ痔がおこつて我れでこのよこなんざ夫ハナアく
御難儀で御座りませうおまへなのハお出でござり
ますゝ　イヤく親父じや
臍が茶巻之三終

巻三　十五ウ

見返し　白

嬬ヶ茶屋四

萩の鶴

万代さんおまへ祈りもあぢくを申さうサア出ふ
さるみナどふぞ私こも去祖しのがせん捨うる
見イやなもドヤもムで私代何のゆヘぞマめへ
せ斗仕るとゝ捨さんがとゞやよいもよしへ
他ー代客さまゝにいのじやおもよからく
がー新がおもぎすとで仕てあふよつく

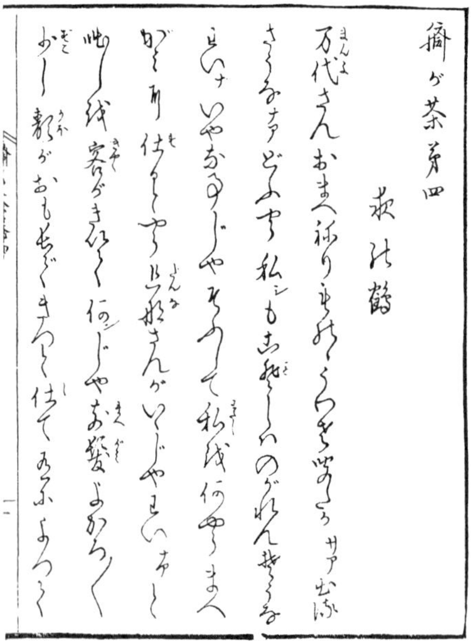

巻四　一オ

巻四 一ウ

れ子へ残る惣がんが出るがおるえ
ふおゞひゃ中まづぬれがコ恥かしく仲居
もきをかしくワやあんくくしヤ
役人出るヤあゝんといふまあびやもが気
仲居ふあどそ〳〵走りおれが付くイヤイヤもーきんか
コリヤきゝ〳〵浩衣裳いおれが付くエラあつりぢや
そう作り都と前々小ゑどせ江戸付きちれあほい
おもらぎ我の又前もらくくく

半粋

巻四 二オ

やきゑふすくくモウ迷ろけあげますくくに響
ますせうおきやモウ
そるくぜうの呼びるるに居得りくしや〳〵焼くもらん
叩くひゃぶどくと一くく焼くもらん
あそゝもくさもら蓮池に亀のあるがふら
るらごゑのた上もおもゝやくく〳〵それ大きき
とでも大勢のぜゞに居ござ柳の大きなり雁き

巻四 二ウ

コレ〳〵まぐ焼べず得る雛いのを
きゃ小さ焼くくもらざぐや

たりくくて又
小野の小町雨もれみこをのり
神泉苑ふくゞゞの飲がふむりな
やゝ中戈きほれそれ池のゝヤくらくあげ
やれお残せんぐ中ざくまへくありらふ
おそ天も納父くしあくらまちが

巻四 三オ

まやゝん

りゝて〳〵あがもふぶぶ
大〳〵もぎつきぐのやゝ是八アまうん雨ぢや
あきさもれ大びゑ衛きゝもソリヤぬりゝくく
叩さをけ〳〵〳〵ぎのおわれやゞゞひたき
友勢尾とらぎをきくあげ残小判一変
そコリヤきとてせや残〳〵ひろうなぶそ
飛くらどれぎひ〳〵小判ぢあらく〳〵

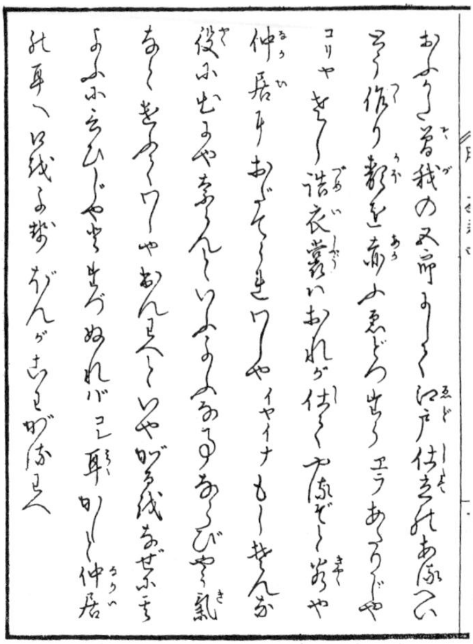

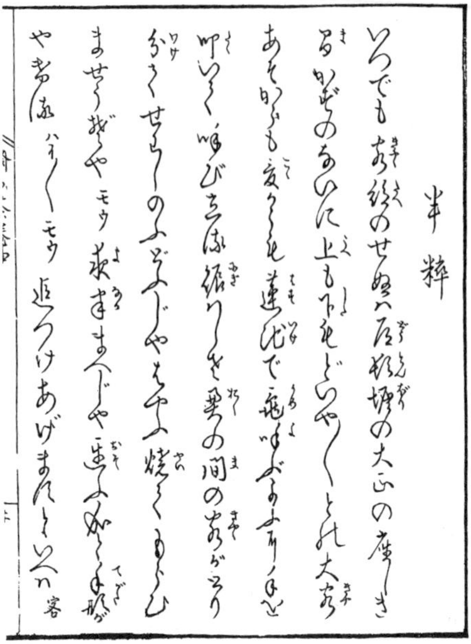

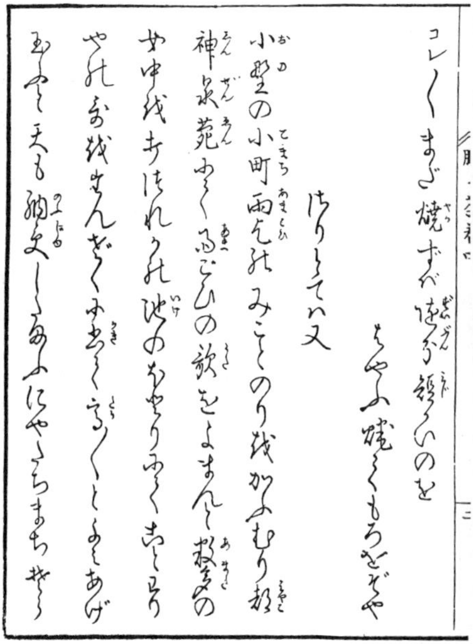

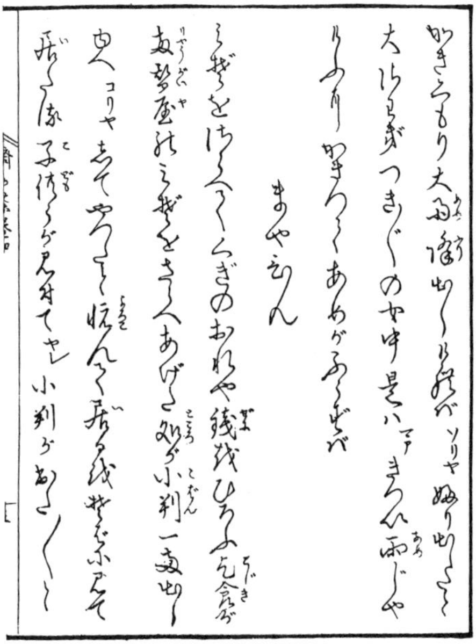

くらふいく我等やく女郎やの丁稚がねんでせ
きふ剃にぬきあげておれがさらしく又らん虫ふ
出汲さんふ志らぬきく残るのじやろちくん
イヤく悲れて見いおれがのじやもつぎく
でろくれ世ッ合のさくちく番の神棚の上う

氷室

加藤主守政清正朝鮮
彼我しく彼ほの

おれがのしや

ぶしくあつい笑う

六月朔日我彩の氷室ありて歩御先く
久しぶぢまくしらんわいぼびく居ふうちく
サテく
見れて見清正がたれ鳥ふ入ざよくこちひま

夏山彼

榊の上彼通して切て超へ置申あ
おセくくまりく彼南蛮三室と川ざへ
かけありて見御をお舟彼ひろくせて揺

巻四 四ウ

まし日毎への此くれせ物よく名うあくくい
絶頂ふ登りく朝鮮の大王あり返り見し
彩おうまぞふるのまふ名ふ彦ふ申の
後我取むく方くく彼宗くと見しく日の
方所く子見くの志は彩名が高いくしふ
さしむつであれくく世日本の富士よりの久ふ
いふあ
方ありくしふますが入聞きあふ
己替いふもがくあまガんあり

巻四 四才

シテく
さ扇ふおれがのじやほどふ厚しく
下されてへが舟でさいたくふりて川を流れて
切を彼ひろつさのぁれべコリヤ
そくさを振ふうちく見もとうすぐ送り
談方を言くよきく見ておもべぐそくく
扇とを言くむき辛くよめぐ舟ながぬ
ねぶ舟がて志をそせくテモ抱んで
もうひも志くや

巻四 五才

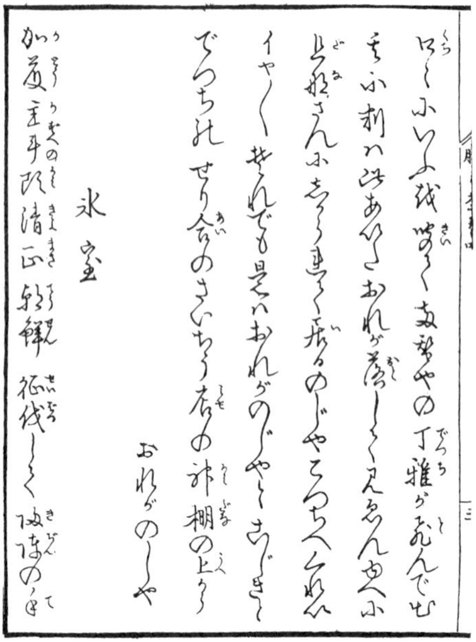

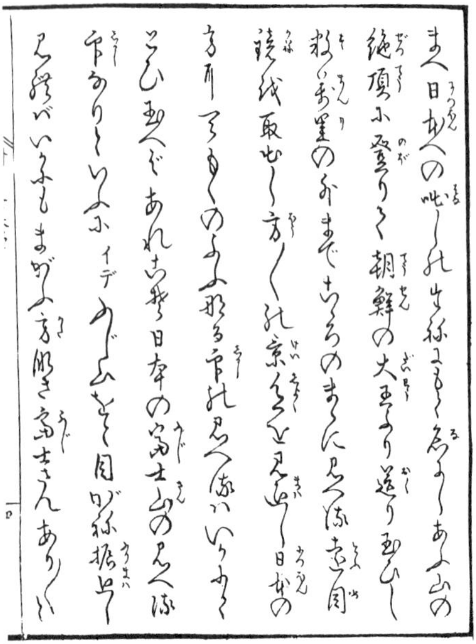

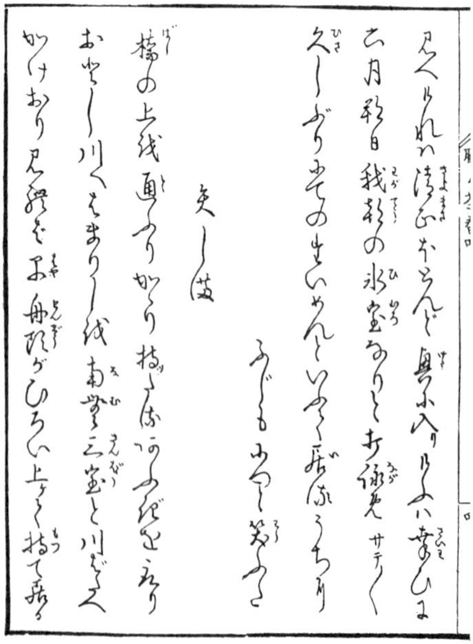

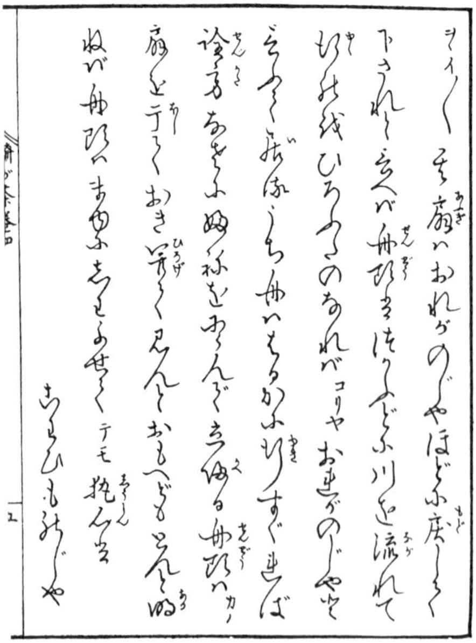

巻四　六オ　　　巻四　五ウ

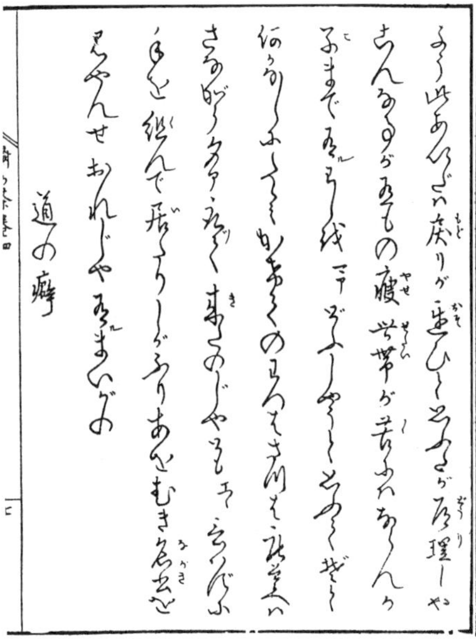

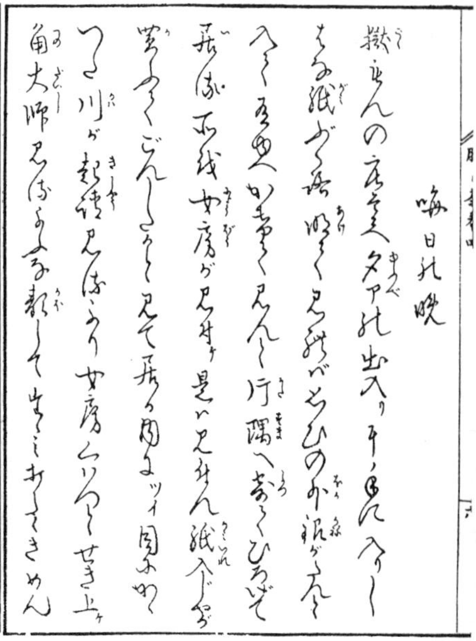

巻四　七オ　　　巻四　六ウ

おゝきなる井げた(?)の坪(つぼ)のうち鞠(まり)がゝりれいの蹴(?)
ありさまはいふにおよばず諸(もろ)ともおちんじての御酒宴(しゆえん)
君(きみ)も一トしほ興(きよう)ありけにおもしろく一ト(イテ)さし〳〵
あそばしおかれ立(たち)あがりおもしろうヒヨロ〳〵
アヽなんぼおもしろいことなり其(?)人(?)遊ぶも興(?)ありあふさ
長柄(ながえ)のてうし銭出(あ)ぐひろふ(?)ゐ(?)つ(?)其(?)
さらぬ躰(てい)で茶(き)銭(?)出して御座(ござ)まする
是非(?)下

巻四　七ウ

町礼(?)気遠(?)く以て清(?)ばら(?)段銭(?)かゝりく おく
やうなる事も親父(おやぢ)気遠(?)一ト通りは勤(つと)めて居(ゐ)れど
證(?)その割合(わりあい)はめい〳〵かゞりねしけくもどろふも
御主人(?)もなふ拾(?)ふ射(?)て尼(あま)でゝでの
土器(かわらけ)なげ事父(?)だつて物(?)して割(わ)るがる ひとつ(?)
また事もせ随(?)ものを安揚(?)に投(なげ)さしてく五十が土器(かわらけ)
是銭つがひかしてこなり処へ孫思(?)菴(せうあん)の仲居(なかゐ)が
うち〳〵と出(で)て来(き)りり庭(て)へ下(お)りて(?)

巻四　八オ

のサア〳〵おゝすれませ皆(みな)さんがあそばさば、お頭(?)
らめでたいや藝子(げいこ)さんもおもしろからふサア、おもしろく
あれそれでかぶり〳〵イヤ〳〵おれはやろう
是が面白(おもしろ)い、よい〳〵てふ〳〵くれぬくごつかいねば(?)
仲居(なかゐ)が何の是がおもしろいもあふあふふる(?)
され〳〵サアおもしろかサア〳〵おもしろい〳〵
カノ土器(かわらけ)をそれでいるげ〳〵もちつれ肉(?)に
みんな投(なげ)く もつ(?)はへば親父(おやぢ)はあきれて〳〵

巻四　八ウ

ならんで居(い)たりしが仲居(?)ゐる ちそん(?)下の器(ぶ)へコロ〳〵
仲居(なかゐ)ひろうりしてコあつめて下(し)銭の投(な)げいで
みな銭が投(なげ)さ土器(かわらけ)をひろふては(?)
皆もやへ入れ〳〵

志(?)終りや

能(のふ)師堀井仙助吉沢(?)あげ弁当(?)六月の
土用(どよう)のうちは能(のふ)も休(やす)み只(?)ね其(?)未(?)銭(?)をもつて
住(す)のとて居(い)ける折(をり)から儀(ぎ)に来(き)かきうり(?)

巻四　九オ

天文云小大ゆふだち降り家内の者ども八皆々
さハがしくおしへをいるもあり気絶どうして
居候も其外クワバラ／＼／＼とさわげ共仙女ハ
落つき静かくコリヤ先ずよ居留頭へなで
坂屋だりの約諾にて来い

雲井入る

去ルお大名の雲雀を好く売せられ
しがフト思ひ付れ何かの藤細工のもの

巻四　九ウ

此も仕のことハ斤せされ作らせ持ち出けんに
雲雀入の籠を出しびト持白眉先生お情
いかしく拝見して先ず藤のさしを渡しハ
一ナ年乃日数をもつてと云ふ百五千羽長サ八進て
此ゆゑり役人仕官〈下知まで一万が何かの
屋の小杉に好めの人細工人数百人かかりて日々
藤仕あげける家々長サ一里ほどもあれば
大きな家村あり州ち何かにて皆地を下され

巻四　十オ

其村を見ちらしみてあれバ大きな池あり
けれ池ハ何かれ周囲が何程とも近辺の地々
此をならせ其土仕まつてかの池堀らせさせ
又しあらたくふけさびハ山々谷々なれバ是ハ
なしなし仕渡し山ハ平地になりしあらたに猪有
し竹藪村里となり出来て此所ハ仕方なし
寄くる居候かりとそつて海辺まで去れ是
かく見ゆる人力をなし叶ひがたく大守へ申上れバ

巻四　十ウ

さらバ其藤を紫檀をもつて引上げさせよとある
数多の人出て大あら仕かまへエイヤ／＼と引き
上げ仕かまへ件の藤の腕を好け雪を去めた
はさ仕られ空ハ雲霞を居つて見へ家々藤の
きれが天竺の横まで天人の坪の内へはまり
ともるれバ天人も大きにおどろきかくろう
ねが一本よりつるんじやそこトントかてんの
ゆかぬはなしやとしかれ評判マア礼りのみて

巻四　十一オ

ゑんのよう吹きはよ葉うつりてみればちかく天人ハあまる
む切ばけイヤしくつぬきるすハやみんふきるかぢい
華ひ下むかうそそるものあれバいろ葉
母衣のふせぎふ仕るがよく

天井板

おやは走字をく被まへ入しが一機も涌んでたん
一ツふくと四ご袋ふ粉かんりよ殺てすひ狩係
おやまものまんしまどろき流はぎ火入れそ紙ん

巻四　十一ウ

しみ紙で火ハ助りおされてきやく紙
火ばらく火がくる残はきつけてもへどもくトント
火をはたてあれハキヨロリとしく廃れバおやまが
きかんしひよ所 客 おもひまする

有馬筆

起きバ寂しく些とも不也しかぐ秋の野が花めく
石川丸実 能因法師此家我らが俗不叶ひ
しかで居多於る泳ぜんもなむあるる一庵有

巻四　十二オ

巻四　十二ウ

巻四　十三オ

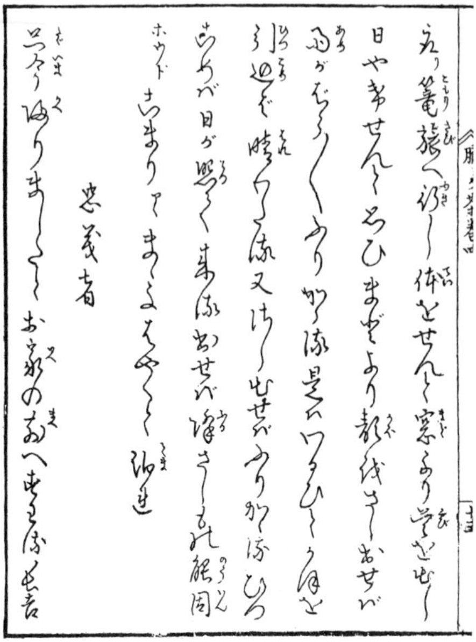

巻四　十三ウ

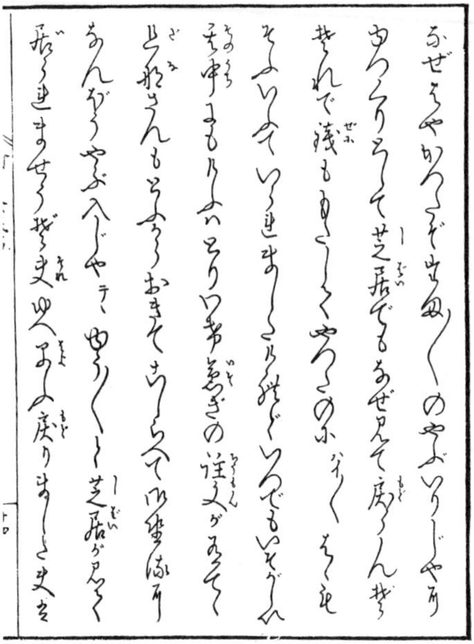

巻四　十四オ

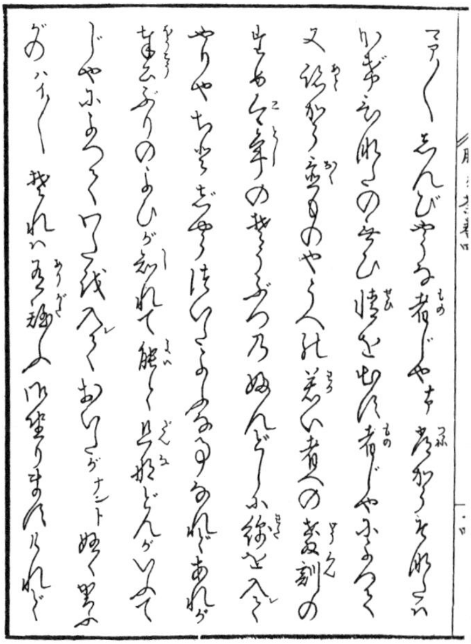

巻四　十四ウ

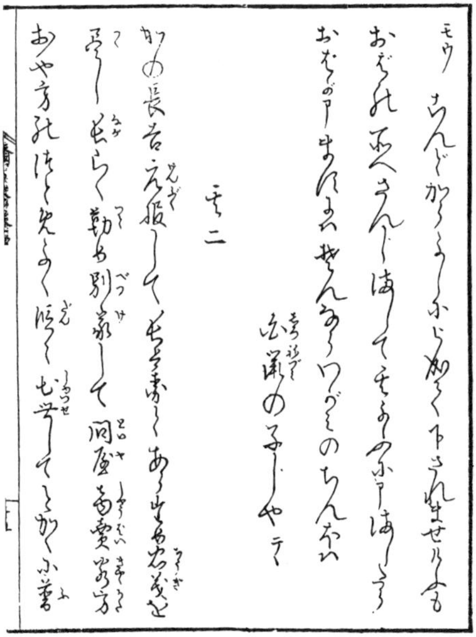

巻四　十五オ

表紙なし

見返し　白

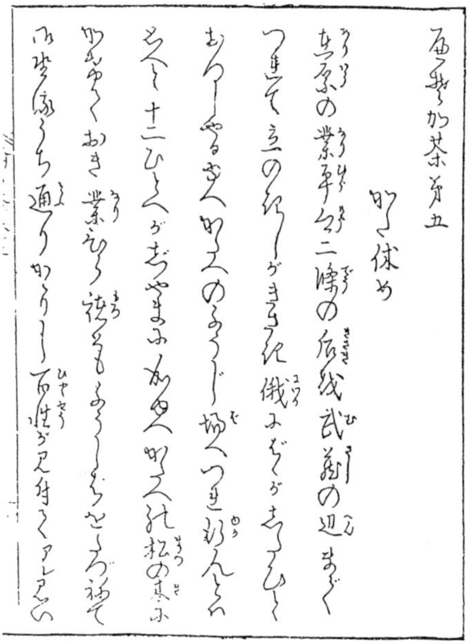

巻五　一オ

珍しい物が松孔抜りかけてあらしく見出してく
是もどこもであらしき迄つて出しかる物に
せんといはうち紫革が出る者へば百姓とも
是を見ていふて天人の所をんじや知らる

六阿弥陀

かくさんが隣のお市さん正月衣裳は紫
ちりめんに松孔すそもやうじやげな知って
常は黒ひろうどの裏付じやげなかつしよも

巻五　一ウ

あんずしておられしもおやまでの踊そせらせ
て親が皆く何とつかる事が出来り八歳も女げが
多のびよろつてあんずうせうし行ゟ志らんがとちの
内は親にもいけがないゆへに知んなおどろくるほど
其ゆ筆はおかん又も踊りじやて今のそんな
物好して出あるものが是から知らじやといふく
居らうちつ口かう丁稚が内方に所望せまれう
命ひろうてごぢりまするへ指出し給らう知らし

巻五　二オ

娘が踊て見て是見なさるれらう知らでござんす
江戸づまの伐

菜種畑

小辺去る高家の旦那衆の婦人は折迎し為れ
宿衣も白う紬衣も通ひ馴しの大立志も兼
じて出ひ男がなしおやまも付くおどれの来る
きり内は報じ知れやすらやのお大臣しのもて
ちやしに年中れば芝居の趣向自在其の双紙

巻五　二ウ

出して来社までも知られくの役割ある身は大名ニ役
あづまいさうしつぬおてきの婦人来芝巴御伐呼んで
毎だんのげとは内の手ばなは焼次出孔居続役居の
ふ挨拶ん楽屋のあてむすり出来にて思ひ気もせう
所説で大夫元のお役ひもする此身に風せんまり
つきて親方のおやは人ありなりのお手代悋気嫉妬ハ
棚へあがり上らて何そ知うまりしのをあつしふてこくのひ
出来ものは内扇をせのうへとれど出させむとの事まれ

巻五　三オ

巻五 三ウ

いふおやまもあろく〳〵
らおを夢野守りふ
いん房へ一寸
夢むし〳〵そらが
コレ〳〵ふうれ
はいふうれ〳〵
そでうれ〳〵
ソれ〳〵コ
ですおりり〳〵

巻五 四オ

のあきしろがらかきやろく
〳〵新れ内娘もけまうりト
〳〵けがら〳〵
女房じゃえ
もどいが
花倉殿
〳〵かわ〳〵
お家ぐあぎ〳〵
〳〵

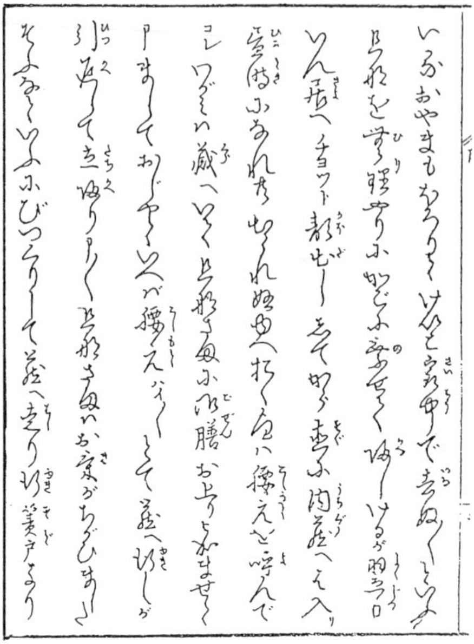

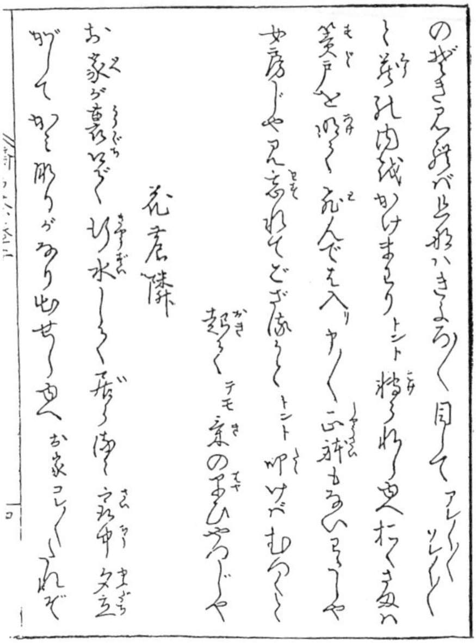

しやんきにふり男ぶりでもちがお手ものとうひき
かいろく奥へ入るとうちお家はまへ手をあてて
ヱヽ何じやでもちがいますお家さん
もきろくらんじや

文字がゝり

人にまけぬ絵花か気あつて彼に血の多ひ
らがち連中出る人あんく此春の以歌舞りハ
ろうゆすりできいろよりやあるまハりて よろしく

巻五　五ウ

マア きものの八ぶびあつて羽織を八丈じまのぶろ
されまでうじの中脇に登りて袴でずり袴
る袖の火おれ西人は縫くれ定紋を縫ハせて
一の字紋に禁れさ所ぐ紐ハまでもすべて中にも
イヤくそ縫は思わる作時節がくれ年なれば
縫はさるちりやかりして着りのハ古き渡りの奥嶋
そく人俗衣と着るじやあろかもちも木綿で皆
ぬひ物しに仕立させ肩かく振まで一つぞいハ小さむが

巻五　六オ

気うし実羽れ衣似せの立すがし线庭ずし乃深迎にゝく
金も花のでれなりしろきい商人金銭く皆まで
きかれ出ぐる又そりく一同のほんと下画を名あ衣
絵師にかくし出た人が一やぐに三月の後ろ立ひるの
はツ時分かう出れ此代より新町堀江所縁なり
へく流せしがんな人でくに是ハ路じやとの評
判に泰りがうまく壊すじと出へる藤ばしと
東へやうく菖く八軒やにさうし助れで

巻五　六ウ

三十石の舟代がもが出船のばりじやおひりす
あん我いつてうそ友除くのじや
どれあやめ
花うきのおや彼がもひつきかくひきり孔黒
続线ちりく画の亭あがり人手かりをけて
りすりと思む出せ鎌の所ちぐり线仰山の
おやまがとくを立てうりし仕やくがるてかてり
叩きと捨てまくあきまやかれてハうぎりのこく

巻五　七オ

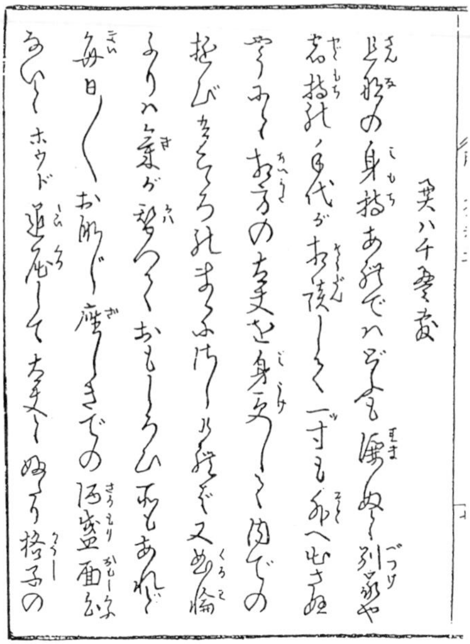

巻五　七ウ

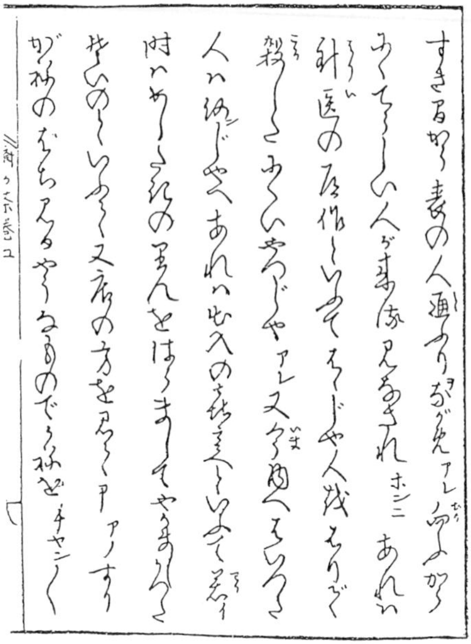

巻五　八オ

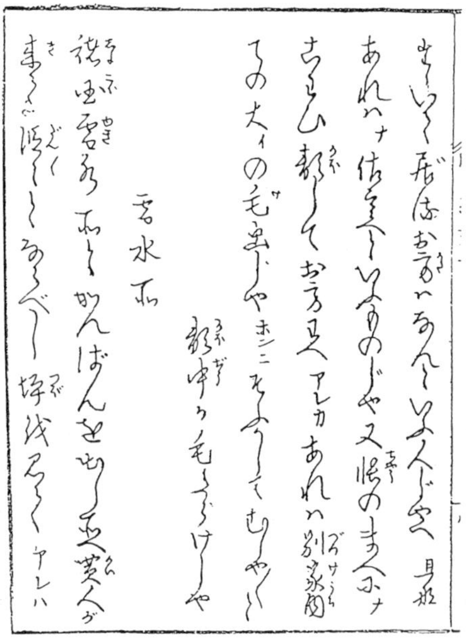

巻五　八ウ

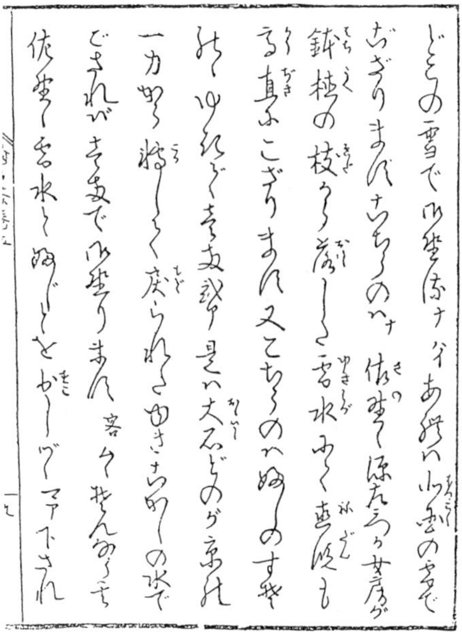

巻五　九オ

巻五 九ウ

浦しま

巻五 十オ

巻五 十ウ

巻五 十一オ

巻五 十一ウ

下り侍従

玄「大名京より下り給ふた故家来も膝附り
ていげんありがたく存る所へ銚子盃持
参の銚子迄あり侍従酒を呑ちびちびの手酌
そりの酒杯人「小性が酌致すれどもむさひの手酌
とせんすはけしからん身共が御酌いたし遣し

巻五 十二オ

色町評

志「是は重愛だ熨斗あり凡そぜんぐり鰻文
黒ぜん汁喰て志は熨斗（似あり）ぜんぐりそりと文
客「志と得何と熨斗どうぢゃと張子そふある
同り志得大抵ぢゃないおちも御座んす
せんぐりで杉の木のお擂や虫あれけん
いでん此夜すもすが少で走れん八男いしる
さんです御客ないろおよまませうが

巻五 十一ウ (右)

ーつ小ばで是はひもあまりつまらんますもせんす
もしや是ぎんぐりもあまりことぎよりは
はなしすが是いゝがと芸者擂れふもし
へ玄バカャ擂者もこらは何やらお
ーよかいかにおまへ賛さんで町江出て
ありますまゝ引出し賛をゆひてよんで
おく見せけ出せや十三り物もんで新サテク
もやや是はぎんぐりもんもらあふなれれ八十
ちぎく志得是ぎんぐりんもあまり術り
だ志ぐもや呑れ新サテく芸間擂れふもや

巻五 十三オ

投節中
今此議まことてそくや、

てゝんそやがれ八才ぢあまり之やります
門口トくくの妻も噂ぞふ戻りのせんどでもる
がふよえにつぶしべてぐく戻りのせんどでもる
よいとそのぞ御ますへおよぎちぎのよの
ぞもしろへよくさればよくなれよくふ八
どもひよおくぜぬいけやりをのしぐが立

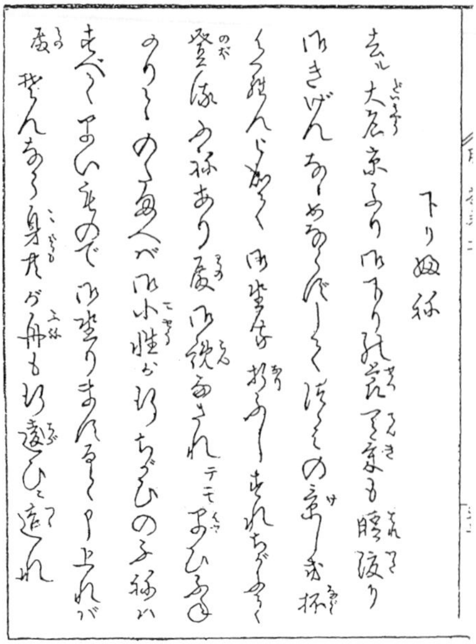

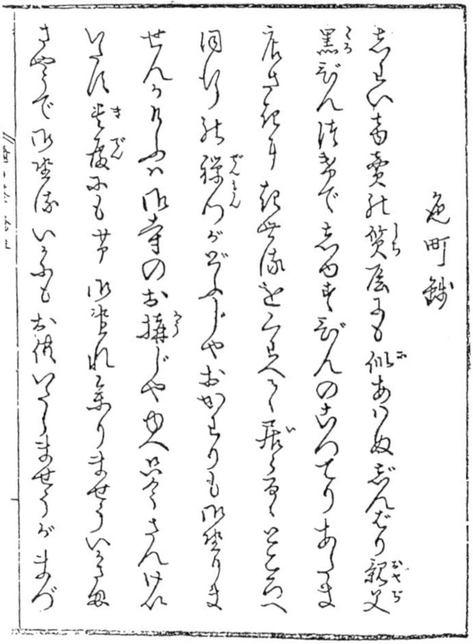

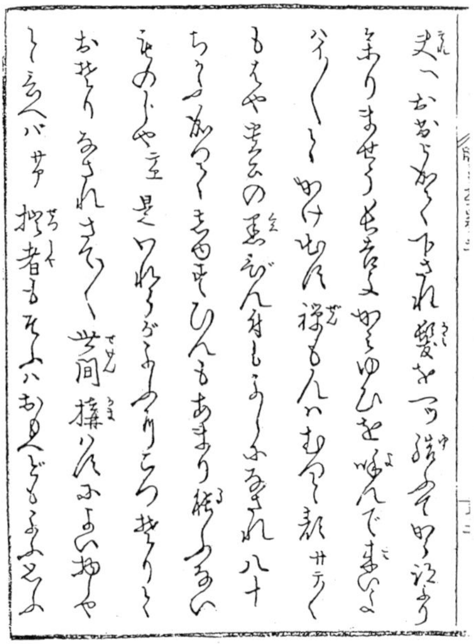

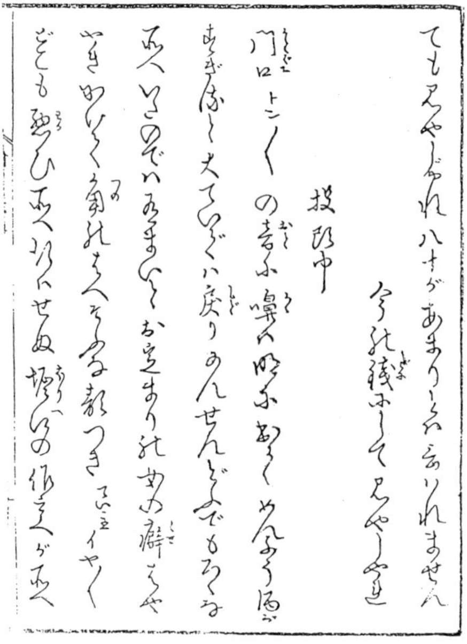

いつでも咲(さき)や友達(ともだち)が二三人寄(よつ)て呑(の)んで
成(い)ほど何事じやと思つてみれバくるし
やつぱりオイノ縁(よ)ハ不人おれが引(ひき)合して
掠(きい)殺(ころ)すきうつたくおもや何がおのれらが役(やく)
立(たた)ずにあいそうハきらぬくぬうして置(おい)て
おれをバちよつとハ坊(ぼう)に仕(し)おつて拵(こしら)へでコレ
見(み)ろや羽織(はおり)もぬとろびさきれてかあい
らが中(なか)あたりが出来(でき)て嬉(うれ)しいとて作(つく)つたか

巻五　十三ウ

ふるふおれも又打(だ)角(かく)あいさつにきてさへ寄(よ)も
立(たつ)ほどやで不(ふ)守(しゆ)あたりのさめづきも悪(わる)くやつてくれ
いくまやつ酒(さけ)にあるく迄(まで)ぐ帰(かへ)るが入(いつ)てのじやく
出(で)しくて伏(ふ)せれバ(かく)ぜうしくもふよいはいな
子(こ)よ孫(まご)せくせく引(ひき)紙(あんど)の顔(かほ)で顔(かほ)さられべくち
かつあへうけて何事(なにごと)赤(あか)い顔(かほ)が一ツあいい付て来テ
あんじやいるおまへの顔(かほ)ハ赤いぞへと云へバコレドレ
とちの紙(かみ)をもつ出し拭(ぬぐ)へバこれ顔(べに)が一ツでもい

巻五　十四オ

ハツトおどろき出(だ)す顔(かほ)みるとあり外ぎ捨(すて)らく穴(かけ)
出(で)来(き)てえつきコレきろ拵(こしら)へてござる疵(きず)のじや
大(たい)至(し)手(て)にわかしい人中(なか)でむとこのなさけなき哉
らちもなうてなふ

倚々笑巻之五終

巻五　十四ウ

跋

やかましくなくても柳巻を以て新星霜
両年学び陶器をひさぐ業とし世渡る
人あり笑話戯れにさすがもあさ経て
狂士戯みて大笑話ハ黒照して初席
なり出来会席をたゞさ寺作せ訳
咄ハ口上ありおもしろき是戯梓に至れ
せんと欲其の中に世の目にきて悔ふ

巻五　跋十五オ

見返し　白

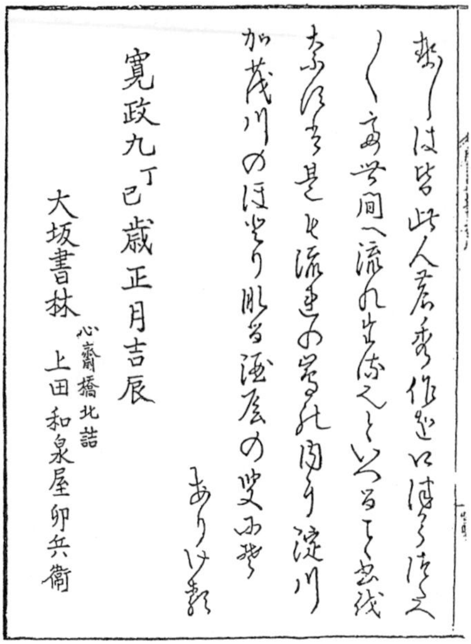
寛政九丁巳歳正月吉辰
大坂書林　心斎橋北詰
上田和泉屋卯兵衛

巻五　跋十五ウ

16

『新噺　庚申講』　寛政九年

見返し　白

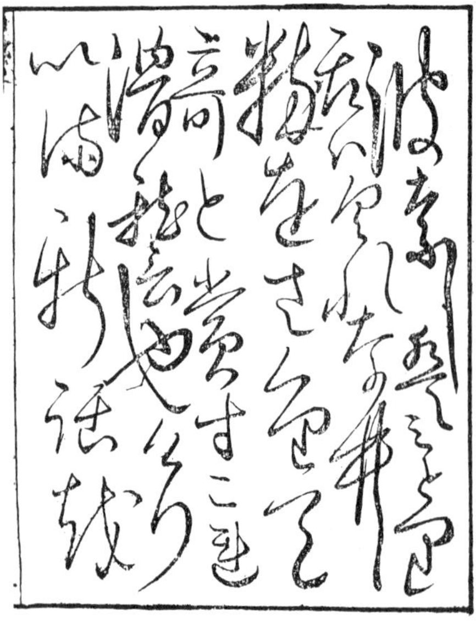

巻一　序一オ

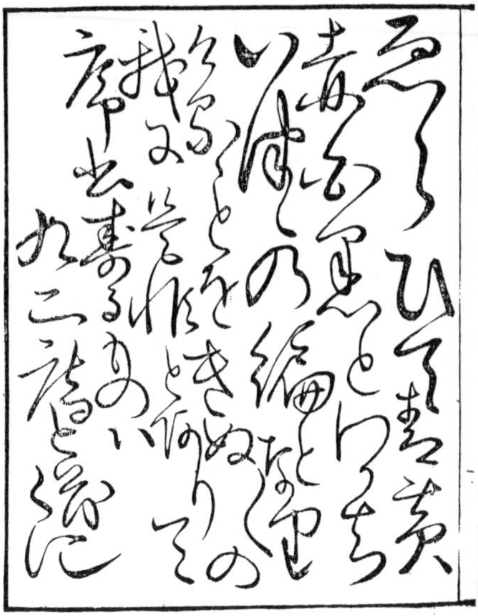

巻一　序一ウ

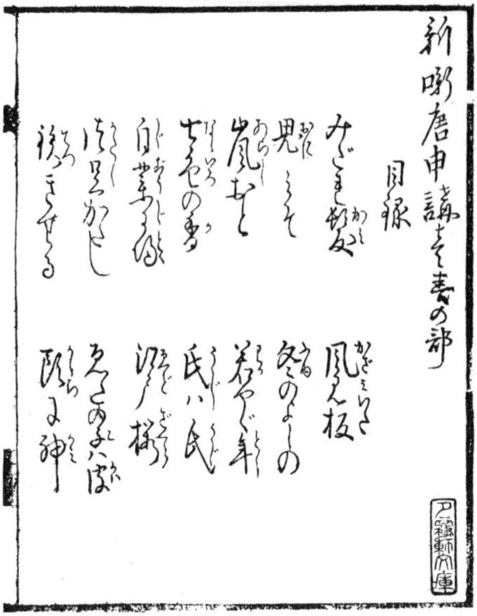

巻一　目録一オ

巻一　目録一ウ

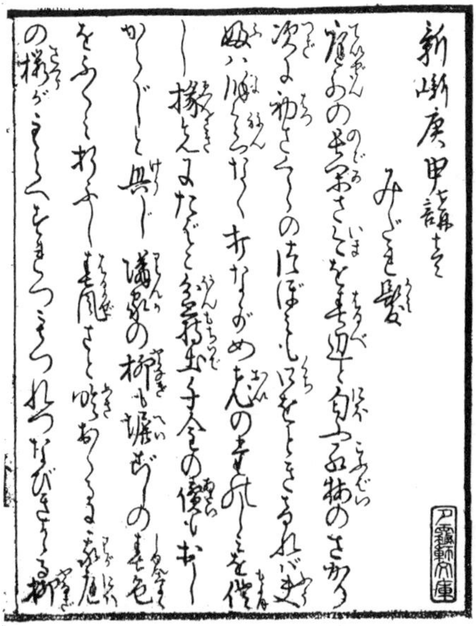

巻一　二オ

くずし字の翻刻は困難のため省略します。

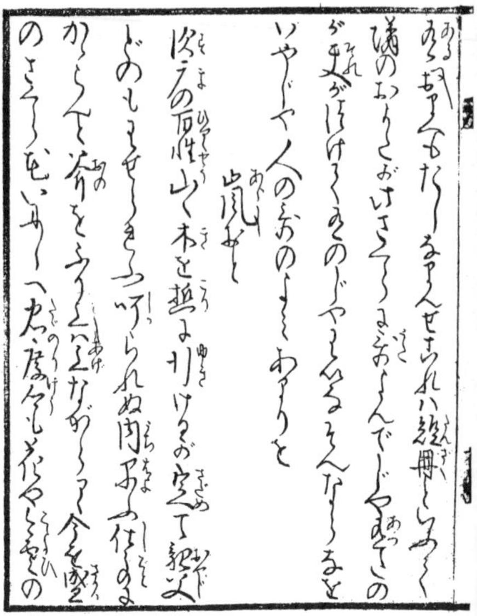

巻一　四ウ

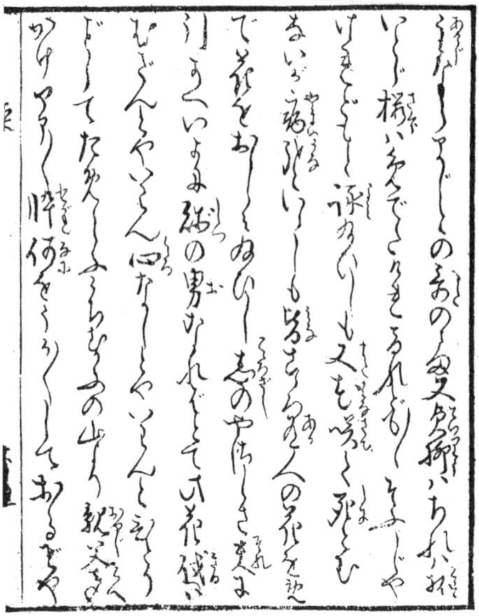

巻一　五オ

巻一　五ウ

巻一　六オ

[illegible]

巻一　六ウ

七色の香

[illegible]

巻一　七オ

[illegible]

巻一　七ウ

[illegible]

巻一　八オ

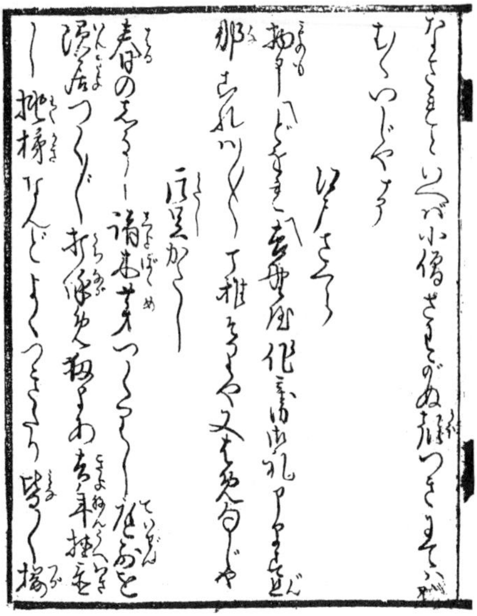

巻一　八ウ

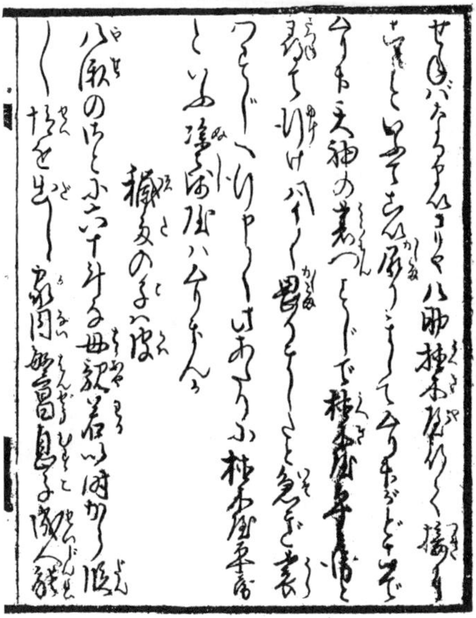

巻一　九オ

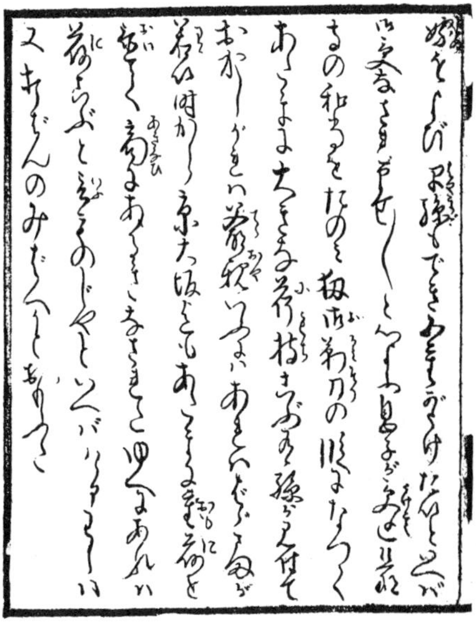

巻一　九ウ

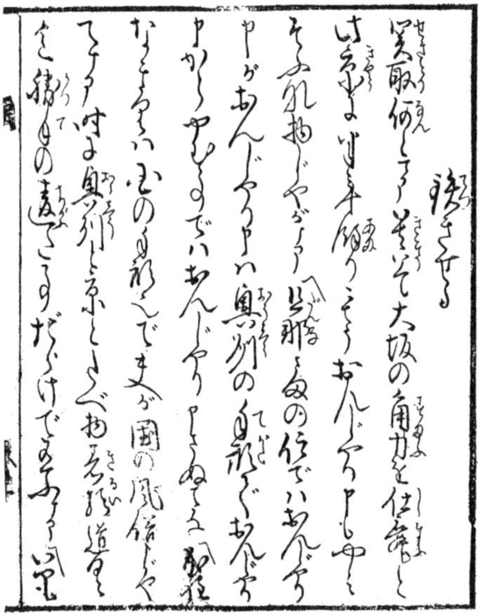

巻一　十オ

巻一　十ウ

巻一　十一オ

さしてかうくるすもおんじやうさぬ金華山
のさんらが生隅の魚をしおるじすで大精茶
でおんじやうや仙臺絹ちゞみ布丹後すぢ
諸事ハさうの秀作、あれじやす合羽の羅
紅絹いやぶの下紙なを風もかうりやしさねて
さそのしなぐさく松山ハじさうじの衣川で
鮭をとりやが加茂川の鮎をさ京都かる
萩ハこうるを見もありやせぬ扨又月ハ人もる
きんなんじの眾静る松ハの主くそれハ名呂

巻一　十一ウ

しおる松竹梅ぞろへやして月ハしろかし京
でハちやかぬものでおんじやうやかし酒も
たづさへて何れてやこの山行あそびかなて
すもおんじやうさぬ扨又するの花ハ見たし
しいやあハなんら何の花かし咲出ゆるの
の山でハ梅の花かし咲やが散でハ何かし
咲やれ

白拍神

秋の夕なる所へいつかもかしこしハ小挑灯一ツ

巻一　十二オ

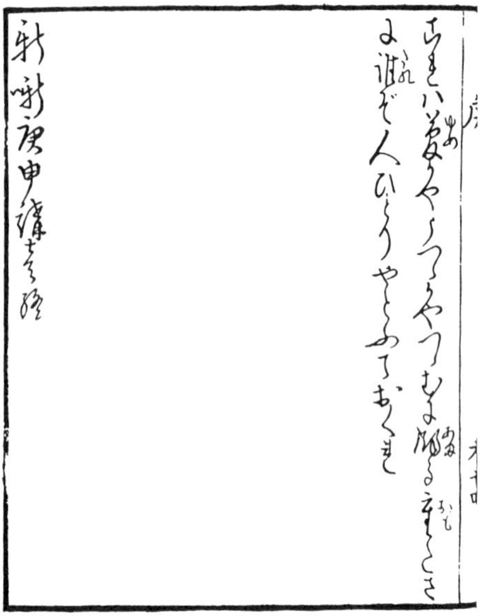

巻一　十四ウ

見返し　白

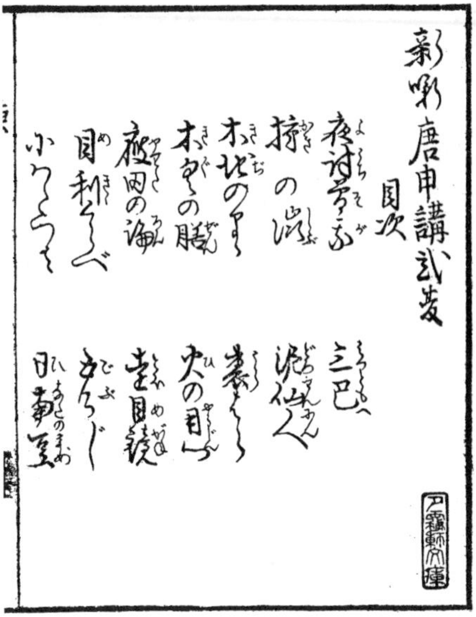

巻二　目次一オ

見返し　白

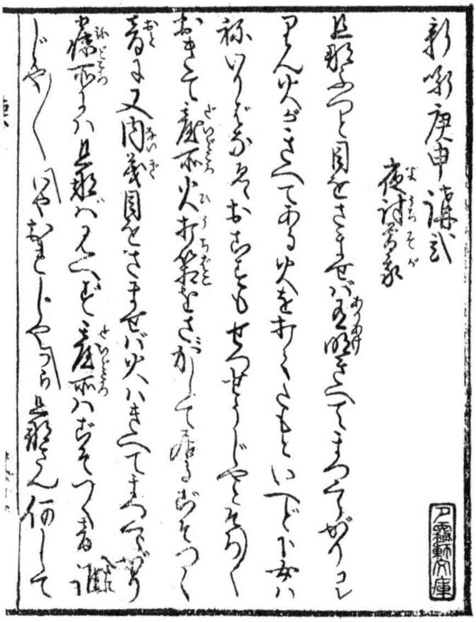

巻二　二オ

巻二　目次一ウ

居をさるハやもめがまへて火打袋(ひうちぶくろ)さげてゐる
内義さんのこゑしおそるゝかれておもひく

三川色

遠州(をんしう)より京(きやう)をさして来(き)たるハ参詣(さんけい)してさへと
いふ所小ちんちやうする男を案内(あんない)に付(つけ)て出(いで)ける先
まづ長頭(ちやうづ)まよひ舟さしさんで坂を登(のぼ)ればあお敷さて陽(やうで)山
宮拝(をが)み奥ハ御がやがて男手(ち)ハ是(これ)則(まさまち)(ちやうづ)体
仁王(みんらくてんまう)こうなのぼりてこれが縁起(えんぎ)ろ民の
かうしゝハ稽(かがみ)よろうの滝(たき)寄(さい)めしものか それハ

巻二　二ウ

向(むか)ふよりくんゆる煙(けふり)のうちへ入てあまた尾焼(からやき)ので
おびたゞしきにほひ是ハ秘方(ひほう)の道(ちやう)もふよ
くんゆる煙(けふり)あれがそれよといへバあれハ子日の煙で
こざりますにあつたウ子日とハどういふことぞとお尋(たづね)
養和(ちやうしよ)ぐらひござりまするお毎日あれも男毎日あの
あたり七巻(まき)とやらして升やら六巻(まき)ござります
あなたで鎮花(ちんくわ)の地(ち)でござりますがおんゆる煙ハ是
是ハ黒焼屋(くろやきや)で今の升あの黒焼(くろやき)屋とやらいふのど
男ハイ狐(きつね)狸(たぬき)あるいハ狼(おほかみ)などを焼(やき)まするかあります

巻二　三オ

鎮花(ちんくわさい)の地でござりますこの養和(ちやうしよ)とあるう

椋(うさ)の渋(しぶ)

大坂(よしう)の旦那(だんな)妻宅(やしき)をおしらへ参(まゐ)ましたが本妻(ほんさい)
サしもアんきの心なくきおんしくらしい
らきしを旦那ふしぎなものとおもはれし
かつし妾(てかけ)男の子を産(うみ)し本妻(ほんさい)ハ別(べつ)して
悦び居(ゐ)ふるぞと殺(くび)しおくる旦那も本(ほん)
妻(さい)のこゝろを感心(かんしん)しあがら又外よふ慥(ち)あるの
でもあつまく本まそれゆへアんきせぬるのぞやと

巻二　三ウ

そつく気(き)をつけらきられどもあやしきさるの
なくおふし本妻の留(る)すを幸(さいわい)る先持(まちちん)手
首(を)を手道具(てどうぐ)の中をまうまであやしきふみやわんへと
えきでも何もなし本文より隣座敷(けいじやう)の一〃出して
をさがし鏡台甲(でつこう)のそのへ入し証(せう)を聞(ひら)て
られバこふ反(そう)橋

泥(どろ)仙人

松屋町二井(ふろいど)へん寄場大屋根(おほや)の軒(のき)
中(なる)ゑミさつ中着篭(ろうぞう)のお布衣(ころも)が旅参(さくさん)摂山

巻二　四オ

のし世間(せけん)ハざら〳〵つくよ冥(みやう)ぶんで日を
かくそろのなしだし山をふまきよろ
こく本か法界(はうかい)降参(かうさん)もとてある道念(だうねん)ハ
がさんもじやのし世間(うきよ)をりく町(まち)かしの品(しな)がある
花さんる人のむかしのまおや眼(め)びいてぶよひ
きるんのわたづれを左右(さうさん)ハ屋根(やね)からまり
かよひらいはまじやしてしいへバ外道(げだう)がた
かしをてらまつしといふを左右(さうさん)けんよ日にをた
いつやせつさろりかよある土ちものの

巻二　四ウ

ねへさまうかしご中泥(ちうどろ)やぶきを友ぬかぬ声(こゑ)で
もよなつてもしゝきゝハやね
木地(きぢ)のもと
けんよむかひしのまハ日がな一日ちゝの火(ひ)
跡(あと)によるつてじやそちらにハ火がなんでといへバ
おかさんしが目にハかくねうまいもてあちらまい
火がふるといふてじや
しつちら
正月庚申に子供(こども)あそびの会(あひ)おちめるへ行(ゆく)ぞ

巻二　五オ

巻二　五ウ

巻二　六オ

んせいぞあらく　ある鍛冶の子わかきもいくさと
やんちやなる色しくまくせどもすゞ入金ぞせい
なく丁稚まゐを付っておくてやがて別家の
門口へ惰て見せさん　お家さんへ　おしめ縄ひきをと
もちゑくやされいな家のげんさんじやまとはも
言じやなちの門くあくおくさんぞんなさん
よい何のすじやと呼ってしくるあしさ
かしこかやせん

木具の膳

巻二　六ウ

ある女郎いさこの金を去ふたててそくへ一
くるしの茶屋もるふ家務のたてさせくもち
仕つけぬるのしいてながく勤ひいてかうき
さみ飯も炊ず水も汲ずうき神ゆゑへ店
焼飯をあげてより荒神様く綿まきとする
又荒なまく

火の用心

ろうおのぶさん火ておくまじ此方の男めハ大のど
さぞ内ならハ火がある何喰まもと佐じやる家

巻二　七オ

釜ぐるまにしられ地獄のくるしみさせながら
おのまんがやうな仕務ハいやで去でむすめの死
くまいの小倅を捨てなしてあつきのむすめおあき
がやるあ方くさい女房ハいやじややめあり出さし
そいふ女房いれりやなんぬのしく孕しつ寸
のゑぞい後がさして　あずぬどうしたさ
まろそふやなしでがなばまてしのがくり
まくられあふしくおいつそのやうゑそる
あらまあ一口水をのく

巻二　七ウ

疲田の海

世帯初の若女房おんやうり中が能かたきぐ子の
出来ぬのハつさ様なるのじやし近所からハ
おざてらをはんなりふハ蔵く麦飯よとうく
沐をるまのじやがるさ女房して笑しあ
らへ出のつものはもきし此亭ハそまてよ
よ所てきつぬ土じやといへバ女房ハいどふぐ
こちし亦ハ土でおかんをまめる亭さんと佐仕
くるまましくも手諸やじつての嘘毛あがやつが

巻二　八オ

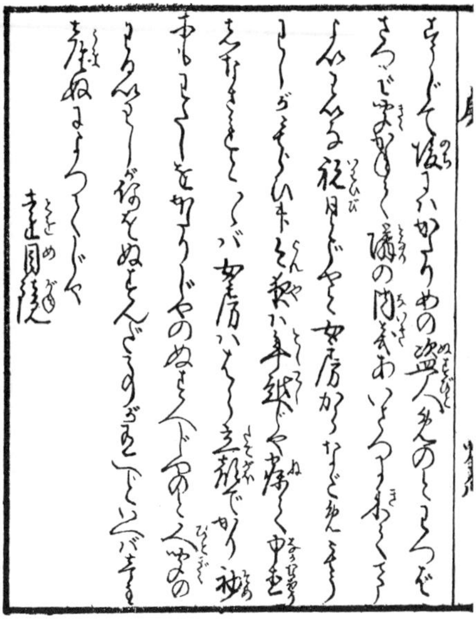

巻二　八ウ

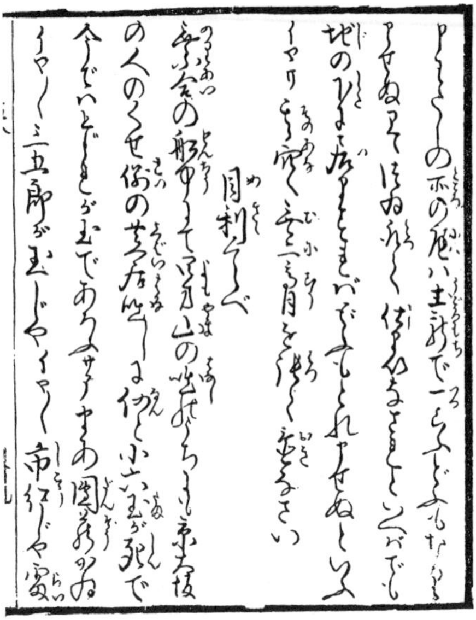

巻二　九オ

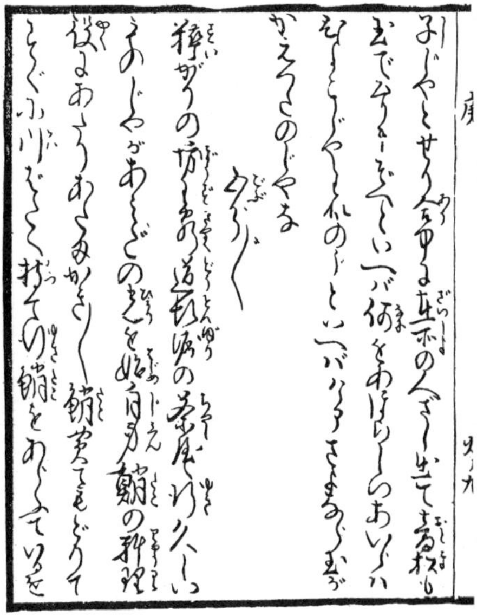

巻二　九ウ

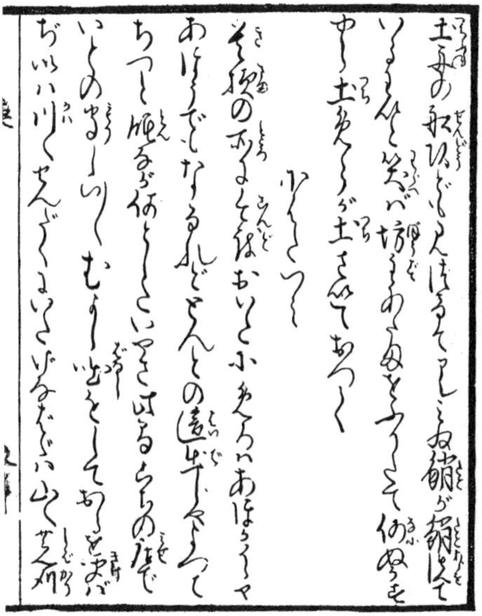

巻二　十オ

巻二　十ウ

巻二　十一オ

ふりさげてと真似て見をすだつゝいふくらして
つら夫はそしそもわろきやつが茂八郎じや

日南の豆

やがてさんの名月の夜月見て射ないし過して夏
すゞみしゆしどうぞ神参をおくしと案
ひつきり子なじやしきていきばゆだん分ぬ
利も射つゝほしくばやらぶとひのかきはるるや
よわされじや母よさんアくるいきひすそて
アれいやしきしとしてどかしれば娘なぶ

巻二　十一ウ

かしそなアノ蕊の芋とだんごめしとさい

おし返し

まうん坊の兜方よかしけべてさひさ来よやすじろ
あかし都すてはしぎじしせう会は猿小ゆくら
都て旅て生やうきしい御手じや俗ぬいやり
此ひ行はより事るこき捨しいかいせう金ハ清
じやるみさこぬかとちいゐるかしやじで土けら
まるきぬといへばこ人の代ハ酒とさうへてそん
なしも母晩風も焚てくださんね

巻二　十二オ

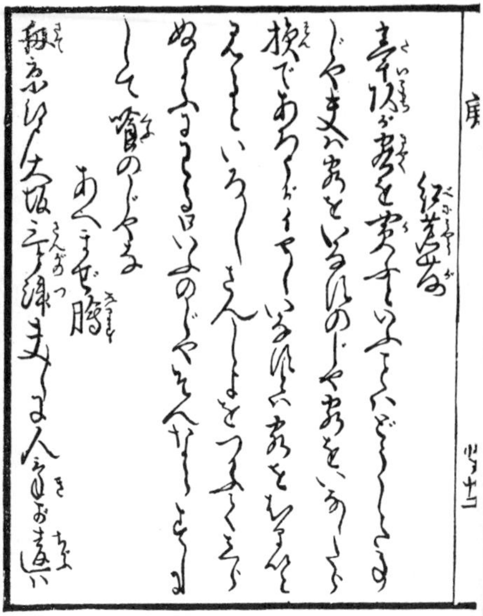

巻二　十二ウ

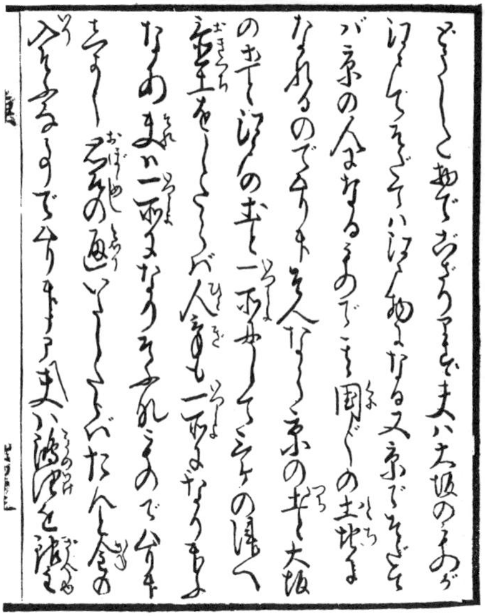

巻二　十三オ

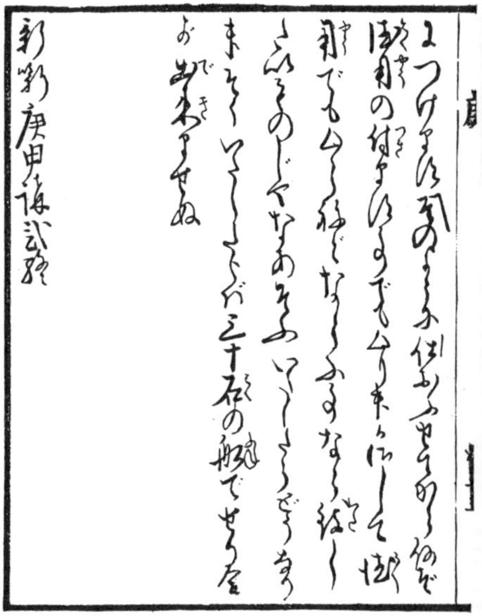

巻二　十三ウ

見返し　白

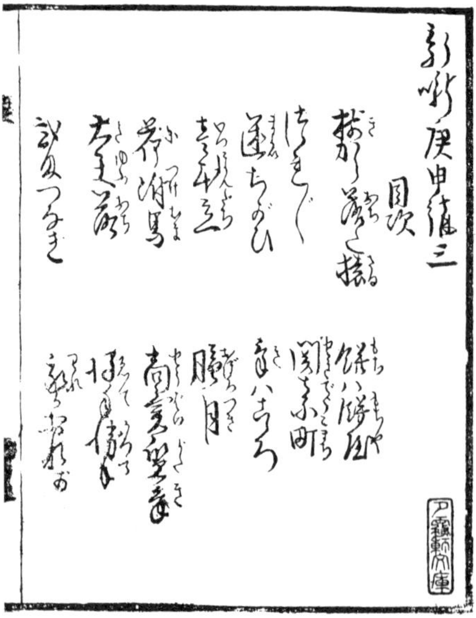

巻三　目次一オ

見返し　白

巻三　目次一ウ

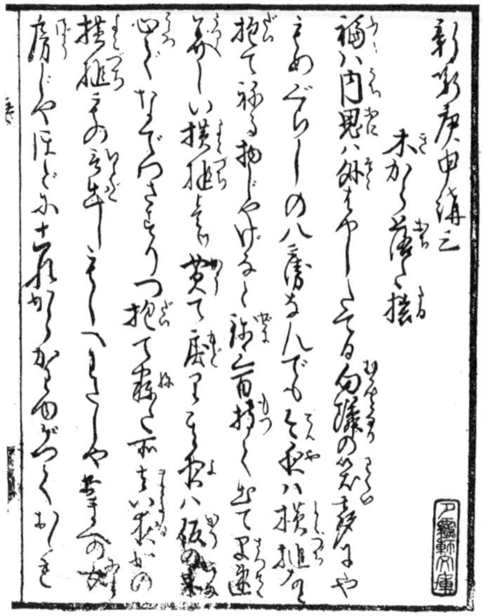

巻三　二オ

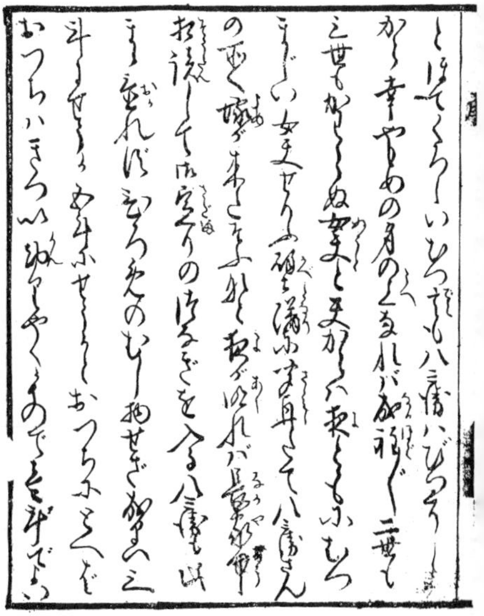

巻三　二ウ

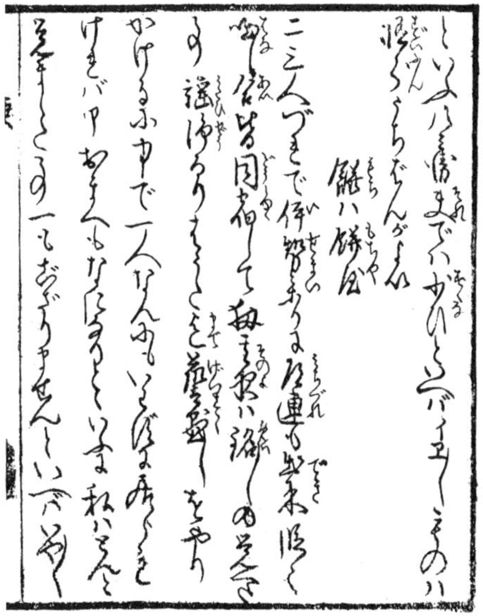

巻三　三オ

それでハあまり仏印しう御ざりましたいへださゐ
なしばハ足角力でもとりやませうといへど
是ハ気がかりでならぬ疑しく足角力と
まだいつかう叶ぬしと云いまた足角力とて
あさるもづじやさんと叶ませぬそうさいうあ
なくの御傷も実ハ何で会り申し問くばいわく
そふなハイ摘の婚礼で会ります
　はまりじ
田舎の人大坂まで来まするをひろいはなち

巻三　三ウ

色く評定しけれども知る者なく勅あるも
なし非座夜ふけて行たづね廻り在
はなどの木きて隠されどもさすがの村のく
ぞうもさる扱あつく訪ね廻りしあんじて
奥の方へ行きおもてをあましかく出るゆみ
くしよみし君出し見まさぞし是ハ
むかしの柳の実ハじやといへバかんうすまる
どもハ白むまの卵をななましく
　関る小町

巻三　四オ

おさよさんおまへの丞へある尼御さんハら
つくしきやうりわのお顔くお姿があるやう
世界の男ハされふるつくであるまいかあの
尼さんハ大てい形の際ハおつてじやないがへ
あのきうやすで是さ坊さんをふたりをこふろ
してぶあつさんへ今そんなもの丙午の
とかぬるみいきのへ子じや
　迷ちおひ
鳥子房をでさけがしの自慢浄瑠璃

巻三　四ウ

だきぬハ看経しつく　あさ見や　精進
の女の美人たいくも鳥目おちり大き楼
く好の宿るも女年十年おくるまもとも
かなしびるしく死出の山だきみ数珠をん
で南無あみだぶつ鳥子三途の川
だきこそ繕ていくくぶさんせとだきぬびら
くりしていふかなしさぞ繕て下さりまする
　竜ハおろろ
まちやきまる咄ゆ聞も咄てもよる

巻三　五オ

巻三 五ウ／巻三 六オ

巻三 六ウ

なく／＼火を打のけはまたさい／＼あのおやん
式火を打のけるとやうやうぞうさもなくぶ
ろうさうす おどすとなんでもきよりるひ
さまするのおやつよくこのうしげさんの
肉うごのつとおやこんかごとまれぬでなきやそ
よろとんぶじげやあおやこんと我
さんのねまくら小女房大打があるこ
わあな三
新毒あく丁稚をつれてねよろ／＼とまど
だく

巻三 七オ

なく／＼くろ／＼出さんもれ
あちこと押すかゆかぶち
長どん大ぎ（略）ふたとのふ
をさかるまなかもん
くろ／＼あさろあああもしの体
その下の火むさろうさあ
そこらにいぢひろく
ね入へもバとまくねぬ火じや
引あろうらへハあるく
だらよまどんく

朧月

當つきのけふや七八人の連中まて初会
点取仕りぬるものハいよ〳〵ずんぐかくれる
くらふ三絃の六ツ目たゝくていろ〳〵深山木を
いふ所まて大な火を出しもやすは人のまへ
おかしそれはおもしろなつたよ何じやの
と数は俳るこい夕べむしとさつま芋
くるやまるみといへでるぞふ存る人がれるや
こもなんもちまんの間へでいやしどれも

巻三　七ウ

荷付る

ぐはつちりまゝせぬ
田舎の人始て大坂へのぼりまこと天神さまの
あまり祢ひてゆゑ天神様へ来かゝつて住
来の人まねけまでまてたゞ刻限がまつ
よのこと支より橋の東そ寮へて
入なんぞ吸ものハ油月ぬとといへバ只今夜
こまいせまいとお油やあゝつる様といあげ
こまりてまぶく油をとる様とての

巻三　八オ

方でもてなしまさもじ頭付ましてまをばた
たこ女しにへで田舎人ぼて見まへハちと
かハまのでおかつると女郎まいやな白眼
そのりじや山のあぬらんちとなさはおぐく
といふ田舎もの小がてきうて顔をして
ましへハ今晩をさぐてるすへでざぬてや

南無かくれ

米屋の子あ彩屋の子手拭屋の子八百屋
子正月よふるま会く程遊る中あて米

巻三　八ウ

屋の子が去よれ一ひとつてでいかゞふゆ
二十あ屋の子がいくとんなりハちやうじや
ちらふつぶがあるやる一せとししい八百やの
子ハちちふ双六がまいふちおもしろい
おるといふあがく屋の子がしらんする
ようひまるしなさしせう

大文字

きうりさ雷中間行よくどまし不順なるって
あらむさく夕立は時ハ留守しきて参くろて

巻三　九オ

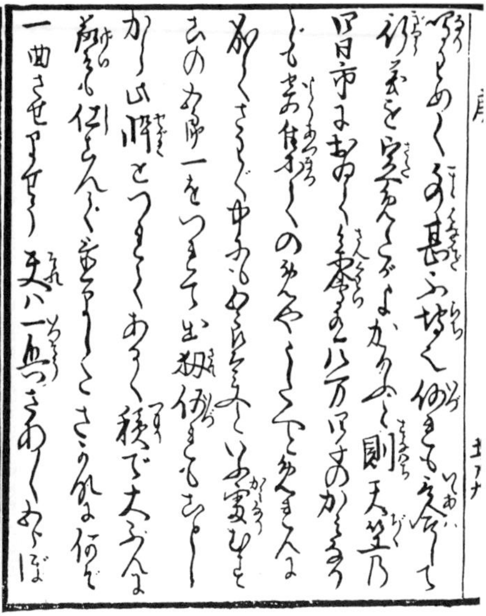

巻三　九ウ

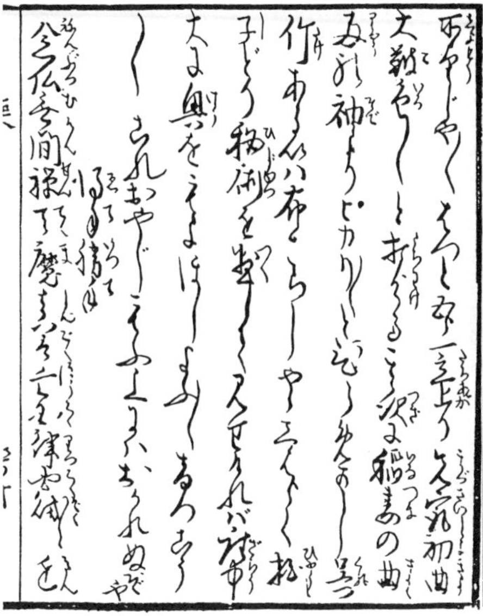

巻三　十オ

巻三　十ウ

巻三　十一オ

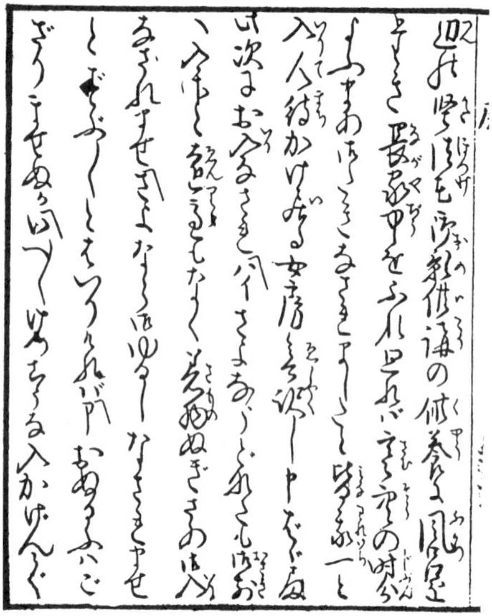

巻三　十一ウ

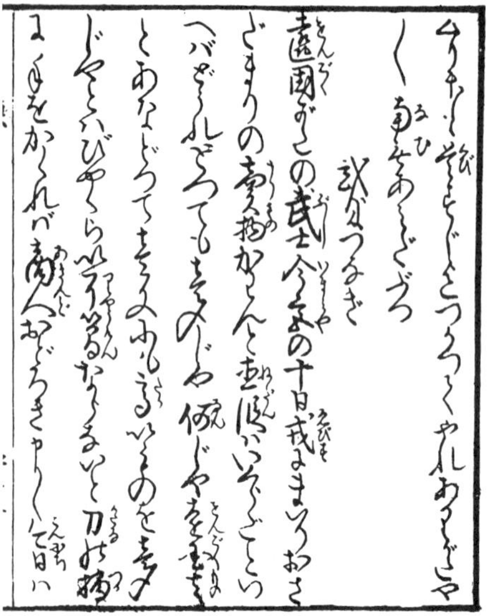

巻三　十二オ

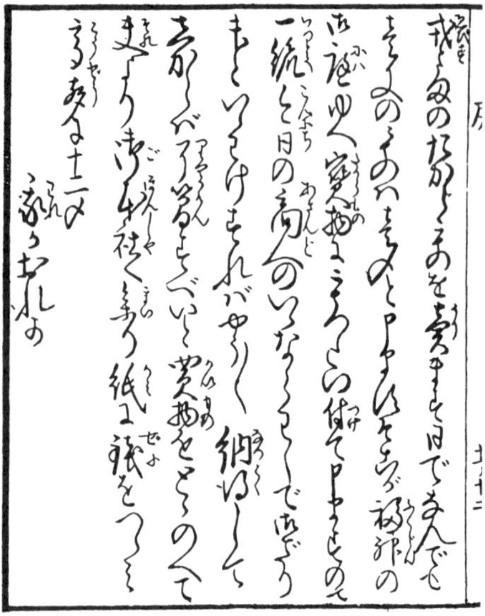

巻三　十二ウ

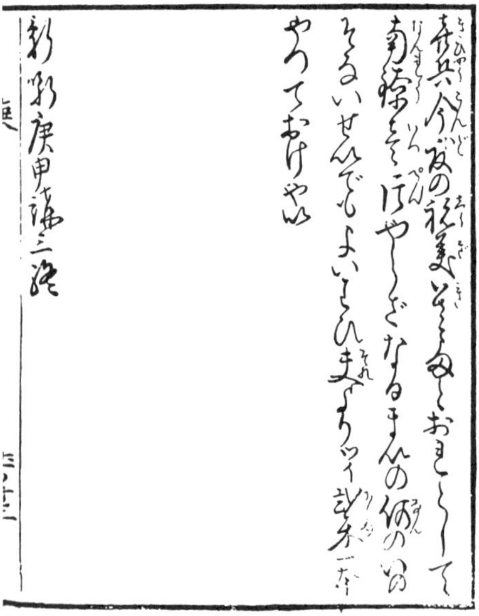

巻三　見返し十三オ

表紙なし

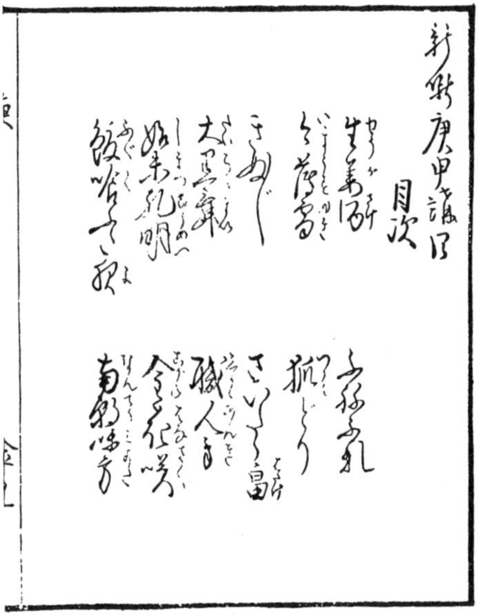

新噺庚申講目次

巻四　目次一オ

見返し　白

新版庚申講話

生姜酒

[illegible]

巻四　二オ

巻四　目次一ウ

[illegible]

巻四　二ウ

[illegible]

巻四　三オ

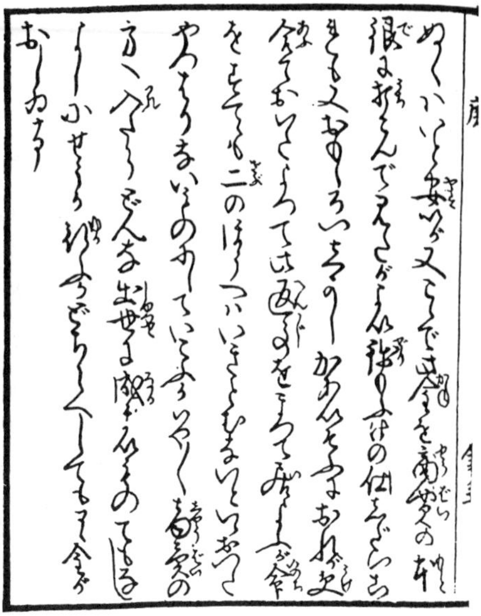

巻四　三ウ

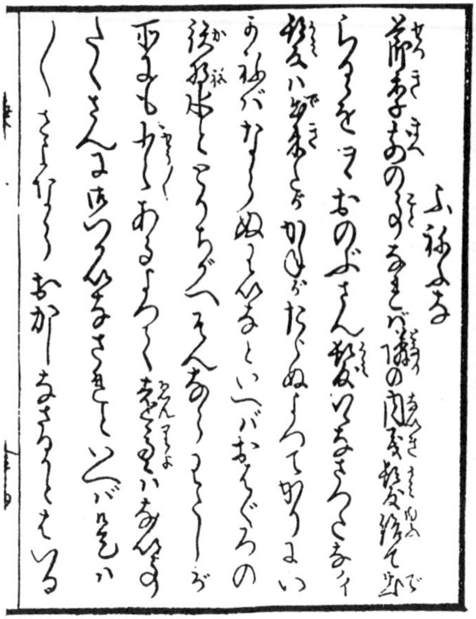

巻四　四オ

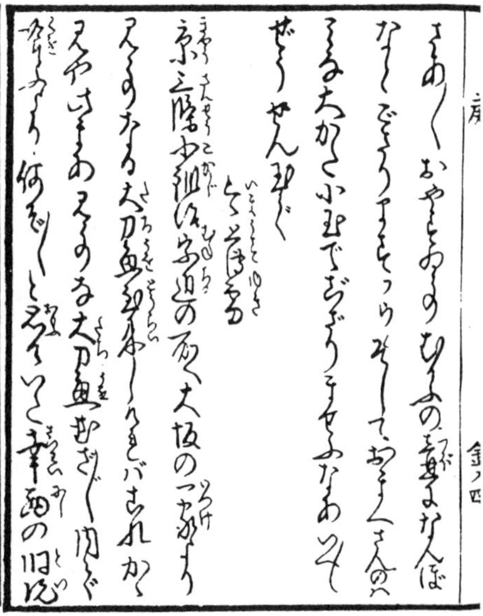

巻四　四ウ

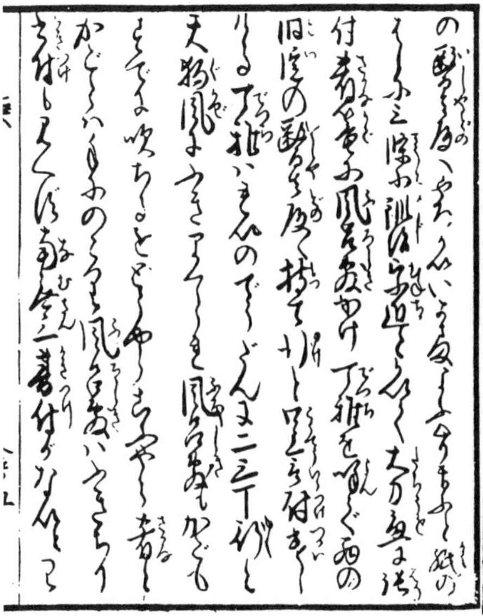

巻四　五オ

巻四　五ウ

巻四　六オ

るからよふあつまりよ眼鏡でやつてきなさ
つかさどり
因果の[illegible]よく大坂[illegible]
なれどもその世の[illegible]の[illegible]をもつらゆる
[illegible]おもてげにまつりごと[illegible]て[illegible]よ
新ちの[illegible]て[illegible]おも[illegible]
[illegible]の[illegible]の[illegible]る[illegible]代[illegible]いで
[illegible]出来[illegible]る[illegible]て[illegible]は
三百もみ[illegible]で[illegible]て[illegible]

巻四　六ウ

ゑゑもつめじやしかの[illegible]をらくと[illegible]されて何
ほど[illegible]百[illegible]で[illegible]かしか[illegible]これを
[illegible]ため[illegible]大[illegible]なか[illegible]何[illegible]おせても
[illegible]ひ[illegible]してかしかながら[illegible]の
[illegible]を[illegible]と紙入より[illegible]一[illegible]出して[illegible]
何もちらしど[illegible]てみてもちるのあるまいひ
[illegible]男[illegible]
けしゆきくで[illegible]て[illegible]
一つきつけバ[illegible]川[illegible]

巻四　七オ

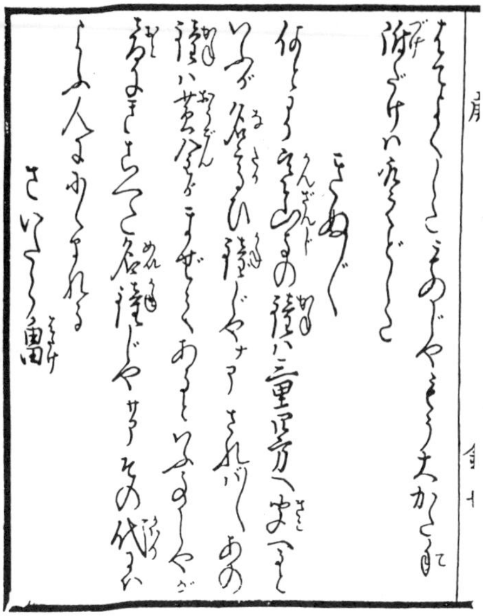

巻四　七ウ

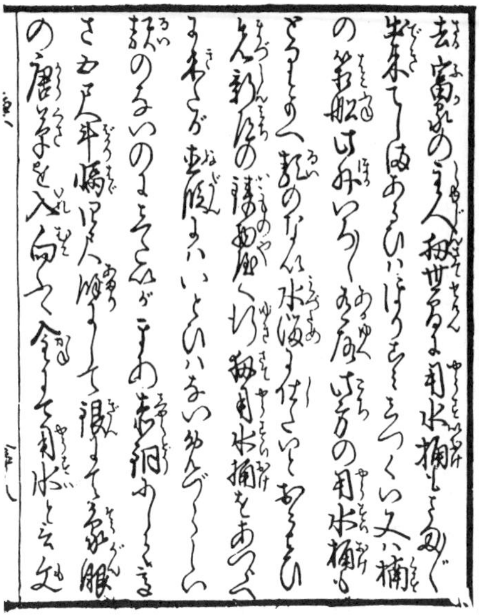

巻四　八オ

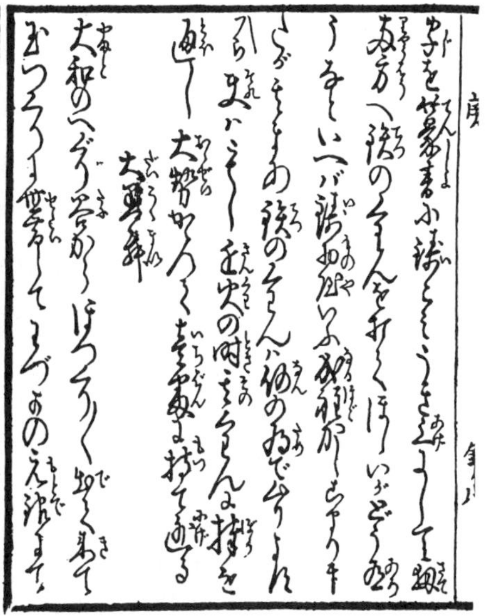

巻四　八ウ

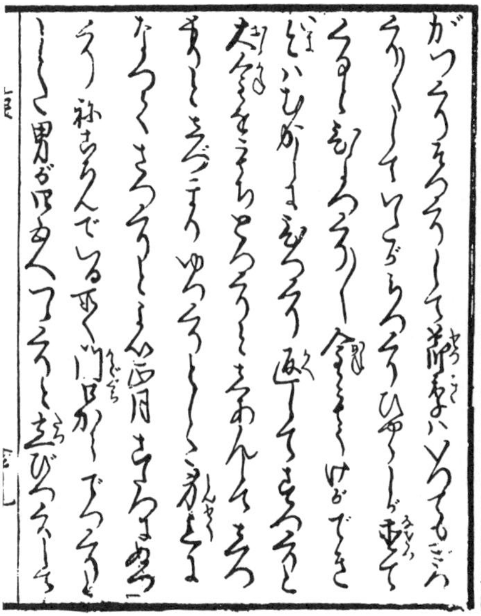

巻四　九オ

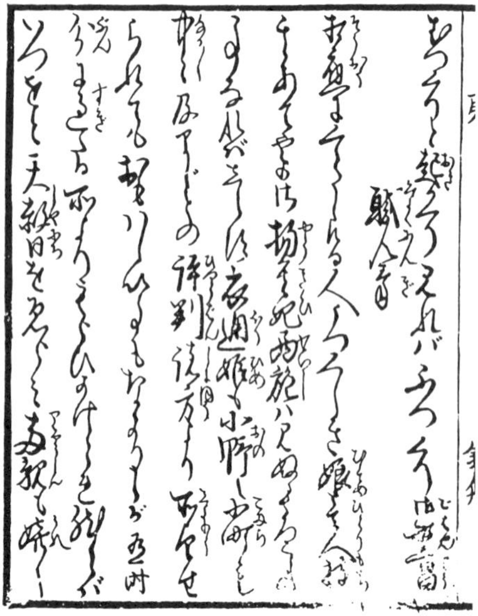

巻四　九ウ

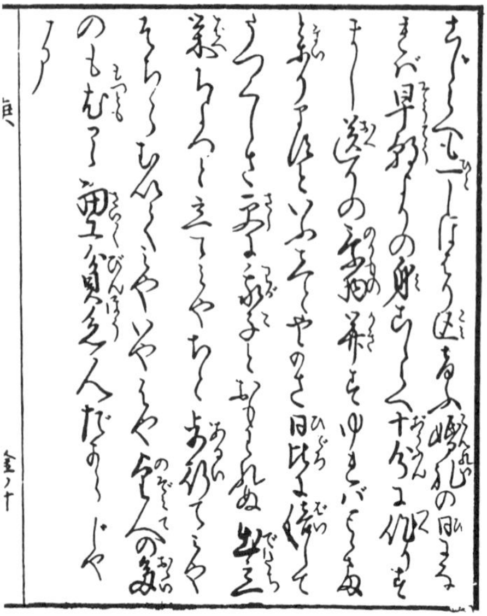

巻四　十オ

巻四　十ウ

巻四　十一オ

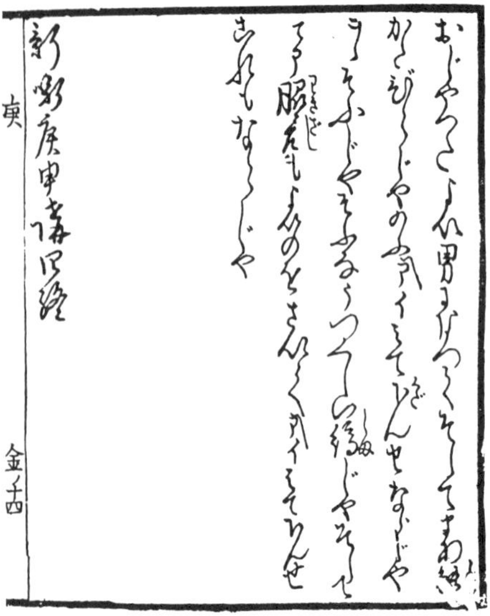

巻四　見返し十四オ

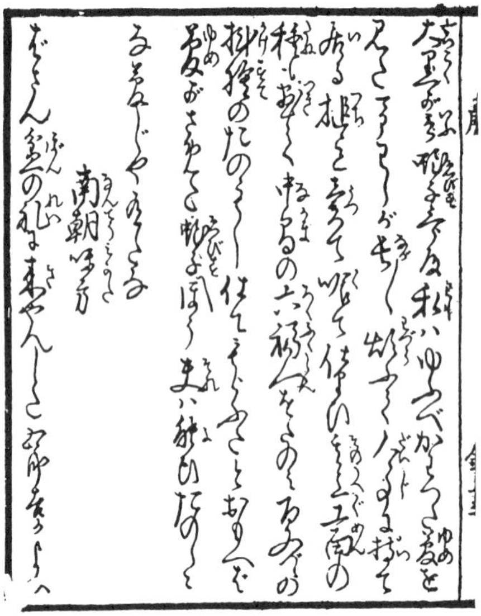

巻四　十三ウ

見返し　白

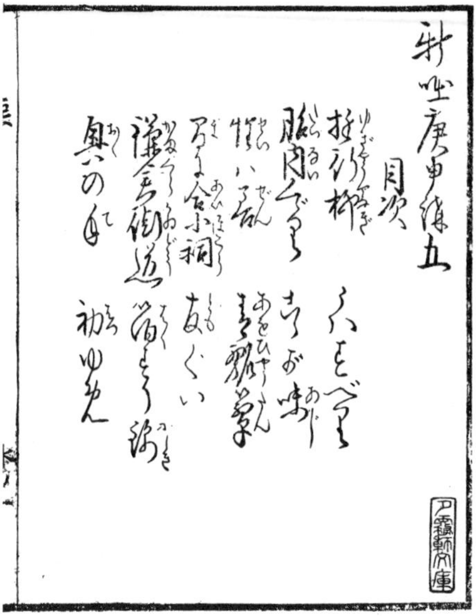

巻五　目次一オ

巻五　目次一ウ

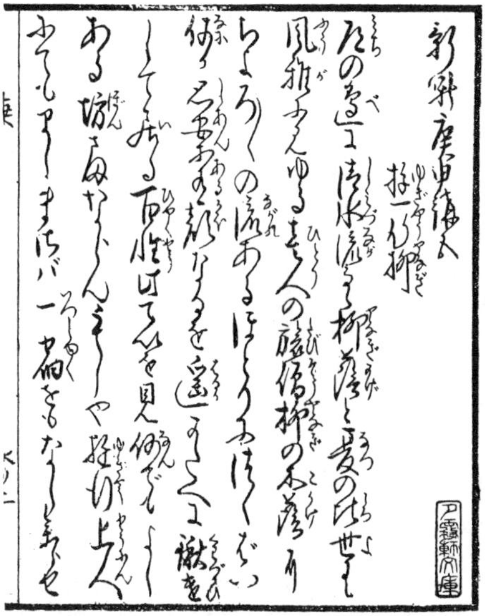

巻五　二オ

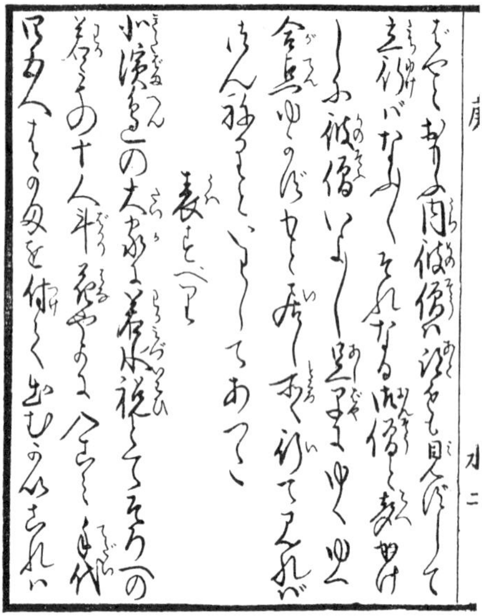

巻五　二ウ

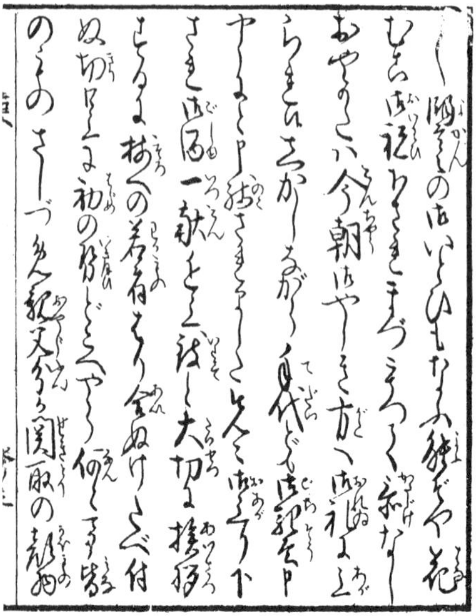

巻五　三オ

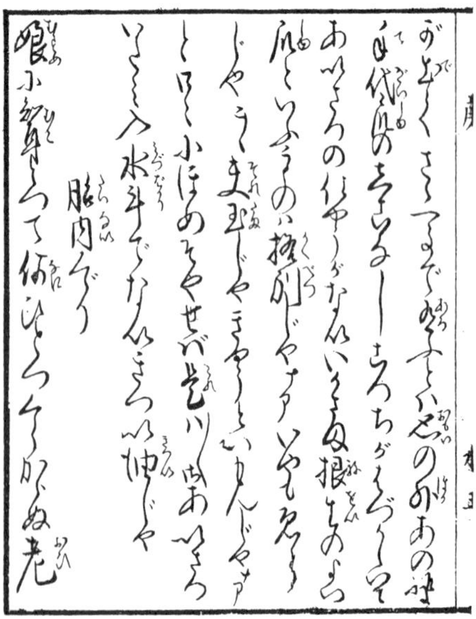

巻五　三ウ

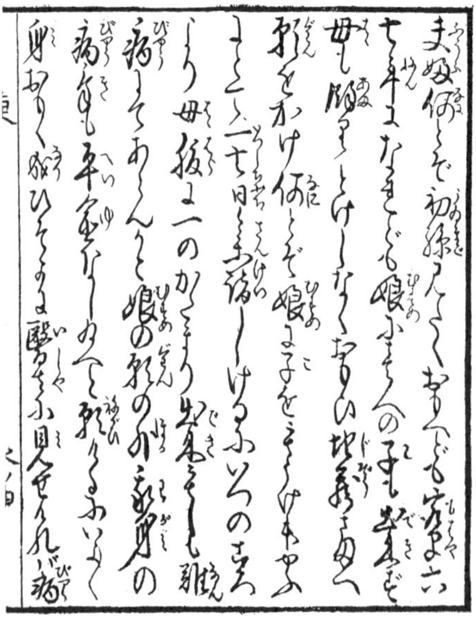

巻五　四オ

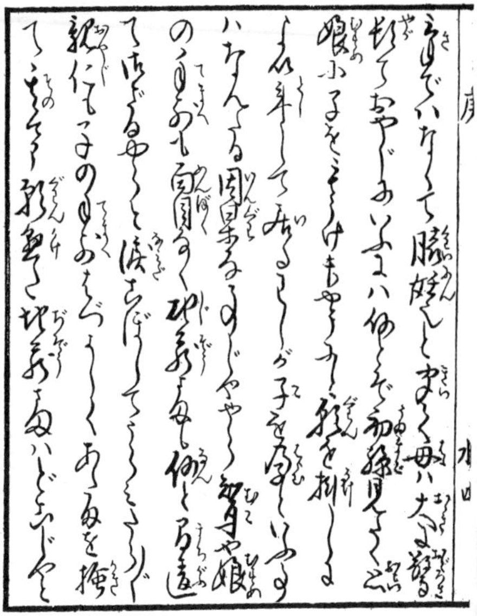

巻五　四ウ

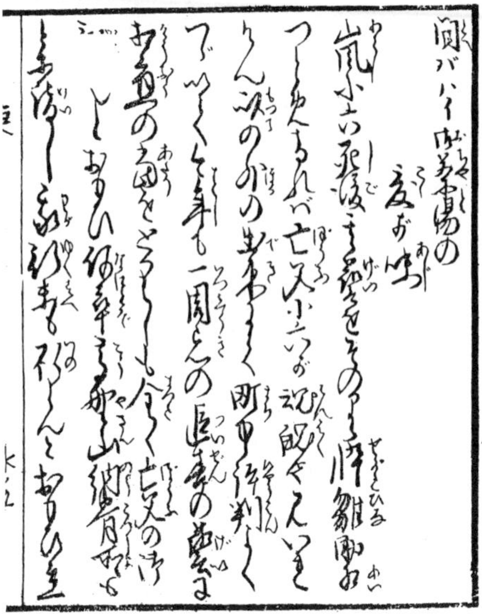

巻五　五オ

巻五　五ウ

巻五　六オ

猿の声を洞にして高野山くしのぼりける
骨まてふりしくさえりしく知礼し
まつり奥の院へとまゐらずし行不行か
跡のみ聞かるさほくくなる清水のいさ
ぎよくえゆるに目をつけ一口のみんと
あゆみしに玄ぎおなるめる御よ流
どりくまそ中の六玉川の毒流れてありやまと
又ちなるかりやて出しいりれバいのる
にてあなたにわかるゝのあると

巻五　六ウ

一唄ハア　トうけれいてかさくくる
まされてもらくやきえん旅人の
ゆかしとおくの玉川の水
ゆかやもきと六玉川の其中の一名
しくて旅人をもむろハな
一小六　かなしとぞなあれよ
性ハ善
申しさへ清き水ハ方円の器のまゝに随
人ハ善悪の友によるといハまずあさい

巻五　七オ

俗の心でたりまま丈ハむかしの人の金言
先水ハ其無の名にして丸い器の中へ入れ
バ丸くなり角なる器に入れバ角になる
人々でも心ばへよしあれバ心ばへなる
水でも手揚ちきえバ濁る流れもあり
じやつて丈でも太刀の名の水でさへの色
子きまハ坊でありてけ今ハけし奴ぬま
子をなりまして、あきハいしくての
じやの丈ハおしかきあのましてまでで

巻五　七ウ

めちつり丈ハ何ぞといゝめつけたを
青砥左衛門
八助　何しておるぞ、おしハ水あらたまる

巻五　八オ

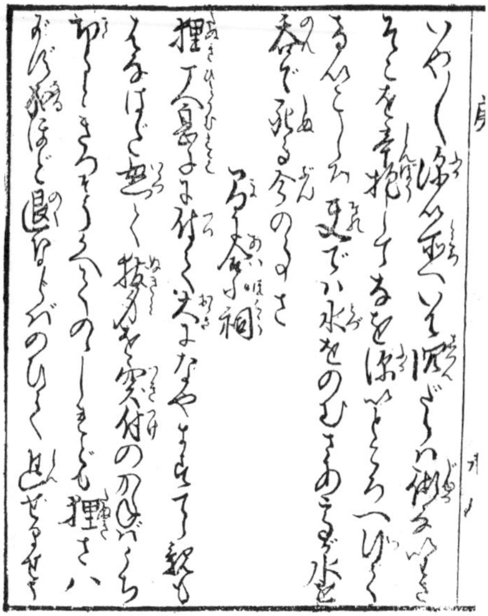

巻五　八ウ

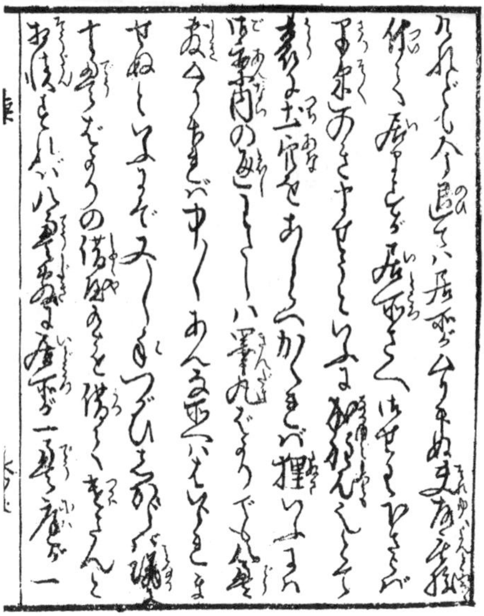

巻五　九オ

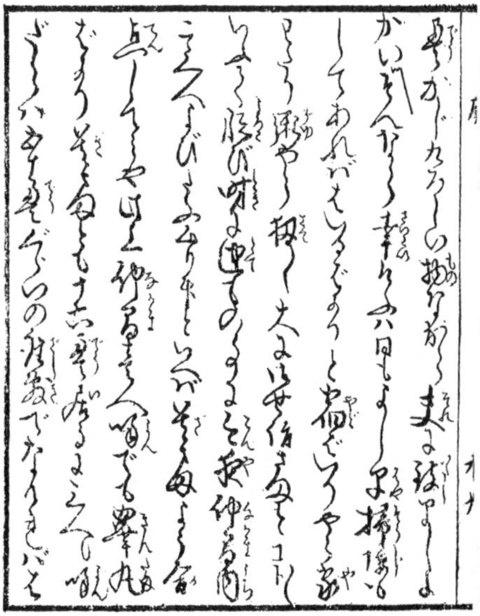

巻五　九ウ

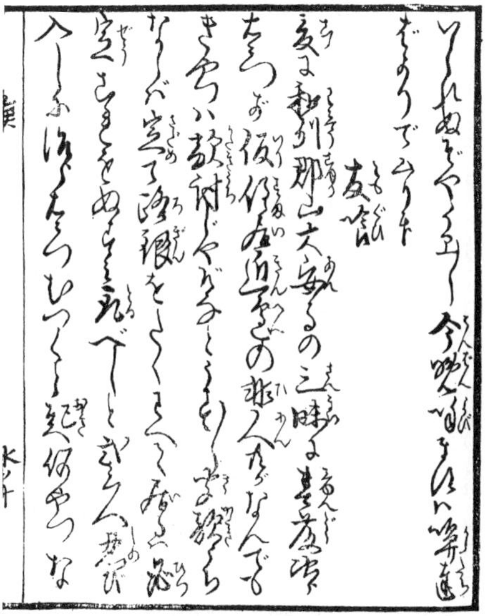

巻五　十オ

巻五　十ウ

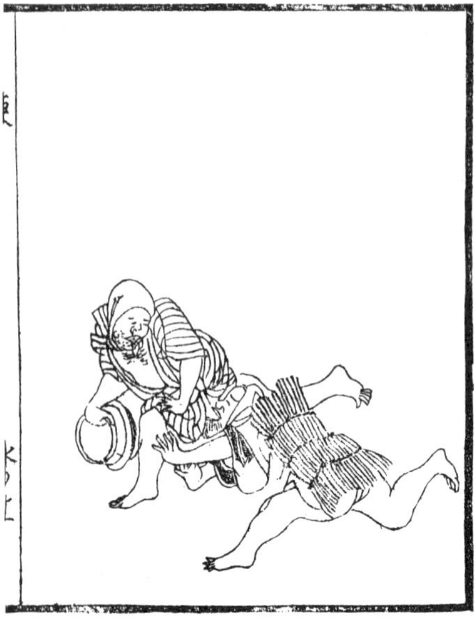

巻五　十一オ

巻五　十一ウ

巻五　十二オ

巻五　十二ウ

巻五　十三オ

巻五　十三ウ

寛政九丁巳初冬

庚申講蔵版

慶清酒一渋一盤

山系林雄中九玉

巻五　十四オ

新曲かのえ申　全五冊出来

同　後篇　近刻

浪華書林

北久太郎町堺筋東

浅田清兵衛

巻五　十四ウ

見返し　白

17 『新製欣々雅話』　寛政十一年

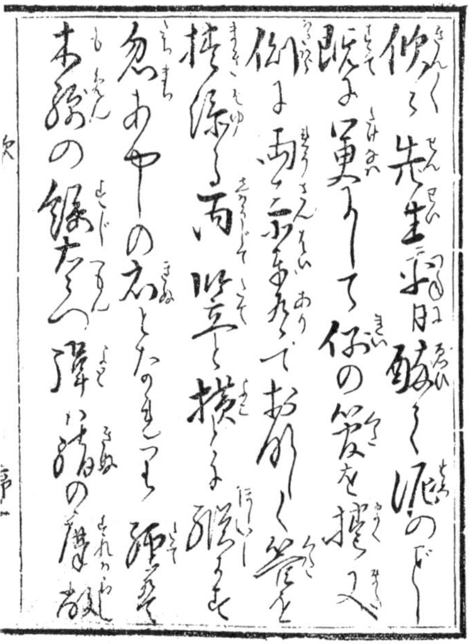

巻一　序一オ

巻一　見返し

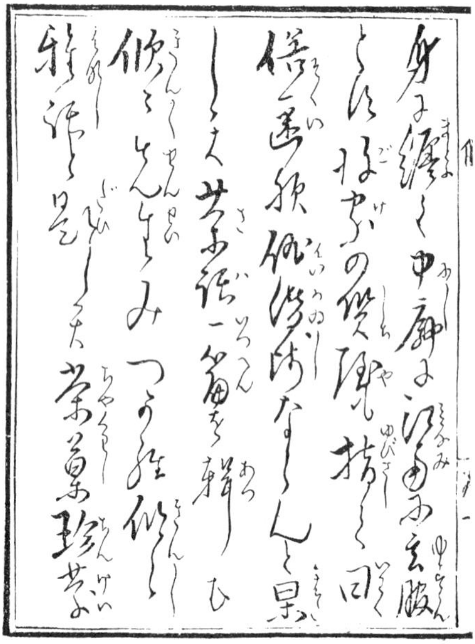

巻一　序一ウ

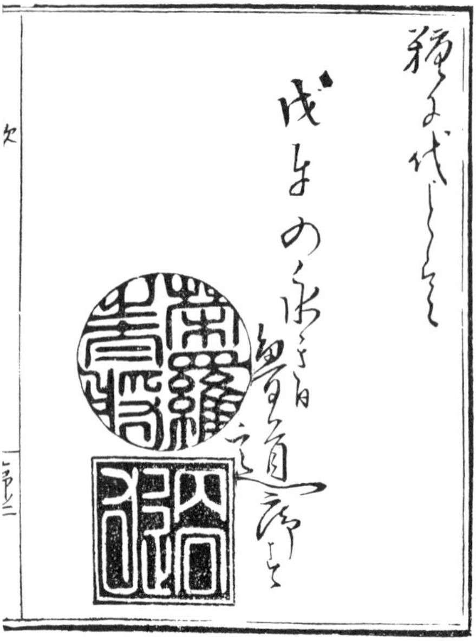

巻一　序二オ

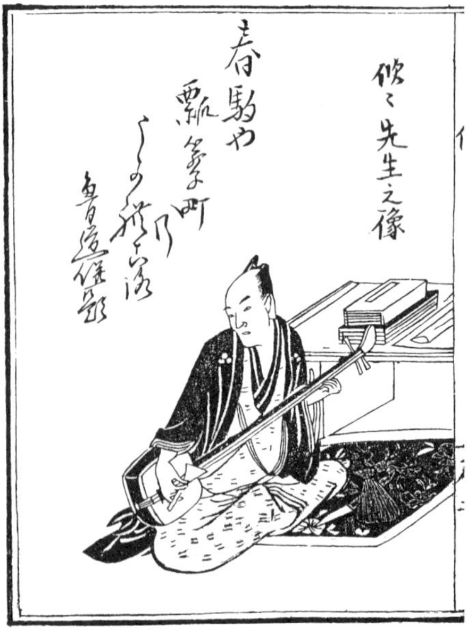

巻一　序二ウ

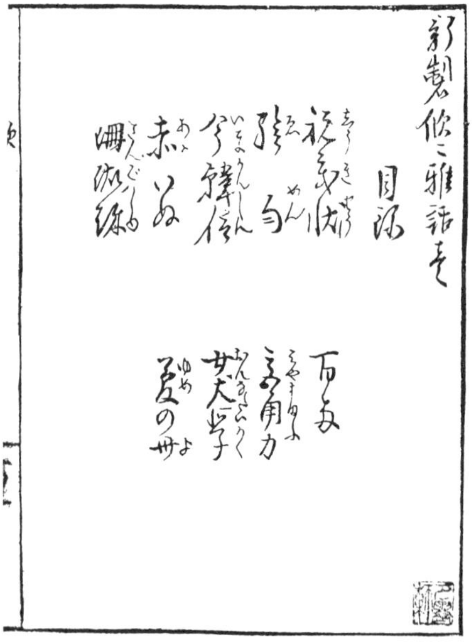

巻一　目録一オ

巻一　目録一ウ

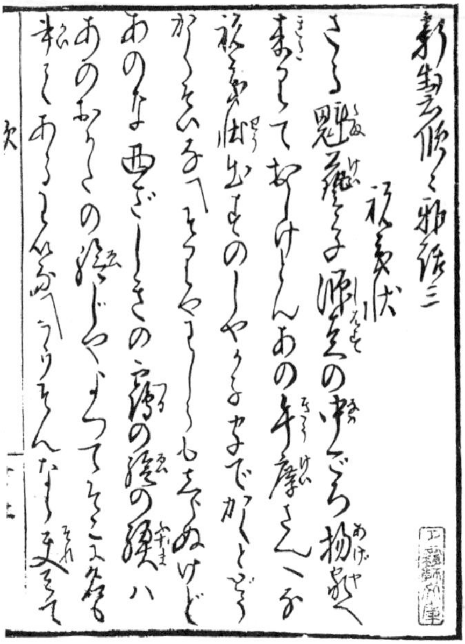

巻一　二オ

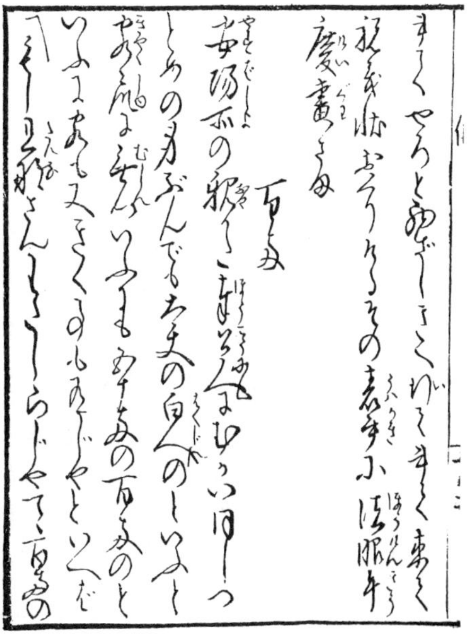

巻一　二ウ

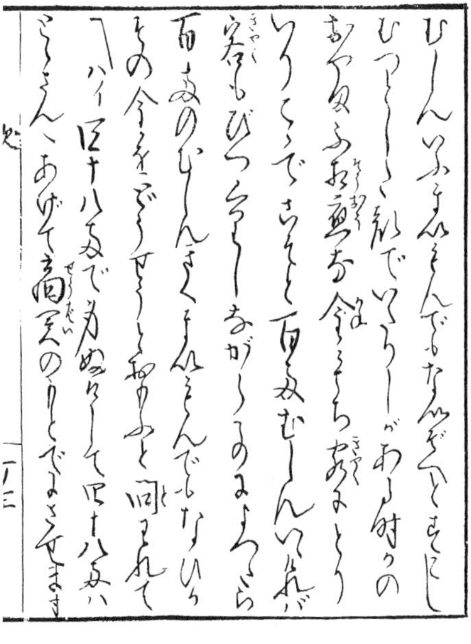

巻一　三オ

ある扇屋（あふぎや）の前へゆきしに仙女（せんせい）御免（ごめん）
どしかたがら此地紙（じがみ）百枚（まい）ハ何ほどく
まちがめのこゆら此百まひハ小京女（かうくめ）をよぶ
まいふんとてなんとはやきゆくされずせ
こゝ角力（すまふ）か
はなしハ三人（さんにん）の無用（ようめん）とてある左あの
秋のあふみこゝ角力村（むら）のかはづこ千左（せんざい）の石（てつ）
こゝのどもへ入かうりく角力とうりりが

巻一　三ウ

西のこゝやより随（ずゐ）の男（をとこ）出（で）て二三人もつゞけ
なりけるなちかさうりければ東（ひがし）のこゝやハ
外（がい）にんいろく手もれがしといへど一人（ひとり）も
おるものなかりしよ中ふもやとつて
小男のひよわいやうなる男（おとこ）とんで出てまくて
ふくたらしてこてうりける見物（けんぶつ）の大勢（おほぜい）も
扨（さて）しこものふとい男があれでもなんぞ
心（こゝろ）おぼくてもあるのかとさゞめきける
まてる双方（さうはう）なのりかけ行司（ぎやうじ）がうちハ

巻一　四オ

巻一　四ウ

巻一　五オ

いふべく医者の家ではいらけれハうく
いかさしとんで出やがて筋くへきてこちやう
其おくろさぬがあらしやうてござりますとてあう
はきさをひやされすまてたへ情義もかう納
仕済てしまうしてくいふよりびらうりなニ
もらいそ娘どの仕打とう趣もし花香の男
女房錦繍郎聚しじやなり
三味線組
ある大名の家の御寺坂の猪八がゆへの

巻一　七ウ

ますこ三絃をちうだめし紙入さげものは
しらかのくらけ煙草入さつてらんぶの右さん
おしものおしめ下のほしたふ方ほあやふ
ささそうハ大名されハがらひそうのじやけ
まじくほしくばやうしよの御座敷事ハあうぐく
山の手もとあざ近邑でせう済しむちうま
なうくられしがうたくもどうてゐけく
おせバようさおつて評判せしがゆくさん人が
いふハ是ハ移りむのさんでもじやぞよめく

巻一　八オ

巻一　八ウ

巻一　九オ

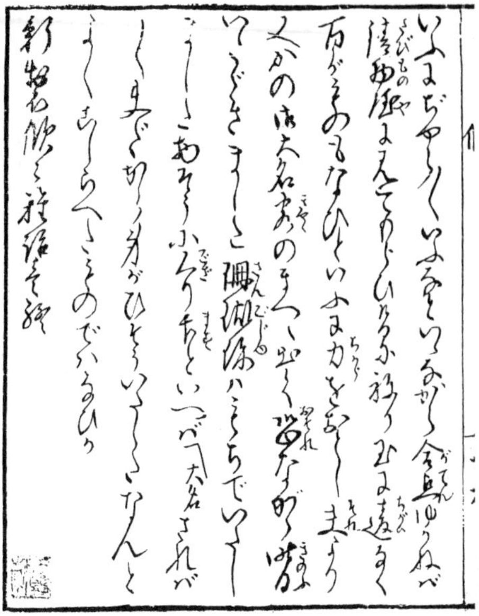

巻一　九ウ

見返し　白

表紙なし

見返し　白

巻二　目録一オ

新製伽羅枕弐
目録
辻能　黒よふめ
仝　辻能　市野
紗よふろ　着聞
左等　繰織笑
懺悔　者仁
四ツおし　等風通

巻二　目録一ウ

くや
莫耶の鋲

巻二　二オ

新製伽羅枕弐
辻能
仙能が雛大ぞよくよの義でこの門
ぞんげいで辛苦の俊人ちちないやから腹や
もうやうまあがあがりましし
つけ見されぬ損切一の通りぞ
ゆたるすけたをれらぬるとして
ゆくさつうしてをれぬかの男顔へ初め
ぶやうろくあはどが出しさいら西

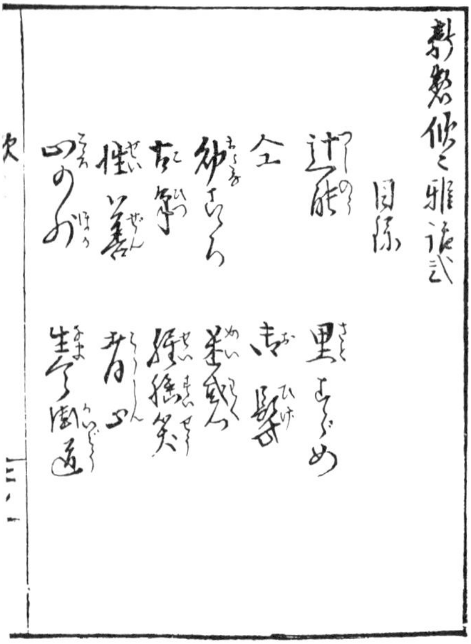

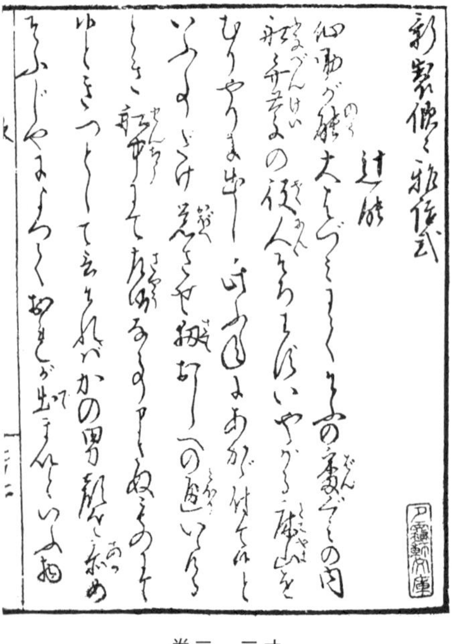

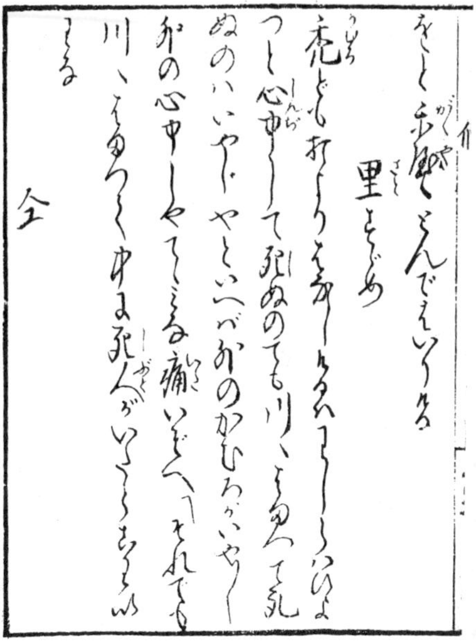

巻二　二ウ

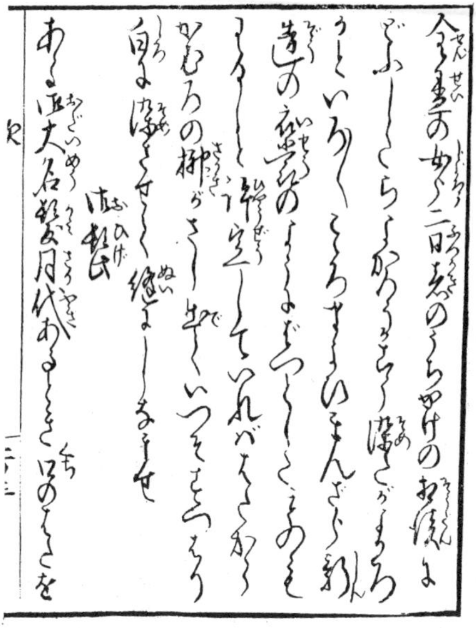

巻二　三オ

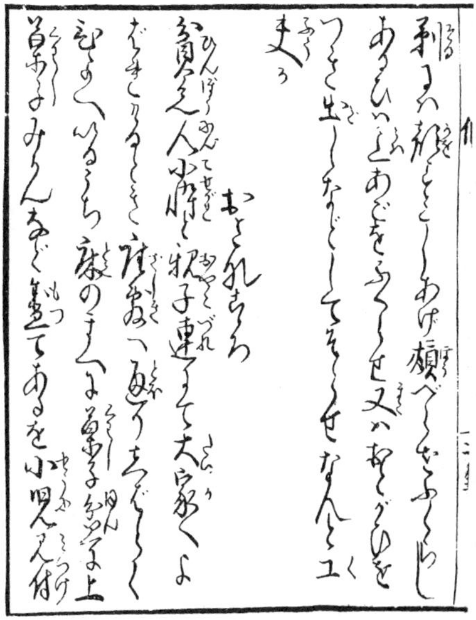

巻二　三ウ

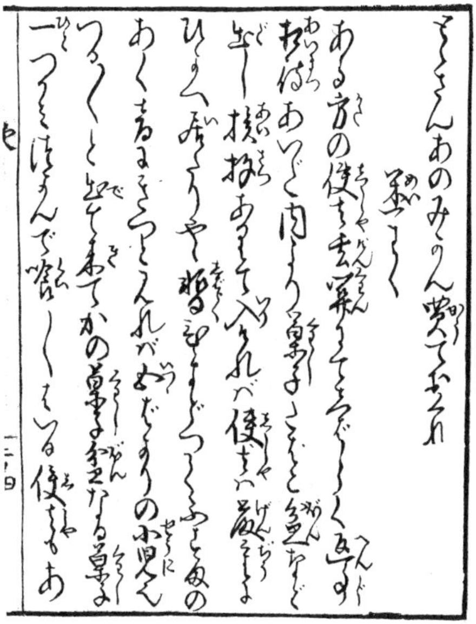

巻二　四オ

巻二　四ウ

巻二　五オ

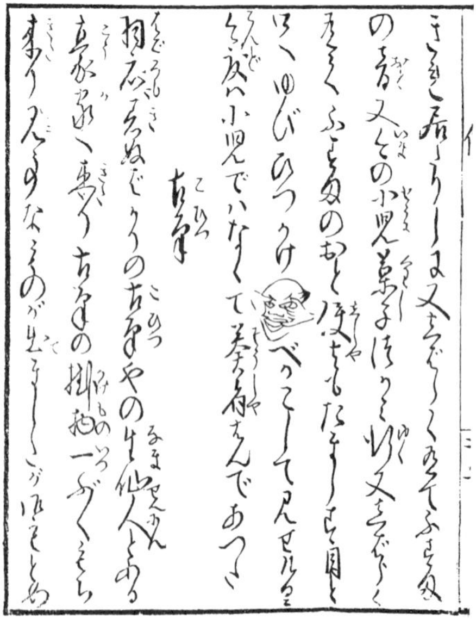

巻二　五ウ

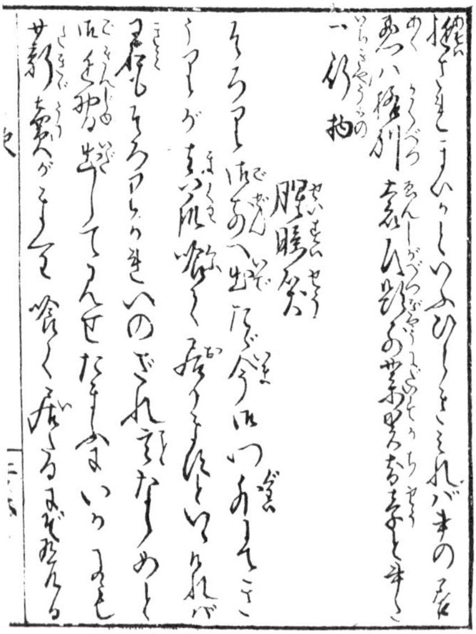

巻二　六オ

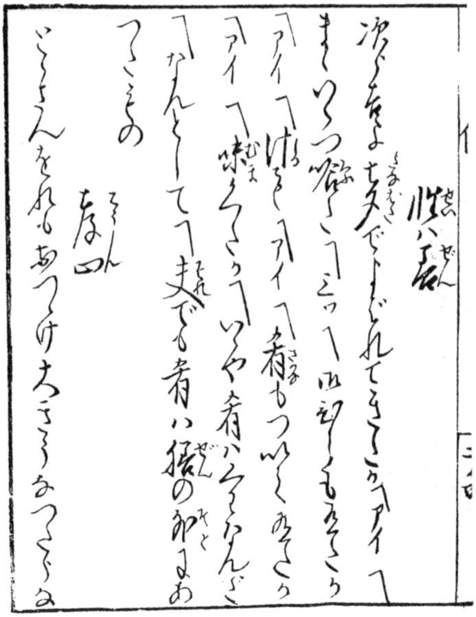

巻二　六ウ

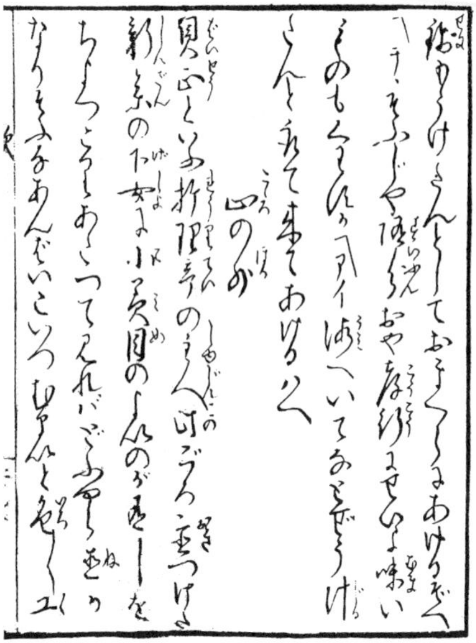

巻二　七オ

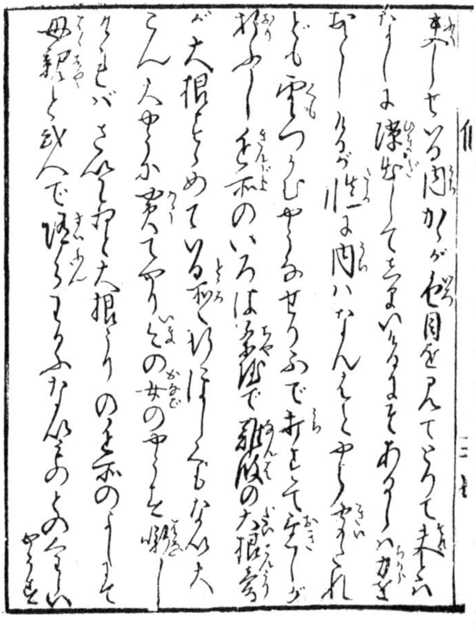

巻二　七ウ

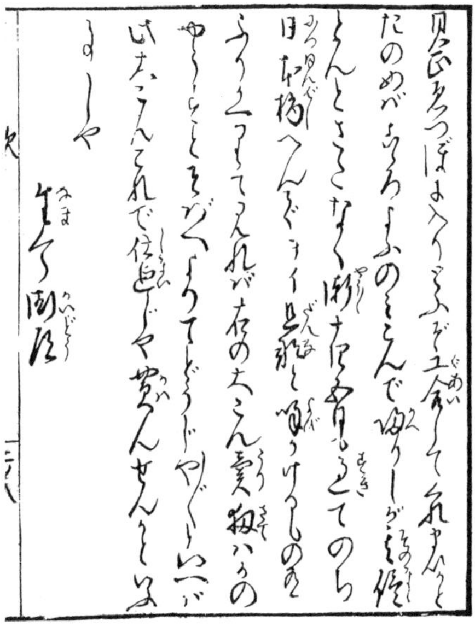

巻二　八オ

巻二　八ウ

巻二　九オ

大名の御座敷に御紋やしきれ江戸の
そバをいそぐ男道中て見しは江戸で
まくぬきの江戸っ子のまれなる出て居る男と
親の内をふんで出て江中文して立つ男と
出合どもいくつかの物も移るもおしもしく
江戸っ子はいつくいさがちがふこともちがうくござる
まくそそうな一数は乗ることはあるまいバア
も江戸いいつまかしものちがやすぐ江戸い
いつくいさがいのでござるへしかあ

巻二　九ウ

かゞくけるてがらやしくてなくぬへ「フウそん
なしをさまゐもはるまで江戸かぢさうこうや
そるるやらうんむしてまだいいへでしおじござる「ちそ江も
大きもづくさ「御子様へさしつく「ノウ御子の
御子い死んぶ「十二御子い死んぶの数もしく
名てこまふれでみさしみナア

莫耶の劔

うしいんさし科の明れの刀をはり出
しくのでさがしいがん「ほどくんすりな

巻二　十オ

見返し　白

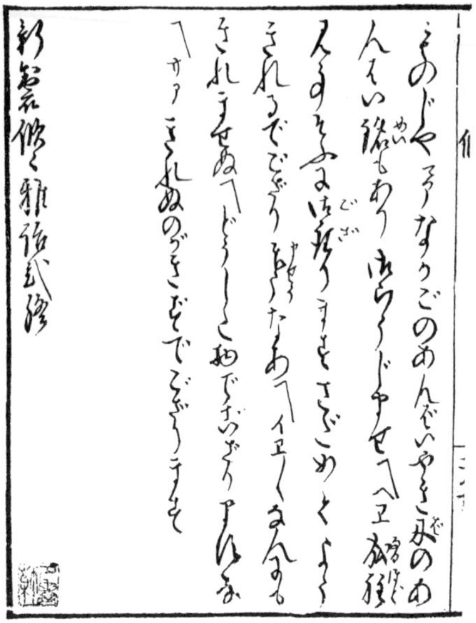

巻二　十ウ

見返し　白

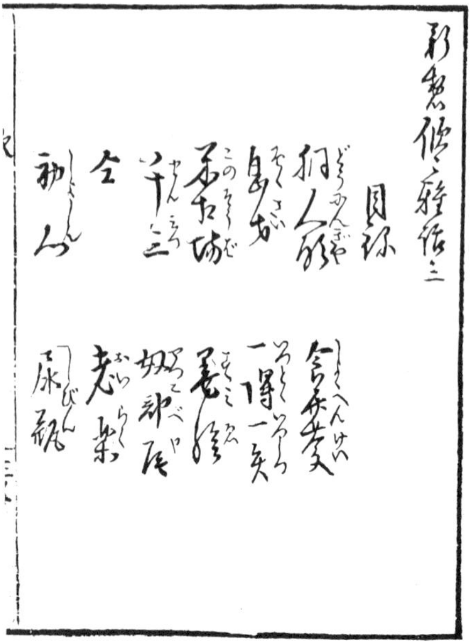

巻三　目録一オ

巻三　目録一ウ

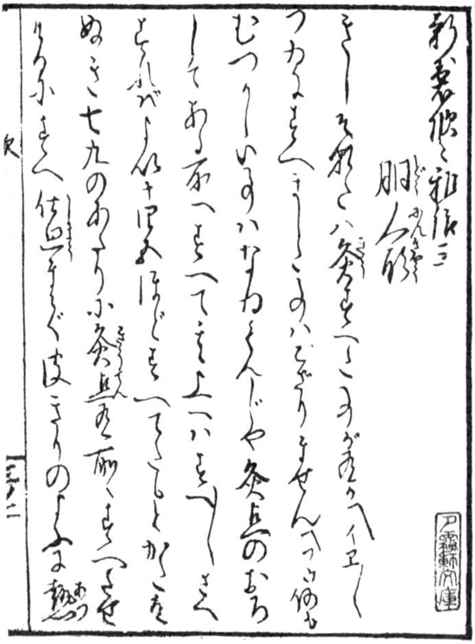

巻三　二オ

よそりくさす皆しぬゆへかのものまゝんでも
らひり八ツ八道中で七九のあちら此方へ
まへしくちりけのありさまをつくりける

食餅家

東来をいふ大飯蒸口喰やす一切ハ食餅家
しほれし男所嘆のむハ今いちがいに申
荒くも十四五へおかしくてやり給侍さへ
むまずつくり喰ふとのゝあつ附おのまゝ
大のおゝ新ぐいるわかゝ喰しなんても

巻三　二ウ

ゑれあゝりなくされ持ちてもそくけハ喰ぬもので
ござりましたぞん

景気

ありがたく女子雅わつまらちんて生石の洋お切
切し影まいろうとさあしのふつまりな
まりいふて居るか中でも弁慶のゝのを
へ出るらんしくもいふまゝ伝代の拵を清して
そのまゝふかさといふまんじやないべゑらん
しくときてふりいひもいへばとんきりべらん

巻三　三オ

でござりますとさ

一指一点

よそはぐかゝ御影堂の日まる出のなま
所中もし以疑天が出づる時ハ一人で
神女ゆるせるそのなりれば剣のかまる
ちがひてまア麓ハ労を助るしやナア

茶番語

清王の大名講金へ出仕の折ふし校文
居俗の茶家中の上諸くの出入の茶の

巻三　三ウ

茶係を務めしふ何事も伝なく赤面よ
居るふ一人めさ太公探すが鉄行の茶和
切ハ当時中八分作りおちこちふ物し
持ちいたしろうけ之と馭んあれハ座中
ふても評判よく面目をほどこし　一日
彼大公役鎖あれが一座中の面々も腹
出しきたる中ふ茶花分別とゝつき
出仕して殿にハよく茶の湯お作法と
いへバ度いやおれも知りまんされども

巻三　四オ

巻三　四ウ

巻三　五オ

さあ〳〵切〳〵拙者ての者のさしこをおさへ[illegible]来の
[illegible]とこその[illegible]して[illegible]白
[illegible]しがこて[illegible]とは百石の
[illegible]千石の[illegible]

[illegible]
[illegible]さん[illegible]で[illegible]を[illegible]が
なんなし一[illegible]かいしおれんへ[illegible]
ぶんかさア[illegible]わらへいやさ[illegible]
むらしいすい入ませぬツイ[illegible]でくし

巻三　五ウ

[illegible]ぞもふ[illegible]の中へ有物が出家の[illegible]
かく〳〵して[illegible]ある所で[illegible]〳〵
ござりまする

千三
なふおれは[illegible]て所がるる[illegible]の
[illegible]の方で[illegible]川へそれを大勢が
人付てみやり〳〵さしてずりもどす[illegible]
かく〳〵手ふおさぬ[illegible]でおれがちへで
なんぼしばいろめく[illegible]川の中して[illegible]

巻三　六オ

ぐりゑの川ばたのあき家のさきをとふりかゝりまし
水をのこしびぢぎりしてやろくさそで鍋の
甚もなく藪にいけるりかきらこゝろ

奴部屋

床間おとへ親爺をおりしるさ見てされろ
「なんでもおふくろふたしのいふなじましく
ところよ来て「そのおし入の内ゆさしいふ
おし入御挨拶て入まバ大へさるを石が三ツ四ツあるを
「ころそや　たんのすごい」されたをいはふな

巻三　六ウ

さしれ親父の石で力持をしたハよくぬけまる
しさく

仝

時に某内奥さまが見ハがん病でがござりましてござる
「イヤもんとこで怪の名でもしゆうくされさ
くそつそく親たちゝ「行あくさ泉に御ん前
よ前内をりましことにハ内室ハそこの切れ
て目をふさし出てあいさつをしんろて高内
見てあらおかさ女ハがん病でと取りたまへ

巻三　七オ

が所見もとりふてやりまゝまする

老爺

加賀さゝんの奢れの身よつての依がかね老爺
のなくさそおしを西院わろ安いあぶさ
がゝの人は仙術もある人のおれらがゆへつもよ
今まちとやらしかけてハつくれ根がそふいふ
仕まつてでなんのゆへとかしふのゝ過てでゆく
りるがあるとをかの仙人へおやどぶんの所へ
まうつて承りますこれハ先生さかゝれの所で

巻三　七ウ

おさてしたん酒などを出して是非なし　扨ハふ
まぶんらほのうちにあるてさまいし行ハてよ見へ
るによふ出来てあるはちつきを弊をつかみまで
ほしづゝさなかりの二つしてアア是の悲じや
すよるハ出へしじや

見料や万挑物どもである

初心

こゝもおかしくかの仙人の所へ入ておまちて
いつもいふお細語しいふそのはそふいふ

巻三　八オ

巻三　八ウ

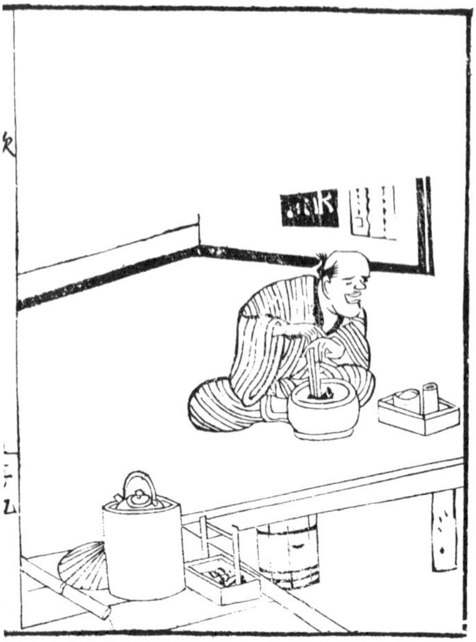

巻三　九オ

乳をもらふにいくがしかるのでござりまするそと
諺にも他人でもめんいつくたな銘々ござふくいへ
きつてでも押しつけられぞすあつふてそへしふる
こりやくらひとおもふのをおあけていふてく
ときふてハおくまなしぼつてんごいふく夫と
きつゝるしきに奈情の殿を眠ぶじやわ
なんじあわく精出してしてからくど十
ちゞみふつけ情くさく御出あゝハ表して
ともせくしといつてバしろこんくえつつり申也

巻三　九ウ

一角いつしまでを持つくなされハ
急にくたちつけをいつくねらへて
しあり「こりやまあなんのことじやといへハ
「イ天狗でござりまして

尿瓶

仏ぶつぶんぶんじや分るさうなる御ほんあるひて尿瓶を
見つけ是ハ見つくしいて花ゝくしく表を向が
十八文こりや堀出しもの買ふてしおさつそく
持帰り床の間へまなし花を生けてみる

巻三　十オ

見返し　白

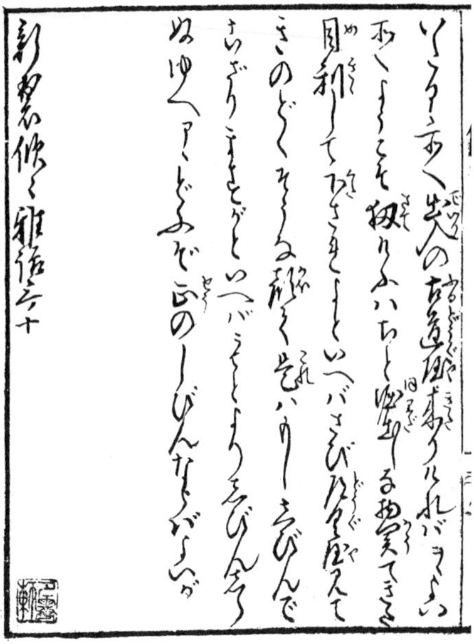
新製欣々雅話 六十

巻三　十ウ

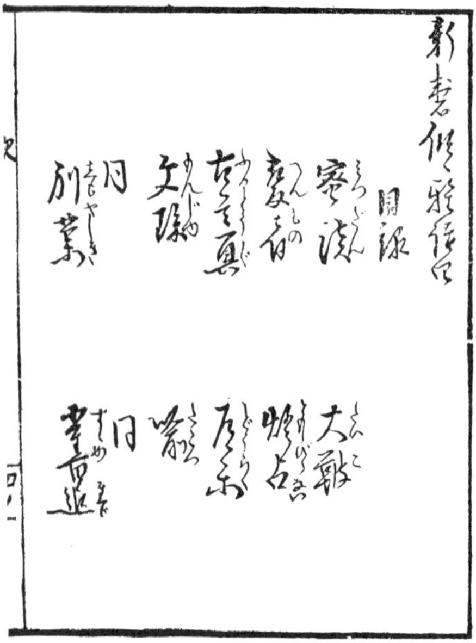

巻四　目録一オ

見返し　白

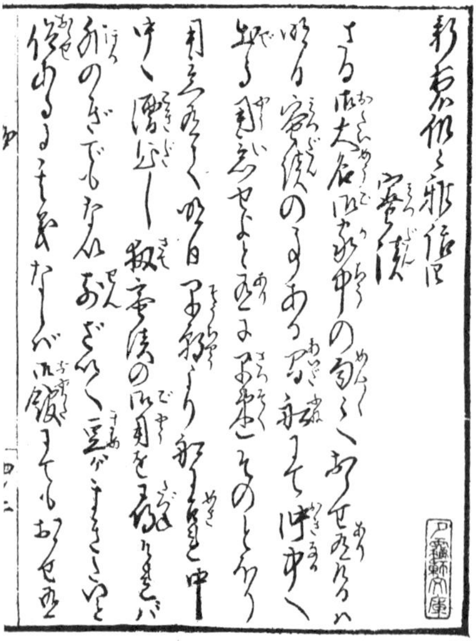

巻四　二オ

巻四　目録一ウ

そこで又きたへければ、いやさ鍛(きた)へても腕(うで)めが
きくよ

太鼓(たいこ)

太鼓(たいこ)打(うち)の例(れい)の大(だい)びんぼう、けいこをつゞけ
太鼓までおろしてこづく(?)祝(?)打
ふし／＼の所(?)の名目(めいもく)弟子(でし)入(いり)せしところ
さつそくけいこさせる太鼓(たいこ)なく、あひ付(つき)て
大(おほ)きな紙(かみ)へ丸(まる)きものをかき、初心(しよしん)のものへ
きんこ(?)して稽古(けいこ)のてこぶるといつて毎(まい)日

巻四　二ウ

稽古(けいこ)させてまつ余所(よそ)へ遣(?)して弟子(でし)も拍(ひやう)
子(し)なしや、おりからひるの内(うち)、隣(となり)のあたりふでうるさし
あるとき隣(となり)の太鼓(たいこ)でけいこをせられ、とやかうまなり(?)
ともうこぶるとやんだ

変物(へんもの)

拍子(ひやうし)大(だ)きらいの変物(へんもの)ありけるが、つね／＼いひけるハ
しかしなんでも世(よ)の中のへんちくりん仕(し)かたも
なんぞのじやといふまで咄(はなし)、さぞかれも世の
この古(ふる)きもんちくを好(この)ぶまかと(?)いかないせ(?)いふ

巻四　三オ

なさるといへバ、しゝしハわしがこゝで痩(やせ)ては
ござりますがふしんの上のことでなくてハ
わしがいつてきます

晴雨台(せいうだい)(?)

二三人集(あつま)り、今夜(こよひ)ハ天気(てんき)日よ、雨(あめ)がふつて淋(さび)し
かつてもふんがいつバ、まへがえ日よ雨のふつてハ
おまへのじやといふ、おまへのしやといふ論(ろん)な
あらそひれバ、そばから一般(いつぱん)(?)が云(いへ)るの、おぬことて
きゝやしやう

巻四　三ウ

古道具(ふるどうぐ)

此太名(?)ハ何角(かど)ハ古道具(ふるどうぐ)を店(みせ)に飾(かざ)りある陰(?)が
此間(このあひだ)もとめし時(じ)(?)をとめてまつて
せよとし、おせしる所(?)をかしてきり置(?)を
店(みせ)の主人(しゆじん)をよび出(だ)し、その陰(?)が無用(ぶよう)(?)で入(い)さ
古(ふる)道具をと申(まう)せといへバ古道具の主人おつ
じく、三十九文でござりますといふ所(?)を
そてを引(ひ)く／＼まへつくまへ申せ「まづや
ハイ／＼三十八文「何(なん)ぞ(?)まけやせといふよ

巻四　四オ

巻四　五オ　　　　　　　　　　　　巻四　四ウ

大蒸籠　三十八文
ぞうらく

あるやりめぞう〳〵のおく人、浮世をとかく
の浮世ぞと、うかうかとふんまへ、艪と
くらげ艪ずふよりして二八ぶけのうどんの繩と
ひらき艪をふつて、さぐも桜の小橋のうどんも
いらぬ。びきあらし、どうあげせいながら、肴皿とり
さる鉢をくらい、すぐどいなぎやう皿さつれて、皿を
横よの肉切うどん一膳されて

巻四　六オ　　　　　　　　　　　　巻四　五ウ

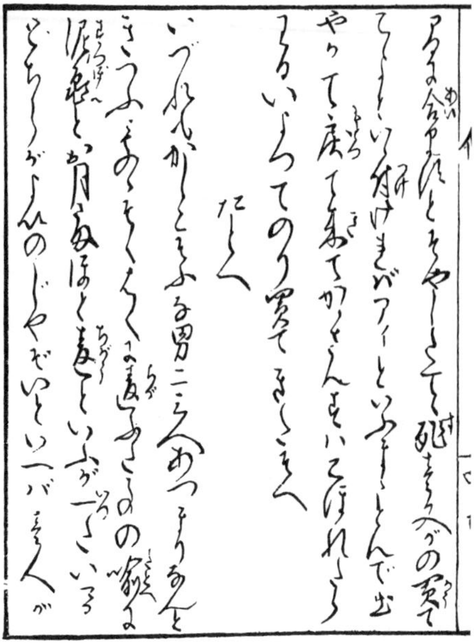

巻四　六ウ

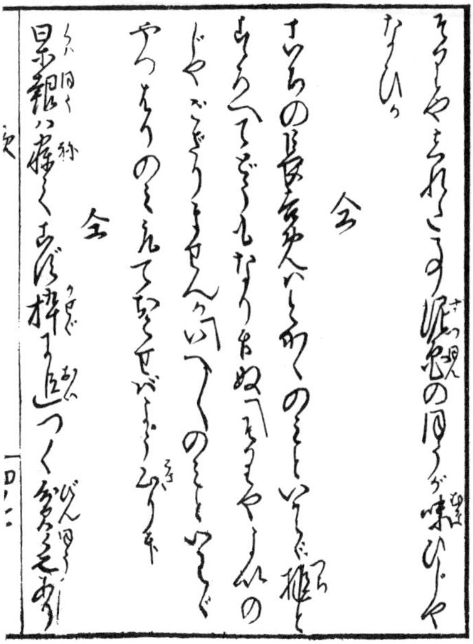

巻四　七オ

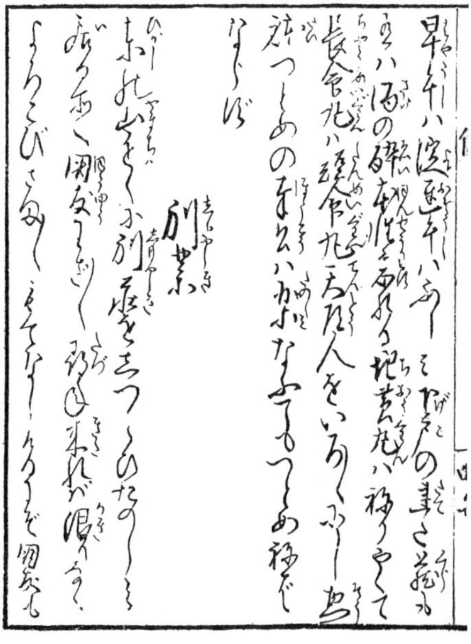

巻四　七ウ

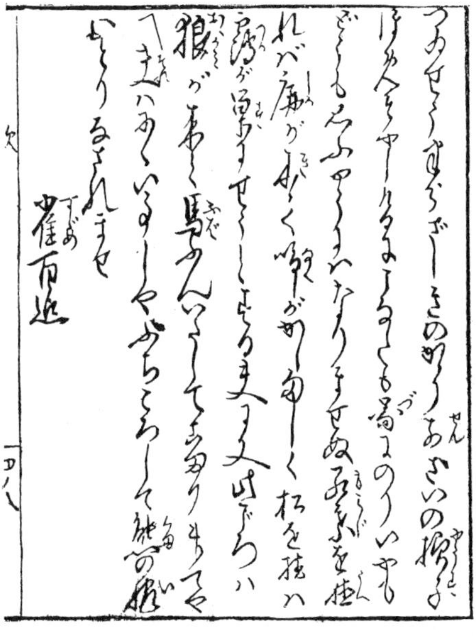

巻四　八オ

巻四　八ウ

巻四　九オ

幸次の助六客を悦てさんざめかして
外ろを助六が小弟分つけしきんとふた
目でちかりの行をとしが手白内、其り
小弟をさんでちかりおかが南京ハ頭巾を
うつさらしてやバいろんなよおとしめさ
さんなお部屋しものをかでしさんとぬかしたって
ひやあ口をかけおつさとれバ女房も
おやらしてらんどかったしまでやめし
いへバ小弟ハなくくめらんどかしさんと

巻四　九ウ

いやさんちさんといふやうなの

盗賊

盗賊夜の戸をおしあけるふ内よりされども
といふ毅将軍をおこしてさけが鼾の声を
ろふ袴であるをかなしとおぢをかし内といい
きハ又それじやといふやうな人でうるせが鰐
袴ているやうに内をつふとさうかふ又ぶれ
じやといふあすう人でうるせバ座のもの、
座敷ぞなりおいろかし始しいとまぐい

巻四　十オ

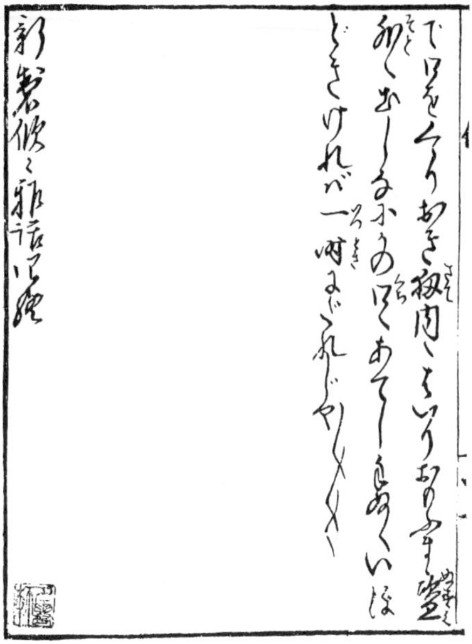

巻四　十ウ

見返し　白

見返し　白

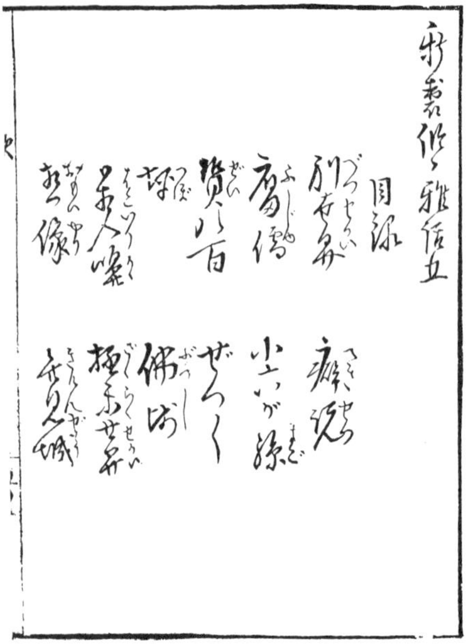

巻五　目録一オ

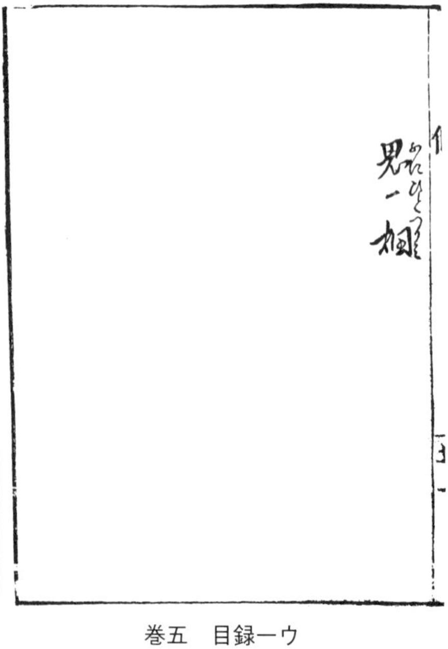

巻五　目録一ウ

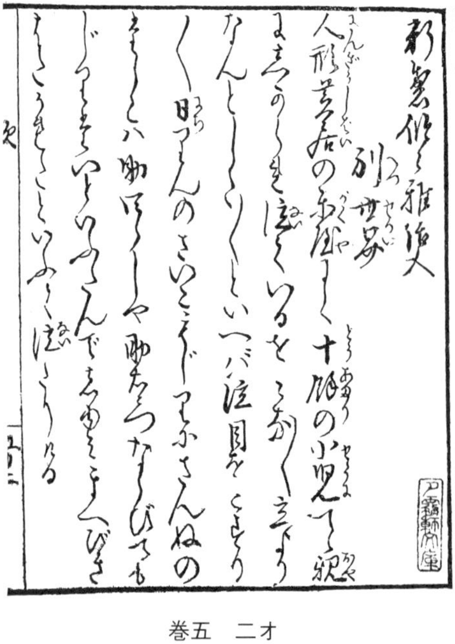

巻五　二オ

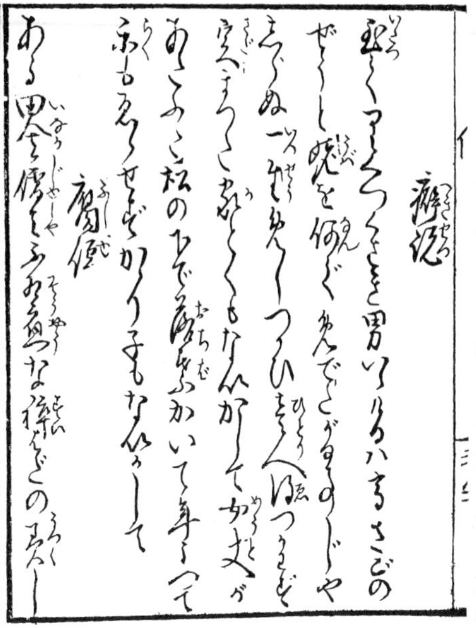

巻五　二ウ

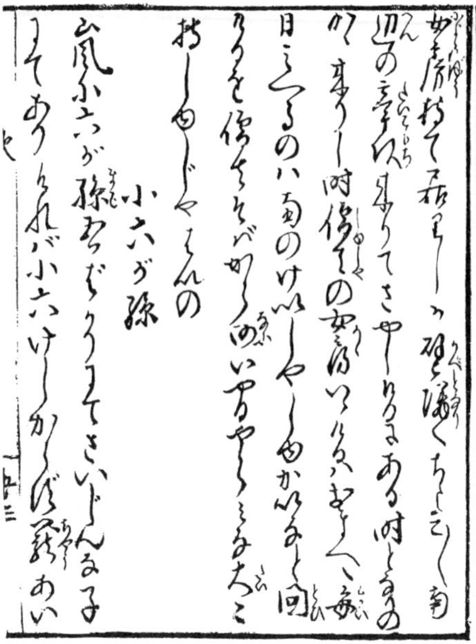

巻五　三オ

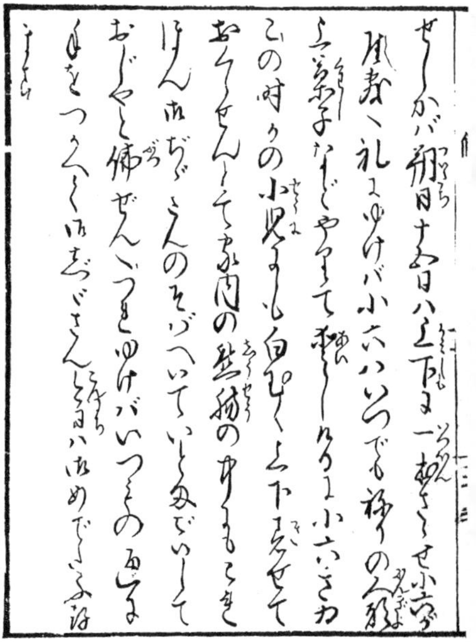

巻五　三ウ

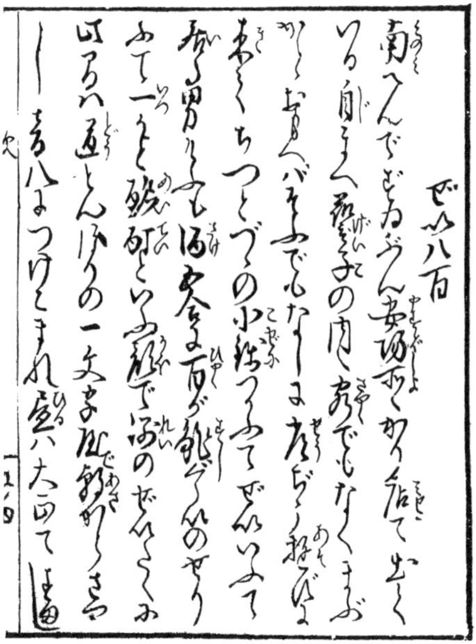

巻五　四オ

巻五　四ウ

巻五　五オ

「げいこ丈大が知つて「まかつふりくし南へ
おらけ法師で大のこ「げいこフウと鼻でそ
やろ「文こしりが心のまるや「けいこフウ
「こふでしあがさのたく おくんぐ卓子
しとべ「けいこを更さつりがいつちせるよ
合くある
此病よみぞは称をとびさのたをつふをつ四の二八のけんどんをと称う
ぜつく
八百說くつふ役まちの大のせんしくとるてたる
ある彩の初日み影具ともちやるまへ

巻五　五ウ

そしいうむをたち見まぬだといてつるたくして
きのもぞの十日そしむるやある
つば
四つの目の夢物を眺めて大きなゑ符の
ふせてわるをみて此つぼは口がなんと
いつぱさん人が塚をさまし上てみんてそこも
でざらぬ
佛際
まぐ乳付の佛際風で四かりと頭のは

巻五　六オ

しく座敷でもてなすにしづかにちそうなりし
じやくおさめてゐるおりふし　さる大名の二
王あるところに造立ある者何ほどでも受とる
しんせいにて世話人来りければ御師も
こゝろよくして快く承知せしがこれも
受とりまするといふ道中なればとていへバ
これ受取品もなく大きさ右勘定せよ
べかなりしもの　其入費

巻五　六ウ

くし藪のかハ井戸だらけおつかうよも
山の緑新しくなる中にも一人がおつかうそん
えかうましなんでも直に買へ安いのじや
けさこちの市の御でハたいそん業でさつて
じやのさがめみなつく安いのじやなん
かいなくいへバきんがざあこちらでもちつと
有がたけるのがあるざくちよくいふてや
がさつて差とつてみましいふた又一人がそん
なら是もちつと大事して茶も江戸坊

巻五　七オ

そこで参りて来りしを
極楽世界
いよいよかの門徒の親父安心決定して念
仏してさて日頃此世界をてらせるある日天気
よいゆへやつたりあつらへめぐりやほどなく
おまへがもいらつしやの新りせば大願成就
胆べしやきばへ頂き造ニさいはいせぬといへバ
中にも一人の仏さまに信心者ありけるが
とかく門徒ものゝえではいつてくるの

巻五　七ウ

のんかまくるのつくしやる所月でんさまへいふ
ハ蔵三尊がおじやるのといふて門徒大きに
おどろいてまゐつしやれバ信心さんおんき
いふたんでもまことでござるかと仏さまがなんの
あいつかせぬ三尊ありが
びりの三尊がまゐしいふじやあるのか
思附
[illegible]
[illegible]

巻五　八オ

巻五　八ウ

巻五　九オ

びろうか[illegible]へ[illegible]いて[illegible]く
[illegible]ハすゝきのでせうかんの[illegible]や[illegible]を
おりくハ小野(をのゝ)小町(こまち)ハ[illegible]女(をんな)で[illegible]
[illegible]がうの[illegible]車(くるま)[illegible]方(ほう)じく[illegible]
うきこと一[illegible]なりかへるみなげ[illegible]
のおふし一人(ひとり)[illegible]心(こゝろ)あてて[illegible]して
いてうんと[illegible]れバ其(その)[illegible]よく[illegible]
こゝみおもひて[illegible]一[illegible]の[illegible]

巻五　九ウ

[illegible]よ[illegible]人あらせのじなうして[illegible]
あひ[illegible]の夜(よ)の[illegible]まし八[illegible]の[illegible]
[illegible]とんく[illegible]なげ[illegible]しまめ[illegible]の水を
[illegible]しなかしかけあてこちらを
流(なが)れるうみしくしこれ[illegible]人がやかる
のが[illegible]いさんといへいふしもあらている
けもしじいふてるつかい流(なが)れるしとって
いる[illegible]くさうて[illegible]てよろがきて流(なが)
るなり[illegible]しなさるいなあ

巻五　十オ

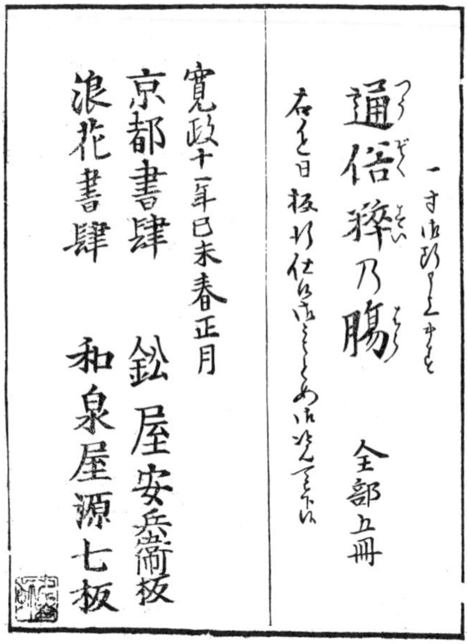
全部五冊
寛政十一年己未春正月
京都書肆　鈆屋安兵衛板
浪花書肆　和泉屋源七板

巻五　見返し

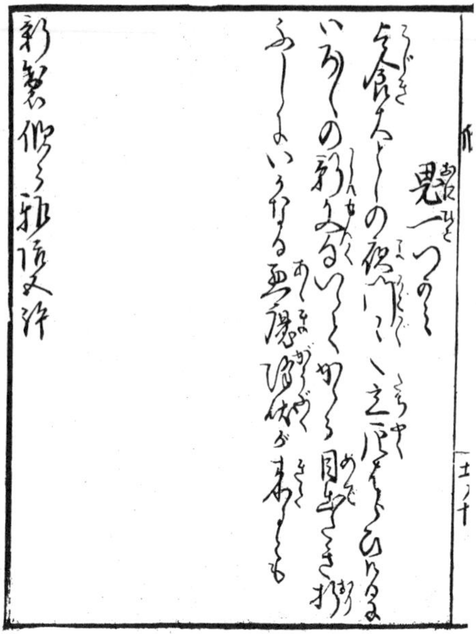

巻五　十ウ

18　『慶山新製　曲雑話』　寛政十二年

見返し　白

表紙なし

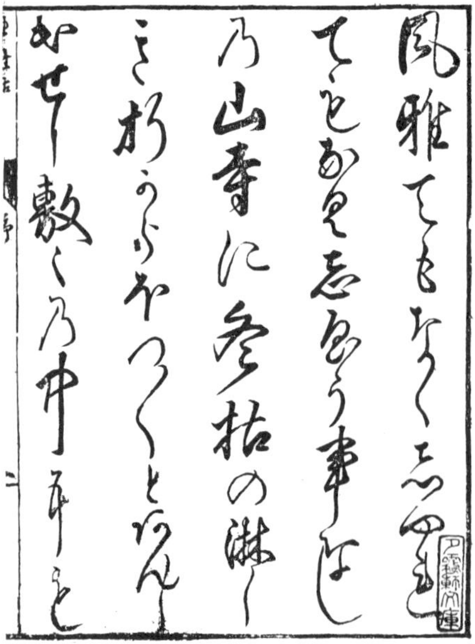

巻一　序一オ

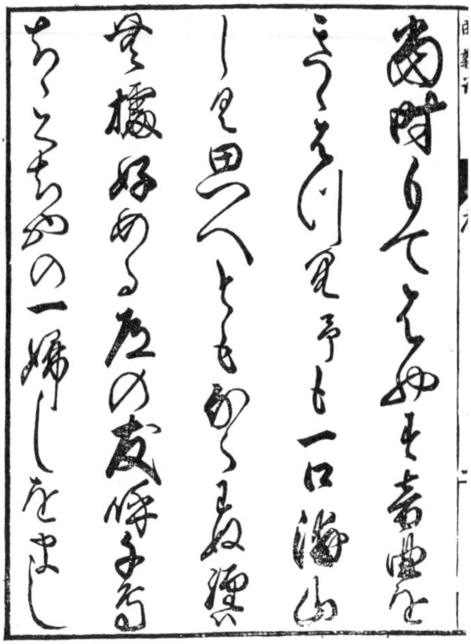

巻一　序一ウ

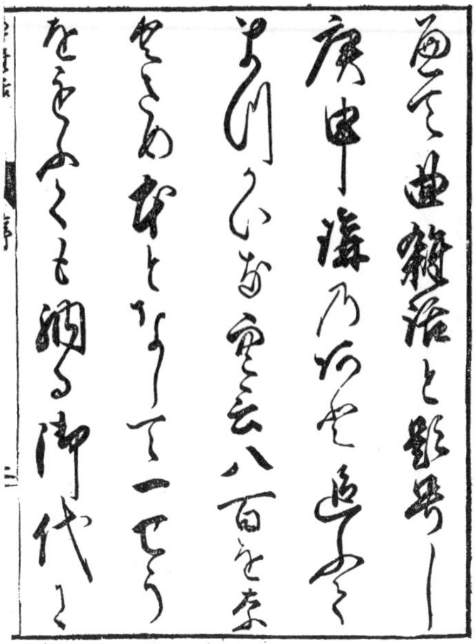

巻一　序二オ

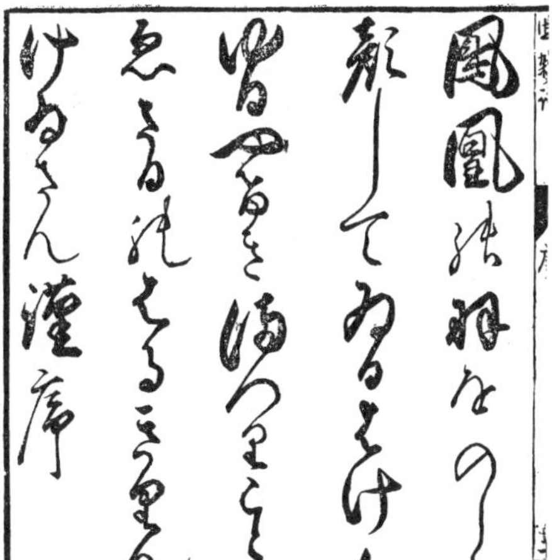

巻一　序二ウ

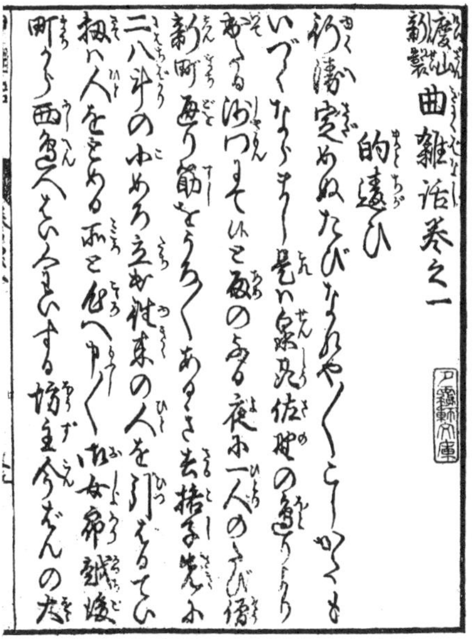

慶山新製 曲雑話巻之一

巻一　一オ

[巻一 一ウ]
あて一夜とめて下されとやすん
やいなこれおもへぐとめられぞ
より十八丁ゆきなますと長町とい
宿屋うたんとあるアラありがたや
ひんさんとて入ふるマラきよくもく
うらぐさんをくらしとをきまれて
けるる米どうりまお茶ひいて参る者が
あてあがる〳〵旅人お宿参らぞのよし

[巻一 二オ]
あやへ〳〵と参りぐ〳〵すのえ〳〵ふ
まりの大あるまか事もしらぬよな
しのあるるやなもとあるふるすべて今
みるふへとでけ通りのきのこぢふたる
まて神なるごろをおそろしく志たりわけ
しきれんけ坊主ふゆる〴〵ちやり
僞ひのずをふなをひょうちゅ〴〵戻り躰や
あさてれるそふなさをひまして絵けり
一樹の蔭も他生のろんと申される
まこむやことひにまるとあるぞなりんざ

[巻一 二ウ]
でござりますふ志ぐ〳〵見て四人なれまき三
こそろ〳〵おとあがらまづさん何ぞあげる
拘いなひみなてかいそよ栗の餅そう
ろれどを先なりどろ〳〵と見てんなあゆんのいろ
ア見さあるんあのなんと日井一のだんごの
こうまろふ九ぬ抱えよ銘り〳〵のタシャレ
まいお僧侶〳〵やせもそいさまよこの〳〵そ
さ一生〳〵や〳〵お僧侶此ならとと
抱いまし〳〵我〳〵せまなり〳〵付ぞでき

[巻一 三オ]
芝居の中分けたぐさりしろ今の〳〵栗を次
て居ねむりをさる〳〵むぞやげしや浪世皆栄
花のあるからうくでんひんるのうるふ
一寸のねむりをふなをも栗岩おこ〳〵の随
どう〳〵あられやげふおれ〳〵と客と座て
めてもやるマと尽れなう〳〵がなぐさむ客ま
あくさなのよれ頼め〳〵をんどん〳〵お茶引
て祝方るまいぢこきからうざいのれない
そいてふいくすでいなゝせめて追出家でもお松

巻一　三ウ

巻一　四オ

ゆてどふぞよい容のつく様よ○そ加持ごと
うでもしてみしいか○イヤぶんやのけいこせ
うとおもふて

川さめ

茶屋てより順くりよけのむしてさ年数
百メ目の儀ぶんしやまなり大茶店をむ
して石をひも大勢かへ何くかかぬもの
上なれをふあ銭を忘まぬくく親仁釣ハ七ツな
おさて家内をさめ付志まて才一ふんぞりや

巻一　四ウ

長太郎よ又さよろのと何見てある事がなけ
アヤさふおて儀さしなうい あれ冷汁がの
じやあるまいのふ払めと志つつ出ことさく
うらく行納屋のすこで儀さしなうい なつか
てあさいめくしくあの旦那づかめ朝七ツ
かつおこして六な物い食さず芝居一ト切見せ
はやらず朝かつえんと忘り出してこんな
肉ハ生物じやないふとつぶやさながらさ
一通んめまいおりおる二通んめまあふさを

巻一　五オ

(巻一 五ウ)
ひまれい。目がさな太こく
あとすれバどうろうろふ且犯せん玄
まくしくどくがとうろくもらう立ゑんてけろろい
の様なぢんじやナヨでどうろくきびある
ひねりある八ゑんめまそう斗九つごろを
しあるおのまさる計に弟のめー七ゑんめ
あるえゑんめころくくに犯ゑんめまんもう
る三ゑんめまハさゆうなこ犯ゑんめまんもう

(巻一 六ウ)
ろーしてゐある以酒分筆をつけてせ
も男き又へりをつてね産も銭もりふける
よてまりが斗うけの时に三石ハ百ふろく
もしてくれおつてそくて荳ひま猪さづく
ま住あふて寄去致の参志がらくたよ
アくなろたわへぞ尺まいつろろそ釈
まなうふひぜんこゑうそ室の肉まあへ
おふろふてゐる栗一粒あふこそ薪一本なー
尭いとよふちやとい入をされをいなあてゐる

(巻一 六才)
綿搔る
中春へ滑さんあふへ尓の小まんさんハ私
三笑けさがでうーーな斗じやもーせろ
くなじんざぶん久ぞ管いつねひな。
イヤモ弓皆不ーじやないろろやつてろろや
ごぞりませぬおきいへもいさひをじがずじや
が咄しーうぴつろーてやあろぜんさい
あいろへえ能波のぢんさまあれてゐるや
つふとなどんでうふ母親とふうふ自由な

(巻一 七才)
ゑぐの仕合せんどうふともおちて仕事
いげず此ありょひぜん見ろらふてくろや今も
て雑欲してゐる。フリヤスぞふりおゐて仕事
おけね○サイナ仕事やでてろぢんざい三ぬ石
うしくおへ光をすめぬ所ぢろへんもめ事し
らぬかろてくへつてすろひへの病ひもそ志
やもへ薪のかろひろうく兄ふでふ使ふる
夫でも仕事よりいでふぢふもなるおいこ思
て三ぬ石百かふげかーて孫んすふ兄ぬけぬた

巻一　八オ

巻一　七ウ

すけすり○そふしてよめといふはとふいふわけがあるぞ
じや○いかなるわけとたづぬる内打手となりて
こゝは其女こそちんちうさ莚錦盗とこ
ろそやつしうひそれぞひれとよげる数を喚
しよりそばに居合す平野屋三右衛門寄つても
ぎおんイヤ後さしと女はいがえるもしや代錦
あつちへ後さふや末代迄もちんこいまつるまで
女が一世の雛形と莚錦持るひなどがよる
つとねぢ上もたてなりし其場の難はのがれし

巻一　八ウ

かいなかこうろういきみかせぬが恥も志らないまでも
志かなく難義志あるかふ便やとす光徳ニ迄
忍ふてこゑしくまにちつと志りかねくりとこ
んないふつし志ろさる何と思しが投が寅のがむ
まか○繇徒く思しも喚てたもれるソリヤ
ゆうあ定かひな○イヤあうかひうざじや

巻之一終

巻一　見返し九オ

見返し　白

曲籬話巻之二

るす廉金

去れハ大名弥鑵へ衆勒の乃中駿荷白しのさ
ゐよ道中そ儀を急病よ付使人をーと久
別紙にとり目利して小風呂亭左右を呼ぶ
叔今度分田玄卑病事よ付貴戻を移り役を
出紀中封てさびまう役とり〱弟まをん
きうぬかなつ〱ぬ汁の仁でかめうまつる籠
を御来る中亀角上下の者袴をめされを見る

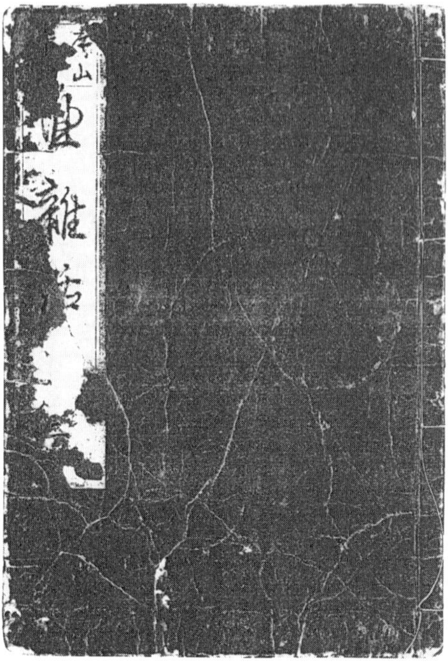

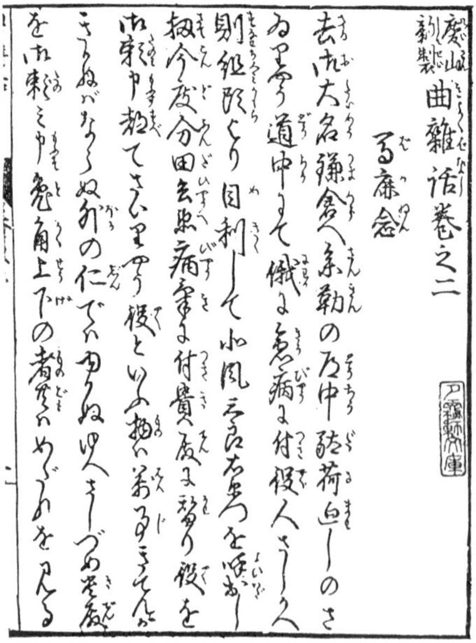

拘でちつとやすまひと見ると気侭ぬうして出す
里ある迄夜におゐてをてのぬかりハあるまじ
されど随分筆をつけてあいつらふあなどゝ
思ぬ様にさいて道中役をつとめ下されと念を入
て頼れ○何が扨主人の御気遣ひなされな思ふ
承知致しくと別れ陣分諸ゑによついていで
来て斗りめと上下の雲介どうとひ出す酒
のナヱ　さの字ハナハンハヱ　役人コリヤ何をいふぞ御
今宿でのんでかなひぬ丈にもや酒を呑出ス

巻二　一ウ

まづ来る道場迄出かけろ○サウ又一里斗ゆめ
とうとうひらける不断のサヱ夜合ハナハンハヱ○コレハ又
こりやならぬてうちふるいりに夜合のことそくと仕
ある夫とてハいけぬちないてつるさちんに宿へつて
ふら合せかりと酒なりとぶんぶんに喰へさ○
又石の丁めと云ふすけりや　サヱすける程ナハンハヱ
古柄ハめしひナハンハヱ○ヤイすまそく云ふ音
ろ世中一度に改めるやなうぬ
東明寺

巻二　二オ

巻二　二ウ

巻二　三オ

霜月廿五日何と源兵衛さん天神参りせぬ
やないか○よかろ／＼と二三人連立参詣して
みんなが本社の前へ菅原町から吸さかつい
でよろつてやろかいなうく来てくれと
いふてゐるさかいついでじや本殿へ肉ふか○ホコレハ
／＼おそろふてよふ来て下さろさあ上り／＼
○イヤわしらは天神参りしてついでながらちよつと
○サア／＼茶ひま兵衛清やよ来て今のまうける所
じや○イヤわしも入て来るさ○サアそうしやあろ

巻二　三ウ

ろれど是肴がないコレ鯛一まいもとめてござるがゐる
じやあの鶏を求めつりじやサア／＼よかろし
それそりやそろ／＼おこふじやなサア／＼今
むかしで鶏も浜焼もする此鯛をふたつに吸て
てゐる鶏が伏せこの肉よりわれ吸て女房の見へ
いそぬける猪と茶めんをたくへて○時は嬉
なうや○あたま／＼新井橋出して酒は元よりか
くの無りヒヤアこいつは名かい何じや志うも銘酒
しや雲井としてなしい雲井の銘酒出でゐ

巻二　四オ

るサア／＼てあちら／＼ずつとはなをり何でも今
夜は夜があけるまで心をゆるしのませ呑
ぞうきをひむちや酒きげんてよす気ちからこう
吸物どじやう汁とくむまひさき酒ものみます
きげんもらつたいけるが此ちそう此肴是で
のまざる物はなかろつざめの合を呑がゐるウ
なぐさみ酒のきげん上戸くずの数／＼いりと
サアモウ是から流しあはせふ流しのこえまだ
一のまき是で今宵の別れまでしどろよひよろ／＼

巻二　四ウ

門口へ出戸をどん／＼とたゝいてよふかえんじや
／＼
やつ／＼諺
友達三人連でゐる場ゑ三人揃ひよめげい子連
てきたさあそれのこ中よおまきが着するは一つ
ぞひのめ一ツひいておくれ露のてうをうたふと
そなつまらぬせうかを出すや茶ゐよ酒て花よ
あそびしあしさおは露よ春よてう／＼のヨウと
ゐらい／＼○まて／＼おまきな何ぞせうは出さ夜

巻二　五オ

(くずし字による江戸期版本のため、判読困難)

巻二 八オ　　　　　　　　　　巻二 七ウ

巻二 八ウ

いづくるうぞやぐ〳〵書きざもむまと
付てとうひ一夜い此店金も夜入会があ惜の色
んぱうぐ〴〵と裏に出めて立ぞといま丁
かートこ会あの肉袋アミ〳〵コレ門れ若骨も屋
色トともなきを教くないゑね臣ぞい丁
き。夜ますまけて申乞袋入うり「里とひろ
今を誓りけけ付らけさんけるけ入うろ」と
こんも見別庭町役織も月別に切て一てん
なさびんぱう。筆の毒なるかいね叔むつて

巻二 九オ

犬をうんざ。んとなく赤なくむくめも
まあ手すけろまづくい所見も亥るり六千
尼父ふげの遊い見んがて四ふふんがにじゃぞ
ふけい苦八文ツてア一とひ㧦るつひでのぐゐん懐
夜の眠りハーぎり心をつけてアンニヱン〱
く今夜へどぞひ門か〳〵や錺がうでチン〳〵
チン〳〵隨分見んさんセチン〳〵もツく〳〵
と店屋の門只ひと店屋ぐ取ど〳〵
あけてふ膝彼殺を申すぞ〳〵

巻二 九ウ

むねんの金

松方の御人をつれて御吝まりぶとくとれの
しみ目録立長町七丁目名乗り近慮り六
小の方うら新ちん呼ーていろさせたのこう
まとこてかどもせ来てヤレく系さんから
ねさ盛のお客が夕酒のお汲捺ってふ
帰てこいと急の仗サクちあるとかこくのり
ひとされをむり申たに引ろふ客ちさるおどろさ
ろていてみもなとぬ盖て悠ふ玄るるーて乱ボい

巻二 十オ

そうあり連も切ってたりふとのあろでも新へや
老る〇まてるそもう辛御八譜光ましと思今てもふ
十あう金きゝれが一くまと人のなう私の方ヘと
ます何か分できゃー色人市出るゆりますと
ぬして連海かうと妨かつとに何せ
やせふあんをのけていい坐て
六十あの金と面せねでーい記てら
知れいむ来ぞむねんやらあーりやそでろんぐるん
でろとあーいにひ付きまょうきーい時の神たれ

巻二 十ウ

そ代っするのむうんのうねをついておのれ乳庵され
で夢う四用す棒をかねとなさへかけふとせふ
まつくいふとでふむさす雨いむうんのう子今夜う夢
みなうてるーたんけうの\くお辛ーなひむうんのうねの
くねんーー瞼よ麻をちりする菴根のようあう
あう小玉の投く\こくらく言ふ三叶ちよみずひう験
三を目尖いうれうろくやけれとそ防あぐーテりえんの
ぬおれうたへ三十あいれ全てうるるーぞやふれふ
けらどをひいてええれを蜜指ひうりくんぶあっ

見返し　白

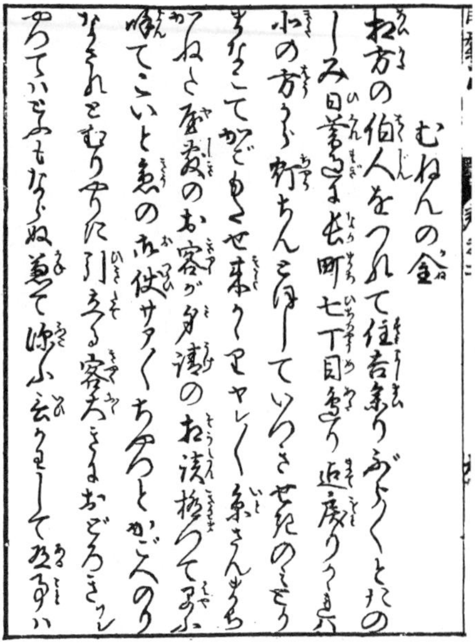

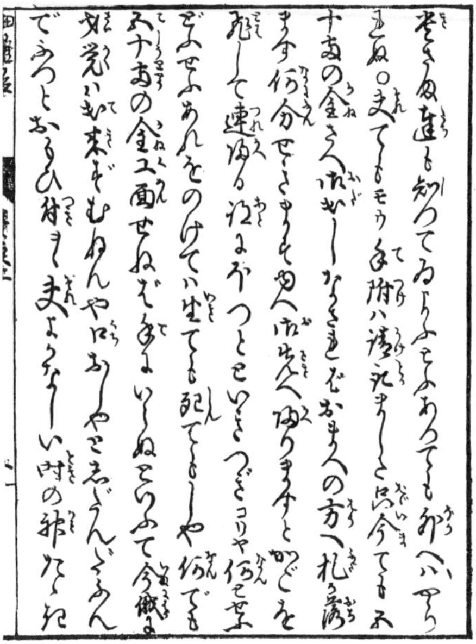

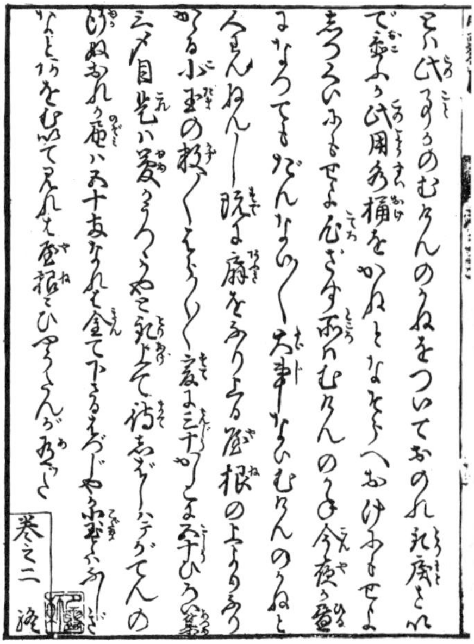

曲雑話巻の三

埃たゝき

町々を渡り語りてすゞ鏡をと異名
を記る旅人友のぼう上町邑を渡り語
をもひあるさそびきてさすが旅人の気
さんじ京橋の諸よころりとこけて高いびき
おーしが鉄砲のけいこ場よりひゞき多
ぽん雲も旅人いむつくとおきあがらーぎ
今打てろぽうつ筒よ妻あつてゆふよ妻は

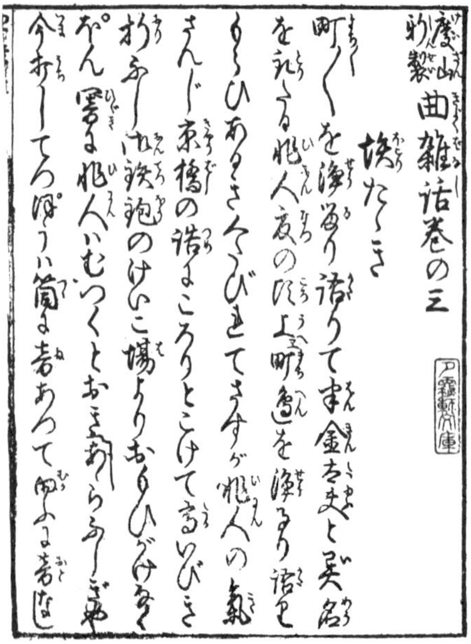

巻三　三ウ

巻三　四オ

来年はどふぞ此地をゆるしまゆせふと涙ながらにて
かんにん仕まいせ兄や此子がんかふおん出
ましてやされや○息子は一心ふらん淨るり
まころて耳へも入まず白太夫は其なんしも
おく菅相丞の此牧おてらひ○サアくおかつとお
かりましてたりひの○ヲツトがてんとおがんしふ
火を付門口へ持かれは婆も方へ持ずつまんぱ
て送りもなむなふぶく息子火たさながら
又年十年かくまふと泣なむあみだぶく

巻三　四ウ

かなふずく死出の山○なむあみだぶく
三途の川の川ばさて子く子ここ待ておそ御さん
せと泣アヽわく待ずとすつと此場ら拾や
尾張落
岩国屋菊六といふ親仁扇屋尾上太夫に打込
場詰よしして夜毎く夜へおかつてく
ふりつめられがよいさあ母川ですくさとふし
何とうして此む孫んをまふさんとさんぐ心
をつくしくく今宵こそ川よつて去ぬ

巻三　五オ

せてあらいんとたくみすましているよの刻限に住吉屋へのり込でいらしは遠路でおつりや岩藤大臣の御蔭しやちやらと太夫さまへいはさつしやりせさぞれ待うけとなやしまる岩藤今宵一揃者丸へ扱の所は太夫もぞんやう事のうね拍子よ見へる何でも今夜は見つきりと太きさして太夫を引立おりしろふ邪しむ積りじやげいとも思ひ天神も児又ひさき藝者たちも集めてこいと大尽岩藤が万端のごとくてぬして待居

巻三　五ウ

程なく太夫を始め天神けい子追々まあつまりひき立るおどりさわげ太夫は寸きまぬ顔付よ岩藤今こそとゆすり者何と太夫うらぬ顔じやの所岩藤は兎より君のきげんを取ふとてこさなふ心労いたしさつまふくかつ人若党ながらさ一ッのんでゐましを○コレ吉原おうさまんで上ましや○イヤく君に親まぬ太夫毎夜毎よので見る太ぶん気が入さちとのんでおられふとひざのよに足なげおせぶおしのけてまつは

巻三　六オ

あんまのけいこはいたしませぬ○そもあらしまやコレ尾上どのや尾上殿へこなさんの親ごは大名で名すか又れ公家でごんすかサ何というた大名でごあ御を兎てござる名は何といひますぞ○そんななることいひんしませぬ○そあらしけまひらもや大名高家の姫をけいせいに売まい町人ではる中ぐ上の姫を売女にする者はありひ太てかあんまのかどうきが芸女が鉢坊主が穴な者の姫ではなひ夫は何じやあんまのけいこが出来ぬやまおきやが

巻三　六ウ

まで大ぶんの金銀つひやして未しらぬる所岩藤何が不足ですゐのじやその全盛が所おいてもゝは大きなを出いて下されややや所岩藤はお金持てお大臣金のいひふで自由よする此月中は尾上が揚詰又あすのばんに来ていぢつてみんよふなおりふて待て居よと仰いあとは尾上をおしこめしておし置る尾上を泣をおし兄可く〜しぶ一ぞうふしつづつ気もうく計ふなりさし居るあゐその

巻三　七オ

巻三　七ウ

巻三　八オ

女房衆が立寄てコレ〳〵中尾上さんあのふく
てうしハおひめさまの氣像ハつよふてふれぞんじ
おもてえへおん戻程なれどいかゞそのくせじやと思召
かならずお気よさへらぬずとまづ〳〵一ツおあがりと
すゝめ立られさうさを孔上なぐふさしうむ
きりんおごくとが廣い世界ハ又も一人りとすく
ない祝仁ならでう猿て志まぬがあすハ又来て
いちりとそれ。こしやぶかふそいなをふぐ志らんを
ておくれんひな中居が待なまれこしがよいわすとて

巻三　八ウ

見付て云へバあの客のくせとしてながひざ
をふる事すあれハびんなぐりゆぶりとあるよ
是をなをよして打く人す仕居ハ有ますか。
ヲヽ成程〳〵夫ハよしよろしてあるぞあなた
うちましてあすのばんに敵討首尾よふあん
りふさけあへと志めし合せて明る日を待つる
なく又ようく日ころもの別後岩藤太臣来ると
云侍史雲介が娘を呼でこひと例の悪者をまた
も今宵ねしめぐへしせんと工ミすまして機

巻三　九オ

嫌よふあだじめうし居すづ紀合ぞかどうさの娘子
夜おいさぞれ抜乏てござりませぬ○何の事は
段つさこさうし・と思ふておくもりやこそあく屋
のないあ身のお詞おろそかなれどんしませぬ
喜さぶさうし・と思ふておくもるがおまえの
ことも姿んてよなしにふぞく○ヨ何なりと
承知ふす、お親作らん○アノおまへいかでも膝を
申ずりなさるがあれは何の為でござんす○ハア
あれいの世さなのおやのまねじや

巻三　九ウ

樽手挑屋

端唄のけいこまころて毎日〳〵通ひ忘れぬ稽
古屋をたぶ三味の手品して中書よ一ッや二ッや三ッや
ろッろッ橋ろもしろッ辻をと我を忘れてうろふて夜
る明遠ひよ部をながめてあろしぎ月夜よ影が見い
と以ぞ○ふり出でてさめも忘らふころてあるそふな

大身鐘

浄瑠よ志ふころて名ひ事をむりよ、かすかし
毎晩〳〵夜のふける迄任あもの平管原の三段め

巻三　十オ

懐ゆうやめうりがなうや百屋ん楼思ふて見てもなん
ぽうゑも上手よ時りまよひ折ふし下役が門ロさん
〳〵とたいいて火の元御用心

巻之三　終

巻三　十ウ

見返し　白

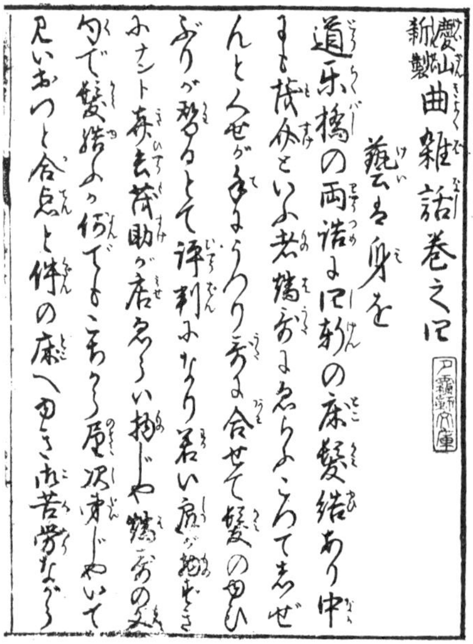
慶山新製曲雑話巻之四

藝は身を

道楽橋の両詰に二軒の床髪結あり中

巻四　一オ

見返し　白

一ツ御酌(おしやく)じやハイ/\何(なん)ぞ御望(おのぞみ)がござりまするイヤ
く何(なん)も御望(のぞみ)はないがなんぞ面白(おもしろ)そふなもので
出してくんせハイ心得(こゝろへ)ましたと盤(うつ)をとき○いろ
ぞや和田(わだ)の大よせは志ゆへしげやかり回向(えかう)を
みぢんまなうして二王立(にわうだち)ハイよふござりますまげを
まね立(だて)まごりいあくぬ是(これ)はごまいふ文句(もんく)でごん
すハイぬらん曽我(そが)五郎(ごらう)まげてござります(なるほど)
是(これ)はおもしろいと悦(よろこ)んで元(もと)の友達(しようぢう)小コリヤ見(み)い
五郎(ごらう)まげじや何(なん)と思(おも)ふ○ヲツトお手(て)もいて見

巻四　一ウ

よふとずつとそいり一ツ眼(ひとつめのまく)やさんまうしいあんま
出ごろいのはいまじやおとまうしうれ出して下(く)んせ皂(てう)ま
しると櫓(やぐら)乞坂田藤十郎(さかたとうじうらう)杉山勘左衛門(すぎやまかんさゑもん)扱は玉川(たまがは)
まで太夫(ゑんぞ)ハイよふござりますよ高(たか)づとふ丸(まる)見けコリヤ
どふいふ柏(かしわ)じやハイ是(これ)は當世(たうせい)出しふう今様(いまやう)
金五郎(きんごろう)まげが継(つぐ)上手(じやうず)じやと悦(よろこ)び又友達(またともだち)まよ
来(き)ちゆうすればお手もいて見(み)ると急(いそ)いで走(はし)り
ごふで一ツしておそれ折(おり)ふし朋輩(ほうばい)あつまつて勢(そろ)う
小すけが居合(いあはせ)只今(たゞいま)ちと用(よう)があつていなれましたが

巻四　二オ

大事(だいじ)なくばまくしいてしませふか○おお…を
出方(うぢ)でお出(で)げまる人はハイまうさけいこでござりまする
れし随分(ずいぶん)いつしませふとんまばれくらうなぞう
と乳(ろ)く里雲(みき)まうけそしかすとふおどりおとりび
きひをてかもまうい抱(かゝ)へ志づがふせやの月(つき)を見(み)んよ
手(うち)ま性根(しやうね)をいれて手(て)はおるすにまう耳(みゝ)のさるこ
まげをつけてハイよふござります○コリヤどふじや
耳(みゝ)のまふまげが有(ある)何(なん)の事(こと)じやハイ是(これ)て始(はじ)めう
お小波(こなみ)ゆまうすなんのけいこでござります○何(なん)だふ

巻四　二ウ

けいこじやといふてもあんまりあたらしい
事(こと)じやぞふでも先(さき)さまは御まくじや枘(ぬ)○ね
うふね顔(かほ)でひでなく

両面鏡(りやうめんかゞみ)

扱(そも/\)娘(むすめ)分(ぶん)の居(ゐ)右(みぎ)の面(おもて)まで見(み)らふそうがまずおまえ
むろひの姿(すがた)…一面(ひとおもて)りではわかりぬこ工夫(くふう)しておよ
嬉(そ)ろ方(かた)ではいかぬところちは鏡(きやう)太夫(たゆう)て仕似(しに)せて見(み)せ
るとお手(て)訳(わけ)かんぜんおもせはサアおつゝ出(いだ)しく姿(すがた)が
居(ゐ)は御手(おて)の行(ぎやう)ですればこゝろいは苦(く)やうぞよふふと

巻四　三オ

巻四　三ウ

巻四　四オ

其もく〳〵と話ひに来る仇苦労なれど一ツ忠臣
蔵の道行でやつておくれ女房へそつとそり上
母のおりひは山科のむこの力弥をもちふみて住
家へおして嫁入は世にあるならしの義理を立
これもつまも家抱もやめて親子の二人づれ
都のハイらふございますとげをてる通ひにやす道連
まいらせてならコレハどふいふ気で忠臣蔵じや○
あの道行は鎌倉から東登りの道中でござりますも
右のびんからが東海道左りのびんからが中仙道まで

巻四　四ウ

中のとげがふじ山のうちでござりますするなれど
又ずじやと友達に見せて笑左夫の方が上手
じやヲットおれもいこふとのまゝんあげてふぞ杉
ますハイなんでいゝしませふ○なんぞ花する
抱でやつておくれ妹背山の道行はどふでござり
ませふ○よろ〳〵まじふんそりこんでやつておくれ
しこまつたと高調子みなざんの言よいこのご利
のおごいこんぜいと志めてかさめそぞとぞう女
ていらんあつけがさらふおりふてゐ見やしやんせ

巻四　五オ

女中さんハイらふござりますびんをたゝく
ときながらうしろをそり下げ本田にゆひますよ
てゐるコレハどふして妹脊山じやハイまへかた
見るとお公家さまらしうらしく見えると俏さ敷
じや

お富の艶物

サアむかしがたりの床ハ猶おふ座敷やでござりまする
づまにあへこちらがくの容もみな向ひがたへ行桁よ
なり是でハつまりませぬと仏楽して志つよせん同じ

巻四　五ウ

所でハいかぬところちハ宮園で見川て見ようふそか
んだん出すとヤアこいつハ又めづらしいとするとは
いり室で一ツおろしておくさまへまいりましたか何がよふご
ざりませふみな千本幟の梅川の名ござりの桂川の
なんなりとお望なされハアかつら川がよかろふ
ハヨット合点とせさまえひ是ハつ川らの川をあげま
浮名を流にうつくのあまとこそへ的伝法客の
おそんを脊あまる長右衛門顔でそくまねなつく枕一
時あどかくつてやうく猪志ないハイよふござりますす

巻四　六オ

これが世にいふ桂川長右衛門風でござりますお客
がいまをなでゝ是ハ般若労と三十郎ばかり捗ふても
るをがりくこれハちつと銭がなりませぬ○なぜね
どこでも金ハ極川で有繰芸でも在所でも三
十郎文ででゐてもらふがハイ此いそれでも此方
ハ百文ででござりますぞ三十郎文でハどふをもれ
ませぬ是ハ又かまはりさまらぬあかねといふぞふ
しく物じやハイらふおかみてございじよせ今の
日でやうく三ツなつてお来ませぬ

巻四　六ウ

仕形噺

三絃の床伴の身ぶり色〳〵な仕方をつけ
てそろずる事へ一絃のところでどんと容にこ
ぼあくてなくてもよろしく工夫をこらしと
ふぞ仕組いなりのすりとうたがんをめぐらし
あるく芸や浄るりよりこれらちハ強を出
て由まい川でるそ又此方ハひんがいる事へよふ
且那店が来るて有ふとおもひ付御番組の
かんだん出せハ初日より仁さらしれ新又へハ小

巻四　七オ

巻四　七ウ

巻四　八オ

たゝずみなるは此座へあん内申はあまり頭が
凡若しくは褄にて此若労ならば此手をのさ
まやと思ひは〇いざまづ是へ此ひゆへ拙僧ハ
何が此所にてござりますなされば何ぞ御座
拙がようらふひハイ〳〵左様なら粉微の兼平
ゝ縫がよゝらふひ承知いふしくと髪をとさどき
むらしひ麦まそ所生ゐの石だんに上り御の札
を取出し客のりがことひ申ひし私ハツハツ摑
上ふ押立帰んとするをハツハツハツうしろより

巻四　八ウ

かぶとのしころをつかんで引上られてアゝさむ柏
子ふたふさつかんで引上れど客は手を上げてヒヤ
ヒヤア

弁りくざ

松屋町筋松山町に松本屋松右衛門といふ名代
着及此書おるの生とく松すきにて法木の枝に松
袖目出すは木はなひ手歳をたもつ名木さま松を
毛して家業のふちんに余木を一本もちいへす松
一丈に作り立らんまのあり袖屏風襖つひとその

巻四　九オ

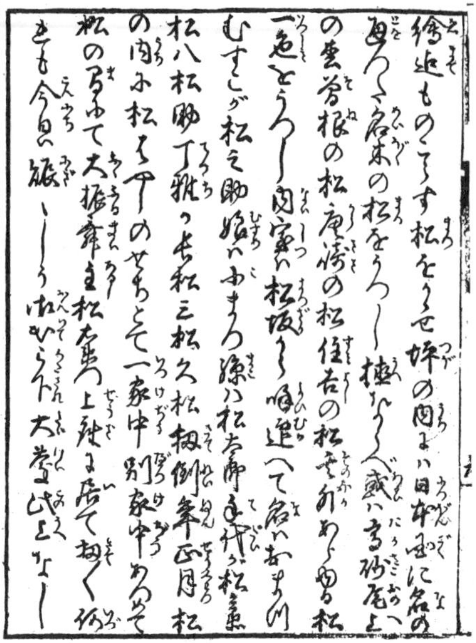

巻四　九ウ

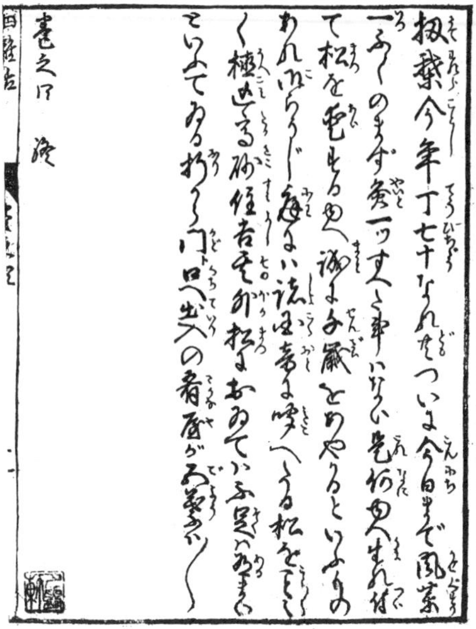

巻四　見返し十オ

見返し　白

曲輪渕

おとで咄

らうや給羽織一つ買てみと呂ふひとりいきふくい老ちよと庵摩のおすて来てぬ○ヨうして又ろふと二人連て古手屋なでしくしやう○板首で京奥の羽織買てすぐ着るのふる袖色ーあうれなふふ○き神兄与して何と一に似合ふ見て下され○き似合くかうふひんかうふひろくをふーく霜さんと紙治

（巻五　一オ）

といふ風じや○何をきよくーとやんまのふいてくれ○イヤうそじやすいそんと紙治岡やとあぐれちとのりぐきそ天滴み年らうちもやる神兄ぢーぬかミ夜と堀町ろてろて思め遠ひよみうくるてを○何をぬうすのじやいかうやせ旅玉今くてかるのーやらも呆太鈍治りー世を帰きる浪人の大小ミすがつ

（巻五　一ウ）

（巻五　二オ）

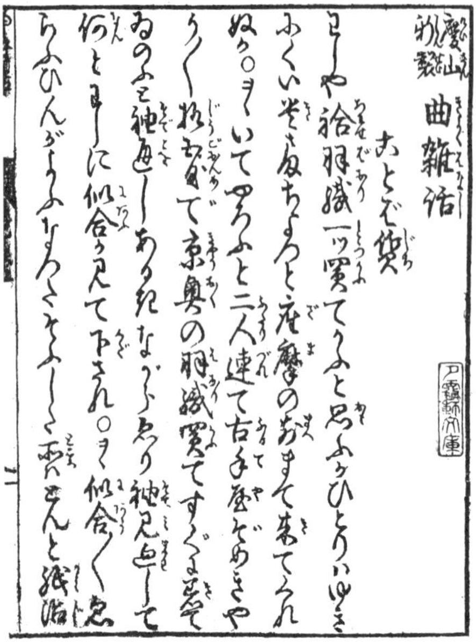

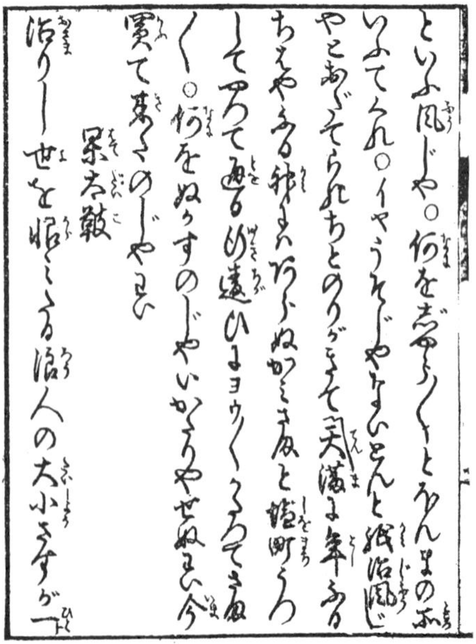

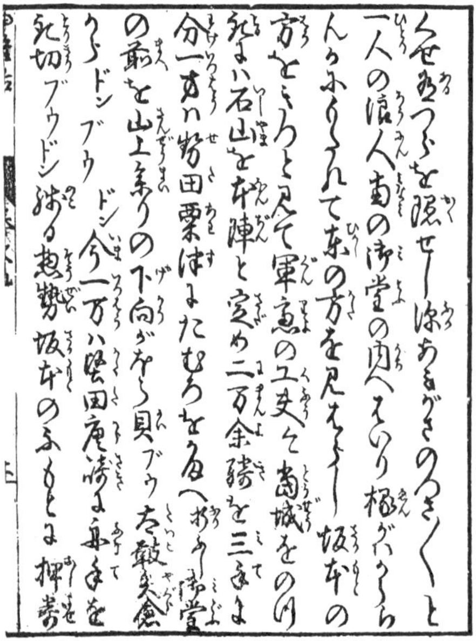

巻五　二ウ

巻五　三オ

ブウトン飛るとあをむいて見れバ土手一面に
さつさの花ざかりハア見事〳〵げに正しく明智
光秀が愛宕山の発句に時ハ今といふ〳〵そ
ぐふゐる浅さ友が今なるのハ八ツでござります

藪仙人物語

梶原玄宅といふ療治しゐるしや病家へ見舞
様衛を見て是ハ余程の大病じや保肝痃が
出る病なれバ格別命に気遣ひハ及ぶまいこれ
までどれぞに見せさつしやれたるハイ左様でござ

巻五　三ウ

ります先達るかれこれと見てもらひまし
たれどもとんとそのしるしハござりませぬ○
何として此病ハ中〳〵一通りでハゆかぬ又数
湯などハあびせても急にハ出るまい○左様
でござりますが是ハ古葉もなんと下さりまし
たれどもどふかこふかわが見へませぬそれ見へ先日
から私方こんゐの法印さんにおねかいて加持を
致してもらふておりますれど是もいまだ何の
げんも見へませぬ○ハテ拙者ハおろかなせんさく

巻五　四オ

加持やきとうで此病ハなをる物ならバ世界
にゐしやハいりませぬこな物のする事
なんなるすに迷はぬがよいそれハなんなまひ
をつえゆつて世界の人を大きにまどハす品
盗人同然じやとそしつてゐる次の間へ山伏
毛知院聞耳立たまりかねてつか／＼とうけ
入イヤ是おゐしや殿そちハ当家の執事じやう
技も毛知院と申者じやが先刻からあまりな
て聞ていればあぢな事を作らるゝ加持きと

巻五　四ウ

う技すぐ物れじやの盗人のと有く　の
悪口を沢山いふ何で盗人じや○イヤあなたこ
そ云るに作られな手沢山さふ何と指南ふ
出る病ひが加持きとうて直る法がござるか○そ
あれバこそよろ方ふも法ある法山へ御ざとるが
ありてハないか○イヤ夫ハ病による所ハつき物の
ありふ外入来の病なれバ加持きとうでのく
事も有ふが五臓から持して出る病きとう
で治る理がないを臓ハ此方の臓術でなけ

巻五　五オ

直らぬ定めて其元も聞及んでござらふ当
当表小のたどやの隠居大病で十死の人の
ゐしやが手をすなりして治て我らが臓
一本てかんぷくさせたハたれさぬ我ハないか○
ハテさうや一ツ咄不ぞじや夫ハいかれの病でご
んす○志かも其表家ハ陸月の末つかた江方
の病ひハさひあらそ有りを見出すかの
大病うちぐ／＼する乃子気つある家中の気も
乱んだ云すさするもなく往う月中ひを

巻五　五ウ

五六日ん歯を食志ばれでいくぜんと手ま
いせゆざりてつめかけてかゝる病ひをなを
さずいつか布中ませをあつハさんと我家は傳
はりし神傳といふ名臓羽織ぬぎ捨ひらり
と元当りの胸先を一臓ますしおろせバつい
て治へゐしや一臓するが治か驚るつゞせまし
る六尺者ハさん／＼誰なるふんとあり然れ
ど佐々木の黄鈎赤髭流昇ハおとうぬ本
の臓術ゐしやおみんで何とく／＼とまざ

巻五　六オ

巻五　六ウ

いす。○イヤコレあゝしやどの先まで御出なさふ
ならふ先ふ先が旦那じーのめんりん自分
ふゑふくろうゑふゆうのよしミ毛斬院
つて吐をとりうけ家来が怒るゐて旦那さ馬
の吉名嘩ー撲合うちこゐるぞとたまる
すこゑていさーやょうせ○ヤアゐーやらーん
やふ撲あられいろろねん今のあとふてあろ
佐々木い撲の切れの者身ふ志をて赤を
さ底つい佐々木に入りませろ○イヤンく

巻五　七オ

何の旦那が引けありんちーぬ
すいまふ撲へ行の撲ふらが
足でぶんふき子ゑ入撒六府をりやませー
よとんちの旦那玄宅底孤をすつてもぬ
ろひ大骨小骨つきさぞーくなされぞで
ござります○ナく家来が入す遠ひふ撲
いゝ忽ち退あろー佐々木に登るー茶ハ一時け
おそろくり○ヱ啞ゆゆけけいなされぬ懐に
やくま啞てさしあしく怪べぞ
毛智院

巻五　八オ

巻五　七ウ

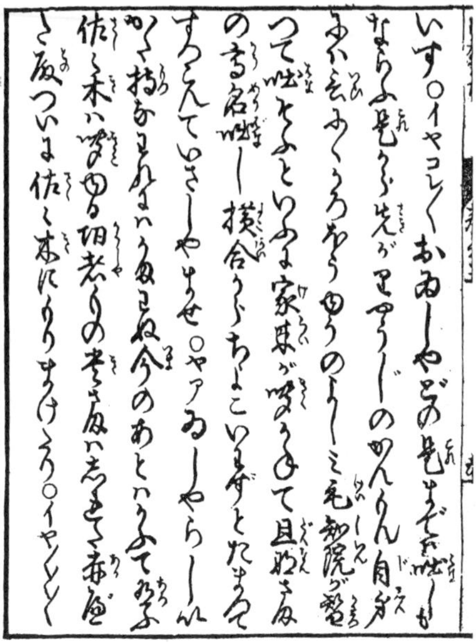

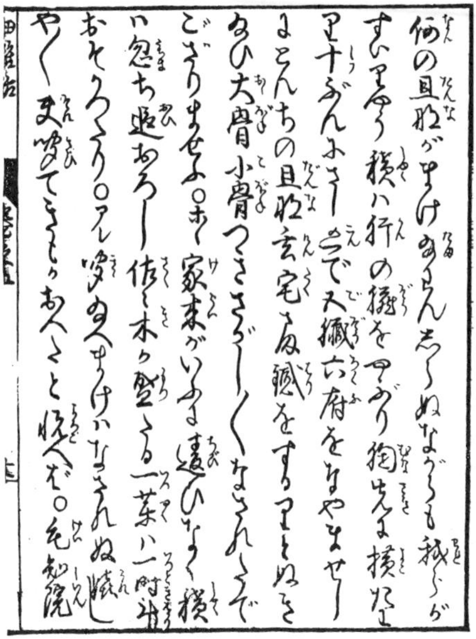

巻五 八ウ

どでんをおろいて義佐ぐ木よひろりやう一人
老職がいづれてかくいたつてけがをするこ
者をうけてみふかのオニ､くつくよく
もろくまろくむつとなの右のもりをはやく
しらとくなりたく○フレノハーうくはり
をつれさりよこあくをうごすよぬいそうな
もらしろうとだくめるくまひるろとくが
うろりちくをひするろと佐くを木が

巻五 九オ

そ気付ると~やの天上件の功能
の一流仕くたの志飽赤覚内方の典薬なり
と噸ろろ何とミがんも違ひかんするひが
否ぶゝりふきてえいれとでも光友ゐゆんす
のれ令く柁つ 柳までひねろてみてもみくれ
んれな一会人の悪口と哺そろりて泳るく
た会たは今日本よ比方の流希の歳るつ
ふ者婆流のむやうじする妻いあきれ人の
病の玉不そくと兄定めあて数して茎てゐ

巻五 九ウ

選運中にかくえくろて度ぐろくそる

巻五 十オ

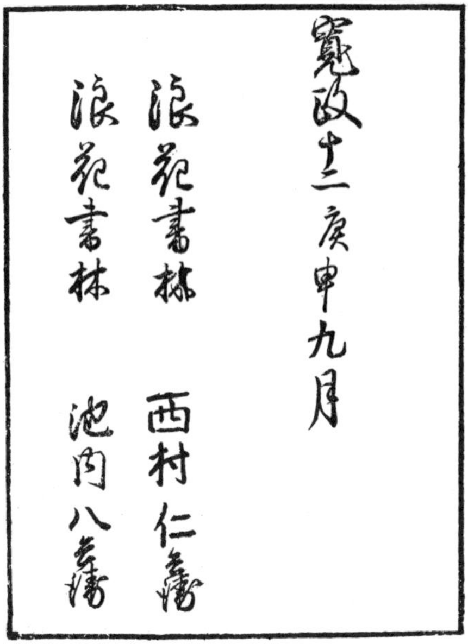

寛政十二庚申九月

浪花書林　西村仁兵衛

浪花書林　池内八兵衛

巻五　見返し十一オ

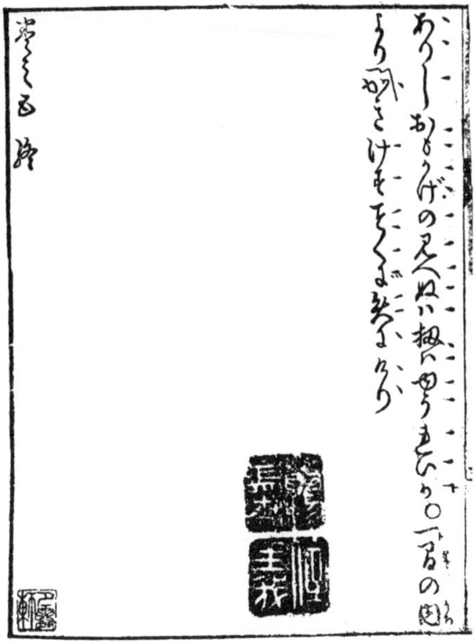

巻五　十ウ

19 『新撰勧進話』　享和二年

表紙なし

見返し　白

新撰勧進話序
能々勧色能あ乗角鯒小勧進
角鯒あ々當り御寺を雖慶也
而已小殿汚予も此頃枝試諸國小
曲第く笑話々勧進に取れ能也
角鯒乃勧色を々評判ものゝ利を
と独尺御寺の勧進中を御堂を遣し

巻一　序一オ

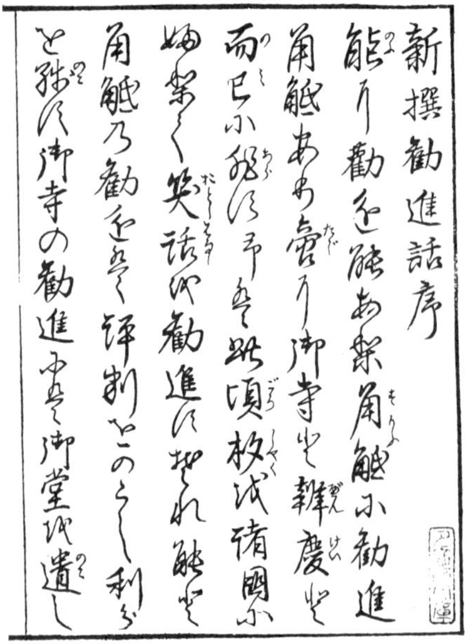

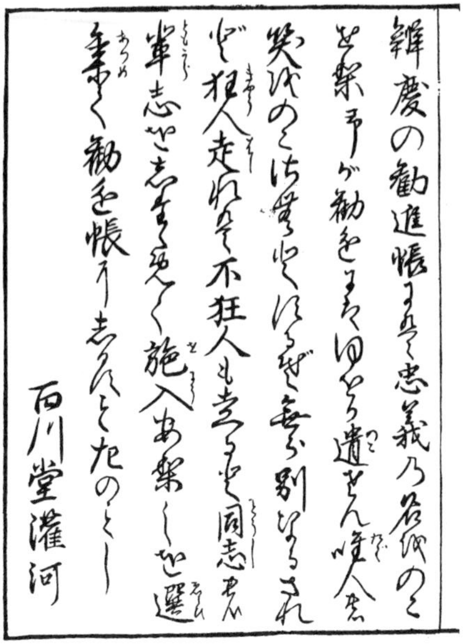

石川堂灌河

巻一　序一ウ

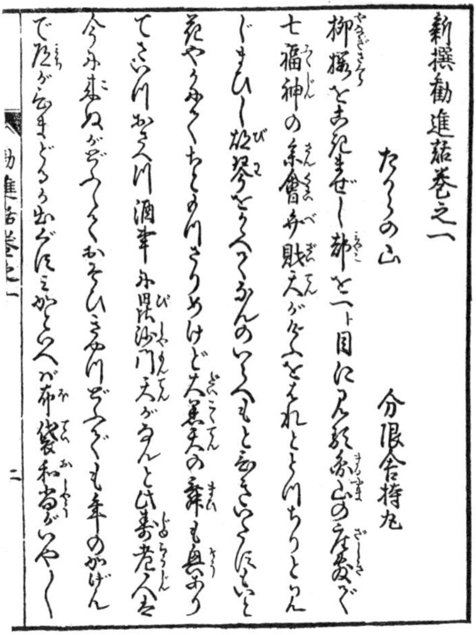

新撰勧進話巻之一

分限舎持丸

巻一　二オ

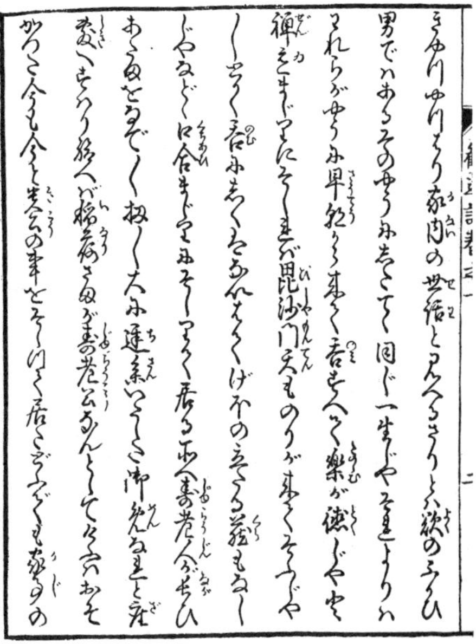

巻一　二ウ

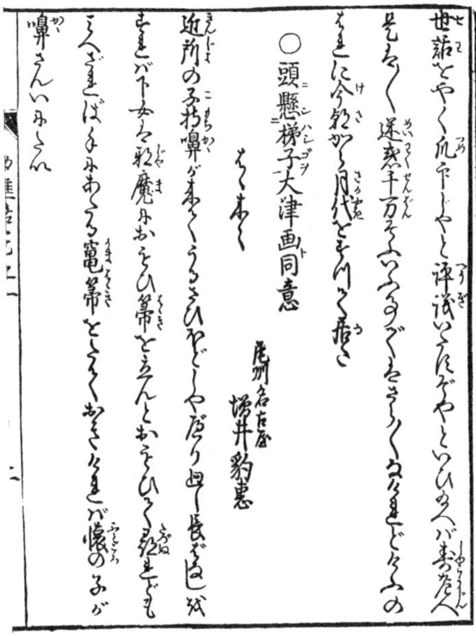

○頭懸梯子大津画同意

巻一　三オ

○帯助効勝附子人参

乞𢅤御覧

洛東　淀吉

旦那様方御ぞんじの通りのとふり薬とゆふては何にもなりませぬ、ある旦那様がたの此お手に一ツ橋二丁目の人参さんまうやさおく此出さくる馬うろト此よみるさまさ無りぐあぐらませぬ、それもまへくからた様でもござりませぬ、以前の薬種の沼山に霜ゐくらく居りましたど追て弟子ると宿這入させまれ、身付くる付く出しスるかへちよ川がしくいそのま〳〵ある盗人にとられかけにとられ袖やあれまセ

巻一　三ウ

いくら薬種元手薬にあつかまく〳〵おぞうずれ、あし此ある人の淀が家に作る手する黄金ぞくるうハが鶴の世まの中へぬかづく、ござりまれ、それぞやある旦那さま是非の内に御ゆうるされ、種べ御内の首尾がるとくおぞうまれまでとらく御相かさに契りふく御かく𛀙さまセませぬ、ゆへ御連中の御かくしく、おまの毎にあがめまくとゆへそれめが一生の智恵をふるひ、旦那の次れ間にコツカコウと鶴のそのまへとつて生れば、旦那さま秋が明くらしとあつくるさまにて、旅ぐ御好ゆるさま、ましてゆへ御連中もこの御慶祝まさしまして又ある肉な様

巻一　四オ

巻一　四ウ

巻一　五オ

の御客がおざりまして御相方御心配の様子ゆへまた私
あなたの仰ぐころうに在しち座右に来りまして コツカコウと鶏
のなくまでしまいど思ひをさまるまでなくなく出かけやしても
おさまらぬゆへ御相方がやしもう秋が明ますれどうる
御かへりなさりませんからそうてしておざりましたれバ是が
ナニヲまだ憐の客を淀君とよんで遊んで居る

○孟嘗君与淀君智何分
張陽変化　半海道人

先斗町辺ニ阿蘭陀流の名医ありて水灸といふその法

巻一　五ウ

さんれいの沙汰灸でしひの男聞付て早速かしこにゆき
水灸とたのみまいバ医師とくと容体を見てそのさま方
なぞのやうに肥満の体ゆへ灸をさへ程バ治して中風ニ成
ませ陰分皆出てしまへさりしやましゆひて猫子猫のやう
なるそのともりて灸完へおてなしなさうでござりやう
しかしよい案ぢて所て灸治をなり 医 ふおるどふじや
客 いやもうゞくもえねむよひものぞといちがふさそのくお
ざりすれ 医 ふようござるろちて肥満のかてご久しいる
そぞ困りておざらう療治をまんざらでへ出で川とみ

巻一　六オ

さりしやまし
○水灸視川則漆灸視樹大手　洛東　アカ
とちおち
ちんでの下女がやこ奥さんアノ足の三里とやまればあれハ
何ぞうの三里でおざりまれ 奥 さまがあゝおなかの線を
五臓のくあふとうじやげる大ふくお臍りの三里でありうかい
下女 それでもえ三里より手前にふしがおざりまするに依て
合点がさんじませぬ 奥 あまりたんと数のふしじやあろ
○須弥入掌中禅意令富嶽在腰下是諂

巻一　六ウ

花ちるあらし　勢州桐津 萬化
ざいごうより江戸の御屋鋪へ娘をあげ奉公にだしておく親仁
がるたびたび御屋敷の勝手口うろ御たのみ申まれ私も
はやめが親でおざりまれちよつと御逢し下さまと願へば
茶の間が次にあまりくしうく出て来る娘の顔を見ますれば
目も泣たらし愁傷の体に親仁もびつくりおお驚きさえし
ぶりて案じにましにその目もふへ何じやまふが勤めてひる主
ホかふしいる イヽエそんなあまりちやおざんせんをまで此る離脚
さんか乳ふあまりさゆへ奥さんをおもやめまして もらりそかる

巻一　七オ

ひもじきおもひのふとつとやら睡とぞふく親仁をおくりて
それにつけてもや雛助拵へ浄にこみ一もんどもやる
しに御世渡揃ごもあるよ

○質朴郷里情漂氣華地情文質両能得其趣
顔の紅葉
尾品名古屋
備駄光

うつひ心く一と人ベイヤ丶そとうらひひの娘かゆきと付うれ
あの娘さとや一ひそのみらとろくむひうんぐみて
頼とあるく ゆるりとあさしひふ

あり〳〵とよろしく居さと門へき

それと下女がきらぬ靴るとく居るその波ぐ小
万物屋ふえたふつくる女中さんとがき
とう一歩せぷ下するやいつらもとなるしもやさしく
新とあみらく ヲホゝゝとろくが小間物屋ケイエタつくる
くもぐゐゝおぐみません

○娉婦效西施莊周意
法然通染
洛東
万右

利休下駄をちよろく氷上みかに裸足うの裾

(巻一 九ウ)

井瀬琉球芋から御功あるに風呂屋の上爨みそぎ浴びく
風呂の戸をあける達人バラゝかゞなか々南無阿弥陀
くご佛とくべりに居る人もおがみやうく南無阿
弥陀くる門に居る人がこゝへ南無阿弥陀くとく
まげんぐくる虫の人もあるまいやうく々ふくれけ
さゞめく風呂の中ぐ百万遍とさゞめきにあまねく念佛が
きゞらく々導師とおさのとやまれけるとさでも八畳敷がゃゝく々

(巻一 十オ)

ゞくへさまもせいヤく々力にむさるをとやまれけるます
らくく々それでも禮く々導師がうるもの

○釋尊祖師況後世凡夫
　八相の句　　　洛東花亭
　　　　　　　　　志矢

大の死藏ずるとうづくひ抜くめやをうくひをくも
んなくさこゑやく弟くも年生の欽くゞませけれ
我らあるのは客ざれにをきさてさせひきもろ
振かあるいぬねく淀なくこきへ記極のくまま店
くさいねく死くで堂も寺くろく死極のやくふくへ
（月がく）くーををこうぐサぐくーも綾み

(巻一 十ウ)

○臨終強欲多季功
　　求々渡　　　洞洋
　　　　　　　　萬化

盗人ござらがきまばくく今やをうぐぬゞものゝふ

(巻一 十一オ)

支婦は森びあびく歩い支婦　喧嘩と仕出　市字々の去
のさんのくさいぐくて汲みただくゞがんぐろうく洗碗
とうち散るく女房を呼のさうまく々のくやりくや耳
るさくご門と繍さんの庖丁くさくろくゞ死くに盗人を
さくろくに住へ歩くイヤさやく々あのかきが經を手のつゝ
のかみをくひいつき支婦がさろくくべあ方くに分くく
刈のあきつのちくゞねくろくんくろがばみくやろ
くゞをくろくろサくくくれもくろ方けくを女房くうーー

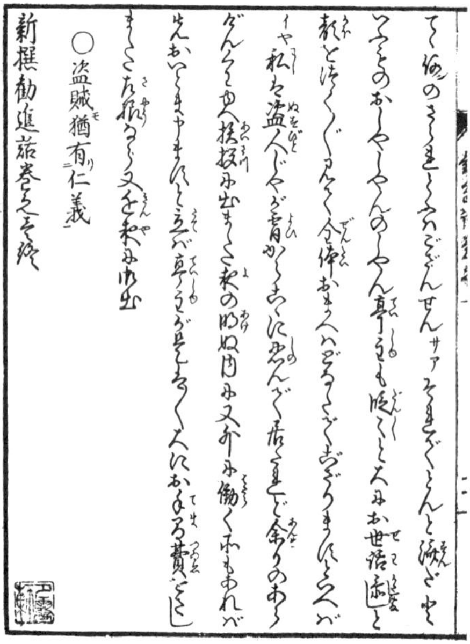
○盗賊猶有仁義

新撰勧進話巻之壱終

巻一　十一ウ

見返し　白

表紙なし

見返し　白

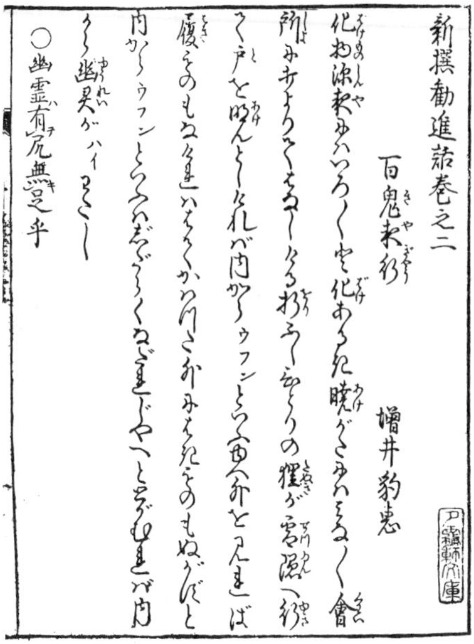

巻二　一オ

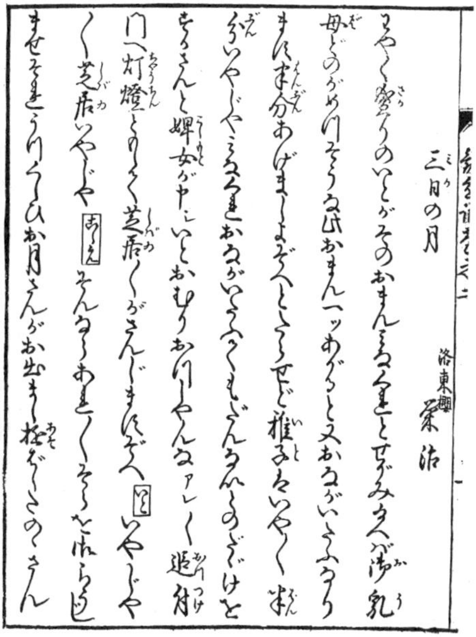

巻二　一ウ

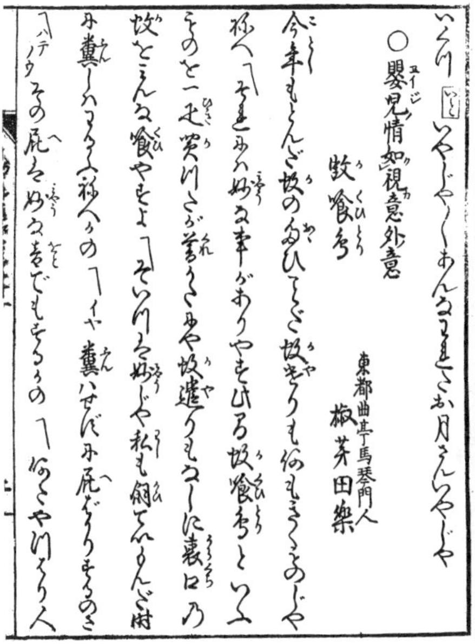

巻二　二オ

巻二　二ウ

巻二　三オ

の通りブウ引

○駝鳥喰火蚊喰喰蚊此話喰人ヲ

外道　東山佳栗

抱への女郎も桐山にわし店付茶屋の鼻が人の評判なる
亭主もよくおまし且外手の和尚にふしとたのむ度々
ある時鼻が手紙つよかくてくふうまし新しく亭主に
向ひアノおちの寺のぜくにつめいいけもせんくせる人とらん
のられとおろしおごらく人が亭主ハそをぞしろひなぞハテ
よういをまたしたげぬまがハテどくへのまへのしイアさうしやん

巻二　三ウ

せし煙管を吹く空とうきあくそうてハ邪見な手が
あるかしにぞんぶんうろき未来を裕がいしやまし今体なる
の上手が一通りと違ひ罪のある上手でおさまりひ事じや
おどしに余人よりハ邪く信心をよくなと和尚にわしやま
とぬうれ由へむけよしくなぜマよしが上手があさましふさぎ
るよふくバいやまげ人を嘆ろく苦界とさせ一秋なぞれの川
竹にうたつとめをさせその金を吹く今日をおくれるぐくらむ
川らしふねうしおけさるへぬうれおどしが上手がイアどくへじやひナ
ろくな上手が死人とされあんぐハ金をとらし

巻二　四オ

○可レ撃ニ横頬一賤樓貪婆

玉子こけ

伊勢　作者不知

ちよつとした料理屋が内を小ぎれいに子あつらひて是非
などゝも甚だきれいなるが大分にぎやかなる所、痼疵病が
おきたと聞て手速汁くれよといへばさされいづくいろいろ手付ひ
吞喰し居る内に亭主の出て来るところは鼻毛がけし
うしのべらくわかれと客を見病にさはりましてし
来るまでの内をたしか料理も工面もしてましんがよんき
その鼻毛をむしりてひなんのなみその中うにのべしくある

巻二　四ウ

ナらくへば亭主がイヤあつまして煮ぬきてむしると切られた入子に
○偲痼癖為ニ尖悦一
秋九郎
洛東　白う
念若にせまりてハ子を手にいれるもかしひし泣く小児をらぶ
ふるくとなる芥蔕場のかさかへ捨んとしてまへなるにやら
チヤランとちくらうぶなし宝まさまにさぐりてつかまへば鍋の
やうなるものがみにさはるさてハむかし唐土の郭巨ハ子代
さてんとしてし黄金の釜をほりしとてやまとも此子を捨ん
とするところにたれこそひろく黄金の鍋とまいりけるなりてん

巻二　五オ

と捨んとしるを子とりあげ鍋のふたもとにてでさくさくおゆか
みゆかりあらりにくよくしくつんまへば古鍋の底ぬけて、是程
時宜がてるうけさ
○為レ貪為レ鈍古語證ニ此話一
さいで曲
本海道人
人の子をちぢりかえしたハなしとてつまして茶にかつましれど
他人を喰ようにくおろの七ぐ日に念佛講中招きま
賤始　そうろく　客　さそく御馳走でござりますさ　主
イヤ時宜がしで何もいてませぬ　一人　イヤく　沢山結構で

巻二　五ウ

ござる此処ハ殊結構でござりてまへ名前して馳走ハ所
く念子そむきません　又一人　さりとて志さへてせば何ハなく
とも佛なりけりやつてしまくかる内子不孝く死い
しやりてかくし馳走するも世間子ハ多ひが何の益子なくぬ
名聞でござるてや　又一人　おりしやまへさかうしやまくめく
いきく右も喰もさせまし出来念佛じやてゝあんで紀でゆてを
何のやくにたゝぬの
○實是腹念佛
錢神論
伊勢　萬化

巻二　六オ

巻二　六ウ

巻二　七オ

あゝゆる残る于おゝく気急しのめやうらへやと酒盛
まへ稀ほ叩うゝ四文残と呼出たゆへ出ゆくこまとハ仙庄通宝
がうらめしそうに文新付く々うならへ于おゝく気会そふ
又が用べまるが紛争じやろうてしけるの廻文にものゝかく
たのしにつけるを此の新残じやてくそのやうにしやるると眼
四と四文残るを年のどくそうなつやくまふが新残じやて
友みせんとつて本ハうちまれど仲ケ間のそのがさくまる根ゆへ
わびしれ角があるとつひまん
○時有宗任智何得此恥」

巻二　七ウ

雪月花　　錦澤山人

雪のふるがうかまつ強ふえたをみいしある所の亭主人ゆ稀まて
雪を好まれ久るがある貝雪の隆くと降来るを見て大ゆ
悦ひ下女に酒のかんとさせて肴なども調へ呑ていろんゆく
ろ強ぬきるほどに雪ハ次第にふり積まべいよふ悦びうつ只く
出ゝるそみうとむき表へ出ゆくる窓とあゆら内へ入てゆ外へ
ゆくしものやくまゝぬ隆ぞくと悦でみてゐるなつりと見回り
当りなひ宇遠のでくうれしがゆ先久まる内の丁稚がきをとん
くゆ奥さんアノ旦那さんゆへあらのむくたる付のきませぬぞ

巻二　八オ

○貧者好樹呆僧好鳥好雪者六花棒

火あぶり　　百川堂居候

アノ叔父さん今秋よりハ大きな宮ハあまたいまだ書しやる
のじやへムシあまた弘法さまが書れしのじやムシ大きな字
とばかりかゝしやる　ヲヽあまたな大きなこし火打石と硯に
しても大きな細浪を墨のやうにして硯の海に消炭をたん
と入て墨をすつて其の墨でけちなもんだと云ふと海の炭に
大きな川をとつて松明で書ならべてさて筆て山へ登り
さうとかしやると出ないがどうしてもさせハムシそんなこと

今秋も弘法さまが書てさしやしやうがなあろ

○大師寝小便流濡鴨河

福神の懐子　　洛東迫
　　　　　　　アラウ

大黒さまの息子大のうれしさく一句をよんで親大黒さま
大にお叱りなされ桐箱の中へおちの息子をいれんと
すれ合ぬ秋のも置も茶屋へ流れてござるしくかゝる首
をまたびしぶしすさまがそまたハ大黒が往んまち米俵の上にのぼり
座へまいりてじやちと姫俵とうまくとりまひ

○雖福神偏房住未得寶趙ツ手

望の忍へし

ある旅人が町へ立まてくまのあたりを釈類因より
行くれたるにまのとのを風呂敷につゝんで婢女がとりつくまり
軽むしきくめの長でよとハイしとやれて色のまゝ姑のおへ
ありて往て下に座しるにヲヽまんど

○往昔重箱今時重箱事大違

ヶ様の絵　　石九

地獄の十王達おもりて評儀の席ゆへさて迎年おづれ
虎の皮の褌底にて獄卒どもの褌中にまで下を

牛馬の皮をまいしかども下卒ども偏ぐもて猿まできしさまを
ども鹿や兎の皮をもよみて枕とりおぞつまく虎の皮
あゝバ先用ひさし行かずよかりなんとおされ直バ十王達各
小首をかたぶけて紫をめぐらし一人のすゝまたなるへいさき
迎年皮の虫形も虫ゆへ十月も腐りしまぐしも用ひ牛頭
のつらの皮ろ

○虎ハ死止ハ皮幇間又如キ是乎

地獄のさた　　洛東
　　　　　　　千切屋

二代目の賑子ら配ぐもの恨み縁ゆ仏がされその賑子

巻二 十ウ

ゆく帝々の大洋刊三途川の渡場で今石あかるようで
出るやうをたけゆく三日も苦み眠るぶみるもの
大洋刊三年頭からちとっるん枕獄と極楽の
芝居師々を謝令をとふく大名の蓮もまぐむらむ
動くるをとうの事でてえ入るひ枕獄の方うへ勧めく
枕獄の芝居々眼々振るの好るおゞ門入るを治し
へ入大入参合の眼みうへて頭をのはとるだしへ鬼神多擁陪束
もん中の鬼の目もへ涙とうだしへ鬼神多擁陪束
も

巻二 見返し十一オ

○眠子ノ大眾鬼神此話生姜

々人あるとあぐくへて呆々入のきょあくさ入をあよつる言ー
小者痛きせどへ冬のやきりつへを起きものべへく門全庭（一
遠入くうへむ俳かひくら蓮中の鬼が五六人ムんなしヶ柳
子棒もとつけくもんくむんもくひさ

新撰勧進旅巻之二終

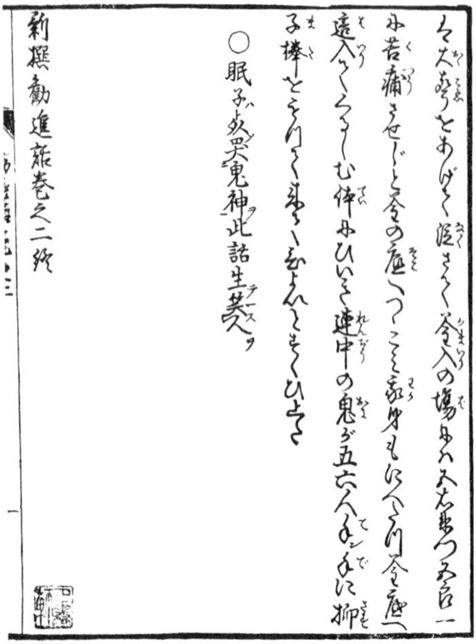

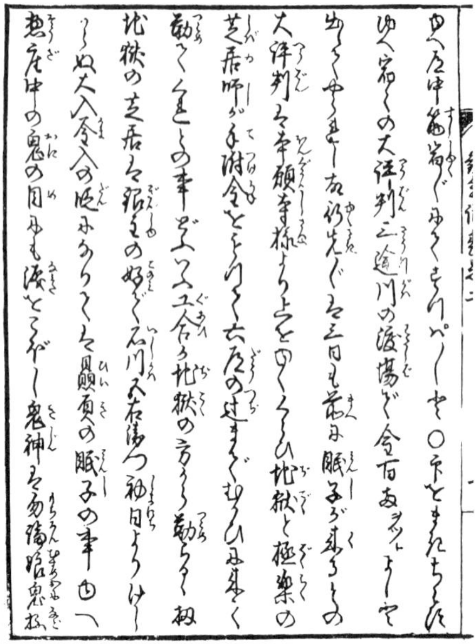

見返し　白

巻三 一オ

新撰勧進話巻之三

耳新く鼻

東海道人

るぐひも新らしき旅する男友だちに人多か/\すれバそのうち誹諧好のもの床の一軸と月ばりが鞆の一ツ花のよふ成ものにも浅草のもうるくろんはいせんあんだ入てあくろと/\ゑいとあひがきへさかくに人きもあらぬひやうげの　一軸を／\とはもとへまいそろ／\と江戸より持来る上よく／\きいて見れば扇の客あくろの男何ぞ仏達寝もやけつとゞのいるよこな奥く御ごふらん

巻三 一ウ

○当世高慢家昔此輩人評者又此輩人

御国ぶり　梅東升柳

あらたなめの品神ハ神の演釈と聞もんぐならば佛法流ちなりぞや年坐りて妻要もあかりて二年の祝ひに伊勢天照皇大神宮二年の祝ハ三王権現とをくし下男ハあの妻要とたきだすといふさて妻要ハ祝儀のもの
さて／\御国のふうぞくハこめも

巻三 二オ

さでに／\に三権現でいのへあるうちもしんらの中ぞよ／\所の祝儀その中ちらく／\一口にいひぬれば／\御国の係勢の大神一に神ハあとよりく／\不調法を詰り／\文敦外の宝殿外の御神ぞ二年の祝ハ丹生の御神三年の祝ハ己巳の所神に年の祝ハ白髭明神とまち付ヶ皆その外さげん神酒づくり／\の○フふり入り／\そろ／\／\そろかるの妻要の悦びたき出せ妹そ／\／\／\ぞむ妻要を偏魔よふ／\／\／\ぞみ

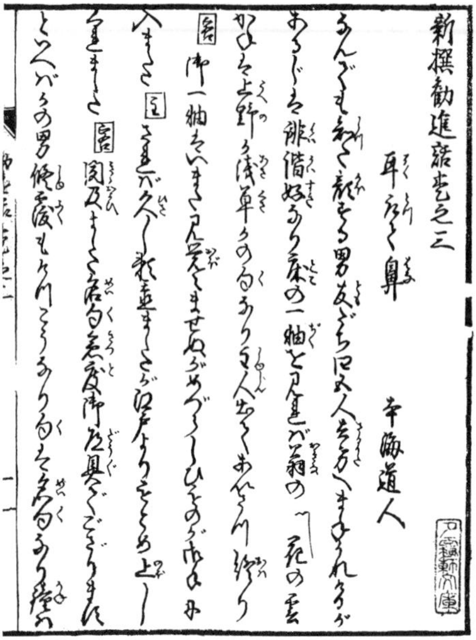

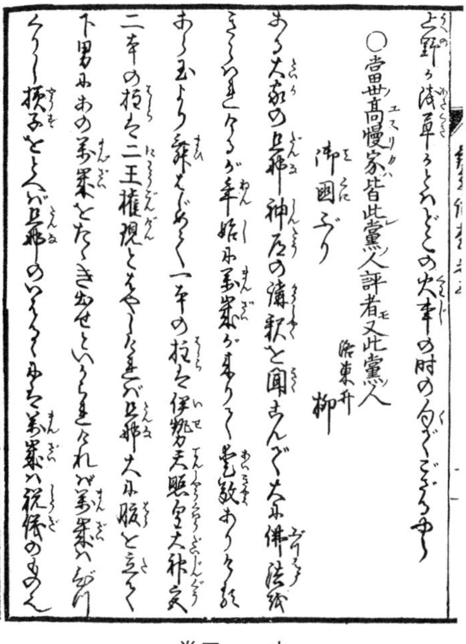

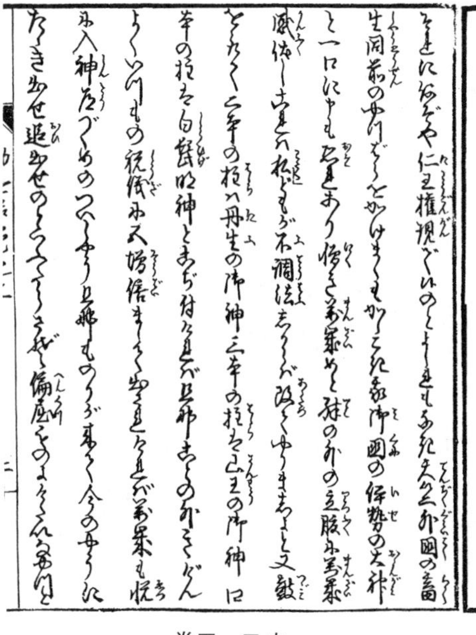

なんであるがもはや今こそ神国の名をもつていふのぢや必ず服
とうぞんがよんでやとつてゐるまで万民がちくやくそんもなれ
なるゆへ拙が神国の名をおかしなるく此ゆへに御祝儀まで
くはらに申さうぞ其あんの 二ア 偏屈のくんなのと存まする
いやくやまよ佛さまの事うにわるくあるまいれ

○神佛ハ如シ酒ト与レ餅不レ可レ捨ツ　なかし樽　手切屋

敝席不調法なれど御客様へ御贔屓つよく御出なされ
中にも御深切なる是非の仰にコレしく生姜を見て解じや

巻三　二ウ

なんぞといふて鹿肉をあがりますれば当世の病症でもおふ
がおかるの耳にいりてさまざまの説にたつしたまふやうと御
深切の仰せ徹し浅深とそくだあるがまで存る以後へとんと
痾とつくし鹿肉をあがりますれはまつく存ますれ是で一通りでなさ
止がるひと存今毘羅様へ願をうけ繪馬をあげまして参ら
痾とかちまして御ふうにてあがりますれど毎御客様がつくしがふぬ文
ようつくもんられ入れおふしまする御客さまの御出あるにつき
御料理あつらへまして是までの混雑にそまつとみえまへして是
で奥へ出れば吸物わさびをどうぞやと鍋のふたをとり吸さまく

巻三　三オ

巻三　四オ

巻三　三ウ

書けません。くずし字の手書き文書のため、正確な翻刻ができません。

柳の枝にとびつきて落る内蛙を二三返見てあちこちの隅
くクワア／＼と鳴て飛る　先生　今の世を蛙とぞ根る

○未生劣道風蛙又劣其蛙乎

雞肋　東山主人

ある武家の内室懇丈のある振袖を上輪がさやうて縫ふ

巻三　六ウ

○古来聞人為馬鹿未聞人為生板

林麻の茎　東都　凶守庵

巻三　七オ

巻三　八オ

巻三　七ウ

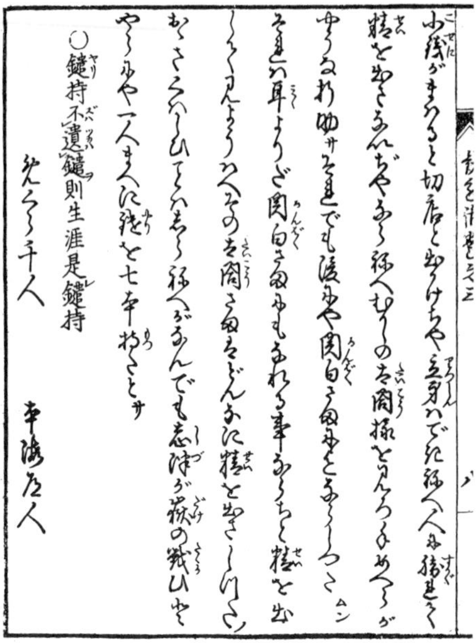

巻三　八ウ

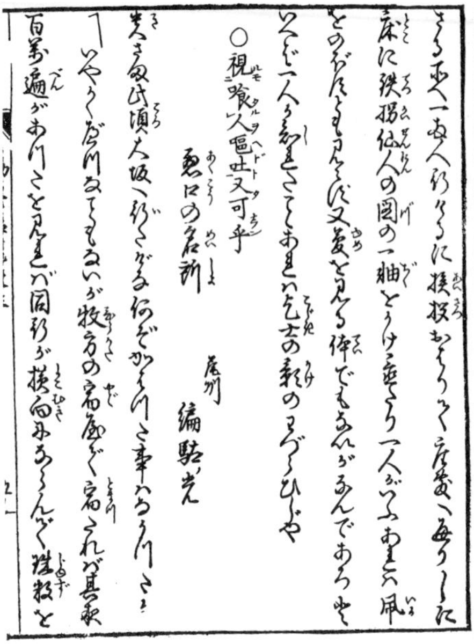

巻三　九オ

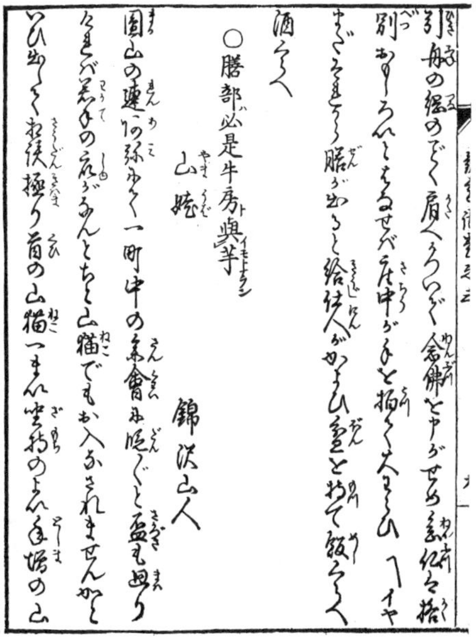

巻三　九ウ

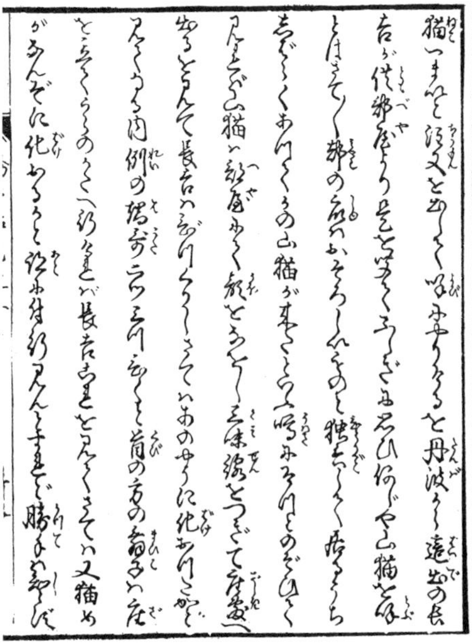

巻三　十オ

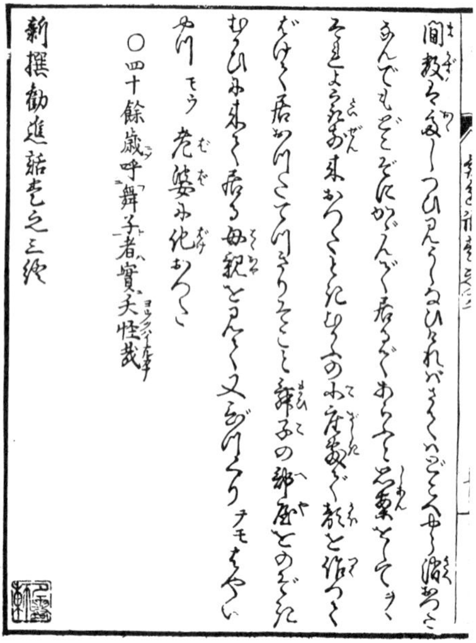
○四十餘歳呼舞子者實夭怪哉
新撰勧進話巻之三終

巻三　十ウ

見返し　白

見返し　白

巻四　一オ

新撰勸進話卷之四

　　　　　　素人さろく
コリヤ長吉公文をへとゆぐらん　判儀子
ア毒屋さぬの御茶をと村毒屋を
ア毒居さぬの御茶をと服もあがりま國介
従儀とおろのさうりますまそれても
月くせん爲みんでその撰授ハやるゆやら國
さうくゑ毒居さぬ海を出るじがハイ図介
さうくろんして其様に出さうくぞれへ
月くそんくまく毒居さぬ海をあへんころし
入きくくて毒くりるりおまく市月みからりおまく市れ上す

巻四　一ウ

〇可憐衣服裾

さとゞのちぐまき
禁禁を文が千年橋のエろ図と巳宗の戯吻ぐかろうが
廷場ろりくくう図件判みそる職人允友さろうろし
錦沢火

巻四　二オ

〇真彼哉是哉
新松ひ鏡
宇鴻名人

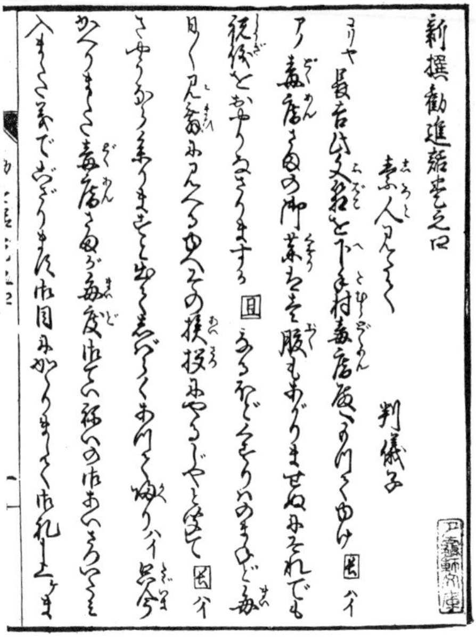

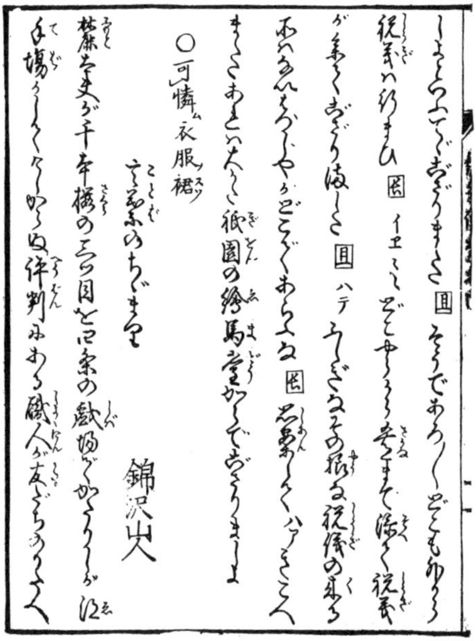

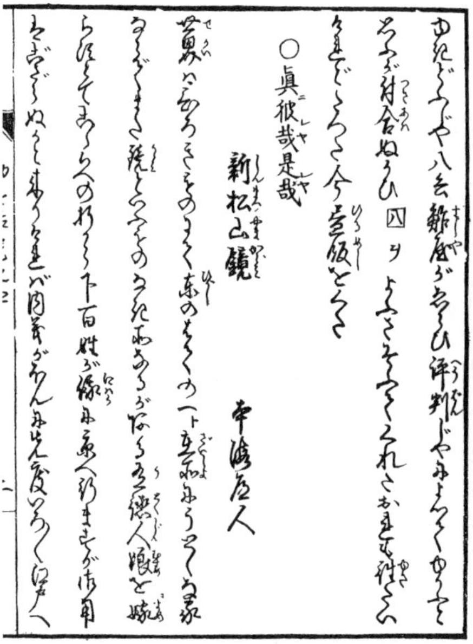

狆又しくたまで鏡とそ立てて見せて恋へ往くやら見ゆる鏡
と覚えて、あくたまとらひしまれば 下石逆 鏡さへどんなものぐ
あぢらまるとへ囲表が肉の鏡を出して見せらるまでが下百
姓は我をおくとそして古めかしそのぶん文え見よより
そくあてと思く鏡の蓋をら御へ中れ鏡屋しまてろく上
打とぶんらく新をうけせば古のゆうむへよく見ゆるを鏡
そそあひ也すくかへてかの家へ持ゆき囲ぎ見ること
ろまで肉屋らうと眺まば鏡うし 囲 あまたへ入をのぞうりく
鏡へるんぞや 下石 そまでとよくみへくやさが 囲 肉の鏡と見し

巻四　二ウ

かゞみと蓋ととりけくえんせば 下石 あまりにてうがそ若う
でおらう中くとかし己でもよくう川あららちまぐる簡
あまりやせ 囲 いやくうしがその分をまれぬが見え娘が
嫁入するもまの在ちじやれひノ 下石 へぞんなら我も入るの
れ方がましでおぞうやしよ 囲 そらやまくあふよふ ノウ
下石 ハテ かゞみぐ石んぞのよく見ゆうようれ

○鏡ハ是醜婦之敵

身にあるなおしし　奴人　囲助

ある男不仕合にて師匠のえそに結律一枚よみくらひ居

巻四　三オ

居たりしがかくてもつまらぬといつそ故郷まで往く
もうく ヲ それより思ひ出せし事ありあまりやみんにて
水鉢にかくるき拵しやくあつれ チンチン しよふる拵る舟
て仕舞ふ水鉢を提ともぞへと無間鐘の手拵なくて水
鉢とさとたけがからうつちそる氷がらぐけくおる
しし ヨウ 引 出来て来たる

○南鐐ハ無ニ切金ノ損宜し

犯出の旅　彼岸　可遊

閻魔王廳よりあつく罪の帳面を改めうておうらるが

巻四　三ウ

鼻が額にはりかが先出してやるるいまくらつどや追付役へ
まう己若いよりも佛を拝んでまんぢうにあかひがつて人まとれ
さぞめく極楽へ行と六道の辻みく踏ちがへてまんくる早
し極楽へ御渡しあまえともまれ観る目がドレくと目玉
ありうしくくろんく ハテ さいくかつくちるがやくたひもらん手紙
やる追付る亡若大の罪人あひとさくより親やうとの命を
たんとつひやくし終に家当をうけて仕ひますが新地色通あ
居ましたのぢやがしいてはかぐちるがそしてやくくれもあれはゞく
も仏と念じて不遠いるひそまでへ出るはの見ちがひぢやどうふ

巻四　四オ

巻四　五オ　　　　　　　　　　　　　　　巻四　四ウ

○時無視目則線香場至上品
　　居間の鐘
　　　　　派妾　湖柳

大仏さまのお姿が焼くさめ分かめてにゆかべるも
子の入寒のゆくさめ見も見も見るてぶるべろへへ二夷て依梅

ひても佛壇ろくひ水泉がつへびかひろとよふひいろと
かくさひやまびは沢で目ふえ名寒こく吹ぬしも
にへふそびかろとめきさくさしやへ川に新地の広ぐ線を場を
くらく振さにとかく

○倉或京中錫金
　　　　　ちぬが佛
　　　　　　同堂下
　　　　　　　芳子

ぶんの坂事とるひのや好ひまを水醉つれとさぎ六城羅ぢやの
あとり御とみ倉とさひのをふなぎにめこ又ふ
とめたくいい事ぐなげで碎がふなにれど完成のひ焼かへのノヽ
と交衆の中くの鐘ときどくのつくくく橋本かり
そろを活えんぐりやまきの六視ひ鳥をちさこふさびての目へで残網みをへ
草草やへひへくらあろうなり草やのくあろにを日やけの
てあろ仏さ日やけくをごろるあとい

どうぐ方の中うにおり出てめしもまるこへにみあるナ帝の毒こと
じやあまいハ定てよろめでうるひて我く仏とうんくるとひまいば
たるにるに陰がやくてひもつひあまい屍緑の内の実頭盧さね
どやヘアくさこちへて餓鬼のそのとろでめこまろう

○阿羅漢不遇時

こびや空
亀亭

アノ先生この星とやそのハたんとあるそのぐおずりまん天
文をまなびますてまいべよくあうつまちるでおずりましやう
先生
あるねどあまいの数のまつえそのおまいどもの天文とまるびさへまれば

巻四　六ウ

てゞ色く名がまゝる其内二十八宿とつてがおもぐおずりてく
狂文よくあるをあまとくあまとをみをまむつてみ　さくらて飛
白星がめまいが角宿　さらにあつるが亢宿まちくなる
あつ字の氐宿　みんなが房宿と宿を揃でくそく
くあうれく内につのりぷかんと飛でるんてく先生ものおれ
ちしみつあちらくぷんとうんぞおりへみえんとやまん
先生
むしゅく
妻宿じや

○北辰ハ居其所

巻四　七オ

附録

四方風流の君子新版の話をあめりめ板行に
予も其の驥尾にまぶりて二三章を加へ
関の礎石
百川堂灌河

初も山崎の合戦ハすでに備州小栗栖村の百姓中村長兵衛が
鑓を引く明智日向守光秀とつれとの秀吉公の陣中にある
ちふくく村の外の侘人にあげりにようにる時と隣村の庄屋
が受取く今戦国の世ハ百姓たちもえべも功をうばふさ時なり
今敵ともまるく落武者のあるハ平定なりつれしとも死大将

巻四　七ウ

とるてあるく侘人にあげりがへんとちへども長兵衛のごとくに
あばへちまいバ一人してく事をなりぞて村中一統なし合く
十人ばかりを一組とつこしその中の頭分を一人を行経を持なり
るをさしく小洞ハ洞をハ数を持りし落武者を見付るバ其洞
盤を数をたくさこハれ図とうにばしてあくに埋伏の組く一統に
出てる助べしとさずめてあるのの薮の内てまハ長ぶがまい一まハ
草むらにまハらくもべし庄屋を将軍となりて野良の畦道
とどぐねるしとさすが戦国を百姓まぐが俤伍よくとの
く落人やするとうそくとたづねあるくたのがおうりてに落

巻四　八オ

巻四　八ウ

巻四　九オ

人と見へて行先を忍ぶ新発意の体。庄屋は是をみてさて〳〵不埒
旅人めがさんざまにし行燈を祢らひまはし旅人の横腹を蹴
ころばせどく〳〵突きけるにお旅人肝を潰し行燈の先をつかまへ
旅人をよろけと見あつかつたるよく〳〵すりつけまいらせておかしく
なり　太鼓をドンドン〳〵ドンノドン　庄屋をぬすつね顔が風の音
そグワングワラグワン
おかしさ

合かげん　洛下　里鳥

さけも知らぬ身の細工の狂言をさく自慢しおかしく男さる
あくびするのは 亭主 庭柳さんなぞおもしろい狂言でも

巻四　九ウ

およそお見立てゝおもしろうございませんか 庭柳 ハイかくべつ
おもしろい狂言の筆も出来ませんが此ごろ此の月並に出
病気より顔に一円の首尾がつゝいてござりますが
いかさま二人がもにちつとした痔もよござりましたに 亭主 ハテサテ
おもしろい事でござりますれば、ちと狂言でも見せたいものさ
いかさまお見立の発句の中にやぶやの嵐やの切字がござります
中々その外おもてもようござりますが何とみえませぬ
よふござりまして向ましてござりやう 庭 ハテ 切字がござりましたが
ござる

巻四　十オ

方便品

ある寺の住持鐘のこんりうを思ひたちかれこれやきもきあせんと勝
えぬ依怙しと世話やきの旦那がまいてちやつと付御坊さん
よんどのやお調なさるといつてかけまわれば和尚がハテ　サテ　如何なる
先刻山の芋とちつの人善しれもや変化いたしさう

文字通り

やうやう此頃え服しての代ぶ田舎出の客人と出合しめく
飛しぬとみむ清水から長楽寺の花とみていく我が茶屋
で中食客人二人を雅人とみて東山の景色とての外

巻四　十ウ

悦びさうし此景色はいつも言語道断にて別してく
此節は繁花なゆゑか去りとも風雅な所がある流石京の
古色をつかむさうしあのまつは武家の茶やがあるは古色のある
お婢女の髪の結ひやうかしく業つき当世めけば古風で
よし此盃台も今様の口角と思ひばつぐそあるも古風で
よし恭まへが見ても古風でうつくしと客人のおもがやきよれ古風なおかゝ
国　さやうでござりますれば此田楽も出始られけれど小風まれ
つまれ

新撰勧進話巻之四終

巻四　見返し十一オ

表紙なし

見返し　白

巻五　一オ
(くずし字本文、判読困難につき省略)

巻五　一ウ
(くずし字本文、判読困難につき省略)

巻五　二オ
(くずし字本文、判読困難につき省略)

巻五 三オ

巻五 二ウ

巻五 四オ

○勝色情實難矣
　杉助無常

　　　　　合

あくさく
床に入るうちに大会云云ことうらくに大迷
にくいそぐ体女郎は拳一にてせぎ下れ年かく引れ上ば
さるさその奥方死去せられ…つき打外し身弱り
一年ぶりにうちへ打かへり合
そをおくるすぐかゞらぢやや私も後に…せがれ…
御縁つうひとしつらへて…それもしてお目かゝり悦びし

巻五 三ウ

○此男大漂氣者也
　　　　相撲取云
　　　　平渡乃人

幕肉の南かたに春出たるし美男ありゝれが祇園て
玉しやく人とふめぐらせれが流れ岩本ゆ
あくさく… 出合酒などゝかゝ…
肉みもゆ… 男ぶりのよさに女郎もまよひあげる

とうまづらゝ山を㕝々たちゝ打てひのみの山よう年
ふる猪のふし… かけあうとする戸をやく
弥念日今年付致やらん
がおそれがもあり

わく　あんみられやし叔母う今ゐわれハまうちあぢんであろ
ぞんかこゝやしれハお児様でありさうのう　扨　さやうでござりまする
さらバ幼ハしひてでござりませまいかゝや回盆もちかふ
ありまにがぶん様がおもらひにお出なされませう　その世川
息災それがおざりませう

○雖冥途主従禮厳哉
盗人哀傷　　百川堂灌河

今ハむかし盗人の子が中焦まて即死しなされバ二親の歎さ
ありさまハいふもさらなり其中の盗人が悔まあり　たかしまひ

巻五　四ウ

坊でありしに此んなさしてのあさ夕アまで頭くつまぶ
て出るされこやげなされてそハかなひてもありまく　ホウイ
〳〵とあけが母親が乃んに他人の御おさへその中うに通しん
でなさんさへそのねがんを推量してやりなんせ　ホウ〳〵
八ようりまくくれさせまさんならひ中がうりておちりたふ
てまいしやりさみと涙ぐめバ　四　ツ　頭　ヨ　く　頭もおぼんもまう蛍え
がそのやうにかとおしてれおさんがやくひみなるさひノ
ありうさんせおふさんも又ぐぐしもてゝ　ハテ　死ぐるの
年じやかへりく坊のなみなさねなりとおこしめやんせ

巻五　五オ

ナンノ又あすの晩までも利口なるを仕事して来くやるとひノ
分限者述懐　　辛藤道人
ある今持友だちの今のうちにむかひまるるやうにて居られる世
は今の沢山なものハおざりねまりなんのられとん
づいがおわく世界がいらんやなつやうとそうかへなりにむかん
ハ鉢てゆうらちなまだ是も今の戻るりよけまでおかしらで
なさてえ城さうへがなりに其ミ人もこんとつくへが雑用ま合く
娘のなるるハよけまで世話がやくるにみおくなんぞなるの
廃居が海へまでさるもあなてくおの人でも今まも御上への恐

巻五　五ウ

ありとろへバ人の今持がつうみもし　きさう　ゑんや我つがやうに銭
宝ミあんくるしむハ亡きさて此ふんな善根をして来く
ものぐるる

○嗚呼隠徳報可恐
孫亡旅　　百川堂灌河

とんがうの女房が娘をつまて田舎の親類へ久しく逃居うう
しかるにかかるるうく僕男にちよりし荷物とめてせん方へ
さがりゆうが娘ハ旅なまざまがさつうちんでぶるとの母親が
ヨく　あの子らしくさ車がのちりであろうそやうとのう向じやありま

巻五　六オ

あの端までのぼるとモウそろ／＼と出所の松が見へかける
ノウ八助　供八助　ハイさやうでおります娘がよく見へまする

○隠乞家目標異于常人之所計

乞士送別　　仝

川原に居る乞士が東国者にて国のもの鹿目がききし迚
近くに来たりたれば我のまわりも立流におくりたる仲間の
ものにて自分をもすれば紐の乞士がそばちかくとおくし物
を見て目出たく事にてあるにも留られぬてなげく今こそ
二人ッ一所ニ乞食するも随分すこし坊さまもちゃんがれも

巻五　六ウ

我もそこまてとてもあれ中途別ることの名残おしくはされどそて
必もはらもしれぬものぞ随分まめで居中もつゝがなふその
内孝行しやれ又いつ会事も知れねどや互まで送りゆかふ
と洪事をなかく二条の橋へ出て東の方をさしてそいつ
までも名残は尽ねとくじや随分こつしやで暮さしやれ
ものつと行てみるまでおまへの先へゆもられません

盲人賀　　仝

ある盲人運よく次第に立身して検校になり
それば弟子肉そつ及び次第ある悦びのきこへのが

巻五　七オ

巻五　七ウ

巻五　八オ

しかるその中に目ど仲ヶ間内なく贔屓さるる盲人の方
より酒肴を送りまゐらすれバ挨拶てのかよろこび彼に
向ひてはよせられまいらして結構なる品代おいてひかされ千万
かたじけなく存まする御口にかなひ御礼申ませう

馬士悦　　正氣山人

さは輿掻御入國の折から御召人あるいて若くりん〳〵經
とるまでくかけつざしたるを御迎待請寄り扇退かけまれ
ともちのちうし咎付をにおかめりたるを従者に付添ふる
馬士共ぐ出役の若もの引とかくれバ輿掻ちるかに御

巻五　八ウ

供おりくさそひし馬士に似合ぬけなげなものと御感遣待これ
まで上なさまじくるがだん〳〵と出世に入て役がへ仰付られ
御扶持人となりはめる御晴を拵びて古て心ゆう朋友に
會ひ酒肴をとりの人前の振舞を馳走しけれバ友達がおもう
やがてそつく義法でおる今の御役ハ何ぐとおざるぞといへバ
馬　ハイ　馬士の事なれバ相變の役目を仰付られました　友
ムン　馬士にね魚とへ御乗りなる　馬　イヤ〳〵まだ左様
な役でハおざりてませぬ　友　そんなら馬具預りか　馬　イエ〳〵
友　そんなら何役でおざるな　馬　ハイ　吉轅を握ります

巻五　九オ

○得テ禄ヲ定テ布袋ホテツ腹ハラナラ

新撰勧進話巻之五終

巻五　九ウ

口上

一　話本ばなし追々出板仕候各様方の新話御のおとし咄御新作出来
られましく御下され出名お御礼したく板元まで出来しくだされ
選集之上板行仕候料も入不申候冊毎に巻首巻尾に
お名前方拾人撰へ申候御作者中子達御出来
かつ文章御撰メなかし〳〵かなく候得共若ハ今ふりにも
御ちくめ見て御口只御話のおもしろきを文章ともよろしく
兎也しか入候後篇追々出し申候

享和二年戌春新板

寺町二條下ル町　鈊屋安兵衛

三條御幸町西へ入　吉田屋新兵衛

巻五　見返し

20 『玉尽一九噺』 文化五年

文化五年春新彫
一九話
玉尽
十返舎作
崔斎画

見返し

趙氏の璧は蘭の如う菁き秦皇
此壁玉へいつるえき次いて忠臣乃
出あり面向不背乃珠はとりにして
さて待し戒子は玉の冠をぬくて
やせ一兵も此ふときも塵のやて海るも
名も隠さすよろこゝか玉の尼庵む

乾　序一オ

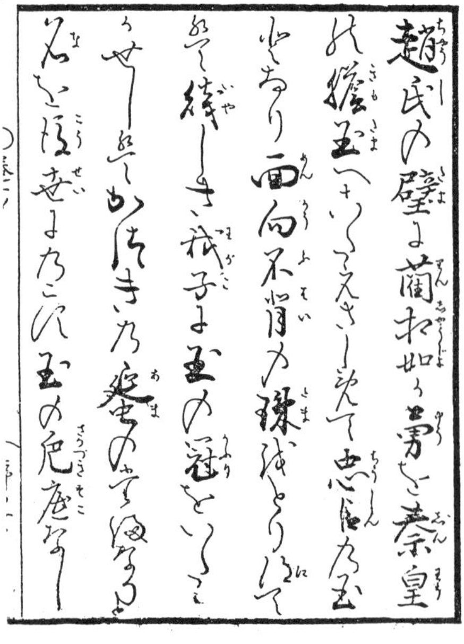

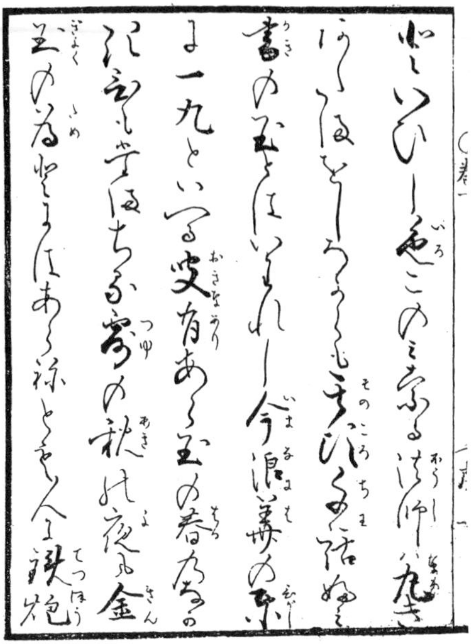

乾　序一ウ

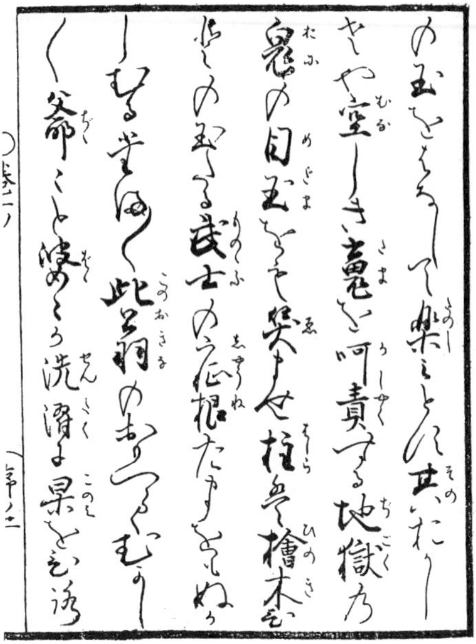

乾　序二オ

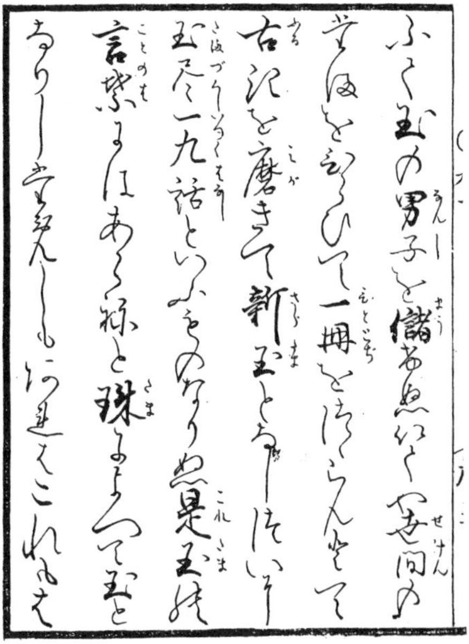

乾　序二ウ

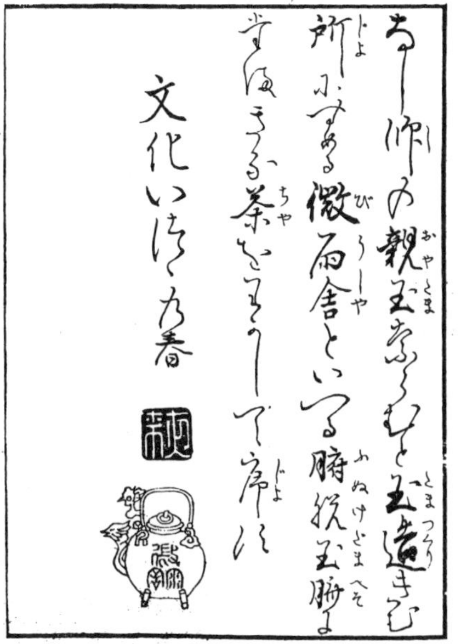

乾　序三オ

乾　口絵三ウ

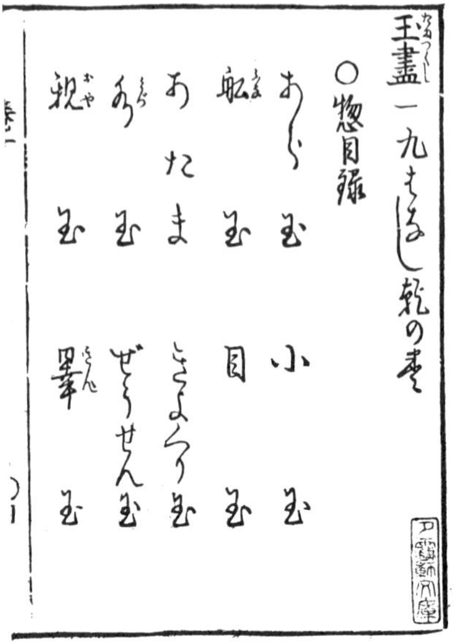
玉盡一九ばなし乾の巻

○惣目録

あら玉　小玉

舩玉　目玉

あたま　きよくり玉

あら玉　ぜうせん玉

親玉　[illegible]玉

乾　目録オ

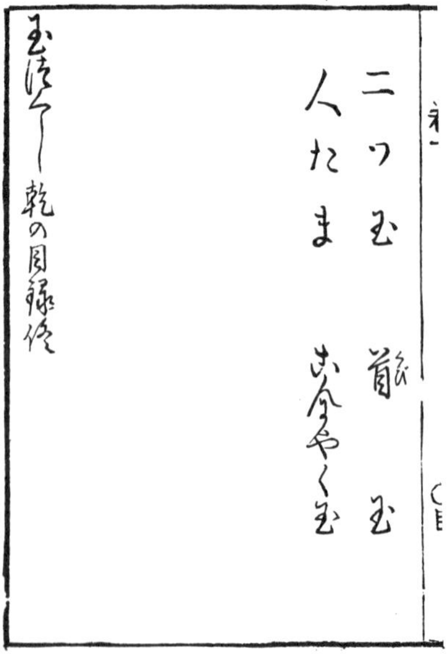
二ツ玉　首玉

人たま　おやく玉

玉尽し乾の目録終

乾　目録ウ

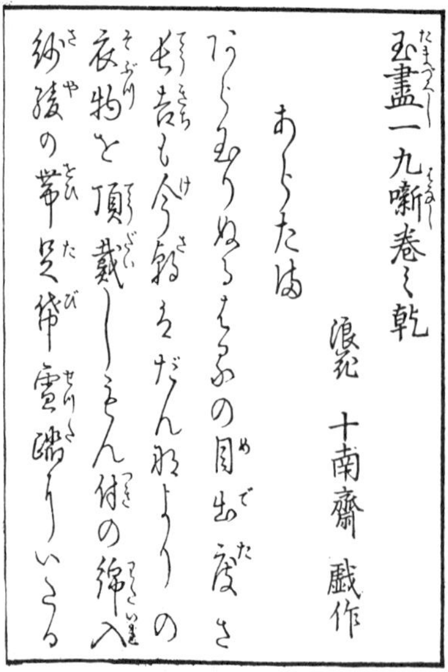
玉盡一九噺巻之乾

浪花　十南斎　戯作

あらたまは

たらちねの目出度さ

長吉も今朝るだんなよりの

衣物を頂戴しきん付の綿入

紗綾の帯足袋雪踏りいる

乾　一オ

乾　一ウ

乾　二オ

すでにこのよかちる今日(けふ)の出(で)
たちまち門(かど)へ出(で)て幼女(いとけ)さんその
羽根(はね)おうしなされとかるやい
る　ヒイ　フウ　ミイ　ヨウ　のひやうしよ
門(かど)すりよとする長吉(てうきち)ちりと
おめんどかどすりよ手ハ屋(や)ら
松(まつ)を動(ゆす)る拍(をど)ふしむらいの下男(おとこ)

乾　二ウ

戸(と)をグワラグワラとあけて長吉(てうきち)
のきげんとみえて「下男　長吉どん
るじゆとりじやの「長吉　へへへ
おらも見ならうとかんてゐる
舩(ふね)
玉(たま)
霜月(しもつき)子丑(ねうし)ハ寿(ず)んるのるかるかう
ミ小さきの江戸積問屋(つみとひや)の門(かど)

乾　三オ

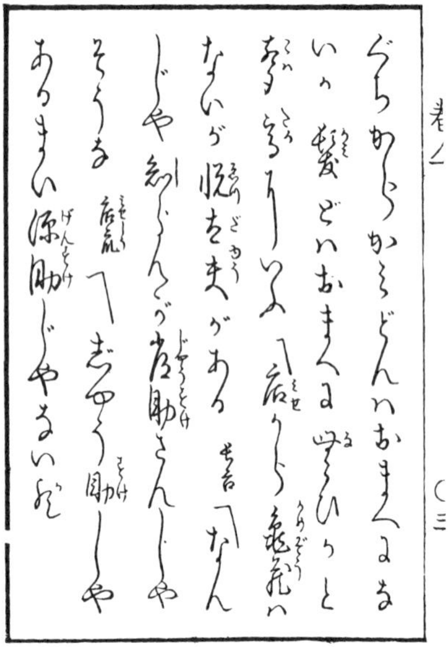

乾　三ウ

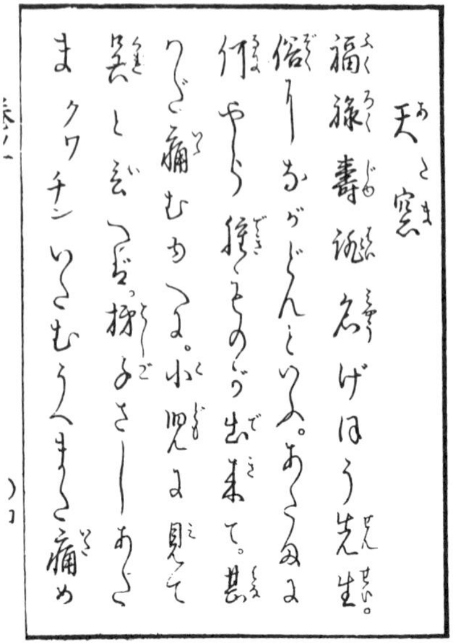

乾　四オ

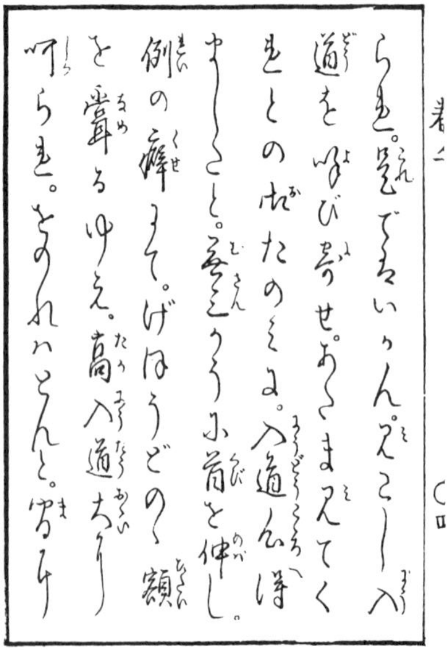

乾　四ウ

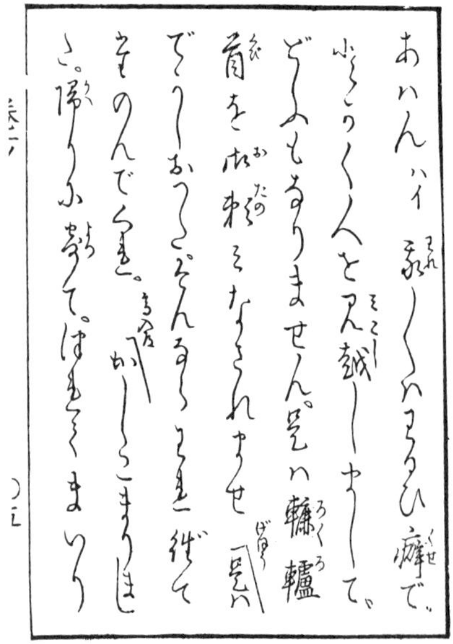

乾　五オ

ませうと。高入ハ轆轤首の所へ
たちより。げほうさまの御頼を
の次第をいふを。轆轤首ハ聞て。
畏まりました。然ほど気せう
ありしたろうしが。げほうさまへ
まいりつけませんが。おまへどう
ぞ連ていておくれ。高入「心得はし

乾　五ウ

た。後ほど同道いたしませうと
かへり。夜ふけてきたり。さあ
御苦労ながら。急ぎ上ておくれ。
ろくろ首「高入さん。暫く待しなさい
た。最前から待てゐて。首がみ
じかくなるほどやりくりはし
た。さあ参りませうと同道して。

乾　六オ

乾　六ウ

乾　七オ

巻一

濾櫃筒大義もくさぐさてこざりまするすがたであらうかさあ天窓ろくろ首「さい」劉からうまっさと首とのぞいてあるかれて居んをたゞつまらうめ何や僥もできせんで偽物ていごぎりません

巻一

あなたら、洲内の玉、八川うちの暗沼なうと、近年の浜おゝ水がらの中の葬式墓所もくものゝうきまて近車の小さろんろ墓所とたのべ、葬れいあい隙骨あげの御経「さて」此後の事をまちん骨の出るさんよう。

笑ひのぞのぐけの梁でごそりまんと振り出しておあくゞかされませ、げゞ「うう」女なえ似あんぬ切ろおものじやゞ「何」竹葉じや、首ろうの梁「ろく」「な」「玉」ろ、「そっ」ろしぶるきぬなうじや、ゞゞゞ

傀儡の所悔といたぐさまらさと「一ふうへあり絃入ごどろは出しもひわげる「懐中より此」「愛」夫新田ソレ デシチュ案ズルニコガ浮生ナル相ラッツラくコモ。此蛙ノ始中終九川毎キトコモ。此蛙ノ始中終幼ノゴトクナル堤ナリサレバイテダ

巻ノ一

溝作ヲ植タリト云フ事ヲ聞ズ。一ツトウ鋤ヤスシ今ニ至リテタレカ性ノ業跡ヲイクスベキヤ。早稲ヤ稚キヤサキ今日モ植ズ明日ヲモ耕スオクレ酒出スモノハ本人ノ事ハサテ置。スヱノワマラン身トイヘリ。サレハ朝六ツノワマラン身トイヘリ。夕部ニハ一面ノ白海耕作アリテ。

ナレリ。スデニ、釜シヤウニ鐘喚キヌレバ、不覺ノ家タチマチニコケ。ノ道ナガクタヘヌレバ方角ムナシク憂ジテ。東西ノヤウスヲ失ナヒスル時ハロクシンケンゾク。高キ所ニアツマリナゲキカナシメドモ。サラニ施行ノ有ベカラズ。サテヨキ助ケ舟ナレバトテ。

巻ノ一

鹽ヒデテラクリ。世話ノカスリトナリヌレバ唯アレハタケノミ殘レリ。アワレト云モナカヽヲロカナリ。ハドラシヤウ。カウシヤウハカナキ事ハドラシヤウ。カウシヤウノ界ナレバ。ダレノヒトモハヤク。施行ノイチ大事ヲハヤクコヽニカケテ。糊ジヤアロト深クタノミテイフセテ。ズイ

ブンモロフベキモノナリ。アブナカシコ
〳〵
ほんよ稚かろ〳〵ませんそれ
あちさのはつくりふさされたので
どごろくまどこの
折角作つて
至りまとも
も流ぞく仕給ま〳〵
〔一〕家おぞう給さる。

巻六　十一

湯玉(ゆだま)

五穀成就例年の御火焚(おひたき)「神主 下人(げにん)を呼(よ)ひながら釜(かま)のまへにたいて〳〵追々(おい〳〵)余焔(よえん)もえあがるもゆる〳〵クワツ〳〵と焚(たい)てくれ「かし〳〵〳〵まつはし〳〵殺(まき)ぶりで薪(たきゞ)をはう〳〵煙〳〵重(え)無(む)あふ〳〵し

乾　十一ウ

〳〵とかけ念仏(ねんぶつ)てさし〳〵くださる。「神主 これはけしからぬ神道(しんとう)の祈祷(きとう)に念仏(ねんぶつ)は何事(なにごと)じや。「ちい 念仏(ねんぶつ)でなければござりません来年(らいねん)のゝすてござりやりらんねんの事とは何事の。「ちい 大(だい)いなる ながいたとらの事でござりま

乾　十二オ

巻六　十二

ると。来年(らいねん)は六月に閏(うるう)がござる すれば日の永(なが)い時分(じぶん)になが〳〵い閏(うるう) そのうへ閏(うるう)が大(だい)ぐこさります故 そこでなが〳〵い〳〵〳〵とや すれ「フウなるほどそのはずかい 大(だい)いきく〳〵かずそれをもつて湯(ゆ)を 禪をはぶんでつかふぞ「ちい 六月の

乾　十二ウ

閏(うるう)も御火焚(おひたき)もたらひ事でござりませう

親玉(おやだま)

冬(ふゆ)の日(ひ)はみじかくされ尾張町(をはりちやう)をたち立(たち)高縄(たかなわ)へ出(で)ると品川(しながわ)沖(おき)に日(ひ)の暮(くれ)らせらるゝ気(け)しき画(ゑ)にも筆(ふで)も及(およ)まじやうれ日々(ひゞ)に新(あら)〳〵

乾　十三オ

日々(ひゞ)に新(あら)たまして又日々(ひゞ)に
あたらしくなりじや「きさまは
ひゞで御仕合(おしあはせ)拙(せつ)しやわあらざれ
で雅(ゑ)ざりましく
小(こ)玉(たま)
丁銀(ちやうぎん)のごとく小判(こばん)の家来(けらい)「小判
さてきさまへ近年(きんねん)世間(せけん)の評判(ひやうばん)

乾　十三ウ

一向(いつかう)さらうけじや　まあかよふ
いくぞめ何(いつ)までもきさまとされ
しかし一階(いつかい)八位(ちうゐ)ちゞのひたすれども
此(この)ほどわたくしよりきさまの方(はう)が
うけ(ぐ)のよいひとやうに登(かゆ)うける
「二朱」いやもそのもとさまとは格別(かくべつ)の
御座(ござ)るまいど我(われ)らの仕合(しあはせ)とやらは

乾　十四オ

きさまと同格(どうかく)なりあそうされ
ますん　こりや小玉(こだま)は茶(ちや)くちやよ
とわをたゝく「小玉」なるほどきさへ(ない)
楽(らく)だてゞぬくのすれ「二朱」小判(こばん)さま
おまけお出(で)なるされやすせ親(おや)であられ
あんな口(くち)をきゝますなあるやいぞ
懐(げけ)ざくごさりま浮「小判」やけは辛(つら)

乾　十四ウ

いまん戻(もど)して仕(し)おふせがよかん
目(め)玉(たま)
此程(このほど)は外(と)の不用(ふよう)眼(め)であるひゆく
始(はじ)めけんさまく献(けん)をうけるまでござふ
ぎやゞやちやぢやらしなはひゆく遠(とほ)
しやふつかくちらふくたりやるの
眼(め)は気(き)のどくはぎやくいあめじや

乾　十五オ

とめつゝきと「亭主」どもさまざまとり
かりとりんがてやろ さあ是はどうぞ
扇じやあいさやく日和じや「やあ」
そまいられしんぞうしてじやく
日和じやの「亭主」どうしてか端が
出てござる「さあ そこでは礼じやと
まとゝれ慈安寺つしかけ出し

乾　十五ウ

御宝前にあがり妙見さんく
眼の中へ写しうつりますしる猿
の捧げ持ち出してくださりませ
「妙見菩薩」御戸帳のうちより星六
中宮内どふもつき出されもせまい
虚 繰 玉
天地万物とゞく解せざるをゝ

乾　十六オ

指南と看板出し 横利口で嫩
付先生の所へ門弟あまたの先生
さるは近比はかしや札を勘遠に
致ましたござりまして請ぐござりまれ
「先生」あまりんたいぶんいもをのあるこ
とでござるまする初は「かしや」かやうに
はりませさてかりへ[illegible]るいしと又

乾　十六ウ

右の方にをとしあげく「かしや」
かやうにちりまするとゝ「かしや」「うりや」入と
いふ字にあるとて早速かくしての事
ませ「門人」そこでさうがり請が
ござりましたと気宅へ戻りや
いる長台よし 横町のかしや
札ある状うくんなうぢん まあ札を

乾　十七オ

よまい出て さて床机と粘と持て
来いと旦那さるなりく下地の
かしやふざをまくらせまけ
はじめ かうちやいくろり隣りハ
うちへくりそのところりに
まく そのところりもゑ
かう張りよし〳〵紙絹ならば

乾　十七ウ

「善 源ごと旦那うちく〳〵ゑふくろと
旦那さんまんでおのやうにとうち
遠ひおちりおされまん「あく
をぢうひる張ると入といふ字に
ふるそらで つひ僧のくがある何え
とよかしこものか「善 仲の
よまいの札なしくて 旦那さん

乾　十八オ

これでハ出るといふ字になりませぬ
「旦那 出るといふ字をゆてハ清まう
んでるといふ字へやま冠を山と
書く「善 ちあ いかるさのおつしや
るハ真でござりませぬそうしのる
草でござりますと「旦那 さうハ云て
是んがよい

乾　十八ウ

地黄煎玉
御長のやしろハ浪華の大宮道
市中繁昌の境内飴屋売声
やわらかのあめし〳〵と太鼓のとし
ろより「非人 そりと飴の捧をぬ
きあぐもあみやれ何の客も付ば
やわりやわらかのあめし〳〵打よしと

乾　十九オ

乾 二十オ

乾 十九ウ

乾 二十一オ

乾 二十ウ

乾 十九ウ / 二十オ

(illustrations)

乾 二十ウ

科人いきるかぬをむ咎やや
く花付こうやとふ盗人めろう
とうさのところふ出ごこまと
とも働せだ此方へ科人の親族
なれがかれとまとふと夕るぞ
店ん出さんぞ「何平ぶとふ鎰ぞく
社家を盗人の親ぞくがあるのぐ

乾 二十一オ

と夢立るの〳〵まとぶ地内の商人
もうく〳〵と箒う神主さまが
揉み引ちひきどうらいけと
大勢々を荒縄でもぐり社人の
蔵をひきとくくうひあうさかの
出親ぬるでどどろりまとろ「社人ちを
あろれをのまと此方の親ぞくら や

何事も銭さへあれば何所の
生まれじや「乞食 魚をたけく「云
我国のめぐみさへのとれ人は言ども
大家人ハいづくにあるら舞「往人
さてハ左のまゝ安部の貞任の弟
り「鉛や いゝおあそをたどころのもじ
じや

乾　二十一ウ

睾玉
其堂辺の大溝にすむ古狸さん
玉ハ八畳むしろより大きけが八畳ハさて
それ一畳ものびぬゆへ近辺の簇
屋へさがり是ハ近所に住む
狸でござりますれりやれまでぞ
あるさうれさうア四方の金ごの

乾　二十二オ

八畳にのびるしく大きまして
どうぞ延しやうを御伝授
くださりませ「これがいゝ手
睾玉こちのハ金簇の銀簇
じや「狸さい 銀だくでもさん
簇でも大事ござりません「簇や
いゝさい 夫ハ何所に住んで居る

乾　二十二ウ

「狸さい 狐小路のおひどくよさりやせん
「ひそさうは小路に狸しか利り
あるまいん「狸いや 浪辺とじに鬼
瓦ござさまてぞ さのまさし済く
ふとなりませせん「簇や なるふなふでし
それなれまでぞ 金をめぐむ渡してやらう
まうしてやらふ ぶ毒つくが釈

乾　二十三オ

巻ノ

ぶんじや「一推」何が毒でござり
ます「岩や」わらは毒いない焼味
噌ぞのなりぬ

二つ玉

左居松とて摘ござりの仙人浄
爲利のつき付られ烈家へ来り
さあ今ねも一服給つまつこきのし

廿三

乾　二十三ウ

「ない」おゐろしくござりませぬ
かし日の居いは人出入で茶屋に
ふつちやん二階がよふござり
ますと「若旦那」さんよふなくあがるに
そぐふうろりかける二つ玉せう
こまふしの当役よふらしくと
おねむるゆく「若旦那」けらいそで

巻ノ　廿四

乾　二十四オ

乾　二十四ウ

乾　二十五オ

乾 二十五ウ

菊灘一名と出し／＼あらやとりん
送る定九郎が脊ほねへうけて
ぶちうとうろと二階の窓の板を
やきつけうちゃうし「グワタリ
とらひやろうりんに二階よりコロ
どうろうと残る「あれやあ怪ふい
さるろうくる「鬼をしうろをそん

乾 二十六オ

脊はねへうけてさろうふうり
きしっと「あれやあ此あに
いけでも残ぐかろ
「殿　敵
猫ぬきの四方ねこみ足刻て
ふんと此中うる下駄ぶんうくぐ
さるさるありう求さい事しやるへり

乾 二十六ウ

あり此ろぐきる首玉とうらうて
とろうとみ足をみさろうも
とさじゃきうりごえるとよ男ひ
足袋をうつてやうときと足袋や
あうろう小虫まをこん「指袋ど
うーとうるげる足袋をしうろう尻も
とろうまうど鼠もとをちび雛袋を去平

乾 二十七オ

うけ一まつろ「まぐそれば
ぎりじゃやらい天窓ぐろさむろろる
いで乾巾とうへうくやうろろそれ
かへせるとよ「あ」まぐげろう乾巾
強制　くもん跡退う
ひと　魂
此方の辺五る毎晩〈く初抜

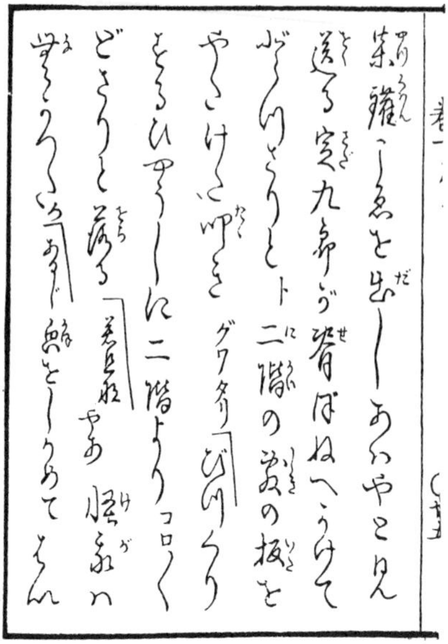

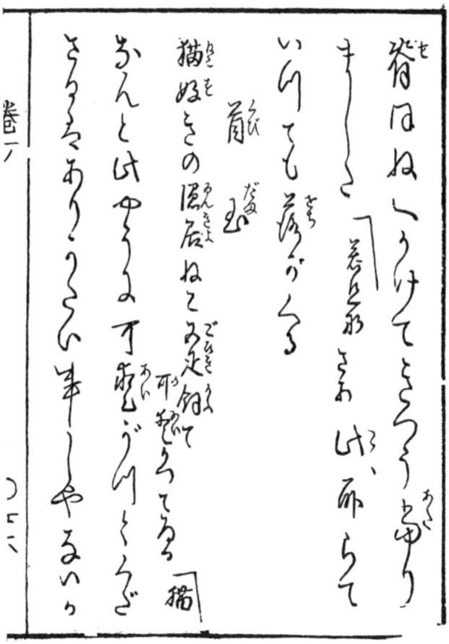

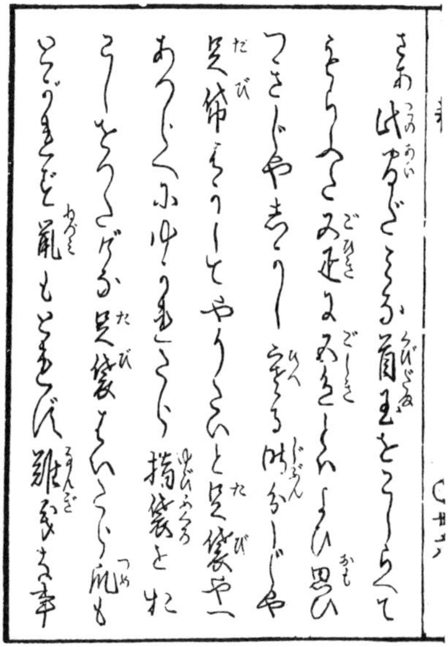

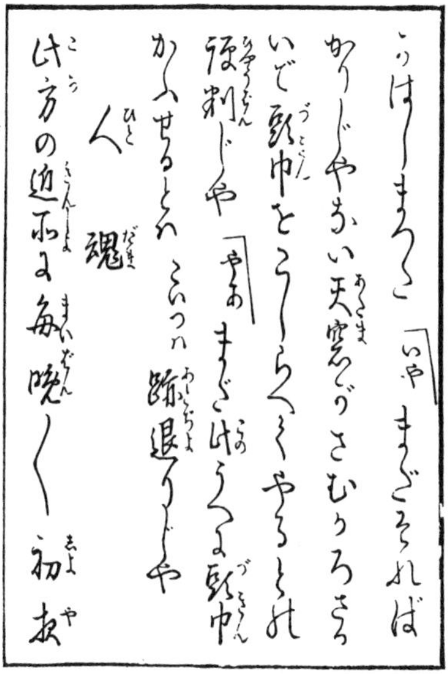

御後(さんご)にはひとだまが出(で)るとある評(ひやう)
ばんじや「ちやアそれでまアふのめく
火(ひ)じやぞ「しゆうろう主殺(しゆうころ)しの火(ひ)じややら
「しゆう主ころし〳〵ひやうだんはかりんと
ざうらう草んが何屋(なにや)じややらない 警古屋(けいこや)
じや主を殺(ころ)して天罰(てんばつ)で毎晩(まいばん)
〳〵火(ひ)が出(で)る「ちやア ふびんや今(いま)では

乾　二十七ウ

ひつきざの絵(ゑ)であらう〳〵
蒟蒻玉
庚申(かうしん)さまのつけ馬(むま)場(ば)せまくなちち
よりは(ゐ)やへきつると「はやかて 重(しげ)る
此方(このかた)ごさつは出(い)てうざう「宮 さわ
ともいつつりのいそがしさえし
ふりで丁度(ちやうど)萬(まん)まる「かて 何(なん)じや

乾　二十八オ

いなまア なぐりなされとも〳〵
なひきあげらるゝな おやまとうる
「おやま まだけなさつい おかをつけたりじや
なんの 庚申(かうしん)さんなりやうらておれ
「宮 なんの庚申(かうしん)さんじやとじやない
商(あきな)ひ用(よう)じや「おやま 嘆(なげ)だかりか 庚
申さんでみてものう「宮 みてるうら

乾　二十八ウ

なんでものいかさん「おやま ろくまでも
おまへ達(たち)をとつて田楽(でんがく)こうなる
つて泉の出るなだかりこりと味噌(みそ)
付(つけ)てあてとゆへどうも物(もの)はいへん
じやないかいな「宮 やあそれをさう
こいつたちりと頭痛(づつう)ないと天窓(あたま)
叩(たゝ)く

乾　二十九オ

乾　二十九ウ

見返し　白

表紙なし

見返し　白

坤　目録オ

玉盡一九ばなし　坤の巻
〇惣目録
しら玉　　おたま
ねぶた玉　ぬぬけ玉
生玉　　　おもどぶ玉
しぶ玉　　ぶんくら玉
縄の玉　　たく火の玉

坤　目録ウ

玉ぞろへ　坤の目録終
吹玉　　　巻二

坤　一オ

玉盡一九噺巻之坤
　　　　濃荒　十南齋戲作
白玉
能男とひうぞんの飛たんご名
ざいの志ぶ玉うるを習ひ桶
かきと　　　コツトコト
叩き　　　拾ろぐり〴〵
　　　　樹のほぼきと〳〵

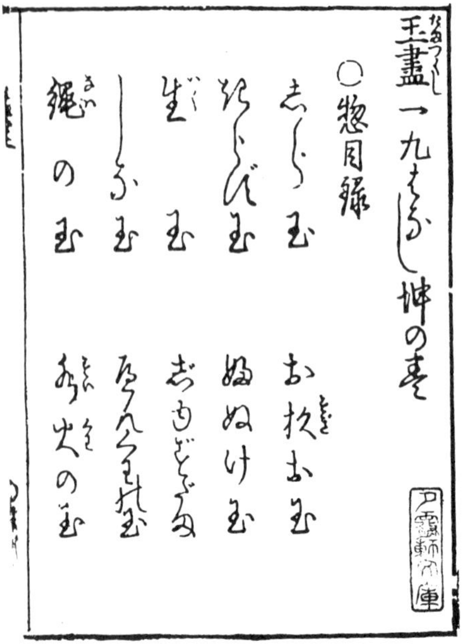

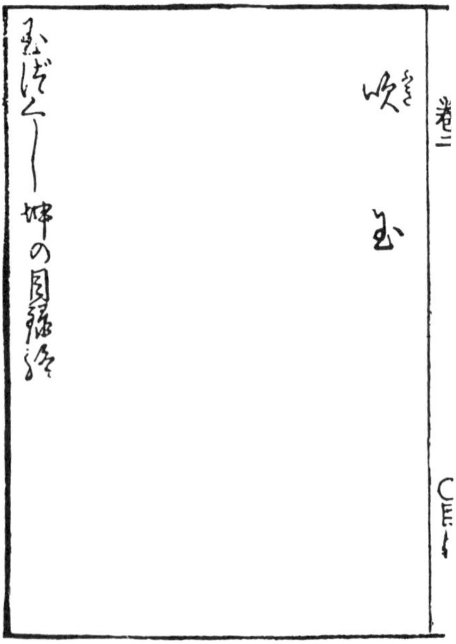

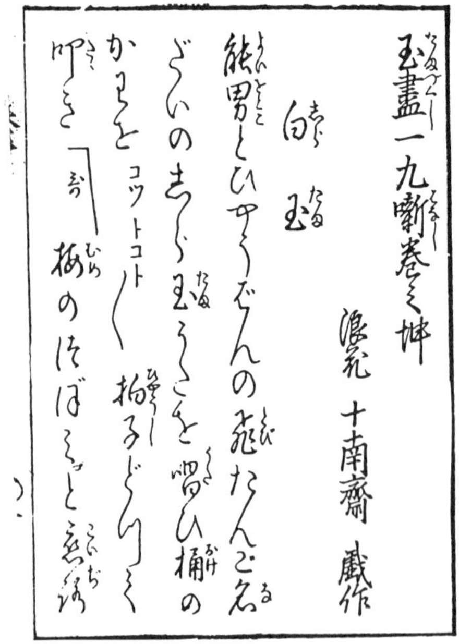

のみハひらくあいさつまもら
かぬるともまんまんそこじやそく
し〳〵そ　表紙なしてるこうけト拍子
える往来の人だくりよ駄ちん
馬がもの出を太ぜいが　そりや　おし
とうげるもつよ〳〵よ我ぶんでやこ
せ　ぐる〳〵どさり　だんでいそこら

坤　一ウ

あくり〳〵ころ〳〵〳〵　太あり
まりころびあるくだんで銭追
かけて喰ふをる代けるうそふ
よ味いつ〳〵溜ぎし〳〵そる
雪　花　葉　玉
中げんとおばしき奴そ人湯
豆腐屋へ這入湯豆腐酒など

坤　二オ

坤　二ウ

坤　三オ

ぞんぶんに仕て取り錢は終に
押くまるうちにたゞしく借し
なさい「ゆどうふやの男」いゑしくあい
人じや錢ありしに食へして此
商賣が出来ろうとたゞひとり
こんだらるよあるる奥より紙衣の
出家まづ〳〵 双方ともに愚

坤　三ウ

僧がいふやうころろもじりえて
そりくりと志さまよ 主さけや
湯豆腐のあたへて何程じや
「湯豆腐や云」 百卅六文でござります
「僧」 おそるべし〳〵 一百三十
六地獄佛も錢なき衆生は
度しがたしと釋迦さへおはし

坤　四オ

て拂ふても一錢も出さぬなれ
しきもつんでハ愚僧引導
いたしてやるべし 布施とも
席をゆるしてすうろくに居て
聽聞せらるゝよ
「僧」 それ豆腐ハ其形四角に
面をして其色ハ精じん

坤　四ウ

けいさいあるまじくも和光ハ
塵のんずしてゐる錢の
ちりにまじわりまちちある時は
此な僧ある僧の列につらな
り御經讀誦のしゑを布目の
耳に聽聞し身を賽まし
ても無飛脚の馳走さ僧し

坤　五オ

巻二ノ

春の夜の御馳走豆腐なんどゝいふ人の
こゝろをるぐさめ雛るやきの
書るさらさ珍海の若鮎乃
はろうくきませさらゝ豆腐
い袛園豆しのそれまいさ
ませ二斯紫盆を養しき
句ひをそらいなり小野れ

かゝと焚豆を養する化
の诗を作つて名斗のふ扣と
るほし連俳諧の席ま
庭しく月花心ろろ成
よせ一興の味や豆腐乃
ゑゝゝぬふいなし南禅
計る入てゝ葛湯乃衣を

神ちうて田楽と薹し
神急をそしらたふさん
誰の人のれをやとそれ
敢れ宝きさるいうどん豆腐
ゑつくさん酒を一枚を渡
せ品詞といつき魅つぶ
小わらき唐土までるまゝ

名ノ様人と敎化して佛
縱ゝ孝せしろ鳴呼ふ
しひふむげよ的写
もふ郵宝の知識を選
倍させく奴と作甲と
名付しぞうしむだき世ち
そう那今法号い右助作

光「湯豆ふやあるゝさ様よ
は京都でござりまする「信
いつでも京都東山近辺「いろ多や
御宗旨は禅宗とみえますね其
うへ湯豆腐御案内由へさり
さる南禅寺さるとみえます
「信　いや愚僧は豆腐食計

じや
生　玉
浪花の杖天王寺辺の店払
生玉へさしての店ちらしひま志
よ御商売みえますはかいひま
志よ「重」此方は紙屋じや
帯屋でちらみてまうしては

「たまらひ」やあら目出たいな目出
度まで掛ませう此方の御店
みえますせば六十余州の紙く
ずをあつめて売ります御蔵
命はみ年からすぐ延帯や
段〳〵商ひ末繁昌するかゝる
目出度ことうりはないのなる

基帯かさくるとも此店掛ご
ほらとくぐるしくもひんねちて
紙屑籠へどさり「店ちらしひ
ましよ御商売みえます掛
ますよ「これ」此処は料理屋
おや料理屋でちらみて呼よ
「たまよ」それ心得ましたやあら

目(め)出(で)たくも目(め)出(で)たくいはうで拂(はら)ふ
ましてまゐり御(ご)地(ち)内(ない)で名(な)まゐる
福(ふく)くくらやのかつ滅(ぜん)ようへ一(ひと)つり
兒(ちご)しして蒔絵床(まきゑどこ)の台くぶれ給(こう)やの
玉(たま)くなり箕(み)まゐくさく一(いち)ぶ
やさて門前(もんぜん)おま立(なる)義の大(おほ)台(きみ)と
書(かい)ぜん宗(しう)やまし一汲(おみ)酒(き)の幾(いく)

坤　九ウ

辣子(とうがらし)こうらふ風味(ふうみ)のよりかくにいろ
ある悪魔(あくま)ごうをさくるも此厄拂(このやくはらひ)
うひけ淸(きよ)く蓮池(はすいけ)へどぶりやく
はらひましよ〳〵「あゝこれ〳〵
拂(はらう)てくんなさい此御寺(このおてら)のうものゞ
その心(こゝろ)ではらいてくんなさいや
「拂、はあ日蓮宗(にちれんしう)でござりますれば

坤　十オ

やあら目出(めで)たいなめでたいなで
拂(はらひ)ましら東方朔(とうばうさく)を初(はじめ)しくら
首座(しゆそ)くらいつらぬる茶(ちや)も小旦那(こだんな)も
人間(にんげん)も六指目(め)にしてよい桐揚(きりが)
千代(ちよ)の鶴(つる)亀(かめ)末(すゑ)まで香炉(かうろ)を
そくつくミら具(ぐ)足(そく)一歩(ぶ)八分(ぶん)ます
百日仏事(ぶつじ)法事(ほうじ)ハ蓬萊(ほうらい)の山(やま)の

坤　十ウ

御布施(おふせ)や斎(とき)非時(ひど)まだゝぬ
だぶ〳〵ぞろぬだ歸(お)供(とも)で
唱(もら)へうろざ〳〵涙(なみ)ろとおし〳〵
そんな偏(へん)好(めう)の一字(いちじ)へおめでたり
西(さい)の海(うみ)へハはど遠(とほ)し〳〵ひがしを
さしてる揚(ど)路(さき)へさら〳〵と寺
役(やく)ならゆりまし〳〵よ〳〵「男

坤　十一オ

坤　十一ウ

坤　十二オ

あゝこれおいらが身ぶりにて甚さ
有難いこれはとふしなされふで
染めてくんなさいと共に又紙よ
持て出し「ならば いつでも究て
御こゝろざしがうつくしふござり
まんせず御勤なされませ
ふつゝ 玉

坤　十二ウ

床の間にうけるものとみえて
「あきれ」かゝるくの讃でござり
まして「あきれ」南海先生の讃で
ござりますとて奇てなんでも
書たものは讃とはいふまいから
此掛物の拙が通りあきれ
どふしての讃でござりません

坤　十三オ

「あまい饅頭じやござりません
詩でござります「詩ならばまさ
表具屋へもてゆきやれ詩句の
詩じやる「あまい一休の悟く
ござりますあまさどうじ
や今度はひとつ上ぐ屋って
てんと古道具屋へまゐりあの

坤　十三ウ

かけものは詩の六じや「表具や
詩をぞんじませんが詩の
流でござります「然しぞ
あの掛ものはおはうさ八てあるよ
「やあれは芭蕉の句でござり
ます「なるほど此ゆうに
いうするなと本いちまのれてし

坤　十四オ

ほど遠いといふは勘文が名言
じやと居る道もどろほどの所へく
だよりまして天文の図をひろげ
てござる「てよなんじややつ
かしい十ウと書きての「いや
十一屋の書きての
縄の玉

坤　十四ウ

南峯子の講釈は正成湊川は
なまんだぶして首やすめ
しても首まんともしても云
まるござりましたのがござりまする
「あまいたるくいふものかなら
何はおてまへのござりますとい
ござりません「さやうならば

坤　十五オ

ごふぞおかしおくまなされ
ませ「いや手まくおすゐでござり
ませぬ拙者ともゝ参りませんと
ござりまするとぶこつしく参り
ふくいそこで有まするまして一口ぐ
さうぞうしうするあれハ武家の
言葉しやと物識顔の咄し

「八百屋のむすこたすおとひ付
ても今ハ有ますとでやり付て
おきまそうしおかしうち「門口うら
山のいもへござりますると「音ハん
「聞ちがひしがござりますると「有まいれ
音のりぐござりまするる「有まいれ
しやうにて有まする使ひつけまい懐へ女中

が門口うらう七郎の釣瓶縄が
ござりまするる「人手拵をても
盗へ結んで縄ハ咄なら盗ハまれ
「女中あそうてあそれ間に合んと
いゝめる
お杖　お鉄
伊勢参りのあくちあり桐の

やねのゑふぞめき独ません
意ぜに二三百入てお杖お鉄
ふ氣いふばよ拙でハあてく
さうしものおたちも忙ますふれど
鍬をとんまぞ 回 ゆくちよ後立
らんで出ひらうく　これ　参川
そうへる 回 うんるせんきろん

坤　十八オ　　　　　　　　　坤　十七ウ

と稱の角が頭みあふれへく痛て
あらんさぐつて頭ゝ戚づうへ人
たぐあらんどぞつそしておくれ
とさらいさぐる　一むさあ
さつとおもい俵み仙尾に
うんどもい奥劾仙虐のもの
とんどもいすんうんどぐりのまの

ぜんておんじゆきよ尻と
こーて云ふと奥へ入れやうとける
「おむ」こんゆさ大坂に濃宿づゝて
あらん　　奥も中ぐつそとらこで
おまくの奥も中ぐつそとらこで
かつせらず「奉公人ろろやをつい雨
あてぢや

坤　十九オ　　　　　　　　　坤　十八ウ

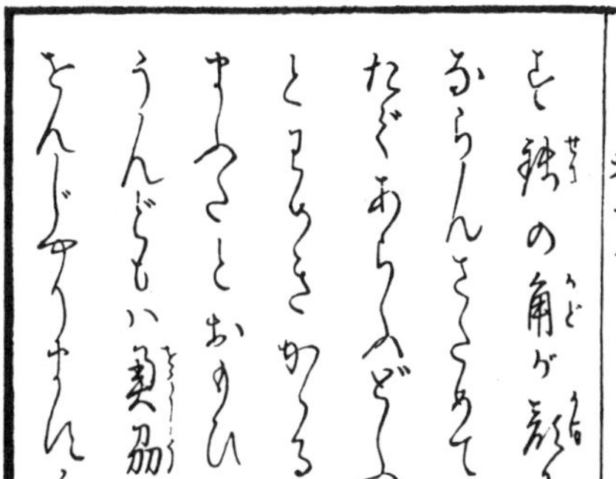

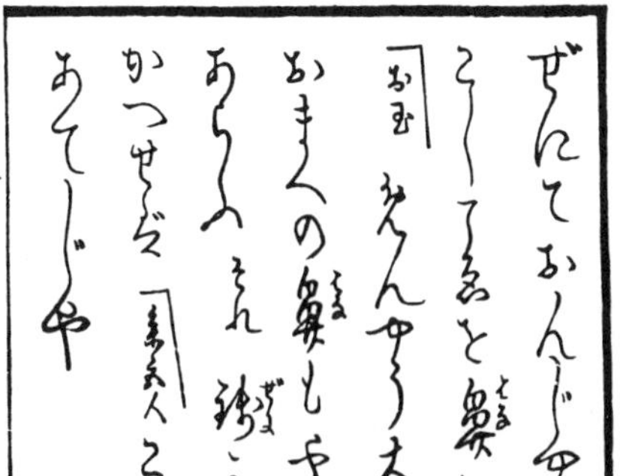

ふぬけ玉
夕巴南地へいて作んをよんで
時りかの代呂ものがつ入よれ
おおと別保どれさのみや京
橋の事らいふ随天満ばし
しておふへてみるのよそれよ
おまへわどこぞの天神橋を縁

坤　十九ウ

ばしふしてろくしもとめんとし
堀江をしれしいじや思つてゐれ
そのあゐ橋じやといふ「何を
西国橋とやらの金屋橋の淀山な
ゆきよ豆鉄だとしとやすのせいみ
いつげふとまでも思案橋して中
橋の清水橋といふ高麗橋をお姫よ

坤　二十オ

海部だしにまかせらい「さてそれ
まあ筑橋あつてのおさくさ橋よしんれ
わいしもちか橋やの「いやこゝな
けんまい橋め道頓だしの名うれ
つゐてとまづやうなんかめんや
ばしいおあいてなしぬれゐく
さらふ安治川橋めが「うれいなあ

坤　二十ウ

ろくしの鉄橋のやうな鉄ゐれ
めへでもおゆくれ太左衛門橋を
それそやろくしと離ればしに
してだしふつうひ女子さく
さらいやまさに橋屋だしおめえ
して鎌彼なしにあいたのひ
橋よしいじやのれなよそゐすの

坤　二十一オ

同屋ばし　きつい助だつぱ
じやないかあ「ふうつそんなら
是幸をいだしふしてますあ
一切の千秋だしにするのくの「これ
何様をいふもおまへを末吉橋と
おめへうつかりうつ新屋ばしに
仕いらしが万川さ紀の字だし

坤　二十一ウ

かしらおまへの板を伴達橋り
さしますやうなまぜん連して
きりうり戎橋て何すも何す
もかんりんしてまはばし「さあ
そうへいやおもてもそうするの出でそ
橋の時ぶうしら訓練で日本橋へ
おろての唐高麗だしまでそろする

坤　二十二オ

のやうな安治川橋があるかり　トつつり
ほめる「そんな板屋だしやのそうや
おまへ本町だしうくそれまでか
あろうしも安堂寺橋じやぶんよ
あつい鰻だしますで瓦屋ばしと
ころしや新町ばしでまあって
みつふそへきまそのやうにすじ

坤　二十二ウ

遠ばし　寐だとしやすまい越中島
だしさんだしんらいるあ「よいと
吉田橋じやさあ糸入ばしに
せうまうう太江ばし　よさそうさ
芦分だしふせんらいやとめ人
あるく極楽だしやとどやいし
いつぞ處へまんさらをが夜びよ来

坤　二十三オ

くおのみたりや月がさめくて御さく
躰りお目い参であつてく「ろく
そんなるれなりしよび行のくみん
たらくようくく

珠数玉

天王寺一舎利講中寄あひ
「まづ我々が呑んじましても

今度講々の勧化の事をみれが
伴勢強什と南国くあしまん
勿ろん斤園仁在まつとたのむ佐
のりでござりやすんだされば講
講斤家伴勢強什しなりまん
くまくれ我絶の比天王寺ともく
口合でござりまん「さやうなら

九ろ卯るでござりまするれど
目りぞうん帳をまでされませ
「一舎利 南無の弁慶どうけて
やらく

卞和の玉

巨達ま倫むけるかけて寐て
みろ「色会 門口りし 浪 ふ

九重の東山の奥地まで「
通じし中者「玉珠の鬼門の
すりりけ「巨う山うら
通しし中れ迄ゞがあるて
ある

夜中火の玉

雷の親仁がこりや 将じも近く

坤　二十五ウ

坤　二十六オ

足の弱ひとのハ替と雷じや
と大坂での噂るうけ万一落る
ともゝくの怪我させんやうよ
あるひハ堂塔がらんなど損
ぶん気を付よ火の用心が第
一じや夫も久しう大坂を
ぶん一世一代のとちおさめぶ

坤　二十六ウ

此ゆふべちうさいをひごろ〳〵
ぴから〳〵かり〳〵〳〵ぴかり
「雷の子供　さあ親仁のいゝざるを
と怪我しまねへようがらへ
うら「親仁戻りてやまし〳〵む
かしも今も替らさうろうじやぬ
大坂ハ替らぬ繁昌「親仁さん

坤　二十七オ

巻二

まかり戻(もど)らんと どこも怪我(けが)あれな
うけくら「年寄(としより)もやうく小桶(をけ)
持(も)ちいれせん ヤア 南無(なむ)三(さん) 今(いま)のあゆ
風(ぜ)よごろらん落(お)として まつた
なんの拾(ひろ)ひてもさげじや「アヽ
とうらんれおしりまいが 中(ちう)よ
流(つぶ)くりごうよ ○が 入(い)ると ある

坤　二十七ウ

吟(ぎん)味(み)
橋(はし)の内(うち)の川(かは)とや 安(あん)まく 捨(すて)を
すくうゝとも 探(たん)干(かん)よ 荷(に)をそ
番(ばん)する 抄(すく)ひ網(あみ)の鯉(こい)が びちくひよひと
飛(と)び出(で)ると 川(かは)へどんぶり 川魚(かはうを)や
びつくり南無(なむ)三(さん) 仕(し)舞(まい)
つけるぞうしたくよらうと

坤　二十八オ

巻二

十(と)方(はう)もなき事(こと)みる「仕(し)業(わざ) これ
魚(うを)屋(や)よりひ来(く)る 名(な)枝(えだ) あの
鯉(こい)れおとまる心(こころ)だうい せゆるひ
「どうかしくらうと落(お)としもさまつせう
「仕業(しわざ) あの堀(ほり)ぬき井戸(ゐど)のへあつの
落(おち)口(くち)へひうて待(ま)つているく鯉(こい)がる
満(つき)と取(と)るのばうする事(こと)を 熱(とほ)

坤　二十八ウ

で 横(よこ)ぎるかうしや「みかの仕末(しまつ) 甚(はなはだ)
ゑんの計(けい)略(りやく) もるなか 可(か)なりくく
どもそうりやうれ 塞(せき)すなるをとよし
それあの落(おち)口(くち)へ 継(つ)いのび 着(ちやく)して
登(のぼ)りゆいまい 拙(せつ)者(しや)の工(く)ふうれ
川(かは)のむかひ側(がは)より 佐(さ)くの鯉(こい)の
のぼる所(ところ)を 吹(ふき)矢(や)まて とる工(く)夫(ふう)れ

坤　二十九オ

巻二

いろゝ\[　\]和泉屋のむすこひて
咲やでもあるまい

例年正月廿日今ごめの戎して
七福じんより合ゝ致いて談人

み禰をさゞげ給へ毘沙門天
大黒弁天寿老布袋ゑびす
出席ざされども福禄寿いつまで
たつゝぬへ「われ傍もう
何をとしてみゃうかと遊
違ろゝぎで寿らゞまゞと
まさきぎろて合ゝしても申

巻二

まちのぞあらへむすひよやさと
ものじゃが今とーハどりちぢ
やか刻ーぬ「今とーのげりー
乙年のねぢや

玉尽一九噺坤巻之終

坤　三十ウ

清遠くれ表の序仙も流
や様のゝ鳴きは切きゝめもそ
あしゝるの嘻もみ原手袴
ずきみハ市より一むらし
笑人のかた子愛呈挟杁て

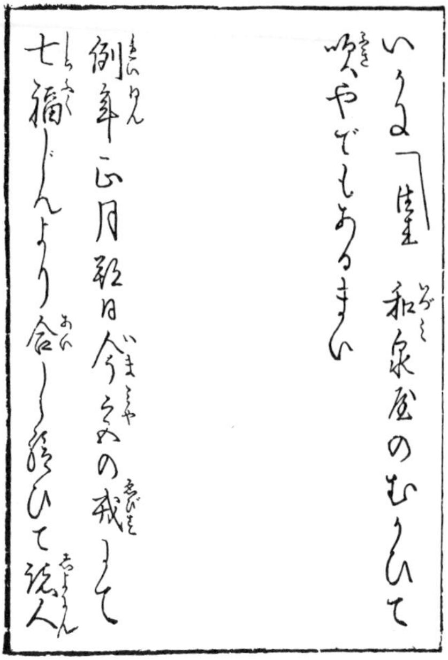

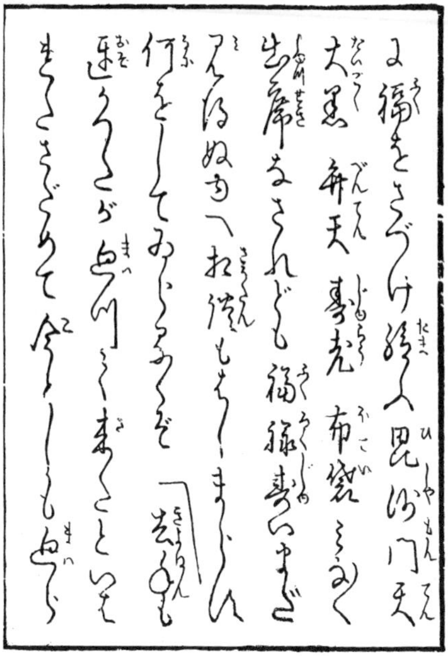

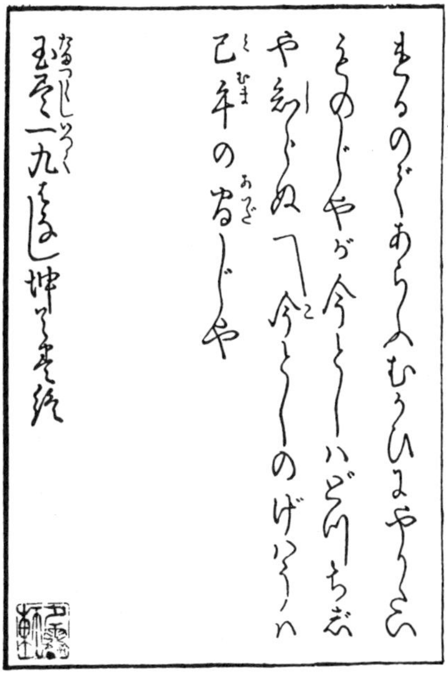

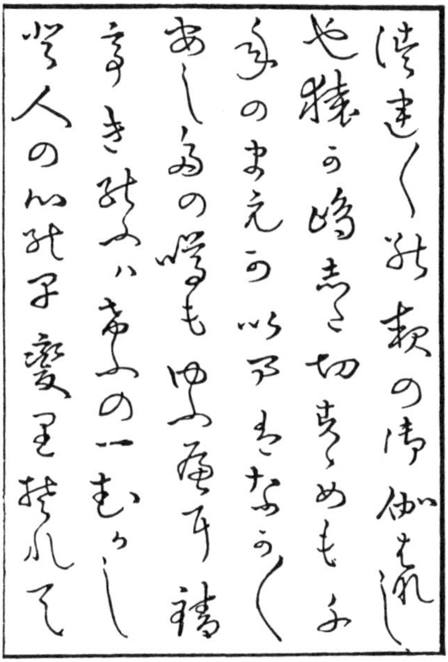

坤　跋三十一オ

津久らした玉附りち兎て題
しきおほしさの中綺かけて
美しひ縮の動かさうす枝
話のふ話と

十返舎一九書

坤　跋三十一ウ

春景浅茅原（しゆんけいあさぢがはら）　全部二冊　辰春出来

猿曳勧物語（さるひきすすめものがたり）　楊生庵司馬著　芦国画　全部五冊　近刻

蔦葛二人山姥（つたかづらふたりやまうば）　文門亭福来著　雀斎画　全部二冊　近刻

金鱗化粧桜（きんりんけしやうざくら）　五車堂周理子著　芦国画　全部四冊　辰秋出来

樵夫恋の重荷（せうふこひのおもに）　卿月亭著　北斎画　全部六冊　近刻

坤　三十二オ

春秋加久山新書（しゆんじうかくやましんしよ）　鬼武著　芦国画　全部六冊　辰秋出来

一九ばなし　十返舎著　雀斎画　全部二冊　巳春出来

文化五戊辰年正月

浪華書林
心斎橋通順慶町北へ入　奥田弥助
西川源助

坤　三十二ウ

見返し　白

21 『画はなし当時梅』

文化七年

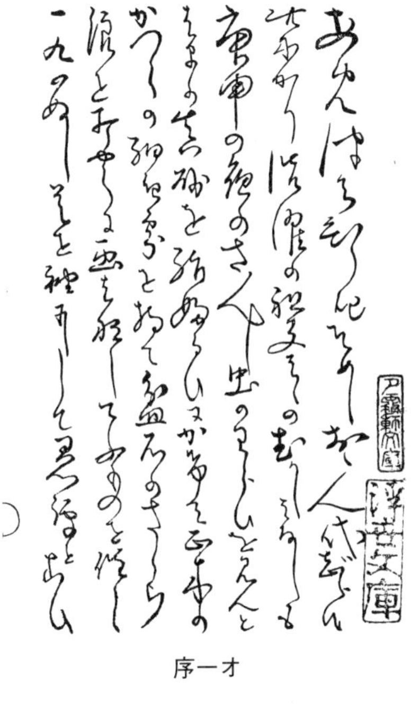

序一オ

見返し

たまたまいふ事なれどもおこがましくも名山をとらへて
画きて出羽の松嶋とほめかしも一瑞東(?)絵の
趣しるべきにはあらねど其のありしさまをしるし能
なれかしとなん

市中の茶埠(?)

長元(?)

文化七とし

仲冬

序一ウ

今の世のこのごろに織出すよしとて流行にしたがひ其(?)は
飛鳥川の淵も瀬となる淀川の早瀬しより
まくとのもの日してにひのふなをもしく文目しまあつらしく
成行は當時門流のある流のごとく新町の新建に
似て新川に新地のはやりたる世にもなれるさくに今
まで論じたるの描きなる名画や古人の詞に
詩そしきあるの画画そうつりかはるの詩といへるを
うちあやし聲もかしましも松のしるもなりぬえて

序二オ

画なるもしと名付ならぬ是の當世ゆかしさ
其の品定一つなく侭や是とのしつ山よおへる
松茸のやうさへしてもいふと流行に挑灯と変じ山が
て狗の顔と鼻も今もちろうてけふも趣し
言へとしと感じて評するを以て推て流行
城南の住人滅雨(?)と云へる狂夫なり

序二ウ

凡例

一 此画冊子は新に工夫し画を弁ずる流行以て流行
悪しく嘆かしむべき好士の作物集めて寄亭にて
食指遊戯をもさ流行りに以て梓にのぼせり猶
作者自画にして名をあらはさん

一 嘆付様ありてなくば去る富士人某町を東へ出る組曲を
志てゆくとのみて又同じ作なる人の出る組曲

凡例一オ

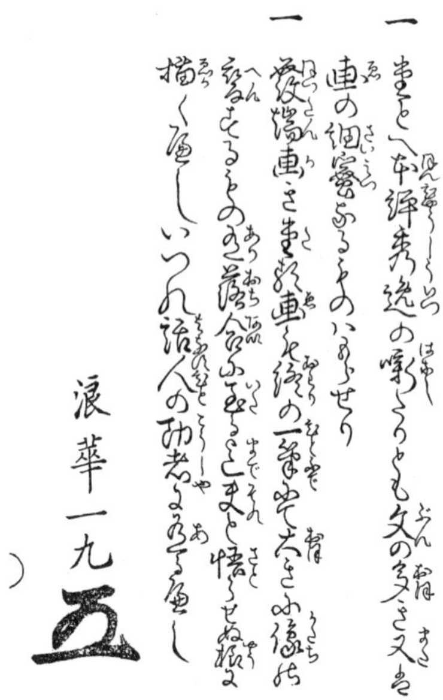

凡例二オ

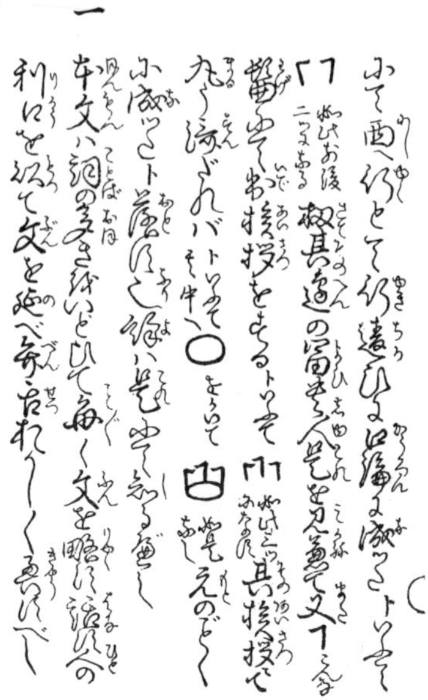

凡例一ウ

口絵三オ

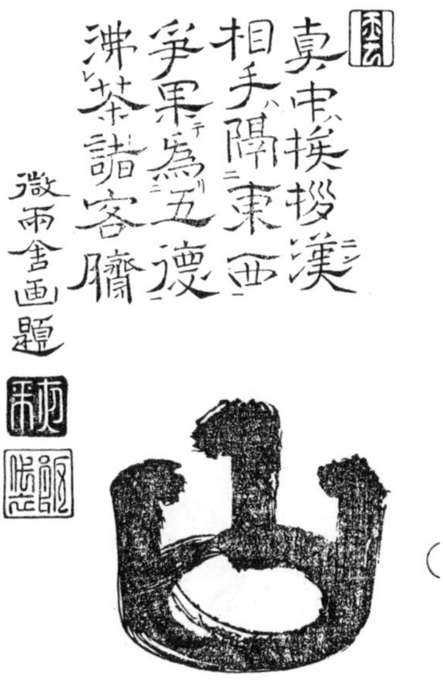

口絵二ウ

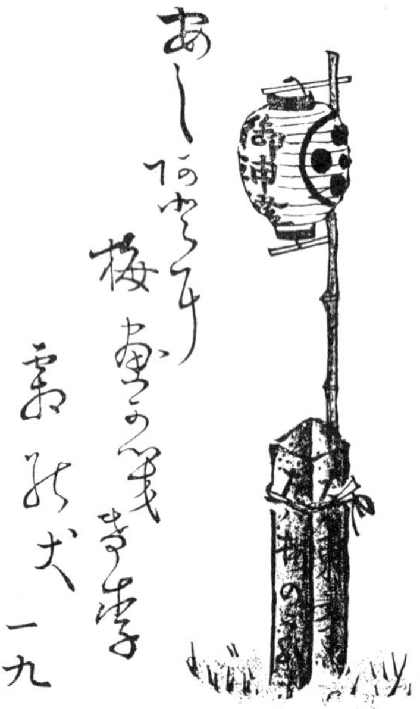

口絵三ウ

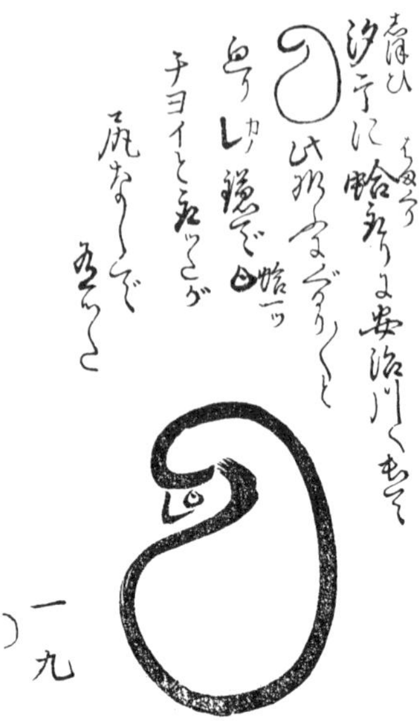

一オ

一ウ

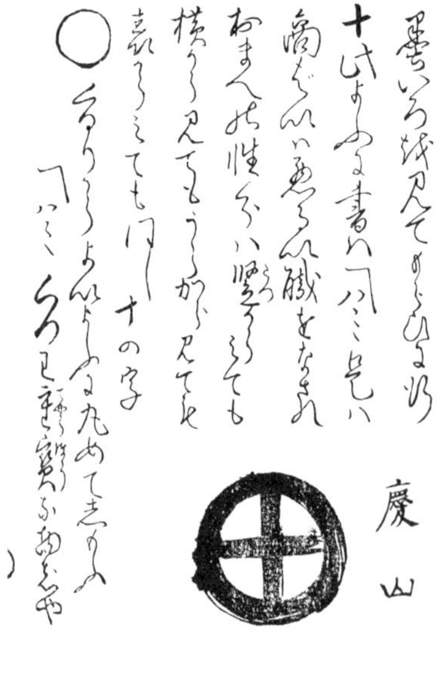

二オ

二ウ

○ぢよう当月祭り釜を
ぬすまれ「ヘヽアま私も
アノやく者月夜は
「イヤかり二展ががくりて
志がヽ/ふるゝのうゝあつく

丁子圓

三オ

るゝ孫じゃ
指達堂の幽霊を見住んと
抱つてくらつて来る
狗加孫の下より
七ヲミヽレイ
七ヲミヽレイ
とり余を
で御立用じ々申す

慶山

三ウ

志ろ〱/越尻此賣仕様
此州ちふきう
此州ちふきう
二ツ五文小賣くる
光でハ蠟燭代も足ひ

四オ

　遊城拂等て天の渡樓を傅優せん
と楊貴妃淺功恩の大臣を
大三貞雲がふを出て官宰ふきぬカヽ
揚橋を見てよふ
揚橋の下
　雲つきつ
　けぶりさき
又ふ面か
ふりく
揚枝の際に
揚枝の際に
思ひ々る

一九

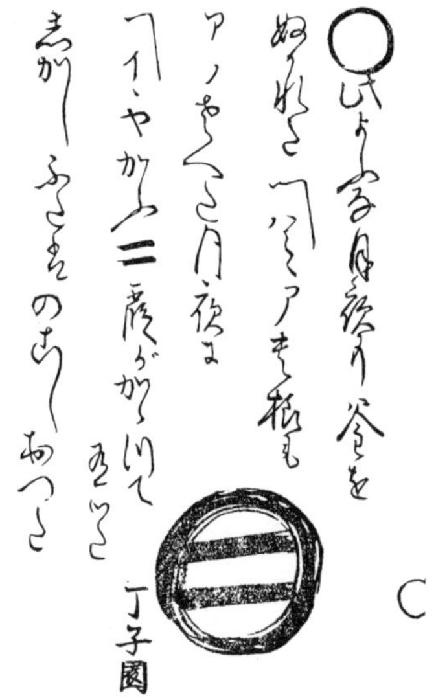

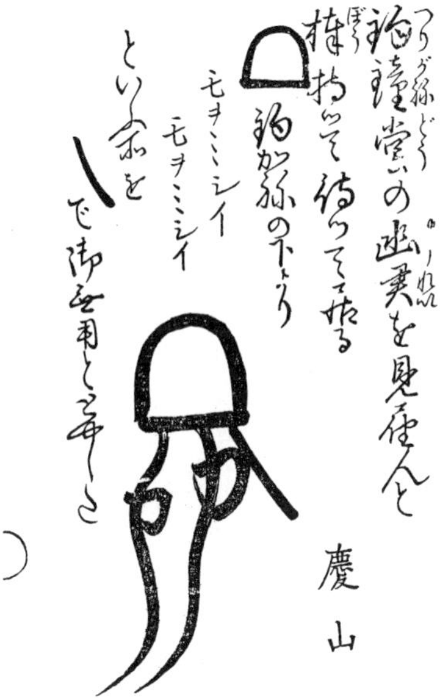

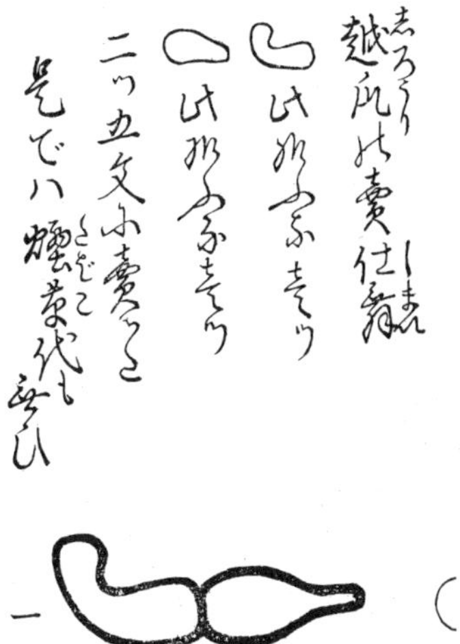

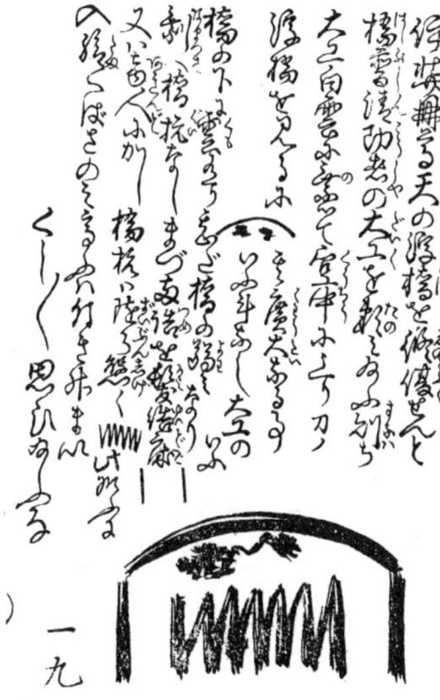

どふぞ江戸が見たひ／＼ものじや 左法(こちのり)はどふやふものじや知らぬ
「アノ 草津(くさつ)から分(ご)かまへる
「右へ行ば東海(とうかい)道の本門から這入る
左りへ行ケバ「木曽海道(きそかいどう)板橋(いたばし)から這入る
アノ中月(ちんつき)の道中じや
「ハア左様か 同しひナア

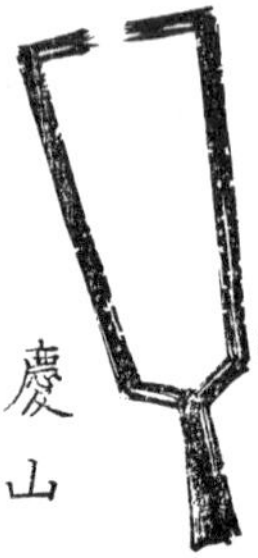

慶山

四ウ

ひよみに禰木橋にて廿五日に
御逢(あい)ちる子 誠ほき　糸詰するると
むかうから又　御逢なすった連(つれ)」下向と
行違ひな日光の口論すでに
先生同士になおある紙出入中に
人お見ひよふ　て眼流(がんきゃう)持て だんまり
「さしむるのじやが
お入りハ又アし

きく屋 竹離

五オ

むかし／＼むかし川さ古鼠(ふるねずミ)ぬこぬこと ある
まいちみ　ねずみあがるまかずつし お川さ
「なんだのうでも 鼠(ねづミ)きカナワぬ
ぬ ぬ

一九

五ウ

昨日(きのふ)あ坊弁さんへいつてさが
妙な(みんな)帽子(ぼうし)をかぶって
向ひてり宰さんとんと
おめへさんの風俗でござる
物をいはぬで思ってる
ケイ見矢立川となんでも
イヽ女房ござる
「チヤ／＼呂／＼で子

江戸 欺墨(スミ)曲尺(カネ)

六オ

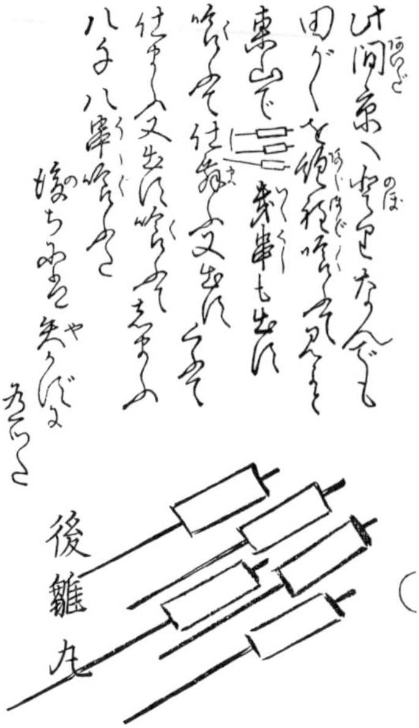

六ウ

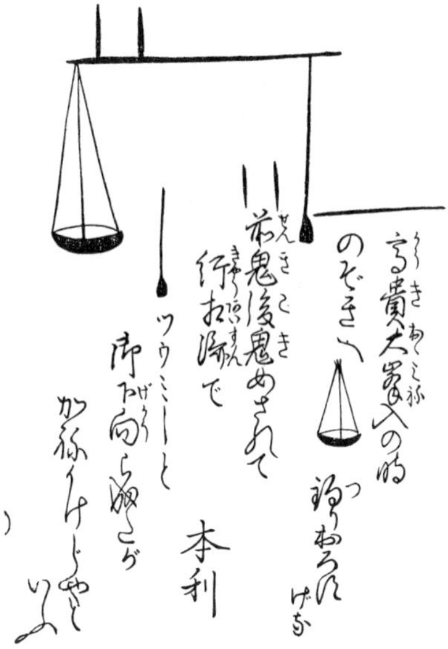

七オ

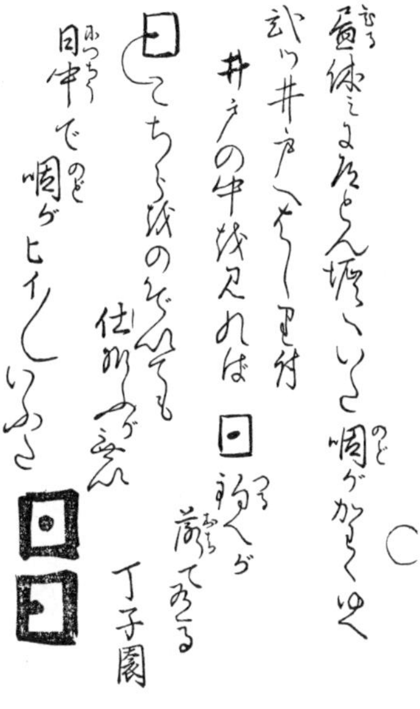

七ウ

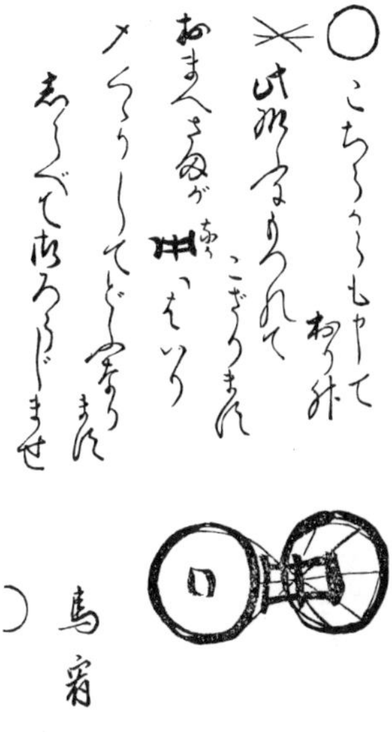

八オ

縁の事を綾のまくまもあらぬ
━小すゞめ━小児よ
婿の家は┃まつすぐな人じやが
どふしやる
ハイ私しや
○これ次第

一雄

八ウ

よしやばしく花火は
見ふりこそチトくめんらしうらん
其かゝりよ人がおさんで
すこし人事じや
そのまゝじや
ふきぬきしや

一九

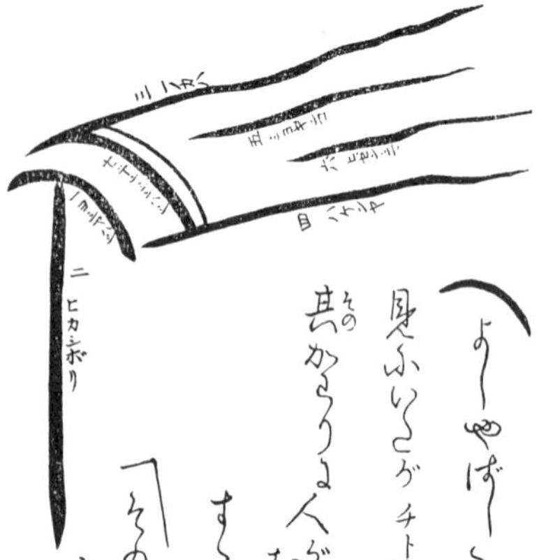

九オ

○巫子ではないかくち切とは事じやが
此間切って見ますれば
料理へ
りりや下に良い縁がござり
なども種もちは
もちやじや

慶四

九ウ

何と此家中大井門で以前は
付そんじ巫女へ誂へ九二年後
数えて続るたしるが割ひあのじや
九三年目あたり
一家中では
変なるつく

一雄

十オ

十ウ

蕎麦さして、
膽（きも）ハ又借（かり）ちやる □かりんで峰々
とちらで ぎ□角丸で みろくが
東國お紀庵 ぜんつ 志るす

里丸

十一オ

新ぼれ板木まで所持たる
佐く朱ハ鬼鱗の傳
1右ハ蠅屋へちり蠅
後陣ハ遊酒飲
玄蛇の後
遠巻きる寒
いちめん
どんぐりく

一九

十一ウ

きさかた
半挿ハ○丸んのじやが麦ぢ〜れ
友とちや 志れる とれん入て麁
ずんでめる かちも 志れる ヤ
かん足入殻又 友達
くそれる 殻 〆 一ぢ〜る 母じや
弓徳利と志ゆん入る

イヨ友

十二オ

とめ低氏ハ低（ひく）吾（われ）条譜（じゃうが）まに
あぢの海道通てそり椅
渡（わた）て稽飯（けいはん）〜庭っさが
足うすしこさぎ
なりと

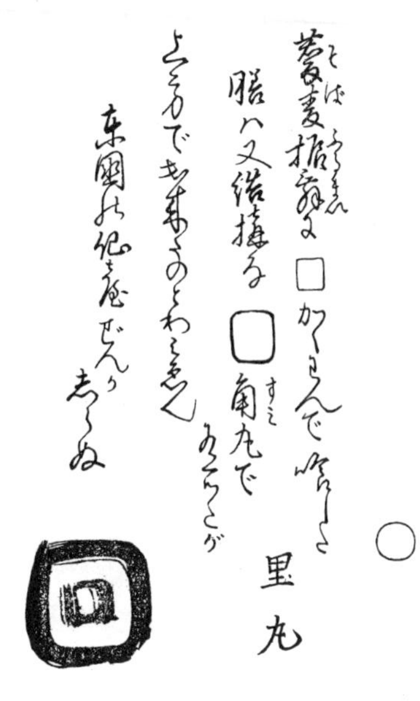

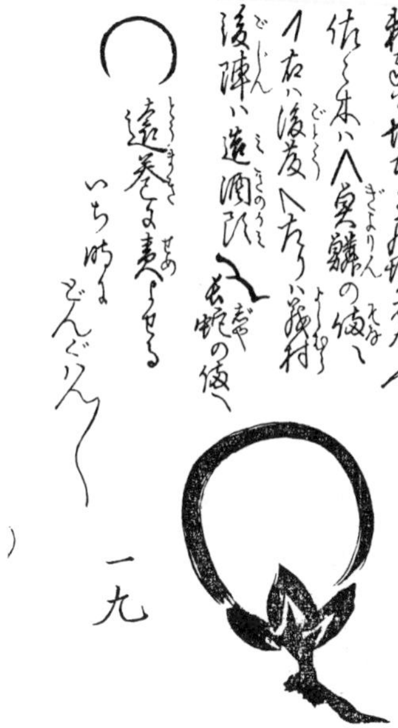

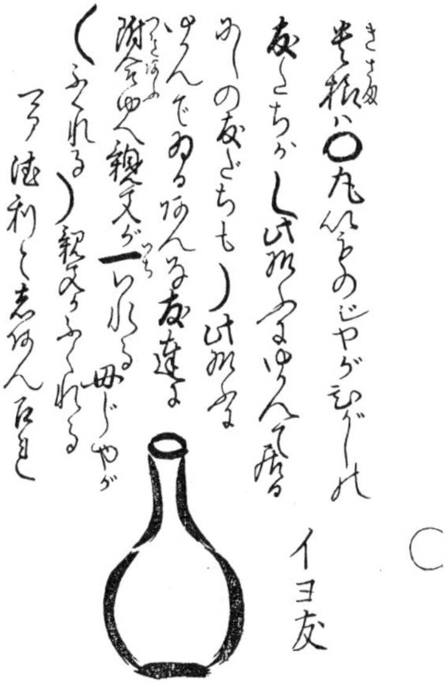

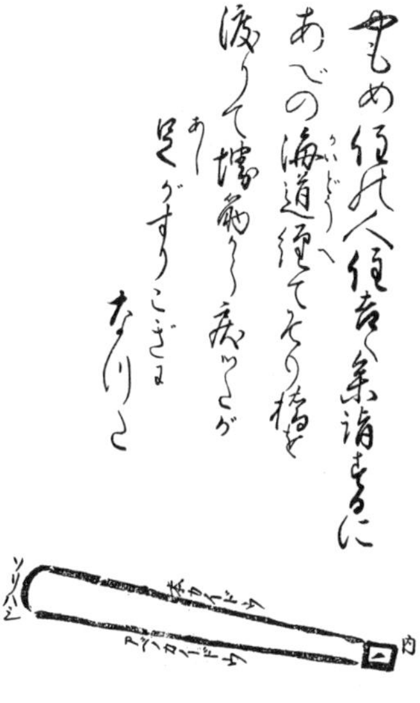

浪速（しめ）外円店（とせ）於子供中摘（ざいく）を○
ふりみって宝（ほう）引を初める
紐（ひも）を付けてサア皆（とる）
引くといふ所へ出て来た風を付けて
コリヤ勝負するのハ御法度じや
余所（よそ）へ聞（きこ）えてハならぬ
「いふて（ 内にて ござります

丁子園

十二ウ

口 焔（えんまちまくどら）色皮鯨黒ふて くれいよ
今於皮鯨（かはくぢら）ハ喰（く）へん「イヤ味（むま）いすハ
高台寺（これはなれ）丸でいかぬ

日 求（もと）めても 切りませぬ
「味方もアア
一 よしは 志よ

慶山

十三オ

へ ふとんきて寝たる姿（すがた）東山
西（にし）大谷清水八坂 ≡ 此辺（まとひ）見物
東山（とうざん）丸山祇園（ぎおん）を ≡ 此辺（へん）をぐるぐる歩行（あるき）
知恩院の弥（や）さ（くゝ）裏（うら）まで
一 縄手（ふとて）まで すいとまさ

一雄

十三ウ

往古下向（げかう）より慶幸（くわうきん）余福（きふく）せんとてまるい
ので小役二が付きさまなんぞとの ◯ 太坊（どんぼ）
さよう所へ子ども太縄（あさ）で ◯ ぐるりと
取巻くコリヤどうすると
「道楽（どうらくどんぐり）禅ふじや錦くれと いふ
錦ハすぐといふ所へ又太ぜん
◯ ぐるぐると取巻くさ
慶幸（くわうきん）さんできることハこすりさ

丁子園

十四オ

十四ウ

歯ぬきや小八年付きけが何でも
ええさすのぢなん申〳〵
細工を仕覚くでそろくう
けれでも
へんぎたりよ
親を養ひ
たくさく上ります
と
秋六

十五オ

のりやよむすき
○いきものじヤが売り払
となりの拍○も共
其それ源ちりる
なの月が稀と
なの川さが
いづよのまき
秋六

十五ウ

けれふるたきる
なめうぜんらぢらきぶ
手を見せ北角が
二ずくるまありて
チヨイとくる
ハチがふえる
見ているるなめでう
山くうるらゆ川と
一九

十六オ

花よさせんいるニ階る
名をもろうて
バイわうしまぎす
けれよせん人を
でやふ
惚此栗やそ
つで引てごさりました
リリヤ鮎白山せしろ

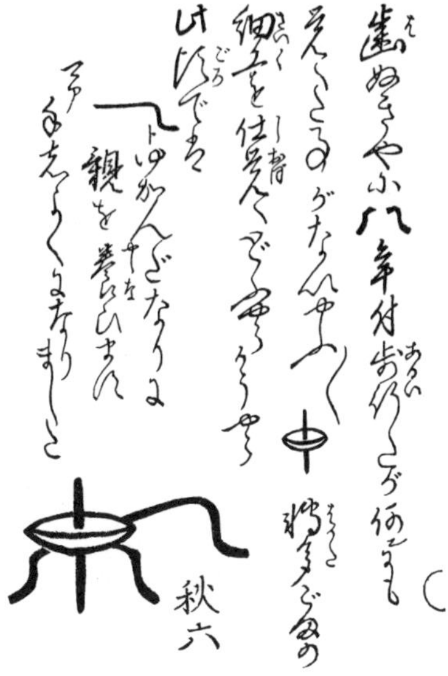

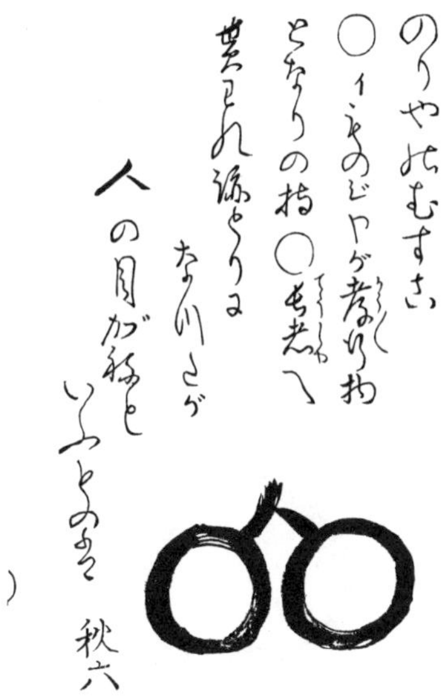

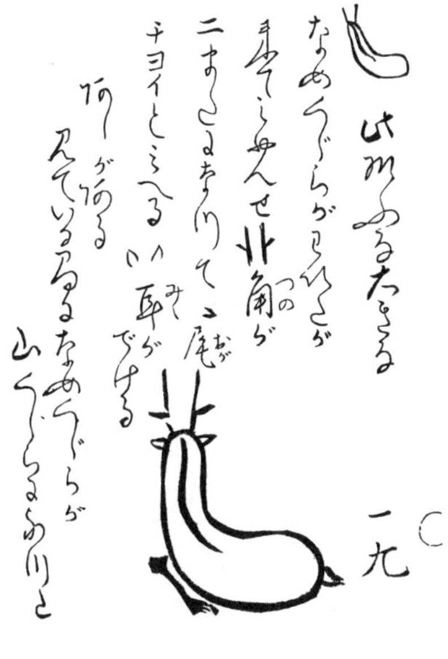

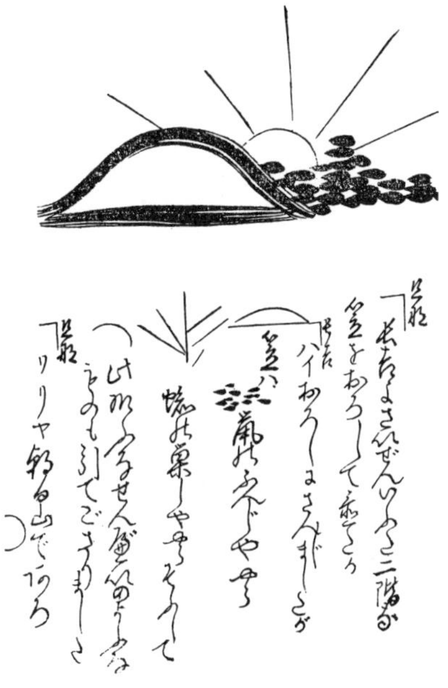

夜光は玉拾弐十夜の
後へよそらひとぐ咲よ光る死
ちょろんかふとにや
紛ひが

慶山

一九

十六ウ

流星(よばひぼし)も虫じや
ツイと往(い)て消(き)へる

星(ほし)もやはり虫じや
月(つき)も陰(いん)で虫じや
ソコデ

三ヶ月で西を行
すいくハの形(かたち)

一九

十七オ

六面の内へ
八寸の率(すい)を容(いれ)る
是ハ一三五を
象(じゅう)じて
塞割(さいわり)とする

一九

十七ウ

亭主(ていしゅ)毎夜出行(だつく)を内証
◎此様な事で来ると申す
去て引込肉気角(つの)を出し
亭主こまりてあらも
でんでんといふた

一九

十八オ

十八ウ

町内中で花火撰革　発明と云ふを
子どもし集つて　花火を〴〵
楷子ぢや　お客老ふ
尻つがまるき

一雄

十九オ

七浦
うかむ
ゑ
ちゝえ
／月るの
釣舟や

何が
釣れ
たよ
と
小児の花

十九ウ

梅本凡祥

えふりくう
やれ杉なつ
ならべじやし問や
四又ふ　小笑と
　武さち
　いふとりや
べかごしして
　ねつてえど

家宿

二十オ

間久しぶりで出ゑ
いんでまたこ海の中へ
橈がおつてゐる又ご長らと
一縄たりうて
もどげゝして罪を
山じやをらやもん

慶山

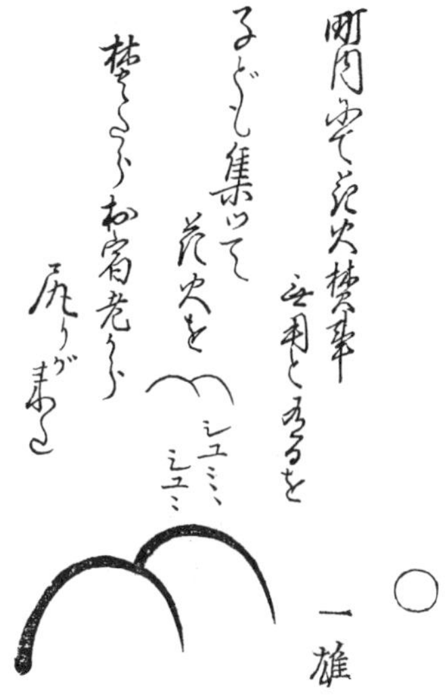

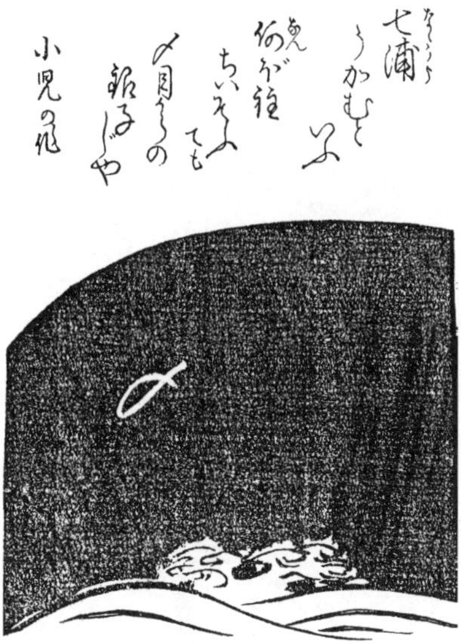

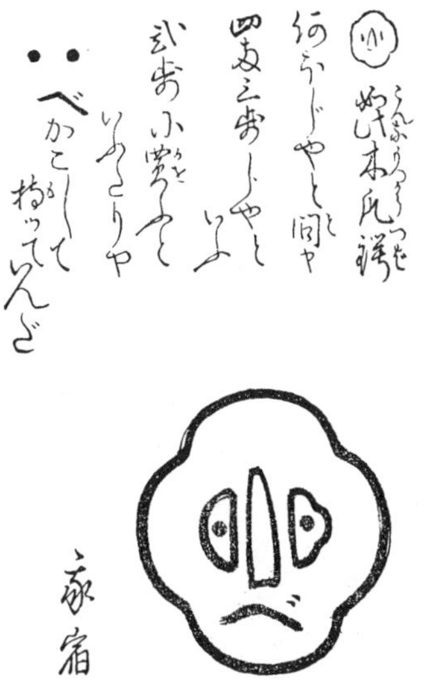

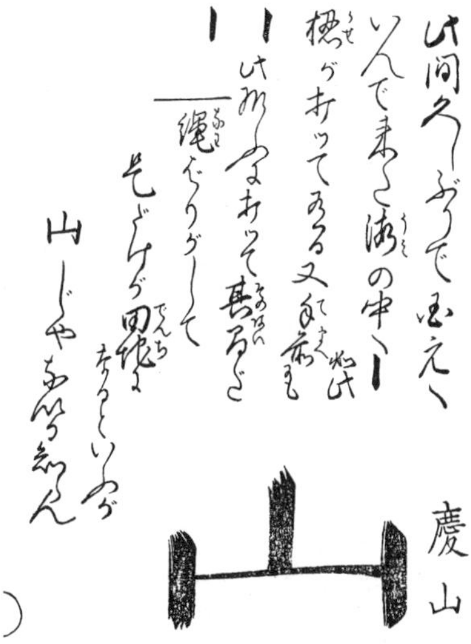

十三峠始て縦とぢ西の方い
ミけれ丁ゆがんで
そ爰くヘ下る時のる
すると折るよまつすぐ
「コリャつぶらい
そ有くうや
こゝしゃ
一九

二十ウ

常晄む ほん病孔の
挽れ 湯気を
をけめんやうる
慶山

二十一オ

墓は子ぐじ親の歃くうんて四処や合
けれ丁つ後へをえて ねねる
蛇い墓ち捲じしょおそれ
子ぐる毛を吹める
石を打付ると
ぎぐんぢ弄ぶ
慶山

二十一ウ

からろうーゐ 箱さしき
よすと人ぢざくざ
さすま 二
ろろく
がそそ
つくく
しゃ
勝よかわいし
ろふ
ツく
しゃ
ちゞこふ二の上で
ツくくしゃ
木利

二十二オ

（図）蛇ない短冊何程じやと問ふや
六トでござり升といふ　十文ざんせ
まかりませんそんなら
マア一文負ふ
「てまかんせ

二十二ウ

（図）久吉公瓢箪（ひようたん）の馬印（うまじるし）下に◎加藤の紋所（もんところ）にて
天下の軍勢（ぐんぜい）
「まことかゝりるすゝ
うけるのじや

我宿

二十三オ

私しが紋ハ丸に十の字めく
丸を角（かく）にしては
どふかな　目
「なぜ
ちそりやさうか
矢つけて
膳（ぜん）の上（うへ）へ出れはいゝ
じや

後雛丸

二十三ウ

浦賀問屋の千代番船を
今やくと待つて居る向けの客
来れ帆ニ見ゆるとソリヤ一ばじやと
丁内文　目　波を切て来る
何もが一番と丁内ハや帆柱を
（おもしろくみける千代丸の
おへ出て目出度かく芽出度仕舞しる

慶山

二十四オ

二十四ウ

枝ぶりよく椙よ
樒持沈が咲てみる
昭を見慶ゐるに必変ざんは
三昧式寺ジヤといふ唐ものな
んぞそれより人を
うつむなりさ
何程じやと同さ

慶山

二十五オ

内義の壽孃ぬき
釣いほよくとも
あをぎをはん
國かごミの
やうなる

跋二十五ウ

千年此松よりも
高輪の舊
ウウ舩凝されば
ト涿ハそれ沖の片からの
「リヤ見も圓も度
雲此画じや」
ウ

援 一九祝画述

跋二十六オ

繪のすは喜人美玉よいまま打と
古さなもりて新しくあやす趣向
された一九老人を二ユ丈ちろかて罠
の滑抵人を承り集りまして居しま
古切やぬ雀のちやくくやとき邪し
合ひしの絵もて空言も一冊の本ち
ありぬきよ百物のもりお仕彙源す

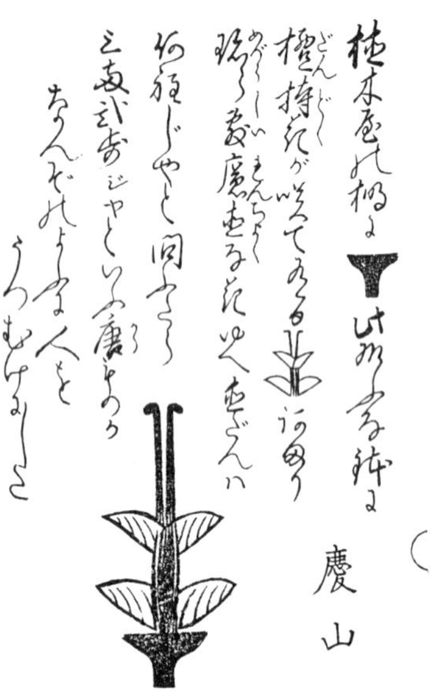

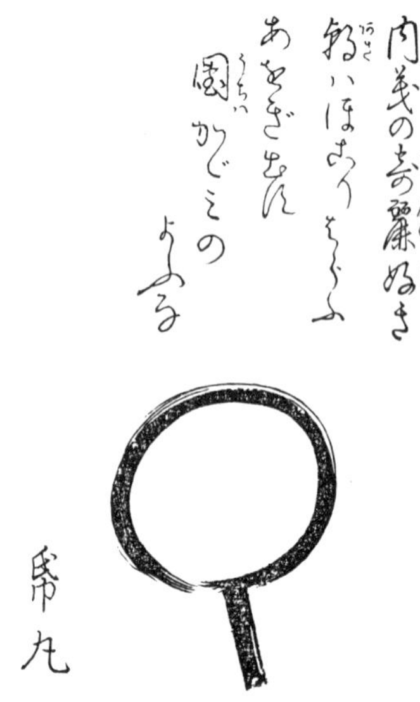

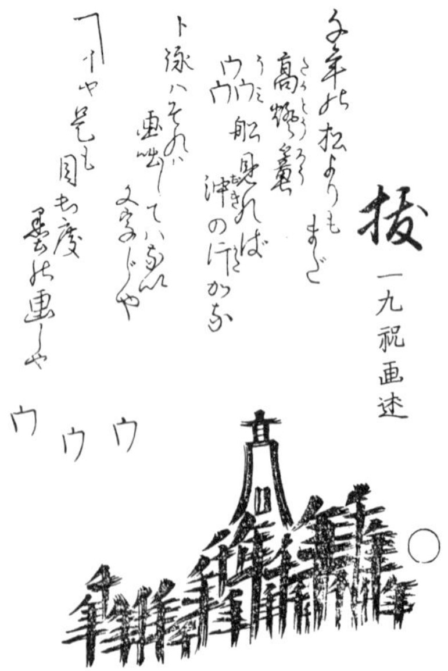

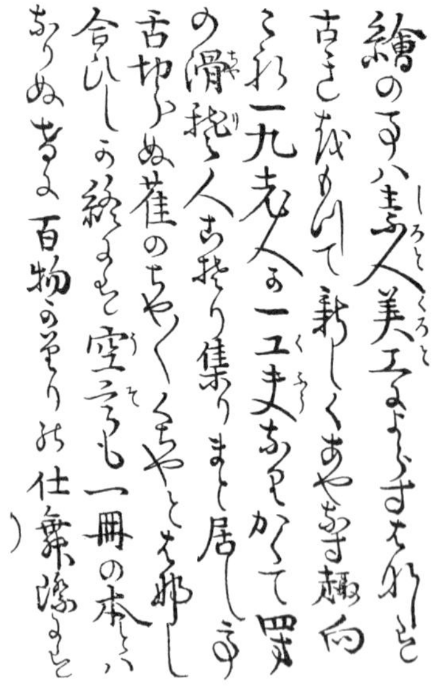

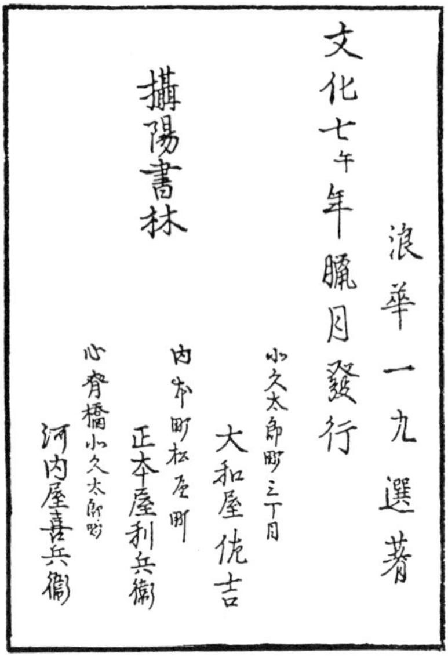
浪華　一九選著
文化七午年臘月發行
攝陽書林
小久太郎町三丁目　大和屋佐吉
内本町松屋町　正本屋利兵衛
心斎橋小久太郎町　河内屋喜兵衛

見返し

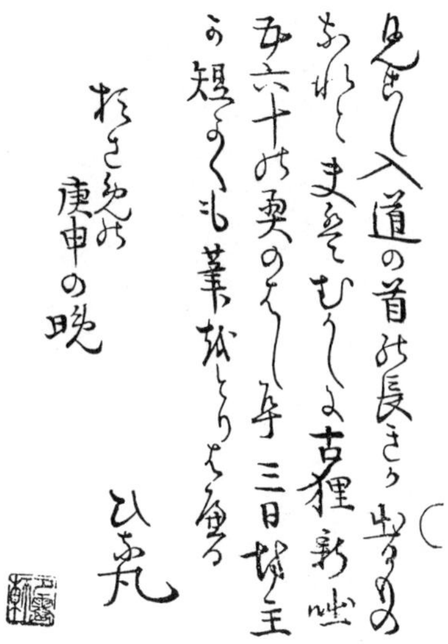

跋二十六ウ

22

『三都の画噺』

文化八年

見返し　白

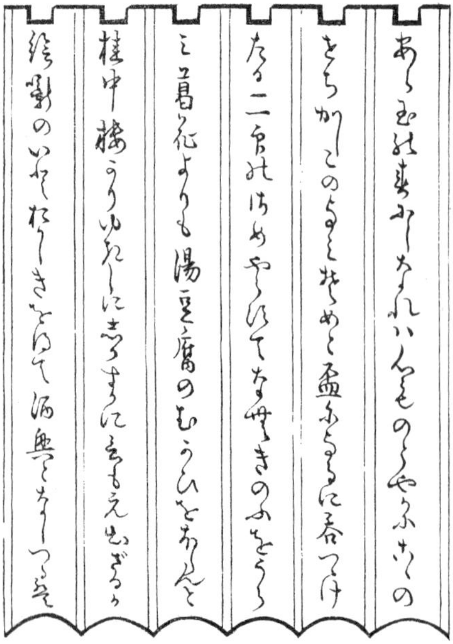

序一オ

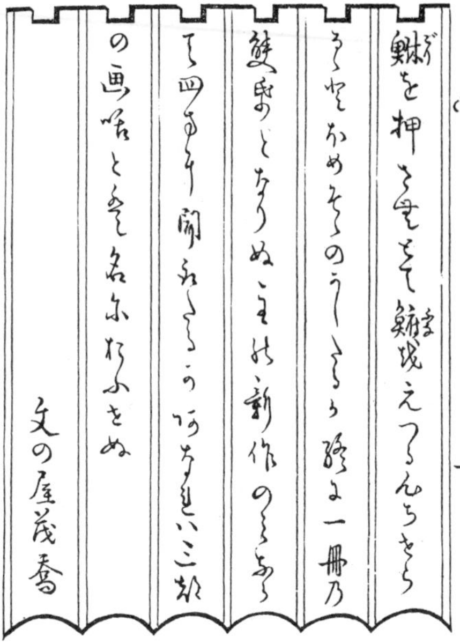

序一ウ

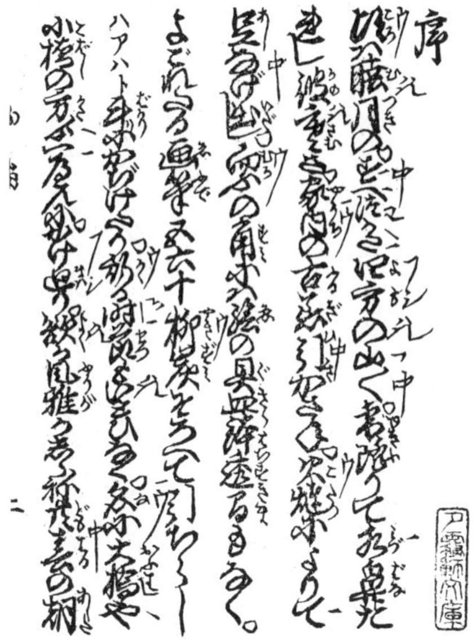

序二オ

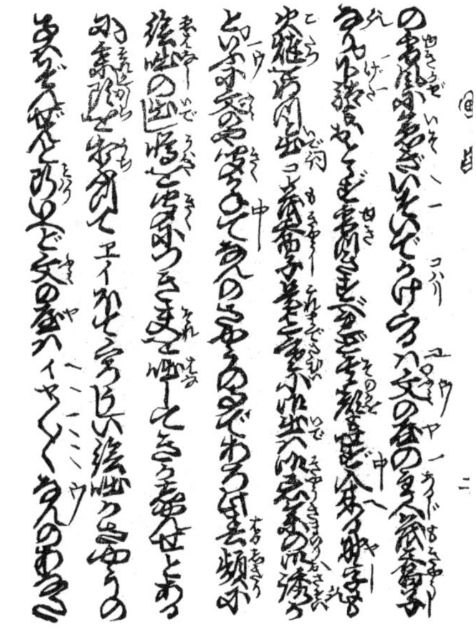

序二ウ

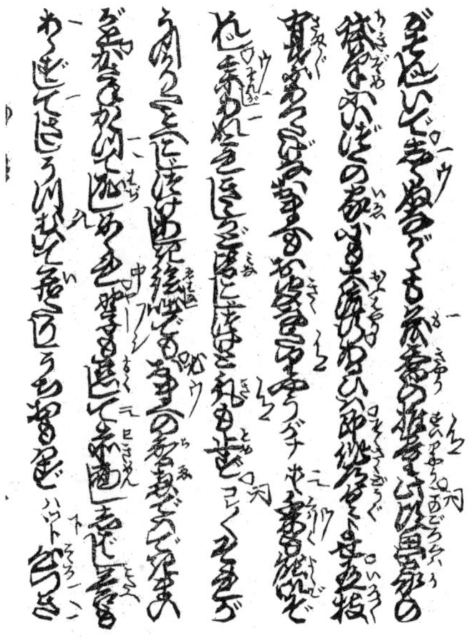

序三オ

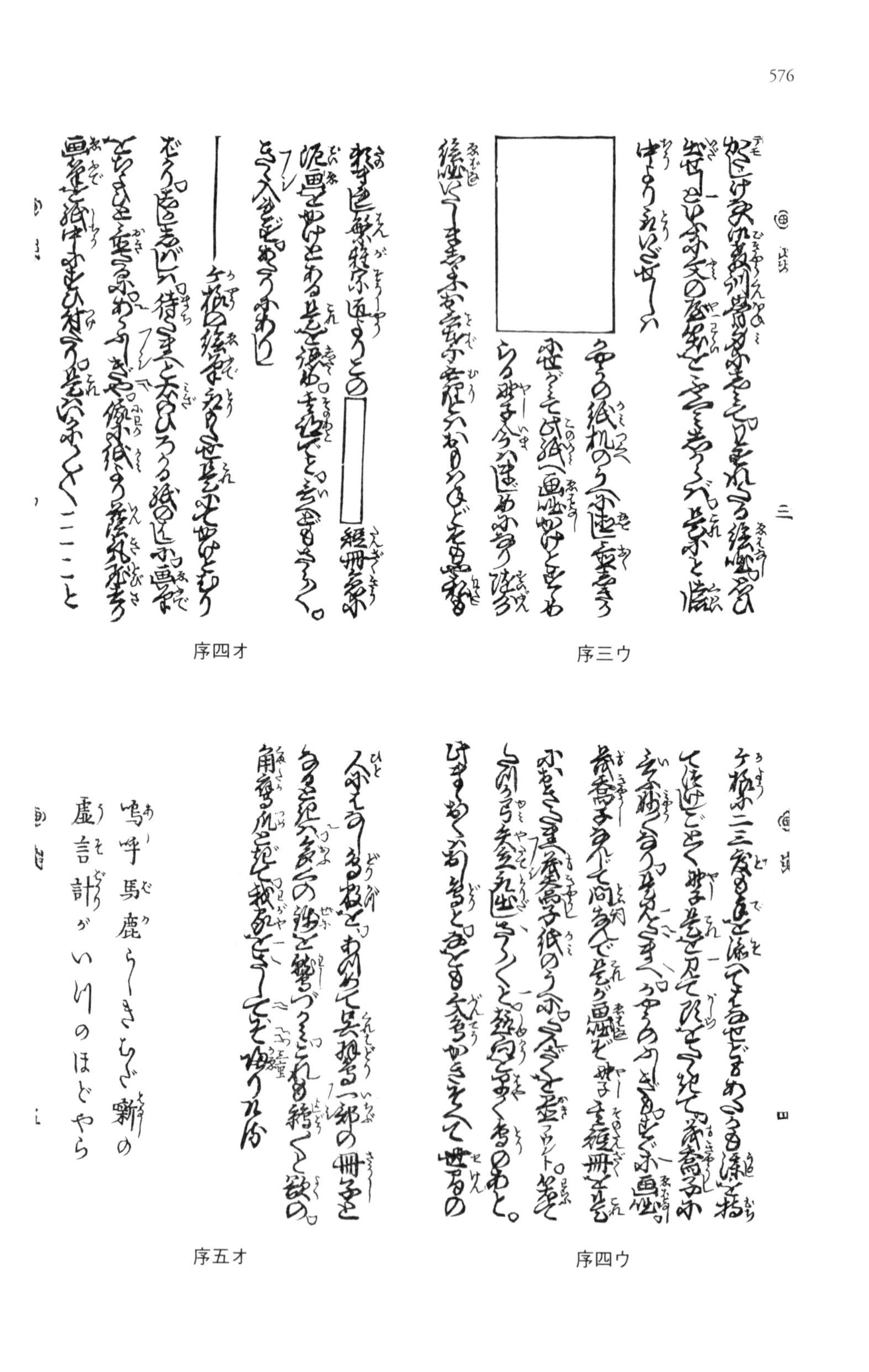

[illegible]

序三ウ

[illegible]

序四オ

[illegible]

序四ウ

[illegible]

嗚呼馬鹿らしき[illegible]新の
虚言計がいりのほどやら

序五オ

ほんをたつる

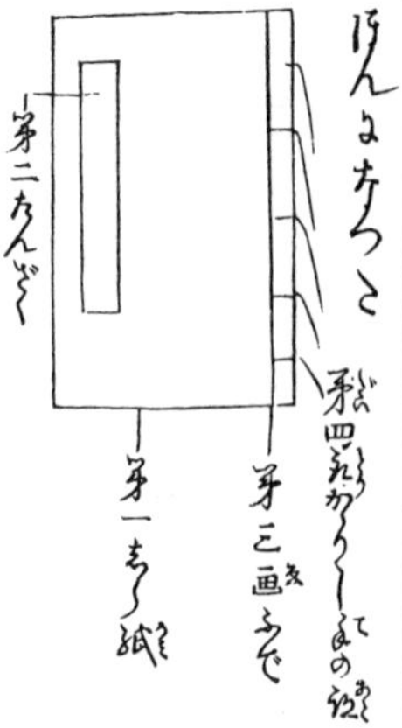

文化八ツあらし紙をついやせし未ノ年

好数里夜行述

序五ウ

凡例

一此絵噺ハたなしよう先に出し絵をかくあり文絵の形ちを先に出して後噺を出すも有りまた其をなしふよりて前後を考合すべし

一始終の次第ハ落しの所に一二三の符をつまむしろおなし並て續けてよむべし

凡例六オ

目録

三人の髷　南禅寺
幽霊　竹田からくり
琴ノ外藝子　短冊
狐　天満橋
月夜の釜　藝子のちやゝ

目録六ウ

でんがく男　住吉踊
柳の枝　およびあひ
鶏卵　花火
豆男　寶引
桐の紋　鼓

目録七オ

八オ

御江戸あるひの格詞はイ一ケ根のワゲ一字男立て居るくらゐふのよりイ一ケ根の髷のおりの本含せ互ひより夢じ承候へとちナンダれるのぼめ目をあてりげうをくれおさぎすれ格文句かいゝひつの浅大げんさとあり上て下に發動ふさんやす又會ふイ一ケ根の髷の大通男云ふ合巴及方をりただ挨拶とかーり

〇丸ふ納て

あらーつづとどろうふ・どろう

口絵七ウ

九オ

さう田舎人承よのぼりて所〳〵を見物ケーほとかく殿ぞーがなう遠のあなれんとちつけ承吒をうずせとちとりふまめくりぶる元ぞ男生得ねぢえあくやーく一一ケ所のをもふ返てことゑ哈みてあり丸をガらまりふせる〳〵を必ろ出来ケ八まろが都のとヶ所ぞ名所旧辺そのかずくーいかぞべぐくまり御社佛くおしして一百八万様をくじめ御肉裏

八ウ

きのむさくふーた

第三うらのの鬠のだ大通

これ鬠の男

第二一ケ根のワげの四侍

中すま納

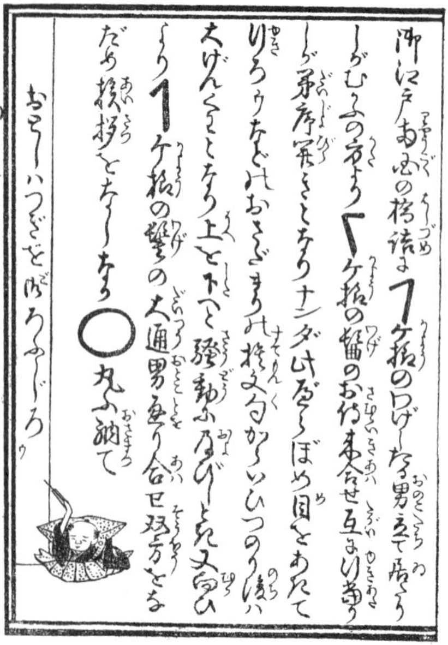

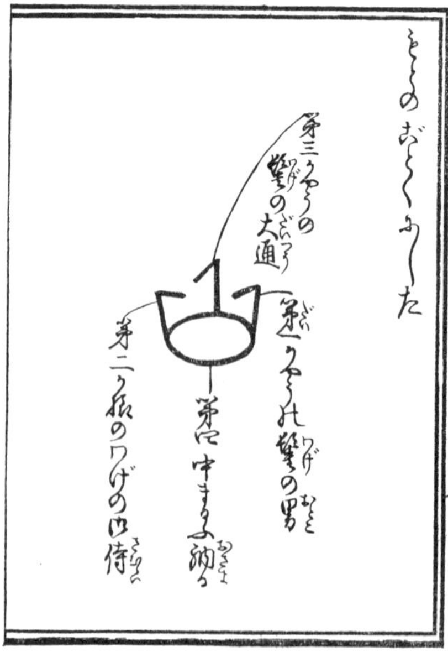

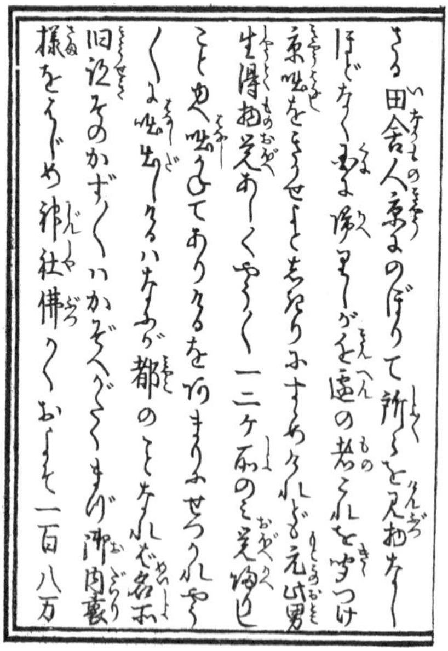

座もあるべしそのなかにも名だかしにあまり
将軍塚のふもとに南禅寺といふ大きく
まうりやしき延遊のとられこゝかひざとす
めでたきおほの南禅寺といふ大寺あれ
いかほど大きなる御寺でござりやすと
聞にかのおとこもあくり顔して其まだ
なんぜんじけいざいはまづ ○ 此くらい
もござりやすがいやはや〳〵〳〵

九ウ

綺麗なことはなか〳〵〳〵口にいひも
あらはされもいはれやせん本堂大きさ
が □ ほどござりやしやうぐんぺんの
そのまゝたづねてその寺の宗旨は何
ぞ宗旨かヲイ

落しはつぎに記す

十オ

宗旨はぜんじや

十ウ

大坂の ◯ 鶴町より此比毎秋函具の出て来るよのハこえんと
渋森する人もなくお茶をうるもあるをめしかへてよく〳〵
噂ありしあれどさる男とみがく若竹噌をしらてさまへ迄を遊
ろんといひく〳〵小あるあるを秋のめつけが其町と名乗りしふ
あとにてやすこまはやしもとよびかけられがら此男だても
今はかゝし小気味よくなるめれども筆をとりて諸をまう
らくしめられしうれのよう様をあつれ遊女力とさいめて
なぐりまわせがゆうれいも絶りるくハ是らもて

おとしハつぎなり

十一オ

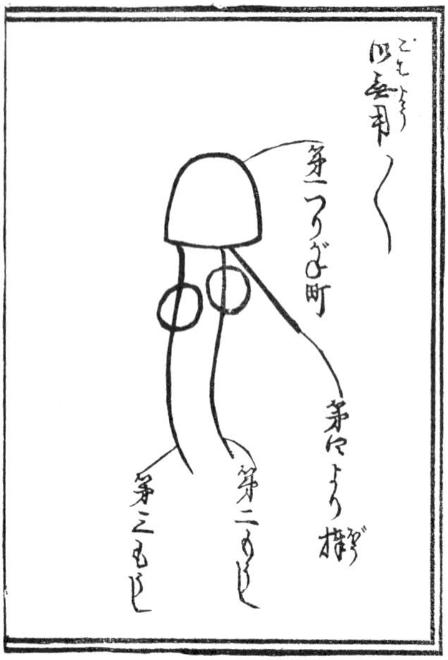

十一ウ

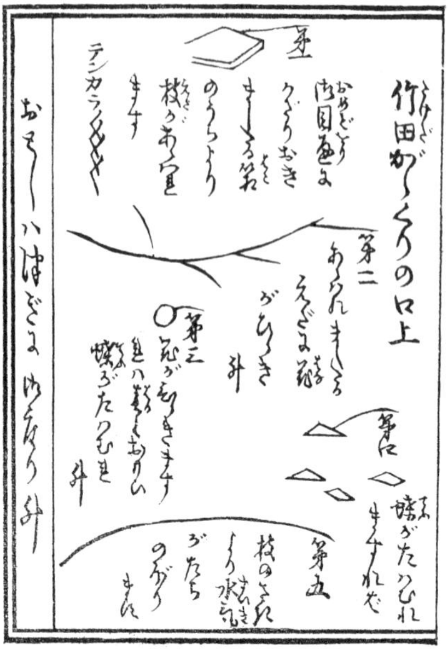

十二オ

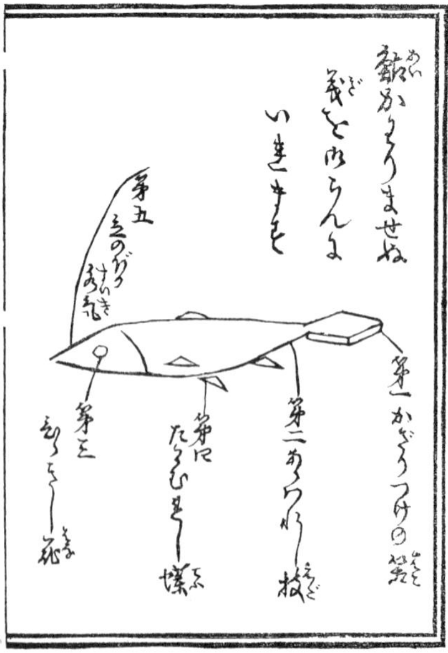

十二ウ

祇園新地富永町にある小茶屋のむすめ
ひまをつぶしてからくりのうけくしもの出くされ
ぞ芸子に出てあげんと幼少より琴
で唄に琴をならはせしに死手に芸の業
上達におよびしが今はあつぱれ桜井
やのおとよどまんとてをさくしわやの底
より出しうたが年ハ二十七のことなれバまず
□くちハ白歯なりいとかあいらしく見へ

十三オ

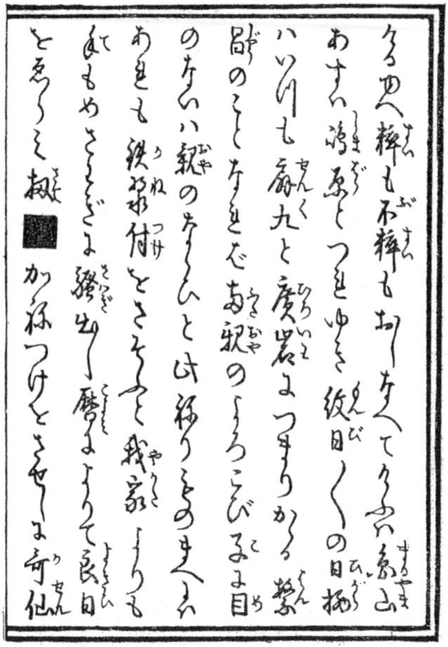

十三ウ

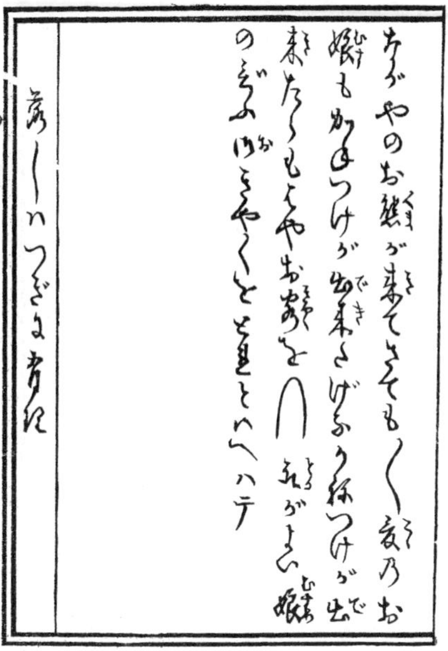

十四オ

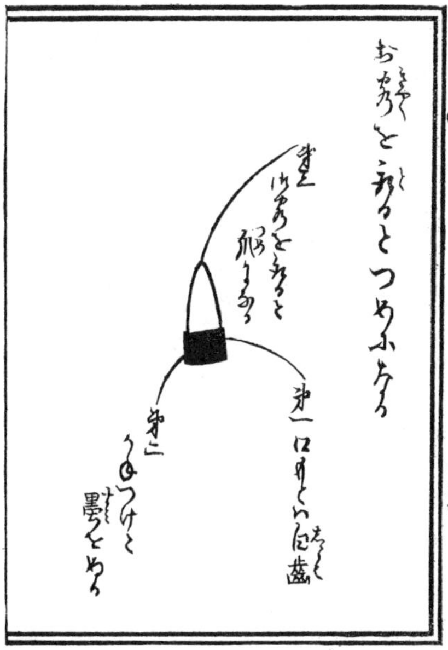

十四ウ

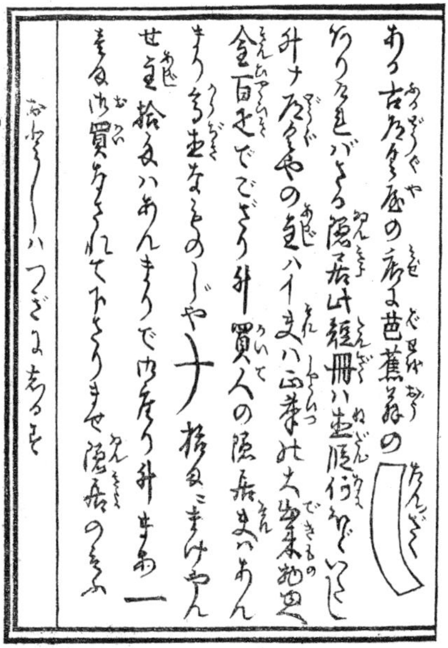

十五オ

十五ウ

鳴呼生猿ハきうといふまじい人ぢやア

第一 たんぐ
第二 捨るこまけ
第三 まあまるかつていふ

十六オ

ちよぼくれ
下京汚けの百性の家よろ〜
初年れ日らてて小豆
飯とさゝ・・ケ枝を云ようて
何やらさ・りけだ・・捨を
くかせ・だけり くかせと
おつしやるゆへだりしけい
ケれとも又さゝきりて
せしよ又さゝきり
ケれど又・・・
ケれと・・・
飯のたつま前合
振てトれて・・
鍬と打付られだ
なゝ〜九郎兵よ■・

十六ウ

その食ものモウこんくといふ

第一 あつきめしのもらり
第二 さゝる
第三 ひきくり縄
第四 うちつけ鍬

十七オ

二月菴薯まえ

拾のうとくろまゝ屋のお師通振
つけて久松振へんけんとくせ・
しり病やのおん通振く化のけ
ぞつと気がしもうつうまま小覚てうど
けんくくをしもる尤二人のお師通もうろ
くちろくだまるえれさ人の銃人相
えれ障りしもる・・・・・それ夫眼鏡たぶ
解放のまどだとたくあさ一テ
おろ〜いつぐとえたらくれ

『三都の画噺』 文化八年

【十七ウ】
双方とも五分〳〵のあらそひ
第一てんまや
第二うどん焼
第二うなぎ焼
第三うなぎや子供

【十八オ】
かゞみの届く月の飛まあるまゝに若きこゝろ者釜を塗れば長バ燵の男れふを損ひあるけバタベの
月の形はとゞまらずゐろんなにさりさり釜をぬりけれどもあつて激しくなれ男これをイヤがつてあつてこがりこずむが可口男これをイヤがつて
かうよく小男をもふしやくもくりをめんで憂きうらしたの左をゆがるます

【十八ウ】
そばハ月をしておいて
第一満月
第二おろし

【十九オ】
縄を之遠とあり青楼のかよへぬくらべ
ぜんせいのけいこの接るぎる
まるふれして其人目もちらけいで
色の花車これをあつめて回るへいらも
そるくもやとよんなかずけいやむざうやられてゐるやまをはりがして
のまふかうしりやつますとく出てるるしやしたづねけぶえり

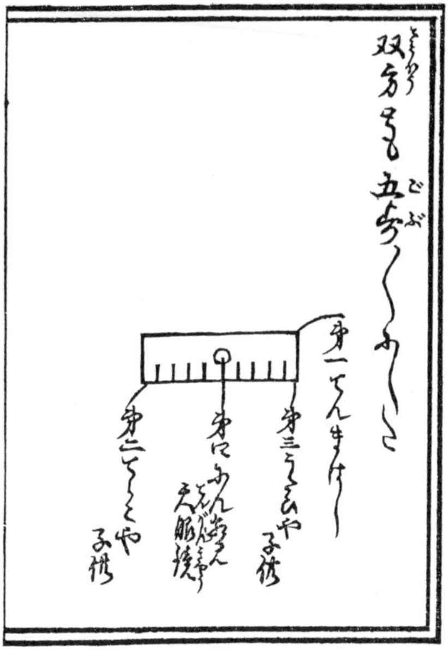

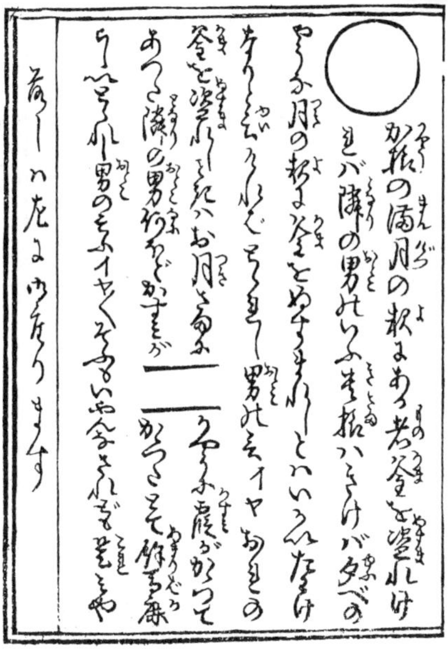

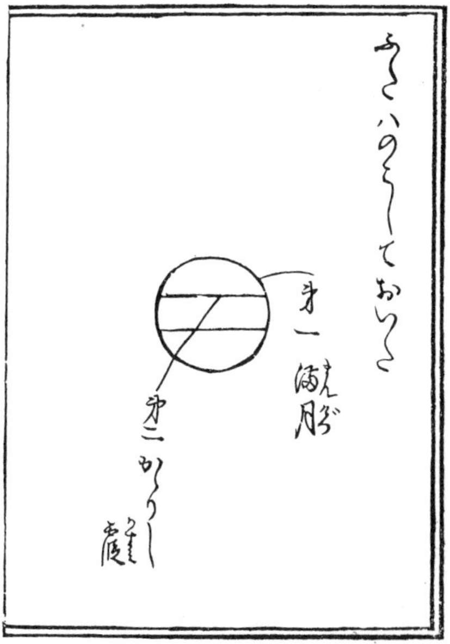

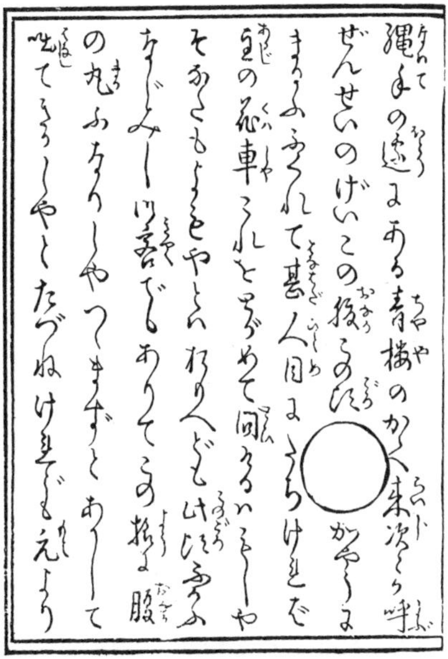

(この頁は江戸期の崩し字による版本のため、正確な翻刻は困難です。)

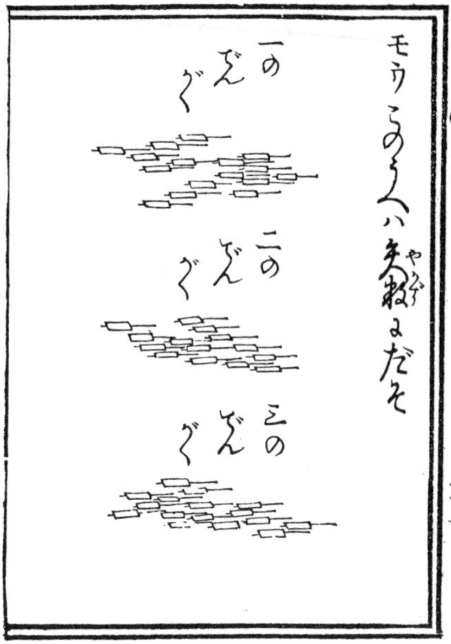

二十一ウ

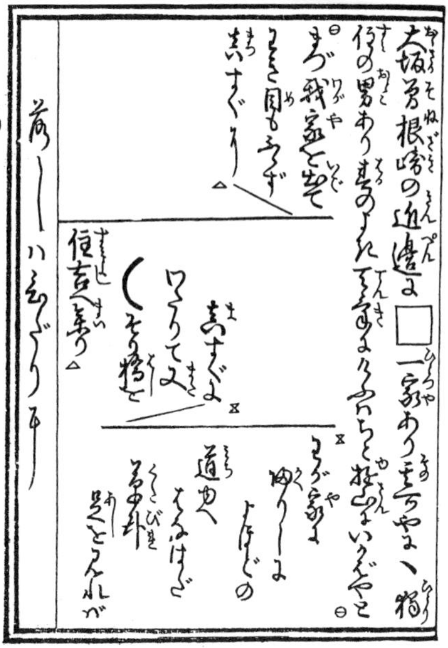

二十二オ

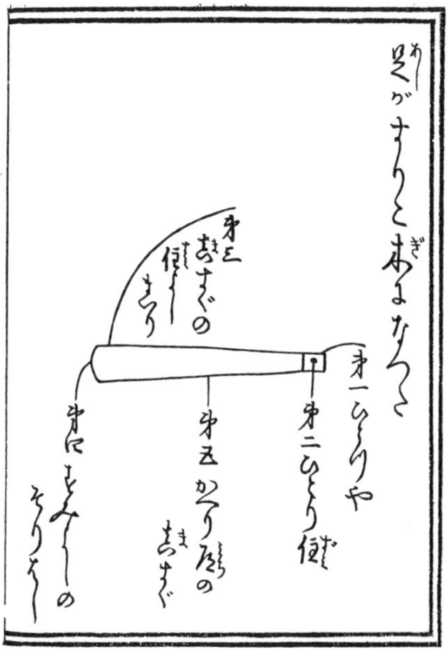

二十二ウ

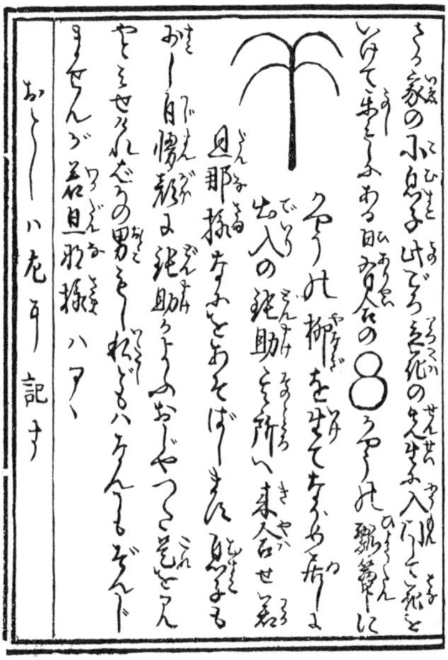

二十三オ

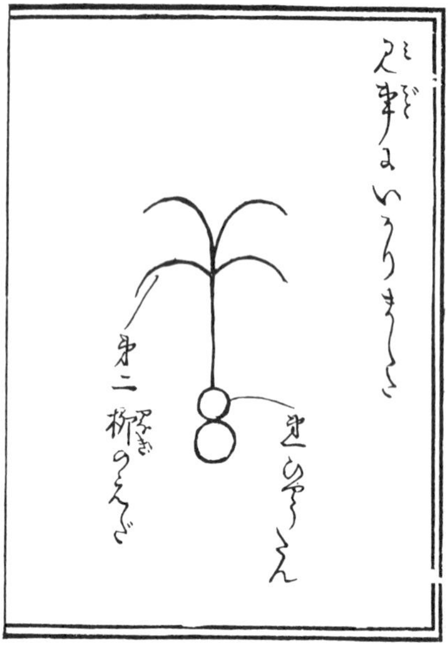

二十三ウ

ある裏借家のむすめおよの所へハ○ケ様に
丸い[illegible]男がの娘ハ[illegible]
[illegible]ゆるしものとぞつぞ工合出来ぬる
ある時[illegible]ずつとさりてみ[illegible]ぶん
さるうすりんだいかりしゆへあるよつまて出して
一様に一寸あひ又あるハ同じくつまで出て
一かやうに一寸あひ二度など[illegible]女とる[illegible]べきもの
おとしハつぎなる

二十四オ

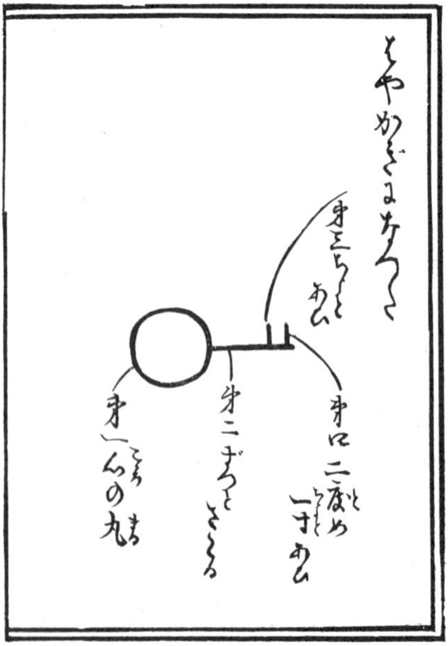

二十四ウ

料理ずきの男若やの男に○玉子の穴
なりふり手際を切るるすへいくどいてもすすと[illegible]
くらべ若やの男さうふまるの穴ありて切れ
よりも安きてこよかなハまづふさんと○
かやうふ[illegible]ゆるりなさほしくだ至極手際
によりてさすればとさうふ料理ずきの男
よてされてと[illegible]ナルホド
[illegible]志志津[illegible]安梨

二十五オ

二十五ウ

餅ハもちやしや
第一もち
第二うどん

二十六オ

大坂の町々は家毎に町役のもの凝るほど
火の元用心の中付けもうずく花寄話
ハあげにて殺まで参る中付まて何がき
もつと遠方ふ花火の時にもある人々
の小者を打てい召けれとくるり
とあげ村よの三寄も同じ心持ちに
やひくむに云ふ町の年寄も悉く気持
々此く云ふにそる寸

もうしハやく志る寸

二十六ウ

ちいさなありがまふる
第二三五大介のあげ-花火
第一大介のけい-る大

二十七オ

去る家の男生きつむる-きりそれ
其匠の女房ハ見るよく歳もよく
いつうかとおりん志き一寸かけて男も
さ見つ見るれと男もあるもし男
てえ郎くろひ-く-るりるふ出つしけふうや
ふ-くふ角もてあけふく男きる

もう-ハつ-ゆ-々

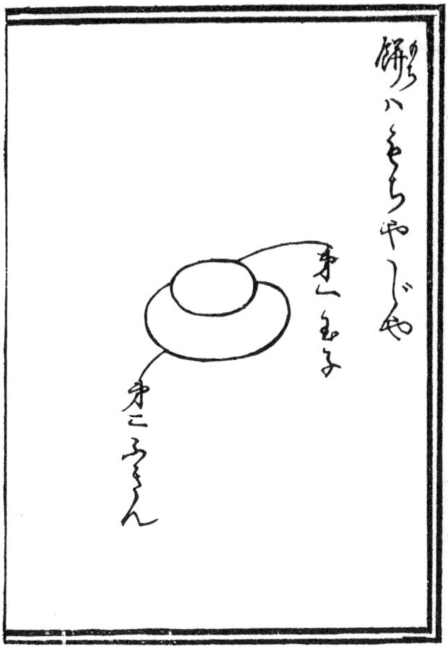

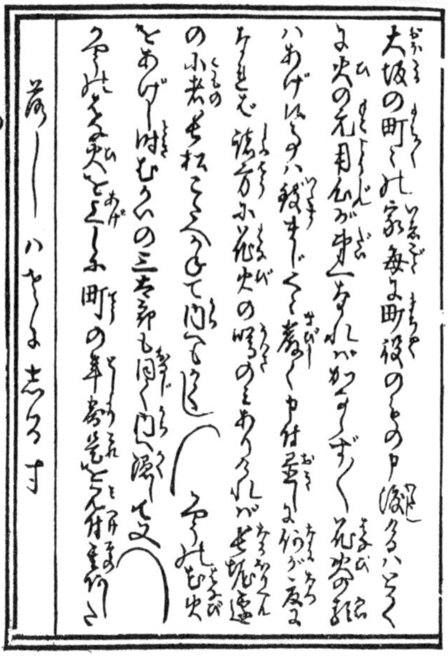

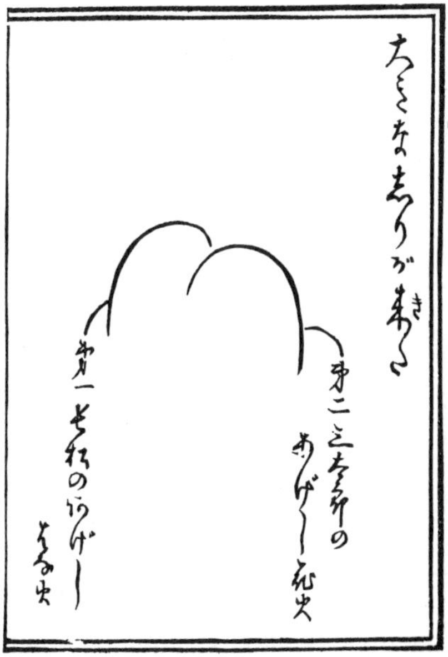

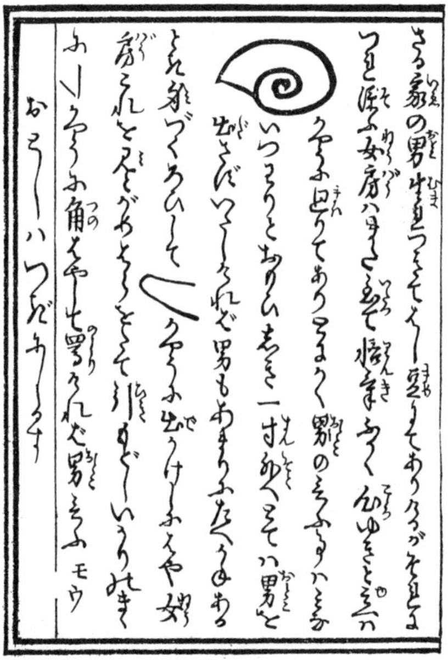

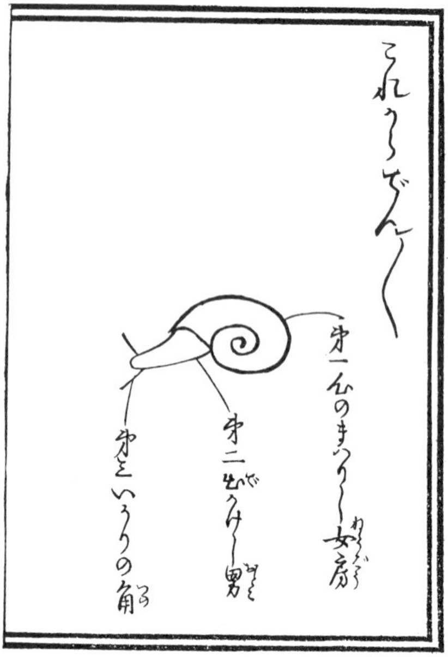

二十七ウ

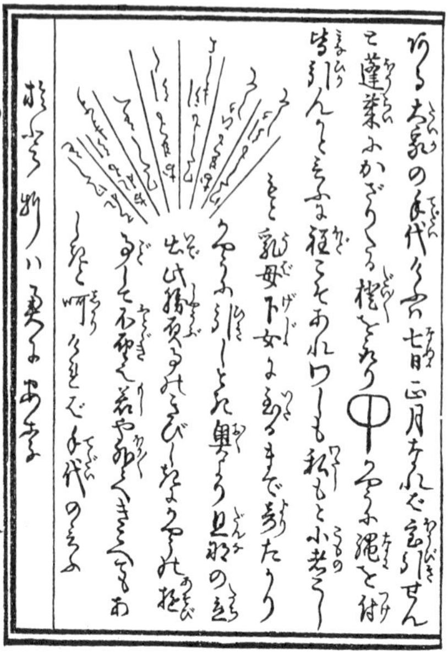

二十八オ

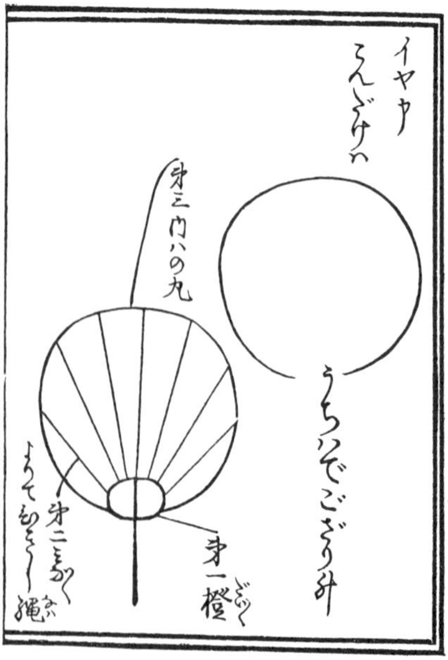

二十八ウ

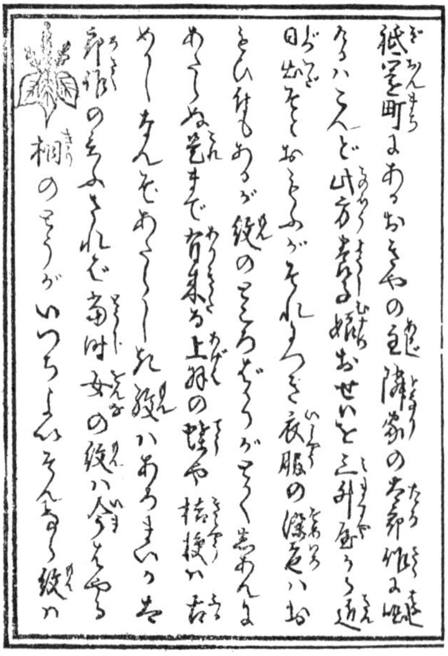

二十九オ

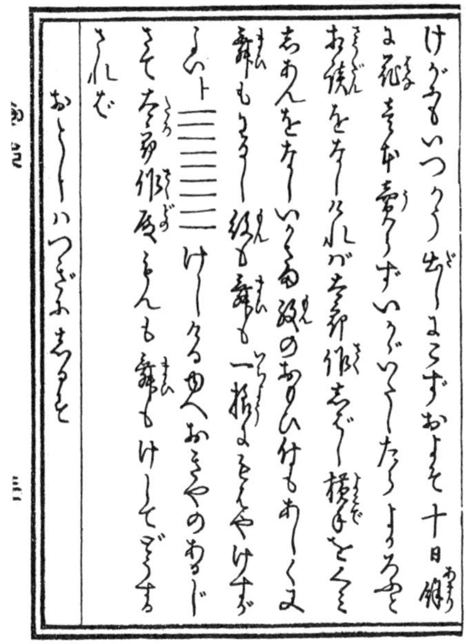

三十オ

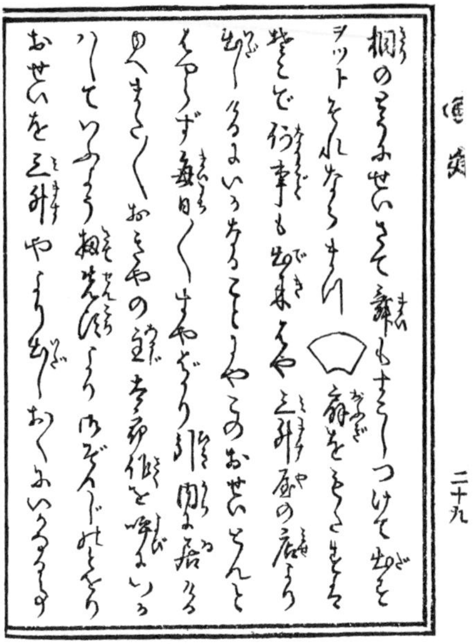

二十九ウ

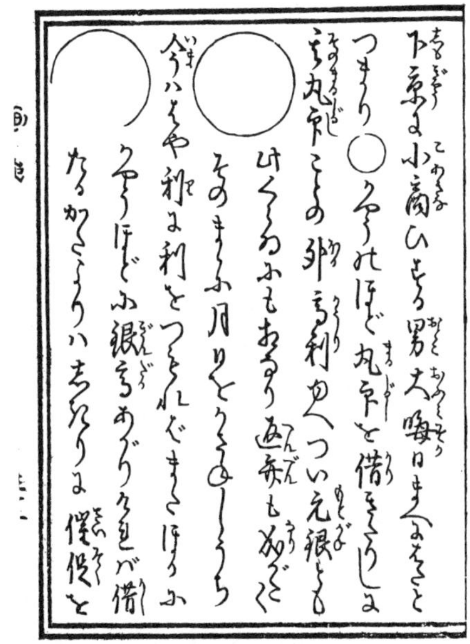

三十一オ

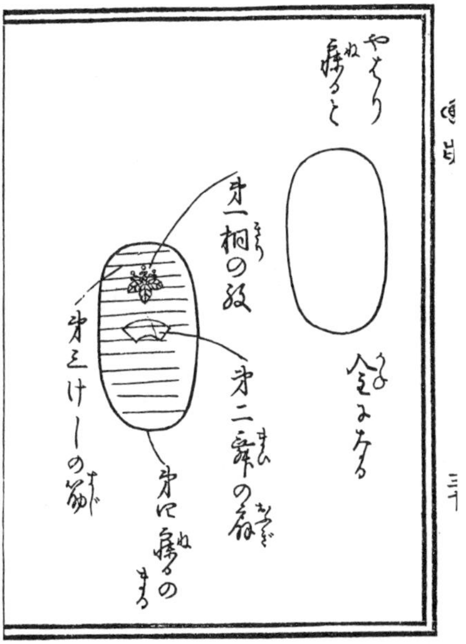

三十ウ

※ くずし字・変体仮名の手書き資料のため、正確な翻刻は困難です。

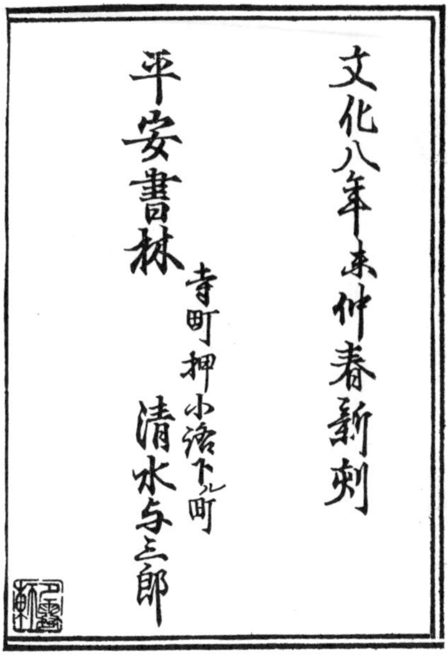
文化八年未仲春新刻
平安書林　寺町押小路下ル町
清水与三郎

三十三ウ

見返し　白

23

『画噺百の笑』初編

文化八年

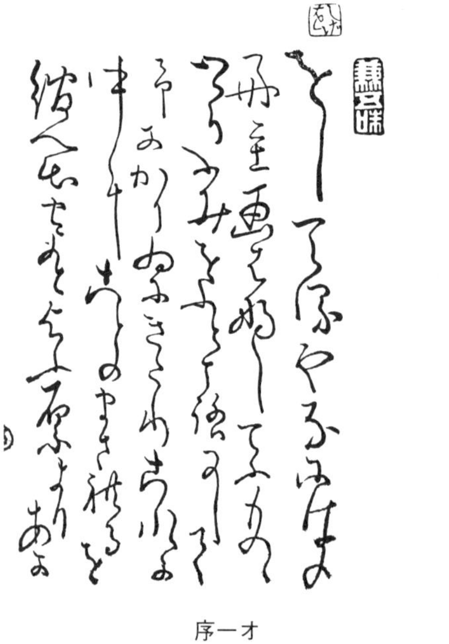

序一オ

見返し

序一ウ

この書備のおもしろきか
かいろいろけれはいきな
いとよをゆるさらは
いしろうらもかあらん
かしらかよよあら人ら
さのみしかあるをよりて

序二オ

京都
十返舎一九誌

よみめ気さ候まに
かしよりよらよちくれ
年もとら申久しねく
もしろうく

序二ウ

捧腹解頤臍未平
見終鋒々感才程
揚團何道勝景負
趣向穿寰一段輕

漂化題

凡例三オ

凡例

一冊子紙をまきのこる山やま水天狗揚よう新工
夫一画像尋常時物とうと少冊と色々大小多きと
よう好きな佳作出るよさるな徳家の撰う
て画像百り笑と号薄篇とらえと思
一張仕掛八ちらきるさ経冊と
継ろ程いれこれ経冊と出
さんせのいけトうらうまとつ
ろへうちらてふると底を
そう言文買うよをかく
一張仕掛お尋人ま
ろい屋ちをいかのちら
まそさ買うのまかそこ
ろてるか金入ゆふへ

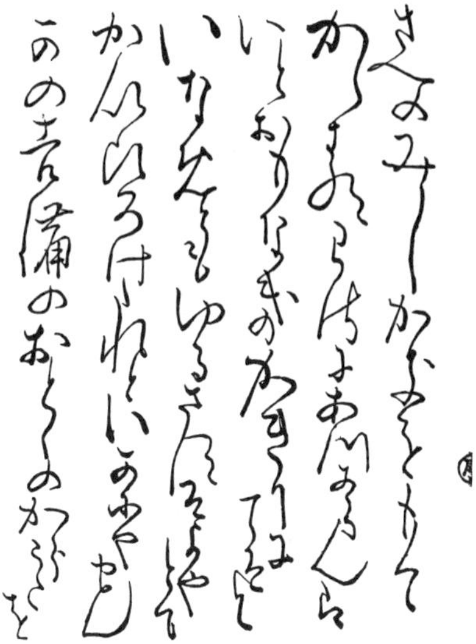

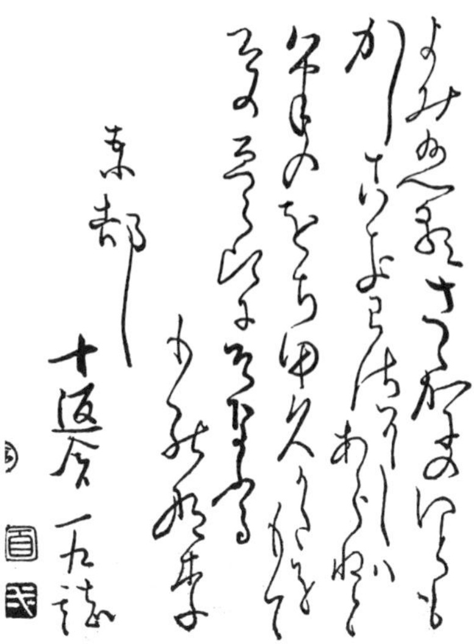

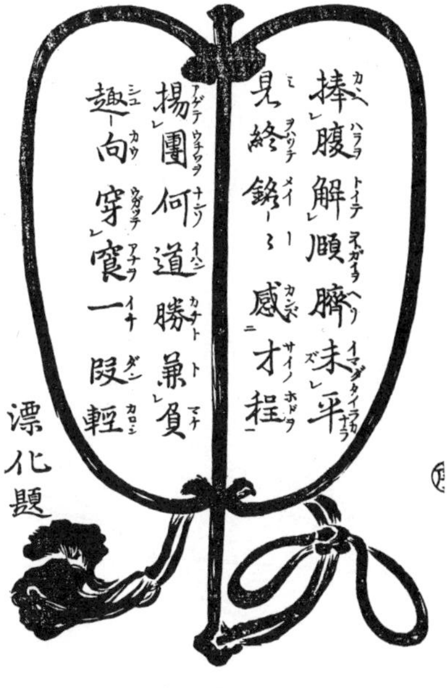

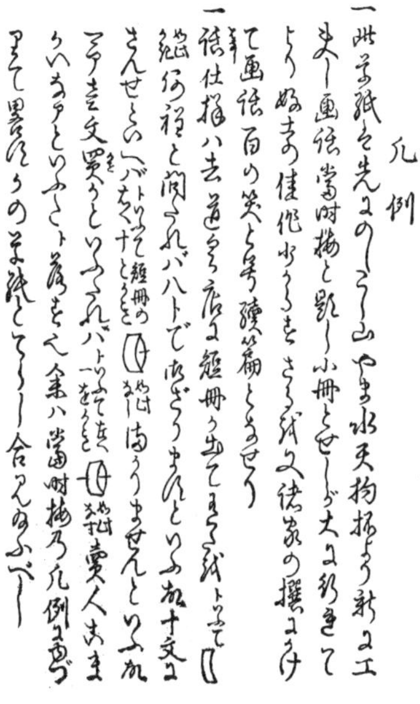

酒屋蜘蛛宵選秀逸

一九

ちかちか長閑けさますけ金色
なにやらのぼせている名誉の仕事
軟風もやはらかぐるゝ物へ
ちおればようあどんづゝ
すくゝせそこでも
るさし
きれし番を搾り寄り人じゃ
一歩蝶めれう

凡例三ウ

更にひろろちあち筆紙ニ事を思ひと云てもの暨ハ大移舎
きるとをおくまるまをひろひて大地のことを花苑の春展づる
火光希ろく悩みろくち魚も捉夫々豊名を催ふ
一重揚のきなならとよきたぐち
張が売んで擂り菜棚みそこちら摺の働きへ
働とかきか加魚さうやっちら肩と致うさて
一世をハ徳るも他を鳥たても捕助しぬを
をするかかしてるる生や人佩ち
ぬ乃ろろるとを丹ぐふおとふをろ花ろろとろ中の
花るらと
後車一九五

夕ア波らをへ之こへ光を
一つからへつきりのそ
なんちもと
けがしと
そまろ中ハ
からうけの渡ぐ
をまろくほぎか
まこくふ潤法
一小宮り入すこと
慶山

一ウ

このひをさあ
廿間の没へ下って
おうふゐるんをとさが
声ち酒おちるやいお
一鴨走さじや
浅の中を
ちるくと
まいするそ
古新

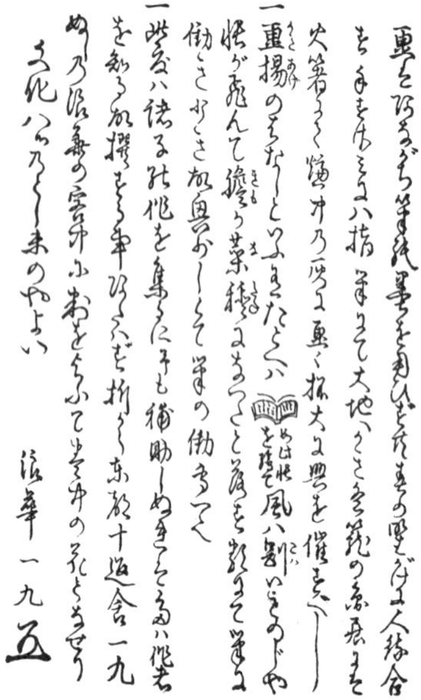

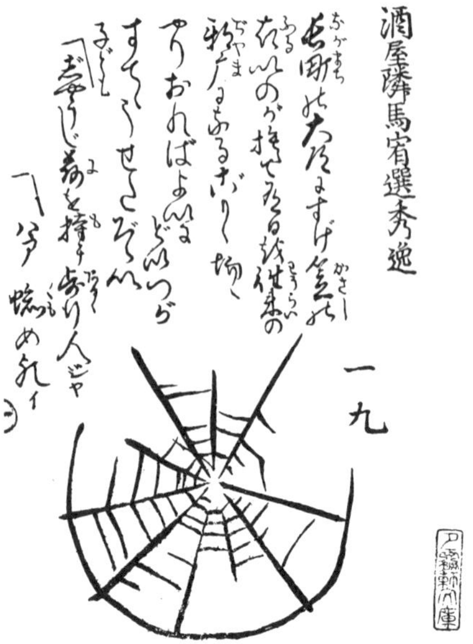

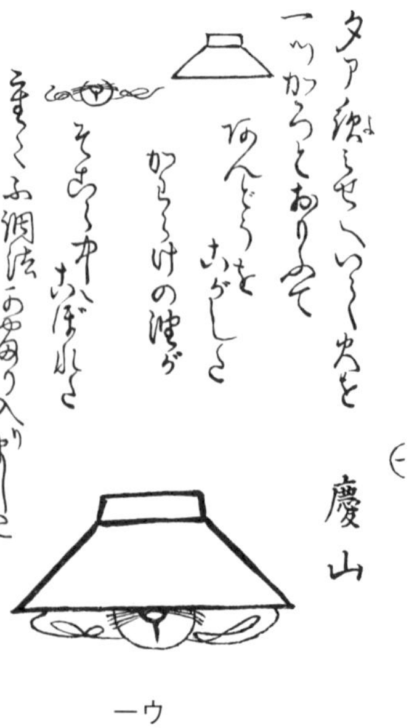

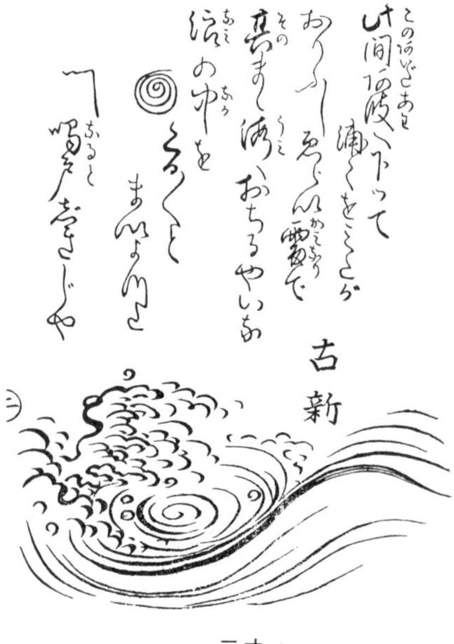

二オ

二ウ

そのまゝ
しるぐゝ
〳〵きか
るゞ富く
口をあ窓
けたゞんのの
そ司
一んの
本のある
か入
らて
るよ
でも
ろ曰
やが
ろ川
曲口
がど
り

妹六

三オ

ふふ
と
弥鴻稔も
ゐ涼よいし
ゝよまん
はまかな
ぶらむの
ぶな
らうき
くつ
ゞ
すし
ると
メ
アリヤせんどう
尼てあるこ

松峯

三ウ

きよ年小
せこ山
んへ
ちら
をむろを
よ皆
うがる
のり
どか
やよ
すち
〳〵
かに
りも
しる
ゐ小
の山
もが
めに
る

桃里

四オ

いなか
と
田舎老
一舗
廣尾のア
ヤがう
とふ
ろ
きつきくちまきす
ろうお
しろ
て

お
もく
の
古ゑる
やめり
ぞ
り
も

後雛丸

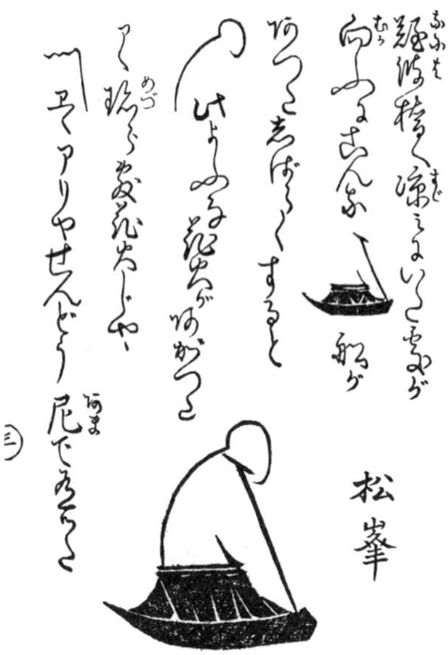

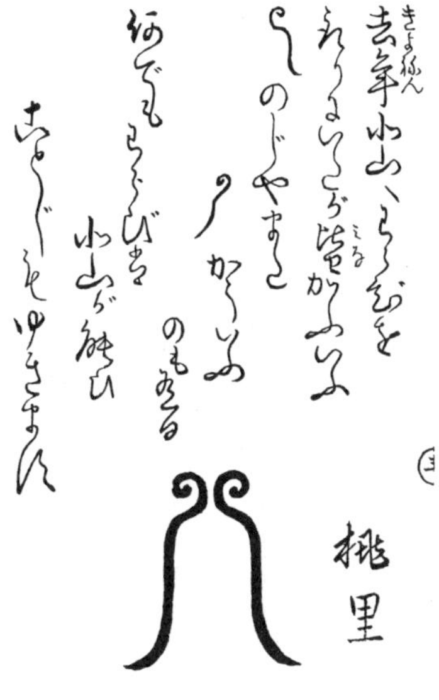

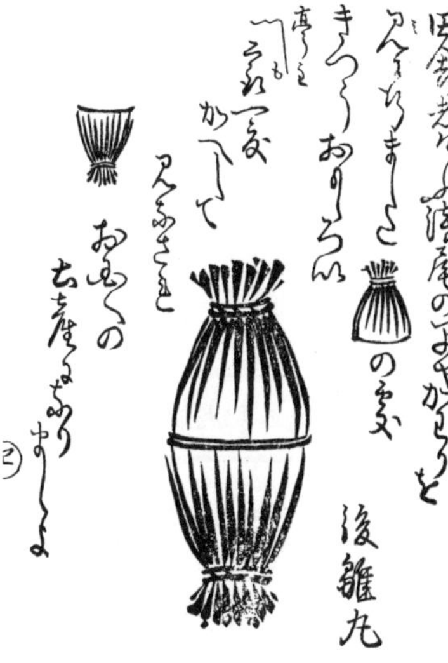

まき絵の所の向ひのカノ◯九
顔ならむすめいちばん端手よふ
そのじやすアノ川んでも
かんざし〳〵のにおわを
とさして居るよ
「さすが川じや
アリヤ何じや

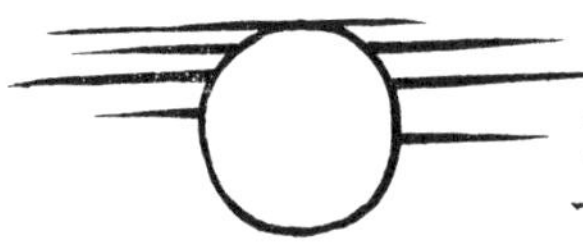

友貫

四ウ

こレぼんいろは出てんや
「アイいろはにほ「よし〳〵
〳〵「つゝやまとでまて
たうみやまふる
〳〵「扨んなふ
へかゝかへ
「コレおちゝ へゝ川と
川のこじや
「ウンヘかゝかへ
〳〵「まゝまで日本一じや

吉宝亭

五オ

伏見町に於よりよふろよ
しよふなくかけて
ある
どふでも
和のもんじや
あれ
庵の戸門じや
扨ゝかふ

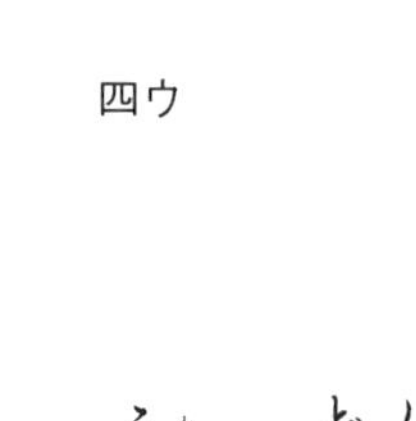

一九

五ウ

かの清政殿の人が朝鮮せめるよ
るぜ小西よせん陣ありまして
〳〵「ワリヤ言ほど来たぞよ小西まて
え薬箱で何べんも庵く切
萬人知つてゐるゆへふさん
かんの漢ぶぬけ殿を
「ずんと此又月に切かまして
かの友い薬箱さへぬゆくかなの殿を
）かの足をて半月からまして

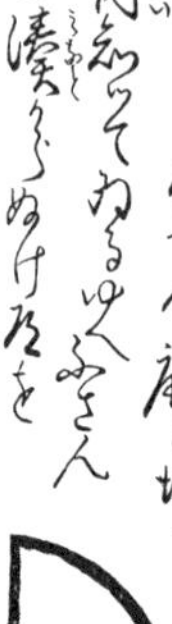

鉄戸呂

六オ

七オ

さるお宅へおしつけ候とて
横町の八百屋の丁稚が
何やらもぢもぢあどがふ
イヤおらがもつてきたのと
ちがつてこのと
もふーつてふ
るさいものぢや

慶山

六ウ

右
市交蕚其道撰 巻軸

さるお宅へおしつけ候より法師
声の気入
店よつけて宮参ゆり
ほくと一ちゆり
ほくを戻ゆり
川ラそゆり
どゆぢ
くらもりもゆ
角下張ゆ

丁子象

八オ

私いますご京へい
マア故郷の風色はどんな
川やら二ケの川のさしも
少いなひとお思ひ月かり
両で垣どいの拙写にあん怪
ろふろと三條の川大橋
五條の川大橋の
切つ二中條かゆひに
何條南六
條をと四條渡小を
ーすあとひと
一紙屋のお社じや

三條の大ばし
四條の大橋
五條の大ばし

秋六

七ウ

ナントアノ山の松文めあるきるの
ササ傾くそでも二ノぶ
バからいかを
くんぢやと
ぐふぢぢ
井を木へあるぞ
ぞな杯棒の株
イヤみしん在所へだへで先んでおぢや
ヒやゾ覧方のつせすたんもちまるうくり
井かき覧方のつ一筒もそいれたりきよれ

都鬼

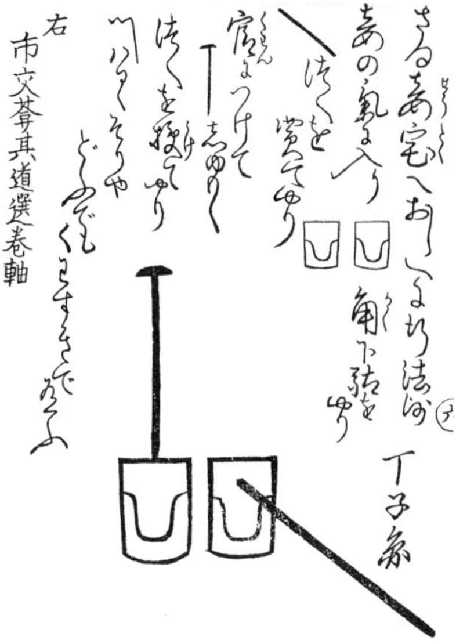

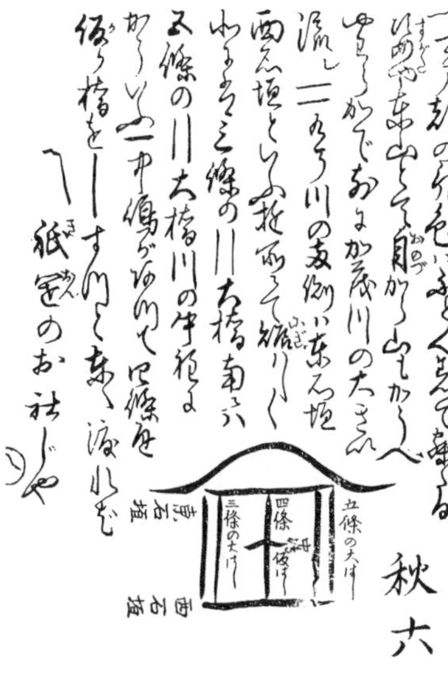

かくはん
一火ばしを もの東海寺
すかすげ 一桶ふさぎ
小ちゃくちゃり   とめ

蒙山

ハウ

一けんゆんざ門
(一)すごまんざやりんぎ
けんくどが歩来こが 門と
一すりすぐふんが
一中きちり
みえちずめて
中あゆの扇を
さつき
ぶ門と

兵ヒ

九オ

おむづうは梅めがあゆて
表のおいおらせを
かくのごく
一あうりもじて
一ちくれくろが来て
かりてお
どこきのぼろ
きとぬ

慶山

九ウ

亨
享亭房ろす
一女房(一)かむ
一女房又かむ
豐房そと
玉坪かんじしと

定九

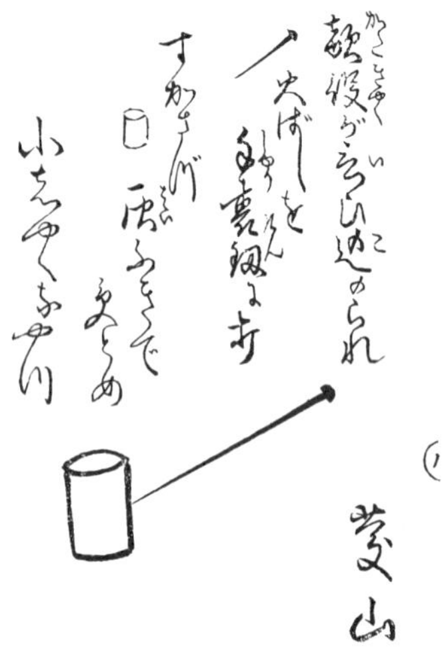

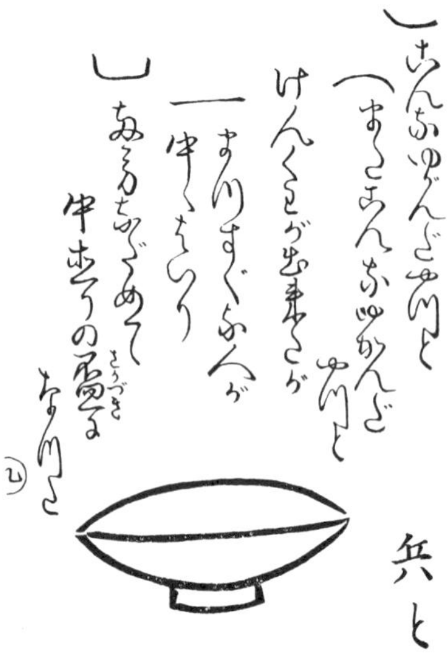

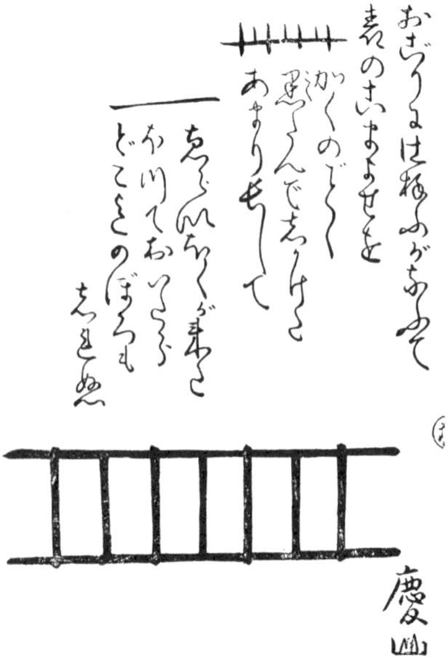

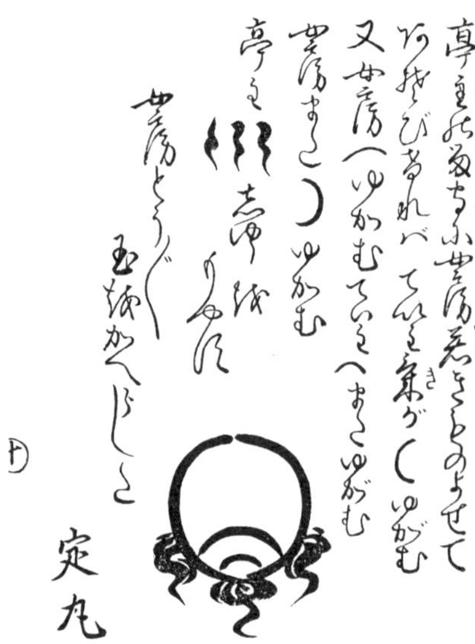

十オ

田子の浦の濱べに行こぞ
ト云ふもあはぢや
ぞくでも
大見ぢや

うでの山がさき
ぬるゝけりかも
ト富永山
ぞ

ト波がみちて
貴歩

鼈甲屋おきや仕舞
しぐれの利ならふ
楷子が出やうと
云ふしまぜ
あらうしませと
むろうじゃもぴかんぢ
ゐなから
なぐる
へかぜぶほんすナ
奈ぼ

十一オ　　　十ウ

縫らしわ向ふ本瀧のを引ぐり
一すりすぎまやしろからを
イヤ本瀧のいなさくき
気でもつて大珍
白ゃけまで中乃を
カウ
いきふまにであげまで笑が注きか
友要

おきんましで見えのよ
澱り○ばくろい
かふりてんて座蒲肉
○あもんよ大きな
たら川とあきてないで
ならてすよるっけ
一向くでひるくや
遊六

十二オ　　　十一ウ

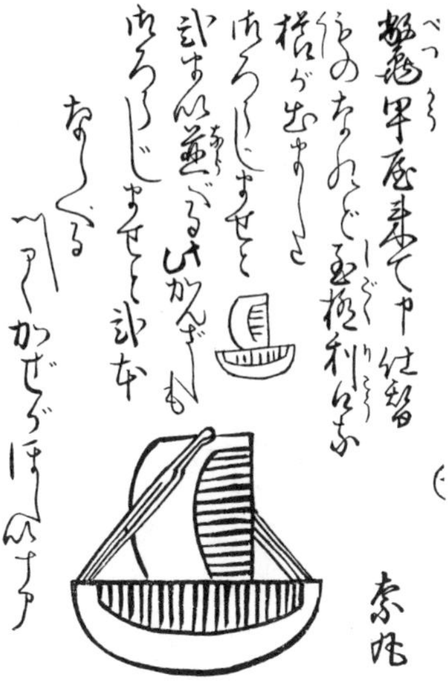

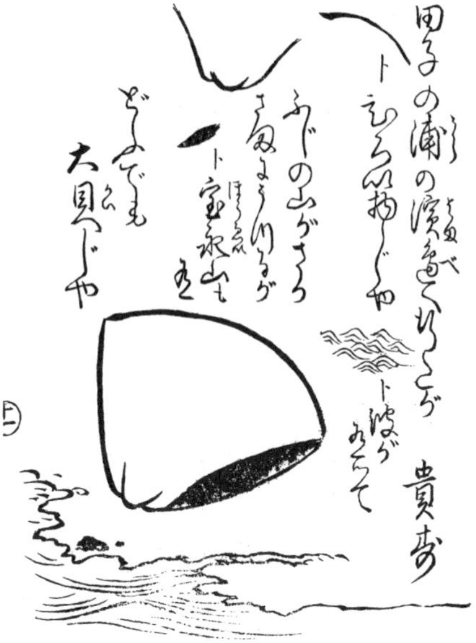

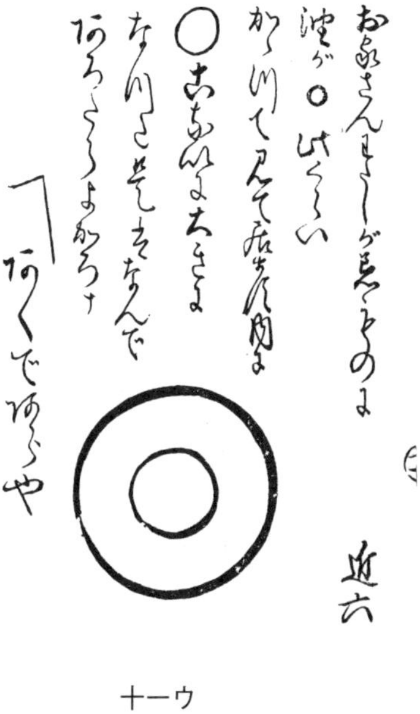

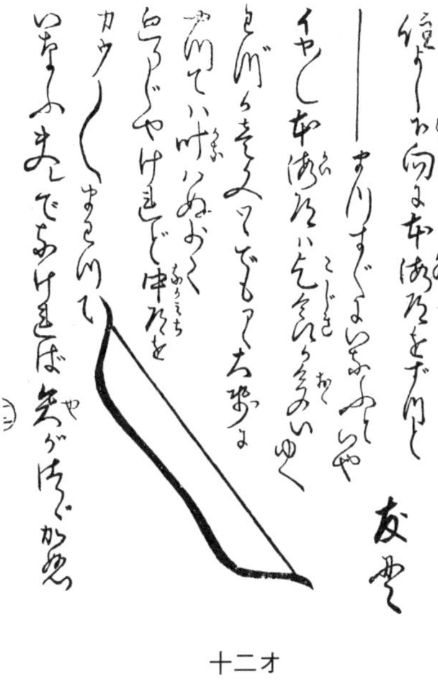

田舎家の空間よりのぞ覗けば肉屋な
所にてのぞけば池より鯉肉すくふ
新開を裏うたふよう
如横堀の
きやり聞こゆかり
~~~~ひゞけ
一廊下の音のき~へ
ゞけ
~~くるしさよ
四橋を回りめくり
客までも泊る

ヤンヤアハ
上フキボメ
下フギホメ
ヤンヤアハ

秋 六

十二ウ

くろぐまの
星芝居遠ざかる
○ためを
ぜんりよみぢや

文七が世話してゝ
後でせきある

文七

一九

十三オ

大勢の頭醒ぐみのかさそへて
ひどくめいめく竹ゆりを
きりノ\諸ノ\はかてして床
「くるまい豆腐の瓶をいて
まいどゞめて
「ハテ且中で二へうとなくて
きりめうめかノ\ありいつる

右
戯咲慈遊莫 両評巻軸
酒屋隣馬宿

慶尺山

十三ウ

ほうぬ
烟掃きや泉屋のてる子じや
上ユのゐるるひ掃けまる井ぇやや
トチてゝる
角ぢや

どぞもふ魚中もちるくろ

一九

十四オ

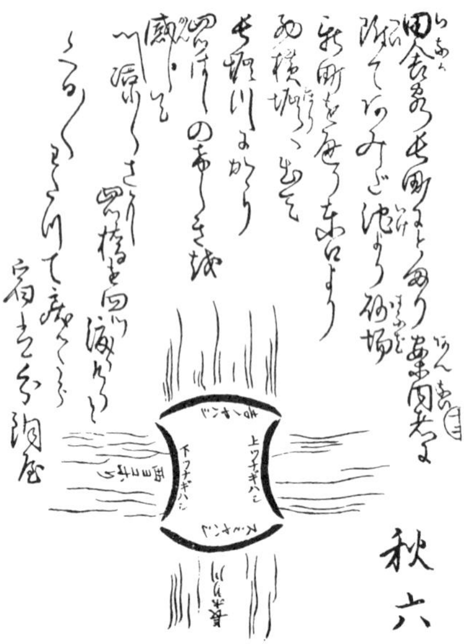

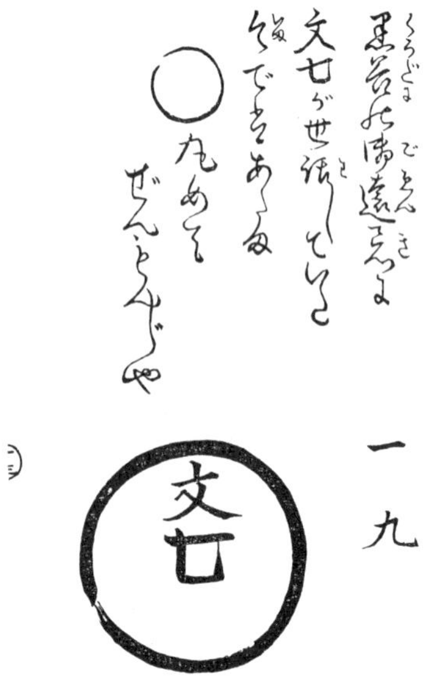

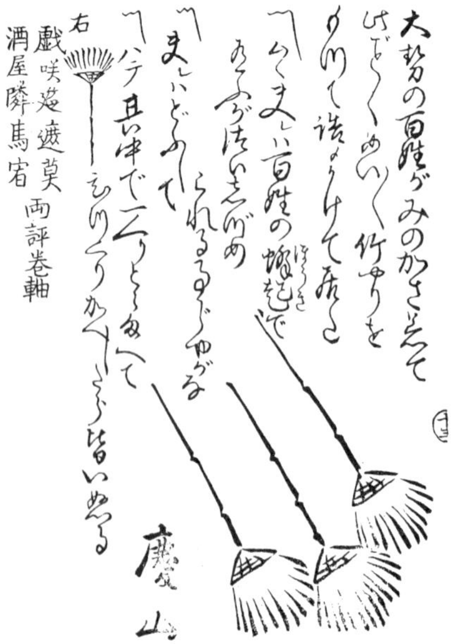

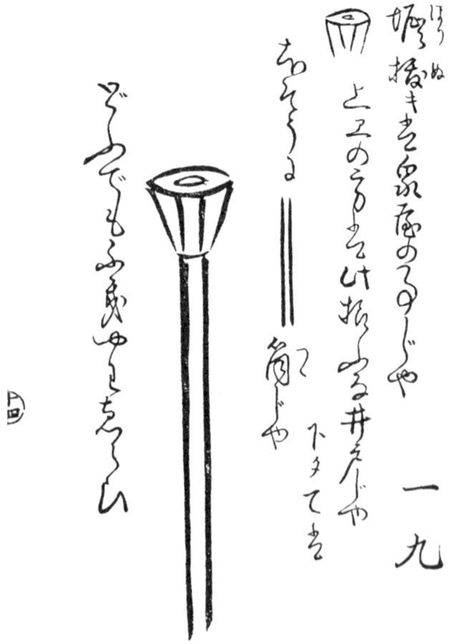

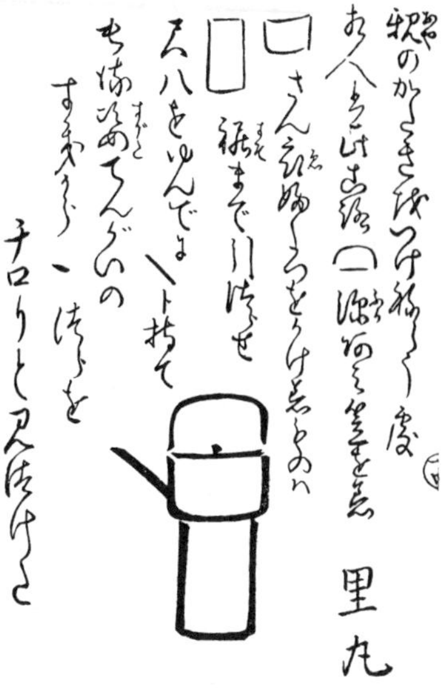

十四ウ

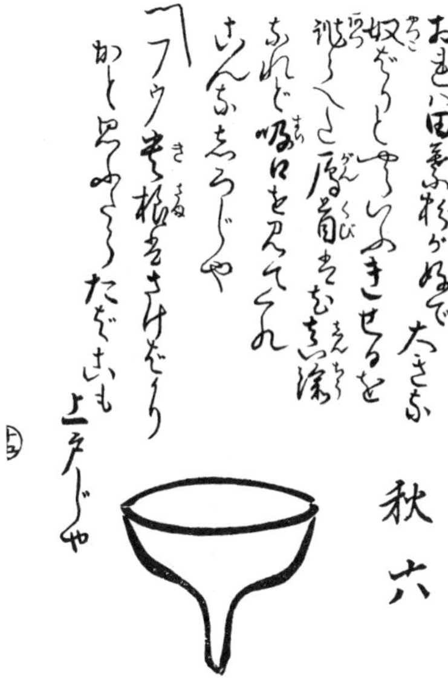

十五オ

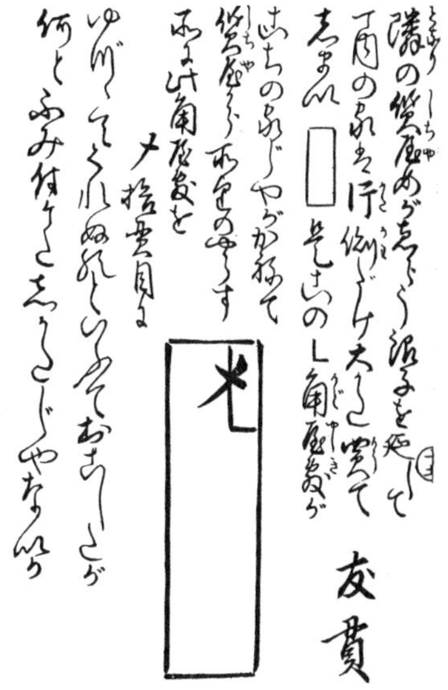

十五ウ

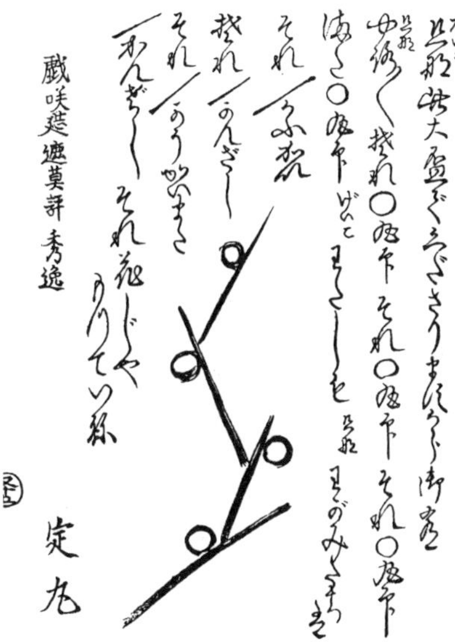

又十五オ

とほうもない一藤が出るぞ岩戸が
尾よを（　）おちゆうちあかぐ
あろうそうもしおいくやのを
ちぢ松よ〔　〕ぬかりな面うをとらり
へおりゆうちる鉢を
はりぐさ川と
ーそれゆへよ
拵らへ里うちらじや

松峯

又十五ウ

七人連で雛彼物からの▷ころもの
おかみさめいくよんださゝげて五日よく
すこ敵ぶちゝ又人はまでまで
をいよれを合しやしてづく
△を結んでみなく
○の御のくるりに△ころもち
車ぞ社よあるんでエラさかし
うかくと見ゆりも
あさぐしよあ川と

友貫

十六オ

かみのしれぬやうすと
あれでおくるぞ

おしまいと

紫山

十六ウ

やい庭井戸へ十〔　〕かんざしを
おやしれぬーさほもとゞかぬ
ーもさほもとゞかぬ
ごふくろよから
死んだ人に
おとしますと
ーそうや地獄じや

後雛丸

十七オ

十七ウ

鴫の肉の志保辛ぞと画梯
そまつて志やいつて　さんば
鴫の志本煮で肉のけちす
仕舞やしまひだ新町橋を
堀り鴫中也
けんとりやつても
三合もすくよくく人の粂を
もちあつて初夜をよめる
といふて　まい肱がする

秋六

十八オ

さいふからんの
あやしきものぢや
ぬれているのほし小涼んで
あれこへいどイヤ持ぢや
うろくつって見やれ
たら辰巳ヒ月中へ
尽しこる月があた
と腹かかえれ
それさてれ
どぞもあずかんぢゃ

霍里

十八ウ

市六尊其道　選秀逸

おろしてねられうまし
つんねりしつイ掃れて
ふりも
からとかがらし
ふさき

桃里

十九オ

きのふもかりけつさぎ
けふつうき生すぎくくをくれ
ぐけおる魚あを呂そ
えそのほつてれしさ付
たのがり　そあるろる
吹こやちら枝さ母を

慶山

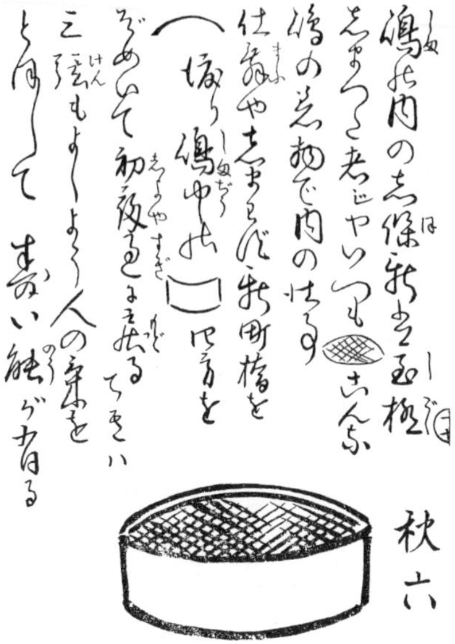

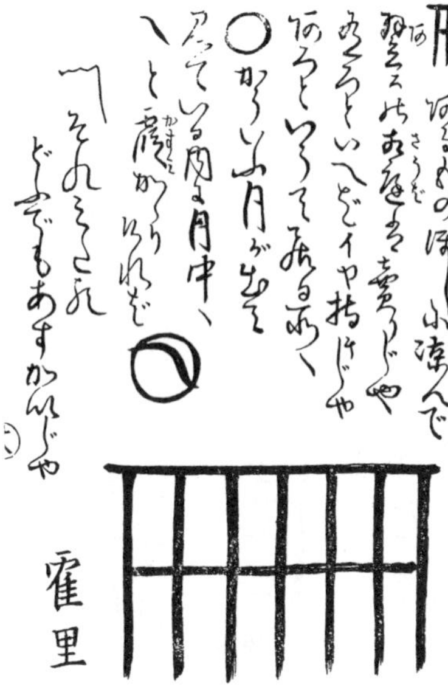

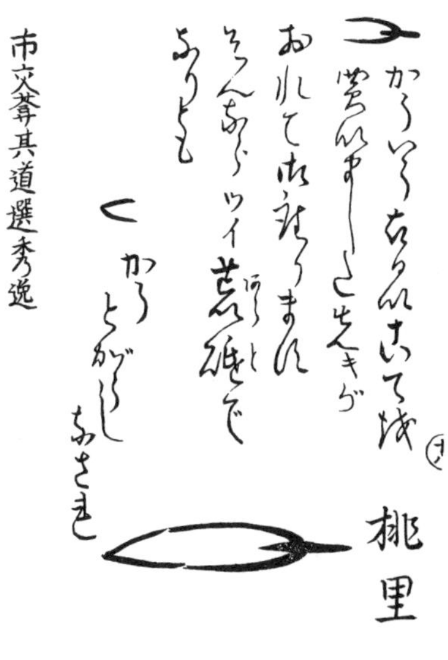

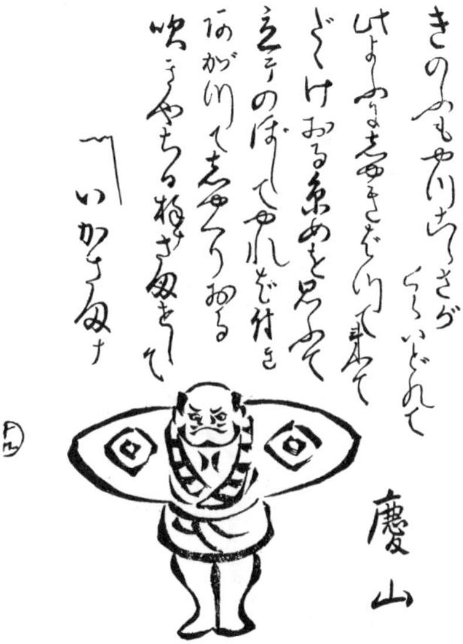

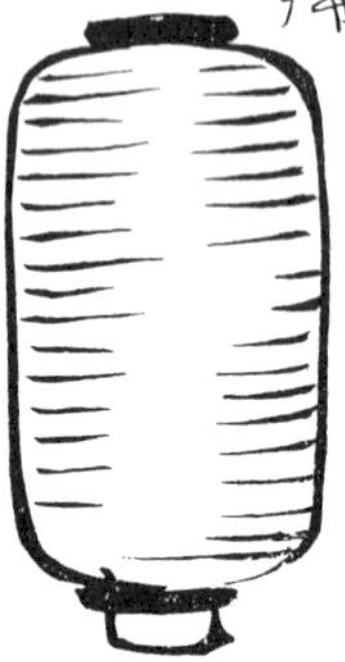

此提灯大判人さが
けりかゝるふ重じや ゲナ
やみにもひかると いふ
一あが七あふりや
三 寺梅が……も
さかりとちん〳〵よが有ても
くらまやね仮ことたく然

一九

十九ウ

此のりゞ儀の精(せい)が出て
眠をさます川さ
ドンナ目を
コンナ目を
又レ是知屋
郎人ナ目じや

福米

二十オ

道頓(どうとん)の米市ハ運(うん)の強弱(ごうじゃく)
目まぐ〳〵てほしかん
米相場で儲める人が
うきめのすまま
尻りしが
運(うん)がむいて来て大ざ
打かけて米相場を
くるりと
まはする事さ

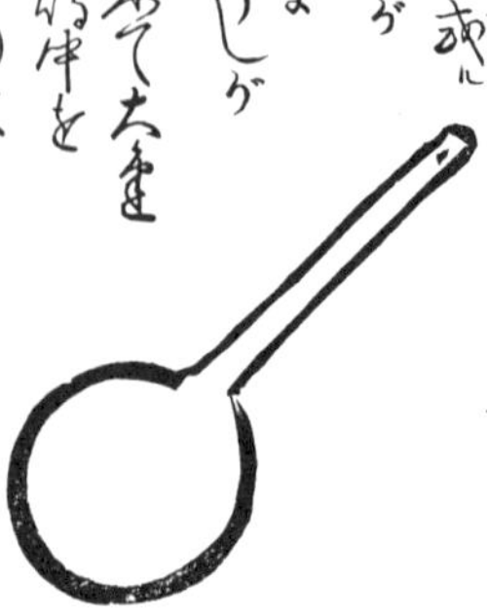

都卯

二十ウ

東都
十返舎一九選秀逸

[illegible]

琴丸

二十一オ

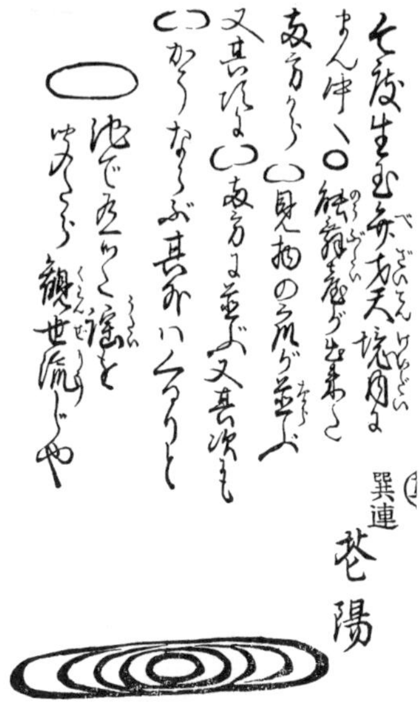

二十一ウ

二十二オ

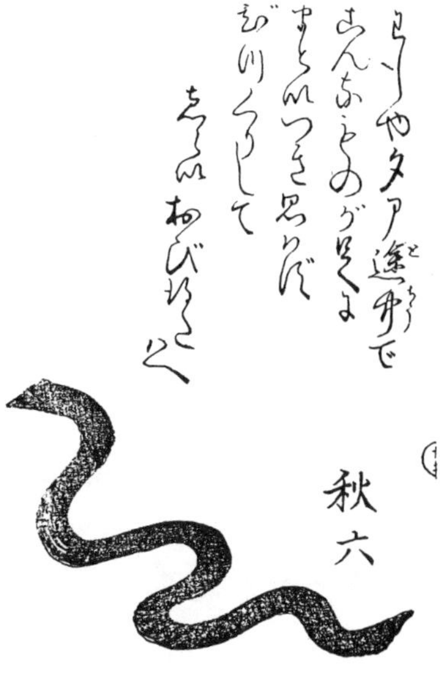

二十二ウ

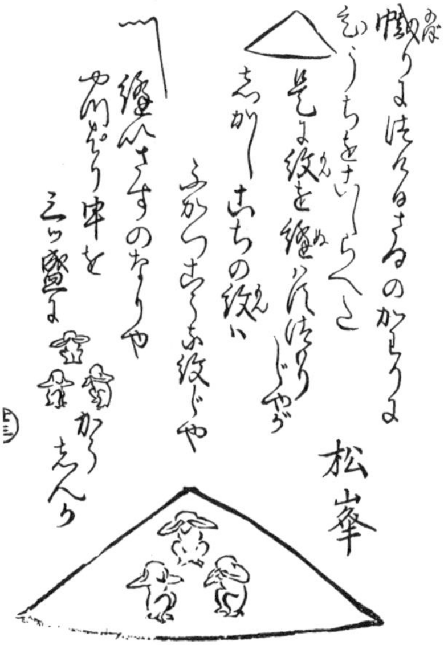

二十三オ

二十三ウ

一九

けふるがん字を出て
みな花ばなうを挿すこと
気ぶあぢまきざ
てがけ気ちやん

そして居
けぶいどふ
さそのぶれう花
「イヤなでもみなばさうじゅう
しろいげちやん

二十四オ

伊勢乃年の宿屋に居る
聞る小夜あさくろがりな
ものうまつてえまふ月自ら
あきるばかりうとふ
ある日のくもりうつ
ろしあぐくみふせんと
もんなかく見て
ねんどしさ

慶山

二十四ウ

右東都
十返舎一九選 巻軸

叶

私にもなぬ思さなべちよ
市葉ながよん門さ釖筆を挿て
鼓ぐすぎ十一口皆ナすと

出れは挽話を
なげまん

秋六

二十五オ

画畋 浪花 一九

繪をえがうん筆き
古ろ棒引き
塔宮弦大四三
松の筆先

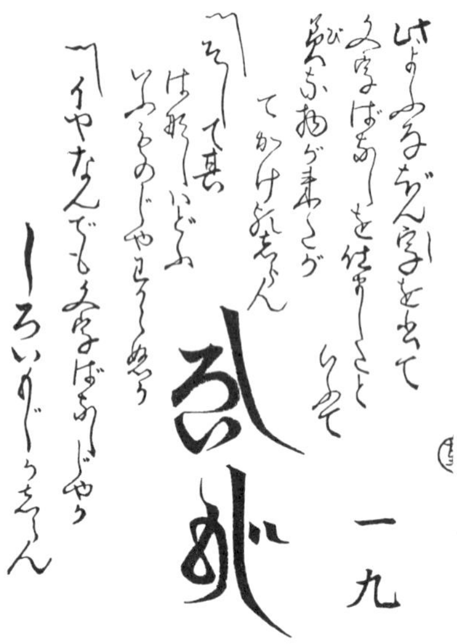

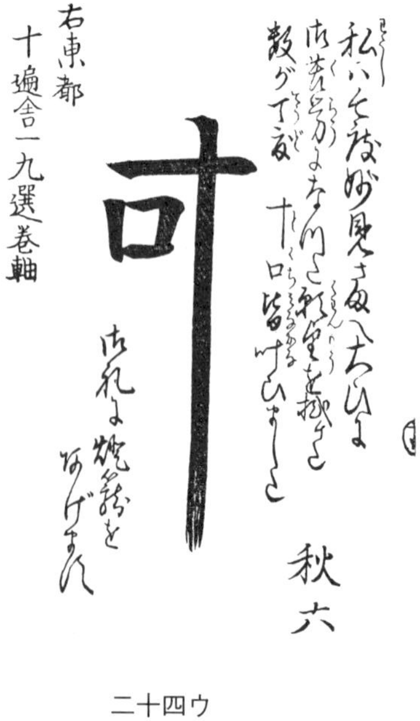

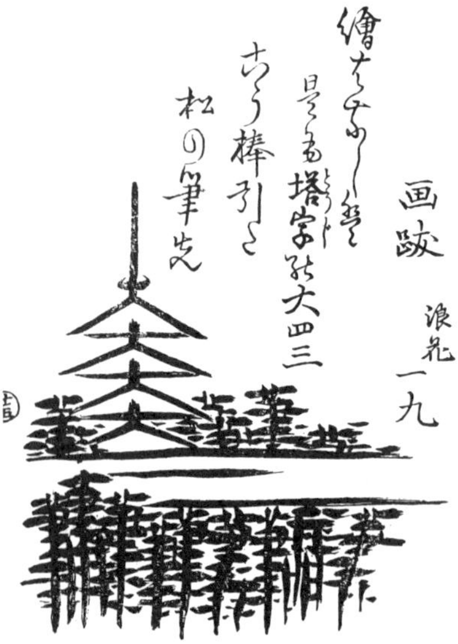

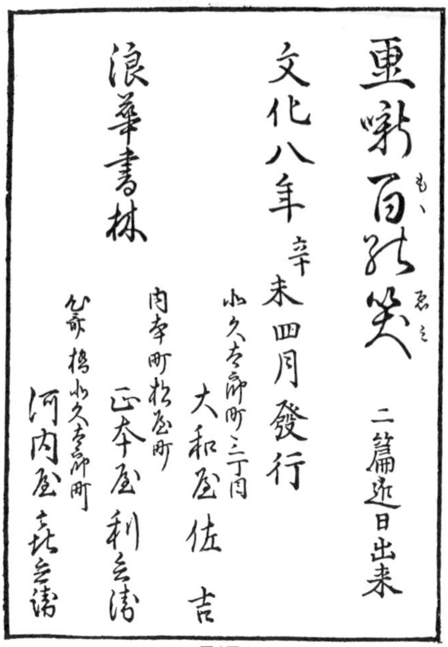

二篇近日出来

画噺百の笑

文化八年辛未四月發行

小久宝寺町三丁目　大和屋佐吉

内本町松屋町　正本屋利兵衛

心斎橋小久宝寺町　河内屋喜兵衛

浪華書林

見返し

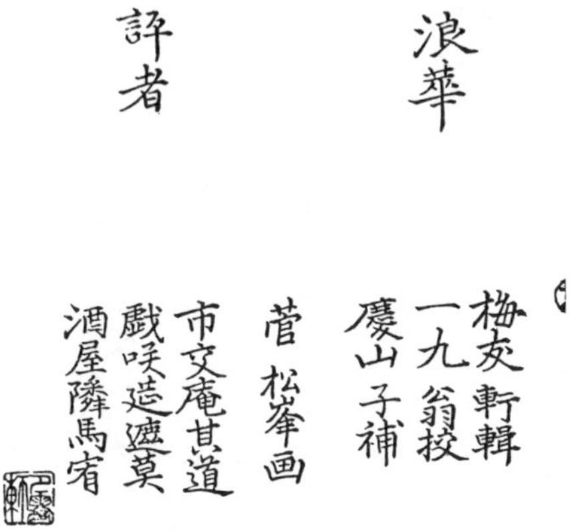

浪華

梅交軒輯

一九翁校

慶山子補

菅松峯画

評者

市文庵甘道

戲咲造遮莫

酒屋隣馬宥

二十五ウ

『画咄百の笑』二編　文化八年

序一オ

見返し

先(せん)年(ねん)當(とう)時(じ)勢(せい)れ匂(にほ)ふ高(たか)く嗅(か)ぎ鼻(はな)乃(の)長(ちやう)當(たう)
に白(しろ)き朝(あさ)步(あゆ)みかうう人(ひと)それを春(はる)所(どころ)を
續(つゞ)く桃(もゝ)のくやしよう寄(より)やう集(あつ)め其(その)新(しん)
美(うつく)しくさる出(いで)るう畫(ゑ)乃(の)夢(ゆめ)をそもくう百(もゝ)
書(がき)畫(ゑ)見(み)や表(へう)題(だい)しさるや半(はん)じ寫(うつ)せと笑(わら)ひ
野(の)の山(やま)花(はな)物(もの)くふべて谷(たに)此(この)花(はな)具(ぐ)陶(とう)枝(し)よう
短(みぢか)用(よう)ゐむうめうりたふく　づ
一九(いつく)翁(をう)おのまたは
比(ひ)女(め)古(ご)曹(さう)女(ちく)の
みよくくなうぞせらきと
らい此(この)左(さ)專(せん)堂(だう)れ不(ふ)動(どう)也(なり)
（コ一）

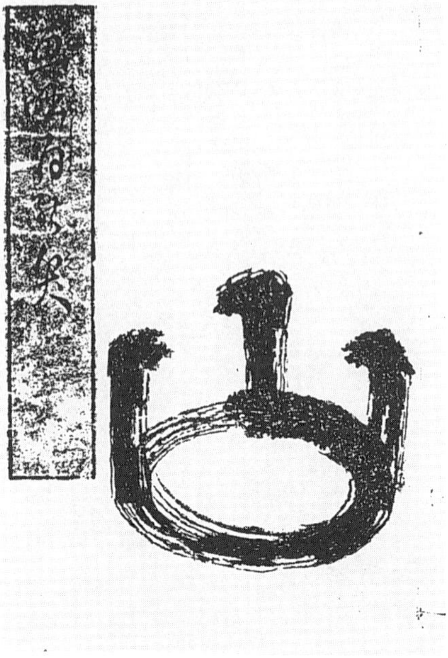

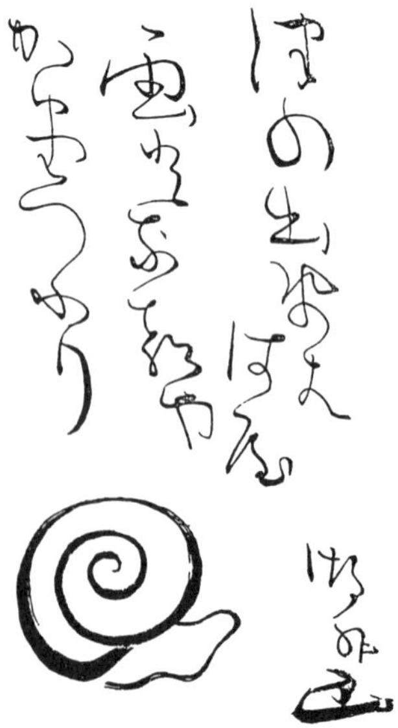

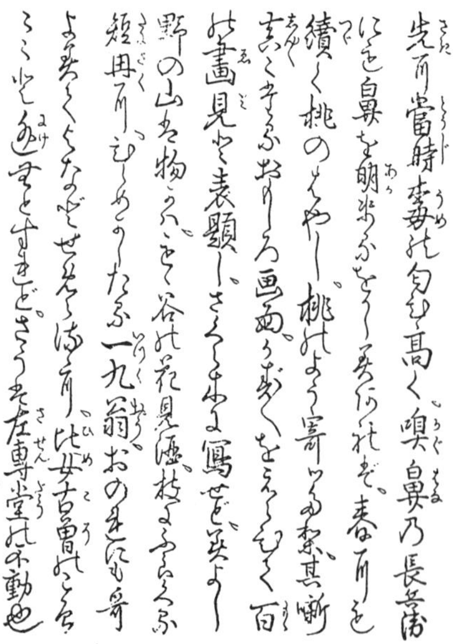

24 『画咄百の笑』二編 文化八年

とうおかさ◯を稲田もり
最非劫く懐かふ旅硯
清水ちよ川中栗とも書すかそ
紙費し却ふひつじの春
うつき舞れいやもひ
戯咲庵主人識

八万三十百七二
八百五万八三
一百百七四
十百二七百
二三九
三九
浪花
一九

序一ウ

口絵二オ

画話額面
神前奉献
浪華
一九

口絵三オ

口絵二ウ

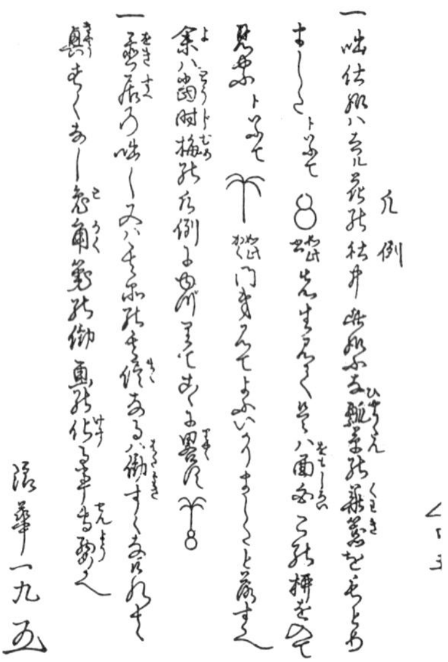

凡例三ウ

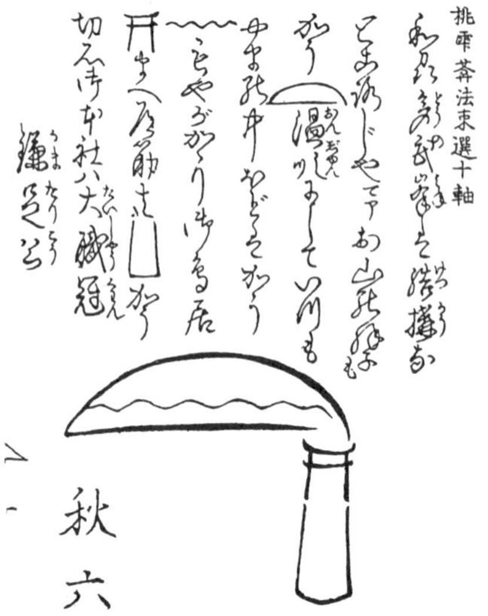

一オ

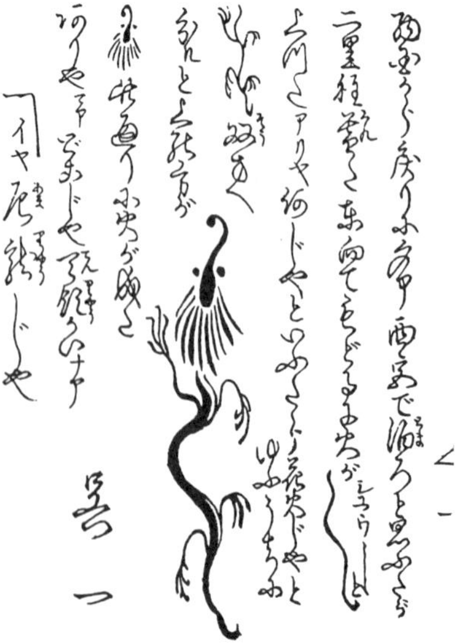

一ウ

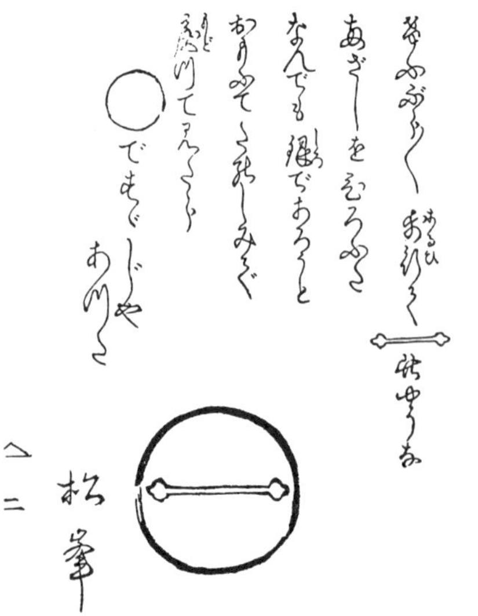

二オ

24 『画咄百の笑』二編 文化八年

(三オ)

末世於墻じや
ぞろりととうまろ
師壺が屋をを
ゆくだんくと
絞くる人の戯と師壺がゆし
虫を〻り助もしわ四拾七ス於蕃古む
桃里

(二ウ)

ほんまとそてもあげず
あちくろ此方〻〻も
脉さしろそあげます
もるれ脉変れ
人のまゝぶさきあどや娘此脉多客なりと
慶山

(三ウ)

何ぞゆひけれ
什竹てるてすれ
一ほへぞてがれどツイ
朝やもそるろてんの
ちよとめてる
新み滝てろソソわ我祝久もよ
かつぶ　庵グりとく〻子依カ人売れ
友澤

(四オ)

ゑうくなすわが海くび
モシ焼龍さんちんぎのぶ
一九

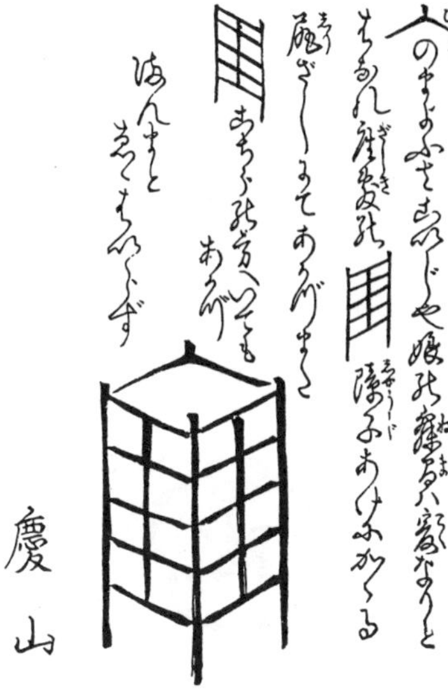

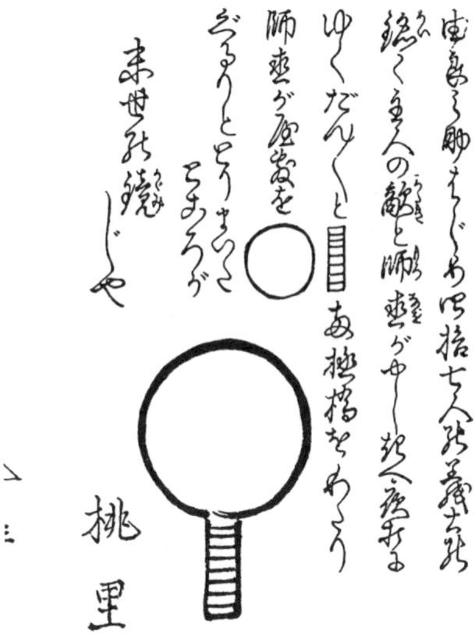

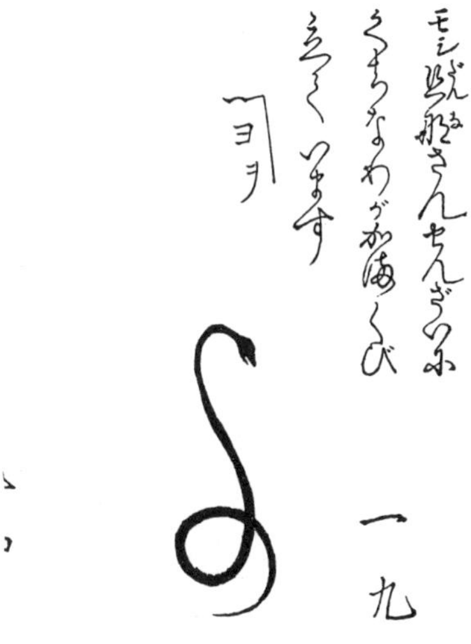

〈四

大和こくぶにて大内方へちがふて楠じや
下女たちしこまでも中さうろうこあらりりをと
うぢやうとろきまりこ手紙
本箱なのぞと参ろ本紙
筆みさなさるともみそつるのじ
扨もおもしろいけじや

三笑

四ウ

〈五

是ほど京都へ御銭ゟ成ぐが
まへ祇園町へ西のゑぞしあけ〳〵
ぎおん〳〵と柴ちれバ常役を
ご難かんさる家役付てぐ
御積り市〔紋〕ツリヤ
きうり里数
切口しじやもんな

丁子斎

五オ

〈五

底者是イをのゝ御餞をなめんがでる
今ふと自燃するゆへまりさそうと
〇柴ふのふ大キイをちち井く
針ゝ油を浸けろく
ぶ川とそろり
今にもしてあらそうろ
イヤ〳〵コリヤ
済みのみなれのみ様ろ

丁子園

五ウ

〈六

柴よふなあさきみがかろく
かなどん〳〵ごま入卵しゆる
カニ
一つさるが猿かきわよ
ゆく程じや未ぐ縁が
来てゐるあじ
おかまの前りもでじや

一九

六オ

六ウ

七オ

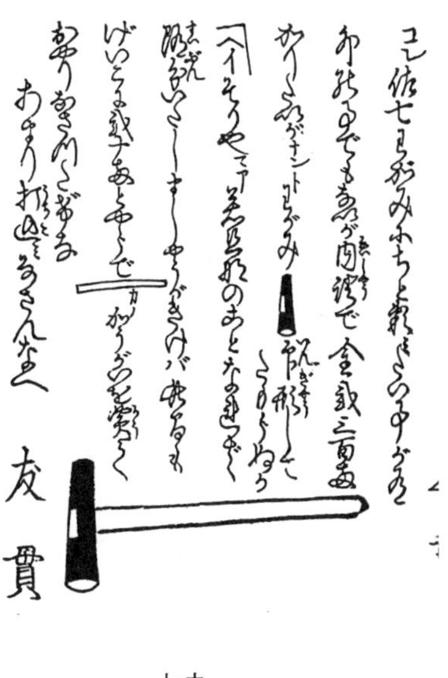

七ウ

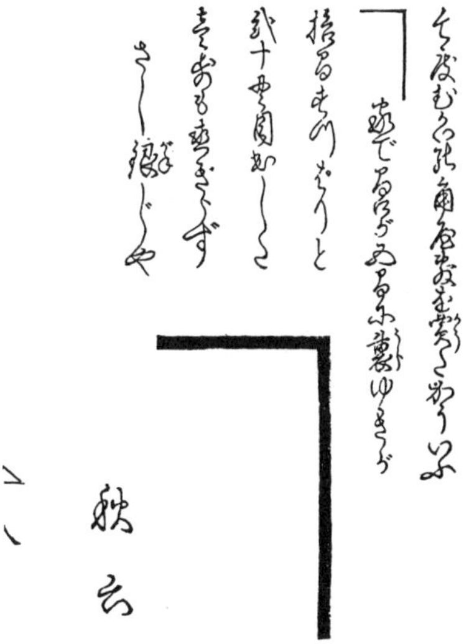

八オ

(図版ページ・翻刻困難)

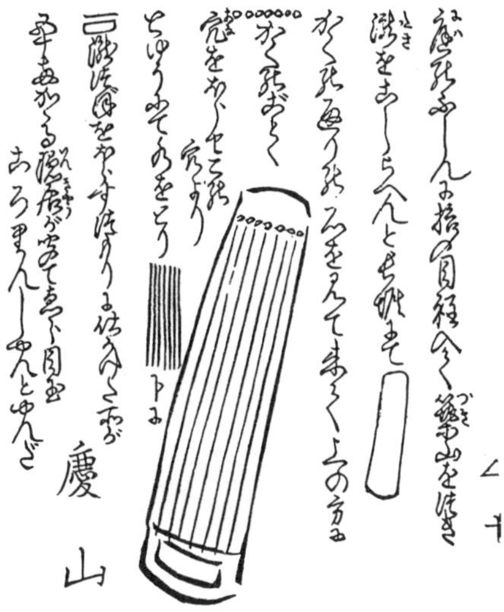

十ウ

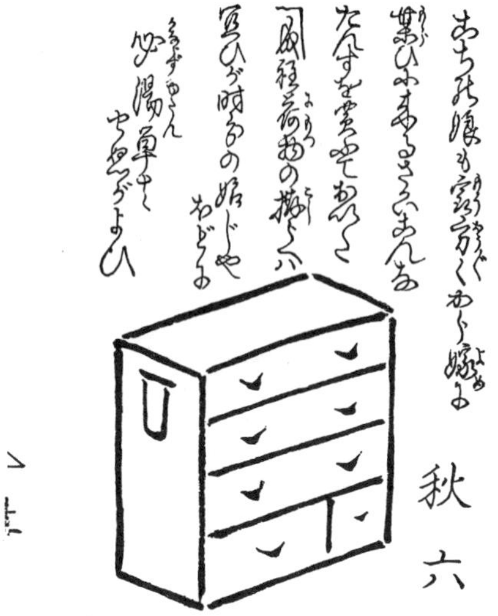

十一オ

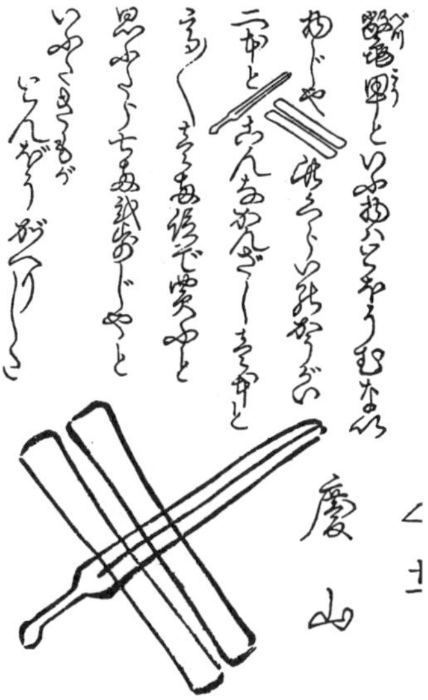

十一ウ

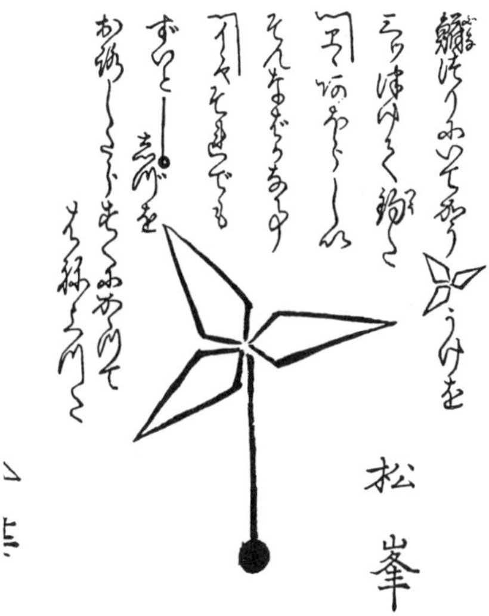

十二オ

十二ウ

十三オ

十三ウ

十四オ

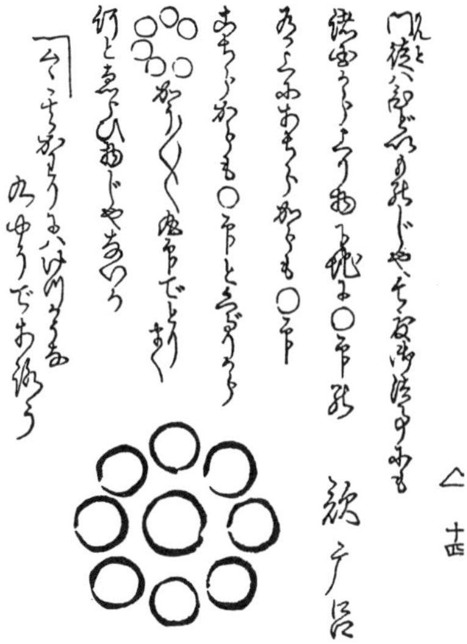

十四ウ

十五オ

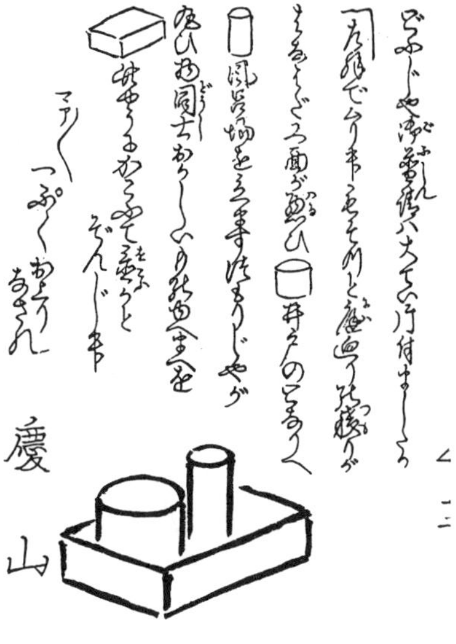

十五ウ

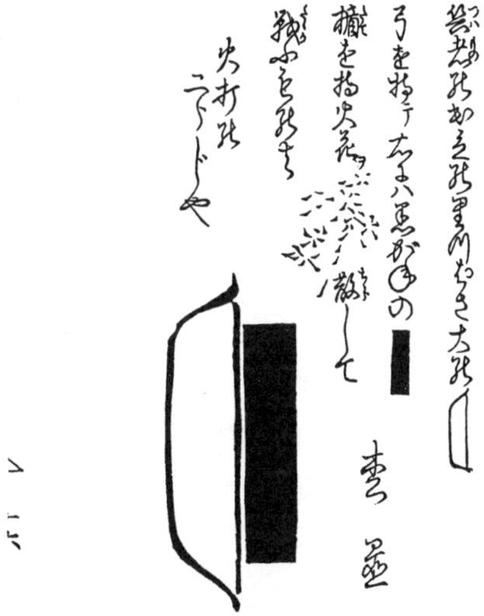

十六オ

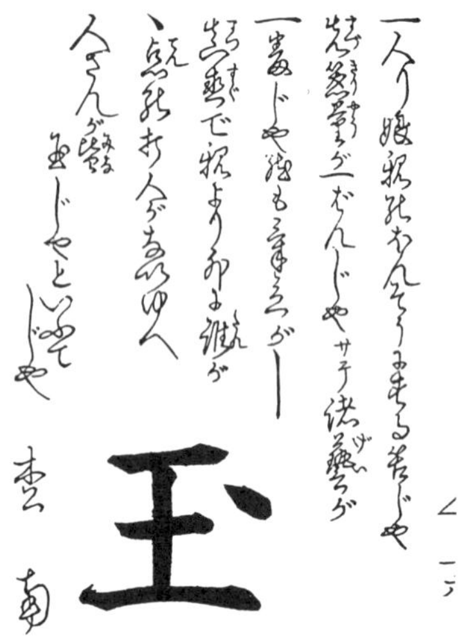

十六ウ

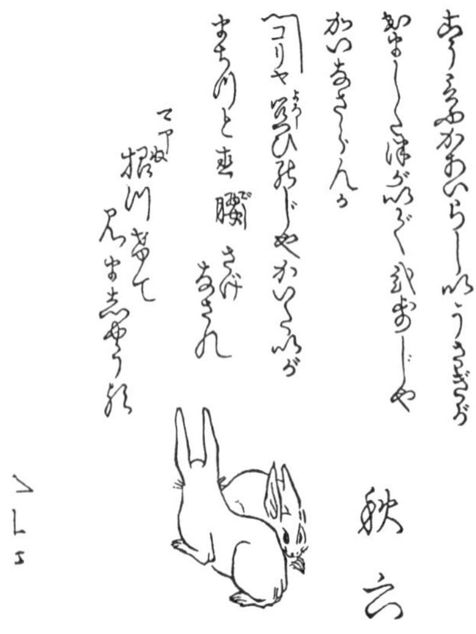

十七オ

十七ウ

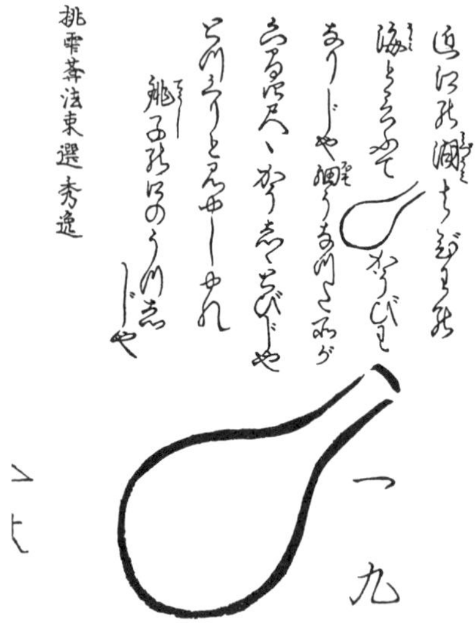

十八オ

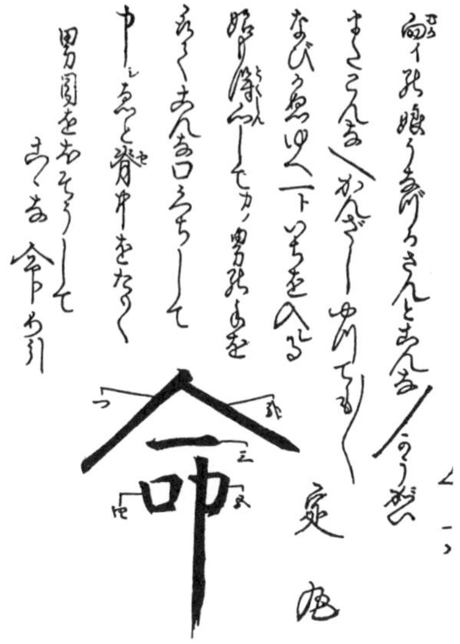

十八ウ

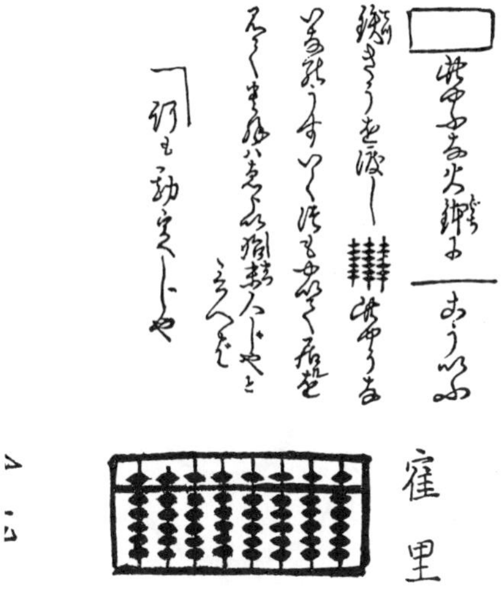

十九オ

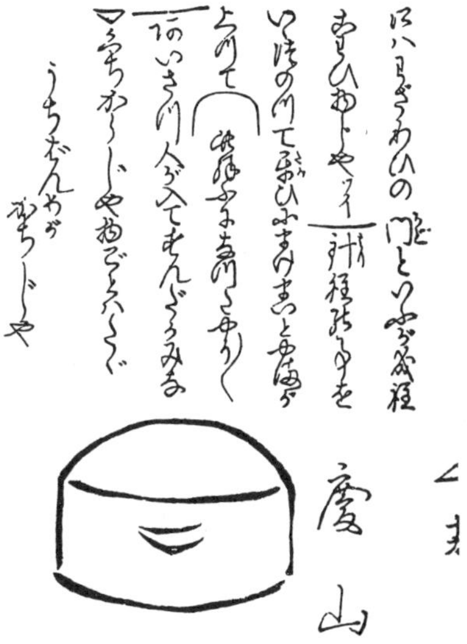

十九ウ

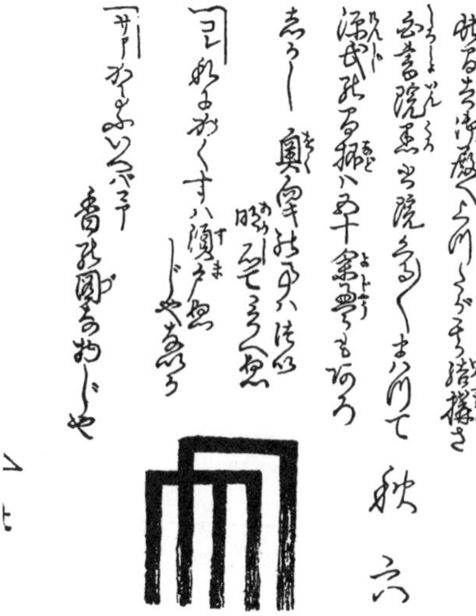

二十オ

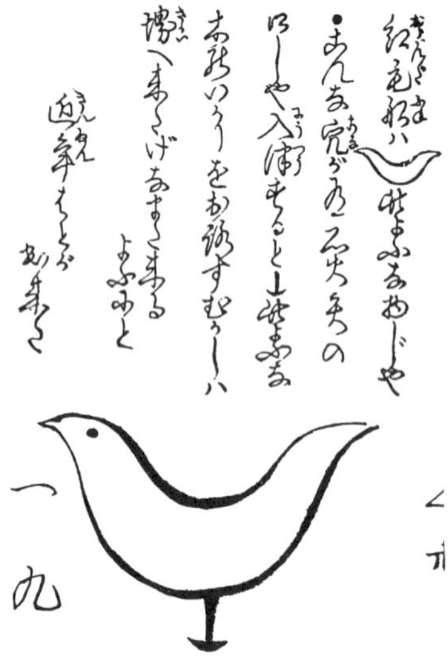

二十ウ

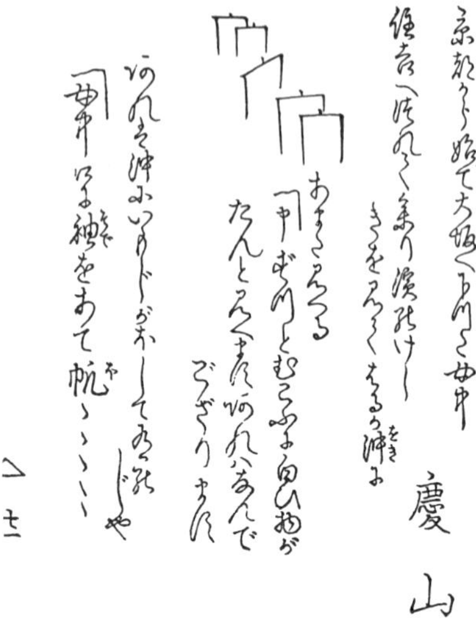

二十一オ

二十一ウ

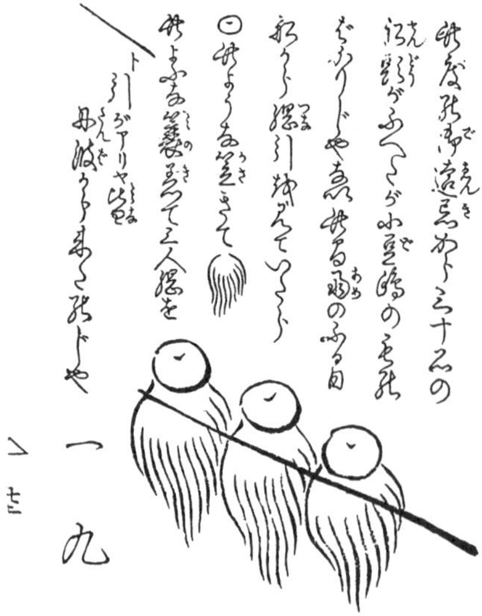

二十二オ

24 『画咄百の笑』二編　文化八年

二十二ウ

懐日あけて
みる瀬鴛より
あつと初
大星(?)いろをくつた
羽根つきをさのす
まゝそのすぐ
ヨヲニ
ごんざうちうよ
くつた

桃
里

二十三オ

あうろ(?)ふ
付帆で
おのふ
笠の
恋～を挿くなんを
甲斐(?)あくら
ソ切本
八部のふ舩の舂く
さゝして派後(?)うとす

秋
云

二十三ウ

…（略）…

慶
山

二十四オ

…（略）…

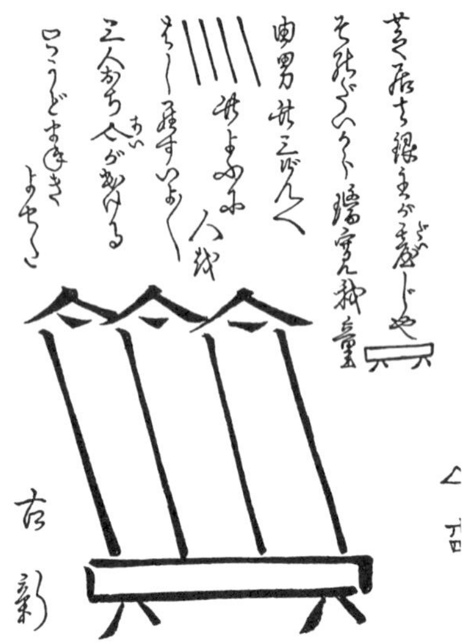

二十四ウ

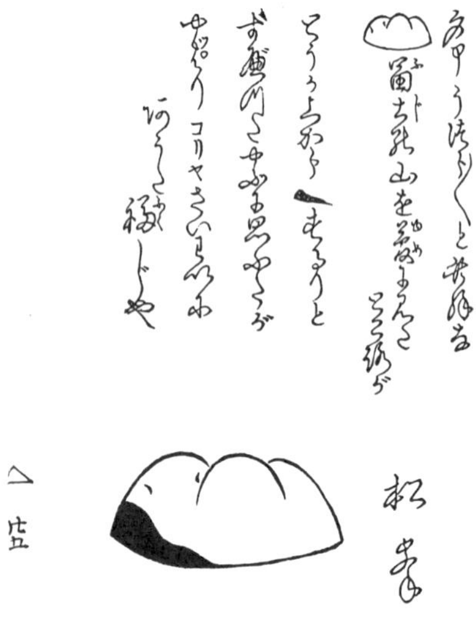

二十五オ

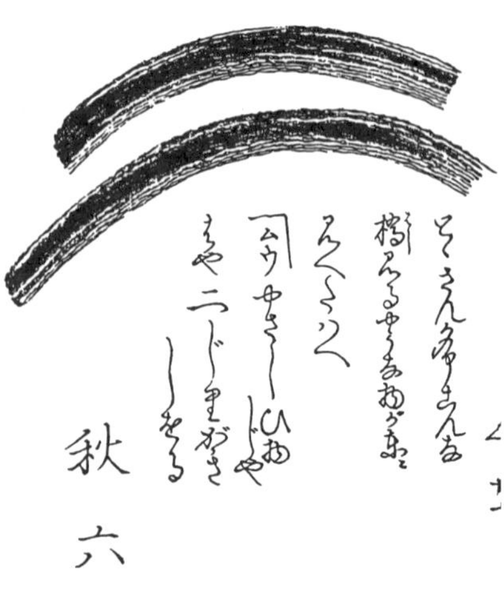

二十五ウ

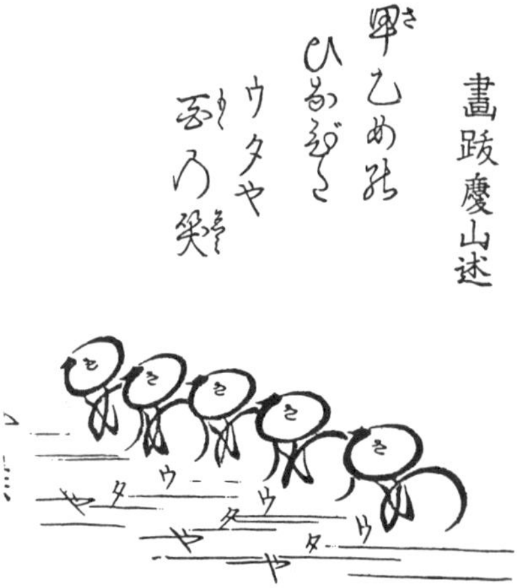

跋二十六オ

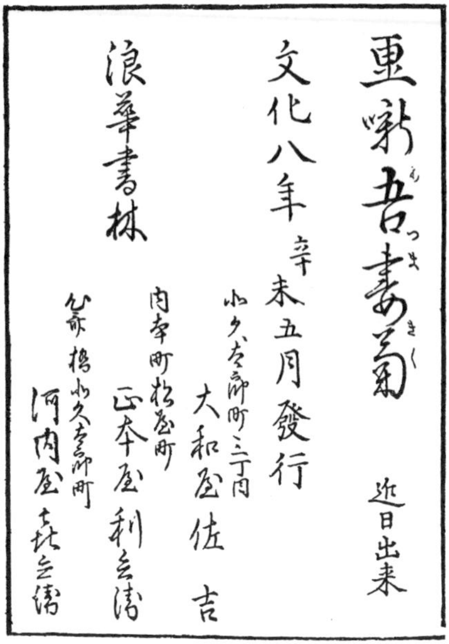
近日出来
重噺吾妻菊
文化八年辛未五月發行
浪華書林
小久太郎町三丁目　大和屋佐吉
内本町松屋町　正本屋利兵衛
心斎橋小久太郎町　河内屋太助

見返し

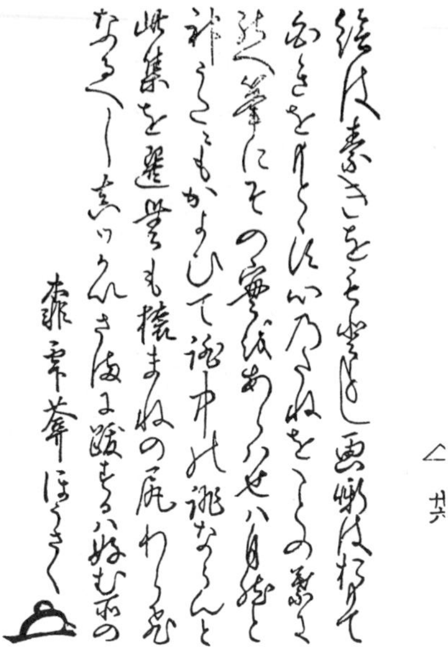

跋二十六ウ

25 『会席噺袋』 文化九年

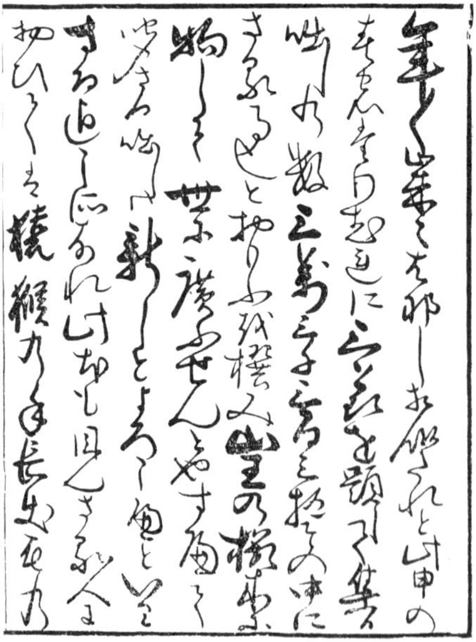

上巻　序一オ

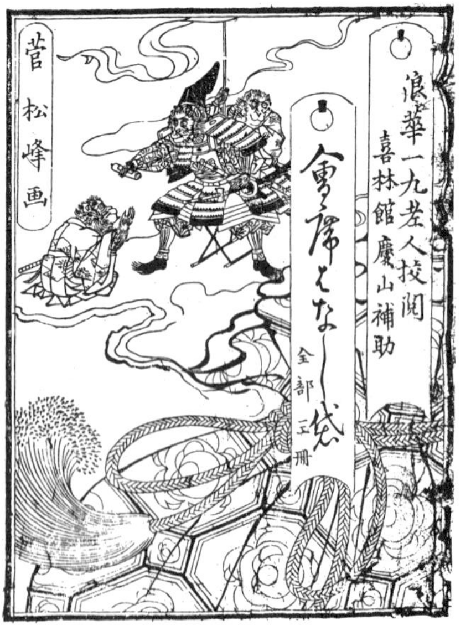

見返し

上巻 序一ウ

伽もなく おとらし ヘリ こ
くと 可毛に 氣を目くにも
走て 可毛にも や囲を言た
坐て あふ 似養をかとらた
すふるふたし
壬申乃
初庚申の秋
仮名九
五

上巻 目録二オ

會席噺袋上之巻
目録
一陽らい ぬく
風路だき
半八幹つ玉
虚おちつ
春こ
春の岻
鶴きぬ晴
衾口の較
側の祖

後雛九
秋 六
一 九
友喜
一 九
古新
秋 六
友喜

上巻 目録二ウ

うおもて
圃景み迎理
梅筆もの瓜
茶のよくは
孤よ針も遅
附まも携載
祗寫名も
十八ろの翠

葵山
辛六
一九
葵山
友喜 全
全
葵山

上巻 一オ

會席噺袋上之巻
一陽来ぶく
風船初風呂入リ コリヤ あつたあをく ち吠の丁児
それま九の下女 ふ ヲミ 桶志 ヲミ 桶蚤 風船
風呂の形もふ八 梅又来こへん
風路だき
龍宮の大将出張あたたふ八 鋼発席仁な玲来
清吾右ふ録百望節ほ乃入道小牲呂塩樒之恩
そのふ一海中のめんく 繋糯ぜまり となる居さ
後雛九

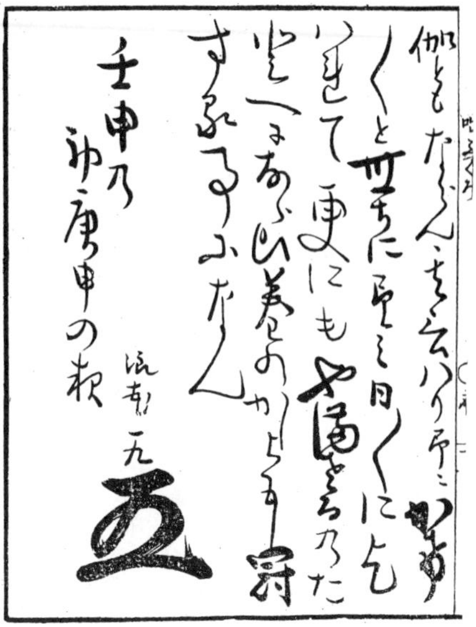

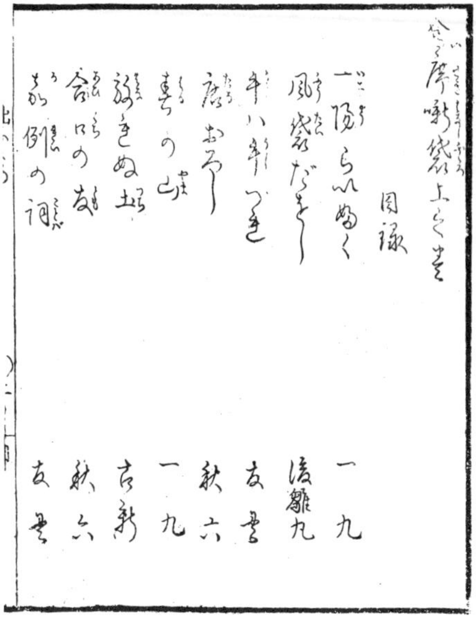

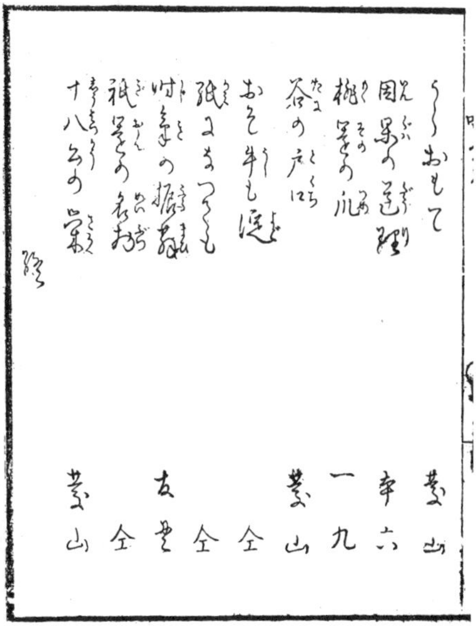

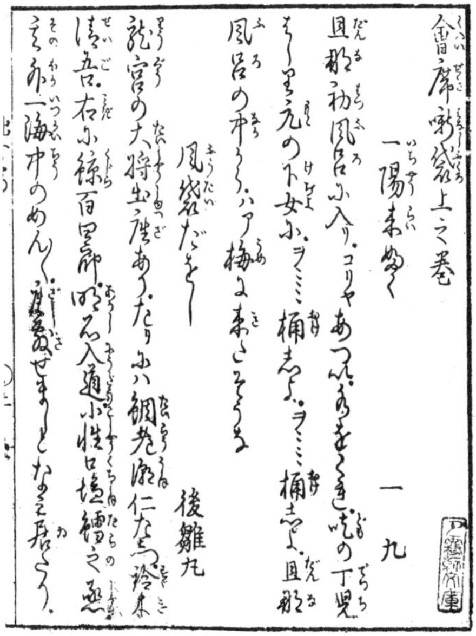

大将仰出さるゝハ。先此今日御前の祝儀めでたし〳〵。
さて〳〵人の男子ハやくはらひ鬼をひきさげ西の海へ
おし流さんゆへ。余儀なく此龍宮へ漂着し甚だ心やく
ぶつさうく寿いかにおもハくくしありしきハ。九百里行
かゝる打よせられ何条のことなるべき。私千金の沖より
まちぶせし。鬼を投こむ所をいろ〳〵なすとも。呑ほし
くれなバ。なんのかのもあるまじと。呑込顔にて申上る。
大将志ありかんずべからず。甚だいさましく申あぐる。
こゝろしも初縁の注文致し海上へうかみ出んとあやぶ

上巻　一ウ

しらく鉄炮魚の鰹ハ胸のかくあしきべし。鬼ハたゞん
ばかく太刀魚をおそれなば。いかゞせんとまうされバ。鯛売
すゝみ出申けるハ。やをり日本流のまでかゝるゝ門鑑
乃今思案が申付け。物の怪をかりあくまだうり
をさし出させ。おくの角しとさりそく鰯をよせ出だし。
申付るくハいつしのあくまも主人かくのあらひ付け。
かまへてぶ鬼どもに尾をふらせませよ。

牛ハ牛づき

友信

東うつる八東のから初日の出かま徳の四宮元禄の。

上巻　二オ

上巻　二ウ

上巻　三オ

暁に目出たき春をむかへんと東の窓をひらかせバ向屋の
鶏が羽うちしてとうてんこうとうたへバ森の烏カアカアと
ねぐらを立出る谷の戸より鶯がとび出てホウホケツ
うかうかと浮るゝを此体をみてなんとここらの所あれ
を守き商家でさへ元朝を祝しておきそれの年
式をとる内義がほんにやさしいそのじやといふて客
表の門口からそのモウそうやこそくちうつも見まつる

棚卸　秋六

さる商家の出郡事のちまちにいつも事らの者

上巻　三ウ

かゝる事をとらるゝ大のきバ誰ぞ向こふ屋をよんで出ろ。ト見ハイ
暁からよんで向ふ屋が来ておりますと。ト見 ムくそうや幸
じやコレ向ふ屋今正月にやるもなし向ふの表がうくが
のこらず出つくすりといふ。マア商人ハおのてをとるが第一
じや。見らに店からきてくれなされ。「主ハイさやうならいつ
そ今日から出つけましよ。因敷て参りし店の向ふをとる
ならバマア春がたのしうござりますられ

春の山　一九

こきのふさくら花さて紅葉のし嵐山も大ぶちりましたと。

上巻　四オ

イヤさくら八幡恩院のるすじや庭のさくらもちりかゝりてハまさ
マアちるまいぞ。おがせてくださりませう。ハテみるも見るでのあらしぢや
がよ八様に見せ御役がおろしてある

ききのまこぬ土　古新

コレもきとどん。ジヤあのお客さんどん。おきゝ八元服あそばされ
里へ礼にゆかされ。さふあつて親にも達もよろこんでござる
であろう。さりながら実バお女の子お宮参りにいかるゝかが。大人
姫ちやめの子ろうぞめをきせてであろ。ナア。長いのへ大
ちの出所ハ去年勝が見せ御殿でりてゆく。一やしき殿の御殿へ

上巻　四ウ

いひつけてくれますものハなくてなりませぬ

歳旦　合口の友　秋六

そのめで。ドウレ。客ハ内へ通ると。見るも出てくる
お客の出頭ハサアおはいりなされ。客さて餘ほども
うさらにとも咽喉までござりまするがいづれもお揃ひなされ
まづお芽出度いそれがしまかりおこる
さしさ祥山がまちへまかると。ナア。見るとて蓬莱もむつまじく
かりにて不埒法をも祥山をもちてで付てますしる。これを
ハーどんそろそ出ます。サテ御慶の松竹梅、白梅の

上巻　五オ

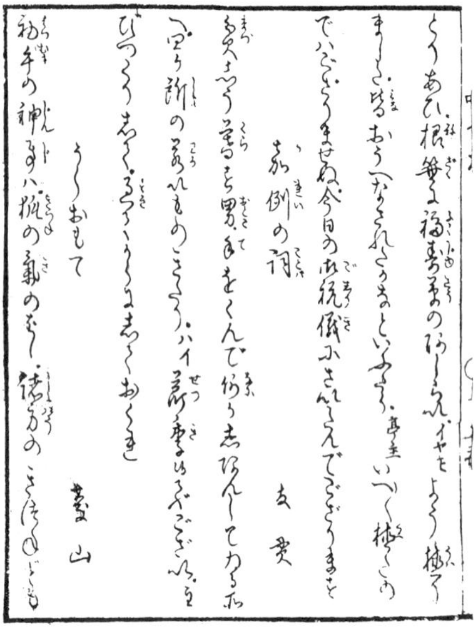

上巻　五ウ

上巻　六オ

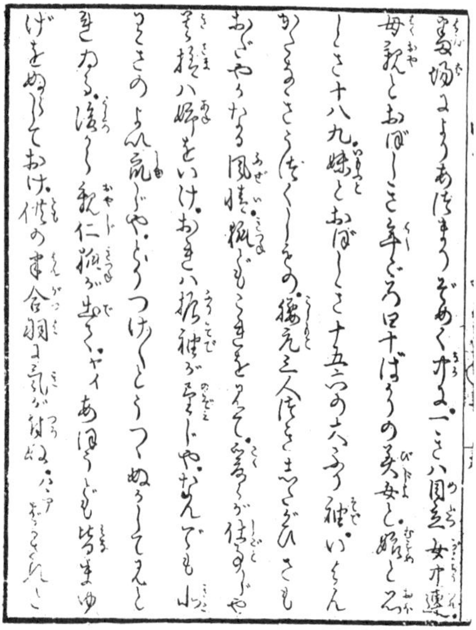

上巻　六ウ

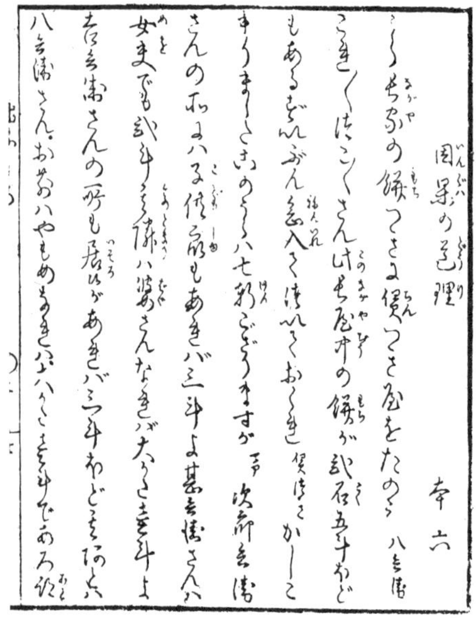

上巻　七オ

この資料は江戸期の版本（くずし字）で、正確な翻刻は困難です。

上巻　九ウ

上巻　十オ

ぞんざいし。おもしろきものでなきハく
紙になくらくも　蒙山
きるのあげひ日本の風はめぐる奴凧ゆいと目が
こまぐくちておちるなる供なかいく為るど。親仁が
どらく落ちて子あちこち町の酒屋の二階の屋根く
からさある。親仁ハテ悪さんちくしやうめら
おゝやあア。

時気の振舞
どうらく婿養なりし子を産なまきバ二親の上気　友つら

上巻　十ウ

しゆつくかしこさうどうさきほども孫ハ子なりしもかはひく
し。初午の二月なれバ古ルるやまく。懐中の銭
を百八十文で買いえ日に雑煮をもく。銘々も親
ひしが。正月の七くびきふく。銭をかくして孫しお座。
そなく志んぐくおいらがく成せちを祝ハんとせ
しが。孫が銭をくるる塩鯛いろが志たりけんへだ。
親仁るきそうしくかア鼠まるたが喰ふげ志さら。
どうでも孫めがしくハあんまん。

祇園の名物　友豊

上巻　十一オ

七夕三の肉ハいづきの在里もふさがハしくくりう
くの大きん日十日戎の参詣下向になんぞきんちく[illegible]
より。一ぢい呑んで藝子をよびにやりましたが。名
うての藝子ハ元より。向歯げいこもまにいりがたく。
壱ツ〆かノ茶屋の娘去年の春から出て居しが。
此娘げんてをよんだところ。まだ川のうけるとお定[illegible]
のさんを一ツ二ツひいて。藝子コレかくさん白湯を
下おくれんかといふ内に。松屋とやらの[illegible]
ドやる。げいてハいへおのころハ此茶がこされましと。

上巻　十一ウ

十八松の策　　菱山

松屋町をはじ。松山町に。松本屋松右衛門といふ
人あり。其生国ハ伊豫の松山産にて。大坂へきたり
より松を渡世として。ゆだんなくかせぎ出し。大
ふかみをのばし。内室ハ伊勢の松坂より嫁迎て
名をお松。息子ハ松右衛門。娘が小松。手代が松兵衛。
松助。松八。丁児が竹松。三松。久松。さて大家敷を
求めて。普請家造り土蔵まで。余事を用ひず。
ことごとく松一式。欄間の彫物。襖。屏風にいたるまで

上巻　十二オ

ゑも残らず松の画。さて坪の内を広くとりて
雑木を一本も植ず。日本中の名木をさがし
名木の松をあつめ植ならべ。正月松の内に松をはやし
乃至会をもよほし。一家一門出入の者まで呼び集め。松
乃内の大座敷にあつまりて[illegible]松右衛門悦びよ
たくさん。なにかくらべて[illegible]なんといふ[illegible]も
坪の内をみてゐたりき。私が[illegible]の松一式をそく
ましく。西面が[illegible]お生の松。尾上の松。若松の
松。浜花の松。志賀の松。およそ日本に名ある

上巻　十二ウ

松ハことごとく植申しと。松よおかるるハ不足ハお
ざるまいどいへバ。なる程松ハよりそろひまし
と。志かし[illegible]の松をどうでござる。そのウを
[illegible]町ハ[illegible]が宿ぎりまして町でござる。

会席噺袋上之巻終

上巻　見返し十三オ

寄席嚼袋中之書

目録

聲色らいや槌　　慶山
おん坊の新舎　　友三
百日かづら　　　秋六
石ださい　　　　一九
うごあぐ　　　　定九
大文字屋　　　　古新
天窓の庵丁　　　いよ友

見返し　白

中巻　目録一ウ

きのふけふのよろこび
十二ヶ月のかべぬり
さかぶくり
辛井戸村
いろくらべ
戸〆切
用心焼
　　　終

竹正
屋太
幸六
友雲
一九
桃里
芝山

中巻　一オ

会席噺袋序

髪ゆいや桃
慶山

（以下本文、判読困難）

中巻　一ウ

（本文、判読困難）

おんぼうの節季

友雲

中巻　二オ

（本文、判読困難）

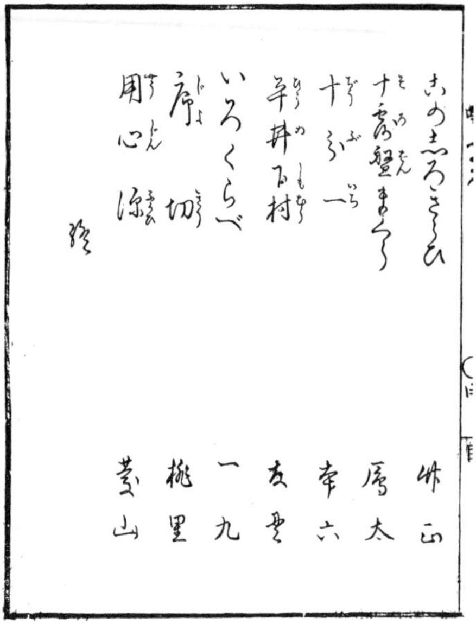

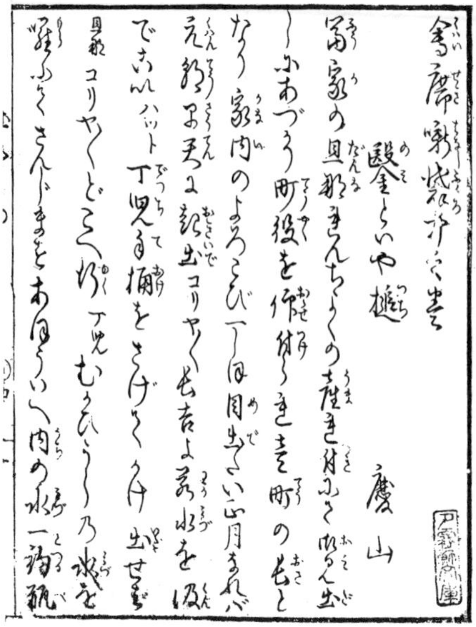

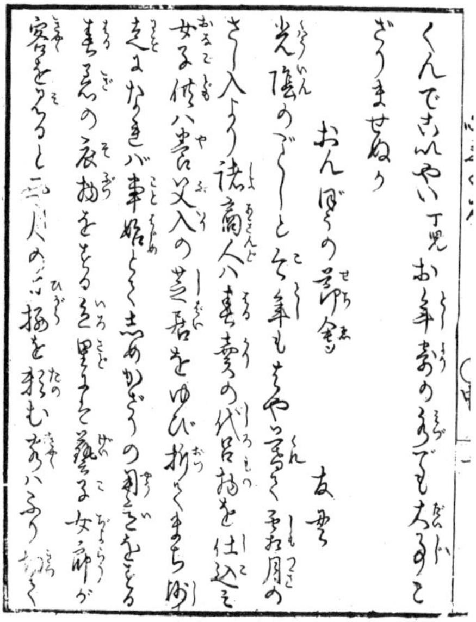

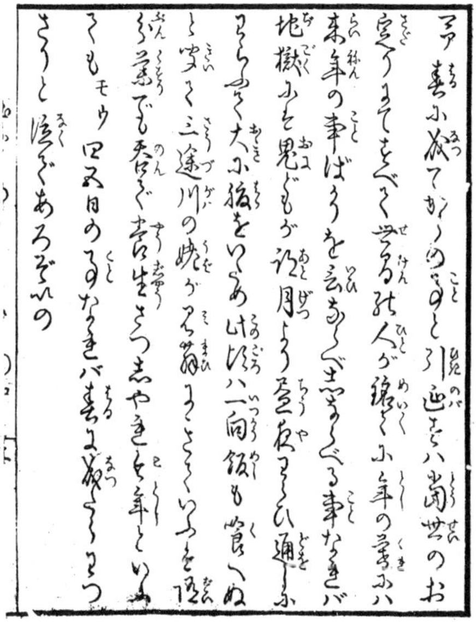

くずし字の翻刻は困難のため省略。

のごとくあるのハどふいふことのじや円デあきうどのまじない
うけたまはる分ともといふんじやそのわけハ寅の日
の寅の刻に法けをあて帳行ひとするそれに十一日
ふ帳いをひといふハうきハ百歳飢日ゑゝくひがるのじや
なるほどそれハ尤じやが又昆布やのかんばんに富士の
山といふのハどふじや円デそれハおよそ六百年ほど以前
人皇八十二代後鳥羽の院乃御宇建久四年癸丑の
とし五月武将頼朝公富士の御狩の
御陣屋にておまへひとして松前よりこんぶを

中巻　四ウ

献上せし所奥にて御悦ばしくこれをむすび広
葉なるに出しのぐハ武将をむすぶ家臣のよろこび
大にさ御賞味ありしより今にいたるまで世にむすび昆
布といふなぐもてなやなるうるもそのきんで縁起よく悉く伝て
昆布を踏ばんとせうもを取駄乃イヤくつづらまでひやと
伝ありし由へむすび昆布をこゝろもいひて煮しめ
ないひをしてをなはゞよろこびれものじや翁をハア実へて
それで大きなふざる飯を頼朝の頭やとて計
天満の庵丁　　伊識友

中巻　五オ

中巻　五ウ

中巻　六オ

旦那元日にハア何吉さんけいに出られたが卯ハいつじや
知らぬ 同者 ハイ今日ハ亥でござります 同雅 ムウそれ
ならかうくつてみて丑日が卯じやといひます
同吉 案て居てイヤそれハ旦那さん違ひます 五日
ハ何でござります 同雅 何といふ日があるものか 同吉 ハイ
くつてくだされませ 今日がいたつて 二日ハ子 三日ハ
は寅日ハ卯 五日ハ何の日でござりますと 同雅 ごくど
うめおのきでもよつほどあのじ恵やもいの 同吉 ハイ
あの日ハ大の来月さし入でござりましよ

中巻　六ウ

おめでたいこざらぬひ　竹正
祖父祖母孫を抱て孫の悦ふ 今夜ハ
誰ちの子でも抱ておれば悦びやといへバ孫 それな
らく孫ハ膝抱されな
十露盤こざらぬひ　為太
文字に礼者と礼者が行合まづ御年始くをたが
ひにおいさつ相互ながら是もめでたく申されます
左様なら私も是もめでたく申されますおたがひに
ごまいもしませうハアまござさのこの氣がきの毒

中巻　七オ

ませんなア ハイ其若じやと申しまするなんど
十歩一　幸六
コリヤ此吉よろふハ大事の世間じや総て何を云付
てもぼやらいく機嫌よう志ませぬ銭もりふう
十ゟはちあきバ モウ中男じや精出していふちしを
よう笑け 此吉 ちゑて候ふ情出しますが中隠居さん
お前おさ前もりふハ年礼じやいつものやうにやらます
う志ろうござい機嫌よう志なされあちさも今日
から七十五のお歳なさるや モウ百五十のまで年お

中巻　七ウ

じや
年内立春　下村　友世
春の先生がいふハ年内立春じやといはるゝが立
春とハ何の事じや 友達 ハテ年内立春といふハ極
月の内に正月の節に入によりて年内立春といふ
のじや 極月の内に正月になるとハ ハテ 春夏秋冬
四季の日数ハ丁ど九十日づゝあるけれども月に大
と小があるゆへに正月の中比にやうくと春め
節に入年もあり又去年など八十二月の内に

中巻　八オ

まるの節はいるこれを年内立春といふのじや ハヽア
なるほどそれで年内立春のわけハきこへたが、まだ
正月の三ケ日は内から掛取の来る内があるは
どういふ物じや ハテ それも身上の大小があるゆへ、

いろくらべ　一九

弥生のころ友達四五人うちつれ、ふくさ屋の宮へ
弁当さげて、趣向して行、俗なくバなんのおの
まざうさいつくおこりまして名句じやないかサアと
かくそなの節のたのしみじや

中巻　八ウ

序切　桃里

十日戎びくとみ下向は、芝居をみて所々ぐるぐる場
ふるふかう井戸から曲物一人出のびや名調を謳
まんとおりひのわるい出しておきバまきもの、これでは
ないと又出してみまバこれも巻物、又出てこれが
今度も一巻物。ハテ不思議や刀をしらんと出のび
さいそしか。コリヤこれどうまして一巻じや

用心深　慶山

先生はちとお扇かさい明日は七草の終義を

中巻　九オ

中巻　九ウ

ちやし唐土の鳥と日本の鳥とうつてぬさきによ
くは世しぶうるが。なんぞわけのあるのでござり
ますかうしとうう 実学 あきハ甚ふかいわけがござる。唐土の
鳥が日本へわたらぬさきによといふのじや。むかし唐
土より金鶏鳥といふ鳥を日本へわたして日本人
の気をのみほし、日本の人をあやうくてそこへ
唐土からきましよせ、日本をうばはんといふ
たくみときこえたが、日本ハ神国、神のおかげで
其ながさで五ぶをあてへづる。仏のゆるぎなさざる

中巻　十オ

中巻 十ウ

ろとおくの七いろの蝶をかゆたいておく。けさ七疋
ハかり鳴の大さんもつめてせりく出してきる
むしろくゆるつとあるさころ閑秘のうへ今の世
まぐも七ぐその節金といふぐ御上様にも
南刻ひなきとなつるぞやそれハおそろーん
しまさとさらし宅へりごさきとうち申さく
すでごぐうまとさらでごぐまさく罰くおき
まうくさうたいくぐつまるいるうする

中巻 十一オ

さきしなんでもちゃいぢんどいぶんめけを
きてうしき今なへるぬめさるいぬ
きてうハゆくろろくさきたんさがよ
ひれサアマアちつとお体えをされどんぢんを今
たくさまとこころ入りほどなくね
ちれるみ図をあとくゆうまさ。イヤあうまさとず
く。今たらほけくあうまさ

見返し　白

中巻 十一ウ

はぐモウもろぐ来るぐもうするぬとふちえ
丙籠ぐろしひろる。閑秘ハア志まうふさおまぐれ
むしゃるつくきゃっといするふし
まくさんなるをおつ志ゆぐあまこふふどろく
ごぐまをえんな閑秘いやくさうでまん今さて
はるまぐとろてかまうといふす。

金々席 家統才の生路

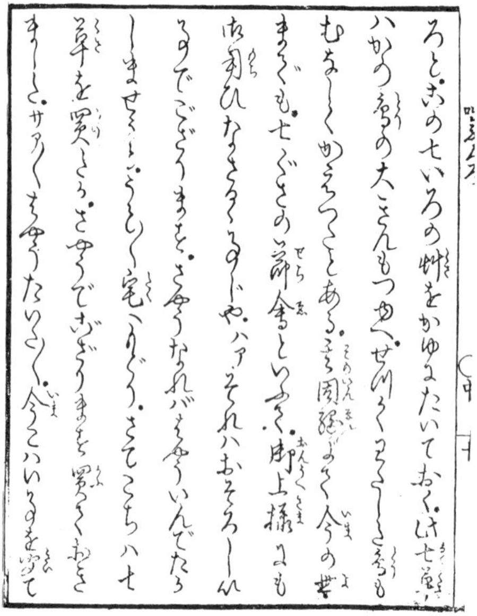

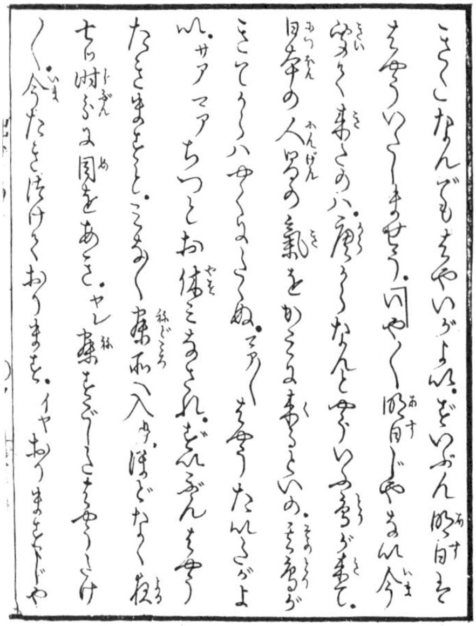

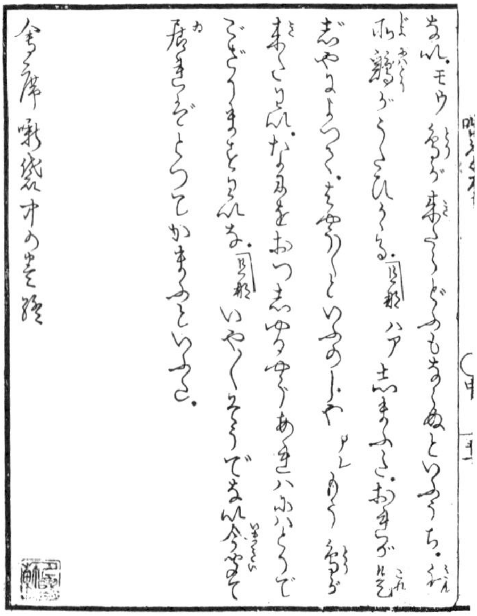

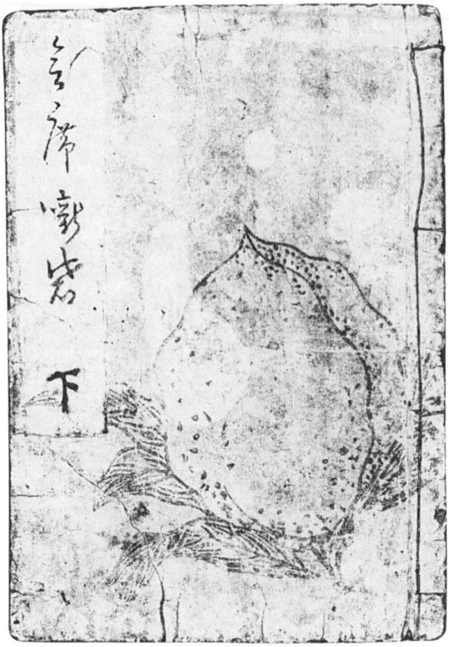

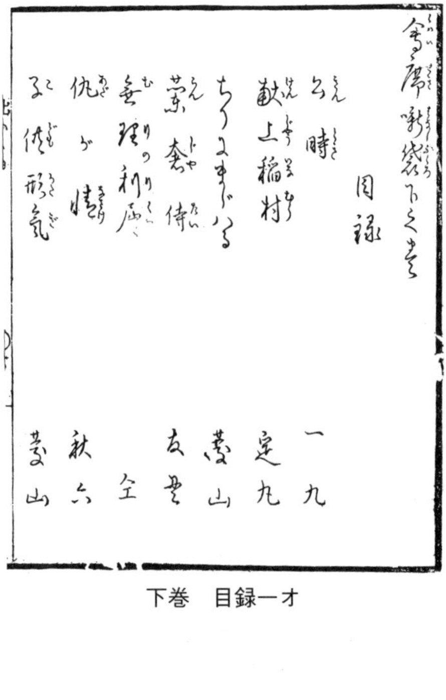
会席噺袋下之巻

目録

幻時　一九
献上稲村　定九
ちりまかる　蔓山
菜套侍　友吉
無理利屈　仝
仇が情　秋六
子供形気　蔓山

下巻　目録一オ

見返し　白

稲荷の祭　一九
春婆もどき　喜山
おどり升入り　里丸
踊

下巻　目録一ウ

會席料紙下之巻

絵時　一九

出入の仲間礼にきて。松も歳旦をいふてました。かうでござりますが。伊勢日向美濃と紀の国を松おとし荷ふてさは門松とよびました。先伊勢海老・日向炭・美濃柿・紀州みかん・松前昆布・昆布門松にさし込ふていますが　丁兒　そんなら干物の鮭のいもみそ汁なるのハアリマしとおろがまへん

歳旦の稲村　定丸

下巻　一オ

極月もくたるとに。光田山の稲荷へちかおさしそさんけんし。福徳をあたへ下されと念じられバ。香居の脇より白髪の翁稲を荷ふて出たまふゆへ。ねてそ我ハ此翁の通し。明神出現しぬひしと。三拝しそそうまてありかの翁の詞に付て安堂寺橋をすじへ出たるきバほどなく夜も明きバ翁かきりせ菓し

ちりにまじハる　喜山

こんなござ中の五日福さん参とおもくかの餅花をむしりておお寂照さまのまるくそこともいふそ。仏前

下巻　一ウ

そなたへ参るが。なんとあきハてつかれまいすでハまいかいうらみのをいハ志ぬもしくまゐてそを仏まそろくるとハ。ぶしつけトやすくまいろ。なんみそきまてさのるす。観音ハ尻さくハさきる

紫釣侍　友清

老もなきめく去でてろ。まけて楽しさ健男の娘まじくらそがるぬくそ。家ての親仁がさとうて。丁兒をよび。コリヤ隣の二階にごとがうとし何ぞほしくさ人あるどもさやちくさい物じや。ちも

下巻　二オ

往てかへでおいといへば。丁児が廊下へゆきうちへ
這入ると二階から。焼やき日の絵も出かきつゝ
と云ふ句をよむ。丁児 なんぞくちをほりましたら
有理利屈　友呂
長吉よき桶をつくりく。茶釜くんでおじや。
長吉 ハイ手おけに八雑煮一ぜいこざりませぬ。内義 いや
く其時ハ宵の雑煮や正月ハ何でもこゝまでよろしん
ものを祝ふ物じや。ふるひ雑煮ハ流しく出しまや。長吉 流ぶ
やことなかれ雑煮をくむ。内義 雑煮がくんで出ましや

下巻　二ウ

流すもとくゆお雑煮を祝ふやうに。お膳もちや川
となりくべておきや。長吉 ハイくと膳をなをしへ。ア お家さ
ん正月を何ゆへもるの物を祝ふのかへ。御隠居
さんのお話ハ入りませぬナア。
偲か情　秋六
いつも正月十五日より十九日まで八八幡の放生会にて
京よりも参詣浪花よりも引もちきらぬ参詣
多く。生るを放つ放生会るのおもひへさとく
きれいなるをうたく。厄神堂の前をかけて。伏見

下巻　三オ

下巻　三ウ

ろうの宿の出し店。参詣人がうきをみて。鳩を
なんぼじや。売ル 鳩ふ百文。雀を三十弐文でおざり
ますと。参けい コレ鳩を四十八文よ。雀を十六文にまけぬ
かと。売ル いへく其様な直ハまかりませぬと。行くだに
いへども。参詣人もちと様よさ八きど。そち八幡さまへ
参りて。下向に以前のをかましる部を通ればとうでも
八宿へ支宿よいろ話かく。売る店よ人もなければ八幡様
をゆめの莚の景をめくりかへきバ。遊ぶの子供が
つけく。売る屋が往て宿屋まつせりけきバ。番頭むえと

下巻　四オ

吟じやうるり音ぎよく。それも心持よく、気やすく、やすらかに気
気ぶんがはればれとして、病人も気はらし、ほうしん。
友達 それハ気のどく。ほんによい医者があるかつて、
ごあんせ。何 イヤ薬じや
まだ療治じや。それいさゝか、じや。元気を
じつくり茶の養肉をよくおぼへ、あつてもせん気
でも、そのほか志げ川でもむしでもなみやまひのよう
だ。アノ医者の術ハ、一風あつて、めづらしくおきてその
やまひのある所を切あけて、病中の悪血をぬき

下巻　六ウ

ところあけて又、活を入て、あとを療治
じや。こまかにまもろ。右ム、それハめづらしい。ひやうや
うぢじやが、おそろしい。ひよ川どいてさね、しくさふハ、じんま
そのじや。友達 ハテ、いさゝか、時ハまうちが代をとるぬまでじや

おどりの弁入　里丸

なんと今日ハ、ちの堂で天気もよし、大勢寺社の開帳でも
参りませうヲヘ、植木屋さん。コリや幸じや、おいらも今、持参の和
もよし、小辺でも、そめさまませうと、出かけましたが、じやさかい
なかなかいつしよに、まいりましやうと、さくま

下巻　七オ

連だち、道場へ参り、内陣へまいる迄。講中 同志道中
乃宝物御ぼえんござなりませぬござりますまい、やうやくおしもふ
ござりませぬ。強力 こゝまかなるたびの力ハ、八卯御ふ
御力でござる。そもそも此のたびの力の名人を、霊験ぬ
るまい。イデそのおゝろを麦の院のおんとさゝへ、養の
中将実来参下向まいりし、八の足の山門の山居翁摂州たこ
乃城の療治、判官の蛸定よく参をのつける。蛸定まちがへて所持
せし所の殿中のおおゝくる御曲と、刃傷およびし刀
をもつて切付しとき、侍の居合をたて川本蔵とびかゝつて、

下巻　七ウ

下巻　八オ

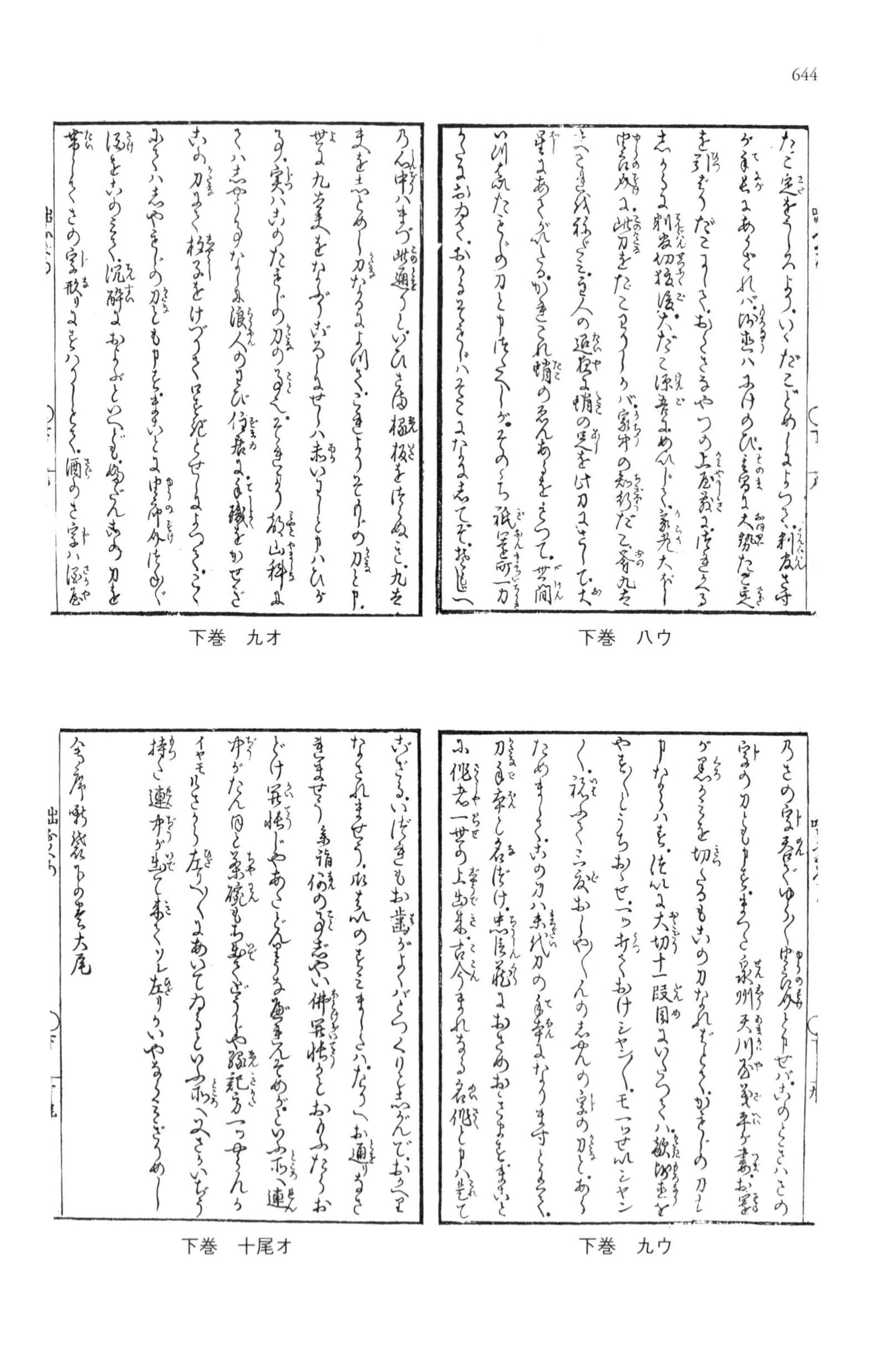

下巻　八ウ

下巻　九オ

下巻　九ウ

下巻　十尾オ

見返し　白

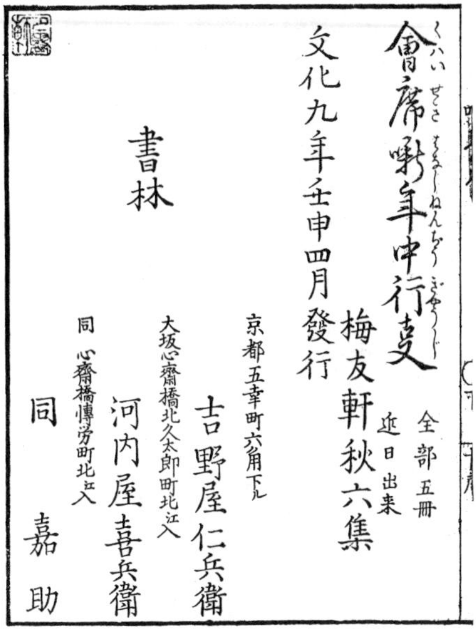
會席噺年中行事
全部五冊
近日出来
梅友軒秋六集
文化九年壬申四月發行
書林
京都五幸町六角下ル
吉野屋仁兵衛
大坂心齋橋北久太郎町北江入
河内屋喜兵衛
同　心齋橋博労町北江入
同　嘉助

下巻　十尾ウ

26 『はなし大全』 文政八年

見返し 白

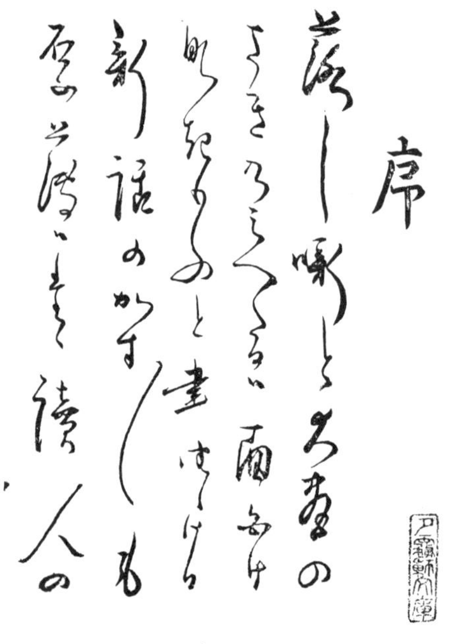

序一オ

なにも此咄に携られも
秋あらしの掛声と種
春さ勢所の花さき来
人心をまうし紙を
ねじめへと
申の

序一ウ

二　面(めん)鏡(かゞみ)

ヤレ〳〵新(しん)風呂(ぶろ)ハよいあんじやさかいに皆がほめる
よう焼(たけ)るといふてもちんぞでも沸(わく)ちんさかそなへるか
焼(たい)てたうさてまう沸(わい)て練(よう)あてまうさ　おい〳〵コレ
さてどこを焼きするといふてもあのやうに口(くち)の所(ところ)
むかりハちんば焼てもちくるあじやかりそ爰(えんど)るる
気(き)を付(つけ)てずいぶんおくの方を焼もして　焼キや、此所

一オ

おい〳〵目をちぎしてコレ御が承やんな頭(あたま)ち
ました
木(こ)の葉(め)
茶(ちん)風の炉こゝへてや目をさまし　ヤレ〳〵結構なる
三ハ巨(こ)旋の火(ひ)もそんとあへてあるこれを見ハ嗜(らい)といふ
わるハ実寛なりんじや内(うち)に御きる柱を二ッがつまさし
ておきもすいに　てさむ　ヤレひぞるや一ト〳〵焼(たく)もめん
ぞうと一ト入ら表(おもて)へ甘酒(あまざけ)ヨりしりて能ものが(き)まゝと茶屋(ちや)

一ウ

ばけ茶碗を格子(かうし)の間(あい)から　コレ甘酒一ツおハ下されたれや
ハイ〳〵ずいぶんあつうござりますと格子の間から右たりよ
流うけれていまさ引と　茶わんをとるとひけハ格
子の間につまりてとらるハそ　パチ　がてんのいかぬいまゝ
出し〳〵茶碗がとれぬゆへちんぼうじゃ　アヽ〳〵こう能
沸てあつうござい　アヽきうくつ茶碗を横にしておしつに
よって出(た)のかやと持て次の間から引(ひけ)どもとれぬいさいかどんな
格子じや　チト広(ひろ)ふせバも仕ておきまするが　ひつ(さむ)すまでハ

二オ

婦らひあがりてハあつし トレト火炉(ひろ)の世話(せわ)おあふるじゃ
ハテぞうがましてミて文(ゑん)よ筆(ふで)の先(ちく)にて吸(すを)ふくおりひ付(つけ)ど
硯(すずり)箱ハもるゝ何ぞ足(あし)のだしてもどうぞバてそいつそ流(なが)シ
志まうとおイヤく文もちつふんもいとそふうち下役(しゃく)の末分が
火(ひ)の廻(まわ)し〳〵 ていしもコレ末分末酒と宵ふが茶らんが這入
ねふ〳〵宵もうるぬ チト醒(さ)めいそうなれど火鉢(さ)さまに焼(やろ)をおかどふ
呑(のん)でたも末分文ハ居(おり)ぞうれが志かし夜(こ)までおぶれじゃ きいたナ
懐(ぬくめ)鳥(どり)

二ウ

二

お娘(むす)さんちとふ仕(し)イじゃ飯(まま)も仕てあそぶハよいわいしもおお
おらさんもしらせんうお娘さんあう二人嫁入(よめいり)するして抱へんう
アノイそししうお娘さんが嫁(よめ)さんでかしし聟(むこ)さんを迎(まる)く
ソノイ聟さんハ男(おとこ)じゃそうしてちんぽがなけりゃならせぬ
おまへちんぽがあるく私(わし)ヤちんぽハないけれど拾(ひろ)ふて
来(き)てはけてうそふハヱワアイちんぽとそふ物(もの)ハ縁(ふち)で
あるりんじゃなうておまへの母のおぢさんでもこちの
父さんでも若衆道(しゅうど)娘ところで泣まくて孫(ぬ)じゃかの

三

三オ

物(もの)く佐太郎

風呂(ふろ)屋(や)の入(いり)ぐちの井(あか)で浄瑠(じょう)るをちまんの男(おとこ)が出し〳〵
茶(ちゃ)の間(ま)中みるまで首(くび)ふりまわしてかしろそちくる
親(おや)父(ら)仁の教(おし)へして九まてかうつの角念(えんどう)を聟(むこ)とりこ
ミミ旅へハ 男コレ 親仁どんちうと教びくふうさりんせちゃらんの
川ち礼(どんれい)旅が名やすふ始(まる)ておりふ婚(つぎ)へ教へちますぬとそふハ
親仁ハちゃつとたすりてみると又かいりだす浄るりの儀(とこ)う
九まてかうつの角念生〳〵 男 エヘけたいな

三ウ

けろじゃろさてろ様しろもちん陽乳ならして
他のうのじゃ九まてかうらの角念生とはしるを
くりたししあさやうましいコリャ浄(じょう)るりをあくさんそ
のうと流(なが)くかれバ親父(おやぢ)あれわらん人おれが九まてからう
う角念さく旅ハ悪(あく)さくじゃあうぬ気ろ物(もの)の入て
めろ戸(と)だるの穴をわすれぬやうふじゃ

茶(ちゃ)屋(や)帯(おび)

お仲人(なかうど)様流てさぐんようおぢゃり来るホウあれハ物部へとの

四

四オ

久しうおいませぬさためし誘であろトしやま
ませうと帖めんくりかへしコレ/\めんらんや聊なく
旧冊下人聊らとある ハイ/\ そのうへお好とやを
一人お返されて下さりませ 何おつしやる 佐内殿を呼び
出さんイヱ/\ おまへ方女房イヱ/\ そんなら おまへを
しまへ嫁でも隠れるといふ事はなイヱ/\ そんなら
姪カイ イヱ/\ で御座るぞ ハイ まあ女房でハござり
ますれど 丁内へいまだ ひろめもいたさぬ内分て

四ウ

ありますゆへ御請ニ女房をもなりませんどうぞ宜しう
お気をさせて下さりませ 何おつしやる それハむつかしいハイ
さうしてまあ家内のあしらいハどうしてあるぞ ハイ私
ハテア 夜遠慮いたしまして

楊名介

表の戸ぐちめつきりしてある 目をあきなむさん
盗人そろなどおもへバがち/\ 胴ばるひどうちあで
あろぞ声をきるも口惜しく 咳ふきさを叩くがよい

五オ

げなくきせるの音しやげる程 クワチ/\/\
盗人 ヱヽ しまい/\ それ起ておるそうか 縁夜の中より
格子のわるいるハなんぼけん/\ そてやけの 勘八/\
門口の戸 ガバタ/\/\ とむきやうまたく けだ
ていしゆたまりかねどうぞどやぞい 盗人やなるほどし
者商人じや ていしゆ 商人とハ合はまた何を売
のじや 盗人 イヤ きせるさうへハ らんらんていしゆ
あちよハただて吞煙ハ ひとりもなひ

五ウ

早蕨

志賀でうるの上人ハ 持戒堅固で 老僧なりしが
京極の御息所 志賀の花見の帰るさ 御車の
御簾を風の吹あげるに フト 御顔を 見そめ
まいらせ ヒヨンナ 恋ろに上人ハなりたまひて
うろ/\ 御車に はなれず 御殿のまでまかり
上ろとするを小僧供何ハでて ゑすうら夜もけさ
もすぶらくおうかふとぐむれど 出まじ 雑色おろ 仕丁

六オ

六ウ

七オ

七

若あいまうらうぜき者叫ばせ引ずり出せよと
おゝ庭の騒ぎを聞しめさればつゞくよ若き
花侍の者どもしなりんも痛ましく御の
為の情まてんをなくさめ給はんと下部どもを
みな〳〵遠ざけさせ縁ちかく立出させ給ひて
上人是へと仰あれバ上人ハありがたくも小袖
をかうむり御簾のもとにうづくまり居たりしと
御簾の下より御手を出し給へバ小袖にすがり給ふ

七ウ

友申さるゝ
なにその夜の縁じを友成信吉へさんげのみか
すぐる尾上の松へ来ずればまつの精の花人丈夫
あれハ友成どのゝ久しぶりじや出ちの丈夫も此六
住の江へむかし行かく松ふ幸じや悦びと
あやせる友成どのハ高砂ございまする私も参らで
さてしる枝中したぶよふお連じやと二人が
嘆しく翁子のちはぐふかくるナントいふても

八オ

ゆるしぬ絶景（きれい）チトお休（やすみ）なされませんか急（あさ）りの
しづか綺ろ郷へちやり（下）お茶（ちや）一ツでむーんとえバあちやド
おあイるのじやコレハ茶ハあの茶などれく一トくぐ
楼（さい）でおまもりとまく茶バうつめてボアト燃（もや）す
老人まぬコレハかるい嗅（ぎ）ぐする此急（へん）まハ髪（くく）の
おちをたくくそうな

八ウ

うーし海

丁稚（でつち）の古松（ふるまつ）が又年ぶりまて親里（おやざと）へお藪
入りまりて秋もちく秋も近所（きんじよ）の茶（ちや）ま行（い）て内く
みず松毎（など）一人（り）るす付（し）ておりさ古松がおくさん
今（いま）かく天ましたなく給（ま）でざんしさあなさん八
継（なん）じや古松（ふるまつ）ワーしでざんす松（まつ）じやマいのとえバ
おくどおゝと瓶（うを）をながめやア松らアイオヤく
松じやあるまんれ松がちまりふあるりのら古松あかふ
えふ（い）んす松ドやマいのとろくりとまかんセおくイロく
松じやあるまんれ松ら松であれら向（むか）いのちろくえくどあ

九オ

小夜くちう待つておるじや

ゑびの腰（こし）

三浦（みうら）の大助（おほすけ）が年しさゝえ飲の礼（ぶんなう）まいしやうけ
一門（もん）九十くら親（ぞ）族（れ）もしくとモノモドウレとの
はじけ礼ふ玄関（げんくわん）番（げん）もえぶうあさまの下ゲ（さ）づめ
たてふくるみ付くみる所（ところ）ドッサしと足（あしおとさう）くちく
和田（わだ）の三男朝比奈（あさひな）の三郎義秀（よしひで）は礼中間（よろく）
とえくすてかへるじくす数（づく）ビックリーてあさま

九ウ

とふ（ろ）ゲんおそりしうしる姿（すがた）どうやら違（ちがい）てさ
やつあがデモたしら朝比奈（あさひな）くいさまつさがと能（よく）
くまあんしてまくてこるふハ髪（かく）が
髭（ひげ）てありさられ

新（のき）ばやめ

るまの八景ちらづきの画工（ゑかき）の所（ところ）へ内（うち）にみやる（?）ん
すゑゑ（?）しおく八景なんとおりやーく八景おハ
あなさんにチトむしんがあつてきやんさのおりく

十オ

画をかいて下んせ　ゑー扨く　そちも男の子が出来
たら事めでたいハ　る士　アイまんざらの初手を立
ずがもおら迄じや又亦めうつハ　ゑーしもおまひ付の
じんを鹿人をかいて下んせ　ゑーしてどういふ
鹿人をかくのじや　る士　名ハ鉛ぬられどもの
ソレ此所きのもん鹿人での鬼をやまい
ぼうしてけつかる奴じや

十ウ

土おは称
まるの主を玉の人大坂の問屋へ初穿ま於ござ通
しが歩ふが大つ事の二くみのるあれバさ能くと
まをくての豹表れふハ角の差を二新さの
さうじおふげいて仲みれがそりすいて化付されし撰幕の
あぶふおちやちんへおうしる迄バ仲ぬ茶りんするを入きく
ちやちんの口ニ汁て扣る　袖なくあちせんちを出されて
仲みれが持てゐる茶えんのるをまく蘇て呑れさ

又十オ

九ぐん十ぐ
川ぞうもあし人ゐる付合して正月の札藤地の下
まぬいろの是あさて清らくとある傍を下る女く
あうちのさうの女がナラくおぼれてもハヤ蛭薄ハ祇ぶ
まハ腹ハ庭ゐ冬ハ庭ゐふあうしとあるいてゐる
格子の内ら猶父が見てむすこふ向ひあれ見や
わがそも呑にちようが見苦しいりんじやゾヤ
夠月のけぬ足

又十ウ

ばふハ出雛の夜めざりと家内のふぎが泣ひまのハ
かげの衣搭をとおろくなるまいくて居裳の
上府ふすべてあるをおあのが次の間より出し
おまほ搭へ向ふてむの礼を付て座るを
ちらと臭身が見付けてムツトおうコレ待や
おぬぐれ五がくハ合点のいかぬ間つかひぢやぞんな
あれがけまう陰の搭ありやして
おとし穴

十一オ

六ツ七ツぐらいの子を連れし男手を引て行
おりしも揚屋の内より十八九な美なむすめが
のぞいて見るとフト見るよりコレ〳〵ちと小町
揚巻助六 [illegible] 入て行 子を負
たゞなまんしてみへバ 男もあん [illegible]
ホウ〳〵〳〵しれ

ひゞきの灘

縁のふちのをかれしや提や茶屋の破さを
だんくて行むかふから若衆がコリヤ〳〵去なく
よ〳〵行ぞ こちや わしやしらぬ ません
おかんどんから持られました

山ぐち

毒気のふーん成然して今度 [illegible]
出入の者やか料理でしらく 下女さらおやさん
モウ お毎さんもなくさなめじや [illegible]
身請がすんだ門出うすぐふおめでたのしや

十一ウ

十二オ

モウ おつけぐあいのよい [illegible] 揚屋
丈夫が丈夫を連て [illegible] 若衆 おくより立出
コレハ大平さまじや 丈夫どう [illegible]
揚手や屋敷まりをんや おしげも おしそでも
来さら 供ハ十七八 [illegible] 揚や丈夫 [illegible]
ハお国から [illegible]
小出 [illegible]
立りの家より [illegible]

おかげ 揚や [illegible] 仲人ハ [illegible]
程もハお勝 [illegible]
しくおやすし [illegible] 入りハ [illegible]
ちま丈とさし向いハ下女らしく [illegible]
しつゞや [illegible] 床入の [illegible]
つまりおどろいて [illegible]
モウおれハ去の [illegible] 廓で [illegible]
そんなら [illegible] しやせぬ〳〵 [illegible]

十二ウ

十三オ

丈さんもけふは秋(あき)のうちにたつすの用々あるよ
よろしいかねバならぬそれ仕舞(しまい)てしまうきに
私(く)ハ丈(ちえ)さんおまへのあけるまで(まで)待(か)つてゐられます
夜ハあけませんと鳥羽(とば)の下で烏(からす)がカア〳〵
丈さんおつぽり町(まち)にもかへすがなくナア

孫(さ)なへ

糸(いと)さんおかんじやりぢ〳〵 事いじやナアすナア御(お)なん
ドーヤおめぬが今夜(こんや)ハきつく のえがせつ〳〵

十三ウ

寐(ね)られぬワヱ 客(かく)さんやおたさん丑アイ二人おまへ
泊(とま)りよおきるヱ いナヱでさんじやうぢ〳〵ここの
殿(のく)もいナねむとふて目(め)ハそ〳〵や〳〵おれど爰
まちられてさんき〳〵 わし〳〵や一寐入(ね)り寐さ
〳〵これウ何時じやヱ いとりふ七ツまへでもあろで
いナ〳〵さんおつ〳〵寐(ね)むられまつ〳〵や 眼(め)がおきや(きや)
の寐かへり時しや
見(こ)ん立(とて)

十四オ

十四ウ

十五オ

(十七ウ・十八オ・十八ウ・十九ノ二十オ)

お出なされましたら時刻ましてもおそく負ます
あしやハコリヤ去年よ夕アの八囃子でハある
まへがナゑれが持てゐる　様がおれが預んでおき
脇であるお前さ妾宅へしやあるがナ噂と云
おつる近所がおつきあひゆくへツイお妾宅
の所へおやとやしきのござりません　最近ゆメキや
いつの通じやとおつくござりませハ下うつりじやナア
さよそハイ　精うてござりません

十九ノ二十ウ

ヱ波の庭ぎて
三又人連て蛍狩ふ行かを負もいらんもの一夕白ハ
ハッ下リじやうれど三又をもいらんと大分よもぬ
ゆく、まう出うけさと思ふ友達待ふし親父の
傍におれバぬけても出られバ　親父負おまやり
なされて下さりませんもの　親父　コリヤゆふハあなたさ
あせつらくお傍ひ下さるゆく　マア　きるハきるが蛍
をとらえて日の暮ぬ内もどらつしよ

二十一オ

見返し　白

文政七甲申年　三月新板忍耐
大阪書林　藤屋春星堂
増附集　全壱冊近板
諸家宗匠十三評面白く撰方とくりに記
袖會噺大集
ゑじうの梅　鳴含輯　全五冊　近板
噺作者雅名乃記　書ノ巻ゞに本出こしより

二十一

二十一ウ

27 『滑稽嘶図会』前編　天保三年

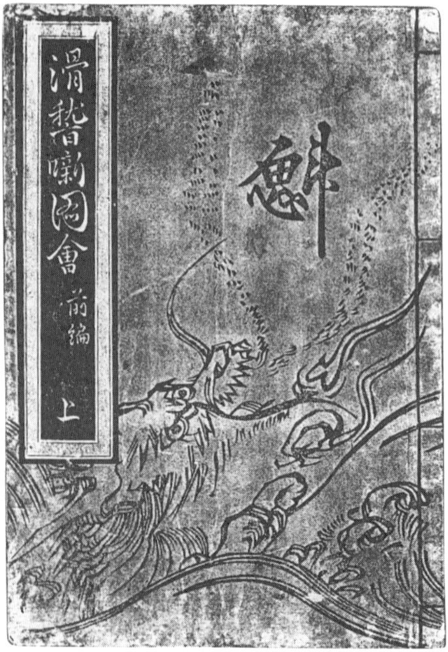

見返し　白

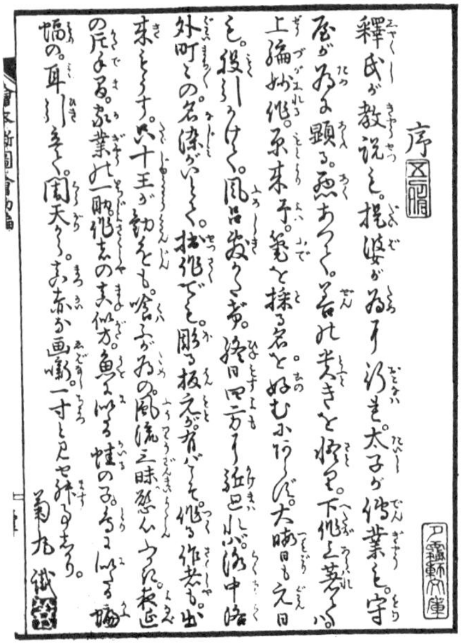

序一オ

滑稽嘶図絵初篇目録

○ゆるの巻
○恋れくせ者
○子供の手拙
○三十一文字
○性ハ若ん
○文房会記
○異見の相槌
○座敷の書(?)
○大店の咄老

○神のたまもの
○万代の輝を
○文字おぼし
○信長れ気散
○貧乏の紐子
○棟梁の気[illegible]
○菖蒲れ根ふけ
○風流乃門まへ

（印）

目録一ウ

○他人の異見
○妻和の糸捌
○猫ゑ医者
○紋流の努力
○下戸の出世
○黄表の名
○酒乃いづを
○落書の勧定
○源氏の咄出

○御時の粋言
○家の帆柱
○sう子の家会
○きつ子の名ゑ
○世帯の後光
○旅人の耳長
○玄関の玉の緒
○芭蕉れ秋風
○茶船の入津

目録二オ

○笑顔の住吉
○鬼の目洞
○武士の工人
○田舎れ幸福

○梅さの白雨
○猫の念玄
○顔見世の式
○自画の蝸牛

画嘶でよもの。世に珍を事ずくなからし。今や家師、菊丸子。板せる。とて後の双子二冊る。流布れ年と遠し。頃諸書読ろく。有り。古今稽古の。咄なり。然でもいでる。ま中かいきろ。作の物語り後而僕。板後出評判他の。役ぶまずく人く。ま昌れの後まく一ぷくの。思ゆ下。悦し。蝉坂一筆の位そ。甲乙とおのこ。只東夷闇
茶雅識（印）

目録二ウ

上之

○ゆるれ巻

豊公大和巡り住さうな何え嘶とせんろいとう侍る者武の出家ハまお法棒か。お山じや画ヱ出なり。

うち渥明すりろくいづくも山のやね都ふ～～かう霧かうる一の門まへの道筋ハ口ろ切んでよいあてそれハよいおふじやるあそうく御本社ハ何とまつるなら。志ゆうらす猫足公じや

一オ

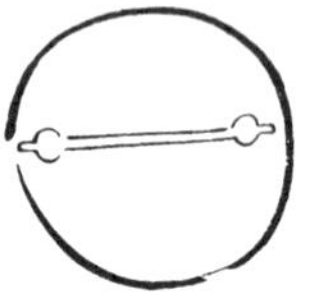

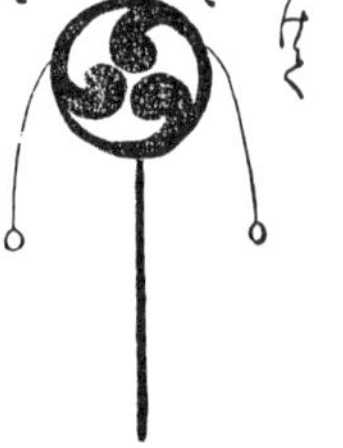

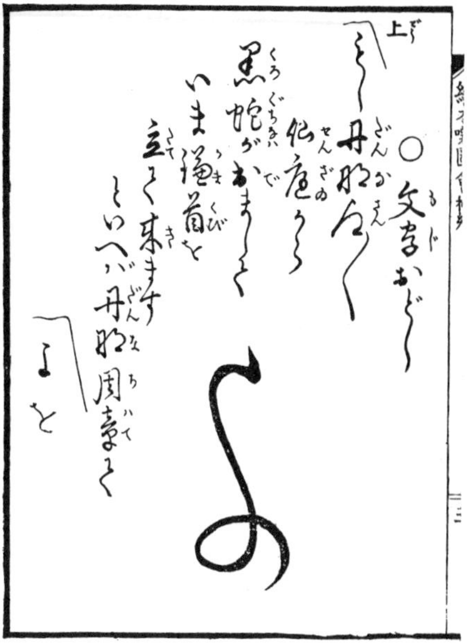
○文字かくし
黒蛇が出まして
いま鎌首を
といへバ丹那周章て

三ウ

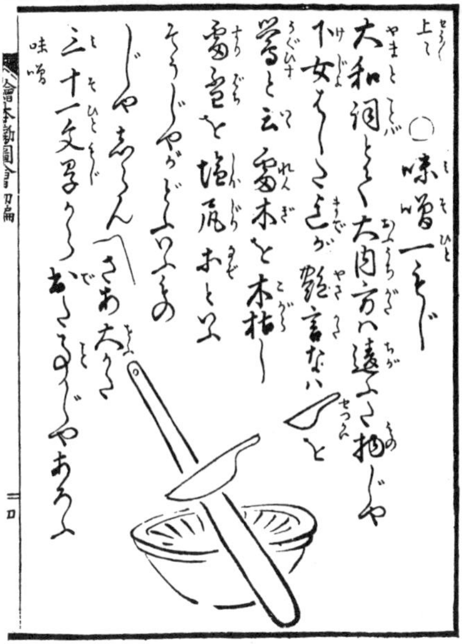
○味噌一文字
大和詞とて
味噌

四オ

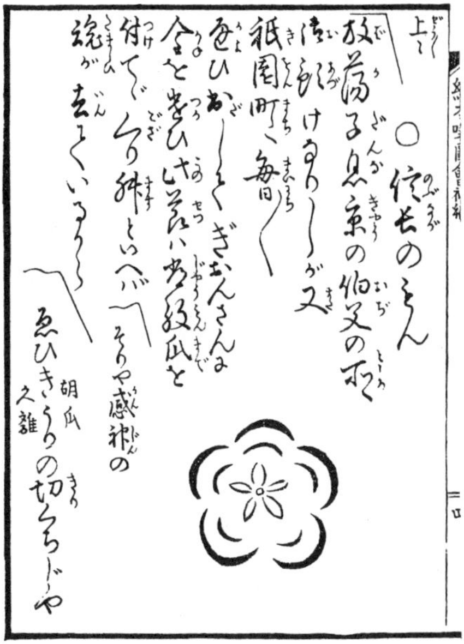
○信長のもん
祇園町
胡瓜
久雄

四ウ

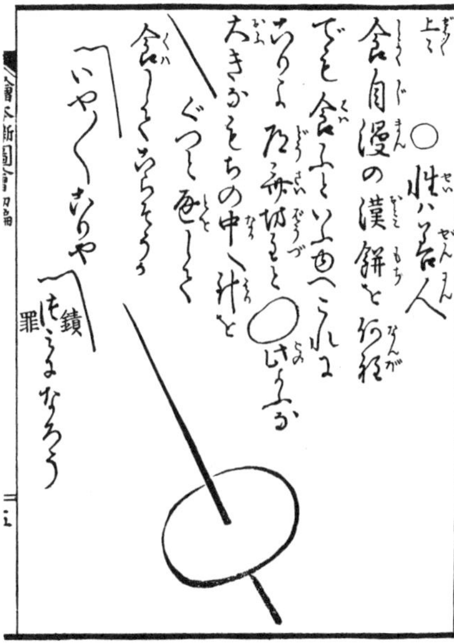
○性ハ善人
鐵
罪

五オ

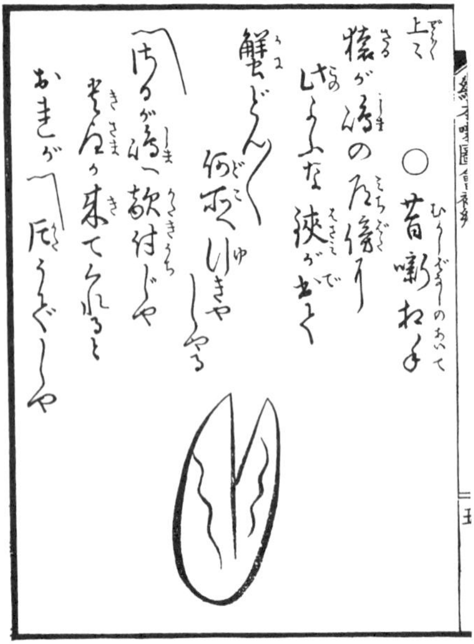
上〻
○
猿が嶋の
ならしうふな狭が出く
何所くりきや
しやる
ちるが嶋へ歎付じや
きさまの来てくれると
おまきが

五ウ

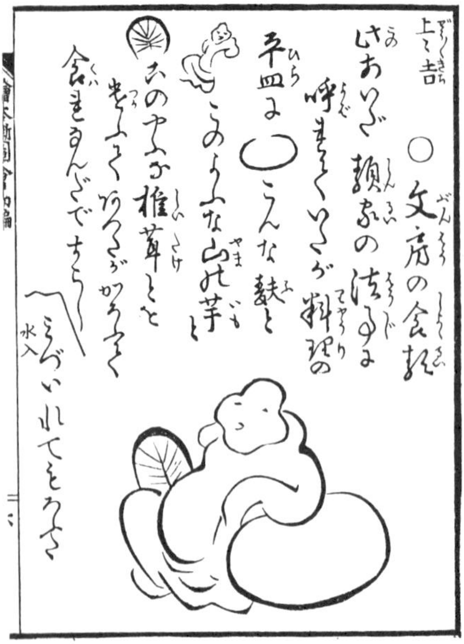
上〻吉
○文房の会
頼むの法する
呼まくりさが料理の
平皿へ
こんな麸と
こなうふな山の芋と
おのやふな椎茸とを
会まるんでずら
水入

六オ

上〻
○貧方恵美須
今伝友のんなもの
おくれんの
大小の何よ
じや
ゑびす様じや
いやとうとんと
林
細
たいがるん

六ウ

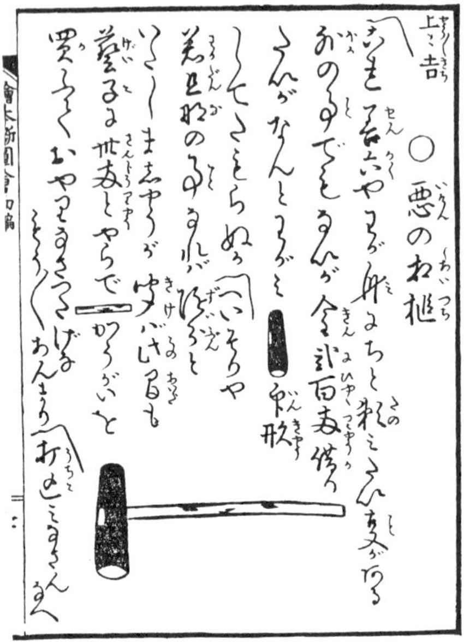
上〻吉
○悪のお槌
へいそうや
若旦那の
芸子よ
かりさがいと
おやつすきさしげる

七オ

上々吉
○棟梁の算段
今度向店の角屋敷を買ふかけらふなかで
間口が五間奥行が
十間ですつぱりと
十文字同じや
其分をまけば
その癖

はし金じや

七ウ

上々吉
○座しきの調
今度御室八十八ケ所を江戸と云
やうな
庭先が出来て何ぐも料理をいたしますが
夜も涼しきやうにお前へ
のやうの
池がかれましたをつらも浮ぞる
よろく
のやうなかきが美麗に
結ましく其まんなかへ○のやうな
洗んさい亭が出来ましてまあ清いおいでなさいまして
ごらん庭の景色がざんくく
うく成ります

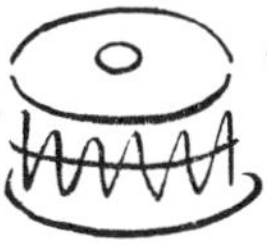

八オ

上々吉
○菖蒲の根分
一家仁なれば一国仁を興す菖蒲後友
四人寄合居る中に一箇の心を出ていつまでも起でハすまぬと
心一直なる
ゆゑいつまでもと皆
のやうな
まつ直なる中に志人のもの
のやうにゆがみなくぬなかに
ころやざふく
そのしやと思ハれぬ者じや
根が泥どろじや

八ウ

上々
○大店の呼込
大丸の店へ女の帯を買んと到りし手代が広い
ところざいます白へ向へ
一うつ並んで
なんぞとりと
とうつ居る切帯地の巻を
遠入りの手代れあく
そ其ねがお来て
とふろく
け方の横の方へ
代金を勘定くうう出す
手代が
暖簾居いり
といふ

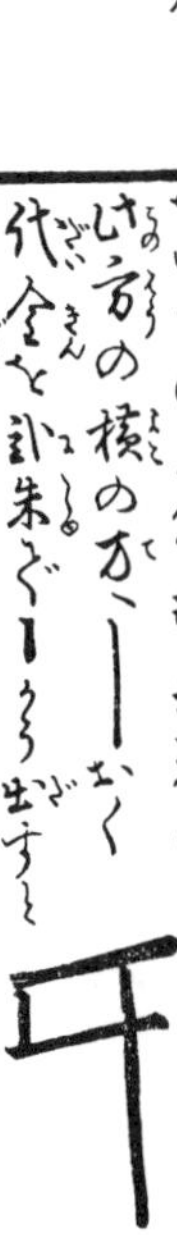

九オ

上々吉 ○風流の門がまへ
七方のあるれ和尚はおもひ
唐めくて文がすきで
天窓の普請を　かるふ
建形うてかるゝ　ろく云
切いしや太ちんは
金のいるもんじや
「はい立ばよいが

九ウ

上々 ○他人の意見
「たいちの娘を家方ぐるゝ
嫁にもらひて来る
はらいらんなたんすを
買ふておいて
「嘸角 木綿の
たいしらへよひがたんすすんで
なくても時ぶんのむすめじや
かどくよろずべ「油ぶんはすまぬぞへ

十オ

上々 ○兵曉の粋言
鼈甲といふものは途方もないものじや
二本を三味線のかんざしらんなかんざし
一本とさかぐ二本
ぐらひで買ふとおもふて
小間物やすゝむる
七夕のおとしものへ
「とんがかゝる 「縁が

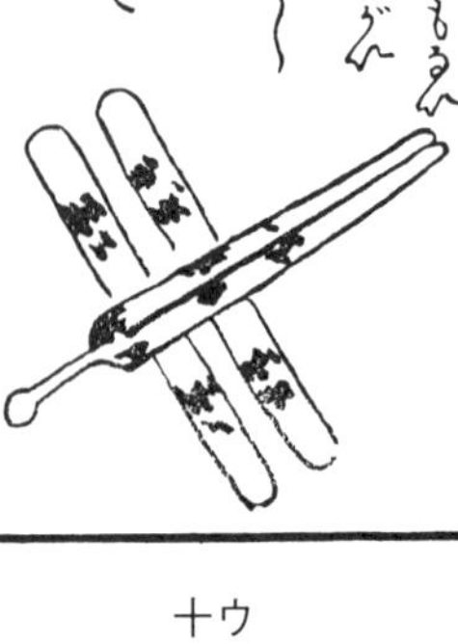

十ウ

上 ○表比京抽
「ある池へ鮒を釣て
いるかやうに
浮木をこつけて
「客かわるしれ
「いやそれども底が
ふらいさらいて
志づとかやるに
おろしもる車に扎て
「ろよつく

十一オ

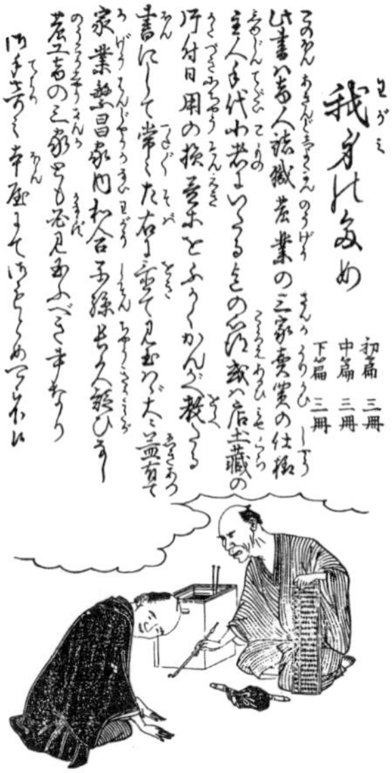

見返し

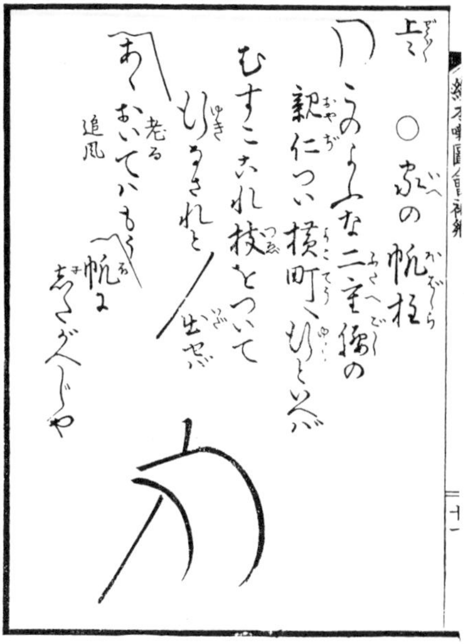

前編　十一ウ

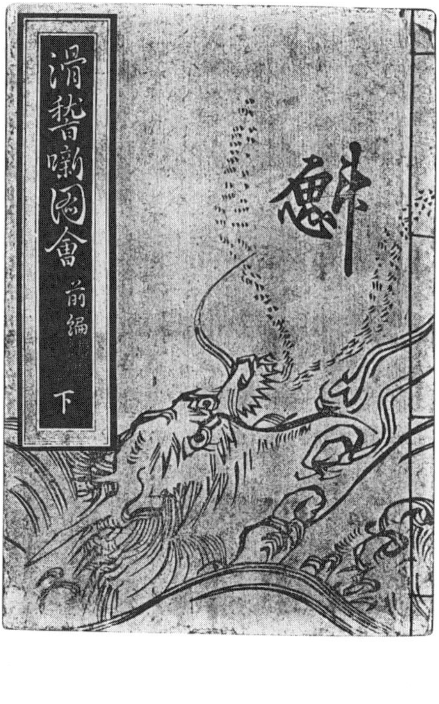

見返し　白

○<ruby>楊枝<rt>やうじ</rt></ruby><ruby>醫者<rt>いしや</rt></ruby>
上之巻

甲玄伯さんじるより俺の下よ
口このやう塊てが出来まする
あゝ怨、一一一このやふ
喜本さしこんぐ
物先ぐ[このやうて
ふさぎ喜すぐこれかもあ
んでムりや仁へて
一してやくりあやくでなざる

十二オ

○<ruby>小兒<rt>せうに</rt></ruby>の<ruby>飲食<rt>のみくひ</rt></ruby>
上之巻

うちの倅太郎ハ物を
くいさうるよつく去年ふ
かつくまんぢうを○ひとつ
やつく茗ぎよくいもつく
又せかむりくこんぢハ
二つ　やつくを○とうぞう
おくきり笑つく去とうぞう
立つ一時に食ふつくざうでも
菅なけじや
麻飽　　い

十二ウ

○<ruby>政宗<rt>まさむね</rt></ruby>の<ruby>勢力<rt>せいりよく</rt></ruby>
上之巻

門徒宗結構な家前ぢや
七度西本願寺○大坂の講中ぢや
仕法ぎ議ろう○○○
とうりおちよろと○○所
うらきらうと○　〇やとくらう
うく　○やとてらう
まくが何とろ○ひ
もくが勢力も法得カ
○くやらしろふ
代言九耀

十三オ

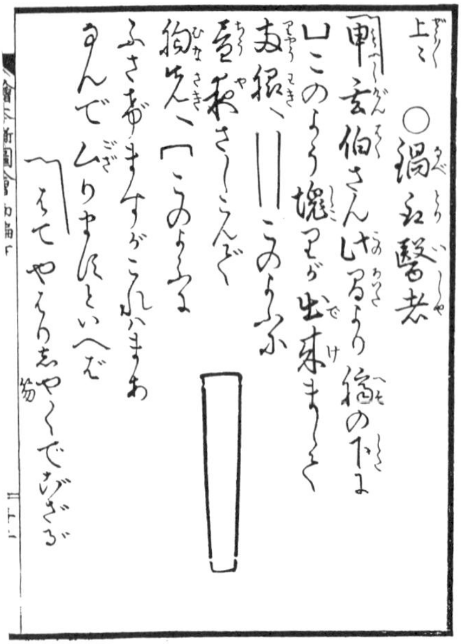

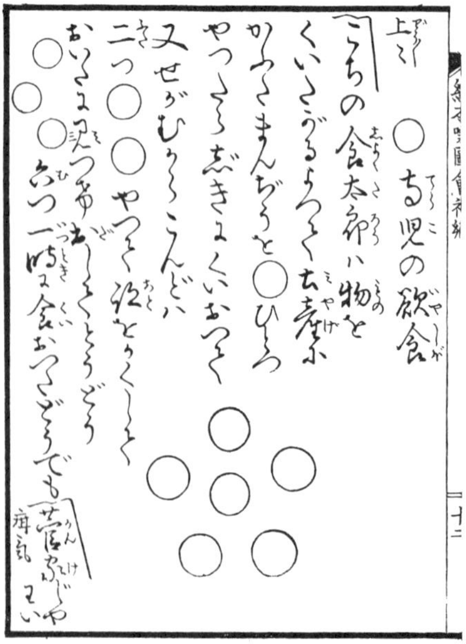

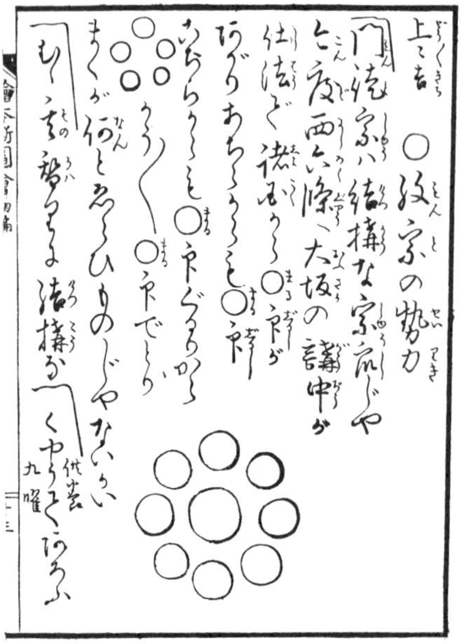

十三ウ

○きつねの号我

いちのきく毎衣狐が出走
まゐりますさゝいでつくし
やさいろや狐福で玉
建く祭るがらいくるゝ由よ
まくよろのゑは

「ついんらと十あいつる」

十四オ

○ひなの考

どうやら香椎八さくなって
むり術度品の横つらうゝるますが
先生ハ家相と信徳かさる
さゝなが何れごへらん下され
この仙度－－
そきでの拵られますナ
ムりますナーか一諸つ
ムりまサうナ升ど
そんむらんもいござなもと吹
まあー
「一くふを丸すゝ丸れて仁徳きりますセ」

十四ウ

○世帯の芸者

威間治術とくる芸者砒んで
楷ととちなよふハ犬れ徹ろと
小絽了てささゝだよれつとよ父
ぶおつびらくやいな底の
一天小加ちくくと
色朱て火花とろ
しく銭ふもの世帯平記のちに天王の
注に呼つる

「犬おの治る食平じゃ」

十五オ

○賞美の号名

よ切屋れお栃さん八一人娠ハが親の
秘蕊する菩じゃまつ窯屋が一ぞんさて
詠誓がし一ぞんぎ気立つがー
小差すぐゝ親ちがか
されの団か初れ町ぢへ
ないえ加れ町ぢへ
人毎ふえな

「玉じゃくゝじゃいていかあ」

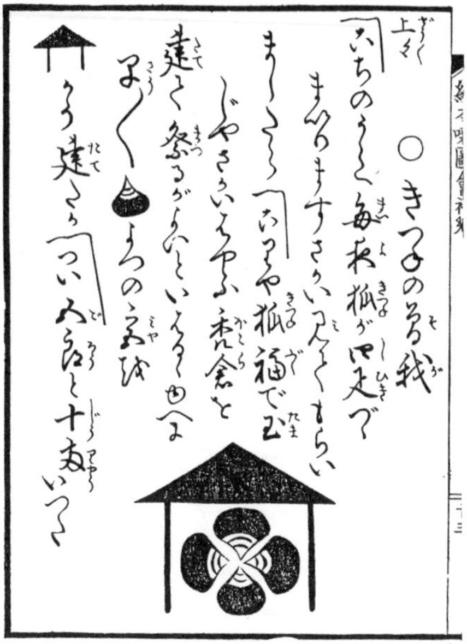

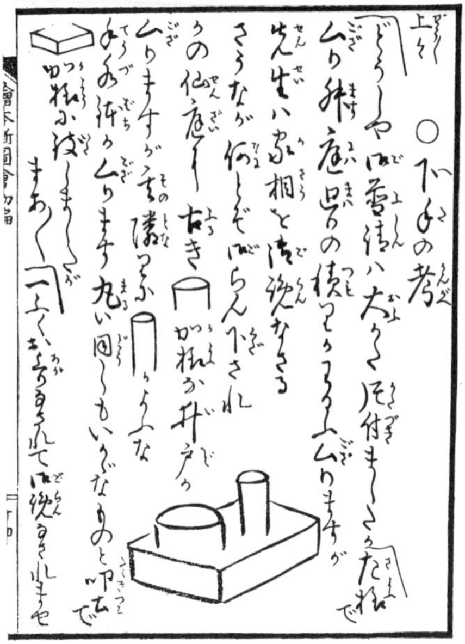

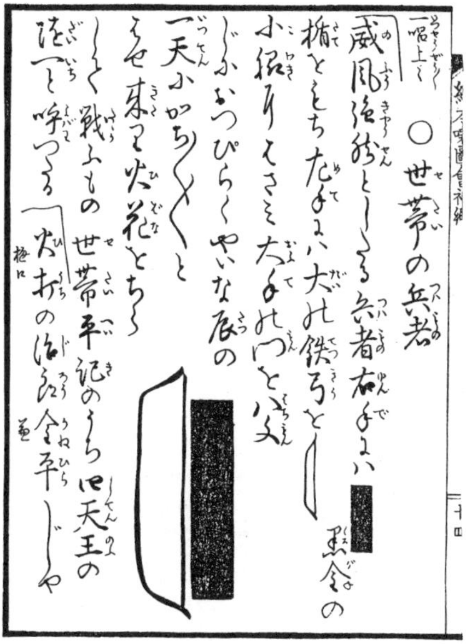

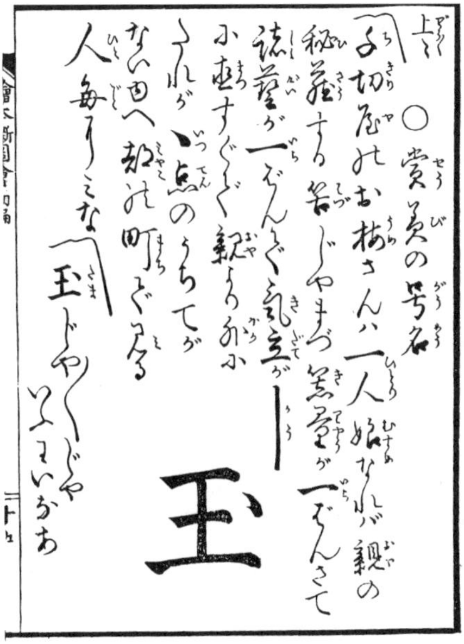

上々

○商人の耳長

「商人ハ下手らしいうさぎが
あるが匠忌な道が能じやはうな
在来の名人じやつがいで
金銀を大するが貫すまずこんろ
「こうりや上作じやかいさいが
まちつて来猫さけまされ
壱両銀朱なすまさんり
「さやうならまあ先へ
直「猫つけろく見んやまへやろう

十五ウ

上々

○酒のいつき

「近江の湖ハ琵琶の湖といつて
うつびてなりじや御ふ
なつてところが名ある所
ありくつうう巌石があつて
獅子飛ぶありし
まあし法利といふや志やれ
「銚子の口のうつしぢや

十六オ

一唱上々

○ここ出の玉緒

「向ふのお娘を取忘さんと先度から〳〵
うかいしますんな〳〵かんざしをやつてを
〳〵返事がないしあいで
法ろに下女をまめ役に
付て一とひぢいれる所の
お娘がおきの手をとつてあんか口
〳〵と背中を二つ三つさすりしく
あゝさたまりの
ありがさに首筋からぞつとしく

命

「あな命め

十六ウ

上

○算盤の算段

「ばようなく火術の鉄久を
設しく独て来が

のような
鰯の白浪
あぶつてくるとみへいて
「貴様ハおしひ始末人じや
いなのうすい会るものじや
なんに捨るものじやといへば
「いや何も勘定つくじや

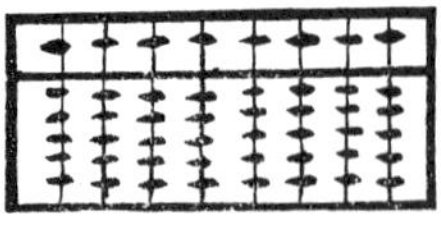

十七オ

上々吉切○芭翁の秋風

口ハ禍の門　舌ハ禍の根　金人の銘に曰く
言語ハ多きことなかれといふて
こまいものじやつい　行かどな
おとがたゆいで云つのつて
負まいとする口へは仇の山が
あがつて〔このやうなかたでゆうて
まんまる〕うら入て治つてさへゆへば口舌とくら
かゝじや　相手ハもて〔うちもんめんが勝じや
内陽

十七ウ

三歎上々切　○源氏の吹出

なの〕ある御殿へ上つたが　香ハうるはしう縁り
すく　白書院黒書院　桐壺のうちは竹川て
垣を結ひ　花の梅がえ　楼のふじやつで
源氏の間が大ふる五十四畳も
ひろい　奥向の事ハ
あまり広ていえぬといへバ
〔こゝま〕私でかくすいけないじや
ないか〔さあかうふ云へバ〔まあ　此の香の図がこの通りじや
香

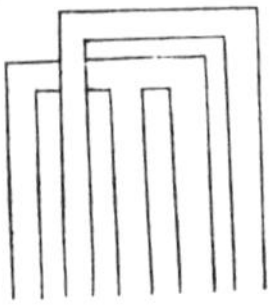

十八オ

上々　○蘭船の入津

〔紅毛船を見たが

このやうな
ものじや●こんな穴がある
石火矢をうつ口じやさうな
入津するときハ山この
やうないろをおろし苗ハ
塩へまつぐ来ささうなまゝ
くるやうすとを見
〔旅〕もとが出来まちていお
波ア

十八ウ

上々吉　○笑顔の住吉

〔京都から始て浪花へ下つて女中住吉へ連て
まつすぐ高燈籠から沖の
女帝〔京色を詠め
〔そし一八さんずつと　ひろふ
白いものゝさんと見つる
一六〔あれハ何てえまれと云ハ
あれハ斎垣院さまがかして
あるのじや
女中口ふ袖を以て〔と帆てゝてゝ

十九オ

上

○ 擂されし白豆

雲の墨つきし彼擂杭のない龍尾橋の（へ）
よいて水を見れバ大川の
水坂ニニるうふよ追く出てる
ありやたまらぬと金潜の
後家擂ぬを横綴しり
なつく一ちしの倍んかつる
る朔瓶をーじんとおろすやいる
ちやあめかなつさ

雨

十九ウ

三歎極上々 ○ 鬼の目小洞

東六條のお焼なさりくるし追く枕木を
法園うしきてゐる木綿の古衣を着く
加賀紙中何うかうしるぐくと
金をよか来るがしあいて
雨かる日 ○ こんな笠を
うづくしけよふな
三人しく

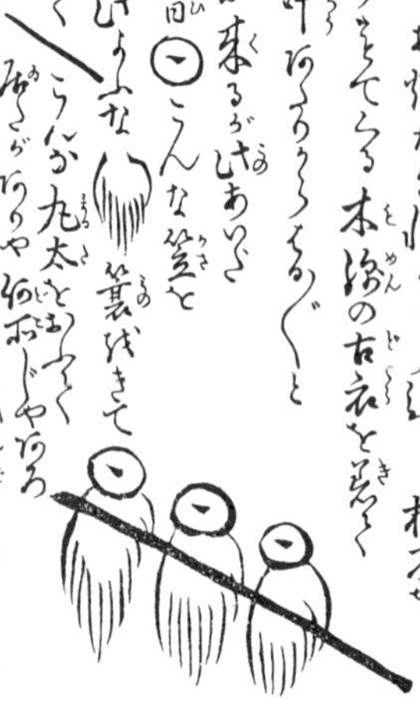

こらが九太をつく
みさがなりや何ぬどやなろ
そりや大方皆丹波じやあろふ

二十オ

上々

○ 旨倉の言出ふ

擂肉からあけるざ旨くらより
来くあるがつを食つさが
てめへどうざ おらあなるよ
くつさ腎じや経へ江戸を
いつさしに三文武朱と
六百おしく うう羽根の
生くのを買く食さるがかくあ
なか飛ざるとりふ

二十ウ

上々吉

○ 武士の工人

ける都へ也つく清水坂をおりて
足まししがはくの土鍋や白き平を
すゝのを見く居ましゝが妙か
そのじやまづ ○ このよな
ろくのうく土をねるもつ事
作か ○ このよな車がある
是を出しくまはるうちふきてとろい仕業じやが
ころかね座よろしくる 何でもあれハよいかぶと見へつる

株

二十一オ

二十一ウ

○顔見世の式

劇場ハ何れでも顔見世で
祝ぎやすの狐
拐弁が京大坂ハ古ひ
今爰飛獅と合ふうんう
素人で立く江戸
宝暦や菊なら白猿の
えん
おちやいづついさう
もうどまつきんやぞ
東都

二十二オ

○ゆれ去幸

夕べ扨様と簾うらふうぎや
此擬か冨士の山と見てゑへこれ
いつをうろうの山れくれねがひくひゑ
まく上てろうつのやへ町
ゆくく椛つゝらとすぐもう
ろく土つこら目がぢんく
そくく今がぢ仇な顔と捨つゝ
やつぽり夕ァの湯が氷
おつゝ猫ぶりつく

二十二ウ

角鴟鶻ハ
そ尻強う
なろかや
蝸牛
昨戒自画

見返し

四民
教訓　我身持る
諸國　年中行事　全部　六冊
　　　　　　　初編三冊出来
　　　　　　　中編三冊出来
　　　　　　　後編三冊近刻
女千字文繪抄　全部　近刻
天保三年壬辰初春発
京都書林
二條通高倉西江入南側
田中屋専助

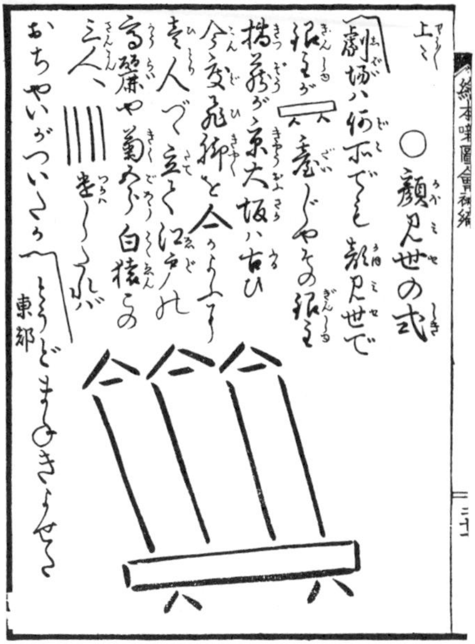

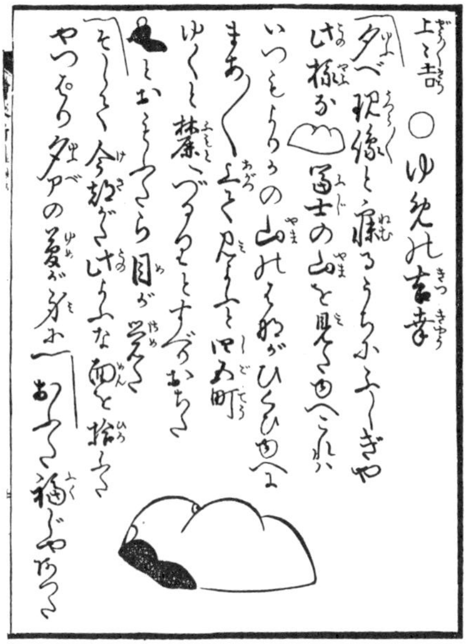

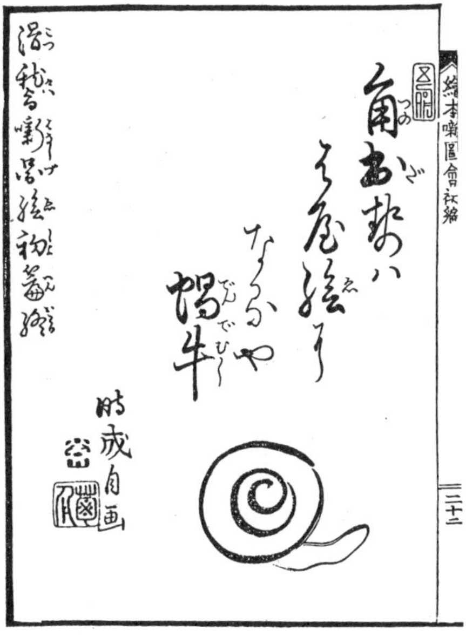

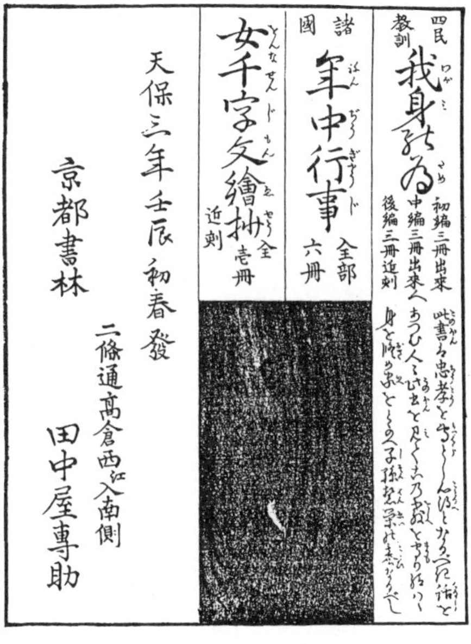

28

『滑稽噺図会』後編　天保三年

見返し　白

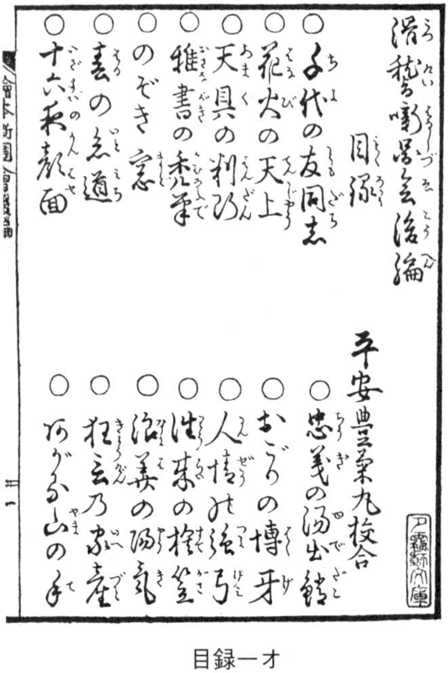

滑稽噺図会後編

目録

平安　豊菓丸校合

○千代の友同志

○花火の天上

○忠義の湯出鶏

目録一オ

目録一ウ

○吳風の石妇
○吉祥の畠
○二三の桐火
○人飢私会
○凉台のろうぞ
○むし法人入久
○諍の眼玉
○去店の幸㐂
○諍ひかづき

○きのまへの若拙
○吉物や痹積
○百礼の茅酒
○十方亡明
○宮修の女房
○弓失れ神㝢
○諍会の見
○どちくも吸もの

目録二オ

○ふミのはらい
○大鳴一秀
○男の立㐂
○古物の赤㐂
○あろぐの後え
○抜流の渇き
○發達室木
○肉花の峯備
○祝の友もの

○烟花の絹まれ
○青さぐ遠州
○白竜の㐂生
○雲井の雫作
○盆んの雫作
○角の山作
○獨店の供け
○夕の供け
○又月の猿え

目録二ウ

○男女圖文字
○太願成㐂
　目録終

○ころの迷ひ

全盛外篇 菳廼風深山樒物語十冊
山東京傳子著
田中東籬園校合
壬辰春朱亀社

三オ

巻頭切拔上
○よ代の友達

（本文略）

上

○忠義の湯鮹
かういふ者あとぢ磯の沖で
たの足を頂戴く
章魚を
二本入て
仲居がいろ／＼出て
それは結構じやと聞へる
大石いのじや

三ウ

上ゝ

○花火の天上
西国から戻りに夕べ西へ下で細うと見てゐるが
二里程香てどんどう東向て戻ると火が

やがてりの火が双方へ／＼
ところ山の方が小さいほんと
しゆうなひずまる
ありやまあ何事じや天竺くゐなあ
いや雨話しじや

四オ

上ゝ吉

○おかる博牙
庭の普請も十ン日程入て築山をつき猫を
うらんと出入の石屋を呼ます

夜の石はとりしやく
山の方へ○○○○かくのかくの穴を
かゝせろの穴へ覚えて

たまの猫も水をとめ
猫香を
すつかり仕かけるが

東の隠居はて来ら目玉をむ大がゞじやゝ
ころりんちやんとやめる

四ウ

上ゝ

○天気の判断
かう巾を頭巾をとりかね

おまへ筮竹を
持てゐれば人の身に
寄れて人ね周易
当卦本卦
若衆詩人説後掛合と
いはる
百の口十六文程あるぬ男

たりゝしく菜来て
中失抱で
んちの伴
さいてお気

五オ

五ウ

○人情の強弓

三上屋淵田郎のやふんがうさてんどをね
珠を百んと一のぢやそしてしや毒の有る男ぢや
けんでもあろふ人を狗を
せんどもく七色の半澄
ぎいてしよとを
きれハ愈太左をあいさつも
せずく唾ときく後も
むつでさつくとしる
長町
毘沙門きわろ

六オ

上ヲ

○幼稚詠の禿筆

お父さんダアーえな
橋るやうなもの
東の方あつさヘ
ひろやさくならもの
くもり出
ニ
虹
八へ

六ウ

上ヲ

○出來れ擧げ笠

或日の庄官殿の御入部
不礼なきやうとお達し出て
いろくと紀方の
其中かよ破き笠で
やろと見ると
やわおれハよこんなもの
でいつを捨てやらんハ
このもの
へいを今後のく
蜘も助めぞひります
蜘蛛

七オ

上ヲ

○のぞきの入口

此の間がうるさい壹く窓口とたゞあたか
どまり廣ひく用んのみを模、
一ぐわんろべでハとくぢやしぶ
それとき八日がグヤまきやが
とてものみ主ヤ二ッちヤん
おいまうさんくく
曲がらつく
なぶりまゑやう

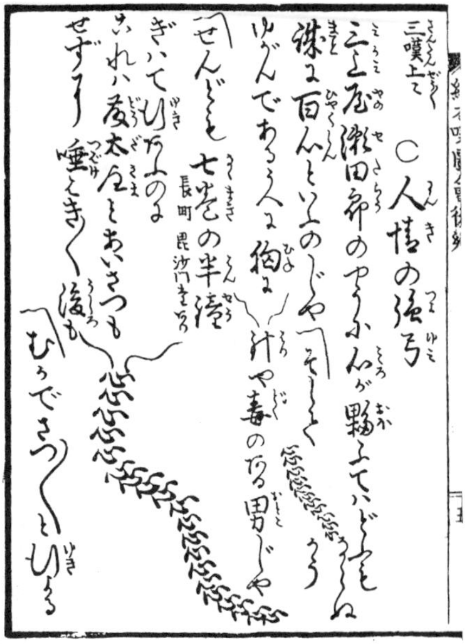

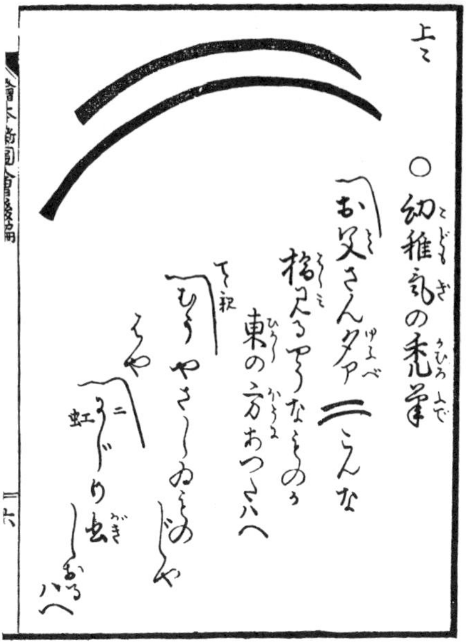

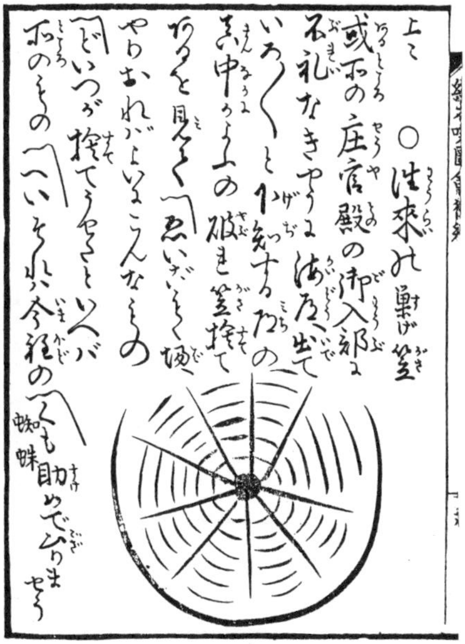

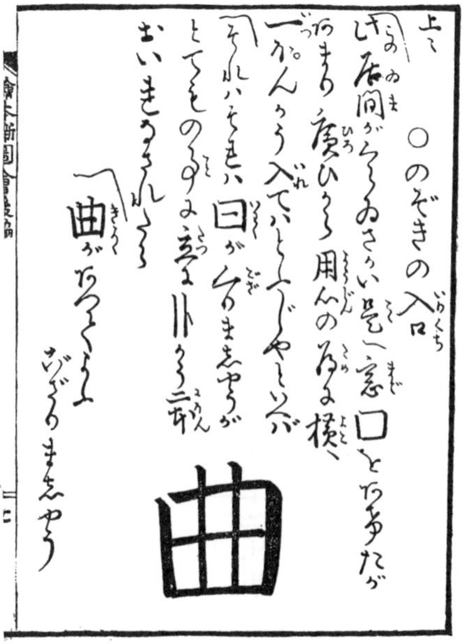

(Japanese woodblock print page with vertical text and illustrations; text too stylized/cursive for reliable OCR transcription.)

九ウ

十オ

十ウ

十一オ

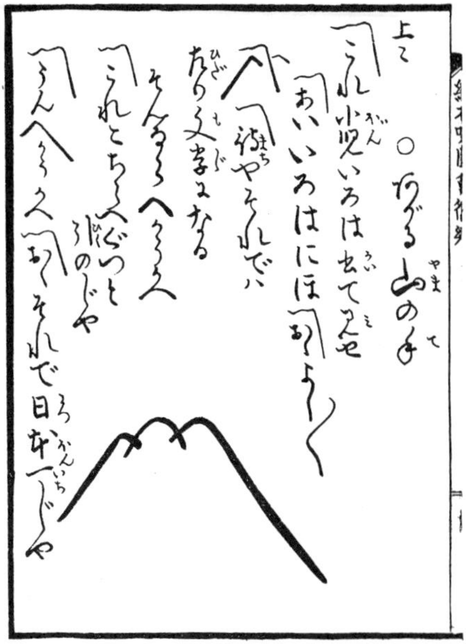

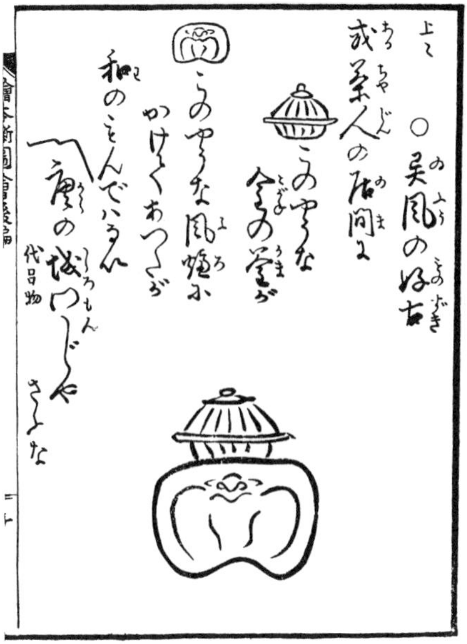

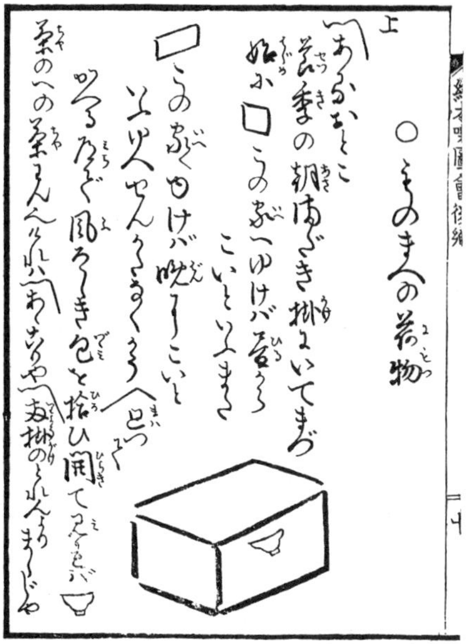

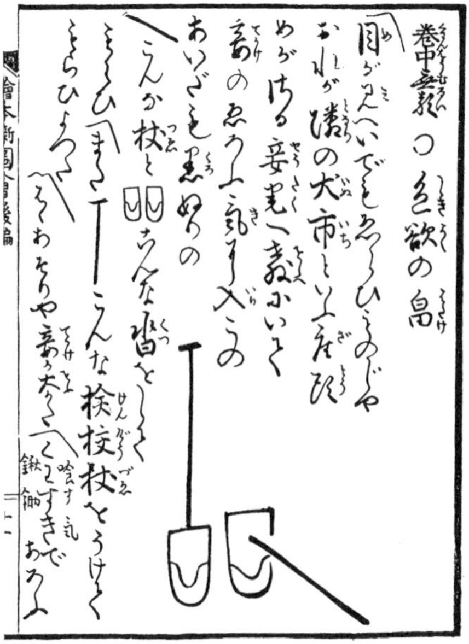

上〻

○男物の痒胸

子供〳〵洞〻戻る母親いで〻
〽佐太郎なんと仕やつた〽横町の八百やの
でつちが呼ひさ〽そりやなんぞ
あるさを使るのでござる
〽いや軒のしのぶ草がくさ
あつてとついむしつてる
〽こんなものぐ
〽そりやひ〳〵おつる

倉橋大根

十一ウ

上〻吉

○人三の切火

ある劇場ばの人も得ちの丹後なるて
ひとつ酒をのてふ足でござのう〻
あり〻ばさひ様なる多でと入を
そろ〳〵一ぷく呑んとやしが
きやるハ先まろてのめで
おう〳〵裏の方〽らおのすげるく
と呼来る〻へよ迷びるあて待しあればやろく
おきるろ〽へい旦那六文とさし〳〵おせバ〽いやも様ちじや
三文じやといへバその者後と立つ〳〵〽と絹素紋い

○ないやとすうさで〽文まへて
〽小手やくなやつる

十二オ

上

○百礼の会酒

〽あんなものがんざ男と
まる〳〵〽こんなやつ
ふびてそりやろく
のんでしてゐるゆへ
〽こんなまるすぐな人が中へ
きいると〽あかかうぶめく
中盃の〽盃かなろ

十二ウ

上

○人欲の私云

〽八幡さんを満さんも
何でもじゃ
何も其ん
人じゃ
ちんと八幡ハ
無理があつてを
〽おこりやがないさい

家土産

十三オ

上

○十方の志ゐ

揺得錄飯をもつて炎黄屋へ這入るんぞ めし〳〵の菜はなにかといへば〽ていら〳〵こまり すゝことやがて栃木茎をぬけておれば 鮒のうんで煮つけたる日へは〽あれ〳〵亭主このやうな生ぐさいものはくはれぬ〳〵 ○じやはらい〽ちやうちんものじや

精進

十三ウ

上

○よしやうしご

淀屋辰五郎おごりに仕やうが のうてく表の駒除を  うく れでも黒丹塗でしあげさ あまりおしすぎてよろう〽このやうにおさへて仕舞 しやつてかつておいて 何所までも〽のがろやらしれぬ

十四オ

上

○居ふり女房

亭主の留守に女房若き男とじやら〳〵 あそびくれハ亭主の気が〽しら〳〵 ひや〳〵〽てれ〳〵 茶やへゆく女房まる〽ふりつてゆうむ気になる 亭主芸子二人色ができる女房きやつ〽心もとなや〽うろうろする日げハ芸子〽おまかつて

十四ウ

上

○むよんの入銘

小間物屋来て〽隣さん しまあてつのよい仕出し物を ごらんあそばせ仕入物で 丸極利はなものかんざし 二本に揃ふつて三両で 仕まいと 当のごく〳〵 あゝ〽カツゼがほしいなあ

金

十五オ

見返し

我身計め

初篇　三冊
中篇　三冊
下篇　三冊

○おれが汐な
田子の浦の濱べにおもく
見さげひろいとや
その中へ冨士の山が
ちゞさまうろうろ
宝永山もあり
どどゝいう
田子ハ夫ろ見いどや

十五ウ

滑稽嘸圖會　後編　下

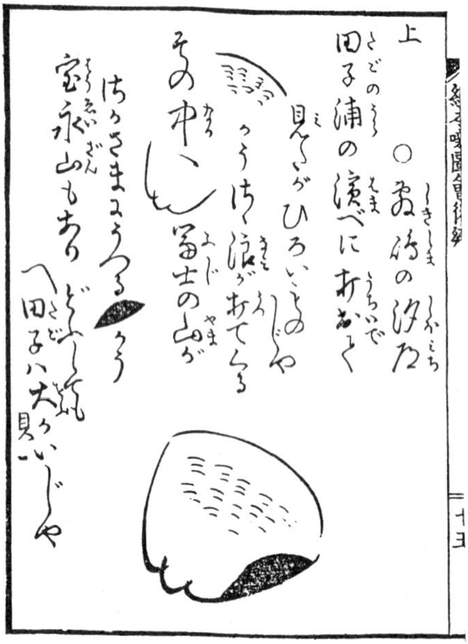

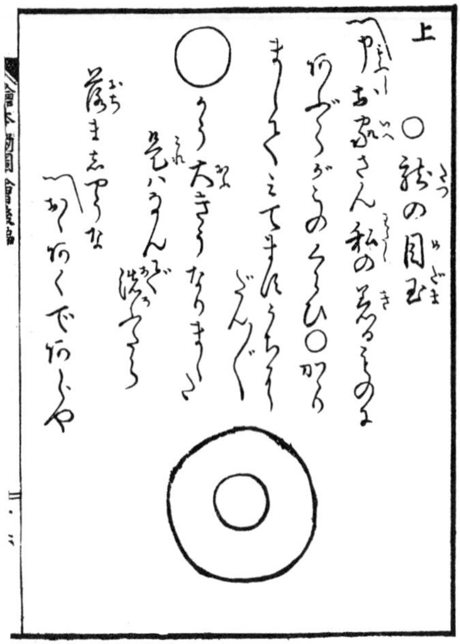

十六オ

見返し　白

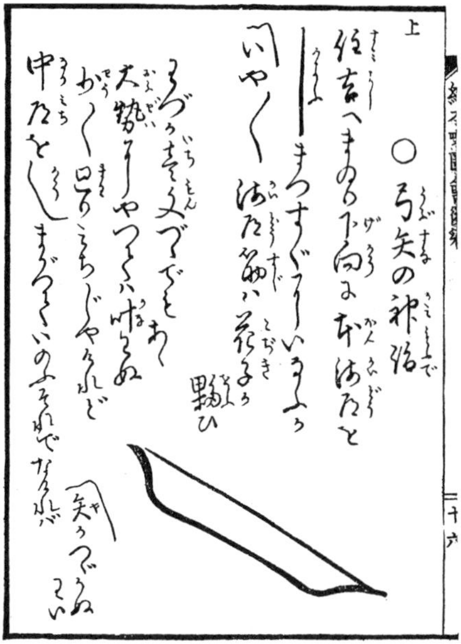

十六ウ

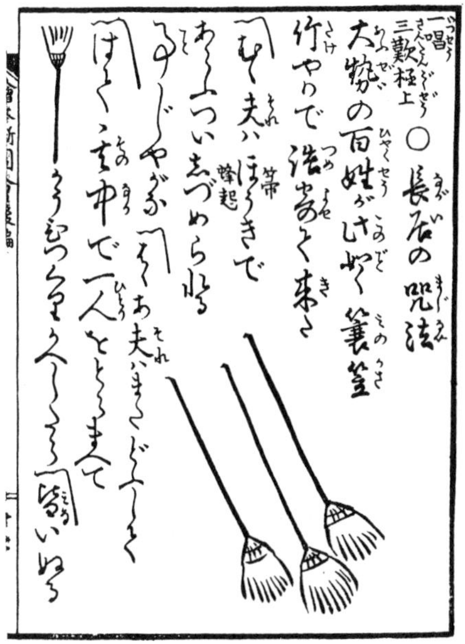

十七オ

絵本噺図会後編

上く
○諸国の筧
堀抜の井戸大坂の住友のるすじや
上の方ハ□のやうで
下でハかう
細ふ
洞此筒じや
どうでも
ふきやにおもひそのじや
吹屋
吹矢

十七ウ

會本新図会後編

上く
○さあが欵
親の欵をつけ形のえみおるハじおび縁
□ふち編笠□けんお袋をうけ茶もの
と□うよふす裾まで
引ずらしたるで手にへりふ
の天八を持ちらくと
立出る次め親を天蓋のすきから
ちろりと見つけて

十八オ

絵本噺図会後編

上く
○どちらも吸もの
おれハ多葉粉が好で大きな
奴ぎせるとふきせるあつらへるが
できおつてきききん
ちやうじやけれどこの
雁首すい口をかんざい
見ぐるしれとふし
みれバふう豊名さけがらとなさず
田葉粉も
上戸じやなあ

十八ウ

會本新図会後編

上
○ふミの使い
どんくくく
あけくくくくくく
背から叩くが
形つから
かつらん
そのおがじや
おやうが〆てある
結

十九オ

十九ウ

上
○烟花（はなび）の稽古
六頭（ろくとう）一順（ぱん）にして大音（おん）で小さく抔（なぞ）
鮮（あざ）やかと打（うつ）て載（のせ）とつく呑（のみ）けれバ
やる〳〵○九下（くだり）それ下（した）
それ○一例（れい）の意（こゝろ）まち
〳〵にしてやり〳〵
そりや〳〵○しやり〳〵
それ○ぐゎんざ〳〵〳〵それ
そうもゝうざ〳〵〳〵
〳〵くゎんざ〳〵〳〵
花がちとおそいけ

二十オ

上
○肉親（にくしん）の義絶（ぎぜつ）
遠方（ゑんぱう）をわゝ鈴（すゞ）が鳴（なる）ぐ光（ひかり）が
尾上（ほのうへ）と⬭
忘（わす）れる〳〵〳〵△つくゝゝゝゝゝ
ときも〳〵〳〵内をたゞのや〳〵
花粧（けしやう）がついてあつ
△それ〳〵
〴〵〳〵〔チヂヤ

二十ウ

上
○志さぐ艾草（もぐさ）
七人連（れん）ま〳〵く難波（なんば）新地の〳〵娼家（しやうか）
んぐ酒宴（しゆえん）の最中（さいちう）〳〵〳〵友達（ともだち）が人
（けふ）れよう〳〵出来火（くゎ）よゝい
ぢやく〳〵ーくもーと
一段〳〵と気を固ぐ〳〵〳〵
呼んぐ火拆（はねきり）の○ぢり車（ぐるま）よう〳〵
ばかよへん〳〵々がを色〳〵我が力　朝形（あさがた）麻形（あさがた）ちゃうろ

二十一オ

上
○大鳴（なる）一秀
やうもうい
△くされ
なぐろそ
　　椋（むく）やき
　　なぐろそ
　もうくゎき

上々 ○白箕の往生

からふな升戸ハ下女らんざしを おそしる田へと ありがた――棹を とじらんまゝにまん中 米棹をいれられて そうなれ十方もされ 「恐ひふく おとしまして 「そりやこふぢごくじや

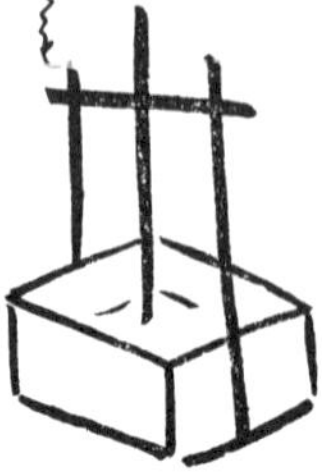

二十一ウ

上 ○男の立袴

中法の勤十郎ハ至極志まつなもの じやいつもこんな袴の表袖を 若く仕るを仕舞と四條の 袴を「こゝろ」新地の四方 ぞめいて初夜すぎに戻つてきやハ 三味線もうし長唄もよいこんよう人の気を 悩ましく「すいの上があるていなあ

粋能

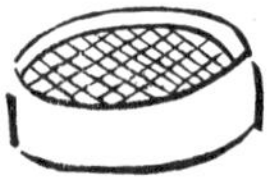

二十二オ

上々 ○雲井の高下

ちりよ高欄の有る揃札よ 涼ぐ「翠の御殿ハ売りじや こんバいやくおじや あうふといろく春ちよ ○ちりよ月がでる 志ちくくすると「ヽうう 空がかはると 「それぞうがいてどうでも あすゝりじや

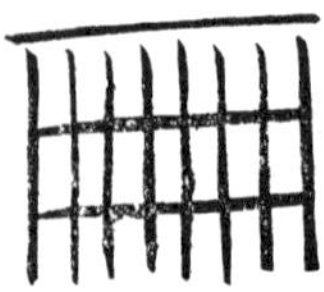

翌日ある升

二十二ウ

上々

○ふ柚の赤結び

ふりふ古ひおてを かいまくらが先が おれて刻錆 「そんなむつい石砥で あわりとも 「くうう「とがらし」まされ

唐辛

二十三オ

二十三ウ

○凡の雷公

上々吉

尾張のお助かりくだれく
さら〲〱やきぎり
日の丸印と言ひ
だけあらいちとぶ
おもてに立のごとく
やれ八分おどりがして
志やくり出るふきやちやうな
ぎゃとしてひとる　〔凧〕　いろつくけつる

二十四オ

○あふぎの後え

巻中逍遙

今度西条
六のやうな大判
上つさが法搾
全しやける間
ちちつと
七寸みせ
ひろと灯ろづてを
くまうくやくくるも

二十四ウ

○四角な言語

上

ひろあうぎ渋の精が
まく眼とむき
どんなもと
ぞんな目と
仙壺二文じや

前代未聞

二十五オ

○発途の宝木

上

ひよろくわんぐ
壱俵日本国の稼木
運の強弱八目気く
えてくまへちる
うへな東屋の
行がぶり描っての
運がむいて来てせき候中と
ひよろ〱
もつすくく

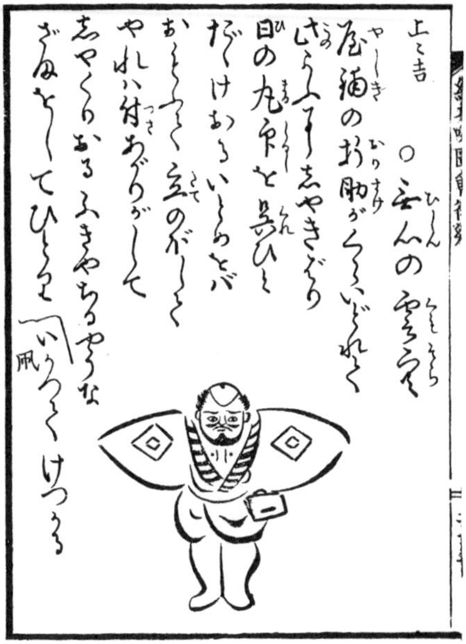

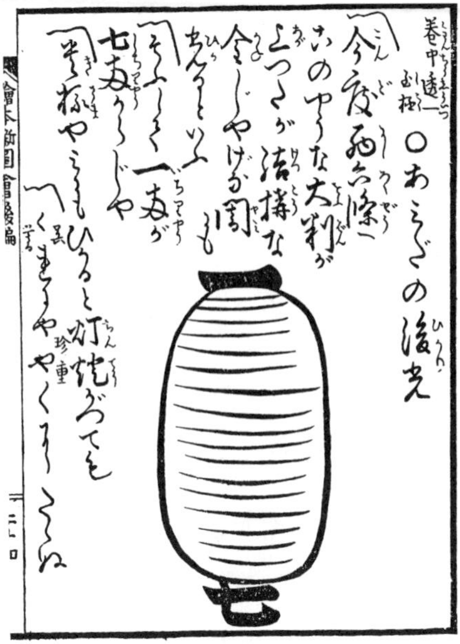

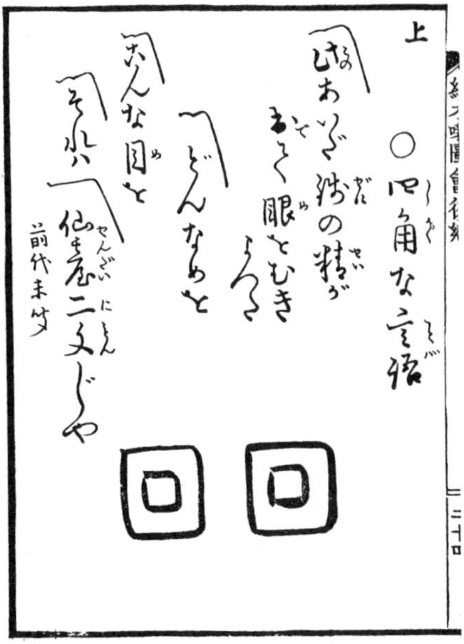

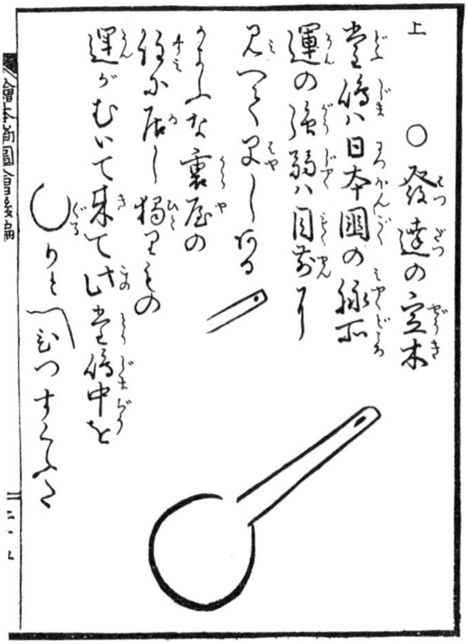

上々

○独り居の山住

女房もつ事ハいや／＼あるこふぞ独り山の奥に居て寂しいものおくそこ〈山〉やはたが見へるむこふへ向ふ舟のつくいつくへ（舟）よろ／＼みのへそ子かがおさく出て一生山目じやさい

二十五ウ

上

○流流の渦巻

今度梅の丸に能葛意が出来て紋をがおつる友方から〔　〕丸梅が並ぶ又其次ハ〔　〕まる手つぐ〔　〕くるまふるまかハ〔　〕くるりつと垣で渦を呼くる紋世流じや

二十六オ

感吟上々吉

幽霊ろうそく ○ くちの俤

幽霊ろうそくを買て焚て極楽の弁が覗る親仁大きによろこぶ うちふぶんく くろうるうと子息

真切

志んきろう　かいかお

二十六ウ

上

○沢の長もの

うらや夕ア蛇ありし うんな鳥蛇が追かけて きく あかふまへひつき おもりんびつくり しく 見ろへ おびへさく

二十七オ

二十八オ

上々吉
○蟹蜘蛛の文字岡和
けふな枕字出てヱ文字噺
侍ると夕べ牝牡の交女来さ
月麻恵ちやん
どうやめしぢやほす
うろしやめしぢや
さうしよ「いやなんでも文字噺ぢや
ああ「ろいもじしん

二十七ウ

上々
○三月の猿知恵
嘲りつける猿のうろふ
三天賊ぎ
うん猿の紋ハぶつどうな
紋ぢや
経巻のなり也
やつろ申と三つ巴て
庚申

二十九尾オ

上
○前意上ろもの
中村梅玉ハ十八キで一世一代
しく又再勤
ヱでゐやまの文七も
四十八て素必き
一夜のてのす
浮世と捺て二夜のてのます
うつくろもろなう
「なに後づくぢや

二十八ウ

上々 ○むのまろ
おげものも宮やの夷げーきみ
とまり寄小段うをきて久ぶか
まつろくろ偶の方〃々
かをむひまろ向かきものが
びつろ志もろ
すつくろ立くぼ四
狐伏んとひんぐくとく
あんどーく
安坂

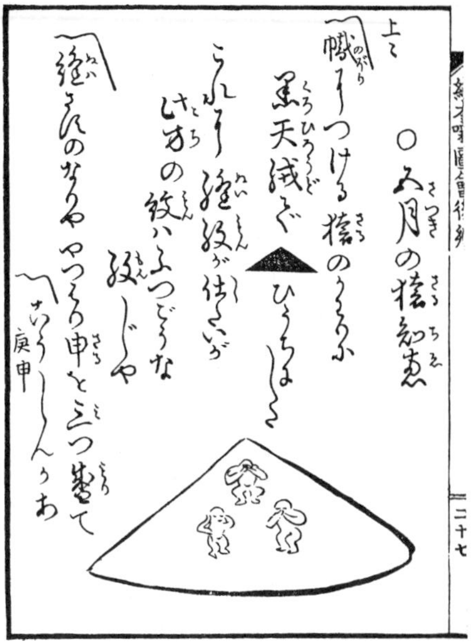

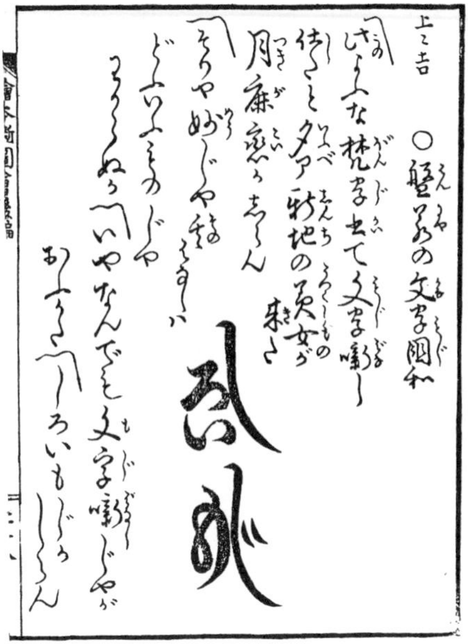

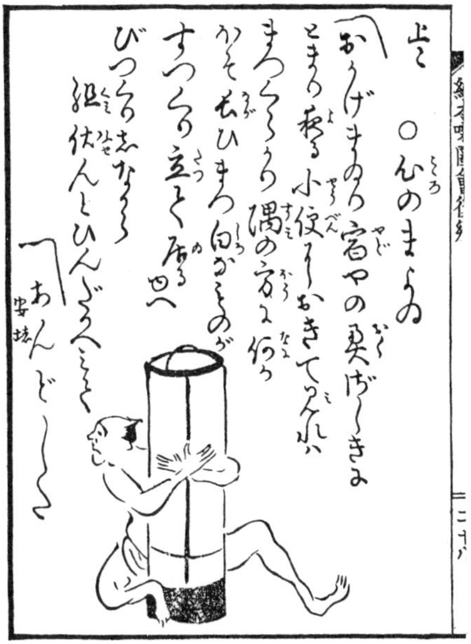

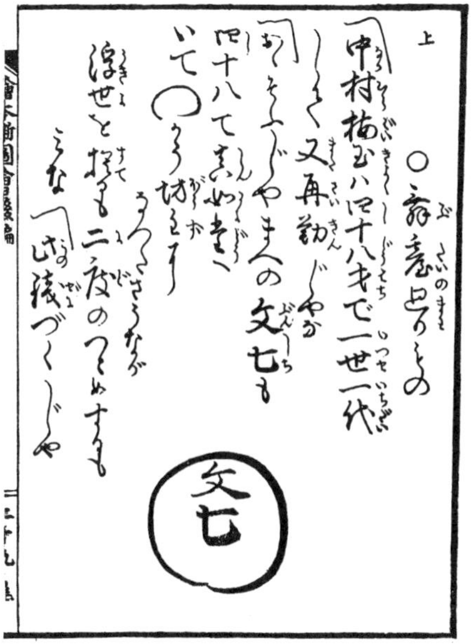

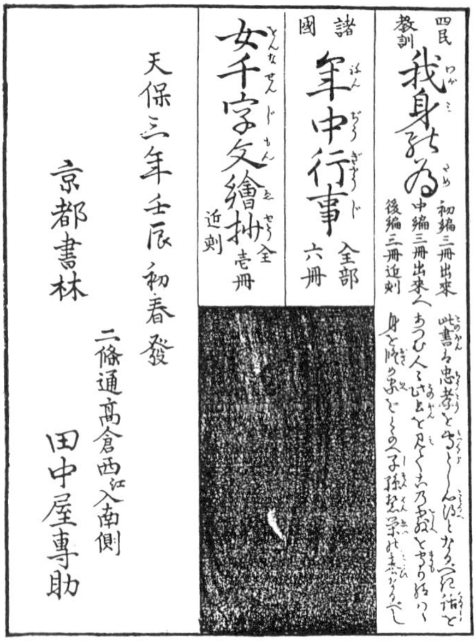
初編三冊出來
中編三冊出來
後編三冊近刻
諸國
年中行事
全部
六冊
女千字文繪抄
全
壹冊
近刻
天保三年壬辰 初春發
京都書林
二條通高倉西江入南側
田中屋專助

見返し

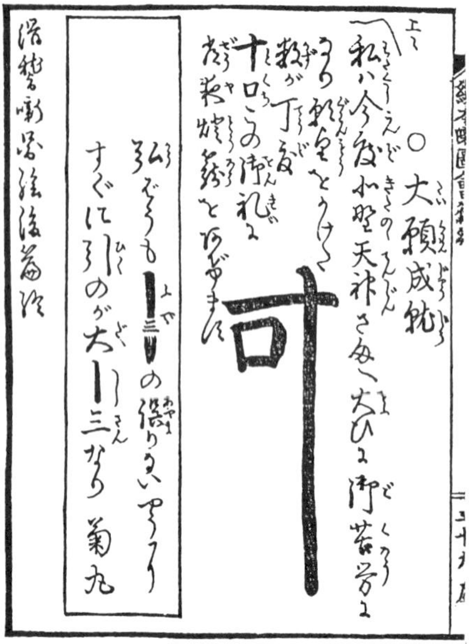
○大願成就
可

二十九尾ウ

〈編者略歴〉
宮尾與男（みやおよしお）
一九四八（昭和二十三）年、東京都生まれ。一九七六（昭和五十一）年、日本大学大学院博士課程修了。日本大学文理学部、武蔵野女子大学短大部、大東文化大学文学部、日本大学理工学部、日本大学医学部非常勤講師。玉川学園女子短期大学専任講師、玉川大学文学部非常勤講師を経て、現在、近世文化史家。話藝研究會代表。日本大学芸術学部、日本大学文理学部、日本大学通信教育部講師。専攻、近世文学・文化史・芸能史・絵画史。
著書　『江戸笑話集（日本の文学・古典編）』ほるぷ出版、『元禄舌耕文芸の研究』笠間書院、『上方舌耕文芸史の研究』勉誠出版、『元禄期笑話本集』話藝研究會、『醒睡笑』双樹舎、『集古索引』（共著）思文閣出版、『諸国年中行事（生活の古典双書）』八坂書房、『江戸と東京　風俗野史』（編注）国書刊行会。

上方咄の会本集成　影印篇
二〇〇二年二月二八日　初版第一刷©

編者　宮尾與男
発行者　廣橋研三
発行所　和泉書院
〒543-0002　大阪市天王寺区上汐五-三-八
電話　〇六-六七七一-一四六七
振替　〇〇九七〇-八-一五〇四三
印刷・製本　亜細亜印刷／装訂　森本良成
定価はケースに表示
ISBN 4-7576-0149-2　C3393